LES ROIS SANS VISAGE

Max Gallo est l'auteur d'une œuvre importante qui compte plus de cinquante livres.
Dans ses romans La Baie des Anges, *une trilogie tirée à 500 000 exemplaires,* Un pas vers la mer, Une affaire publique, Le Regard des femmes *et plus d'une quinzaine d'autres, ses études historiques* La Nuit des longs couteaux, *etc., ses biographies* Garibaldi, Vallès, Robespierre, Jaurès, Rosa Luxemburg, *ses essais, il tente de raconter et de comprendre comment vivent, pensent, aiment, créent les êtres, comment ils peuvent conquérir leur liberté dans la société et face aux systèmes, aux préjugés, aux déterminations qui les mutilent.*
Une affaire intime *(roman publié en 1978) a été adapté au cinéma sous le titre* Boulevard des Assassins, *avec comme principaux interprètes Marie-France Pisier et Jean-Louis Trintignant.* Les Rois sans visage *font partie d'une suite romanesque qui se compose de* La Fontaine des Innocents *(Fayard et Le Livre de Poche),* L'Amour au temps des solitudes *(Fayard et Le Livre de Poche),* Le Condottiere *(Fayard) et* Le Fils de Klara H. *Ces romans indépendants les uns des autres mais reliés par des personnages et le thème (l'exploration des mœurs et des passions de la société française) sont regroupés sous le titre de* La Machinerie humaine. *« Cette œuvre d'ampleur quasi balzacienne a mieux encore cerné ses ambitions de " Comédie humaine " », a souligné la presse.*

Une jeune fille passe, marchant le long du quai d'un pas lent; le vent soulève son manteau noir, trop large...
Qui est-elle? Qu'annonce-t-elle? Deux hommes l'observent, attirés, inquiets.
L'un, Thomas Joubert, est jeune. Depuis des années, il cherche à connaître les secrets que détient l'autre, Antoine Vecchini, celui qu'il appelle « le Vieux Salaud » et qui vit retiré dans une maison de ce port du Sud.
Le vieil homme, habile, retors, prudent, a connu tous ceux qui, sur le devant de la scène, ont occupé les pouvoirs : présidents, hommes politiques, banquiers, académiciens... Il n'ignore rien de leur passé, de ce qui les unit encore. Il a été auprès d'eux un homme d'influence, le plus souvent dans l'ombre, notant jour après jour ce qu'il voyait et apprenait. Il est tenté de livrer ses secrets pour jouir du scandale, du désordre, parce qu'il sait sa mort proche et qu'il ne peut plus s'offrir d'autres plaisirs.
Thomas Joubert doit enfin le rencontrer. Tout à coup, cette

(Suite au verso.)

jeune fille s'avance, silhouette énigmatique. Visage de l'innocence dans cette partie pleine d'arrière-pensées ? Ou, au contraire, présage lourd de menaces, signe et rappel des tragédies passées, de celles qui s'annoncent ? Promesse de vie ou de mort pour ces deux hommes ?
Autour d'eux, Max Gallo fait surgir tout un univers balzacien, le nôtre, celui d'une histoire proche que nous imaginions connaître. Dans ces vies dévoilées, le plus noble se mêle au plus sordide, le résistant croise le tortionnaire, la femme vénale brûlée d'ambition côtoie l'héroïne. Que de Vautrin et de Vidocq ! Que d'affaires ténébreuses ! Que de passions extrêmes !
Où est le vrai ? Où, l'imaginaire ?

Dans Le Livre de Poche :

FRANCE.

LE BEAU RIVAGE.

UNE AFFAIRE PUBLIQUE.

LA FONTAINE DES INNOCENTS.

LE REGARD DES FEMMES

L'AMOUR AU TEMPS DES SOLITUDES.

MAX GALLO

Les rois sans visage

ROMAN

FAYARD

Personnages, événements et situations décrits et évoqués dans ce roman paraîtront aux lecteurs directement inspirés de la réalité.

Or l'imagination est seule reine ici.

Mais chacun peut penser qu'elle fait son miel avec l'actualité. Rêver le réel, c'est le retrouver.

M.G.

« Personne à coup sûr ne sait ce qui le mène ici
tout peut-être n'est qu'un songe
Certains ont froid d'autres ont faim la plupart des gens ont un secret qui les ronge
De temps en temps passent des rois sans visage. On se met devant eux à genoux. »

Louis ARAGON *(Les Poètes)*

« Excusez-moi, mon père, dit Zénon, Non Decet. Je ne commettrai plus l'indécence qui consiste à essayer de montrer les choses comme elles sont. »

Marguerite YOURCENAR *(L'Œuvre au noir)*

Prologue 1

A la rencontre de ce que l'on croit fuir

1

Ceci est mon dernier livre.

Depuis que trois hommes se sont présentés chez moi, à la tombée de la nuit, le visage masqué, qu'ils m'ont roué de coups, fouillant la maison, menaçant de tuer mes enfants devant moi si je ne leur livrais pas immédiatement les documents que je détenais, ce que j'ai fait — auriez-vous refusé ? —, je pressens cela sans oser l'écrire.

Mais comment pourrais-je m'illusionner ?

Les hommes qui m'ont frappé sur les yeux à coups redoublés — leurs doigts étaient gantés, alourdis de bagues dont le métal a fait éclater ma peau — voulaient m'aveugler.

Quand ils sont partis, emportant les sept classeurs de documents que j'avais cachés dans le cellier, mes paupières étaient tuméfiées, sanglantes, closes, les arcades sourcilières fendues.

J'ai tâtonné jusqu'au premier étage où ils avaient enfermé ma famille.

Mes enfants, quand ils m'ont vu, ont hurlé.

« Pauvre Daniel, mon pauvre Daniel », a répété ma femme en me prenant par la main.

A l'hôpital civil de Strasbourg où j'ai été conduit, on a prétendu me rassurer. Mon œil gauche n'était pas perdu mais je devais accepter que le droit s'éteigne peu à peu. J'ai *vu* — quel petit mot étrange, qui s'est dérobé en quelques jours — ma main devenir devant lui une ombre tordue, de plus en plus floue. Puis même cela a disparu. Rétine morte.

J'ai donc su dès cet instant que ceux qui m'avaient frappé voulaient m'empêcher d'écrire, mais je craignais de l'énoncer comme si tracer ces mots et faire l'aveu de ma peur, de ma certitude, était sacrilège, allait rendre inéluctable cette prophétie maléfique.

Écrire, n'est-ce pas dire ce qui sera ?

Je commence donc mon dernier livre.

Je ne sais encore comment j'ordonnerai mon récit, mais je le conduirai jusqu'à son terme.

Une première phrase m'habite et je l'ai répétée pendant que mes agresseurs me secouaient, me battaient, m'annonçaient qu'ils me crèveraient — et pas seulement les yeux — si je dévoilais ce qu'ils me faisaient subir, si je parlais à qui que ce soit des documents dont ils avaient exigé la remise.

C'était plus qu'une phrase, un mouvement, comme une ultime vision alors que mes yeux éclataient sous les coups :

Une jeune fille passait, marchant le long du quai d'un pas lent et Joubert, assis sur le banc de l'embarcadère, la suivait du regard.

Ces mots qui inlassablement reviennent ne doivent rien à l'imagination.

Joubert fut mon ami. Il est celui par qui ma vie a changé de cours.

C'est lui qui m'a parlé de cette jeune fille portant un manteau noir trop large et qui s'était avancée seule sur le quai.

Il faisait grand vent, m'avait-il dit, un soleil éblouissant, si bien que, du lieu où il se trouvait, cet embarcadère, il n'avait pu voir le visage de la jeune fille qui se dirigeait vers la jetée.

Je n'invente donc rien.

J'appartiens à cette catégorie d'écrivains qui lisent les journaux avec avidité, découpent les comptes rendus des procès criminels, s'en vont rôder dans les villages ou les rues des villes où se sont accomplis des forfaits. J'ai des dossiers remplis de photos d'assassins, de chefs de guerre, de banquiers ou d'hommes politiques dont j'ai scruté les visages, établi la biographie et que j'appelle *les hommes de sang*. Dans d'autres chemises cartonnées s'accumulent les documents qui concernent *les hommes de douleur*. Là sont les victimes, les corps mutilés, les enfants martyrs, les femmes violées et les espérances trahies, tout ce qui permet aux hommes de sang de satisfaire leur folie, d'entasser leur butin, d'élever leur mausolée.

Comment aurais-je pu, dans mes livres, rivaliser avec la démesure de ces actes, avec la violence, la perfidie, la trahison ou la souffrance de ceux qui ont réellement vécu ?

Le jeu des possibles est si divers entre les hommes, leur cruauté si inventive que j'ai toujours pris le parti de m'en inspirer, cherchant à reconstruire, non à créer.

Ce que je vais raconter ici, lorsque j'aurai cessé d'exhiber ma machinerie intime, ne relèvera donc pas de ma fantaisie.

Je le répète, je ne sais pas imaginer.

J'ai envisagé un instant de modifier le nom de Thomas Joubert.

Devais-je l'appeler Goubert, Gabert, Jabert ?

Je n'ai pas pu.

Il était là, déjà, assis sur le banc de l'embarcadère, à regarder cette jeune fille s'avancer, son manteau noir soulevé par le vent. Il m'aurait semblé le trahir une fois de plus.

On peut parfois maquiller le visage des vivants, mais il est indigne de cacher celui des morts.

Et puis, dans quel but ? Ceux qui m'ont menacé, mutilé pour m'empêcher d'écrire, auraient-ils été dupes ?

Ils ont tué Joubert qui n'avait rien écrit encore. Ils ont voulu m'aveugler parce que je pouvais avoir l'intention d'écrire. Ils me tueront dès qu'ils sauront que je me suis obstiné, qu'ils m'ont laissé un œil pour voir.

J'ai donc conservé à Joubert son identité et n'ai même pas consulté ses parents à ce sujet.

Avait-il pensé à Christiane et à mes enfants lorsqu'il m'avait habilement conduit à l'aider ?

Il savait bien qu'on ne pouvait survivre à la connaissance des secrets que toute une société s'entend à dissimuler et à taire. Une machine à broyer tourne sans fin, éliminant ceux qui, ayant compris le mystère, ont l'audace de vouloir le révéler.

Faut-il s'en indigner ?

Les légendes retentissent de cris d'hommes auxquels on crève les yeux parce qu'ils ont osé regarder, voir. Elles ruissellent du sang de ceux dont on a tranché la langue ou la gorge pour les empêcher de clamer ce qu'ils ont appris.

Je suis désormais l'un d'eux, sans même l'avoir décidé.

C'est un des aspects les plus étranges de la vie, que l'on va à la rencontre de ce que l'on croit fuir.

J'avais choisi de ne prendre aucun risque, veillant à me tenir à l'écart des affaires de la cité, refusant de diriger le service politique du journal qui m'emploie, me limitant à des chroniques philosophiques — un bien grand mot — ou littéraires. Ma seule faiblesse — ou mon audace, ou mon excuse — dans cette stratégie du repli ou du refuge, avait été d'écrire des romans dont les personnages m'étaient inspirés par l'actualité. Je jubilais, habile à rendre les identifications précises impossibles, et réglais mes comptes comme un clandestin qui fait exploser ses charges tout en restant impuni. Si l'on m'interrogeait sur les ressemblances, je les niais, tel un auteur de lettres anonymes qui a modifié son écriture. J'exaltais l'imagination romanesque, l'invention que la réalité imite.

Joubert n'avait jamais été dupe. Peut-être aussi par vanité lui avais-je confié mes secrets de fabrication, lui ouvrant mes dossiers, m'attribuant des mobiles généreux, me peignant sous les traits d'un écrivain justicier qui avançait masqué derrière ses intrigues pour dénoncer les hommes de sang, donner la parole à leurs victimes.

Je m'étais pavané devant lui, sans danger, imaginais-je. J'avais exagéré mes intentions pour colorier d'un peu de noblesse une vie sans éclat dont j'avais — je le mesure aujourd'hui — honte et que je faisais mine d'avoir choisie alors que je la subissais : effet de mon caractère, de ma veulerie, non de mon intelligence ou de ma détermination.

Pour m'entraîner à ses côtés, Joubert a su jouer de mes regrets et de mes tentations, et j'ai accepté ce qu'il me demandait d'accomplir.

Peut-être espérais-je depuis longtemps qu'une occasion me serait donnée de rompre avec ma vie réglée, d'abattre mes cartes, de me prouver ainsi que je n'étais pas seulement ce prudent calculateur qui vivait des aventures par procuration, ce romancier provincial qui n'avait à raconter que la vie des autres.

Peut-être aussi n'ai-je pas mesuré les risques que je courais, flatté que Joubert me sollicitât, persuadé au fond que je saurais, comme je l'avais fait lors de la publication de mes romans, échapper aux pièges, prétendre que je n'étais qu'un affabulateur.

Ceux qui ont voulu m'aveugler m'ont fait comprendre à coups de poing que les documents que Joubert m'avait transmis ne relevaient pas du romanesque. Que je devais oublier que je les avais vus.

Je n'ai pas pu.

Je reste hanté par ce que j'ai découvert, par cette jeune fille au manteau noir qui marchait en direction de Joubert.

2

J'avais connu Thomas Joubert en 1968, alors que nous étions élèves de Première au Lycée Fustel de Coulanges, à Strasbourg. Il était déconcertant, plutôt laid, avec des traits irréguliers, mais des yeux immenses enfoncés sous un front bombé. Il ne s'intéressait qu'à l'histoire et aux mathématiques. Il semblait ne pas voir les filles de la classe, belles souvent et dont plusieurs paraissaient — à mon grand étonnement — attirées par lui.

Était-ce son indifférence qui les séduisait, ou la morgue avec laquelle il affichait, en cours de français, son mépris — sa haine, avait-il dit une fois — pour la littérature, parce que l'émoi et l'illusion y faisaient la loi ? Les hommes se trompaient, avait-il prétendu, argumentant dans un grand silence, lorsqu'ils s'imaginaient que leur vie ressemblait à un roman, que l'amour, le désir, les passions, leur volonté, les sentiments, pour tout dire, créaient les événements. Il voulait — et il y réussirait, il y consacrerait sa vie — prouver qu'il existait une mathématique sociale dont il découvrirait les théorèmes.

Le professeur avait ricané, essayant d'entraîner les rieurs de son côté. Joubert, avait-il lancé, n'était qu'un scientiste, mais peut-être était-ce la timidité ou la peur, la puberté en somme, qui lui faisaient rejeter l'affectivité ?

« Cela vous passera, jeune homme », avait-il conclu.

La stupidité du propos avait plutôt déconsidéré l'enseignant que l'élève. Joubert avait pu répondre que quelques hommes, à chaque moment de l'Histoire, peu nombreux, avaient compris les lois de la mathématique sociale, les principes de domination, et qu'ils les avaient utilisés pour conduire là où ils voulaient le troupeau populaire des aveugles et des naïfs, « vos lecteurs de romans, monsieur ».

Il m'avait séduit, presque convaincu, et peut-être

est-ce à ces conversations d'adolescence, excessives, que je dois d'avoir divisé les hommes en deux camps, celui du sang et celui de la douleur.

Nos vies se séparèrent lorsque ses parents quittèrent Strasbourg. Mais, dès que j'appris qu'il habitait, durant ses vacances, non loin de Saverne, dans l'un de ces villages de fond de vallée que les forêts encerclent, je m'empressai de lui rendre visite. Je le fis chaque été et nous marchions ensemble, quel que fût le temps, dans les futaies humides.

Il avait peu changé, l'expression plus butée encore, et je n'eus nul besoin de l'interroger pour me convaincre qu'il continuait de traquer les ressorts secrets de l'histoire des hommes.

C'est moi qui parlais.

J'étais entré à la fin de mes études aux *Dernières Nouvelles d'Alsace* et j'avais écrit mes premiers livres. Puis je m'étais marié et avais acheté une ferme fortifiée ouvrant sur la campagne, les champs de houblon, les collines d'Ittenheim, dont la façade s'ornait de créneaux, de meurtrières, et même d'une esquisse de donjon.

Thomas y séjourna à plusieurs reprises, m'annonçant au fil des années sa nomination comme professeur à l'Institut d'histoire contemporaine, le début de ses recherches sur la Cagoule, une société secrète des années 1930-40 dont je ne connaissais que le nom.

Nous nous étions ainsi l'un et l'autre installés dans la vie sans y prendre garde.

Je ronronnais. Je mangeais gras et chaud. J'écrivais des chroniques, montais mes livres comme des machines infernales qui devaient exploser dans la conscience des lecteurs. J'étais un écrivain de forteresse, à l'abri. J'avais une épouse aux formes rondes, et deux enfants.

Joubert s'était marié à une photographe de presse, Federica, à la silhouette masculine, qui ne paraissait pas l'écouter lorsqu'il parlait. Il me confia alors en quelques mots qu'il progressait, qu'il mettait au jour la vie et le rôle d'hommes cyniques et manipulateurs qui avaient découvert les théorèmes, les lois de la politique. Il n'avait donc renoncé à aucune de ses convictions.

Je l'écoutais, tirant sur ma pipe, les coudes posés sur la table de la grande salle voûtée qui occupait tout le rez-de-chaussée de la ferme.

C'est là, dans cette pièce vaste et sombre, qu'il m'a pour la première fois parlé d'Antoine Vecchini.

Avais-je conscience du rôle que cet homme avait tenu durant un demi-siècle ? me demanda-t-il. J'étais ignorant, mais, cette fois-là, il ne répondit pas à mes questions, se contentant de me dire que l'homme était un « vieux salaud » et qu'il avait engagé avec lui une partie difficile, chacun cherchant à se servir de l'autre, à le tromper.

Je n'imaginais pas que j'allais être entraîné dans cet affrontement et que c'en était fini de ma paisible retraite. Quand je l'ai compris, il était trop tard.

J'étais assis dans le cellier. J'avais renvoyé ma femme, ouvert les paquets que Joubert m'avait expédiés. J'étais accablé par ce que je venais de découvrir, et en même temps exalté à l'idée que j'allais être le dépositaire de ces textes dont un premier examen m'avait montré le caractère sulfureux.

C'était l'épreuve que tout homme redoute et à laquelle chacun aspire, peut-être parce que nous portons en nous le désir dissimulé de la catastrophe et de notre propre mort.

Les carnets de cet Antoine Vecchini, dont Joubert avait mentionné le nom comme en passant, représentaient la partie la plus étonnante des documents contenus dans les sept classeurs que je devais garder chez moi. Il s'agissait de petits volumes souples, couverts d'une écriture minuscule mais étonnamment lisible. Presque chaque jour — les dates étaient soulignées d'un trait fin —, Vecchini avait noté minutieusement les événements de sa vie privée et de sa vie publique. En quelques minutes, la lecture de ce journal souvent impudique m'avait transformé — Joubert avait dû l'être aussi — en voyeur partagé entre l'angoisse et la curiosité.

Des noms connus apparaissaient à toutes les pages, ceux de François Mitterrand ou de Georges Mauranges qui était son ami et fut plusieurs fois ministre, ceux de Paul-Marie Wysberg, de Robert Challes, de Richard Gombin, présidents successifs de la banque Wysberg et Cie, que l'on retrouvait dans toutes les affaires qui se négociaient au sommet de l'État depuis les années trente.

Je comprenais avec effroi — et aussi avec fébrilité, presque de l'enthousiasme — que Joubert voulait, à partir de ces éléments, réécrire l'histoire d'hommes puissants et honorés dont il estimait sans doute qu'ils avaient trompé leurs contemporains à l'aide de règles et de ressorts qu'il s'était promis, l'imaginais-je, de mettre au jour.

Mes mains tremblaient d'impatience en compulsant ces feuillets. Je rencontrais là mes *hommes de sang*, démasqués par ce témoin implacable qu'avait été Vecchini.

Joubert m'avait laissé entendre qu'il pourrait être contraint de ne pas écrire le livre auquel il pensait. Irait-on jusqu'à l'abattre ? Il en plaisantait, mais ajoutait que ce serait alors à moi de dévoiler ces secrets, ces rouages, ces amitiés souterraines, de la manière qui me conviendrait. Pourquoi pas dans un roman si tel était mon souhait et la forme que je préférais ?

Je concevais déjà ce livre tout en refusant d'imaginer la mort de Joubert, inquiet cependant, décidé à lire ces textes au plus vite, à noter ce qui me paraissait important, à conserver ainsi, à part, les révélations que j'y aurais débusquées.

J'ai commencé à les transcrire à la fin d'une journée d'été orageuse.

Je transpirais. L'air était si chargé d'électricité qu'il me semblait, à chaque fois qu'un éclair fusait au loin sur la plaine d'Alsace, que ma peau se hérissait. Les vitres de la petite fenêtre qui éclairait le cellier tremblaient et l'atmosphère crépitait, comme constellée d'étincelles invisibles.

J'étais oppressé, sursautant au moindre bruit, ne recouvrant un peu de calme qu'au moment où l'averse dévalait, martelant le toit de zinc de l'appentis, accompagnée d'un souffle d'air plus frais. Ce que j'ai noté ce jour-là, je le reconnais parce que ma main hésitait et raturait, que l'écriture de Vecchini ne m'était pas encore familière, que j'allais en désordre d'un feuillet à l'autre.

10 septembre 1943 : Je suis arrivé chez Nella vers minuit, sortant d'un long dîner à l'ambassade d'Allemagne avec Abetz et Aschenbach. Personne n'a dissimulé son inquiétude. Panique de quelques-uns à l'annonce de l'arrestation de Mussolini. Est-ce la fin ? Le corps de Nella est mon refuge. Jouissance extrême. Nouvelle limite franchie. Confins de l'être. Puis-je aller plus loin ?

9 janvier 1944 : Délires sexuels des équipes de la rue Lauriston et de la rue de la Pompe. Le pire. Fantasmagorique. Torture et débauche. Néronien. La Gestapo elle-même est scandalisée : « Ces Français sont des porcs », disent avec mépris certains Allemands. Se tenir à l'écart. Décadence. Destruction. On aurait vu, rue de la Pompe, Benoît de Serlière, en quête de sensations fortes.

8 août 1943 : Le bruit court qu'ils ont arrêté l'envoyé de De Gaulle auprès de la résistance, Max. Jean Moulin ? Affaire mystérieuse, dont je commence à mesurer l'importance et le sens. C'est peut-être le tournant de l'après-guerre qui vient de se jouer. Vu Paul-Marie Wysberg et Ferrand à ce sujet.

En posant mes mains ouvertes sur ces pages, j'avais l'impression de sentir frémir le passé. Les haines, les passions, les trahisons n'avaient laissé que ces traces noires.

Comment Joubert avait-il pu croire à une mathématique sociale alors que ces phrases étaient imprégnées de sentiments primitifs, de pulsions instinctives, que j'y voyais, moi, grouiller des hommes pris dans une nasse ?

Mais l'étonnant — là était peut-être le secret que Joubert avait perçu — était que ces hommes échappaient au filet. Le temps semblait n'être pour eux qu'une cendre impalpable. Années et régimes se succédaient sans que ces hommes de premier plan, mêlés aux événements, parussent subir le moindre châtiment. Ils passaient des antichambres de Pétain ou de Laval à celles de leurs successeurs, comme s'il était naturel pour eux de prospérer dans l'ombre du pouvoir, quel qu'il fût, quoi qu'ils eussent fait.

8 août 1942 : Rencontré lors de mon séjour à Vichy de nombreuses personnalités. Atmosphère de conspiration, de monarchie d'opérette. Ça, le gouvernement de la France ? J'ai hâte de rentrer à Paris. Croisé Mauranges en compagnie de M... que je n'avais plus revu depuis le bal de l'École Normale supérieure en 1938 ou 39.
M..., évadé d'un camp de prisonniers. Séduisant. Énigmatique. Je n'ai pas réussi à savoir ce qu'il pense vraiment. Mais il est là, dit-on, grâce à des amitiés d'avant-guerre. Jeantet ? Qui fut — qui est ? — cagoulard. On m'assure que M... occupe une fonction officielle et écrit dans une revue pétainiste que dirige Jeantet. Mauranges ferait la liaison avec la résistance.

10 juin 1971 : Nuit chez Françoise, rue du Bac. Son corps me rappelle celui de Nella. Je la laisse agir. Lassitude ? Cinquante-cinq ans aujourd'hui. Je rêve pourtant à une vie nouvelle avec elle. Mariage, enfant. Ce que je croyais impossible et ridicule me tente. Folie absurde.

9 juin 1975 : Je dispose à partir d'aujourd'hui d'un petit bureau à l'Elysée. Le président a souhaité m'avoir dans son équipe rapprochée. Je suis son spécialiste en communisme, aurait-il dit.

Chaque jour, je suis descendu au cellier, y passant plusieurs heures, mettant de l'ordre dans mes notes, et je suis ainsi devenu en quelques semaines le contemporain de ces hommes, comme si Antoine Vecchini, après les avoir vus et écoutés, était venu à moi.

Je souffrais de ne pouvoir parler d'eux à mon tour et il m'arrivait quelquefois de prononcer leurs noms : Wysberg, Benoît de Serlière, Challes, Mauranges, Ferrand, Brunel, comme s'il s'agissait de personnages de roman. Parfois aussi je m'indignais et murmurais : ils sont tous liés, c'est une bande !

Mes enfants m'observaient avec étonnement et Christiane prétendait, pour les rassurer, que je rêvais mes livres ou composais l'une de mes chroniques à mi-voix.

Ces hommes m'obsédaient comme ils avaient dû s'emparer de l'esprit de Thomas Joubert au point qu'il en avait peut-être oublié les risques qu'il prenait et ceux qu'il me faisait courir.

3

C'est Federica Joubert qui m'a annoncé la mort de Thomas.

Il n'était venu chez nous en compagnie de sa femme

qu'à de rares exceptions et je n'avais échangé que quelques mots avec elle, osant à peine la regarder tant elle me mettait mal à l'aise.

Federica était trop belle, trop grande sur ses bottillons de cuir noir à talons hauts, trop mince, ses jambes serrées dans un pantalon de toile bleue, sa taille prise dans une large ceinture décorée de motifs métalliques dorés, le col de son blouson doublé de fourrure emprisonnant la masse de ses cheveux.

Que faisait-elle avec Thomas ? Que trouvait-elle à cet homme petit, au corps sans élégance et sans force, à la peau blanche, aux mèches déjà grises ? Il me semblait impossible que le regard et l'intelligence de Thomas l'eussent séduite. Elle ne me paraissait pas femme à s'y laisser prendre.

Elle tournait autour de moi, le visage mobile, le corps souple, se balançant de droite à gauche, me fixant avec son appareil photo, et j'avais le sentiment qu'elle était un cyclope à l'œil noir qui avait le pouvoir maléfique de réveiller en moi des regrets, des désirs, des violences, une rage d'aimer insatisfaite que je m'étais employé à étouffer, à dissimuler dans mon corps, ensevelie sous la graisse et les replis de la peau, souriant à ma femme, à mes enfants, paisible, mordillant ma pipe, jouant du bout des doigts avec ma blague à tabac.

Federica m'avait photographié sous tous les angles. « C'est donc vous, Daniel Lesmonts, avait-elle dit comme si mon apparence l'avait surprise. Je collectionne les portraits d'écrivains, c'est mon métier. Thomas vous aime », avait-elle ajouté.

Autoritaire, elle m'avait contraint à l'immobilité, me prenant aux épaules, me forçant à m'asseoir.

Elle parlait avec un accent prononcé et je ne voulais pas savoir si elle était brésilienne ou roumaine, polonaise ou russe, de crainte d'avoir à lui faire face, à affronter ses yeux que je devinais provocants, ironiques, capables de me percer à jour et de découvrir, sous l'amoncellement des convenances, des habitudes et des renoncements, cette envie d'autre chose, d'une femme comme elle — d'elle, peut-être.

J'ai imaginé, tout en m'éloignant avec Thomas dans la campagne, qu'elle l'avait épousé pour obtenir la nationalité française, et il avait accepté ce marché sordide, un corps contre un passeport, des nuits pour avoir une identité, évaluant avec cynisme ce qu'il donnait — un nom, un certificat de mariage, des droits — et ce qu'il obtenait en échange, ce corps-là, jeune, vivant, soumis — un temps, en tout cas, car il fallait bien qu'elle paie avec ce qu'elle avait.

J'ai envié et détesté Thomas Joubert, ce jour-là. Mais peut-être s'était-il fait accompagner de Federica précisément pour me troubler, m'empêcher de réfléchir à ce qu'il me proposait alors que nous déambulions entre les piquets qui supportent les houblons.

Il m'avait raconté sa visite à Antoine Vecchini, à Nice, évoquant la silhouette de la jeune fille au manteau noir qui s'avançait vers la jetée. Il s'était demandé si elle ne le surveillait pas, puisqu'il l'avait revue quai des Docks, devant la maison de Vecchini, et qu'elle était encore là quand il était ressorti, emportant ses fameux carnets.

Est-ce que j'accepterais de garder ici, dans cette maison, les sept classeurs de documents qu'il avait rassemblés, les pièces originales ? Il me les expédierait dès son retour à Paris, mais c'était un secret entre nous seuls.

Il s'était alors tourné vers la maison. Federica se tenait sur le seuil avec Christiane à ses côtés qui, le bras tendu dans notre direction, devait lui indiquer le chemin que nous avions emprunté.

J'avais baissé la tête pour ne pas voir ces deux femmes côte à côte, dont l'une était l'image de ma vie, et l'autre l'incarnation de ce que j'avais pu désirer : un destin éclatant et héroïque, une existence comme on monte à l'assaut, et non cet enfouissement prudent dans des romans habiles, truqués, pour ne pas me compromettre, m'exposer ni me livrer, intrigues d'une violence si dissimulée qu'elle cessait d'agir, pétards mouillés, explosifs qui foiraient...

J'avais eu beau prétendre, face à Thomas, que j'étais un écrivain subversif qui cherchait à tourner les défenses de l'ordre établi, à cet instant je n'étais plus qu'un homme qui sait qu'il a choisi d'être lâche.

Si j'acceptais, avait repris Thomas, je devais cacher ces documents, les lire certes, prendre des notes autant que je voulais, car peut-être aurais-je à écrire à partir d'elles si lui-même n'y parvenait pas, si on ne lui en laissait pas le temps ; mais ne rien confier, pas même — il s'était repris —, surtout pas à Federica.

Je l'avais longuement dévisagé, lui montrant mon étonnement, regardant vers la maison, découvrant que Federica s'en venait vers nous, avançant à pas rapides sur le chemin bordé de noyers aux branches tourmentées.

— Je n'ai aucune confiance, m'avait-il dit en souriant.

Il m'avait pris par le bras, me confiant à mi-voix qu'il aimait ce jeu entre elle et lui. Pendant l'occupation nazie, elle l'aurait sûrement dénoncé à la Gestapo comme juif, résistant ou gaulliste ; plus tard, à la Libération, en tant que collaborateur, comme ça, pour se débarrasser de lui. Elle savait qu'il n'ignorait rien de ce dont elle était capable, mais c'était aussi cela, le sel de la vie. Il n'avait pas la chance de posséder cette maison, de jouir de cette paix — il montrait le paysage, les champs labourés, ma femme qui se tenait toujours sur le seuil —, d'être aimé de cette épouse, de ces enfants.

Et cette énumération de mes biens, de mes défenses, m'accablait, me donnait la nausée.

Donc, j'acceptais de recevoir ces documents, n'est-ce pas ? Qui viendrait les chercher ici ?

Naturellement, je pouvais me récuser, il comprendrait ma prudence, mais je me priverais peut-être ainsi d'un sujet exceptionnel, d'un livre qui ferait date, si lui-même renonçait à l'écrire ou si on le tuait avant qu'il ne l'eût commencé. Il avait souri et je n'avais pas pris au sérieux une pareille éventualité.

Federica avait surgi devant nous entre les lignes de houblon.

Elle nous contraignit à poser, mit un genou en terre. « Les comploteurs, disait-elle en nous photographiant. Qu'est-ce que vous cachez, qu'est-ce que vous mijotez ? Votre secret, c'est quoi ? La mathématique sociale — elle riait — ou M. Vecchini ? »

A ce moment-là, je ne savais pas grand-chose, sinon que Joubert, à partir de ses recherches sur la Cagoule, en déroulant les fils de cette société secrète, était parvenu jusqu'à nos jours, suivant la piste de personnalités qui ne s'étaient jamais séparées, quel que fût leur engagement politique, toujours liées entre elles, se soutenant comme si elles avaient conclu un pacte dès l'origine de leur vie publique, ou bien comme si elles se tenaient, possédant les unes sur les autres des renseignements qui révélaient des actes concertés, une complicité qu'il fallait masquer à tout prix.

Ce n'étaient là que des généralités semblables à celles que Joubert avait commencé à proférer dès le lycée. Et lorsqu'il avait évoqué le nom et le rôle d'Antoine Vecchini, du journal que ce dernier, placé au centre des rouages du pouvoir, avait tenu durant plus de cinquante ans, je n'avais rien imaginé encore.

Même quand il me fit le récit de sa visite à Vecchini, je ne retins d'abord que cette inquiétante silhouette de jeune fille qui m'apparaissait comme le double de celle de Federica, laquelle s'était éloignée, retournant vers la maison, nous saluant d'un geste de la main, cependant que ma femme, tassée sur le seuil, lourde, apparaissait comme le symbole vivant de mes abdications.

Dans un dernier mouvement instinctif de prudence, j'avais pourtant tenté de ne pas répondre à Joubert. Mais il s'était immobilisé devant moi, bras croisés, et j'avais retrouvé le visage obstiné du lycéen, l'adolescent qui défiait les professeurs, les mêmes grands yeux enfoncés sous les arcades sourcilières proéminentes, cette même laideur, attirante pourtant, peut-être à cause de la détermination qui émanait de lui.

Était-il possible qu'il eût séduit une femme comme Federica ? J'ai d'abord pensé qu'une injuste malchance m'accablait, puis, tandis qu'il me demandait à nouveau de cacher ces documents chez moi, je compris que je payais là le prix de ma lâcheté, que ma femme, modeste et banale, médiocre plus que bonne, révélait ce que j'étais, quand Federica révélait ce que valait Joubert.

Et, brusquement, comme pour me lancer un défi, j'ai fait oui de la tête : qu'il m'envoie ses documents, je les dissimulerai dans le cellier.

Il me remercia avec gravité, me répétant qu'il fallait garder à tout prix le secret, ne mettre personne dans la confidence : personne, n'est-ce pas ? — et je me moquai de ces précautions, non sans inquiétude, néanmoins, comme si je prenais déjà conscience d'avoir engagé un pari trop élevé pour moi, risquant dans la mise tout ce que j'avais accumulé au fil de ma vie.

Mais que pouvais-je faire d'autre ?

J'ai reçu quelques jours plus tard sept classeurs répartis en deux paquets.

Il ne m'a fallu que quelques minutes, on le sait, pour mesurer l'importance des documents que je détenais. J'ai commencé à lire les carnets d'Antoine Vecchini, à en recopier les passages les plus révélateurs. Puis j'ai été contraint de remettre ces classeurs à mes agresseurs. Et je suis borgne.

Dès que les trois hommes masqués se sont précipités sur moi, me tenant par les bras, me frappant les yeux de leurs poings, j'ai aussitôt été persuadé que c'était Federica qui avait livré mon nom à ces tueurs, peut-être ceux-là mêmes qui avaient provoqué la mort de Joubert.

Est-ce pour cela que je ne me suis pas défendu ?

L'aurais-je pu ? Je n'ai même pas crié, j'ai laissé ma tête dodeliner sous les coups, j'ai senti le goût du sang sur mes lèvres, j'ai geint tout en voyant devant moi, dans une lumière éblouissante, passer la jeune fille au manteau noir, et quand ils m'ont assené les derniers horions, alors que je leur avais déjà montré l'emplacement des documents, je suis tombé à genoux comme si je venais de recevoir un juste châtiment.

J'avais payé.

Et si je veux écrire aujourd'hui, quel qu'en soit le risque, c'est aussi pour me racheter.

Car j'avais accepté de voir Federica lorsqu'elle m'avait appelé d'une voix haletante, m'invitant à la rejoindre sur-le-champ à l'hôtel H... de Strasbourg.

Elle devait me voir. Elle devait me parler, insistait-elle. Je n'avais rien appris, n'est-ce pas, concernant Thomas, rien ? Il fallait donc que je la rejoigne.

Je l'avais laissé insister, seulement capable de grogner des réponses inintelligibles, tant ma gorge était serrée, mon émotion grandissante.

Je divaguais. Il me semblait que j'allais obtenir la première récompense de mon courage. Que Joubert avait peut-être à dessein inventé un stratagème, avec la complicité de Federica. Il voulait me compromettre avec elle, il lui avait demandé de me séduire pour me remercier, ou bien elle cherchait à me faire parler. Impatient, angoissé, je ne savais plus trop. Enfin il se passait dans ma vie de vrais événements ! Enfin une femme venait !

J'avais expliqué à Christiane que j'allais assister à une assemblée générale de journalistes qui se terminerait tard. Peut-être, si elle devait se prolonger le lendemain matin, serais-je amené à coucher chez l'un ou l'autre de mes confrères. C'est à peine si Christiane avait prêté attention à mon alibi, indifférente, acceptant mes mensonges comme si je ne pouvais même plus avoir le désir d'échapper à la grise quiétude des nuits conjugales.

Federica m'attendait dans le hall de l'hôtel, debout, les jambes légèrement écartées, campée face au tambour de la porte, les yeux brillants, le visage figé — il apparaissait ainsi dur, osseux, le nez légèrement busqué.

Elle me saisit le bras avec presque de la violence, m'entraînant vers le bar, me demandant avec une sorte d'anxiété si je ne savais rien, rien ?

Alors elle allait m'apprendre, elle était venue pour cela, pour moi.

J'étais comme un pachyderme qu'on guide, qu'on invite à boire, qui secoue la tête, s'ébroue, parce que la timidité et l'émotion, la crainte et le désir brouillent ses idées, qu'il n'entend qu'une voix qui lui murmure : que veut-elle ? Thomas sait bien que je la désire. Après tout, c'est comme une putain, cette femme.

Mais, tout à coup, le rideau s'est déchiré.

Federica s'est penchée vers moi, a posé ses deux mains sur mes épaules. Nos genoux se sont touchés. Elle savait, dit-elle, combien j'étais lié à Thomas depuis l'adolescence. Nous nous aimions, elle l'avait compris en nous voyant. Nous étions de vrais complices.

Ainsi a-t-elle commencé, puis, en quelques mots tranchants, elle a ajouté : « Thomas est mort. Un accident, il y a une semaine, sur l'autoroute, près de Nice. »

La douleur et la peur ont commencé à sourdre en moi, et je me suis souvenu du récit que Thomas m'avait fait de sa visite à Antoine Vecchini, de la jeune fille sur le quai, du vent qui soulevait les pans de son manteau noir, des carnets que je détenais.

Je n'ai pu m'empêcher de murmurer le nom de Vecchini, de dire que la mort de Thomas était liée aux carnets de celui qu'il avait nommé le Vieux Salaud, aux révélations qu'ils contenaient, au livre que Thomas voulait écrire, aux menaces dont il m'avait fait part, me demandant de poursuivre sa tâche s'il ne pouvait la mener à bien.

Peut-être voulais-je ainsi occuper immédiatement

sa place, comme un profanateur qui ne respecte ni la mort ni le souvenir, et Federica se prêtait à mon jeu, penchée, ses cheveux caressant mes joues, les lèvres à peine entrouvertes, chuchotant que j'avais donc lu les carnets de Vecchini, sûrement, que Thomas avait trop d'estime et de confiance en moi pour ne pas me les avoir confiés. Où pouvaient-ils se trouver, d'ailleurs, sinon chez moi, à Ittenheim, puisqu'ils avaient disparu du bureau de Thomas, qu'il ne les avait déposés dans aucune bibliothèque, elle s'en était assurée.

J'étais assommé par la nouvelle de cette mort, certain qu'il s'agissait d'un assassinat, non d'un accident. L'angoisse qui m'étreignait — c'était mon tour, maintenant —, la présence même de Federica m'empêchaient de répondre aux questions qu'elle me posait, reconnaissant de la sorte qu'en effet, j'avais pris connaissance des carnets de Vecchini, que je les détenais.

— Ils l'ont tué, n'ai-je su que répéter.

Elle avait posé sa main sur ma nuque, m'attirait vers elle comme si j'étais un gros animal malheureux sur lequel on s'apitoie.

J'avais envie de pleurer, de m'épancher, de déplorer le sort de Thomas, le mien, de regretter la vie que j'avais menée, et, dans cette brusque et irrépressible tentation de me débonder, je m'enivrais du parfum de Federica, du frôlement de ses lèvres, de la chaleur de sa paume, de ses seins si proches de mon visage qu'il me semblait sentir leur chaleur sous le chemisier tendu.

Un accident, avait-elle répété, rien qu'un accident. Thomas avait perdu le contrôle de la voiture dans une courbe. C'était la nuit. Il semblait n'avoir aperçu ni les panneaux de limitation de vitesse, ni le virage, continuant tout droit, franchissant la barre de sécurité. Peut-être s'était-il assoupi. On ne l'avait retrouvé que le lendemain matin.

Accablé, désemparé, submergé par l'émotion, j'avais d'abord éprouvé des sensations primitives, j'avais pleurniché, appuyant mon front contre sa poitrine, puis je m'étais révolté, répétant qu'on avait assassiné Joubert parce qu'on voulait l'empêcher de publier les carnets de Vecchini, mais je le vengerais, j'allais faire éclater le scandale. On ne me réduirait pas au silence !

J'avais crâné, puis je m'étais à nouveau effondré, rabâchant que je le connaissais depuis vingt-cinq ans, que je l'admirais, qu'il était intelligent, courageux, obstiné, tout ce que je n'étais pas.

Elle me caressa la nuque, les joues. Elle savait que je l'aimais, répondit-elle, puis elle expliqua qu'elle avait voulu m'annoncer elle-même cette mort, de vive voix, parce qu'elle avait imaginé ma peine et qu'elle s'était trouvée si seule, perdue : la famille de Joubert, hostile, l'avait rejetée, elle, sa femme, qui n'avait jamais été reçue chez eux. Ils l'avaient dépouillée de tout, mais, auprès de moi, elle avait pensé qu'elle retrouverait le souvenir du Thomas qu'elle avait connu, la présence de quelqu'un qui l'avait aimé.

— Ne restons pas là, murmura-t-elle tout à coup.

Le hall de l'hôtel fut envahi par des groupes qui s'interpellaient en riant et elle m'entraîna vers l'ascenseur, serrée contre moi, murmurant qu'il fallait que nous parlions tous les deux, calmement.

Je sentis sa hanche contre la mienne. Je ne me suis pas interrogé : tout basculait, se mêlait, j'étais devenu comme un enfant fiévreux, exalté et abattu. Dans la chambre, j'obéis quand elle me dit de m'allonger, de me reposer ; lorsqu'elle s'est couchée près de moi, je me suis blotti contre elle.

Il me sembla que je découvrais pour la première fois un corps de femme, tant était loin le souvenir de la surprise qui est la condition de l'amour et du désir.

Le désespoir et l'angoisse me servaient de prétextes et d'excuses. Je l'embrassai avec une tendresse fraternelle et elle répondit par des caresses lentes, des gestes précis qu'une part de moi enregistrait. Elle fit glisser ma veste, déboutonna ma chemise, elle prit ma tête à deux mains, l'appuyant contre ses seins, me serrant à m'étouffer, et je perdis ainsi ce qu'il me restait de lucidité, emporté par l'envie de cette femme au corps long et ferme qui enfonçait sa langue dans mes oreilles — de cela, je me souviens — et dont les mouvements étaient nerveux, saccadés, m'emprisonnant, et je jouis si vite, criant de douleur, de plaisir, de regret déjà.

Plus tard dans la nuit, j'ai dû sangloter, répétant : « Qu'est-ce que j'ai fait ? », tandis qu'elle fumait, nue près de moi, la main gauche sous sa nuque, et j'ai vu au creux de son aisselle sa toison rousse.

— Il faut que tu me rendes les carnets de Vecchini et les autres documents, murmura-t-elle après un long silence.

Puis, comme je ne répondais pas, je crois qu'elle ajouta : « Il vaut mieux, ce n'est pas pour toi. »

Je me suis levé peu après, sans lui adresser un seul mot, et quand je me suis dirigé vers la porte de la chambre, elle n'a pas bougé.

La dernière vision que j'en ai gardée est celle d'une jeune femme nue, jambes croisées, tenant une cigarette dont le bout rougeoyait dans la pénombre.

4

J'ai eu honte et j'ai eu peur.

J'ai marché dans Strasbourg jusqu'à cette étroite passerelle qui, dans les faubourgs, franchit l'un des bras de l'Ill. Le brouillard couvrait d'une pellicule glacée la rambarde à laquelle je m'étais appuyé.

J'ai eu froid, j'ai éprouvé le désir de me fondre dans cette étoupe grise, de me laisser glisser au fil de l'eau dont je devinais à peine la surface moirée. Il m'a semblé — aujourd'hui, je me dis : comme un pressentiment — qu'un voile était tombé devant mes yeux, que les choses étaient à demi dissimulées et allaient peu à peu se déformer avant de s'évanouir, que je serais bientôt enveloppé par une nuit où je ne pourrais plus avancer qu'en tâtonnant.

Durant les quelques jours que j'ai passés à l'hôpital civil de Strasbourg, quand on a craint pour moi la perte de mes deux yeux meurtris par les coups, je me suis souvenu de ces minutes passées, immobile et frissonnant, au-dessus de l'eau. Il m'a semblé alors que je savais, dès que j'eus quitté la chambre de Federica, ce qui allait advenir. On *sait* toujours, mais on refoule en soi l'intuition de l'avenir, par angoisse, par lâcheté, pour ne pas avoir à décider, pour laisser aux autres, aux circonstances, le soin de choisir à sa place.

Je suis retourné par trois fois, avant l'aube, devant l'hôtel où logeait Federica. Je voulais la rejoindre, lui avouer que je détenais les documents et allais les lui remettre.

Pourquoi n'ai-je pas poussé la porte ? Où était ma plus grande peur ? Ai-je craint de retrouver cette femme couchée, nue, qui m'aurait attiré de nouveau à elle ?

Ai-je imaginé que si je m'allongeais de nouveau à ses côtés, je ne pourrais plus retourner chez moi à Ittenheim, poser mes coudes sur la table, mon menton dans mes paumes, la pipe serrée entre les dents, ma femme allant et venant dans la pièce, boutonnant le manteau des enfants, et moi souriant, grimaçant, les mâchoires douloureuses, crispées sur le tuyau d'écume ?

Ai-je eu plus peur de perdre cela que de la menace que je sentais peser sur moi après la mort de Joubert ?

Ou bien ai-je su que je ne pourrais satisfaire Federica, qu'elle se jouerait de moi, qu'elle appartenait à un monde auquel je n'accéderais jamais : trop belle, carnivore, insatiable, et moi condamné aux labours, à la rumination, à ma vie réglée, à ma femme ronde, à mes enfants qu'elle conduisait chaque mercredi au catéchisme ?

Peut-être aussi ai-je un peu pensé à mon ami Thomas, qu'il me semblait avoir déjà trahi comme un médiocre et veule parjure, même pas capable d'être un de ces superbes cyniques qui, avec violence, eût aimé la femme de l'ami mort comme dans un hommage rendu à la vie et, pourquoi pas, à l'amitié ?

J'avais pleurniché, le nez entre ses seins, prenant cette femme petitement.

Prenant ? C'est elle qui m'avait pris.

Quelle autre issue me restait-il, sinon d'être fidèle à la mémoire de Joubert ? Et je n'avais pas poussé la porte de l'hôtel, j'étais retourné me pencher sur l'eau, le froid du métal de la passerelle s'insinuant en moi, me glaçant les os, me faisant grelotter et en même temps oublier ce que j'avais fait, l'avenir que j'imaginais : les hommes qui avaient décidé de tuer Joubert — car je ne doutais pas de la machination — recherchant les documents, arrivant jusqu'à moi, renseignés par Federica — ne m'avait-elle pas menacé à demi-mots ? —, m'obligeant à leur dévoiler la cachette, puis, avant de me tuer, m'enveloppant la tête d'une cagoule noire — et je ne voyais plus rien, rien.

Cela, oui, comme un pressentiment.

Quand je me suis présenté la quatrième fois à l'hôtel, le brouillard était encore plus dense, ne laissant apparaître que des halos jaunâtres, imprécis et lointains. J'ai enfin franchi le seuil, saisi par la chaleur et la clarté, le bruit des voix et des pas, le tintement des verres, toute une vie dont j'avais durant plusieurs heures oublié la réalité. Des femmes passaient et je les découvrais belles, désirables. Je ne m'en sentais que plus sale, adipeux, repoussant, d'une noirceur intérieure qui affleurait sur moi comme une maladie de peau, l'eczéma de ma lâcheté.

Oui, je dois l'avouer ici, puisque je dis qui je suis, comment j'ai été conduit à commencer ce livre, j'ai demandé à voir Mme Federica Joubert. Et quatre petits mots sont tombés sans même que l'employé tourne la tête vers moi : « Elle vient de partir. »

Je n'entendis pas les autres phrases. D'ailleurs, m'étaient-elles adressées ?

C'était une sorte de brouhaha qui cessa quand j'entrai dans le tambour de la porte, repassant de la lumière à la grisaille, du bruit au silence, de la chaleur au froid, d'une vie à l'autre.

5

J'ai commencé à attendre ce qui devait se produire.

Je passais devant le cellier sans y entrer, remontant dans mon bureau, vérifiant que les notes que j'avais prises étaient à leur place, cachées à l'intérieur de plusieurs livres dispersés dans ma bibliothèque. Puis je m'asseyais à ma table de travail comme si je venais d'accomplir un effort démesuré.

Peut-être les condamnés se comportent-ils ainsi, impatients, anxieux et cependant apathiques, voûtés, mains croisées, l'œil fixe comme des vieillards.

Moi qui n'avais jamais eu de difficultés à écrire mes chroniques, j'étais vide, paralysé, impuissant à trouver un sujet, et, lorsque je croyais l'avoir découvert, incapable de rédiger.

D..., le rédacteur en chef, me téléphonait, bougon et surpris. J'étais en retard. Il lui fallait les trois feuillets avant seize heures. Mon angoisse avait trouvé à se fixer. Je gribouillais, raturais, jetais. Je laissais ma pipe s'éteindre. Mon sexe était douloureux comme si on l'avait écrasé, tordu. J'avais envie de hurler : « Je ne peux pas, je ne peux plus ! », et cela signifiait aussi que je ne pouvais continuer à vivre ainsi, comme si la mort de Joubert n'avait pas eu lieu, comme si je n'avais pas tenu cette femme entre mes bras, si différente, si espérée, comme si je ne craignais pas qu'on vienne me tuer.

Je m'arrachais ces soixante-quinze lignes au terme d'heures qui m'épuisaient et demandais à Christiane de les téléphoner à D... Il fallait qu'elle dise que j'étais parti, qu'on ne pouvait plus me joindre, que j'acceptais toutes les modifications que l'on jugerait nécessaires, qu'il était inutile de me consulter.

Elle s'étonnait de cette attitude avec sa discrétion coutumière, les yeux un instant plus attentifs, écarquillés, les sourcils légèrement arqués, et je hurlais : « Oui, c'est comme ça, j'en ai marre ! » Elle commençait à m'éviter, quittant la pièce où je me trouvais.

Je ne lui avais pas annoncé la mort de Joubert, mais elle était surprise qu'il ne téléphonât plus, puis, comme je n'avais répondu à aucune de ses questions, elle ne m'avait plus interrogé, me laissant à mes pensées, à mon silence.

Quand j'ai obtenu du service des Informations générales du journal qu'il me communique des photocopies des quotidiens du sud de la France qui avaient rendu compte de l'accident, je les ai poussées vers elle et, la tête rentrée dans les épaules, j'ai attendu qu'elle comprenne, qu'elle lise la légende de ces photos de première page montrant la voiture du professeur Thomas Joubert écrasée contre une falaise de roche rouge.

Elle a répété plusieurs fois « mon Dieu, mon Dieu », et s'est mouchée bruyamment. Puis elle a murmuré mon prénom, se levant, venant vers moi, son mouchoir à la main, et j'ai eu horreur de ma vie, de la vie.

Tout, durant cette période d'à peine deux ou trois semaines, m'a inquiété : un bruit de pas sur la route proche de la maison, une voiture qui passait, une autre qui s'arrêtait. Je décrochais le téléphone avant même que la première sonnerie se fût achevée. J'espérais — je n'en ai conscience qu'aujourd'hui — un appel de Federica, un marché qu'elle m'aurait proposé : les carnets de Vecchini contre quelques nuits avec elle... Je sais que c'est cela que je souhaitais, que je n'osais même pas penser, tant ce désir me paraissait veule, mais il était si fort, si profond en moi, qu'il me faisait espérer aussi ce déchaînement de la violence contre moi pour en finir avec mon envie d'elle, en finir avec cette vie que je continuais de mener, qui collait à moi comme le corps de ma femme quand, la nuit, elle touchait mon épaule, sa jambe contre la mienne, et que je me sentais coupable d'être révulsé par cette proximité, révolté de devoir la subir.

Tout plutôt que cela !

Et, cependant, j'avais peur de ce qui s'annonçait.

Je me sentais vulnérable, encerclé, comme si chaque événement dramatique — l'époque était sombre, cruelle — était un signal qui m'était destiné, un avertissement de ce que j'allais avoir à subir.

J'étais devenu, oui, je reprends la comparaison, pareil à un vieillard sensible et émotif. Je feuilletais un magazine, j'y voyais des enfants aux mains rongées par les acides ou la terre qu'on les contraignait à manipuler, et le monde et ma vie me devenaient insupportables.

J'apprenais que deux gosses de dix ans avaient assassiné un bébé après l'avoir torturé, et la panique s'emparait de moi, le dégoût me submergeait quand j'apercevais la foule criant vengeance, contre les meurtriers et voulant les lyncher.

Je n'osais plus regarder mes enfants, comme si je les avais condamnés à subir ce martyre qu'était la vie et comme si la menace qui fondait vers moi allait aussi s'abattre sur eux.

Quand les hommes qui m'ont agressé ont dit qu'ils étaient prêts à tuer mes enfants, je les ai crus d'emblée et leur ai livré aussitôt les documents.

Ma capitulation, que je ne regrette pas, était préparée par cette attente, ces heures que je passais devant l'écran de télévision pour m'étouffer d'images, tenter d'oublier ce qui allait survenir, et je ne me rendais pas compte que ma frayeur s'amplifiait à la vue de ces femmes humiliées, de ces corps déterrés, voire de ces pauvres couchés sous des monceaux de cartons, dont le froid paralysait les gestes et rougissait les yeux. La misère du monde me devenait une blessure personnelle, les scènes barbares annonçaient le cataclysme qui me guettait, que j'entendais gronder dans toutes les voix suppliantes, rebelles ou indignées.

Je me tassais. Je mangeais — m'empiffrais plutôt — devant ces images comme si j'avais pu, en me bourrant, étouffer ma peur et cesser de penser. Parfois je tombais dans une lourde somnolence qui me saisissait tout à coup et dont je sortais affolé, un peu hagard, me rendant compte que des minutes avaient passé et que le journal était depuis longtemps fini.

Un soir — c'est ce soir-là qui clôt la période que je viens d'évoquer — j'entendis ainsi, dans un résumé des nouvelles, le rappel de ce titre : la mort à Nice d'Antoine Vecchini, l'un des personnages importants du dernier demi-siècle et l'un des plus mystérieux, à la suite d'une explosion sans doute d'origine criminelle.

J'étais déjà au-delà de la peur. Cette information, c'était le bruit des clés dans la serrure de la cellule, à l'aube.

J'ai, sous le regard inquiet de Christiane, couru jusqu'au téléphone, appelé la rédaction du journal, demandé qu'on me lise toutes les dépêches d'agence concernant cet attentat, puisqu'il semblait que c'en fût un. On me fit patienter, patienter encore, je me mis à hurler. Christiane prit les enfants contre elle, les conduisit jusqu'à leur chambre, au premier étage. D... s'emportait : qu'avais-je à foutre de ça ? Ils étaient en plein bouclage. Est-ce que ça ne pouvait pas attendre ? Si j'avais eu un ordinateur, si je m'étais plié aux nouvelles méthodes de travail, je ne les aurais pas dérangés. C'était la dernière fois, criait-il : ou je m'adaptais, ou je démissionnais. Puis, calmé, il me lut les trois dépêches qui concernaient Vecchini.

L'explosion s'était produite à midi trente. L'engin

avait été placé dans la cuisine, peut-être dans le vide-ordures. On devait connaître les habitudes de Vecchini, savoir qu'il déjeunait chez lui chaque jour, après le départ — vers midi — de la femme de ménage qui préparait son repas. La bombe avait été conçue pour tuer, sans doute était-elle composée de pièces de métal qui avaient criblé d'éclats la cuisine. Vecchini, atteint par plusieurs d'entre eux, avait succombé durant son transport à l'hôpital.

On rappelait dans la dernière des dépêches les principales étapes de sa biographie. Élève de l'École Normale supérieure, agrégé d'histoire en 1938, il avait écrit dans le journal du Front populaire, *Vendredi*, puis été proche des milieux de la collaboration pendant l'occupation nazie. A la Libération, après quelques mois d'emprisonnement, il était devenu l'un des conseillers des présidents de la banque Wysberg et Cie, Paul-Marie Wysberg, puis Robert Challes et même Richard Gombin après 1981. Son rôle, dans les coulisses des différents pouvoirs, avait été souvent décisif. Chargé de mission auprès du président de la République (1975-1981), il avait animé dès 1947 un Centre d'Études et de Recherches sur la Civilisation européenne où s'étaient succédé des générations de cadres, députés, futurs ministres.

L'académicien Benoît de Serlière, l'ancien ministre Georges Mauranges et de nombreuses autres personnalités avaient déploré sa disparition et s'étaient indignés de cet attentat. Vengeance politique liée aux activités passées d'Antoine Vecchini ou bien affaire intime, la question était posée. On avait vu à plusieurs reprises une jeune femme rôder sur le port, devant la maison de la victime, et, selon des témoins, elle aurait été reçue par Vecchini quelques heures avant l'explosion. La concierge de l'immeuble la décrivait comme une jeune fille portant un manteau noir trop large pour elle.

J'ai raccroché.

Et puis ils sont venus, trois hommes. Ils m'ont frappé pour m'aveugler.

Mais je vois encore.

C'est ma peur qu'ils ont crevée avec leurs poings. C'est ma vie d'avant et ma lâcheté qu'ils ont tuées.

Je suis enfin libre d'écrire comme je l'entends.

Prologue 2

Une jeune fille passait

6

Une jeune fille avançait, marchant le long du quai d'un pas lent, et Joubert, assis sur le banc de l'embarcadère, la suivait des yeux.

Il la regardait aller vers la jetée, contre le vent, dans le soleil encore haut, et bien qu'il n'y eût en apparence rien de menaçant dans cette silhouette gracile, il était inquiet, sûr que c'était elle qu'il avait aperçue, en fin de matinée, quand il était descendu du taxi, quai des Docks, devant la maison de Vecchini.

Elle était déjà seule et il s'était aussitôt étonné, en réglant le chauffeur, de la présence de cette jeune fille qui paraissait attendre, appuyée au montant d'une grue, son manteau trop large et ses cheveux blonds soulevés par les bourrasques.

Il s'était orienté dans sa direction parce qu'il voulait voir la façade de la maison de Vecchini, prendre du recul, et c'est le mouvement rapide qu'elle avait fait pour lui tourner le dos, comme si elle avait craint qu'il n'aperçût son visage, qui avait été pour Thomas le premier signe d'alerte. Il avait alors pris conscience de son étonnement quand, s'apprêtant à descendre de taxi, il l'avait vue, ne réalisant pas encore qu'elle l'inquiétait, mais cette façon qu'elle avait eue de dérober ses traits, puis de s'éloigner trop vite, avait fait que, tout en se reprochant de céder à l'anxiété, il n'était pas parvenu à l'oublier.

Toute la matinée, alors qu'il arpentait le quai des Docks, puis qu'il déjeunait debout d'un sandwich, dans un bar situé à quelques dizaines de mètres seulement de la maison de Vecchini, il s'était tenu sur ses gardes, se demandant si elle n'allait pas reparaître et ce que ce retour signifierait.

Peut-être Vecchini se méfiait-il et vérifiait-il, grâce à elle, que Joubert était bien venu seul, sans photographe ni journaliste, à moins — ç'aurait été plus préoccupant — que ceux qui craignaient la publication des carnets de Vecchini n'eussent fait en permanence surveiller sa maison, connaissant le Vieux Salaud, le sachant capable, puisque sa mort approchait, de terminer sa vie par un coup d'éclat, un superbe scandale qui ferait tomber de leur piédestal ceux qui avaient été ses amis, ses complices, ses rivaux, et dont, comme il l'avait dit à plusieurs reprises à Joubert, il n'avait plus rien à foutre ?

Il était déjà entré, expliquait-il, dans le dernier cercle, celui de la liberté absolue, là où même la menace de la mort indiffère. Au contraire, on souhaite qu'une main amie vous aide à franchir le dernier seuil.

Thomas n'avait pas été longtemps dupe de ces propos de vieux sage, débarrassé de tout désir et de toute crainte, ne cherchant plus qu'à sauver et faire connaître son témoignage pour qu'il s'inscrive dans les tablettes de l'Histoire.

« Souvenez-vous, Joubert, lui avait-il dit, j'ai une formation d'historien et ne l'ai jamais reniée. Croyez-vous que j'aie tenu ces carnets par plaisir ? »

Non, c'était par altruisme, par souci de rigueur et de lucidité, par volonté de laisser un témoignage brut :

« J'aimerais léguer mes carnets à la bibliothèque de l'École Normale. Après tout, c'est rue d'Ulm que ma vie a vraiment commencé. »

Joubert avait appris en près de deux années de conversations téléphoniques avec Vecchini, puis lors de leur unique rencontre à Paris, que le Vieux Salaud était retors, habile à dissimuler ses véritables intentions, à laisser dans l'ombre ce qui lui importait vraiment, à ne livrer que des bribes de vérité, à monter des trompe-l'œil et brouiller les pistes.

Qui cherchait-il à abattre en promettant de remettre ses carnets, en invitant Joubert à lui rendre visite dans sa maison du quai des Docks, à Nice, afin de les récupérer ? Peut-être voulait-il simplement se protéger en faisant de Joubert une cible, puisque c'est lui, désormais, qui détiendrait les textes, lui qui pourrait faire éclater le scandale, Vecchini, hors jeu, terminant sa vie en spectateur ?

Qui sait si Vecchini n'avait pas compris que les carnets qui l'avaient longtemps protégé attiraient maintenant la foudre sur lui, qu'on voulait — qui, lequel parmi ceux dont les noms étaient cités ? — en finir avec cette menace, ce chantage, enterrer Vecchini et ses souvenirs ? Et Vecchini détournait la foudre. Je ne suis qu'un vieillard, pourrait-il dire, je me suis laissé séduire, circonvenir par ce professeur, ce Thomas Joubert, voyez avec lui, moi je n'ai plus rien, je n'ai plus de mémoire. Je suis si proche de la mort...

Sachant que l'autre, en face de lui, pouvait à tout instant jouer telle ou telle pièce de son répertoire, Thomas Joubert avait imaginé tout cela et essayé de prévoir les coups à venir pour les anticiper et ne point être acculé au comportement que Vecchini souhaitait lui voir adopter, mais préparer plusieurs variantes, le surprendre.

C'est pourquoi il était arrivé de Paris par l'un des premiers avions afin de repérer la maison, essayer de comprendre ces lieux, ce port, cette ville où Vecchini était né, avait grandi et où il était revenu — pour mourir, n'est-ce pas ? répétait-il avec affectation.

En 1991, il avait quitté la scène parce que son vieil ennemi, l'Empire soviétique, s'était effondré, qu'il avait en somme gagné, que sa vie se terminait sur ce triomphe et que commençait à présent une autre époque dont il ne serait plus — et pour si peu de temps — que le spectateur narquois, le vieux joueur qui sait encore apprécier l'intelligence des coups et prévoir parfois l'issue de la partie.

Souvent, Vecchini avait évoqué sa maison située au bout du quai des Docks. Dès qu'il en parlait, sa voix changeait, cessait d'être railleuse ou sarcastique pour prendre le ton de la nostalgie.

Jadis, quand il était gosse, dans les années vingt, il avait couru dans les entrepôts qui s'élevaient à l'emplacement de cette maison. Son père avait réussi, par quel miracle — parce qu'il avait le dos musclé, la nuque large, les mains épaisses et dures comme des planches, et qu'il ignorait ce qu'étaient la fatigue et le repos —, à devenir, lui, l'émigré, propriétaire de ces hangars où l'on entassait les sacs d'arachide, les ballots de liège, les planches, les fûts de vin d'Algérie, les réservoirs d'huile d'olive qui suintait, épaisse et sombre, à travers les soudures.

C'était cela, les docks, autrefois. On y trouvait aussi une fabrique de pâtes et quand les dockers, le dos et le crâne recouverts d'une toile de jute, avançaient en file sur les passerelles des cargos, chargés de sacs de farine, ils étaient enveloppés d'une fine poussière blanche, pierrots chancelants et difformes.

Il avait donc connu cela, Vecchini, l'odeur du liège et du bois, les poignées d'arachides qu'on mâchait jusqu'à en faire cette bouillie grasse qui étouffait et écœurait. Il se souvenait du « han » des dockers quand ils se déhanchaient pour charger les sacs, ou de leur attente, bras levés, mains ouvertes, prêts à recevoir les charges qu'on posait sur leurs épaules.

Son père régnait sur tout cela, les doigts accrochés aux revers de sa veste de velours, un cigare noir — un toscan dur comme une branche sèche — enfoncé, presque toujours éteint, au coin de sa bouche, la casquette rejetée en arrière, laissant voir les grosses veines bleues qui couraient sur ses tempes et dont Antoine Vecchini craignait qu'elles n'éclatent, un jour de colère, quand le visage du père s'empourprait, qu'il hurlait en italien, s'en prenait à Dieu, invoquait la madone ou le diable, et finalement crachait, jurant que les putains seules savaient ce qu'était la vie.

Étrange conclusion. Mais il y avait un bordel, place du Pin, non loin du port. Le samedi soir, le père y avait une femme et une chambre retenues, toujours les mêmes. Il ne trompait personne : la mère était morte depuis longtemps, en 1918 ou 19 — grippe espagnole ? Longtemps Antoine Vecchini l'avait cru ; à l'époque, les cloches de l'église du port ne cessaient de sonner le glas. Antoine Vecchini ne se souvenait que de ce rythme funèbre et grave que le vent emportait vers le large, le laissant seul, à trois ans, face à ce père qui brisait son pain dur dans un bol de vin chaud.

Antoine avait raconté cela à longues et lentes phrases qui paraissaient monter du fond de lui, comme s'il n'avait plus été que cet enfant que son père parfois faisait chanceler d'une gifle à main retournée, laissant la trace rouge des doigts sur la joue et l'oreille en feu, car il ne pardonnait pas que l'on paresse, que son fils ne soit pas le premier en classe, et pas question de s'arrêter au certificat d'études ; « tant qu'il y a quelque chose à prendre, prends-le, criait-il, prends tout ce que tu peux », et Antoine avait donc pris le brevet, le premier prix d'histoire au Concours général, le baccalauréat, le concours d'entrée à l'École Normale, l'agrégation — reçu premier, comme il se doit.

Pas même de fierté chez le père et le fils. Ils avaient fait l'un et l'autre ce qu'ils devaient, lui en cravachant son fils, en lui donnant les moyens d'apprendre — prendre, apprendre, c'était du pareil au même pour le vieux Vecchini —, Antoine en accomplissant sa tâche. Ils étaient quittes. Après, ce qu'Antoine avait fait, ça ne regardait plus son père, et que le nom de Vecchini apparût dans les journaux, qu'est-ce que ça changeait ?

Le temps était venu où le père n'avait même plus eu la force de gravir l'escalier du bordel de la place du Pin. Alors il restait assis au salon, chaque samedi, parmi les femmes dénudées, les yeux mi-clos, et l'une ou l'autre, en passant, lui caressait la joue ou effleurait ses lèvres d'un baiser, en souvenir et parce qu'il laissait toujours un bon pourboire à partager.

Puis il n'était plus sorti de chez lui qu'une ou deux fois par semaine pour acheter du fromage — du parmesan sec comme de la pierre —, du pain, quelques oignons et des tomates, de l'huile et du vin. Il mastiquait assis devant la fenêtre, surveillant ses entrepôts qu'il avait mis en gérance, et son seul signe d'impatience, quand un docker trébuchait ou montait trop lentement la passerelle, était un mouvement de sa main droite qui s'élevait et se fermait, puis retombait lourdement sur sa cuisse.

Il avait été tué lors d'une attaque aérienne qui avait détruit les entrepôts, crevé le quai des Docks d'énormes entonnoirs qui s'étaient remplis d'eau, et l'on avait retrouvé son corps, nu, gonflé et rose, flottant ainsi, bras écartés, au centre de l'un d'eux. C'était en juillet 1943, après une bombe anglaise ou américaine.

« Un demi-siècle, Joubert, avait conclu Vecchini qui avait retrouvé son ton ironique, détaché. Ils l'ont libéré à leur manière, n'est-ce pas ? »

En 1943, avait-il encore raconté, les obsèques s'étaient déroulées au cimetière du Château qui domine le port. Dans les allées, entre les tombes, devant les cyprès, il y avait des hommes en armes, gardes mobiles, miliciens de Darnand, mais personne pour suivre le cercueil, seulement ce fils venu de Paris, dont la Résistance avait mis la tête à prix, proclamé qu'elle allait l'abattre s'il osait se montrer.

« La politique, mon cher Joubert, c'est toujours la haine, avait-il murmuré en haussant les épaules. Mais, en 43, les gens avaient envie de se tuer. Il y a des moments comme ça. Le temps du carnage, le retour des anthropophages. Il faut l'accepter, n'est-ce pas ? Cela passe, puis cela revient. Peut-être sont-ils à nouveau à nos portes, vous ne croyez pas ? »

Il désarçonnait Joubert par cette manière d'oublier sa responsabilité, son propre rôle, de se présenter en témoin lucide qui n'avait été mêlé que par hasard aux événements. Anthropophage, lui ? Qui pouvait le croire ? Il n'avait fait que subir les mœurs du temps.

C'est le jour de l'enterrement de son père qu'il s'était promis de revenir vivre sur le quai des Docks, là où il avait passé son enfance, là où son père avait vécu et était mort.

« J'y suis parvenu, avait-il conclu d'une voix humble. Vous viendrez me voir, n'est-ce pas, Joubert ? Je vous montrerai ainsi le commencement et la fin de la boucle, ma vie, en somme. »

Comment haïr ou simplement juger un homme qui se confie, dont on devine les roueries, les mensonges, dont on pressent le cynisme, l'habileté, l'autosatisfaction, l'art de la feinte, mais qui exprime aussi les couleurs et les bruits de son enfance, l'attachement au père, dont on mesure la trajectoire parcourue, dents serrées, pour s'arracher à l'entrepôt, aux sacs remplis d'arachides, à l'odeur d'huile, et parvenir à faire partie de ce petit groupe où brillaient Benoît de Serlière, Georges Mauranges ou Robert Challes ? Et, la courbe terminée, cette volonté de rentrer chez soi, de s'asseoir devant son balcon surplombant le quai des Docks, afin de retrouver la rumeur du vent, le son des cloches, de revoir la façade couleur sanguine des immeubles à colonnades qui entourent l'église du Port et ferment comme un décor de théâtre la place de l'Ile-de-Beauté.

A chaque fois qu'il avait écouté Vecchini, Joubert s'était laissé prendre, oubliant que l'homme qui lui parlait était l'un de ceux qu'il voulait dénoncer, *hommes de sang,* aurait dit son ami Daniel Lesmonts qu'il retrouvait de temps à autre dans sa ferme d'Ittenheim et avec lequel il pouvait, fût-ce avec prudence, évoquer ses projets, ce livre de révélations qu'il méditait.

Pour se déprendre de cette sympathie qu'il éprouvait malgré lui pour Vecchini, Joubert l'avait appelé le Vieux Salaud, afin que l'homme fût d'emblée situé sur l'échiquier.

Mais Vecchini trouvait des parades, ne livrant

aucun secret, échappant aux questions de Joubert qui s'obstinait à lui téléphoner plusieurs fois par semaine de son bureau de l'Institut d'Histoire contemporaine. Le Vieux Salaud décrochait aussitôt, comme s'il s'était trouvé à côté de l'appareil, attendant l'appel.

Mais que cherchait Joubert ? commençait-il. Il était heureux de converser avec lui, comme deux historiens qui échangent des hypothèses, soit, mais il n'avait rien à révéler. Ses carnets, sans doute, constituaient un témoignage auquel il tenait, mais plutôt d'ordre intime. Qu'avait-il écrit au jour le jour ? Le plus souvent les banalités de la vie quotidienne, « pas plus, vraiment, je vous assure, Joubert ». Bien sûr, c'était un document d'époque, lui-même était historien, Joubert le savait, n'est-ce pas, et peut-être, en effet, si la bibliothèque de l'École Normale...

A chaque instant, avec habileté, il maintenait ainsi une ambiguïté telle sur le contenu de ses carnets — leur existence même, parfois — que Joubert en arrivait à s'interroger. S'était-il trompé sur Vecchini ? Le Vieux Salaud entretenait ces doutes comme à plaisir. Il ne savait plus rien. Il était si vieux, n'est-ce pas ? A peine si quelques noms — de Gaulle, Déat, Doriot, Moulin, Mitterrand, naturellement (il riait, mais à cause de l'actualité, de la télévision) — lui rappelaient certains événements. Avec le temps, affirmait-il, les choses et les hommes prenaient leur place réelle : si peu d'importance, dans une vie, ce qui n'était pas privé, mais oui, c'est un historien qui vous dit cela, si ennuyeuse la politique, si répétitive, des mobiles si élémentaires, si stupide la guerre, si barbare, paléolithique, si vide le pouvoir et si primitifs ceux qui s'y intéressent...

Heureusement, il conservait le souvenir des femmes, de ses passions. L'une d'elles en particulier, Nella, d'une inventivité, Joubert n'imaginait pas ! Chaque nuit, durant ces quatre années d'occupation, elle lui avait fait franchir sa *ligne de démarcation* — et il répétait la formule. Nella le hantait encore. Il s'installait sur son balcon au-dessus du quai des Docks et revivait ces nuits-là... Les vieux sont ainsi, mon cher.

« C'est cela, ma vie, Joubert, à cela se résume ma mémoire », avait-il dit plusieurs fois.

Lorsque Joubert lui avait rapporté quelques confidences de Benoît de Serlière qui s'était inquiété du sort de ces carnets — sûrement, avait dit l'écrivain, une accumulation de ragots, de on-dit, de rumeurs, de rancœurs —, il avait été surpris de la violence de la réaction de Vecchini.

Serlière était un romancier de merde qui s'était planqué en Suisse en 1944, avait laissé ses amis les plus proches crever seuls, puis, les passions calmées, les procès terminés, était rentré à Paris et avait fait carrière en publiant des livres sur Drieu la Rochelle, le romantique désespéré, et sur Brasillach, l'héroïque. « A vomir, Joubert ! Toujours est-il que Serlière est resté vivant, blanc comme neige, Académie française, bicorne, épée, Légion d'honneur, un maître respecté, n'est-ce pas ? Mais moi, je connais la couleur de sa merde, croyez-moi, Joubert ! »

Il savait, disait-il, que Serlière avait participé aux orgies de la rue de la Pompe.

« Vous connaissez la rue de la Pompe, Joubert ? Le lieu le plus horrible de Paris : tortures, mutilations, vols et viols, des Français qui réussissaient à dégoûter la Gestapo, c'est vous dire ! Serlière est allé voir, parce que le sang, le sadisme, ça l'attirait. J'ai consigné tout cela et Serlière le sait, alors il continue de trembler. Vous imaginez, si quelqu'un publiait mes carnets ? »

Puis il se reprenait, paraissait douter de ce qu'il avait lâché, la colère l'avait emporté, naturellement, il ne se souvenait de rien, les vieillards sont rancuniers, ils imaginent et lui-même était devenu un vieil homme, maintenant. Il soupirait, ajoutait : « En 43, j'avais vingt-huit ans, nous étions les maîtres, la mort rôdait, les femmes avaient envie de vivre, de jouir, elles étaient comme enragées, toutes. On a vécu comme des fous. »

Le Vieux Salaud n'éprouvait aucun remords et Joubert avait envie de vomir, de crier des injures car l'autre l'entraînait, le forçait à accepter peu à peu son point de vue, à considérer comme naturel ce qui s'était passé au cours de ces années-là : une péripétie dans une si longue vie, à peine une ride de l'histoire sur laquelle on ne pouvait porter aucun jugement, qu'il avait le droit de regretter parce que c'était le temps de sa jeunesse.

Souvent, pour éprouver la résistance de Joubert, il le provoquait. Ainsi lorsque — enfin ! — il avait accepté de le rencontrer à Paris.

« Déjeunons, si vous voulez, pourquoi pas au Récamier ? »

Et il avait ajouté que le restaurant était situé non loin de l'hôtel Lutetia. « Ça vous dit quelque chose, Joubert, n'est-ce pas ? » La voix était doucereuse et Joubert avait répondu, la gorge nouée, qu'il serait heureux de déjeuner avec Vecchini.

Puis, ayant raccroché, il s'était senti honteux, sali, compromis, et il avait téléphoné à Daniel Lesmonts, lui racontant par bribes ce qu'il avait entrepris, imaginant le paysage d'Ittenheim enfoui dans le brouillard, demandant des nouvelles des enfants, de Christiane, recouvrant peu à peu son calme, décidé à vaincre Vecchini, Serlière, tant d'autres, se souvenant de ces photos de l'hôtel Lutetia — quel service nazi avait-il abrité : la Gestapo, l'Abwehr ou un bureau de la Kommandantur ? — où l'on voyait des drapeaux noirs et rouges, des sentinelles casquées. C'est dans cet hôtel qu'on avait accueilli en 1945 les déportés, et les familles entouraient ces survivants à la tête rasée, affolées à la vue de ces spectres qui parlaient d'une voix éteinte des camarades laissés là-bas.

Et cependant, quelques jours plus tard, Joubert s'était assis en face de Vecchini, fasciné par le regard étincelant du vieil homme, son visage anguleux, sa peau parcheminée, ses cheveux encore noirs, sans doute teints, car le Vieux Salaud n'avait pas renoncé à séduire. Joubert l'avait surpris lorgnant les jambes des femmes, l'œil mi-clos derrière des lunettes rondes, petites, à la monture d'écaille, semblables à celles qui étaient à la mode dans les années quarante et que Joubert avaient vues sur les portraits de Brasillach et de Doriot.

— C'est donc vous, Thomas Joubert ? avait soupiré Vecchini en hochant la tête. Comme vous êtes jeune, mon Dieu !

Il avait choisi avec soin le vin, le humant, réchauffant le verre entre ses paumes, exigeant du garçon qu'il le verse lentement dans la carafe, seulement au moment de servir, car, avait-il expliqué, le Saint-Émilion s'oxyde vite et sa tessiture se modifie aussitôt.

— Il suffit de si peu pour changer d'âme, n'est-ce pas ? Héros un jour, traître le lendemain — grand cru, piquette...

Il s'était penché, les doigts croisés, regardant son interlocuteur par-dessus la monture de ses lunettes. Que voulait Joubert ? avait-il demandé. Il l'avait interrompu sitôt que celui-ci, hésitant, gêné, avait commencé par évoquer son travail d'historien, sa morale d'universitaire, les impératifs de la recherche.

Allons, allons, avait-il dit, Joubert avait mis bien trop d'obstination, de passion dans leurs relations, ne se laissant jamais décourager, pour qu'il n'y eût pas autre chose de plus profond, de plus personnel. Un règlement de comptes par histoire interposée ? Le goût du scandale, l'envie de faire sauter tout ça ? — il avait montré d'un mouvement de la main le restaurant, les autres clients. Joubert avait-il bien pesé les risques ? Ne valait-il pas mieux s'intéresser au corps des femmes, n'était-ce pas plus raisonnable ? Il est vrai qu'on dit ça quand on ne peut plus...

Puis, à brûle-pourpoint, il avait demandé à Joubert s'il était marié. Son prénom ? Federica ? Étrangère ? Jeune ? Roumaine donc, et photographe de presse ? On dit que les Roumaines... Joubert connaissait-il ces vers d'Aragon : *Moi j'ai toujours aimé les étrangères/*

quand j'étais un petit enfant/elles avaient la jambe légère... ?

Avait-il déjà parlé de Nella à Joubert ? Une Italienne pulpeuse, experte. La vie, Joubert, la vie, c'est une femme collée contre vous et sa sueur qui vous imprègne.

Joubert avait eu une mimique gênée, évitant de répondre, profitant de ce que Vecchini, avec l'avidité d'un homme jeune, commandait une nouvelle bouteille de vin, pour reprendre son propos sur l'histoire, la nécessité de parvenir à une connaissance précise, sans préjugés, avait-il insisté, du rôle de chacun des acteurs, des liens qu'ils pouvaient avoir eus entre eux, de parvenir ainsi à approcher la vérité.

Vecchini avait haussé les épaules, puis avait secoué la tête avec un air de commisération. La vérité, pourquoi pas la morale ? Venait toujours le moment où il fallait choisir entre des monstres, parce qu'on ne pouvait échapper à cette alternative : un Hitler, un Staline, un tyran ou un autre, Auschwitz ou le Goulag. Joubert en arriverait lui aussi à cette conclusion parce qu'il était intelligent et que la lucidité dissout la morale et la vérité.

Puis, en se levant et en s'appuyant à Joubert, il avait d'une voix différente, plus basse, ajouté qu'il devinait ses intentions : identifier des complices, n'est-ce pas, montrer que nous avions tous partie liée à quelques-uns ? Très balzacien, ce projet. Peut-être avez-vous eu l'intuition de quelque chose, pourquoi pas ?

Il avait marché à petits pas, traînant un peu les pieds, s'arrêtant pour lire la plaque apposée sur la façade de l'hôtel Lutetia et qui rappelait le retour des déportés. Il avait eu une quinte de toux, murmurant : « La faute à qui ? », et, comme ils arrivaient devant la station de taxis, il s'était arrêté, disant à mi-voix qu'on vivait un curieux moment. Mitterrand l'amusait : cette gerbe sur la tombe de Pétain, cet hommage aux Juifs victimes de la rafle de juillet 1942. Il avait rencontré Mitterrand à Vichy, cette année-là précisément. Voyez comme tout est ambigu dans ce pays :

rien n'était blanc ou noir, ni rouge. Il avait ri : ni même rose ! Il fallait que Joubert voie Henri Ferrand, le général, le président de la banque Wysberg et Cie, Challes, Georges Mauranges, le ministre, un fidèle entre les fidèles de Mitterrand, presque son double, un mimétisme caractériel extraordinaire, d'autres encore, Serlière naturellement, un ami malgré tout...

« Ils sont toujours vivants, comme moi, mon cher. Nous sommes une génération indestructible, mais — il était déjà assis dans le taxi — nous allons partir, Joubert, soyez rassuré, nous avons fini de jouer. Même Mitterrand, le plus coriace, n'en a plus pour très longtemps, quoi qu'il fasse. On referme le livre, *notre* livre. »

Il avait attiré Joubert vers lui en lui saisissant le poignet.

« Au fait, ces carnets, Joubert, si ça vous intéresse, passez me voir, chez moi, quai des Docks, téléphonez-moi, prenons rendez-vous. Vous verrez le port, la mer. Je vous raconterai. »

A. V. 5e étage droite, avait lu Joubert dans le hall d'entrée de la maison.

C'était en fin de matinée et le taxi l'avait déposé quai des Docks. Il avait d'abord marché vers les bassins et les grues, là où se tenait cette jeune fille au manteau noir, puis, quand elle s'était éloignée, il s'était avancé vers le porche. Parmi la liste des noms, il avait repéré cet *A. V.*, et, s'écartant de quelques pas, il avait levé les yeux vers le balcon du cinquième étage droite qui surplombait les bassins et d'où, sans doute, on apercevait le cap, les sombres massifs qui se découpaient à l'horizon, vers l'ouest. Le Vieux Salaud terminait bien sa vie.

Joubert était resté un long moment à l'affût, guettant l'entrée, mais aussi le bout du quai où la jeune fille avait disparu.

Le vent était glacé comme il peut l'être en janvier. Les coques des voiliers résonnaient en se heurtant et les drisses métalliques vibraient avec des pépiements d'oiseaux affolés, et ces sons extrêmes avaient accompagné Joubert, l'irritant. Il détestait le vent, cette force invisible qui griffe, s'oppose à chaque pas, rageuse et bruyante. Dans le bar où il avait déjeuné, il s'infiltrait encore au ras du sol, serrant les chevilles, ankylosant les jambes.

« Il fait froid », avait-il dit, mais personne ne lui avait répondu et il avait quitté cette salle sombre pour retrouver la brutalité du vent qui paraissait modeler les toits, les rochers, creusant les contours de chaque relief contre le bleu intense du ciel. Il s'était assis sur le banc de l'embarcadère et la jeune fille était réapparue. Parfois, d'un mouvement ample des bras, elle tentait de retenir son manteau ou de rassembler ses longues mèches. Mais le vent déferlait et elle abandonnait, semblant aller à la rencontre des vagues courtes, couronnées d'écume, qui venaient battre le quai et dont les embruns frappaient Joubert au visage.

Elle l'avait suivi, il s'en était persuadé, et il s'était placé dans l'ombre afin qu'elle fût contrainte de tourner la tête, peut-être de s'arrêter pour le distinguer, et il aurait pu ainsi découvrir à son tour son visage.

Mais elle avait continué du même pas, disparaissant bientôt derrière la jetée d'où elle devait sans doute le surveiller, attendre qu'il se dirigeât vers la maison de Vecchini.

Peut-être parce qu'il avait froid, Joubert avait éprouvé un sentiment de perte et d'angoisse, comme lorsque Federica détournait les yeux, ne répondait pas aux questions qu'il lui posait, puis quittait la pièce, et il lui semblait à chaque fois qu'elle l'épiait, cherchant à surprendre ce qu'il disait au téléphone à Vecchini ou à Daniel Lesmonts.

Puis il avait repris sa place sur le banc, sortant de l'ombre, retrouvant le soleil, demeurant seul sur cet embarcadère, au milieu de ce quai balayé par des tourbillons de poussière qui masquaient parfois les trajectoires des oiseaux de mer filant au ras de l'eau. Il s'était levé à deux ou trois reprises pour battre du pied tant il avait froid, pour regarder aussi du côté de la jetée s'il n'apercevait pas à nouveau la jeune fille. Peut-être aurait-il dû marcher vers elle, l'interpeller, la forcer à se démasquer, au moins aurait-il retenu ainsi les traits de son visage. Puis il s'était rassis, recroquevillé. A quoi bon ? avait-il pensé. Il était seul. Il ne se connaissait qu'un allié timoré, Daniel, et encore fallait-il à chaque fois le pousser hors de son refuge, jouer de sa curiosité, de sa vanité, de son amitié ou de son ennui. Au moins n'était-ce pas un ennemi.

Les autres, avait-il une nouvelle fois jugé avec orgueil et amertume, l'entouraient d'hostilité ou d'une indifférence si obstinée qu'elle était pire que de l'animosité. On ne voulait ni le voir ni l'entendre. Il dérangeait, comme il avait jadis troublé les cours du lycée, posant des questions gênantes, développant ses idées, prétendant que ce n'étaient pas les sentiments qui faisaient agir les hommes, mais des forces que quelques-uns connaissaient, maîtrisaient, habiles manipulateurs de la mathématique sociale, alliés entre eux pour maintenir sur la foule des aveugles leur souveraineté et conserver ainsi, quel que fût le drapeau brandi, le pouvoir.

Mais les serfs n'ont jamais aimé qu'on leur dise qu'ils grattent la terre pour le seigneur. Ils ont toujours eu trop peur pour regarder le donjon et imaginer ce qui se passe à l'intérieur. Nul ne voulait détruire les apparences, dévoiler les secrets, savoir comment le monde était conduit. Et au profit de qui.

Joubert avait cru un temps qu'à l'Institut quelques collègues — ainsi cette petite femme ronde et vive, Emmanuelle Bois, avec qui, avant qu'il n'épouse Federica, il avait eu, dans le studio qu'elle habitait rue de Grenelle, une relation brève et médiocre — comprendraient son projet. Mais ils s'étaient tous écartés de lui, le pestiféré qui travaillait sur la Cagoule. « Une société secrète, pouah ! Est-ce que cela existe ? Pourquoi pas la Synarchie ? » avait dit Emmanuelle Bois. Et lorsqu'il avait répondu : « En effet, pourquoi pas ? », elle l'avait regardé avec un mépris mêlé de pitié. Il allait briser sa carrière, compromettre sa réputation en colportant les vieilles fables de l'extrême droite sur le rôle souterrain et concerté, les conspirations de quelques puissants.

Il s'était donc tu. Et il se demandait parfois si, en effet, il n'était pas qu'un paranoïaque — Emmanuelle Bois l'en avait accusé à plusieurs reprises : parano, Joubert, parano, tu finiras comme ça —, s'imaginant que lorsqu'on s'approchait de lui, c'était pour l'espionner ou peut-être l'abattre.

Il avait tenté de tenir les rênes de sa raison. Mais avait-il rêvé que cette jeune fille au manteau noir l'attendait quai des Docks, l'avait suivi jusqu'ici, se dissimulant derrière la jetée ? Avait-il inventé les sous-entendus de Vecchini : « Méfiez-vous quand même. Vous êtes sûr de votre téléphone, quand vous m'appelez ? »

Perdait-il la tête quand il se remémorait la manière dont Federica l'avait abordé, trop belle, trop jeune pour lui ? Il l'avait su dès que, dans le hall de l'Institut, elle s'était avancée, si provocante, voulant, disait-elle, le photographier, parce qu'il était l'un des seuls professeurs célibataires et donc le seul à l'intéresser, elle le disait avec franchise, non ?

Elle avait ri, montrant ses petites dents serrées et aiguës. Elle cherchait un moyen de rester à Paris, il fallait qu'il le sache, mais elle avait aussi entrepris à Bucarest une thèse d'histoire, et peut-être Joubert pourrait-il la diriger, non ?

Elle avait suggéré de passer l'après-midi avec lui, le même jour, pour se connaître un peu, et lorsqu'il l'avait précédée dans l'escalier — six étages sans ascenseur —, puis qu'il s'était effacé pour la laisser entrer, il s'était dit qu'il fallait accepter aussitôt le marché, que peu importait ce qu'il cachait, qu'il valait mieux ce contrat cynique entre eux que l'illusion d'une affection ou d'une passion.

Il avait gardé de sa liaison avec Emmanuelle Bois le dégoût d'une relation fausse où nul n'osait dire ce qu'il cherchait — peut-être au demeurant aucun des partenaires ne le savait-il. Alors c'étaient les faux élans, la gesticulation appelée désir, et, pour finir, le mépris de soi et de l'autre.

Lorsque Federica avait ôté son blouson, marché dans l'appartement, ouvert la porte-fenêtre donnant sur la terrasse, d'où l'on apercevait le dôme du Val-de-Grâce, il lui avait dit qu'elle pouvait s'installer ici si elle voulait, qu'il était prêt à l'épouser.

Il lui avait servi un verre de whisky sans la regarder, ajoutant : « Peut-être est-ce cela que vous vouliez me proposer dans le hall de l'Institut ? Je suis professeur, français, célibataire. Vous devenez madame Federica Joubert. Évidemment — il avait montré le canapé, posé le verre —, évidemment, il y a une contrepartie, mais nous connaissons les termes du contrat, il est clair, donc honnête ! »

Elle avait lentement déboutonné son chemisier. Jamais il n'aurait imaginé qu'elle avait des seins aussi beaux.

Mais peut-être même cela, qu'il avait pensé avoir décidé, conduit de bout en bout, sachant où il allait, lui avait-il échappé et avait-il été dupé, mené, le désir de Federica de l'épouser n'étant qu'un piège dans lequel il était tombé, une apparence dont il avait été la victime, car peut-être avait-elle eu un autre but : s'installer près de lui pour le surveiller, connaître le moment où il obtiendrait enfin de Vecchini la communication de ses carnets ?

Mais qui sait s'il ne délirait pas en imaginant cela, en la soupçonnant elle aussi, alors qu'elle était simplement curieuse, comme il se doit quand on partage le lit de quelqu'un ?

Lorsqu'il se réveillait, qu'il la voyait, couchée nue sur le ventre, le visage enfoui dans l'oreiller, il se demandait s'il n'était pas qu'un mythomane, un obsessionnel saisi dès l'adolescence par une passion unique, et s'il n'avait pas construit de toutes pièces le grand mensonge d'une conspiration à découvrir, parce qu'il voulait être le premier à atteindre le cœur des choses, une sorte de découvreur en quête du principe unique de l'histoire française ? N'était-ce pas là une forme de démence qui se prétendait connaissance, recherche de la vérité ?

Qui peut savoir ?

Peut-être, comme tous les autres, ne croyait-il lui aussi qu'à des apparences, s'était-il construit un roman personnel aussi illusoire que ceux qu'il dénonçait, et sa mathématique sociale, ses théorèmes, cette alliance d'initiés pour conserver le pouvoir étaient-ils aussi imaginaires que leurs sentiments ?

Mais alors sa propre vie et toutes les vies, l'Histoire donc, ces existences qu'avaient vécues Vecchini, Wysberg, Serlière, Mauranges, Mitterrand, Ferrand, n'étaient que des formes insaisissables, changeant d'aspect à tout instant, variant au gré des regards du moment, et elles passaient comme des ombres fugitives auxquelles on pouvait tout prêter parce qu'il n'y avait plus ni valeurs ni repères, seulement une sorte de mouvement.

Semblable à celui de cette jeune fille au manteau noir qui s'était avancée et l'avait sans doute suivi depuis le quai des Docks avant de disparaître derrière la jetée.

7

Vecchini avait essayé de calfeutrer les fenêtres donnant sur le quai des Docks, mais le vent avait continué de s'infiltrer et ce son aigu et continu achevait de le persuader qu'il ne réussirait pas à se réchauffer.

Il avait passé une vieille veste de velours dont il avait relevé le col et, les mains enfoncées dans les poches, il avait arpenté l'appartement pour dégourdir ses jambes qui lui pesaient, semblaient vouloir l'immobiliser, l'enfoncer dans le sol ; il avait à la fois la sensation qu'elles étaient gelées et qu'elles le brûlaient.

Il n'était pas parvenu à dominer cette inquiétude diffuse que le froid accentuait, lui donnant l'impression d'être exposé, menacé. Il avait toujours détesté ce genre de situation, obligé de n'avancer qu'à couvert, et cette prudence, ce besoin de rester dans l'ombre qui lui avaient pourtant permis de traverser tous ces tumultes, ces règlements de comptes, cette forêt de hallebardes qu'est toujours la vie pour ceux qui prétendent se mêler à la chose publique, comme lui qui n'avait fait que cela.

Il s'était assis, le dos appuyé à l'un des radiateurs du salon, et c'est alors qu'il s'était souvenu de l'une des dernières fois qu'il avait vu son père. Ce devait être en 1941 ou 42, à l'occasion d'une tournée que Vecchini faisait en zone non occupée pour mettre en place dans chaque département des comités du Rassemblement national populaire, le parti de Marcel Déat dont il avait accepté le secrétariat général.

Il avait poussé la porte des entrepôts par la fin d'une matinée de janvier — sans doute était-ce en janvier 42. Il y avait aussi du vent et, se découpant dans la pénombre, il avait aperçu la silhouette de son père, assis à califourchon, voûté, les bras appuyés au dossier de la chaise, présentant son dos à un poêle chauffé au rouge. Il portait une veste de velours dont il avait relevé le col.

Retrouvant ce souvenir, il lui avait semblé que lui-même habitait désormais le corps de son père. Il avait les mêmes gestes, les mêmes traits et sans doute les mêmes douleurs, cette raideur dans les épaules et la nuque, ce froid au bout de ses mains tavelées, devenues épaisses, larges comme celles du vieux Vecchini.

C'était une sensation curieuse et émouvante parce qu'elle faisait revivre son père en lui, par lui, et qu'il se dédoublait ainsi, observant cette silhouette de vieil homme qui était lui. Il était, après toutes ces années de vagabondage au loin, comme un esprit qui retrouve enfin sa forme, rentre dans la jarre, et plus rien ne subsiste de ses métamorphoses, de ses incarnations.

Avait-il été le conseiller de Paul-Marie Wysberg, puis de Robert Challes et même de Richard Gombin à la banque Wysberg et Cie, avait-il assisté chaque mardi matin à son conseil d'administration, dans l'immeuble à la façade de marbre du boulevard Haussmann ? Avait-il dîné plusieurs fois en tête à tête avec le président de la République, dans la petite salle à manger de l'Élysée, parce que le Président voulait l'interroger sur la biographie de tel ou tel personnage et savait que Vecchini tenait depuis les années quarante ses carnets à jour ? Avait-il évité de peu le peloton d'exécution en 1944 pour avoir accepté — il en savait les risques — ce poste de secrétaire général du Rassemblement national populaire, parce qu'il fallait bien, une fois, être dans l'apparence du pouvoir, et qu'il n'avait pu se dérober ? Mais, même dans cette fonction, il avait su demeurer en retrait, garder des liens avec ceux de l'autre camp, les protéger même, et cela lui avait — ô combien ! — servi ultérieurement.

Il était ainsi passé d'un régime à l'autre, lucide, sans jamais se laisser griser, aveugler, et, au bout, il était devenu ce vieux corps qui avait froid, dont le col de la veste de velours irritait la nuque et qui vivait, quai des Docks, dans une solitude semblable à celle qu'avait connue son père.

Le vieux n'avait manifesté aucune émotion en revoyant son fils, bien que cela fît plus de trois ans qu'il ne le rencontrait pas. Il avait même semblé à Vecchini que son père lui en voulait d'être venu. Il avait cherché à comprendre cette attitude sans vraiment oser poser de questions, répétant simplement — et il sentait combien cette phrase était ridicule : « Tu vois, je suis là. »

Au moment de son départ, quelques heures plus tard, son père l'avait enfin regardé longuement.

« Tu as beaucoup étudié, avait-il dit, tu comprends sûrement tout, tu réfléchis, tu sais ce que tu fais, mais moi — le père avait craché sur le sol couvert d'une fine couche d'écorces brisées, réduites à l'état de miettes noires —, tu vois, tout ça — il avait montré l'entrepôt, les grumes entassées —, c'est à moi, rien qu'à moi, et je ne veux le partager avec personne, mais — il avait secoué la main — jamais, tu entends, jamais je n'ai quitté les miens, je suis resté du côté des dockers — il avait poussé un *han* grave, comme s'il chargeait un sac —, j'ai trop porté de charges. Toi, tu as eu la vie légère, tu as gardé le dos droit, maintenant tu es avec les fascistes. Ça t'a servi à quoi, d'étudier, d'écrire tout ce que tu écrivais, avant, au temps où tu levais le poing ? Moi, je ne l'ai jamais levé, mais maintenant je ne tends pas le bras comme tes Chemises noires... »

Vecchini n'avait plus repensé à cette scène depuis des dizaines d'années, peut-être depuis ce mois de juillet 43 où il avait porté son père en terre sous la protection des miliciens, au cimetière du Château, en face du quai des Docks. Il ne s'était pas senti coupable. Il ne regrettait pas cette aventure qu'avait été sa vie. Il se souvenait de ces moments où il avait dû choisir, rompre, c'était à chaque fois comme une femme nouvelle qu'il rejoignait, une vieille liaison qu'il abandonnait sans remords, car il ne devait fidélité qu'à lui-même. Qu'étaient les autres ? Des pièces d'un jeu, et il s'agissait d'être celui qui les déplace, qui voit tout l'échiquier.

Son père, émouvant, qui avait réussi à échapper à sa condition, à être, comme il le criait souvent lors de ses colères, son *maître* — « Je suis mon maître, moi, personne ne me commande ! » — n'avait pas su aller jusqu'au bout de sa liberté, quitter ce quai des Docks, les dockers, ses anciens camarades, franchir toutes les frontières, savoir qu'on n'a de comptes à rendre qu'à soi.

Pourquoi s'était-il souvenu des propos de son père aujourd'hui ? Peut-être à cause du froid, de cette veste de velours, ou parce qu'il s'apprêtait à remettre ses carnets à Thomas Joubert, se dégageant ainsi une nouvelle fois de son passé, libre encore. Ne se laisser enfermer par rien ; telle avait été sa ligne de vie depuis l'adolescence.

La chaleur du radiateur avait peu à peu pénétré en lui et il s'était redressé, levé, puis, passant devant la porte-fenêtre du balcon, il avait aperçu, appuyée à l'un des montants de la grue, cette jeune fille au manteau noir qu'il avait déjà remarquée plusieurs fois quai des Docks, ou dans le quartier, marchant toujours du même pas lent, et, en détaillant cette silhouette, il avait d'abord éprouvé un âcre sentiment d'amertume, la bouche un peu sèche, parce que jamais, plus jamais il ne connaîtrait cela, le plaisir de la suivre, de la séduire, de l'entraîner, et il avait même perdu le souvenir de ce que l'on ressent quand une femme vous enlace, vous embrasse.

Lorsqu'il repensait à Nella, à Françoise, à Sabine ou à d'autres, il était comme le spectateur de scènes auxquelles il avait participé. Il pouvait faire surgir les gestes, les mots, penser même ce qu'il avait dû ressentir. Nella, quand elle jouissait, se couvrait de sueur, des gouttes perlaient entre ses seins, coulaient le long de son ventre jusqu'au pubis, d'autres baignaient son visage, tout était moite, son corps entier était devenu un sexe humide. Il y pensait, il pouvait l'exprimer avec des mots — il en avait toujours la tentation, parce qu'il aimait raconter ce qu'il avait vécu, c'était comme une mastication de vieux —, mais sentir, éprouver, trembler de plaisir, tout cela s'était enfui. Il était une terre morte, sèche. Il lui restait encore — pour combien de temps ? — les yeux pour regarder cette jeune fille élancée dont il imaginait les hanches larges et les seins fermes.

Mais il n'avait jamais pu apercevoir son visage.

A chaque fois qu'il s'était approché, elle s'était détournée de lui, qui avait pensé qu'elle allait peut-être le fixer d'un regard insistant, équivoque — et il lui aurait alors fait comprendre qu'il était disposé à payer ce qu'elle voulait, et il l'aurait invitée à le suivre jusque chez lui, parce que *cela* pouvait se passer chez lui ; mais *cela,* quoi ? Il lui aurait demandé de se mettre nue, toute nue, puis il l'aurait caressée, et il lui aurait ordonné de le toucher, de lui prendre le sexe, et elle l'aurait fait, car les putains font cela quand on les paie, et elles se foutent de l'âge, des poils gris, des replis blancs de la peau, il faut bien, c'est pour ça qu'on les paie, et si ça les dégoûte, elles savent le dissimuler — lui, qui n'avait donc pas réussi à la dévisager, avait commencé à s'interroger sur les raisons de sa présence.

Pourquoi traînait-elle là, autour de sa maison, sur le quai ?

Puis il avait vu Joubert descendre de taxi — pourquoi arrivait-il si tôt alors que leur rendez-vous n'était fixé qu'à seize heures ? — et marcher vers la jeune fille.

Vecchini avait aussitôt pensé qu'elle l'attendait et travaillait pour lui.

S'était-il donc trompé sur Joubert ?

Il avait pourtant pris toutes ses précautions, demandé aux amis qu'il comptait encore au ministère de l'Intérieur d'établir une fiche de renseignements sur cet universitaire qui, il y avait deux ans, lui avait téléphoné, et Vecchini avait saisi cette occasion qu'il attendait de se réinsérer à sa manière dans le jeu des pouvoirs.

Il avait appâté Joubert, joué avec lui, s'était rétracté, puis avancé, mesurant son obstination, sondant ses mobiles, et, peu à peu, il s'était convaincu qu'il pouvait l'utiliser à la fois comme un bouclier et une arme.

C'est Joubert qui publierait les carnets, et lui, Vecchini, se tiendrait à l'abri, démentant s'il le fallait, prétextant qu'il avait été trompé, si bien qu'on ne saurait plus où se trouvait la vérité, et peut-être qu'à ce moment-là, protégé par l'opinion, Vecchini pourrait intervenir en pleine lumière, choisissant son moment, ses cibles, témoin exceptionnel qu'on s'arracherait puisqu'à nouveau, au bout d'un demi-siècle — il avait fallu le temps ! —, on s'était mis à discutailler sur Vichy, le pouvoir d'alors, on examinait sa politique à l'égard des Juifs, on évaluait la responsabilité de l'État français, les idées de Mitterrand, même.

Vecchini serait le vieillard qui sait.

Il avait joui par avance de ce rôle qu'il tiendrait, modeste et rigoureux. N'était-il pas historien de formation ? Cela l'avait gardé, expliquerait-il, des passions excessives ; il n'avait jamais, comme d'autres, fréquenté la rue de la Pompe. Pauvre Benoît de Serlière, il allait en mourir, de ce retour du passé !

Les renseignements fournis sur Joubert avaient confirmé le sentiment de Vecchini. L'homme n'était affilié ni à un parti, ni à une de ces associations de médiocres en mal de notoriété qui ont toujours une cause à défendre. Il rendait visite et téléphonait souvent à un romancier, journaliste aux *Dernières Nouvelles d'Alsace*, qui habitait Ittenheim, dans la région de Strasbourg, un personnage falot qui vivait retiré et publiait des livres dont on parlait un peu. Un raté, avait conclu Vecchini, imaginant si bien cet écrivain amer et prétentieux qui souffrait de ne pas être reconnu et faisait des enfants et des livres comme on se venge petitement, parce qu'il devait être lâche et donc prudent.

Cette amitié avec Daniel Lesmonts semblait prouver la modestie des ambitions de Joubert : une thèse, une place reconnue dans les milieux universitaires, rien de plus.

Souvent, cependant, Vecchini avait eu le sentiment qu'il sous-estimait Joubert, que celui-ci était peut-être une personnalité ambiguë, retorse et intuitive, portée par quelque passion souterraine, dirigée par une obsession, une sorte de fanatique qui dissimulait sa foi pour mieux la faire triompher.

Pourquoi, s'il n'avait été qu'un professeur comme les autres, aurait-il choisi de s'intéresser à la Cagoule, d'enquêter dans ce marécage secret, ces sables mouvants où tant d'hommes s'étaient enlisés ? Pourquoi se serait-il ainsi accroché à lui, Vecchini, que les historiens traditionnels avaient prudemment oublié ?

Lorsqu'il pensait ainsi à Joubert, Vecchini se souvenait de certains camarades de promotion de la Rue d'Ulm, universitaires qui semblaient se désintéresser de la chose publique, se consacrer à l'archéologie de l'Amérique précolombienne ou à l'étude des philosophes présocratiques, puis qui passaient de la recherche au renseignement, qu'on retrouvait au ministère de l'Intérieur ou à la tête de petites sectes, parce qu'ils avaient le goût de l'inconnu, l'intuition qu'il existe une face cachée de l'Histoire, enfouie, qu'il fallait mettre au jour afin de renverser les vérités admises.

Et puis il y avait ce mariage de Joubert avec cette jeune étrangère, Federica, photographe de presse, qui révélait le cynisme de l'homme ou, pour le moins, son goût du risque, une capacité de rejeter les conventions. Car la fiche de renseignements fournie par le ministère de l'Intérieur précisait que Federica Matreanu, entrée en France clandestinement, avait tenté à plusieurs reprises de conclure un mariage blanc et qu'il n'était donc pas déraisonnable de penser qu'un contrat du même genre avait été passé entre elle et Thomas Joubert.

Tout cela, qui eût dû inquiéter Vecchini, l'avait au contraire attiré. Il s'était reproché cette imprudence et il décidait périodiquement de rompre avec Joubert et de chercher une autre filière pour publier ses carnets en toute sécurité.

Mais il cédait au plaisir d'une partie serrée, à l'incertitude de son issue, calculant aussi qu'il n'avait plus rien à perdre. Que peut craindre un vieillard ?

Qui allait lui demander des comptes ? Et, même dans cette hypothèse, n'était-ce pas un supplément de vie qu'on lui accorderait en s'intéressant à lui encore, en jugeant ce qu'il avait fait ?

Certes, il souhaitait conserver toutes ses cartes, assister de loin à la mise à feu, n'intervenir qu'à son heure, quand la confusion et les polémiques se seraient donné libre cours. Mais c'était Joubert qui courait les plus grands risques. A quarante ans, on a encore une carrière à faire, une réputation à défendre, des biens à acquérir, et s'attaquer aux messieurs du pouvoir, c'est toujours perdre.

Ça, Vecchini le savait.

Il avait été du cercle de ceux qui décident du sort des hommes, de leur fortune ou de leur ruine, et même de leur survie. Le bras armé du pouvoir est long et lourd. La mémoire du pouvoir est inépuisable. Pour lui, le temps ne compte pas. S'attaquer à ceux d'hier, c'est toujours menacer ceux d'aujourd'hui.

Peut-être Joubert le savait-il, peut-être était-ce là son intuition, ce qu'il voulait dévoiler, ce qu'il avait l'intention de faire exploser. Au bénéfice de qui ?

Mais Joubert devait plutôt être l'un de ces solitaires pathétiques qui s'imaginent toujours qu'ils vont réussir à voler le feu, à désigner les dieux égoïstes et criminels à la vindicte des hommes. Pauvres fous !

La jeune fille au manteau noir ne l'avait pas attendu, elle s'était éloignée vers l'extrémité du quai des Docks, comme si elle avait voulu ainsi dissimuler son visage à Joubert, relevant le col de son manteau, ses cheveux cachant ses joues.

Que cherchait-elle alors ? Qui l'envoyait ?

Vecchini n'avait pas cédé à cette avalanche d'hypothèses que les hommes menacés font rouler en eux, vite emportés par la panique. Il en avait tant vu, tant côtoyé, de ces puissants qui basculaient dans l'effroi, s'entassaient dans des voitures et s'enfuyaient vers l'Allemagne, espérant échapper à leurs juges. Et certains, comme Déat, Benoît de Serlière, y étaient parvenus. Méprisables.

Vecchini était donc resté debout derrière le rideau de sa fenêtre, guettant Joubert qui scrutait la façade de la maison puis arpentait le quai, regardant en direction de la jeune fille.

Elle les surveillait peut-être tous deux, attendant le moment où Vecchini confierait ses carnets à Joubert ? Pour qui travaillait-elle ? Challes, Serlière, Mauranges ? Le pouvoir d'hier et celui d'aujourd'hui ? Les mêmes hommes, la petite bande dont Vecchini avait fait partie ?

Il avait sans doute été imprudent en sollicitant l'aide de ses amis au ministère de l'Intérieur afin d'obtenir des renseignements sur Joubert. Amis ! Il avait, après toute une vie passée au cœur des pouvoirs, osé employer ce mot ! Puisqu'il n'avait plus rien à offrir — seulement ses carnets qu'il n'entendait pas monnayer, on le savait —, il n'avait plus d'amis, il n'était qu'un maladroit qui sollicite une information et qui donc en livre une : Vecchini s'intéressait à Thomas Joubert, historien de la Cagoule, professeur à l'Institut d'Histoire contemporaine — pourquoi ?

Ils avaient dû chercher. Mettre les téléphones sur écoute, faire surveiller Daniel Lesmonts à Ittenheim, et cette Emmanuelle Bois, la collègue de Joubert dont il avait été l'amant durant quelques mois — c'était noté sur la fiche de renseignements —, et bien sûr Federica Joubert.

Celle-là, c'était leur alliée dans la place. Bien sûr, puisqu'ils connaissaient son passé et la tenaient donc.

Vecchini eût dû s'inquiéter, peut-être renoncer à confier ses carnets à Joubert, l'avertir en tout cas, lui parler de cette jeune fille en manteau noir, du rôle que pouvait tenir auprès de lui Federica. Mais peut-être Joubert savait-il tout cela ?

A chaque fois que Vecchini avait évoqué la probabilité d'écoutes téléphoniques, la nécessité de la discrétion, Joubert avait paru ne pas comprendre, ne pas vouloir entendre. Il avait cette sorte de fatalisme et donc d'indifférence qu'ont en commun les héros, les vertueux, peut-être les saints et les imbéciles.

Vecchini allait ainsi lui remettre ses carnets, mèche allumée, et faire savoir — peut-être par cette jeune fille qu'il allait bien un jour réussir à aborder — qu'il n'était plus concerné, qu'il était trop tard pour s'en prendre à lui, que Joubert avait toute latitude pour publier ses textes.

A mon âge, dirait Vecchini, regardez-moi, je suis si vieux, en quoi voulez-vous que cela m'intéresse encore ?

Et s'ils faisaient taire Joubert, Vecchini aurait conservé un double des carnets dans son coffre, à Zurich.

Il avait toujours aimé jouer ainsi, des atouts dans ses manches.

Il avait regardé Joubert quitter le quai des Docks, se diriger vers l'embarcadère, de l'autre côté des bassins, et la jeune fille en manteau noir était alors réapparue, marchant de son même pas lent.

Et, tout à coup, ce manteau, cette silhouette, l'eau des bassins qui, par un effet de perspective, semblait l'envelopper, ses cheveux comme des algues flottant à la surface, allant et venant au gré des vagues, avaient terrorisé Vecchini.

Ainsi, il avait oublié jusqu'à cet instant Karen Moratchev, cette femme qui avait occupé des mois de sa vie, ainsi sa mémoire pouvait en engloutir des pans entiers, et c'était cela l'origine de sa peur, l'oubli en lui comme un monstre avide, insatiable, non pas la ressemblance entre cette jeune fille en manteau noir et la femme disparue, mais bien que ce qu'il avait connu, éprouvé, cette passion, cette inquiétude aient pu si longtemps ne plus exister, disparaître. Cela déclencha en lui une panique contre laquelle il ne pouvait lutter, imaginant que chaque jour sa vie antérieure allait un peu plus se dérober, fondre, ne laisser aucune trace, et qu'il serait comme un noyé entraîné par le fond cependant que la surface est redevenue lisse.

Il mit longtemps à sortir de sa prostration, les yeux fermés, la tête dodelinante, comme le vieux qu'il était devenu, affolé, accablé, craignant de ne même plus avoir le pouvoir de se souvenir, réduit simplement à savoir qu'il y avait une vie, avant cela, dans laquelle une jeune femme dont il avait un instant retrouvé le nom, Karen Moratchev, était déjà venue vers lui, blonde, un manteau noir ouvert, large et long, battant ses jambes.

Prologue 3

Avant qu'ils ne sachent, avant qu'ils n'imaginent

8

Savent-ils que j'écris ? Que je n'ai nul besoin des carnets de Vecchini pour poursuivre ? Tout ce que j'ai transcrit est là, sur des fiches blanches cartonnées : noms, dates, faits, révélations politiques, propos scandaleux, détails intimes.

Je n'ai qu'à entrelacer les fils pour que surgisse le motif.

Souvent, je ferme mon œil vivant afin de me persuader que l'autre est mort, qu'aucun miracle ne s'est produit, et j'éprouve à chaque fois un sentiment de révolte et de crainte, le désir enragé de me remettre aussitôt à écrire, comme si la mutilation qu'ils m'ont infligée était devenue un aiguillon, comme si j'avais peur qu'ils ne reviennent pour me tuer avant que j'en aie terminé.

Hier, au moment où je relisais mes dernières phrases, celles où je répétais le nom de Karen Moratchev, me demandant si je n'exagérais pas le rôle de la jeune fille en manteau noir qui, de son pas lent, avait suivi Joubert cependant qu'il se dirigeait vers l'embarcadère, de l'autre côté des bassins du port, la sonnerie du téléphone a retenti, me faisant sursauter.

Ce ne pouvait être le journal.

La veille, j'avais porté à la rédaction ma chronique hebdomadaire et avais accepté les corrections que D... m'avait suggérées.

Ma visite au siège du journal, rue de la Nuée-Bleue, avait en fait un autre but. Je m'étais installé dans un bureau des Informations générales et j'avais fait défiler sur l'écran de l'ordinateur les dépêches relatives à la mort de Vecchini.

Il avait suffi de quelques jours pour que l'attentat fût enfoui sous l'actualité. La dernière des dépêches indiquait même que la police locale avait abandonné la thèse de l'explosion criminelle. Elle s'orientait plutôt vers celle de l'accident : fuite de gaz et court-circuit.

Les témoignages qui avaient fait état de la présence d'une personne suspecte, quelques heures avant l'explosion, étaient en fait, assurait-on, vagues et contredits par d'autres.

La femme de ménage avait affirmé que le vieil homme n'avait à aucun moment manifesté d'inquiétude et que, pour sa part, elle n'avait jamais vu aux abords de la maison, sur les quais ni bien sûr chez Antoine Vecchini, de jeune femme au comportement étrange. Le climat de la ville, détestable, les rumeurs qui s'y répandaient, les attentats fréquents avaient sans doute suscité les premières déclarations. Le juge d'instruction n'avait d'ailleurs pas retenu l'hypothèse d'un homicide volontaire.

J'étais rentré à Ittenheim en roulant au pas.

Il pleuvait. La buée recouvrait le pare-brise. Les voitures et les camions qui me doublaient aspergeaient les glaces d'une eau grasse.

Jamais comme ce soir-là je n'avais été sûr de l'existence d'une conspiration et d'une volonté puissante, décidées à empêcher qui que ce fût de voir et de savoir.

C'était comme si mon champ de vision avait été limité non seulement pour m'interdire d'écrire, mais pour me rappeler qu'il existe une zone prohibée, à jamais obscure, et que le malheur s'abat sur ceux qui, l'oubliant, pénètrent dans l'aire défendue.

Submergé par le dégoût et un sentiment d'impuissance, j'ai eu sur cette route la tentation d'abandonner.

Mais les mots avaient commencé de prendre racine en moi et ils germaient, touffus, tenaces, envahissant mon esprit, m'éveillant au milieu de la nuit, m'empêchant de me rendormir et me contraignant à me lever, à descendre au cellier, à étaler mes fiches sur la table, à glisser une feuille dans la machine. Alors ils proliféraient au bout de mes doigts.

Je n'avais même plus besoin d'être courageux ou déterminé, j'étais poussé, conduit, possédé.

Peut-être est-ce cela, être écrivain ?

Hier, j'étais donc dans le cellier quand le téléphone a sonné.

J'ai décroché. Une voix de femme, enjouée, m'annonça, après s'être assurée de mon nom, qu'elle me mettait en communication avec M. Benoît de Serlière.

Je n'ai pas eu le temps de penser, on m'interpellait déjà d'un ton aigu et assuré : « Nous ne nous connaissons pas, cher confrère, mais je vous lis. »

Un ami strasbourgeois, avait expliqué Serlière, lui avait signalé mes chroniques, « de petits bijoux dans la tradition, la *grande* tradition naturaliste ou réaliste, comme vous préférez ».

Il les avait lues, séduit ; plus que cela : enthousiaste.

« Vous êtes romancier, je vais être franc, je ne connais pas vos livres, mais votre œuvre m'attire. Qu'écrivez-vous en ce moment ? »

Il était, disait-il, à la recherche de nouveaux talents qui feraient éclater le petit monde parisien, si nombriliste, et il m'accueillerait avec joie — comme un privilège — dans la collection qu'il dirigeait. Étais-je tenté ? Mais peut-être avais-je déjà un livre en cours et un contrat, d'autres projets ?

Je me suis tu comme un animal qui se blottit afin d'éviter la patte du carnassier qui fouille son terrier.

D'une voix sourde, j'ai répondu que je ne pouvais plus écrire, que je me contentais de dicter mes chroniques à ma femme.

Il s'est étonné. Mais pourquoi, mon Dieu, avec le

talent qui était le mien ? Je devais poursuivre mon œuvre, lui donner un souffle, un élan !

« Je n'y vois plus, monsieur », ai-je dit.

Il a bredouillé des excuses, confus de sa maladresse, expliquant qu'il avait craint lui aussi plusieurs fois des décollements de la rétine, mais, heureusement... Il s'est interrompu. Avais-je consulté de bons spécialistes ? Le meilleur était à Vienne.

« On m'a crevé les yeux, monsieur », ai-je dit.

J'avais répondu d'un ton calme.

Il me semblait qu'un autre parlait à ma place, tenant mon rôle, cependant qu'une voix égrenait en moi les passages des carnets de Vecchini évoquant les visites de Benoît de Serlière au 180, rue de la Pompe, au début de l'année 1944.

L'immeuble était cossu, les tortionnaires allemands et français avaient occupé un appartement luxueux du premier étage. Dans le salon immense, les tentures violettes étaient le plus souvent tirées si bien qu'en entrant, poussés à coups de crosse et de pied, les prisonniers heurtaient les meubles de prix ou le piano à queue qui occupait tout un angle de la pièce. Friedrich Berger, le chef de ce qu'on appelait « la Gestapo de la rue de la Pompe », était tapi dans la pénombre et lorsqu'il éclairait le salon, on découvrait des femmes nues pendues par les mains et les pieds, qu'on avait flagellées, d'autres dont on entaillait la peau avec une lame de couteau avant de saler les plaies ; les victimes hurlaient, battues à mort, toujours nues, et l'un des bourreaux — ils étaient français, à l'exception de Berger — se mettait au piano et commençait à jouer une pièce de Mozart ou de Beethoven.

« Berger arrête pour dépouiller et revendre les biens qu'il rafle, avait écrit Vecchini. Tortures, trafics, viols. On m'a, à une réception de l'ambassade d'Allemagne, montré sa maîtresse, Denise Delfau, et l'on s'indignait qu'elle fût présente parmi les invités. Grande femme, un air de louve égarée. Elle enregistre en sténographie, m'a-t-on assuré, les confessions des malheureux que l'on torture, assise sur le bord de la baignoire. J'ai vu, ce soir-là, Serlière la renifler, tourner autour d'elle, les yeux avides. Il serait devenu un familier du 180, rue de la Pompe. Un écrivain doit toujours tout éprouver, s'en va-t-il répéter dans les dîners. Il a eu un mot qu'Aschenbach m'a rapporté : "C'est surréel, cela échappe au jugement des hommes. C'est de la littérature démoniaque en actes."»

« Mais c'est inconcevable, s'est exclamé Serlière, horrible ! On vous a délibérément crevé les yeux ? Voyons, voyons... »

J'ai expliqué du même ton las que j'habitais la campagne, une maison un peu isolée, et que des voyous m'avaient molesté.

Il s'est lamenté, m'exhortant au courage, ne cherchant pas plus avant à connaître les causes ni les détails de l'agression. Il me conseilla de fréquenter cette grande consolatrice qu'était la poésie. Il était sûr que j'y excellais, et l'Académie, parfois, accordait son aide aux poètes. « Nous sommes les seuls, c'est un devoir national. »

Je l'ai remercié.

C'était hier.

Vecchini racontait qu'au 180, rue de la Pompe, il n'était pas rare qu'on enfonçât le canon d'une arme dans la bouche d'un enfant pour contraindre les parents à avouer.

Ils avaient fait à peu près de même avec moi.

Je veux montrer ce fil qui court ainsi de la rue de la Pompe à Ittenheim, de Serlière à Thomas Joubert, à Vecchini, à moi.

Écrire, donc.

Avant qu'ils ne sachent, qu'ils n'imaginent et ne m'en empêchent.

Ecrire, vite.

Première partie

Le noir des abysses

9

Souvent, au fil des années, mais pour la première fois le 3 janvier 1944, avec le sentiment qu'il s'agissait là de la seule question qu'il fallait résoudre, de celle que, depuis qu'ils pensent, les hommes se posent, Vecchini, donc, commençant à noter dans ce carnet ce qu'il avait fait, vu, entendu en ce troisième jour d'une nouvelle année, s'était demandé si le devenir d'un homme est tout entier joué dès le début de sa vie et s'il suffit de l'écouter, à ce moment-là, de le dévisager, de connaître ses premiers actes et d'avoir un peu d'intuition pour deviner ce que va être son destin, alors que lui-même hésite encore sur la route à prendre, cherchant à démentir les prophéties, à rejeter le poids de ses origines, s'imaginant si libre, si créateur de soi qu'il ne peut concevoir même dans ses cauchemars qu'il va être mené toute sa vie, que chacune de ses révoltes sera une soumission à la loi secrète qui le régit, et qu'un jour, au moment le plus inattendu, dans des circonstances imprévisibles — croira-t-il —, il tuera son père et épousera sa mère, ainsi que les dieux l'ont voulu et dit.

Mais chacun pour soi est Œdipe, aveugle avant de se crever les yeux, et l'autre peut savoir, s'il le veut, mais qui cherche à connaître — à voir — le destin d'autrui ?

Ce 3 janvier 1944, Vecchini s'était ainsi interrogé et souvenu de Benoît de Serlière à dix-huit ans, rue d'Ulm, adossé au mur près de l'étroite porte d'entrée.

Le concierge, avec déférence et en même temps une pointe d'ironie pour marquer qu'il était blasé, qu'il en avait vu d'autres, déjà, de ces jeunes gens qui prétendaient qu'ils deviendraient écrivain, président du Conseil, académicien, leur avait lancé : « Alors, vous êtes reçus, messieurs ? Bienvenue à l'Ecole ! Tout est possible pour vous ! »

Vecchini s'était balancé d'un pied sur l'autre, ne sachant s'il devait entrer, répondre, ou bien, au contraire, reprendre immédiatement le train, gare de Lyon, retrouver à Nice l'entrepôt du quai des Docks et ne revenir que l'été fini, quand il le faudrait bien.

Mais une idée inattendue l'avait saisi, troublé : et s'il renonçait, maintenant qu'il avait prouvé qu'il pouvait en effet réussir, maintenant qu'il avait fourni toutes les preuves, lavé tous les affronts ?

Il pousserait les lourdes portes de l'entrepôt, il reconnaîtrait l'odeur de macération, glisserait peut-être sur cette couche huileuse mêlée de sciure qui imprégnait le sol, et dirait à son père : « Tu vois, j'ai tout pris, il n'y a plus rien, je reste avec toi. »

Il avait senti le regard de Serlière qui le dévisageait, inspectait ses vêtements, cette chemise dont les pointes de col s'effilochaient, ces chaussures surtout, montantes, comme en portent les ouvriers, et il devait penser : voilà un boursier de province, un laborieux, un méritant.

Était-ce la conséquence de la tension de l'oral, de l'attente des résultats, de l'assurance que la réussite lui donnait ? Vecchini avait eu envie de frapper Serlière, son poing droit lui écrasant le nez et la lèvre supérieure, le gauche atteignant l'estomac et, s'il le fallait, il y ajouterait un coup de genou dans les couilles.

Il s'était souvent battu, quai des Docks, et aucune bande, ni celle de la rue Droite, dans la vieille ville, ni celles de Saint-Roch, des Abattoirs ou de la place du Pin n'avaient pu le faire plier. Et quand son père le voyait rentrer les lèvres tuméfiées, il marmonnait : « Lave-toi, tu es plein de sang », puis il lui lançait une pièce, grommelant : « Tu n'as pas foutu le camp, au moins ? » Et parce qu'Antoine sursautait d'indignation, le vieux Vecchini hochait silencieusement la tête.

Serlière s'était redressé comme s'il s'était senti menacé et Vecchini l'avait à son tour examiné, ce bellâtre aux cheveux noirs tirés en arrière, plaqués sur une tête ronde aux lèvres charnues et au nez fin. Les yeux en amande, pareils à ceux de certaines filles, étaient gris, si mobiles qu'on ne pouvait saisir leur regard, et quand ils se fixaient, ils apparaissaient voilés, comme si Serlière n'était pas tout à fait en éveil, ou bien comme s'il se dissimulait, hésitant encore sur ce qu'il devait être, penser, faire.

Mais ne se comportaient-ils pas tous ainsi en ce temps-là : incertains, les traits du visage encore flous, comme nimbés par un reste d'enfance, sans les cicatrices des ambitions réalisées ou perdues que sont ces méplats, ces creux, ces rides, parfois ces grimaces qui marquent la physionomie des adultes ?

Quand Benoît de Serlière souriait, on oubliait un instant son intention de séduire, le roué qu'il commençait d'être, pour deviner, sous l'affectation et la pose, la naïveté, la spontanéité et presque la bonté du gosse qu'il avait été, élevé pourtant par des parents âgés et complaisants qui vivaient au milieu de leurs domestiques dans un hôtel particulier de Neuilly : le père, Lucien de Serlière, administrateur de sociétés, siégeant au conseil de direction de la banque Wysberg et Cie, auteur de quelques livres politiques dans lesquels il recommandait de rendre au pouvoir le caractère sacré qui l'avait revêtu jusqu'à la chute de la monarchie ; la mère, Marguerite de Galand, gérait une maison d'édition publiant son mari, persuadée qu'il n'existait pas au monde d'enfant plus beau, plus élégant, plus noble que son fils.

Vecchini lui-même, quand il se regardait dans un miroir, trouvait à son visage une absence de caractère, une médiocrité qui le désolaient. Aussi, dès qu'il disposa de quelque argent — le petit traitement de l'École, les sommes que lui envoyait son père —, s'acheta-t-il un feutre mou dont il cassait le bord afin de se donner une allure virile, et le costume croisé noir, cintré, dont il s'accoutrait tranchait sur les tenues négligées ou le dandysme des autres normaliens. Il apparaissait ainsi à part. Mince, brun, l'air d'une sorte de souteneur d'opérette sorti d'un film de Marcel Carné, sa « drôle d'allure » — disaient certains professeurs — attirait les étudiantes, comme si ce mariage entre l'aristocratique prestige du normalien et l'apparente absence de préjugés, ce quasi défi aux bonnes mœurs suffisaient à garantir son originalité.

Pour autant, ce souci de s'affirmer n'était qu'une manière de masquer l'inachèvement de sa personnalité, du corps lui-même, encore mal dégagé des hésitations ambiguës de l'adolescence. Il fallait jouer à l'homme parce qu'on sentait qu'on était encore tendre et malléable.

Plus tard, Vecchini n'avait jamais songé sans une sorte d'angoisse et d'émotion à cette période — deux ou trois ans, peut- être quatre, à partir de 1934 — où il avait (ç'avait été le cas de presque tous ceux de son âge) fait mine de savoir qui il était, ce qu'il voulait, alors qu'il tâtonnait, si maladroit, si inconscient de lui-même qu'il aurait pu tout perdre.

Il y avait réfléchi, en effet, pour la première fois en janvier 1944, dix ans ayant donc passé, son visage déjà fait, peut-être encore poupin — c'est encore si jeune, vingt-huit ans —, ses lunettes rondes à monture d'écaille enfoncées dans les orbites, comme c'était alors la mode.

Ainsi qu'il en avait pris l'habitude dès avant-guerre, en 1937 ou 38, au moment où il préparait l'agrégation, il avait ouvert, par cette nuit de janvier 44, le petit carnet souple où il avait décidé de consigner ses notations quotidiennes. Il savait qu'il ne serait pas écrivain, il ne le désirait pas, cela exigeait trop d'impudeur, mais il avait choisi de devenir le mémorialiste d'abord discret de son temps, et, peu à peu, cette habitude d'écrire quelques lignes au terme de ses activités de chaque jour lui était devenue essentielle.

Il se distinguait ainsi des autres dont il était le confident, l'allié, le conseiller. Il sortait de lui-même pour voir à distance et donc, d'une certaine manière, juger ce qu'il vivait, ce que les uns et les autres accomplissaient. Il avait découvert ce plaisir intense du voyeur qui, dissimulé, surprend un geste intime, devine une pensée. C'était comme si, chaque nuit, avant de s'endormir, il se dédoublait et en même temps se rassemblait, reprenant ces morceaux de lui-même qu'il avait dispersés, cette part de sa pensée qu'il avait dû abandonner ou qu'on lui avait arrachée tout au long de la journée. Il se « serrait » comme on boutonne la veste de son costume ou boucle sa ceinture, en tirant fort, pour se sentir le corps bien pris.

Ce jour du mois de janvier 1944, le 3, il était rentré de la réception que l'ambassade d'Allemagne avait donnée pour célébrer l'année nouvelle. Il y avait côtoyé tout ce qui comptait alors à Paris : Laval, Doriot, Déat, leurs séides — il était l'un d'eux —, des ministres qui essayaient de croire qu'ils jouaient un rôle, des acteurs, des écrivains et naturellement Benoît de Serlière qui, d'un regard, évaluait chaque corps de femme pour, après quelques hésitations, s'approcher de Denise Delfau et commencer à danser autour d'elle, le corps à demi courbé parce qu'il était grand, les bras en mouvement, les mains mobiles, fuselées, le ballet de la séduction, et, sachant ce qu'on disait des activités de cette femme au 180, rue de la Pompe, de ses liens avec Friedrich Berger, Vecchini avait été fasciné par le comportement de son ancien condisciple, se souvenant de ce jeune homme adossé nonchalamment au mur, rue d'Ulm, à côté de la porte de l'École Normale.

Serlière devait-il devenir cela : un homme joufflu aux yeux avides mais toujours voilés, presque vitreux comme ceux de certains alcooliques — peut-être en effet buvait-il ou se droguait-il ? —, chauve, dont tout Paris racontait les frasques, dont on affirmait même qu'il s'était rendu plusieurs fois 180, rue de la Pompe, mais dont on louait les livres, au talent réel et à la langue superbe — hommage renouvelé, ajoutait-on, à la tradition littéraire nationale, pliée au génie de l'époque, effaçant des décennies d'influence judaïque : Serlière ou l'anti-Proust, l'énergie vitale contre la décadence fin de race.

Benoît de Serlière se vautrait dans ces louanges avec un plaisir que Vecchini, lui, méprisait. Il se sentait différent, soupçonnant tous ceux qui le complimentaient de vouloir lui tendre un piège, endormir sa vigilance, et peut-être était-ce à cette prudence, à cette réserve qu'il devait d'avoir évité — du moins estimait-il ainsi ne pas avoir accompli l'inacceptable — de patauger dans le sang, la boue, la merde, la veulerie, la débauche, ce que Serlière avait fait parce qu'il voulait jouir de tout, qu'il recherchait la flatterie, qu'il voulait étonner et d'abord se surprendre lui-même.

Mais ce constat n'avait pas empêché Vecchini de s'interroger : ce que l'on devient est-il inéluctablement inscrit en nous alors qu'adolescent on l'ignore encore et qu'on s'imagine choisir ses idées, sa route, une femme, et modeler ainsi sa vie sans imaginer que les dés ont déjà roulé avant même que ne débute la partie, et, bien sûr, sans qu'on puisse les relancer ?

Rue de Lille, dans les grands salons de l'Ambassade, Vecchini avait observé cette foule d'hommes en uniforme, leurs décorations brillant sur leurs vareuses, leurs brassards rouges et noirs serrant leurs manches, ces femmes aux épaules dénudées, ces personnalités politiques cherchant à séduire les maîtres de l'heure, Abetz, Aschenbach, dont on disait à juste titre que rien ne se faisait à Paris ou à Vichy sans leur accord. Le vieux maréchal n'avait plus qu'un pouvoir d'apparence depuis qu'en novembre 1942 la zone libre avait été à son tour occupée, et, à Paris, Laval, Doriot ou Déat, rivaux de Pétain, étaient à leur botte.

Les femmes, nombreuses, riaient trop fort, le corps trop dévoilé, les coiffures si hautes qu'elles semblaient ne pas appartenir à ces visages maquillés, à ces longs cous, à ces épaules nues. Ces mèches teintes, ces boucles, ces chignons avaient quelque chose d'excessif, accordé cependant à l'atmosphère de l'immeuble où d'immenses portraits du Fürher surplombaient l'escalier et trônaient au-dessus de buffets surabondants.

Le brouhaha couvrait le quatuor de musiciens en uniforme installé sur une estrade, au fond du salon principal, et qui ressemblaient ainsi à des marionnettes faisant mine de jouer.

Tout était extrême, comme dans un dernier spasme, un défi, et l'attitude de Benoît de Serlière apparaissait presque normale, annonçant qu'on se trouvait à une frontière, à la fin d'une époque ; à le voir prendre le bras de Denise Delfau, à entendre certains rires, on comprenait qu'à tout instant la réception officielle qui avait commencé, guindée et protocolaire, avec cette armée de serveurs raides en veste blanche à parements dorés, pouvait dégénérer en orgie où l'on aurait aussitôt violé et torturé pour être enfin à l'unisson de ce qui se faisait au 180, rue de la Pompe ou rue Lauriston, dans tant de caves et de baignoires, à l'Hôtel Lutetia ou encore au 84, avenue Foch, siège de la Gestapo.

Vecchini savait qu'il était imprudent d'écrire cela.

Paris grouillait de dénonciateurs et d'hommes en armes qui exhibaient des cartes de la police allemande, vraies ou fausses, pour assassiner des rivaux, piller un appartement, rançonner en toute impunité, se venger par avance d'une défaite annoncée et dont, sans se l'avouer, ils pressentaient l'approche, désireux d'entraîner avec eux, pour les tuer ou les compromettre, tous ceux dont ils imaginaient qu'ils avaient conservé un peu de dignité ou de mesure.

L'époque était au fanatisme et à la soumission. Penser était déjà un acte de rébellion et Vecchini, qui avait écrit des articles appelant à la révolution nationale, qui siégeait avec Déat à la direction du Rassemblement national populaire, ne l'ignorait pas. Publiquement, il avait hurlé avec les loups.

Mais ouvrir chaque nuit son carnet, tenir au bout de sa plume ces hommes et femmes qu'il avait côtoyés et que, pour la plupart, il méprisait, bien qu'il fût engagé à leurs côtés, était un exercice salubre auquel il ne pouvait renoncer.

C'était la confession quotidienne du pécheur, la quête du salut de l'homme qui ne renonce ni à fauter ni à l'Église.

Il y avait aussi de l'hypocrisie et du calcul dans son attitude, car il pensait à l'usage qu'il pourrait faire un jour de ses notes ; si les faits s'effacent vite des mémoires, lui-même se souviendrait encore des propos de Benoît de Serlière et de cette réception à l'ambassade d'Allemagne, le 3 janvier 1944.

Après avoir relu les quelques lignes qu'il avait écrites, il avait donc caché son carnet sous le tablier de la cheminée, puis il était allé jusqu'à la fenêtre, prenant la précaution, avant d'écarter les rideaux, d'éteindre la lampe.

La nuit ne paraissait claire que haut dans le ciel. Elle collait aux toits et au sol comme une glu noire et, en regardant vers la place Denfert-Rochereau, Vecchini ne put même pas distinguer la masse du socle de la statue. Un mur sombre semblait fermer le boulevard.

La fenêtre ouverte, il se pencha et fut noyé par l'obscurité et le silence. La ville entière paraissait vide ou recroquevillée, retenant son souffle, anxieuse.

Vecchini était fasciné par ce repliement, cette disparition de toute vie qui rendaient à la nuit son poids de menace primitive, confirmé par les coups de sifflet stridents qui crevaient parfois le silence comme des cris aigus, désespérés, prolongés par un appel ou les claquements de coups de feu.

La fenêtre refermée, Vecchini resta immobile, aux aguets dans l'obscurité de la pièce.

Il n'ignorait pas que certains cherchaient à le tuer.

La Résistance l'avait condamné à mort parce qu'elle haïssait en lui quelqu'un qui avait été proche, dont on avait imaginé, l'ayant vu parmi les foules qui levaient le poing en 1936, ayant lu ses articles dans *Vendredi,* qu'il était l'un de ces intellectuels — on disait aussi : « une intelligence » — marchant au même pas que le peuple, antifasciste, puisque c'était le mot de ralliement. N'avait-il pas publié une interview de Malraux au début de la guerre d'Espagne ? On connaissait ses amitiés pour François Mazan et Pierre Brunel, deux normaliens de sa promotion, l'un communiste, l'autre socialiste, et on les avait croisés tous trois, revenant les soirs de manifestations de la place de la Bastille, les bras entrelacés. Dans la période d'incertitude et de division qui avait commencé dès 1937, on n'avait pas suivi l'itinéraire de Vecchini, mais on l'avait retrouvé en 1940, écrivant dans *Je suis partout,* et, dans Paris occupé, devenu une personnalité politique proche de Marcel Déat, l'ancien socialiste, l'un des penseurs de la collaboration.

Kollabo, donc, fréquentant l'ambassade d'Allemagne, ami de Benoît de Serlière, Vecchini devait payer de sa vie sa trahison.

Mais on voulait aussi avoir sa peau dans l'entourage de Doriot, au 180, rue de la Pompe, rue Lauriston, ou au 84, avenue Foch, parce qu'on le soupçonnait d'avoir gardé des amitiés dans l'autre camp, de préparer un nouveau retournement, et l'on remarquait qu'il avait veillé à se tenir au second plan, comme s'il s'apprêtait à glisser dans l'ombre quand les juifs, les bolchevistes et les gaullistes l'auraient emporté.

Il était trop réservé, malgré ses prises de position, pour qu'on ne le soupçonnât pas d'arrière-pensées. N'avait-il pas une origine italienne ? Et l'on savait ce que valait ce peuple-là. En juin 40, alors que ses armées étaient défaites, il avait poignardé la France pour ne pas manquer la curée. Il y avait seulement quelques mois, en septembre 42, il avait trahi pour rallier l'Amérique, puisque l'Allemagne paraissait en difficulté. Monsieur de Turin, avait dit jadis le roi de France, ne termine jamais une guerre dans le camp où il l'a commencée.

Vecchini le macaroni se préparait à l'imiter, mais on lui ferait rendre gorge avant qu'il ait franchi les lignes, avant que *les autres* ne soient là.

Vecchini n'ignorait rien des haines qui se croisaient comme ces faisceaux blancs de la défense antiaérienne qui, à l'ouest de Paris, tentaient de saisir à leur intersection une petite forme noire à l'intérieur de laquelle des hommes essayaient de rester en vie après avoir, d'une simple pression du pouce, écrasé sous leurs bombes quelques centaines de dormeurs surpris dont ils n'imaginaient même pas les visages couverts de poussière et de sang, les hurlements étouffés par les gravats, les corps déchiquetés, leurs enfants comme des marionnettes désarticulées, des poupées lacérées parmi les décombres.

Vecchini avait accepté avec fatalisme ce dérèglement — ou ces règles ! — de l'époque, il avait même choisi d'être l'un des acteurs de cette pièce, parce qu'on ne peut agir sur les choses que sur scène ou en coulisse, et qu'il avait toujours voulu participer au spectacle en sachant qui tire les fils, qui souffle les répliques, qui écrit le texte et dirige le mouvement des comédiens.

Mais il avait cependant veillé à garder sa liberté d'esprit, son indépendance, en somme à ne rien provoquer d'irrémédiable, prudent, soucieux de se maintenir dans le jeu, ayant déjà compris qu'il n'y avait qu'une seule partie qui se poursuivait tant que la vie durait, que les acteurs restaient en scène, même s'ils venaient à changer de costume dans un décor renouvelé.

Il avait observé avec un mélange de délectation, de surprise et d'amertume les revirements de ces hommes importants, députés, journalistes, ministres, qui, en quelques jours, entre la fin du mois de juin et la mi-juillet 1940, avaient troqué leur défroque républicaine pour l'habit de partisans de l'État français. Ils s'étaient installés dans les hôtels de Vichy, ils continuaient de gérer leur carrière alors que les routes étaient encombrées de réfugiés et que les troupes allemandes défilaient sur les Champs-Élysées.

Vecchini s'était glissé parmi eux, depuis des mois déjà, parce qu'il avait été comme illuminé par la certitude que n'existait et ne valait que le pouvoir. Et qu'il fallait s'y accrocher. Il était fier d'avoir compris cela, comme un adolescent qui a enfin été déniaisé, qui sait comment on écarte les jambes d'une femme. Rien, pas même ses réussites universitaires, ne l'avait autant convaincu qu'il était perspicace et doué pour agir. Les concours et même l'agrégation n'exigeaient qu'un art maîtrisé de l'imitation, alors qu'il venait de percer ce qui lui semblait le secret de la vie sociale. On n'était vaincu que si l'on s'éloignait du pouvoir, que si l'on sortait du théâtre. Pour ceux qui restaient dans la guerre, qu'ils fussent victorieux ou défaits, la pièce se poursuivait. Ils changeaient de registre, mais continuaient de déclamer, hier farouches hommes de gauche, aujourd'hui idolâtres du maréchal, demain gaullistes, sans doute.

Il fallait donc simplement ne pas mourir.

Mais il avait dû à chaque instant demeurer sur ses gardes.

Il avait reçu chez lui, dans un emballage cartonné, un petit cercueil de bois marqué à son nom : « Antoine Vecchini, traître, sera exécuté en 1944. »

On connaissait donc son adresse, et il avait commencé à découcher presque chaque nuit, ne revenant à son appartement du boulevard de Port-Royal que rarement, plutôt l'après-midi, s'installant presque à demeure chez Nella qui habitait rue d'Hauteville, une voie tranquille du dixième arrondissement. Mais le cercle de violence se resserrait autour de lui.

Un soir qu'il dînait chez Mafart, un restaurant proche de la place de l'Odéon, il avait remarqué, dès qu'il s'était assis en compagnie de Nella, Benoît de Serlière qui pérorait, ivre peut-être, prenant à témoin ses voisins — des tueurs de la Gestapo ? Il avait reconnu Denise Delfau et Friedrich Berger. La salle était mal éclairée, rideaux baissés. Les convives, penchés sur leur assiette, se gavaient de viande rouge, épaisse, de beurre fermier, d'œufs frais battus en neige, de champagne brut, et chacun avalait avec une sorte de frénésie comme s'il avait craint qu'on ne l'arrachât à cette table pour le pousser dehors où l'on crevait, car on savait ici qu'il existait des lieux où des hommes à genoux cherchaient, parmi les immondices et la boue, des épluchures, et qu'on les abattait si on venait à les surprendre.

Serlière, en se retournant, avait reconnu Vecchini.

Il s'était aussitôt levé, l'interpellant d'une voix éraillée, rappelant qu'ils étaient amis, de vieilles connaissances, « hein, Antoine, rappelle-toi, rue d'Ulm... » Vecchini, avait-il expliqué aux dîneurs, n'avait pas alors les mêmes opinions qu'aujourd'hui, non, « tu te souviens, Mazan, où est-ce qu'il est aujourd'hui, chez De Gaulle, et Brunel, communiste, tu l'étais un peu, toi aussi, non ? Mais tu as finalement choisi le bon camp, Vecchini ! »

Il s'était avancé entre les tables, oscillant, les bras tendus, les larmes aux yeux. Pourquoi Vecchini était-il comme ça, jamais vraiment quelque part ? « Tu écris toujours dans tes petits carnets, tu notes toujours tout ce que je fais, ce que je dis ? »

Il s'était adressé à la tablée : « Monsieur Vecchini recueille des renseignements sur tout le monde. Il espère sauver sa peau avec ça, hein, je me trompe ? »

Il l'avait saisi par l'épaule, le contraignant à se lever à son tour. Vecchini se trompait, ajouta-t-il : trop tard, le bateau coulait déjà. Puis il avait menacé : que Vecchini n'essaie pas de se faufiler ! On allait le contraindre à enfoncer ses bras dans la merde d'aujourd'hui. Il fallait qu'il aille lui aussi rue de la Pompe. Fini le temps des petits malins !

Ceux qui étaient attablés avec Serlière l'avaient reconduit à sa place, dévisageant Vecchini qui s'était rassis sans répondre.

Nella lui avait pris la main, elle voulait quitter sur-le-champ le restaurant, mais il avait tenu à rester, attendant pour réclamer l'addition que Serlière et sa bande fussent sortis.

Il avait laissé un énorme pourboire que le garçon avait pris du bout des doigts, comme s'il avait craint de se compromettre, parce qu'il savait de quoi étaient capables les invités de Serlière et que ce temps était aussi celui de la peur et de la lâcheté.

« Qu'est-ce qu'il te voulait ? Qui est-ce, celui-là ? » lui avait demandé Nella après qu'ils eurent fait l'amour chez elle.

Il faisait froid dans la chambre et, assise contre le dosseret du lit, calée entre des coussins, elle buvait à petites gorgées un verre de cognac. Parfois elle trempait son doigt dans l'alcool et, cherchant le visage de Vecchini qui était resté enfoui sous les couvertures, elle lui humectait les lèvres et il lui mordillait l'ongle, léchait la peau, puis se hissait pour respirer, parce qu'il étouffait, et à cet instant Nella le pressait contre elle, le forçant à placer ses lèvres, là, entre ses cuisses, et de la main gauche, la droite tenant le verre, elle appuyait sur sa nuque, « va, va, va », murmurait-elle d'une voix grave qu'il imaginait plus qu'il ne l'entendait, voix de tout le corps et non de gorge, qui semblait résonner dans le bas-ventre et rythmer les mouvements de Vecchini. Il avait le sentiment de perdre conscience, de n'être plus que geste, respiration haletante, « va, va, va », et se mêlaient les souvenirs, cette voix un peu rauque de Nella lui rappelant le *han* des dockers, leurs déhanchements, ou ces plaintes qu'avait poussées dans la campagne, entre les vignes, sur cette terre rouge et sèche, Noémie Mazan, la sœur de François, lorsqu'ils avaient fait l'amour pour la première fois au plein de l'été 1936, le soir du 14 Juillet, en rentrant du bal de Rochegude. Ils s'étaient volontairement égarés, laissant la bande des amis s'éloigner sur la route, et eux avaient dévalé le talus pour marcher entre les vignes, s'allonger bientôt, heurtant les ceps de leurs pieds, la pleine lune illuminant le village et le château de Rochegude sur sa butte, et Noémie avait si fort serré Vecchini qu'il en avait étouffé.

Il s'était redressé, suffocant, repoussant les couvertures, la bouche gluante, reprenant son souffle, et Nella, du bout des doigts, lui avait caressé les lèvres, puis elle l'avait fait boire, lui présentant le verre de cognac, et il avait glissé de nouveau vers le fond du lit, retrouvant la chaleur moite, l'odeur salée comme celle d'une eau glauque, pleine d'algues, dans laquelle s'enfonce le plongeur. « Va, va, va », avait répété Nella.

Elle avait des cuisses larges, vigoureuses, et Vecchini, légèrement cambré, tendant les bras comme s'il appelait à l'aide, lui avait caressé les seins ; le poids de ces rondeurs moites dans ses paumes l'avait ému et il avait sombré dans une somnolence alanguie. Nella avait resserré ses jambes, l'enfermant en elle.

L'appartement qu'elle habitait, 84, rue d'Hauteville, au troisième étage, était immense. L'entrée de l'immeuble, un porche sombre, donnait sur une cour pavée où, autrefois, on avait dû remiser chevaux et voitures. De larges escaliers aux marches basses, faites de plaques d'ardoises, permettaient d'accéder aux paliers dont le sol était de marbre rose et blanc.

Vecchini avait gravi cet escalier pour la première fois le 6 octobre 1940, tenant Nella par la taille, les doigts ouverts sur sa hanche glissant vers sa cuisse.

C'était au milieu de la nuit et il l'avait attendue à la fin du spectacle, dans la petite salle du théâtre de la rue Bergère pleine d'officiers allemands et de femmes fardées. Nella avait chanté et dansé, ne paraissant pas voir les clients attablés, indifférente au brouhaha, sa voix grave aux accents mélancoliques imposant peu à peu le silence, puis, quand celui-ci s'était établi, elle s'était mise à tourner sur elle-même, sur un rythme de plus en plus rapide, les voiles de la tunique qui la drapait se soulevant peu à peu, laissant voir son corps ferme et plein, et Vecchini, avant de savoir qu'elle s'appelait Nella, avait pensé à la Nana de Zola, cette courtisane qui rongeait l'ordre social en ruinant et détruisant le vieux comte Muffat.

Mais, en octobre 1940, Antoine Vecchini n'avait que vingt-quatre ans.

Mince, il avait la peau mate, les cheveux noirs, des mains fines, des yeux qui ne cillaient pas, une assurance que révélait la manière dont il bougeait et marchait : gestes précis, pas réguliers, port altier de la tête. Il avait le calme de ceux qui ont atteint le but qu'ils se sont fixé. Il avait voulu être parmi ceux qui écrivent et jouent la pièce, et y était parvenu. Il en avait eu assez des salles mortes et silencieuses des bibliothèques qui n'étaient finalement que les entrepôts d'un savoir sans odeur ni saveur. Malgré toutes les sollicitations de ses maîtres, il avait refusé un poste en faculté, habile cependant à faire croire qu'il se destinait à la recherche universitaire afin d'obtenir le droit de demeurer une ou deux années de plus rue d'Ulm, assistant le bibliothécaire, ce qui lui avait permis de continuer à vivre à Paris, d'écrire régulièrement des articles, de fréquenter les petits cercles littéraires et politiques où il retrouvait, selon les jours et les lieux, Serlière, Mazan ou Brunel, ou encore quelques autres que Serlière lui avait fait rencontrer, comme Mauranges ou Challes, deux étudiants en droit qui parlaient avec une déférence affectueuse de l'un de leurs camarades, François Mitterrand, lequel logeait avec eux au 104, rue de Vaugirard, un internat tenu par les pères maristes.

Vecchini était allé durant ces quelques années d'un groupe à l'autre, sans jamais se laisser annexer, de gauche plutôt, puisqu'il écrivait dans les journaux socialistes où Brunel l'avait introduit, paraissant même tenté par le communisme, puisque François Mazan l'avait invité en juillet 1936 à passer une partie de l'été à Rochegude, dans le Vaucluse, et là, séjournant dans la propriété viticole des Mazan, il avait aimé — si ce mot signifie prendre — Noémie Mazan, institutrice à l'école du village.

Cela avait commencé au bal du 14 Juillet 1936, sur le terre-plein s'étendant devant le château de Rochegude, d'où l'on dominait les vignobles qui s'enfonçaient dans les Alpilles, formant des baies et des golfes que révélait dans la nuit bruyante la pleine lune.

Comme était loin déjà, en octobre 40, cette nuit de l'été 36 quand, au-dessus de chaque village, éclataient des feux d'artifice se répondant d'un bout à l'autre de la plaine viticole, de Vaison-la-Romaine à Orange, et que, couchés l'un contre l'autre à même les mottes anguleuses, Noémie Mazan et Vecchini regardaient le ciel rayé par les fusées rouges et bleues, où dégringolaient parfois des étoiles filantes. Les événements avaient creusé un fossé où quatre années s'étaient englouties.

La guerre puis la défaite avaient fait battre toutes les vies comme des fenêtres et des portes secouées par la tempête. Les liens s'étaient déchirés, les promesses envolées, les caractères avaient pivoté, montrant une face inattendue, révélant les gens — et d'abord à eux-mêmes. Ils avaient donc été capables de cela ! Vecchini de s'engager aux côtés de Déat, Serlière d'exalter la civilisation germanique et l'Europe nouvelle, Mazan de s'enfoncer dans la clandestinité, Brunel de gagner Londres...

Noémie était restée dans sa salle de classe à Rochegude et elle avait dû faire chanter à ses élèves : *Maréchal nous voilà devant toi, le sauveur de la France,* cependant que l'un d'eux hissait les couleurs.

Vecchini, lui, avait invité Nella à sa table après son tour de chant ; elle avait accepté parce que c'était l'usage et qu'elle avait trouvé ce jeune homme, à peine plus âgé qu'elle, audacieux, attirant, avec son regard qui ne vous lâchait pas, descendait vers les seins, le sexe, avant de remonter jusqu'à la bouche.

Elle avait dix-huit ans, elle avait dit : « Je suis italienne », et il lui avait répondu en italien. Alors elle avait ri, se demandant s'il n'était pas l'un de ces souteneurs dont il fallait se méfier, corse ou sicilien, mais, comme s'il avait deviné ce qu'elle pensait, il avait, recommençant à s'exprimer en français, précisé qu'il était journaliste, un petit peu autre chose dans la politique, et lorsqu'il avait sorti une grosse liasse de billets, elle s'était dit qu'en ces temps difficiles une jeune femme comme elle, qui n'avait guère envie de céder chaque soir aux invites d'un nouveau client, l'un de ces officiers allemands ou de ces rapaces qui les accompagnaient, serviles et cruels — elle les imaginait ainsi —, avait tout intérêt à se lier avec un homme comme celui-là, qui avait le bras ferme, un bras sur lequel elle avait posé sa main tout en murmurant : « Vous prenez un verre chez moi ? J'habite à côté, rue d'Hauteville. »

Ils avaient marché lentement jusque chez elle, se tenant au milieu de la chaussée pour qu'une ronde d'agents cyclistes ou une patrouille allemande ne pût les soupçonner de vouloir échapper à un contrôle. Ils possédaient l'un et l'autre un *Ausweiss*, et, dans les rues désertes, à peine éclairées par une faible lumière bleutée, leurs pas résonnaient, accordés et tranquilles.

Dès cette première nuit ils avaient aimé leurs corps : elle, ce côté anguleux et nerveux de Vecchini, la maîtrise de soi dont il faisait preuve, visage fermé, yeux clos, tout entier appliqué à prolonger le plaisir qu'il lui donnait, et tandis qu'il était ainsi, aigu, froid, lame sur laquelle ne perlait jamais une goutte de transpiration, elle-même se couvrait de sueur, et il goûtait cette exubérance, la violence de ses gestes, les mots qu'elle prononçait avec la gorge, rugueux, orduriers parfois, la manière dont elle le pressait contre elle et dont elle le retenait ; il avait la sensation qu'il s'ensevelissait en elle, qu'il ne réussirait jamais à l'enlacer car elle était comme une source qu'on ne peut contenir.

Ils s'étaient donc revus plusieurs nuits par semaine, sans jamais parler d'amour ou d'affection, échangeant à peine quelques phrases, chacun rassuré par le corps de l'autre, le plaisir qu'ils étaient capables de se donner et la confiance qu'ils en retiraient, comme si, pour l'un comme pour l'autre, jouir, aller chaque fois plus loin, jusqu'à l'épuisement, était un refuge, la preuve qu'ils vivaient malgré la guerre et les menaces, puisqu'ils avaient en eux-mêmes une telle puissance de désir, une si grande réserve de jouissance.

Nella avait refusé de passer ces nuits dans l'appartement de Vecchini, boulevard de Port-Royal, près de la place Denfert-Rochereau. La seule fois qu'elle s'y était rendue, elle avait ouvert les portes avec une moue de dégoût et de réprobation. Les pièces n'étaient pas chauffées, les livres s'entassaient en piles, posés à même le plancher, contre les cloisons.

Elle avait demandé : « Tu as lu tout ça ? »

Elle n'exprimait aucune admiration, mais un étonnement attristé et même de l'inquiétude, comme si elle découvrait chez Vecchini une manie dangereuse, une perversité dont elle devait se défier.

« Tu viendras chez moi », avait-elle conclu.

Et il s'était soumis à cette décision qui lui convenait.

Il y eut ainsi plusieurs parts dans sa vie, et chaque fois en des lieux différents : les bureaux du Rassemblement national populaire, avec ses sentinelles en uniforme bleu, les salons de l'ambassade d'Allemagne, la rédaction de *Je suis partout*, son appartement où il rentrait quand il ne se rendait pas rue d'Hauteville, enfin la chambre de Nella.

Elle y avait installé un poêle, si bien qu'on pouvait y dormir nu, et Nella, après l'amour, s'enfouissait sous les coussins, comme si elle avait voulu continuer de transpirer, garder sur elle cette sueur à l'odeur forte.

Elle dormait jusqu'au milieu de la journée, les tentures de velours grenat tirées donnant à la pièce une couleur sang quand le soleil — rarement, il est vrai — frappait la façade.

Avant de s'éloigner du lit, Vecchini la regardait chaque fois longuement. Avait-il jamais vu une femme dormir avec cet abandon, manifester une telle jouissance dans le sommeil, le corps lascif, la respiration modulée comme un appel, les jambes légèrement écartées ? Souvent, il n'avait pu résister au désir de la toucher, de l'embrasser, et qu'elle ne se réveillât pas, se contentant de geindre, de s'étirer, parfois de murmurer à nouveau « va, va, va », l'excitait davantage ; il s'attardait alors avec une sorte de rage, s'arrachant difficilement à ce corps, à la chambre, passant dans la cuisine où déjà s'affairait madame Robert, la concierge de l'immeuble qui commençait à bavarder de sa voix cassée.

C'était la litanie des malheurs du temps : le marché où on ne trouvait rien, même plus de topinambours, les boulangeries qui étaient vides dès dix heures du matin, « les tickets, ça sert à quoi, dites-moi, monsieur Antoine ? »

Connaissait-elle son nom ? Vecchini, à la manière dont elle le regardait, dont elle s'arrêtait parfois de parler au milieu d'une phrase, comme si elle le craignait, imaginait qu'elle devait le prendre pour l'un de ces trafiquants du marché noir, à la fois voleurs et policiers, un peu souteneurs et dénonciateurs, dont on enviait et haïssait la puissance, l'impunité, la fortune.

Il attendait qu'elle s'affairât dans le reste de l'appartement pour se préparer rapidement une tasse de café, adossé à la porte afin de l'empêcher de rentrer, mais elle le surprenait parfois quand il buvait debout devant la fenêtre de la cuisine.

« Ah, ça sent bon, le vrai café ! murmurait-elle. Vous êtes malin, monsieur Antoine, comment vous faites ? »

Il ne répondait pas, sachant que, si elle avait osé, elle l'aurait livré, écrivant une lettre anonyme dont il imaginait le contenu — un souteneur, un juif, un résistant, un trafiquant, elle devait en retourner dans sa tête, de ces petits mots qui tuaient les hommes —, et que le jour où elle pourrait le faire sans risques, elle les désignerait, lui et Nella, aux policiers, quels qu'ils fussent, aux tueurs, à quelque camp qu'ils appartinssent.

Il ne servait à rien d'essayer de la circonvenir, comme le tentait Nella, lui offrant parfois un petit sac de café, quelques œufs frais dont madame Robert s'emparait avec avidité, remerciant, courbée en deux, obséquieuse, et Vecchini savait que son ressentiment n'en serait que plus grand, que dans sa loge elle devait, tout en battant l'omelette, maudire ces salauds-là auxquels rien ne manquait, pas même le plaisir, pas même la jeunesse.

Mais tous, comme elle, étaient devenus sauvages.

Et Vecchini, chaque matin, son café avalé, se penchait à la fenêtre de la cuisine, essayant d'évaluer le saut qu'il lui faudrait faire pour atteindre le toit des anciennes écuries, et, de là, combien de temps il mettrait pour gagner la cour de l'immeuble voisin. Il aurait à courir sur les tuiles en s'appuyant à la façade, puis il devrait franchir un petit mur et sauter encore pour gagner enfin la rue.

Car un jour viendrait, rue d'Hauteville ou bien chez lui, boulevard de Port-Royal, où des gens, peu importait qui, martèleraient sa porte, lui intimant l'ordre d'ouvrir.

Et il lui faudrait fuir.

C'était à ce genre de choses qu'il fallait aussi penser en ces années-là.

Parfois, Vecchini, descendant lentement l'escalier du 84, rue d'Hauteville, s'arrêtait sur le palier. Peut-être un tueur, dans la pénombre, sous le porche, l'attendait-il ?

Il hésitait quelques secondes, le temps de se demander pourquoi il avait choisi ainsi de s'exposer en prenant parti, alors qu'il savait, depuis les années 34, 35, 36, que venait le temps où il allait falloir payer de son sang ce qu'on pensait, ce qu'on faisait, ce qu'on écrivait.

Il se souvenait de ce 7 juillet 1936, en début d'après-midi, à Nice, dans l'entrepôt. Son père, assis en face de lui, taillait avec une lame effilée un morceau de bois et de longs copeaux fins, s'enroulant sur eux-mêmes, tombaient sur la toile cirée qui couvrait la table. Par les portes ouvertes, la chaleur entrait, dessinant sur le sol noirâtre une flaque brûlante qui avançait avec le mouvement du soleil vers le coin sombre et frais où ils avaient déjeuné.

« Ce sera pire qu'en 14 », avait dit le vieux Vecchini.

Il s'était levé, abaissant sa casquette sur ses yeux, glissant le morceau de bois entre ses dents, puis, les mains enfoncées dans les poches de son bourgeron bleu, il avait ajouté : « Tu es sorti du lot, il y en a qui voudront te tuer. »

C'était ce que pensait Vecchini depuis des mois déjà, mais ces mots du père, cette silhouette qui s'éloignait à petits pas, qu'il n'avait osé ni rejoindre ni rappeler, avaient fait naître en lui une panique si intense qu'il avait eu envie de se mettre à courir, comme autrefois, quand les bandes de gosses des autres quartiers le poursuivaient et qu'il se réfugiait dans l'entrepôt, se terrant parmi les sacs ou les fûts.

Il aurait voulu pouvoir reprendre sa vie, effacer ces années, sortir des cortèges auxquels il avait participé avec François Mazan et Pierre Brunel, les deux normaliens dont il était naguère le plus proche, déchirer les articles qu'il avait écrits.

Ce qu'il ressentait était pire que la peur, c'était la certitude d'avoir alors choisi le camp des perdants, de s'être laissé porter par l'émotion et non par la raison. Mazan et Brunel lui avaient tendu le piège de l'amitié, de la sincérité des convictions.

Il avait été séduit par la détermination de Mazan, ce fils de vigneron qui, avec emphase, le poing fermé, répétait qu'il fallait changer l'ordre injuste du monde.

Il avait été flatté par l'attention que lui portait Pierre Brunel, l'estime que Charles Brunel, le père de Pierre, conseiller d'État, lui avait manifestée lors de ce dîner chez eux, rue Michel-Ange.

Il avait marché avec la foule, entre Mazan et Brunel, vers l'une de ces places dont les noms sonores claquaient comme des drapeaux : *Bastille, Nation, République.* Et il avait ainsi oublié ce qu'il avait toujours su : comment le peuple perd toujours, comment l'ordre se reconstitue, comment ce sont Fouché et Talleyrand qui règnent, et non pas Saint-Just et Robespierre, comment les agioteurs font fortune et comment pourrissent les cadavres des sans-culottes.

Il s'était laissé griser.

Il s'était alors rapproché de Benoît de Serlière, celui que Mazan appelait le « ci-devant », le camelot du roy, le fasciste, et que Brunel, en 1937, qualifierait de cagoulard.

Il avait acheté *Le Temps, L'Echo de Paris, Le Figaro* pour savoir ce que préparaient les détenteurs de la vraie puissance, celle des grands fonds, des banques et des armes. Il avait compris que l'affrontement viendrait, inéluctable, et que l'époque était aux uniformes.

Il avait écouté Serlière qui lui entourait l'épaule de son bras droit, le gauche scandant chaque phrase d'un ample mouvement. Ridicule et primitif était François Mazan, prétendait-il ; aboulique et décadent, Pierre Brunel. La place de Vecchini, la place du peuple, du vrai, était dans les mouvements nationaux, aux côtés de l'aristocratie, car là se nouait l'alliance historique dont le pays avait besoin. Vecchini comprenait-il ?

Il avait été attentif, il avait donné quelques gages, participé à des réunions de l'Action française et, plus tard, aux grandes assemblées du Parti populaire français où Doriot, le visage empourpré, couvert de sueur, dénonçait le bolchévisme, ce chancre purulent sur le corps du peuple.

Il avait été présent parmi cette foule pas si différente de celles qui, boulevard Saint-Michel, criaient : « Le fascisme ne passera pas ! », ou, avenue des Gobelins : « Des avions, des canons pour l'Espagne ! » — mais cela, ce serait après, en septembre 36... Il s'était convaincu ou s'était souvenu que ces tempêtes n'effleuraient que la surface, qu'elles étaient comme la mer mugissante et mouvante et pourtant enfermée, et qu'au-dessous, dans le calme dense des abysses, siégeait le seul pouvoir, celui des forces tectoniques qui déplacent les continents, font bouger les limites contenant les océans. Il avait donc commencé à se rapprocher de ces fonds, à changer de camp, au nom de l'intelligence et de la lucidité, et parce qu'il ne pouvait se permettre de croire que la vérité et la justice l'emporteraient.

Cette foi généreuse et ces mots n'étaient pas les siens. Ils constituaient un privilège qu'il ne possédait pas, un luxe qu'il ne pouvait s'accorder.

En cela il appartenait à un autre camp que celui de Brunel et de Mazan.

Charles Brunel avait, lors de la soirée que Vecchini avait passée chez eux, rue Michel-Ange, montré les lettres qu'Emile Zola avait adressées au grand-père de Pierre, un dreyfusard. « Vous voyez quelles sont nos racines, avait-il conclu. Ligue des Droits de l'homme, fidélité au souvenir de Clemenceau. »

Le vieux Vecchini, en ce temps-là, devait courir pieds nus dans la caillasse sèche des Abruzzes...

Les Mazan, eux, habitaient une bastide au pied de Rochegude, un village du Vaucluse. Elle avait été construite en 1799 par un Louis Mazan. Dans les registres paroissiaux du village, le nom de Mazan apparaissait pour la première fois en 1543. Depuis 1792, ils étaient propriétaires de leurs terres et républicains, rouges en 1848, en 1871, en 1920, en 1936. C'était la couleur de leur blason, l'emblème de leur lignée.

Rien n'était inscrit au-dessus de la porte de l'entrepôt, quai des Docks. Le vieux Vecchini était arrivé seul d'Italie et il avait attendu chaque matin, place de l'Ile-de-Beauté, qu'on lui accorde une journée de travail.

Vecchini ne connaissait même pas le nom du village d'où son père était parti. Il ne possédait aucune langue familiale. Le père était le plus souvent silencieux, la mère était morte. L'appartement n'était qu'une sorte de dortoir pour soldats en campagne. Le père puis le fils se contentaient de recouvrir les lits pendant la journée. On dînait de pâtes ou de riz, de tomates et d'oignons et d'un peu de poisson, parfois de pain frit dans un œuf.

Vecchini n'avait ni tradition ni mémoire, il n'appartenait à aucun troupeau, à aucune meute. Seul face au reste du monde.

Il lui fallait aller vers les grands fonds, là où, inaccessibles, se tiennent les prédateurs, ceux qui ne croient qu'à la force. Avait-il un autre choix ?

Peut-être Noémie Mazan, la sœur de François, aurait-elle pu l'empêcher de céder ainsi à cette forme de désespoir qu'on nomme réalisme ou cynisme.

Il l'avait aperçue pour la première fois le 10 juillet 1936, au bout d'une allée de mûriers conduisant au mas des Mazan, cette bastide carrée dont les fenêtres ressemblaient à des meurtrières.

Il avait eu envie, comme une manière d'adieu, de connaître cette maison, cette famille, d'accepter l'invitation de François à séjourner chez lui, pour se convaincre qu'il ne pouvait être du même clan, que sa seule force, puisqu'il était sans tradition, était de se soumettre à la loi de la violence, d'être avec ceux qui en faisaient la condition de l'ordre, et de chasser avec eux en mercenaire.

Elle lisait, Noémie, le menton appuyé dans ses paumes, les coudes posés sur la longue table de pierre installée sous l'un des mûriers. Elle avait des traits réguliers, des mèches courtes qui tombaient sur ses yeux, un front étroit, un regard à la fois résolu et candide. Et il avait eu aussitôt envie d'elle pour leur prendre quelque chose, aux Mazan, leur rendre le mal pour le bien, leur prouver que la vie est cruelle, qu'ils avaient tort de croire à la vérité et à la justice.

Elle lui avait montré avec des gestes simples la chambre qu'ils avaient préparée à son intention, la cuvette et le broc rempli d'eau, la serviette blanche, le lit aux draps tendus qui sentaient la lavande.

Puis le soir, pendant le dîner, il avait écouté le père, Joseph Mazan, bavard et rieur autant que le vieux Vecchini était silencieux et sombre. Colette Mazan, la mère, née Chabrol et qui venait de l'Ardèche — « On est républicain, là-bas, depuis qu'on lit la Bible, racontait-elle, et les dragons du roi, qu'est-ce que vous croyez, monsieur Vecchini, ils n'ont rien pu contre nous, on a préféré mourir et garder notre foi » —, avait tenu à l'embrasser, parce qu'il était pour elle comme son fils.

Elle avait servi le vin et rempli les assiettes d'un lapin aux tomates ; dans la sauce rouge, les olives noires avaient éclaté et leur chair fondait dans la bouche. Quand donc avait-il chez lui dîné d'un plat mijoté ? Il eût fallu une mère. Elle s'en était allée avec le glas, en 18 ou en 19.

Colette Mazan l'avait resservi : « Mangez, monsieur Vecchini, mangez. »

Il avait observé François qui avait pris sa mère par la taille et l'avait forcée à esquisser un pas de danse, et il s'était trouvé d'un seul coup si pauvre, si démuni, si laid, si sale, si haïssable de ressentir ce qu'il ressentait, qu'il avait désiré qu'un cataclysme survînt : la guerre, les barbares qui auraient saccagé les vignes, brûlé la bastide, tué la mère, le père, le fils, ne laissant que la sœur vivante afin de profiter d'elle.

Il n'avait plus osé lever la tête, car il avait craint qu'eux tous, assis autour de la table, sur l'aire, ne lussent dans ses pensées.

Mais pouvaient-ils imaginer, eux qui étaient ensemble — lorsque Noémie passait près de son père, elle lui caressait la nuque, elle chuchotait : « Moins fort, papa », et il répondait d'une voix de stentor : « On est libre, non ? On est nos maîtres, ou pas ? C'est notre terre, on est en République ! » —, sa solitude et la rage qu'elle faisait naître en lui ?

Il s'était écarté de la table et avait fait quelques pas dans l'allée, s'enfonçant ainsi dans l'obscurité.

Le vent était tombé, la touffeur écrasait la nuit qui bruissait. Les moustiques et les lucioles tournoyaient dans la lumière de la lanterne accrochée au-dessus de la table à la branche du mûrier.

Ils lui avaient tous dit qu'il devait rester jusqu'au 14 Juillet, pour le bal de Rochegude.

Et Noémie s'était étirée, les bras levés haut, les mains nouées au-dessus de sa tête, et sous le chemisier blanc, échancré, sans manches, Vecchini avait deviné ses seins fermes et gonflés.

10

La dernière fois que Noémie Mazan se souvint du bal et de la nuit du 14 juillet 1936, ce fut par une fin d'après-midi d'octobre 1943, le 8, quand les miliciens l'entraînèrent sur la route et qu'elle vit devant elle le château de Rochegude et le terre-plein qui s'étendait entre le fossé et les remparts.

Elle s'était immobilisée un instant, parce qu'il lui avait semblé entendre *La Marseillaise* que l'orchestre, quatre musiciens venus d'Orange, avaient commencé à jouer, ce 14 Juillet-là, et tous les danseurs s'étaient figés, entonnant l'hymne, et presque tous avaient levé le poing, et les paroles étaient lancées avec tant de vigueur qu'elle avait frissonné en regardant Vecchini.

En découvrant qu'il ne chantait pas, mais au contraire serrait les lèvres dans une moue de dédain, une sorte de sourire ironique et distant, en voyant qu'il croisait les bras, elle avait eu peur, parce qu'elle avait eu la certitude que cet homme-là n'était pas des leurs, qu'elle avait eu tort de danser toute la soirée avec lui, d'éprouver du plaisir et de l'émotion quand il avait appuyé sa main sur ses reins et l'avait ainsi forcée à se plaquer contre lui. Elle avait alors remarqué — comment n'en avait-elle pas été frappée auparavant ? — qu'il portait à son veston une pochette blanche, et elle avait pensé qu'il était ridicule de ne pas être en bras de chemise comme tout le monde, mais, au contraire, en costume croisé malgré la chaleur de la nuit. Et, en même temps, elle avait éprouvé de l'orgueil parce que cet homme-là, l'ami de François, depuis qu'il était arrivé au mas — cela faisait quatre jours —, ne l'avait pas quittée des yeux.

A plusieurs reprises, elle en avait été gênée, surtout le soir, pendant le dîner, quand il s'asseyait près d'elle et que leurs cuisses se frôlaient ; elle était sûre qu'il appuyait à dessein sa jambe contre la sienne, et elle se reprochait de ne pas bouger, de penser : pourquoi pas avec lui ? pourquoi pas ? il le faut bien un jour, autant que ce soit lui, un homme qui n'est pas d'ici ; si je ne me marie pas, qu'est-ce qu'il me restera ? autant que cela se fasse...

C'était un ciel de pleine lune, quand la nuit d'été, au lieu d'inciter au sommeil, excite tous les sens. Il semble qu'on voie plus loin, qu'on entende jusqu'au bruit de sources lointaines, qu'on puisse séparer le chant d'une cigale de celui d'une autre. Et lorsque, à peine arrivés sur le terre-plein de Rochegude, Vecchini lui avait pris la main pour l'entraîner parmi les danseurs, elle avait répété pour elle-même, tout en baissant la tête, en se laissant conduire : « oui, oui, oui ».

Et il l'avait tenue dans ses bras sans plus la lâcher, l'entraînant vers les remparts quand l'orchestre s'arrêtait quelques minutes, afin qu'elle ne retrouve pas François Mazan, son père ou sa mère qui se tenaient de l'autre côté, vers le village.

Eux s'étaient assis sur le muret et quand Vecchini, dans la semi-obscurité, avait posé sa main sur sa cuisse, tout près de l'aine, elle ne l'avait pas repoussé, et lorsqu'ils avaient recommencé à danser, il l'avait serrée encore davantage, écrasant ses seins contre sa poitrine, ne se séparant d'elle qu'au moment où, pour fêter minuit, l'orchestre avait joué *La Marseillaise.*

Alors, parce que Vecchini se taisait, ne dressait pas le poing, Noémie avait eu l'intuition qu'il était leur ennemi, qu'il fallait qu'elle fuie, qu'elle avertisse François, qu'elle lui explique que celui avec qui il avait partagé sa chambre, rue d'Ulm, qu'il recevait au mas, les haïssait, elle le sentait, et elle était si oppressée qu'elle s'était elle aussi arrêtée de chanter.

Mais déjà, après les applaudissements, l'orchestre s'était lancé dans un tango et Vecchini lui avait pris les deux poignets et la forçait à l'enlacer. Elle l'avait laissé écarter ses cuisses avec ses genoux et elle ne savait plus si l'émotion qui la bouleversait était de la peur, parce qu'elle avait découvert qui était Vecchini, ou une autre forme d'appréhension, parce qu'elle savait qu'elle ne saurait lui résister, qu'elle ne le voulait pas, que ce serait cette nuit qu'avec lui elle ferait enfin l'amour.

Elle se sentait honteuse, mais elle ne pouvait démêler ce sentiment, essayant de s'en dégager parce qu'il était peut-être né de préjugés qu'elle condamnait ou, au contraire, de l'intuition qu'elle avait de la personnalité de l'homme auquel elle allait donner le privilège de l'aimer, quand beaucoup d'autres, venus trop tôt, des collègues de l'Ecole normale d'instituteurs, des fils de viticulteurs et même le médecin de Rochegude, avaient en vain espéré l'obtenir.

Et qui sait aussi si elle n'avait pas honte parce qu'elle était sûre que cet homme-là voulait seulement la prendre, avec une détermination qui la fascinait ?

Ils avaient donc, en regagnant le mas, laissé les autres marcher devant sur la route.

François et son père chantaient à tue-tête *L'Internationale* et la *Jeune Garde* que recouvraient parfois les explosions des fusées rouges et bleues lancées de chaque village, ou bien, parce qu'une petite brise s'était levée, la musique des accordéons, par vagues courtes, roulait jusqu'à eux par-dessus les vignes, étouffant leurs voix.

Puis ils avaient descendu le talus ; Vecchini en avait décidé ainsi, la tirant avec force, presque de la brutalité pour qu'elle comprît qu'il ne la laisserait pas changer d'avis, s'enfuir. Et elle s'était laissé coucher sur les mottes sèches qui s'enfonçaient dans son dos.

Elle avait pensé qu'il y aurait des traces rouges sur son chemisier blanc, qu'elle devrait laver sans que sa mère s'en aperçût, mais peut-être avaient-ils tous déjà deviné ce qui allait se passer pour elle au cours de cette nuit du 14 juillet 1936.

Elle n'avait pas crié, elle avait gardé les yeux ouverts sur le ciel laiteux que striaient des lignes bleues et rouges, et parfois, d'un bout à l'autre de l'horizon, un pointillé d'étoile filante.

Au moment où Vecchini la pénétrait, elle l'avait

serré le plus fort qu'elle avait pu, parce qu'à cet instant elle avait souhaité qu'il mourût, parce qu'il tuait quelque chose d'elle, et qu'importait qu'elle l'eût désiré et accepté : il ne l'aimait pas, elle en était humiliée et elle aurait été libérée qu'il disparût comme un témoin gênant, peut-être surtout parce qu'elle était sûre que cet homme-là leur ferait du mal, à eux, les Mazan, à tous ceux qui, sur le terre-plein du château de Rochegude, avaient, le poing levé, chanté en chœur *Aux armes, citoyens !* comme un défi renouvelé.

Ce 8 octobre 1943, alors que le soleil avait déjà disparu, laissant seulement derrière la butte où se dressaient le village et le château de Rochegude un embrasement rouge, Noémie Mazan s'était souvenue, s'arrêtant sur la route, et les miliciens qui l'entouraient l'avaient bousculée, lui donnant des coups de crosse dans les flancs, l'insultant, lui disant : « Tu vas voir, salope, ça va être ta fête ! On va te faire tout cracher, tu vas pisser le sang, tu vas voir ça ! »

Est-ce qu'elle saurait se taire ? Pour ne pas penser à ce qui allait advenir, elle avait commencé à fredonner *La Marseillaise* entre ses dents serrées.

11

Quelqu'un, sans doute François Mazan, avait voulu que Vecchini sache comment Noémie était morte.

Mais peut-être était-ce aussi bien Pierre Brunel, car il l'avait aimée durant l'été 1939, il avait même, disait-on, songé à l'épouser, et puis la guerre était venue, l'occupation, le départ de Brunel pour Londres, mais, affirmait-on dans les milieux proches de la Gestapo et de la Milice, il avait été parachuté en France au mois de septembre 1943, Jean Moulin ayant été arrêté et devant être remplacé.

Vecchini avait imaginé que Brunel avait peut-être séjourné quelques jours au mas des Mazan, puisqu'on avait appris que la bastide était un des refuges de la Résistance et que Noémie Mazan servait de courrier entre les maquis des Alpes et les réseaux de la plaine et des villes.

Les miliciens avaient mis le feu au mas et les villageois de Rochegude n'avaient pu éteindre l'incendie qu'après leur départ, quand il ne restait plus de la bastide que les gros murs, la charpente et le toit consumés, effondrés, les meubles réduits en cendres. Ils avaient rassemblé sur la table de pierre, sur l'aire, au-dessous du mûrier, ce qui n'avait pas été détruit par les miliciens ou le feu : quelques plats de porcelaine et les grosses marmites en cuivre noircies par l'incendie.

Tout cela était consigné dans le rapport de gendarmerie que quelqu'un avait envoyé à Vecchini, chez lui, boulevard de Port-Royal. Il avait été recopié à la machine à écrire sur trois feuilles blanches sans qu'on eût ajouté un mot au constat des gendarmes.

On avait retrouvé le corps de Noémie Mazan, vingt-huit ans, institutrice à l'école communale de Rochegude, atteint dans le dos de plusieurs balles de fort calibre. Elle était couchée face contre le sol, dans les vignes. Il y avait des traces de pas sur le talus, et, d'après les témoignages recueillis — Rémi Caherte, tonnelier à Rochegude, Sauveur Sourdail, viticulteur —, c'étaient des miliciens venus d'Orange qui avaient procédé à l'interpellation de Mazan Noémie, soupçonnée d'entretenir des relations avec les milieux clandestins et d'accueillir chez elle, mas des Mazan, chemin de la Source, des personnes recherchées.

Mazan Noémie avait été abattue alors qu'elle tentait de fuir à travers les vignes. Après, les miliciens avaient incendié le mas. Mazan Joseph, père de Mazan Noémie, avait abandonné son exploitation à l'automne 1941. Il était soupçonné d'avoir rejoint les bandes armées terroristes qui se cachaient dans les montagnes de Dieulefit.

Le frère de Mazan Noémie, Mazan François, professeur de philosophie, faisait l'objet d'un avis permanent de recherche.

Vecchini avait lu les trois pages sans rien ressentir, comme s'il s'agissait de telle ou telle de ces nouvelles annonçant l'exécution de cinq étudiants à Poitiers, que les Allemands avaient extraits de leurs cellules pour les passer par les armes, ou bien de ces affrontements dans l'hiver russe où l'on dénombrait des centaines de milliers de victimes. Le père de Vecchini avait lui-même été tué, il y avait de cela quelques mois, en juillet 1943. Noémie Mazan, morte comme tant d'autres...

Il fallait vivre, se ramasser sur soi pour devenir la cible la plus réduite, un point noir quasi imperceptible, si dense que rien ne pouvait l'atteindre ni l'ébranler.

Mais, tout à ces pensées, il avait revu celle dont le rapport de gendarmerie ne parlait pas, la mère, Colette Mazan, née Chabrol et qui venait de l'Ardèche, laquelle était morte, il l'avait appris par François Mazan, à l'automne 1936, tout à coup, comme on est frappé par la foudre, et il s'était souvenu, sans pouvoir contenir son émotion, de la façon dont elle l'avait embrassé, dont elle l'avait appelé de sa voix rugueuse : *monsieur Vecchini,* tout en disant qu'il était pour elle déjà comme un second fils, et cet épisode lui revenant en mémoire, il avait repris le rapport, et chaque mot sur lequel il était passé, comme si aucune aspérité, aucune image ne l'avait retenu, l'avait cette fois arrêté : le mas, la table de pierre, et ce talus qu'il avait descendu, tirant Noémie par la main afin de la coucher entre les ceps, là où on l'avait plus tard abattue, sur cette terre rouge et sèche qui tachait.

Et il s'était souvenu d'avoir vu, quand elle s'était relevée, qu'elle avait gravi le talus, des traces de terre sur son dos, rouges, et alors qu'elle s'éloignait sur la route sans un regard en arrière, il l'avait suivie, fixant ces taches, puis, l'ayant rejointe, il avait essayé de faire tomber cette terre collée au chemisier blanc, mais Noémie s'était retournée, l'avait regardé avec une telle froideur qu'il avait aussitôt renoncé, se bornant à marcher près d'elle.

Ils étaient ainsi rentrés au mas, bras ballants, leurs pas désaccordés, se séparant sur l'aire, Noémie s'asseyant sous le mûrier, appuyant ses bras croisés sur la table de pierre, et lorsqu'il avait eu un geste vers elle, s'apprêtant à lui parler sans trop savoir ce qu'il allait lui dire, elle l'avait, d'une moue de mépris, presque de dégoût, contraint à se taire.

Dans l'escalier du mas, il s'était heurté à François Mazan qui lui avait donné une bourrade, clignant de l'œil d'un air complice, fraternel.

Ecartant François, Vecchini était monté dans sa chambre, avec un sentiment d'amertume qui peu à peu s'était emparé de lui ; il avait l'impression que la terre collait à son front, à ses mains, qu'elle l'irritait, provocant des démangeaisons, emplissant sa gorge, et il avait étouffé, la bouche remplie d'une salive aigre.

Il avait poussé les volets et s'était penché par la fenêtre si étroite que ses montants le serraient aux épaules.

Il avait deviné, en bas, sur l'aire, la silhouette de Noémie. Elle était toujours assise, bras croisés, et elle lui avait paru, alors qu'il venait de la prendre, inaccessible.

C'était comme si, ayant obtenu ce qu'il désirait, il découvrait qu'on l'avait trompé, qu'on s'était dérobé, qu'on ne lui avait présenté qu'un mirage, un double évanescent, quand l'autre, la vraie Noémie, était là sous le mûrier, lointaine, et il s'était senti plus pauvre, plus seul, dupé, comme si prendre l'autre avait été la perdre, se mutiler aussi d'une partie de soi.

Il avait fermé les volets, éprouvé avec encore plus de gêne cette sensation d'étouffement, comme s'il avait été enfermé dans une cellule, une boîte dont les parois se rapprochaient tandis que la touffeur augmentait.

Il s'était aspergé le visage en plongeant ses mains dans l'eau presque tiède de la cuvette en marbre, et il s'était souvenu des premiers gestes de Noémie quand elle lui avait fait visiter cette chambre, qu'elle lui avait montré le lit, le broc rempli d'eau. C'était il y avait à peine quatre jours, et il avait eu envie de s'emparer de tout cela, de l'odeur de lavande et du paysage de la plaine viticole avec, au bout, le château de Suze-la-Rousse ; il avait désiré Noémie et avait voulu lui voler de cette vie qu'elle représentait.

Il avait cru le faire, cette nuit, et n'avait rien.

Il s'était allongé, nu, la peau irritée par la chaleur. Des moustiques, entêtés, étaient venus le harceler et la nuit n'avait plus été cette étendue calme et noire dans laquelle il avait l'habitude de s'enfouir, le sommeil le prenant aussitôt, mais ce volume hérissé parcouru de brefs sifflements aigus comme des flèches.

Il n'avait pas dormi, comprenant que sa solitude, celle de son enfance, ne cesserait jamais.

C'est elle qui l'avait contraint à choisir le camp opposé à celui des Mazan. Pas d'autre issue pour lui.

Et il avait accompli, cette nuit-là, son acte cynique inaugural : prendre sans donner, prendre pour vaincre l'autre, entrer dans son corps pour le repousser loin de soi.

Il avait entamé, cette nuit-là, sa descente dans les grands fonds où chassent les solitaires.

Il avait choisi d'être là où se tient le pouvoir, là où l'on peut rester en vie, là où l'on peut prendre le corps d'une femme mais où jamais ne s'échangent sans calcul, sans arrière-pensée, sans souci de dominer, ni une émotion, ni une affection, ni des larmes, ni un amour.

Les heures avaient passé sans qu'il bougeât.

Dès que l'aube eut éclairé la chambre, striant de raies de plus en plus blanches le plafond et les cloisons, il s'était levé et était parti marcher dans la campagne.

Tout était encore immobile et comme assoupi, et après cette nuit qui lui avait paru si bruyante et si pesante, il avait été comme lavé par la fraîcheur et le silence.

Il avait rejoint la route, recouvrant peu à peu son calme, respirant cette brise fraîche, presque humide, qui faisait trembler les feuilles des vignes. Il avait été rassuré par le bruit sec de ses talons sur le goudron et avait ainsi rejoint la place de Suze-la-Rousse encore plongée dans la pénombre.

Et, tout à coup, au moment où Vecchini l'avait traversée, se dirigeant vers le château dont la masse et les tours dominaient le village, des centaines, peut-être des milliers d'oiseaux, des étourneaux, s'étaient mis à piailler, transformant chaque platane de la place en boule de cris. C'était le désordre et l'irruption de la vie, agressive.

Vecchini s'était immobilisé au centre de la place, cerné par cette multitude bruyante et invisible dont il ne pouvait infléchir la loi.

Il était monté jusqu'à la terrasse du château, attendant que se lève le disque rouge, n'entendant plus qu'à peine les oiseaux, comme une rumeur lointaine, un bruit d'eau qui court.

C'était la meule de la vie qui tournait sans fin.

Il n'était rentré au mas des Mazan qu'en fin de matinée, alors que la plaine était déjà recouverte d'une brume grise et que les reliefs de l'horizon paraissaient flous, drapés d'un voile bleuté qui ondulait et se déchirait parfois sous l'effet d'un vent léger.

La chaleur était si intense qu'elle semblait en être devenue assourdissante, comme si le chant des cigales donnait sa pleine mesure.

En arrivant au bout de l'allée, Vecchini avait regardé sous le mûrier pour s'assurer qu'il ne ressentait plus rien, qu'il avait chassé l'inquiétude et les regrets, cette amertume qui n'était qu'une forme de la complaisance envers soi-même. Il devait accepter la place où le hasard des origines l'avait jeté. C'était ainsi. Il ne pourrait jamais être ni François Mazan, ni Pierre Brunel, ni Benoît de Serlière. Il serait à part, comme un fils sans mère, un enfant dont le père s'était le plus souvent tu. Un homme sans racines. Un entrepôt où les marchandises s'entassent et passent, plein pour être vidé, vide pour être rempli, un lieu de vent, toujours portes ouvertes, est-ce que cela donne une mémoire autre que celle de la fugacité des choses, de la précarité de la vie, de l'obligation de ne s'attacher à rien ? Ce fût déchargé, on le roule vers ailleurs, cette odeur d'huile devient senteur de liège, tout n'est que passage et mouvement. Il faut vivre, pourtant, sans l'illusion d'avoir autre chose que soi. Seul le moi demeure, et si peu de temps.

De cette conscience-là, il devait tirer sa force et sa seule morale.

Dans la bastide, il s'était trouvé saisi par la fraîcheur, l'odeur de pâte frite, le bruit de l'huile qui grésillait. Il avait mis plusieurs secondes avant de s'habituer à la pénombre, de découvrir Colette Mazan devant la cuisinière, le visage ruisselant de sueur.

Il avait eu un moment d'appréhension, se préparant déjà à affronter des accusations, des reproches, et il se sentait prêt à répondre, à mépriser, à claquer des portes, à déclarer ouvertement la guerre.

Mais Colette Mazan était venue vers lui en s'essuyant les mains, puis le visage à son tablier. Elle avait souri et son visage avait pris une expression de tendresse et de naïveté enfantines qui avait troublé Vecchini au point — il en était mortifié — que ses yeux s'étaient remplis de larmes, et cela le renvoyait à ces moments où, petit garçon souvent humilié, il se cachait derrière les grumes, dans l'entrepôt, mordillant ses lèvres pour ne pas pleurer.

Il avait craint d'avancer vers cette mère afin qu'elle le serrât contre lui, qu'elle le consolât, le comblât. Alors c'en aurait été fini, il le savait, de ses résolutions, de sa bonne volonté de tracer seul sa route, impassible et roué, cynique et habile. Il aurait été vaincu ou affaibli si durablement qu'il n'aurait eu d'autre choix que de rejoindre le camp des Mazan ou de se perdre dans l'anonymat, d'être quelqu'un de la foule, professeur ici ou là, avec ses petites manies et ses bassesses, ou bien ces modestes grandeurs qui font les vies quotidiennes honorables.

Il avait reculé d'un pas.

Il ne voulait pas de ces vies-là.

Les mains dans les poches de son tablier, Colette Mazan lui avait expliqué en baissant les yeux que Noémie était partie pour Aix. Est-ce qu'on pouvait comprendre les femmes d'aujourd'hui, monsieur Vecchini ? Elles dansent avec quelqu'un toute une nuit et, le lendemain, elles ne l'attendent même pas !

Il avait été à nouveau ému par cette candeur et cette sincérité, puis il avait été comme libéré, le souffle plus ample.

Noémie ne l'avait pas dénoncé ; elle avait, pour d'autres raisons que les siennes, agi comme lui, voulant peut-être être prise, comme ça, par le premier homme qui passait et qu'elle pourrait ne pas revoir, auquel elle ne devrait rien et qui n'attendait rien d'elle que son corps. Peut-être avait-il été la dupe, lui qu'on avait choisi, et s'il en était venu à succomber à l'émotion, il aurait bel et bien été la victime !

Il s'en voulut d'avoir été si près d'abdiquer alors que, Noémie le prouvait, il n'y avait entre les êtres que des jeux cyniques, un troc, et ceux qui n'avaient pas compris cette logique ne méritaient que mépris ou pitié.

Il avait écouté Colette Mazan lui parler maintenant de cette amie de Noémie, Annie Parrain, qui aurait pu se marier avec François, il le souhaitait, « une mère connaît tout de son fils, monsieur Vecchini ». Mais celle-là aussi n'en faisait qu'à sa tête, elle terminait sa médecine, elle vivait comme un homme, et la politique, rouge bien sûr, plein la tête. Elle prononçait des discours, elle allait à la porte des usines.

Elle se faisait du souci, Colette Mazan, pour Noémie qui suivait le même chemin.

« Elle sait ce qu'elle fait », avait répondu Vecchini.

Colette Mazan avait paru rassurée comme une petite fille à laquelle on raconte la fable qu'elle espère.

— Vous croyez, monsieur Vecchini, vous croyez ? avait-elle murmuré à plusieurs reprises.

Il avait ressenti pour elle de la compassion : tant d'innocence au bout de tant d'années de vie, un si grand aveuglement, une si grande confiance dans les autres, en sa fille et en lui, Vecchini, qui n'était qu'un hôte de passage. Que lui resterait-il, à cette femme-là, quand elle comprendrait un jour qu'elle était seule, qu'on l'avait trompée ? Et il avait eu la tentation de lui avouer tout à coup qu'il avait dépucelé Noémie, sa fille, oui, votre fille, entre les vignes, sans éprouver d'autre plaisir que celui de la conquérir, et Noémie non seulement avait accepté, mais l'avait voulu.

Alors, qu'en aurait-elle pensé, Colette Mazan ?

Puis il avait eu peur d'accomplir ce sacrilège et il avait eu de la pitié pour cette femme qui venait vers lui, lui tendant une assiette sur laquelle elle avait déposé des beignets comme une offrande. Il avait alors éprouvé le plaisir ambigu, pervers, de se sentir l'incarnation du mal, de tromper et, en même temps, d'être honoré par sa victime.

— Goûtez, monsieur Vecchini, goûtez, ça me fait plaisir de vous voir manger.

La pâte avait fondu dans la bouche de Vecchini, onctueuse.

Seules les mères ont ce pouvoir de donner à ce qu'elles touchent cette saveur, ce plaisir des origines que leurs fils espèrent retrouver un jour, et les plus aimés d'entre eux imaginent même que la vie, toute la vie a ce goût-là.

Heureusement, avait pensé Vecchini, sa mère n'avait pas eu le temps de le nourrir de ce genre d'illusion.

Plus tard, à la fin du mois d'octobre 1936, Vecchini était repassé sur la route de Rochegude à Suze-la-Rousse et il s'était souvenu de cette aube du 15 juillet, quand il avait marché du mas des Mazan jusqu'au château et que, sur la terrasse, il avait attendu le lever du soleil.

Le paysage était bouleversé : terre boueuse, crevée de flaques, ceps enfoncés dans l'eau ; c'est pourtant là, entre les plants de vigne, que les mottes sèches et grumeleuses, dures comme des cailloux, s'étaient enfoncées dans ses paumes quand il les avait posées sur cette terre de part et d'autre des épaules de Noémie.

Il était descendu de sa voiture, un cabriolet Panhard qu'il venait d'acheter avec les honoraires de ses premiers articles et la somme que Benoît de Serlière lui avait avancée sur un livre à venir dont ni le titre, ni la date de remise du manuscrit, ni le sujet n'étaient fixés : « Tu feras ce que tu sens, avait dit Serlière, j'ai convaincu ma mère, nous te faisons tout à fait confiance, tu es un esprit vigoureux et indépendant, reste-le. »

Vecchini avait signé le contrat avec les Editions Marguerite de Galand que dirigeait Mme de Galand-Serlière et pris l'argent, la plus forte somme qu'il eût jamais reçue, et au contact des billets, en les recomptant devant le caissier de la banque, rue Monge, qui venait de lui convertir le chèque de Serlière, il avait éprouvé une sensation de chaleur et de gaieté comme après une ou deux coupes de champagne avalées d'un trait.

Sitôt sa voiture achetée, il avait décidé de rouler jusqu'à Nice et avait imaginé qu'il s'arrêterait devant la porte de l'entrepôt et ne bougerait pas, attendant que son père apparaisse. Et ils n'échangeraient sûrement que quelques mots : « C'est à toi ? », dirait le père avec un mouvement de tête vers la voiture. D'un battement de paupières, Vecchini répondrait oui, demandant peut-être à garer le véhicule dans l'entrepôt pour la nuit, parce qu'il comptait repartir le lendemain matin. Le père ouvrirait alors en grand les battants et Vecchini allumerait les phares pour éclairer les sacs, les fûts, toute son enfance, d'une lumière brutale qui forcerait son père à baisser les yeux.

Sur la route, après Montélimar, alors que l'averse déferlait, il avait lu le panneau Vaison-la-Romaine, Suze-la-Rousse, et, sans se préoccuper de savoir si une voiture le doublait ou s'il devait en laisser passer une venant en sens inverse, il avait coupé la chaussée pour s'engager sur cette route d'où l'on pouvait atteindre Rochegude.

Il s'était donc arrêté non loin du chemin de la Source et avait aperçu, au bout de l'allée de mûriers, le mas des Mazan et, au-dessus, vers l'est, ce ciel bas, presque noir, strié à l'horizon par les pluies d'averse qui avaient cessé sur la plaine mais continuaient au-dessus des reliefs, vers Vaison-la-Romaine.

Le vent était glacial là où il avait régné naguère une immobilité torride et bruyante. Les vignes n'étaient que des moignons noirâtres auxquels s'accrochaient quelques feuilles presque rouges que le vent, méthodiquement, arrachait.

Il s'était avancé jusqu'au talus. Le paysage était méconnaissable, comme sa propre vie, et c'est ici que s'était fait le passage.

Il s'était souvenu de ces jours de juillet.

Après le 14, il était resté plus d'une semaine au mas des Mazan, se promettant chaque matin de partir dans la journée, puis il descendait à la cuisine. Colette Mazan l'embrassait, posait devant lui un bol de café, des confitures, du pain chaud. Le père s'asseyait en face de lui, dépliait le journal, s'emportait, lisait à haute voix un article et, quand son fils apparaissait, l'interpellait, prenant Vecchini à témoin. On ne pouvait accepter ça : les attaques de la droite contre le Front populaire, sa haine envers Blum.

Colette Mazan se penchait vers Vecchini en lui servant un nouveau bol : « Vous savez, Noémie doit revenir, restez encore un peu, vous êtes bien ici, non ? Vous pouvez lire. »

Il s'était reproché de céder mais s'était rassuré en songeant qu'il cherchait à se mettre à l'épreuve, à se prouver qu'il était désormais capable de résister à la générosité et à l'affection de Colette Mazan, à ces vagues d'émotion et de sensiblerie.

Mais il se l'était avoué sur ce talus, en cette fin d'octobre, alors que le vent faisait tourbillonner sur la route les feuilles rouges : il avait prolongé son séjour en juillet parce qu'il avait eu du mal à s'arracher à l'enthousiasme des Mazan, à leur naïveté, à leur tendresse, à leurs idées et à leurs indignations.

Il devait être encore indécis, prêt à basculer, peut-être aussi espérait-il revoir Noémie, rêvait-il — ces sortes de rêves ne viennent que par bribes à la conscience — qu'entre eux quelque chose pouvait encore naître, que Noémie Mazan n'était pas une histoire close, comme une porte claquée.

Et sur le moment, chaque matin, il se disait que s'il ne partait pas, c'était précisément parce qu'il avait choisi d'être cynique et habile, qu'il jouait aux Mazan la comédie de l'amitié, gardant avec eux des liens qui pouvaient se révéler utiles.

François Mazan l'avait conduit à Vaison-la-Romaine où séjournait pour quelques jours André Malraux. La guerre d'Espagne avait commencé et ç'avait été pour Vecchini comme la preuve qu'il ne se trompait pas, que l'affrontement était le terme de toute chose, qu'il n'y avait jamais que sa peau à sauver et qu'un homme mort est une idée morte. Qu'il n'y a d'idées qu'à condition de survivre.

Malraux avait répondu à ses questions, la tête penchée, le regard fixe, une mèche tombant sur ses yeux, qu'il repoussait d'un geste impulsif.

La guerre, avait-il dit, il faut toujours la faire. Et il s'apprêtait en effet à partir là-bas.

Quel camp choisir ? avait demandé Vecchini. Malraux s'était dressé : Comment osait-on s'interroger ? Il y avait le camp des paysans sans terre, des enfants sans pain, des ouvriers en espadrilles — et le camp des maîtres.

Vecchini avait noté avec l'application d'un disciple, puis, rentrant avec François au mas, il était demeuré silencieux. A ses yeux, Malraux n'appartenait pas non plus au camp des Mazan, même s'il combattait à leurs côtés. Lui aussi était un solitaire, menant sa croisade personnelle, mercenaire lui-même, mais si courageux ou si supérieur qu'il pouvait choisir, un temps, d'être avec les vaincus, ceux qui étaient dupes, pour parfaire sa gloire et affirmer sa liberté, un luxe de grand seigneur que Vecchini estimait ne pas pouvoir se permettre.

Il devait, lui, choisir le camp des vainqueurs, celui de l'ombre des puissants, en serviteur plutôt qu'en maître.

Dès son retour au mas, Vecchini les avaient vues, ces deux jeunes femmes qui se tenaient face à face sous le mûrier : Noémie Mazan qui lui tournait le dos, mais il reconnaissait sa silhouette, ses bras nus, et l'autre, sans doute Annie Parrain, les cheveux blonds coupés court, portant une salopette de toile bleue aux pantalons très larges, serrée à la taille par une ceinture de cuir rouge.

Tout en s'avançant vers elles, Vecchini s'était absorbé en lui-même pour ne rien ressentir et il retrouvait ainsi cette manière de se protéger qu'il avait acquise dès l'enfance, quand ses camarades le prenaient parfois à partie, les uns parce qu'ils étaient fils de dockers et lui fils du propriétaire de l'entrepôt, les autres parce qu'il n'était qu'un Italien dont le père, on le savait bien, parlait le français avec difficulté et avait commencé sa vie à Nice comme charretier, puis portefaix. Il avait appris à se taire quand on l'agressait ainsi, avec l'impression qu'il devenait une masse gélatineuse et insensible, comme ces mollusques qu'on ne peut percer — tout s'enfonce dans leur chair sans la déchirer.

Et lorsque Noémie s'était retournée, il n'avait rien

éprouvé, comme si le monde extérieur n'existait plus, pas même le soleil qui pourtant l'éblouissait.

Il avait à peine entendu Colette Mazan annoncer qu'elle allait faire une citronnade bien fraîche pour tous et qu'ils devaient s'asseoir là, sous le mûrier, autour de la table de pierre. En passant près de Vecchini, elle lui avait chuchoté : « Je vous avais bien dit qu'elle reviendrait, je la connais. »

Mais Noémie s'était approchée, l'avait regardé fixement, le front buté, lâchant : « J'ai besoin de la chambre pour mon amie. »

Elle avait parlé à mi-voix, sans même desserrer les lèvres, faisant taire d'un geste impérieux François qui commençait à plaisanter, à proposer de partager sa propre chambre avec Annie Parrain. « Je m'en vais », avait répondu Vecchini en lui tournant le dos, mais pas assez vite pour ne pas entendre Noémie ajouter : « J'espère bien. »

Plus de trois mois avaient passé, mais Vecchini ressentait encore cette humiliation, le dédain que Noémie lui avait manifesté.

Lorsqu'il était remonté dans sa chambre, la honte l'avait accablé. Il était resté assis sur le lit dans la pénombre, mais n'avait éprouvé aucun ressentiment envers Noémie. Elle n'avait été que le bras justicier qui punit le lâche. Elle lui avait infligé le châtiment qu'il méritait, puisqu'il n'avait pas eu le courage de quitter le mas avant son retour, qu'il l'avait attendue, qu'il avait espéré, malgré ses résolutions, sa lucidité. Velléitaire. Elle lui avait administré une superbe leçon : il fallait être cynique jusqu'au bout, ou ne pas l'être.

Elle avait été la sage-femme, la dure initiatrice qui l'avait fait naître. Et les temps étaient venus de mettre en œuvre ce qu'il avait décidé, ce qu'elle lui avait appris.

Car la guerre s'embourbait en Espagne. La terre de Castille et de Catalogne, des Asturies et d'Estrémadure ressemblait à cette plaine provençale gorgée d'eau, mais là-bas c'était de sang qu'elle était imbibée. On chassait les taureaux des arènes pour pouvoir y sacrifier des hommes. On s'égorgeait au nom du Christ ou de la justice et de l'égalité ; les combattants en espadrilles mouraient les bras en croix, lançant un cri qui roulait sur toute l'Europe, appel de détresse, avertissement.

Vecchini, qui lisait tous les journaux avec une avidité jamais apaisée, avait le sentiment de découvrir ce qui allait survenir en France et se répandre partout. C'était comme si l'avenir lui était par avance raconté et il était fasciné par l'aveuglement ou la couardise, la bonne conscience de ceux qui refusaient de voir. Pierre Brunel appuyait Léon Blum, l'ami délicat et si civilisé de son père, il pleurnichait comme lui, avec des trémolos dans la voix, tout en refusant de soutenir l'Espagne républicaine. François Mazan dénonçait cette attitude, mais saluait les ouvriers qui partaient en congés payés alors qu'ils eussent dû se mobiliser, s'engager, aller se défendre à Madrid ou Guernica.

Vecchini avait observé, ricané, jugé la cécité, l'impuissance, la division, l'égoïsme, surtout, qui emportaient chaque homme et tout un peuple. Et d'abord ceux qui avaient, tel Blum, prétendu le conduire. Il en avait éprouvé du dégoût, presque de la honte. C'était une nouvelle leçon qu'on lui avait infligée. Salutaire.

Il avait signé un contrat d'édition avec Benoît de Serlière. Et l'argent qu'il avait touché lui avait paru être le salaire de sa lucidité.

Ainsi, en l'espace de quelques mois, paysages et vies méconnaissables... Le mas qu'il avait connu d'un blanc solaire était gris, sa façade saturée de l'eau de l'averse qu'il avait prise de face. Des volets battaient, donnant une impression d'abandon et, depuis l'orée de l'allée de mûriers, jusqu'où il s'était avancé, Vecchini avait vu les amoncellements de feuilles mortes que le vent repoussait contre les murs de la bastide.

Il avait fait encore quelques pas afin d'apercevoir la table de pierre, de se souvenir de ceux qui avaient été si souvent assis là : Noémie qui devait continuer d'apprendre aux enfants de Rochegude qu'il fallait se montrer généreux, courageux et républicain ; les élèves la suivaient sans doute des yeux pendant qu'elle allait et venait, arpentant l'estrade, forte et sincère, résolue, et ils pressentaient peut-être qu'elle était de la chair dont on fait les héroïnes et les mortes. Il y avait Annie Parrain, son amie, dont François avait expliqué qu'elle était sur le front de Madrid, médecin dans un bataillon des Brigades internationales, femme de passion, elle aussi. Et Vecchini avait pensé à elles deux sans mépris ni hargne, comme on songe à des êtres appartenant à d'autres espèces dont on sait que la vie est brève, et qu'importe alors qu'ils soient parés de toutes les couleurs ?

Il s'était attardé, imaginant Joseph Mazan rentrant le soir dans la maison où Colette, morte il y avait moins d'un mois, n'était plus.

Peut-être était-ce pour elle que Vecchini avait pris la route de Rochegude, pour honorer sa mémoire, elle qui était comme une enfant. Pour s'assurer aussi que, quand une mère meurt, quand une innocente est tuée, quand un être de douceur, de générosité et de dévouement disparaît, le vent se lève, les nuages passent, l'orage gronde, mais la vie continue, la terre un temps boueuse redevient sèche.

Puisqu'il en était ainsi, que restait-il à faire, sinon se mettre à l'abri des grands fonds ?

12

Peu à peu, au fur et à mesure que Vecchini s'était éloigné de Rochegude, le souvenir des Mazan avait paru s'enfoncer dans le temps, rejoindre l'enfance, et les trois mois qui venaient de s'écouler de l'été à la pluie, de la terre sèche à ces flaques sur la chaussée, avaient pris la longueur d'une vie.

Tant de choses en trois mois : pas seulement la guerre d'Espagne, les pleurs de Blum, mais aussi le bureau de la rue du Bac, au coin de la rue de Sèvres, où Benoît de Serlière l'avait conduit, s'effaçant pour le laisser entrer. Vecchini avait découvert cette grande femme au visage rond et poudré, aux cheveux blonds relevés en chignon, qui lui tendait une main large, masculine, et Serlière avait dit : « C'est ma mère. »

C'était donc elle qui dirigeait les Editions Marguerite de Galand — les Editions MDG —, elle qui avait signé le contrat de Vecchini, remis le chèque de l'à-valoir, et qui, d'une voix étrangement aiguë, avait dit qu'elle était heureuse, qu'elle se faisait déjà une joie de publier ce livre — d'un geste, elle avait interrompu Vecchini qui commençait à expliquer qu'il hésitait encore —, car elle n'avait aucune inquiétude, Benoît lui avait tracé un portrait si flatteur de l'auteur qu'elle était persuadée que cet ouvrage ferait date ; elle était fière d'être à l'origine d'une telle œuvre, d'une carrière si...

« Il faudra que vous veniez dîner, mon mari souhaite vous connaître. »

Elle avait traversé à grands pas le bureau — Vecchini l'observait, car elle appartenait à une catégorie de femmes qu'il n'avait encore jamais côtoyée : femme cavalière, avait-il pensé, se souvenant d'héroïnes romanesques, femme châtelaine, avait-il rêvé, à la fois indépendante et soumise, ajoutant que c'était elle qui éditait Lucien de Serlière, mais qu'en même temps c'était lui qui finançait les éditions.

« Il est banquier, n'est-ce pas ? »

Vecchini avait donc été invité, un soir de septembre 1936, rue Charles-Laffitte, non loin du boulevard Maurice-Barrès, à Neuilly, chez les Serlière. Et ç'avait été sa première sortie en voiture : cette griserie lorsqu'il avait remonté l'avenue des Champs-Elysées, un orgueil mêlé d'amertume et de hargne, de fierté mauvaise, avec des grossièretés qui naissaient dans sa bouche — « Je les emmerde, ces cons » —, ne sachant trop à qui il s'adressait, aux Mazan, aux dockers dont son père lui avait dit qu'ils étaient malgré tout sa famille, qu'il était sorti de là, ou bien aux Serlière chez qui il se rendait et auxquels il voulait déjà montrer qu'il resterait indépendant, mercenaire mais pas serviteur, guerrier, soit, mais pas courtisan ni larbin.

Il les avait observés, les domestiques de l'Hôtel de Serlière, prenant son imperméable : « Si Mons... », il avait tenté de capter leur regard, de dévisager la bonne qui le conduisait vers le salon, mais tous, celui qui l'avait accueilli sur le perron aussi bien que cette femme qui marchait devant lui, semblaient sans expression, comme s'ils avaient réussi à effacer en eux toute personnalité pour ne plus être qu'une voix soumise, un dos qui se courbe, une main tournant une poignée de porte.

— Ah, le voilà, voilà Antoine Vecchini, notre jeune homme, le plus brillant de sa promotion de Normale, non ?

Marguerite de Galand était venue jusqu'à lui, l'accompagnant vers un homme grand, aux traits énergiques, les cheveux noirs tirés en arrière et les yeux voilés, le regard insaisissable. Vecchini avait immédiatement reconnu l'expression de Benoît de Serlière, mais avec de l'énergie et de la rudesse en plus.

Il s'agissait bien de Lucien de Serlière qui avait pris Vecchini par le bras, lui expliquant qu'ils avaient réuni pour dîner un certain nombre de jeunes gens d'avenir, des amis de Benoît, qu'ils voulait ainsi constituer un « noyau », car il ne saurait y avoir d'avenir que pour les sociétés et les nations qui se dotent d'une élite résolue, vertueuse, patriote. Et, bien sûr, cela impliquait un renouvellement de ses membres, car l'aristocratie, comme elle l'avait toujours fait au cours des siècles, devait s'ouvrir, s'enrichir des meilleures individualités.

« Mon fils m'a parlé de vous, de votre remarquable réussite, de votre lucidité, de votre souci de ne pas être victime des réflexes instinctifs qui auraient pu naître de vos origines », avait repris Serlière.

Il avait retenu Vecchini dans un coin du salon.

« Que vous le vouliez ou non, vous faites partie de l'élite, vos responsabilités sont éminentes par rapport à vous-même et au peuple dont vous êtes issu », avait-il conclu.

Les invités, une dizaine, étaient à la fois des hommes jeunes, élèves des grandes écoles pour la plupart ou étudiants, et des quinquagénaires vigoureux, sûrs d'eux-mêmes : Paul-Marie Wysberg, le président de la banque du même nom, au conseil de direction de laquelle siégeait Lucien de Serlière ; Jean Desnoises, qui animait une association d'anciens élèves de Polytechnique dont Serlière était le secrétaire général ; Francis de Cahuzec, un diplomate en poste à l'ambassade de France à Rome.

« Nous voulons préparer notre relève ! » s'était exclamé Lucien de Serlière en conviant ses invités, après le dîner, à s'asseoir au salon de musique, avant de demander au domestique d'apporter alcools et cigares, puis de fermer les portes.

Ils avaient ainsi parlé dans la pénombre : Paul-Marie Wysberg, Lucien de Serlière, Jean Desnoises, Francis de Cahuzec, puis un dernier venu qui s'était excusé de n'avoir pu participer au dîner, un homme râblé, chauve, aux mains mobiles et au visage expressif, que Lucien de Serlière avait présenté comme l'organisateur, le « bras armé de l'esprit », « notre bon docteur Matringe ».

La France crevait, avaient-ils tous dit, la France pourrissait par la tête, la France devait être défendue contre le complot communiste, contre un coup de force des Rouges qui se préparait, comme en Espagne où Franco avait devancé leur tentative. Il fallait savoir prévenir, anticiper : c'était cela, l'intelligence, le devoir, l'esprit civique. Il n'y avait plus que deux camps face à face : le désordre et l'ordre, l'internationale rouge et la patrie.

« Qu'en pensez-vous ? » avait demandé Serlière en s'interrompant tout à coup et en posant sa main sur le bras de Vecchini.

Vecchini, avait-il précisé à l'intention des autres invités, est historien, normalien, reçu premier, « il nous arrive de Nice, un ami de mon fils, il prépare un livre, n'est-ce pas ? »

Vecchini avait su détourner la question, évoquer l'Empire romain, les Barbares, la décadence, ne s'engageant en rien, n'avançant que des faits incontestables, tout en sachant que Lucien de Serlière et ses amis les interpréteraient comme une confirmation de ce qu'ils avançaient.

« Spengler, avait repris François de Cahuzec, le déclin de l'Occident... Bien sûr, Vecchini a raison : nous réagissons, ou bien les Barbares nous submergeront. »

Puis Wysberg ou Desnoises avait interrogé Henri Ferrand, un jeune élève de Polytechnique apparenté aux Serlière et dont le visage tout en angles avait frappé Vecchini. Ferrand s'était exprimé par petites phrases séparées par de longs silences. Il était prêt, avait-il conclu, à s'engager dans une action méthodiquement préparée, disposant de moyens, dont le but consisterait à balayer les politiciens qui entravaient le pays et le corrompaient. Georges Mauranges et Robert Challes, deux étudiants en droit, avaient partagé ce sentiment. Par l'intermédiaire du père Chasserand, l'aumônier du 104, rue de Vaugirard, l'établissement des pères maristes qui les hébergeait, ils avaient proposé un livre à Marguerite de Galand, dans lequel ils souhaitaient exprimer le dégoût de la jeunesse pour les mœurs démocratiques, l'exigence qu'elle avait du renouveau d'un Etat vertueux, sans escrocs à la Stavisky, sans veulerie, un Etat moderne comme celui qu'on avait su construire en Italie ou en Allemagne. Il ne fallait certes pas se contenter d'imiter, car il y avait un génie français, mais il était indispensable d'adapter le pays aux nécessités de l'époque.

« Excellent, excellent », avait commenté Serlière en raccompagnant Vecchini jusqu'à l'entrée.

Puis, lui enveloppant l'épaule de son bras, il avait ajouté à mi-voix : « Je suis heureux que vous soyez des nôtres. Nous ferons de très grandes choses et vous jouerez un rôle de premier plan, c'est évident, je le sens, et vous le savez. »

Vecchini était bien entré dans une autre vie. Peut-être n'avait-il décidé de passer par le mas des Mazan, de poursuivre son voyage jusqu'à Nice que pour dire un adieu définitif à son enfance.

Il avait roulé vite sous l'averse, rejoignant la route nationale au-delà d'Orange, prenant la pluie de côté, dérapant souvent sur les grandes flaques, déporté vers le milieu de la route à cause du vent qui ployait les cyprès jusqu'à l'horizontale.

Dans l'Esterel, le mistral avait cessé de souffler et la pluie était tombée droite. Vecchini s'était souvenu de Colette Mazan lui racontant, tôt le matin, ses journées de petite fille en Ardèche, dans le pays des grands noyers, comme elle disait, et du vent qui parfois projetait loin les noix qu'il fallait ensuite chercher une à une parmi les cailloux, une terre aride qui ne donnait rien si on ne la retournait pas jusqu'au sang — et c'était à la fois du sang de la terre et du sang des hommes qu'elle voulait parler.

Il avait semblé à Vecchini que ce récit-là appartenait à sa propre enfance et que plus rien n'existait de ce temps hormis la mémoire, si bien qu'une fois parvenu à Nice, au lieu de s'arrêter quai des Docks, devant l'entrepôt aux portes ouvertes, et d'attendre comme il l'avait imaginé que son père en sortît, il avait continué, dépassant la dernière digue du port, s'engageant sur la route étroite qui surplombait les rochers.

Il s'était garé sous les pins parasols, non loin de cette Tour Rouge à laquelle on accédait par une passerelle de ciment. Il s'était remémoré toutes les courses qu'il avait faites sur le chemin des douaniers, l'agilité avec laquelle il bondissait au-dessus des chenaux où s'engouffrait la mer, sautant pieds nus sur les rochers déchiquetés, cherchant dans les alvéoles remplies de l'eau saumâtre des tempêtes passées les petits crabes gris dont il écrasait les pattes d'un coup de dent, dont la carapace crissait cependant qu'une saveur âcre et douceâtre emplissait sa bouche.

Dans un premier temps, il n'avait pas compris pourquoi ce lieu faisait naître en lui une sensation d'étouffement, de malaise.

Il avait marché, s'était accoudé au muret, face à la tour, au-dessus d'une crique que la mer envahissait, s'enfonçant dans une grotte. Le bruit lui était aussitôt redevenu familier, comme la respiration de son père à travers la cloison, pendant des années, souffle rauque, irrégulier, celui de la houle heurtant les récifs, se mêlant au reflux, à l'eau qui sortait de la grotte après en avoir heurté les parois, formant une sorte de spirale bouillonnante qui creusait un vide à la surface de la mer, comme entraînée vers le fond par un effet de siphon.

A contempler fixement ce mouvement, Vecchini avait été entraîné au plus profond de lui-même, se souvenant de ce récit que lui avait fait une fois son père, alors qu'ils étaient venus pêcher à la Tour Rouge, surplombant cette même crique, la grotte et l'écume grondante de la mer.

C'était de sa mère que son père lui avait parlé, de ce dimanche de 1918, sans doute, où il s'était installé avec elle dans cette crique.

« La mer, c'était de l'huile, avait-il raconté. Toi, tu étais petit, deux ou trois ans, tu dormais ; moi, je cherchais. »

On était en automne, peut-être en octobre, quand les tempêtes rejettent sur le rivage, dit-on, ce qu'elles ont englouti, et les pauvres rêvent de voir briller, entre les galets, l'or perdu des noyés. Alors le père d'Antoine

Vecchini allait, pantalons retroussés jusqu'aux genoux, écartant les galets avec un bâton, et sa femme était assise sous la grotte, tenant l'enfant près d'elle.

Ils n'avaient pas vu s'avancer dans la passe un paquebot chargé d'hommes, peut-être des fantassins qui rentraient chez eux en Corse. Ils n'avaient sursauté qu'au moment où, couvrant l'appel de la sirène du navire, ils avaient entendu le grondement de la vague que l'étrave du bateau faisait naître et roulait vers eux, s'engouffrant entre les rochers, pénétrant dans la grotte, balayant tout sur son passage puis refluant rageusement, emportant vers le large la mère, le père et l'enfant.

« Je t'ai retenu », avait conclu le père.

A cet instant, des années après l'accident, le corps d'Antoine Vecchini s'était comme fendu là, de la gorge au sexe, en comprenant ce que son père lui avait confié avant de se mettre à mentir à nouveau, lui racontant que sa mère, en fait, était morte de la grippe espagnole, comme des milliers d'autres gens en ce temps-là.

Mais non, elle avait été noyée ce jour-là, empêtrée dans sa longue jupe, battant des bras, tirée vers le fond, hurlant peut-être qu'on le sauvât, lui, son enfant, lequel se persuadait à présent que c'était bien ainsi que sa mère avait disparu, qu'il avait fallu que le père choisisse entre elle et l'enfant, et une phrase surgissait encore de ce récit qu'il n'avait entendu qu'une seule fois : « Ta mère, on l'a sortie plus tard, avec des marins. »

A l'époque, peut-être était-il trop jeune, dix ans sans doute, Vecchini n'avait posé aucune question. La mère était morte de la grippe espagnole, lui avait-on dit, et c'était déjà assez étrange comme ça, une grippe qui porte un nom de nationalité, qu'il s'était habitué à cette idée, imaginant parfois que les Espagnols avaient enlevé sa mère et, qui sait, qu'un jour elle reviendrait après s'être enfuie de sa prison, là-bas, en Espagne.

Pourtant, désormais, il savait.

Plus fortement encore, il avait eu la sensation d'étouffer, comme lorsqu'il plongeait du haut des rochers, s'enfonçait et battait ensuite frénétiquement des bras, donnait des coups de pieds pour retrouver la surface et le soleil qui, tout à coup, lui crevait les yeux, l'air qu'il aspirait calmant peu à peu son cœur.

Son cœur ne s'affolait plus, c'est le souffle qui manquait à présent à Vecchini.

Il avait regagné sa voiture alors que la pluie s'était remise à tomber et que la mer, sous l'averse, s'était assoupie, grise et soumise. Il s'était remémoré ces plongeurs en scaphandres dont, parfois, sur le quai des Docks, on disait qu'il fallait toujours craindre qu'ils ne perdissent la raison et qu'au lieu de remonter ils se laissassent couler, entraînés par une sorte de vertige.

Il lui avait semblé que le choix qu'il avait fait était celui-là et qu'en même temps c'était le seul possible, à l'instar de son père qui l'avait sauvé en laissant sa mère disparaître. Lui, le fils, allait de même vivre et se noyer, s'enfoncer pour exister.

Il avait attendu un long moment dans la voiture, laissant le bruit de la pluie l'envahir, l'eau glisser sur la carrosserie et le pare-brise, et, à suivre le mouvement des gouttes, il avait eu le sentiment que c'était sur lui que l'averse passait, emportant et mêlant ses souvenirs, sa mère inconnue et Colette Mazan, toutes deux mortes et confondues.

Pour la première fois, il avait alors éprouvé à l'égard de son père une sorte de pitié. Pauvre homme, avait-il pensé. Et il l'avait imaginé assis dans l'entrepôt, silencieux, la tête penchée, le menton sur la poitrine, le corps parfois secoué d'un tremblement, la respiration bruyante, et cette vision l'avait ému jusqu'aux larmes en même temps qu'elle l'avait horrifié. C'était le corps d'un vaincu qu'il s'était représenté. Et il avait songé à Charles Brunel, à Lucien de Serlière, à Jean Desnoises ou à Paul-Marie Wysberg, à ces pères en gloire qu'il avait écoutés comme on s'agenouille. Et il avait eu honte de ce qu'à cet instant il avait perçu comme une trahison.

Il avait lancé le moteur et roulé le plus lentement possible, ne quittant pas des yeux cette côte tourmentée afin que chaque détail s'inscrivît en lui, puisqu'il venait d'accomplir, il le savait, un ultime pèlerinage, dire un adieu définitif à son enfance, à sa mère sacrifiée.

Il était passé devant l'entrepôt dont les portes étaient refermées, puis il avait quitté le quai des Docks.

13

C'est plus tard, beaucoup plus tard, dans les derniers jours d'août 1939, alors qu'il était de nouveau au bord de la mer, qu'il en écoutait la respiration haletante, retrouvant cette odeur de sel mêlée à celle des pins, que Vecchini avait repensé à son voyage d'octobre 1936 du mas des Mazan à la Tour Rouge, et il avait été si empoigné par ce souvenir qu'il lui avait semblé que le cri des mouettes était l'appel au secours d'une femme qui se noyait.

Il s'était tassé, s'enfonçant dans le fauteuil qu'il avait placé devant la fenêtre, face à la mer, et, les bras croisés, le menton appuyé à ses poignets, il avait imaginé sa mère, puis cette autre femme, Karen Moratchev, qu'il avait connue peu après, sans doute à la mi-novembre 1936 — tout cela était noté dans ses carnets, mais il les avait laissés à Paris, dans l'appartement du boulevard de Port-Royal, cachés sous le tablier de la cheminée —, et qu'on avait retrouvée au milieu de la Seine, dans la grande boucle, en aval de Mantes.

Elle semblait reposer sur son manteau noir qui flottait, ouvert comme une fleur aquatique, et une péniche l'avait heurtée, le corps glissant le long de la coque enfoncée à ras bord. L'épouse du marinier avait vu cette femme dont un bras paraissait s'accrocher à la péniche, cependant que les cheveux ressemblaient à des algues. Elle avait hurlé et on avait repêché le corps, on l'avait enveloppé dans son manteau. Le lendemain, *Paris-Soir* avait publié en première page la photo de celle qu'il appelait « la noyée blonde au manteau noir », visage gonflé, traits déformés ; cependant, malgré les effets de la mort et du séjour dans l'eau, on devinait qu'elle avait été belle : le front haut, les cheveux longs, et, bien qu'elle eût les yeux fermés, on pouvait encore imaginer son expression un peu hautaine, fière en tout cas.

Vecchini l'avait aussitôt reconnue et s'était souvenu de leur première rencontre, dans ce bar de l'avenue de l'Opéra où il voyait régulièrement Lucien de Serlière, lui apportant les articles, les rapports que celui-ci lui commandait.

Les échanges s'opéraient dans la pénombre, dans cette atmosphère équivoque faite de chuchotements, de rires étouffés, de parfums et de lumière rouge.

Des femmes étaient assises au comptoir ; des hommes enfoncés dans les fauteuils de cuir avaient le visage dissimulé par l'obscurité des coins de salle où ils se tenaient.

Vecchini remettait ses textes et Serlière, avec une sorte d'indifférence dédaigneuse, poussait sur la table une enveloppe, précisant chaque fois : « Si vous voulez vérifier, Vecchini, mais le compte y est, peut-être même un peu plus. »

Il écartait les mains, inclinait la tête : « Il faut marquer notre satisfaction, n'est-ce pas ? Or, vous êtes remarquable, Vecchini, précis, rigoureux. Nous ne nous sommes pas trompés sur vous. »

Chaque jour davantage, Vecchini avait découvert le pouvoir de Lucien de Serlière. Il était au centre de la toile, serrant inlassablement la trame depuis le petit bureau de la banque Wysberg et Cie, boulevard Haussmann, où il n'avait reçu qu'une fois Vecchini, préférant, disait-il, la discrétion et le piment — c'était son expression — du bar de l'Opéra.

Il avait une manière insistante, méprisante plutôt, de dévisager les femmes assises là, de laisser courir son regard sur leur corps, et Vecchini s'était dit qu'il y avait quelque chose de meurtrier et de pervers chez cet homme d'une élégance soignée, d'une politesse et d'une maîtrise de soi jamais en défaut.

« Il faut que vous veniez avec nous », avait-il dit à Vecchini lors d'une de leurs rencontres. Puis, posant la main sur son genou, il avait ajouté : « Mais après, vous serez lié pour toute votre vie. C'est comme un serment, Vecchini, une chevalerie, on ne nous quitte que mort. »

Il avait souri.

« Mais nous ne proposons l'adhésion qu'à ceux dont nous sommes déjà sûrs. Pourquoi souhaiterions-nous recruter des lâches ou des imbéciles ? Tuer est toujours déplaisant, n'est-ce pas ? »

Vecchini avait accepté d'entrer dans l'Organisation.

Il avait souvent repensé, tandis que, les yeux bandés, on le conduisait un soir en voiture à la cérémonie d'initiation, qu'il était bien pareil, en effet, à ces plongeurs que l'ivresse saisit et qui coupent les câbles ou les tuyaux qui les relient aux navires ou aux quais pour s'éloigner à jamais de la surface.

Deux hommes l'avaient aidé à descendre de voiture et, le soutenant par les bras, l'encadrant, l'avaient conduit jusqu'à un appartement inconnu, peut-être un troisième étage.

Là, on l'avait fait attendre, seul, les yeux toujours bandés, avec ordre de ne pas chercher à les dévoiler. Il avait obéi, soupçonnant qu'on l'observait peut-être, décidé à aller jusqu'au bout, puisqu'il s'était engagé dans cette voie.

On l'avait à nouveau entouré, entraîné dans une autre pièce, et une voix forte — il avait reconnu Lucien de Serlière — lui avait demandé de prêter serment sur le drapeau français dont il avait senti l'étoffe sous ses doigts.

« Je jure... » avait-il commencé.

Il avait répété les mots, les uns détachés des autres, d'abord, comme un enfant qui ânonne, puis les phrases, comme un élève qui a appris sa leçon. Fidélité à l'Organisation et à la Patrie, secret, obligation d'obéissance absolue aux chefs, dévouement aveugle, avait-il récité.

« Je jure de respecter ce serment jusqu'à la mort », avait-il conclu.

La mort : elle revenait à chaque phrase. La donner, la subir, l'offrir, la partager. Elle était la sanction et le privilège, la compagne crainte et aimée, la servante et la souveraine.

Au fur et à mesure qu'il parlait, la main sur l'étoffe du drapeau, Vecchini s'était senti dépossédé de lui-même. Il n'était plus qu'une voix, qu'un corps au service des autres. Il avait perdu ses repères, cette ironie et cette lucidité qui, jusque-là, lui avaient fait tenir à distance les gens, les idées, les convictions.

La voix de Serlière, ces mots martelés, récités, le serment qu'il lui avait fallu prononcer, puis cette main qui avait saisi la sienne, le contact du stylo qu'on avait glissé entre ses doigts — « Signe là », et il avait paraphé en aveugle un texte qu'il n'avait pu lire —, tout, jusqu'à la chaleur de la pièce où se pressaient des hommes dont il percevait les murmures sans les voir, lui avait procuré une sorte d'ivresse exaltée comme il n'en avait jamais connu.

Il avait eu le désir d'appartenir, d'être enfin un anonyme parmi d'autres, ayant choisi non seulement un camp, mais un clan, et ainsi se romprait la solitude qui avait été la sienne depuis l'enfance — seul chaque jour, le meilleur de sa classe et le plus haï, se battant dans la cour de récréation, le dos à un platane, entouré d'une dizaine de gosses qui l'insultaient et qui, plus tard, en bandes hurlantes, le pourchassaient dans les rues, dévalant des quartiers de l'est vers le quai des Docks.

Il avait couru si souvent jusqu'à l'entrepôt pour s'y cacher, fermer les yeux, oublier qu'il était seul contre tous !

Il n'avait pas suffi qu'on ôtât à Vecchini le bandeau qui lui couvrait les yeux pour qu'il se remît à y voir. La lumière l'avait ébloui et, au centre de la pièce, il n'avait d'abord distingué qu'une silhouette, celle de Lucien de Serlière qui s'était avancé, lui donnant l'accolade, le tenant longuement contre lui.

Vecchini avait été rassuré et ému par ce contact vigoureux, la pression de la main dans son dos, les quelques mots qu'à voix basse Serlière lui avait murmurés : « Vous faites partie du Cœur, nous sommes heureux, soyez fier. »

Petit à petit, il avait reconnu quelques-uns des hommes présents : Benoît de Serlière, appuyé à une cheminée et dont la ressemblance avec son père était frappante, même si le visage du fils était plus mou, la bouche un peu veule, les yeux plus voilés encore ; Paul-Marie Wysberg, assis sur le seul fauteuil meublant la pièce, était entouré par Jean Desnoises, Cahuzec et le docteur Matringe. Jambes croisées, mains nouées sur un genou, souriant ironiquement, Wysberg marquait le détachement, presque l'indifférence d'un souverain soucieux de montrer à chaque instant qu'il est celui sans qui rien n'est possible. Vecchini savait déjà que c'était la banque Wysberg et Cie qui finançait la propagande et les actions de l'organisation dont Serlière était l'inspirateur et le chef.

Henri Ferrand, Mauranges et Challes se tenaient à l'écart : plus jeunes, ils soulignaient ainsi leur déférence, le respect qu'ils portaient à leurs aînés. Ils avaient souri à Vecchini, complices, fraternels. Et Vecchini était d'abord allé vers eux qui l'avaient embrassé, mais il avait eu alors un mouvement de recul instinctif, puis s'était repris aussitôt, s'en voulant de cette réserve qui avait resurgi malgré lui.

Il avait alors aperçu au fond de la pièce un groupe

de quatre ou cinq hommes qu'il ne connaissait pas et que Serlière, plus tard, lui avait présentés. Il s'était efforcé de retenir leurs noms : Bouvyer, Filliol, Caussade, Chevigné, mais il avait surtout été fasciné par un petit homme d'une quarantaine d'années à l'allure de paysan : pantalons froissés, veste trop large, cheveux coupés courts et néanmoins en désordre ramenés vers le front, un teint basané et des yeux si brillants qu'ils l'avaient contraint à se détourner. De ce Jacques Sarmant émanait une telle énergie, une telle violence que Vecchini s'en était tenu éloigné, le regardant cependant à la dérobée : cet homme ne devait pas souffrir l'idée que ses ennemis pussent vivre, il était sans doute chargé d'administrer la mort, le bourreau fanatique qui tue aussi pour son plaisir.

Ils avaient bu modérément, puis Lucien de Serlière avait prononcé quelques mots. Les temps étaient durs pour l'autorité, avait-il souligné. Et il avait semblé à Vecchini que c'était à lui que Serlière s'adressait en particulier, soulignant chaque phrase d'un mouvement de son poing fermé.

Les traditions étaient exsangues, avait-il repris, les règles d'autrefois rejetées, la décadence du pays, celle de toute l'Europe étaient au bout de cette évolution. Mais il fallait savoir que les hommes, ces animaux politiques, ont besoin d'organisation, c'est-à-dire d'ordre et de chefs. L'établissement d'une nouvelle discipline était inéluctable. « Nous serons les chefs qu'on attend », avait conclu Serlière.

Lorsqu'il se remémorait ces propos, cette soirée, puis les rencontres qui avaient suivi dans le bar de l'avenue de l'Opéra, toujours en fin de journée — rien, malgré les saisons, ne changeait dans la pénombre feutrée de la salle —, Vecchini rééprouvait ce plaisir et cette douleur mêlés qu'il avait ressentis chaque fois qu'il s'était retrouvé en présence de Lucien de Serlière.

Etait-ce la voix ou bien ces yeux voilés qui le troublaient, ou bien une autorité qu'exhalait la stature même de Serlière, ou encore le pouvoir dont il disposait ? — Vecchini n'ignorait pas que Jacques Sarmant, le bourreau, attendait devant le bar pour raccompagner son maître, le protéger —, mais il en avait la gorge et la bouche sèches, la peau brûlante.

Il n'osait lever la tête et quand Serlière poussait sur la table basse placée entre leurs fauteuils l'enveloppe gonflée de liasses de billets, Vecchini s'en saisissait avec avidité, la glissant contre sa poitrine, dans la poche de sa veste, cependant que, d'un coup d'œil dérobé, il apercevait le sourire méprisant de Serlière. Mais il espérait à présent ce mépris, il en jouissait.

Serlière l'achetait. Il était donc à vendre, il avait donc une valeur, puisqu'on lui glissait ces billets et lui demandait de rédiger ces rapports ; on le méprisait et c'était une preuve de son existence.

Puis Serlière se levait, effleurant l'épaule de Vecchini.

« Restez-là, recommandait-il à chaque fois, ne sortez pas avant une demi-heure, je me méfie des argousins de la République. »

Cette main qui le touchait, c'était comme celle du maître flattant son chien. Et cette image à laquelle Vecchini avait pensé l'avait à la fois humilié et excité. Il attendait les ordres, courait chercher ce qu'on lui ordonnait, espérant une récompense. Il aimait ce rôle. Et cet argent, une fois resté seul dans le bar, Serlière parti, il l'effleurait, glissant ses doigts dans l'enveloppe, éprouvant le contact soyeux et pourtant un peu rêche des billets neufs.

« Amusez-vous, Vecchini », avait dit un jour Serlière.

Il s'était penché, complice, équivoque, désignant d'un mouvement de tête les femmes assises au bar.

« Ici, vous avez ce qu'il vous faut. A votre place... » Il s'était redressé. « Mais Benoît me dit que vous êtes un puritain, quelqu'un d'austère... Allons, allons, laissez-vous aller, Vecchini, la mort nous guette. »

C'est ce soir-là que Karen Moratchev s'était avancée et, plus tard, Vecchini s'était demandé si elle n'avait pas obéi à Serlière qui s'était sans doute approché du comptoir, lui avait montré cet homme seul, là-bas, dans le fauteuil, et, lui glissant un billet, lui avait murmuré : « Il s'ennuie, distrayez-le. »

Elle avait donc traversé la salle, le port altier, parce qu'elle se savait belle, sûre d'elle, indifférente aux regards des hommes qui, dans l'obscurité, la détaillait, hésitant à l'appeler, à se lever, déçus de la voir s'arrêter devant le fauteuil de Vecchini.

Elle portait une robe grise rehaussée de nervures rouges qui soulignaient les formes de son corps que le tissu moulait. Au-dessous du genou, la robe s'évasait en volants, laissant voir ses mollets, ses chevilles fines dans des bas noirs.

Elle avait demandé à s'asseoir là, dans le fauteuil que venait de quitter Serlière, puis — sollicitant du regard Vecchini — elle avait commandé du champagne et dit qu'elle s'appelait Karen Moratchev, qu'elle était d'origine russe. Elle rejetait la tête en arrière, découvrant les veines légèrement bleues sous la peau très blanche de son cou, ses seins sous l'étoffe.

Vecchini avait bu, payé, froissant les liasses entre sa paume et ses doigts.

Lorsqu'ils furent debout l'un près de l'autre, il avait constaté qu'il était plus petit qu'elle, de quelques centimètres à peine, mais elle se tenait si droite, la tête légèrement levée, qu'elle paraissait beaucoup plus grande que lui et il en avait éprouvé un plaisir trouble, le désir d'être écrasé sous ce corps vigoureux, l'envie d'être tenu, bras écartés, cette femme pesant sur lui, assise, lui donnant des ordres, l'obligeant à se soumettre, à la lécher, impitoyable, proférant d'une voix rauque : « Encore, encore, là, là. »

Il l'avait regardée et elle avait eu un sourire aussi ironique, aussi méprisant que celui de Lucien de Serlière.

« Tu veux ? » avait-elle demandé en le tutoyant, et cette question, ce ton, la manière dont elle lui avait saisi le bras, le serrant au-dessus du coude, l'avaient bouleversé comme jamais une femme n'avait réussi à le faire.

Il en avait connu quelques-unes avant Noémie Mazan, adolescentes qu'il avait lutinées, aimées dans l'entrepôt, sur les plaques de liège, putains qu'il avait abordées les premiers mois de son séjour à Paris, quand, le feutre cassé sur les yeux, les mains dans les poches d'un trench-coat, il avait sillonné au milieu de la nuit les rues mal éclairées proches des gares, ou bien encore quelques étudiantes que son élégance excentrique attirait.

Mais c'était lui qui prenait l'initiative avec, mêlé au désir, un sentiment d'ennui, car son envie d'elles était sans surprise et qu'avec ces femmes, comme avec Noémie Mazan, il s'était à chaque fois dédoublé, l'esprit ailleurs, voyeur, cependant que le corps agissait, jouissait, mais maintenu fermement, car Vecchini demeurait lucide, n'abandonnant jamais son quant-à-soi, son objectif : jouir, parce qu'il le fallait, ou dominer, mais ne jamais abdiquer sa raison.

Et voici que, dans la chambre d'hôtel où Karen Moratchev l'avait conduit, dans cette lumière poussiéreuse, passée comme la couleur des tentures et du couvre-lit, grise comme la moquette usée, tachée, il avait senti qu'il lâchait les rênes, qu'il allait enfin se perdre et que ce n'était possible que parce qu'il s'était soumis à Serlière, qu'il avait changé de camp, qu'il s'était laissé glisser vers le fond ; il allait enfin pénétrer dans cet abysse qui béait en lui-même mais dont il n'avait encore jamais osé s'approcher car il fallait abandonner tous repères, trancher les liens avec ce qu'on croyait être, descendre en soi, y sombrer.

Karen s'était lentement déshabillée, ne le regardant même pas, lui tournant le dos, et quand elle lui avait fait face, la poitrine ferme, les seins gros et séparés, des jarretelles soutenant les bas qu'elle avait gardés, elle lui avait ordonné d'une voix de gorge : « Qu'est-ce que tu attends ? Mets-toi nu. »

A cet instant — il avait repensé à cette scène tant de fois, après, comme on revit l'événement qui vous a changé, révélé, dont on cherche à retrouver l'émotion, il avait dit en s'avançant vers elle : « Punis-moi, frappe-moi, je suis un salaud », et il lui avait saisi la taille, il avait glissé contre elle, laissant ses lèvres frotter son ventre, puis son pubis, puis son sexe, et il était resté ainsi agenouillé, la tenant contre lui, collé à elle, s'imprégnant de son odeur, introduisant sa langue en elle.

Elle lui avait tiré les cheveux d'abord faiblement, puis avec force, et il avait eu mal, après quoi elle l'avait giflé sur la nuque : « As-tu fini, salaud, vicieux ? » Il avait geint à nouveau, se protégeant le visage avec le coude, comme il l'avait fait tant de fois, enfant, quand son père le cinglait parce qu'en courant dans l'entrepôt pour s'y cacher, il avait renversé des sacs d'arachides, fait rouler des fûts vides qui s'en allaient heurter des piles de planches, les déséquilibrant.

« Mets-toi là », avait-elle dit lorsqu'il s'était présenté nu devant elle.

Elle était assise, jambes écartées sur le bord du lit, et elle lui avait indiqué qu'il devait s'agenouiller à nouveau, là. Mais elle l'avait tenu à distance, le menaçant quand il voulait la toucher.

« Qu'est-ce que tu me donnes ? Allons, allons... »

Elle lui parlait comme à un chien et il était prêt à tout lui abandonner.

« Combien, combien ? » demandait-elle.

Il s'était précipité, fouillant dans sa veste, en retirant l'enveloppe de Serlière.

« Voilà, voilà, tout, tout ! »

Elle avait esquissé une moue, faisant craquer les billets entre ses doigts, puis les plaçant entre ses jambes : « Viens, avait-elle dit, viens », et il s'était précipité, frottant son nez, sa bouche contre son sexe et cette liasse qu'elle retirait à présent, le laissant s'enfouir.

Elle avait lâché d'une voix dédaigneuse, pleine de morgue : « Tu n'es qu'un chien, un chien, vraiment. »

Il avait souhaité l'entendre répéter encore ces mots car ils lui faisaient perdre la raison, l'enfonçaient dans une zone noire où il ne se souvenait plus de rien de ce qui avait existé avant, en haut, loin des abysses, à la surface de la vie.

Il était devenu l'amant régulier de Karen Moratchev et l'argent qu'il recevait de Lucien de Serlière se transmuait en ces moments d'oubli de soi, de perte au monde, de jouissance et de douleur extrêmes dont il sortait apaisé, comme si le gouffre dans lequel il s'était noyé, au plus profond de lui-même, n'avait jamais existé, à tel point qu'entre deux rendez-vous avec Karen il pouvait oublier jusqu'à l'existence de la jeune femme, ne repensant à elle — mais avec quelle intensité ! — qu'à l'instant où, dans le bar de l'avenue de l'Opéra, Serlière lui remettait cette enveloppe qu'il touchait comme si elle brûlait — et le désir venait aussitôt.

Il téléphonait à Karen et n'était plus, dès qu'il entendait sa voix un peu rauque, que l'homme qui supplie et s'humilie pour obtenir, affolé à l'idée qu'elle pût refuser.

« Je peux te donner beaucoup, cette fois, beaucoup », murmurait-il.

Elle connaissait la réplique. Elle le méprisait trop, répondait-elle, pour accepter quoi que ce fût, ou alors ce serait pour le fouetter, le piétiner, lui faire mal, parce que c'était un salaud, un vicieux, un chien. Il imaginait sa moue de dégoût et ressentait un plaisir âcre, mais il lui en voulait de rompre le sortilège quand elle lui demandait d'une voix changée, normale, l'heure à laquelle elle devait le retrouver.

Il l'attendait boulevard de Port-Royal, dans l'appartement qu'il avait loué, abandonnant sa chambre à l'Ecole, rue d'Ulm, parce qu'il ne pouvait plus la partager avec François Mazan, devenu hostile, hargneux, un ennemi déclaré, mais aussi parce que l'Ecole représentait déjà pour lui le passé, une vieille peau qu'il faisait glisser, sa mue accomplie.

Il guettait Karen Moratchev, incapable de fixer son attention, allant et venant de sa table de travail à la fenêtre, palpant dans la poche intérieure de sa veste l'enveloppe de Serlière et les billets, la bouche pleine d'une salive amère.

Et, tout à coup, il la voyait descendre d'un taxi. En sortant de la voiture, elle montrait un peu de ses jambes, puis elle traversait lentement la chaussée, son large manteau noir ouvert, la ceinture de cuir dénouée tombant de part et d'autre.

Déjà il s'affolait, le sexe douloureux.

Qu'importaient alors les propos de Mazan, ses menaces ?

Au début de 1937 — à moins que ce ne fût dès la fin de l'été 1936 —, peut-être sur les conseils de Noémie, Mazan avait rompu avec Vecchini, l'accablant de sarcasmes, l'accusant de s'être « vendu » à la banque Wysberg et Cie, d'être devenu le porte-plume de Lucien de Serlière. Il avait paru bien informé, cherchant à inquiéter Vecchini, assurant que *le Parti* — ce mot qui emplissait la bouche de Mazan, qu'il prononçait avec emphase et gourmandise, ce mot que Vecchini s'était mis à exécrer — surveillait les cagoulards, qu'il ne laisserait pas faire. « Tu es pire que Serlière ou Wysberg, ajoutait-il. Toi, tu n'avais rien à défendre, on t'a acheté, on te paie. »

Il crachait comme un paysan en direction de Vecchini.

C'était un véritable ennemi, un communiste, et ce mot aussi, Vecchini le prononçait avec dégoût. Il voyait derrière Mazan une organisation elle aussi occulte, et, cachée par des jeux de cape, des propos de tribune, une éloquence à la Cyrano, la main qui tenait la dague, une pensée cynique qui cherchait la faille, une religion fanatique qui ne pardonnait pas aux hérétiques. On jugeait, on exécutait à Moscou, dans ces grands procès qu'en se moquant, quand ils étaient encore capables de débattre, Vecchini opposait aux propos de Mazan.

Mais la guerre avait commencé entre eux, on ne se parlait plus, on cherchait à écraser. Les communistes étaient l'Autre menaçant, habile, déterminé, dissimulé. Des semblables opposés : les pires ennemis, donc.

Vecchini l'acceptait. C'était le prix des choses qu'il avait acquises. Le prix de Karen Moratchev, aussi.

Il lui ouvrait la porte. Elle s'avançait, paraissant ne pas le voir lui emboîter le pas tandis qu'elle se dirigeait vers la chambre.

Puis elle se retournait brusquement : « Qu'est-ce que tu veux encore ? » disait-elle avec brutalité.

Elle le savait bien ! pleurnichait-il.

Il n'était déjà plus celui que Serlière ou Brunel ou Mazan ou Desnoises ou Wysberg connaissaient, appréciaient ou détestaient, mais un être haletant qui s'enfonçait en lui-même, voyait disparaître la réalité pour ne plus subir que son désir, quêtant de cette femme la jouissance et le droit de retourner parmi les hommes, de ne plus être ce chien qui quémandait, tendait l'enveloppe pleine avec un regard suppliant.

Un jour, Karen Moratchev avait demandé de la même voix autoritaire, celle de son rôle, qui versait cet argent à Vecchini, qu'est-ce qu'il faisait pour l'obtenir : « Ou tu me racontes, ou je m'en vais. Je veux savoir, je veux que ce soit clair, pas question d'être compromise avec n'importe qui. Qu'est-ce que tu fais, hein ? Tu vas me le dire, sinon... »

Un instant, il était redevenu lucide, s'écartant, refusant, se demandant ce que signifiait cet interrogatoire. Peut-être seulement le désir de Karen de savoir, de se protéger, comme elle le prétendait ? Mais autre chose était possible. Lucien de Serlière avait mis Vecchini en garde à plusieurs reprises contre les tentatives de la police pour pénétrer l'Organisation. Karen s'y essayait-elle ou bien Serlière voulait-il soumettre Vecchini à quelque épreuve ? N'était-ce pas lui qui avait demandé à cette femme de s'intéresser à lui, de le tenir ?

Vecchini s'était agenouillé devant elle, mais elle gardait les cuisses serrées, le repoussait, l'éloignant de son corps.

Il aurait pu se lever, changer de rôle, redevenir celui qu'il avait été avec les autres femmes, la menacer, la chasser. C'était si facile de passer d'une scène à l'autre, d'effrayer et de soumettre. Mais ce n'était pas cela qu'il désirait. Cette manière de posséder l'autre, il la connaissait, elle donnait un plaisir élémentaire, bref et brutal, de ceux qu'on prend debout sans même saisir le goût de ce qu'on dévore.

Il savait désormais qu'à être possédé, qu'à choisir de soumettre son corps à la volonté d'une femme que l'on oriente, que l'on force à ce rôle de maître et qu'on plie ainsi tout en se soumettant à elle, il connaissait l'extrême satisfaction, une sorte de délire.

Il n'entendait pas y renoncer, car il jouissait de cette violence qu'il s'imposait à lui-même, du plaisir pervers de se mépriser et de contraindre quelqu'un, cette femme, à employer les mots qu'il attendait d'elle, d'être son chien, tout en sachant qu'il demeurait le vrai maître puisqu'il l'obligeait, la contraignait, la payait.

« Alors, s'obstinait-elle à demander, alors, tu vas me dire ? »

Il lui avait écarté les jambes : « Je te dirai, je te dirai, mais là, là, si ma tête est là. »

Elle avait ouvert ses cuisses, elle lui avait emprisonné le visage et il avait commencé à lui parler, éprouvant, à trahir son serment, une sensation de vertige, comme s'il pénétrait encore plus profondément en lui-même, libre et perdu.

Des mois plus tard, à la fin de 1938, lorsque Vecchini avait reconnu le visage de cette « noyée blonde au manteau noir » dont *Paris-Soir* publiait la photo en première page, il avait revécu chaque moment de cette nuit, ce vertige, ce besoin de céder, de se vautrer dans le reniement : suppliant Karen qu'elle accepte qu'il l'embrasse, là, qu'il la lèche, et elle l'avait repoussé plusieurs fois du pied pour qu'il parle d'abord — et à se souvenir de ces heures-là, qu'il avait refoulées pendant des mois, il était encore pris par un désir fait de douleur et de malaise. Il avait retrouvé aussi ce sentiment de panique qui l'avait saisi quand, se réveillant à l'aube, il avait constaté que Karen était partie.

Il s'était assis, nu, au bord du lit, regardant le tas de ses vêtements jetés en désordre sur le parquet. Il avait eu l'intuition qu'il ne la reverrait plus car, lorsqu'elle venait chez lui, elle s'attardait, dormant jusqu'à la fin de la matinée, et souvent ils déjeunaient ensemble à la Closerie des Lilas, assis l'un en face de l'autre, silencieux, presque étrangers, sortis de leurs rôles, n'ayant plus rien à échanger, lui pensant à Serlière, elle peut-être à son nouveau rendez-vous. (Avec qui ? Cette question parfois le tenaillait, il en jouait pour ressentir le pincement d'une inquiétude, d'une humiliation, mais la nuit l'avait comblé et il considérait alors Karen avec plus de curiosité que de passion.)

Que lui avait-il dit au cours de la nuit ? Il avait cherché à reconstituer ce qu'il lui avait confié, mais il avait été incapable de savoir s'il avait parlé de Serlière, de Wysberg, du serment qu'il avait prêté, et surtout de ce qu'il avait appris depuis lors par les bavardages de Benoît, le fils de Serlière, qui l'entraînait souvent dans les cafés de la rue Claude-Bernard ou de la rue Soufflot pour lui chuchoter ce qu'il savait des activités de son père : « Il nous tient à l'écart, toi et moi, mais tu veux savoir ? »

Avait-il révélé à Karen que les deux Italiens antifascistes, Nello et Carlo Rosselli, qu'on avait assassinés sur une route de Normandie, près de Bagnoles-de-l'Orne, avaient été achevés à coups de poignard ? Que c'était un membre de l'Organisation, Bouvyer, qui les avait suivis, montant le guet-apens des tueurs ? Qu'il s'agissait là, selon Lucien de Serlière, du prix payé à

Mussolini pour des armes dont l'Organisation avait besoin, que l'Italie lui livrait par caisses qui arrivaient peut-être non loin de la Tour Rouge ou du quai des Docks, la nuit, et qu'un entrepreneur niçois, Joseph Darnand, transportait ensuite jusqu'à Paris ? Avait-il précisé que la baïonnette, longue et effilée, qu'on avait trouvée près des corps de Nello et Carlo Rosselli, appartenait à Jacques Sarmant ?

— Tu vois, Vecchini, disait Benoît de Serlière sans le quitter des yeux, guettant ses réactions, tu vois ce que nous sommes, et tu es dedans, c'est ainsi : fini tes petits jeux avec Mazan, Brunel. Tu es avec nous. Et c'est *ça,* nous. Je veux que tu le saches. Tu ne t'en tireras pas.

Si Vecchini avait confié tout cela, ou simplement permis à Karen de l'imaginer, alors c'est lui que Sarmant allait exécuter à présent.

Cette nuit-là, donc, quand il s'était retrouvé seul, le corps moulu — car après qu'il eut fini de parler, Karen l'avait écrasé de son corps, de son mépris, le faisant jouir jusqu'à ce qu'il hurle, qu'il ait le sentiment de se briser, et il avait alors basculé dans un sommeil de chose —, il était resté prostré, essayant de téléphoner à Karen sans obtenir de réponse.

C'est en reposant le combiné qu'il avait remarqué que le tablier de la cheminée avait été déplacé, que ses carnets avaient été ouverts, sans doute inventoriés par Karen.

Il avait songé à fuir, à changer d'identité, peut-être à passer en Espagne, mais pour y renoncer aussitôt puisqu'on prétendait que Sarmant, après le meurtre des Rosselli, s'y était réfugié, combattant désormais dans les rangs franquistes. Il avait alors pensé à s'engager dans la Légion étrangère, mais cette idée lui avait paru tout à coup si saugrenue, si enfantine et en même temps si conventionnelle, comme l'épilogue d'un de ces films que, parfois, il voyait seul, en fin de journée, dans les cinémas du boulevard Saint-Michel ou de la rue des Ecoles, qu'il s'était rasséréné, s'étonnant de passer ainsi de la panique à la réflexion, de se trouver capable de solliciter de Serlière un rendez-vous en fin de journée, là, dans ce même bar où il avait rencontré Karen Moratchev, elle que peut-être Serlière connaissait, qu'il avait peut-être chargée de le surveiller, Serlière à qui il fallait donc ne rien cacher, avec qui il devait au contraire prendre les devants.

Dans le coin de ce bar, il avait rapproché son fauteuil de celui de Serlière et s'était mis à chuchoter.

Il était à nouveau cet enfant que les instituteurs avaient félicité pour ses résultats et condamné, puni pour sa dissimulation et son hypocrisie, ses coups par en-dessous, comme avait dit l'un d'eux, son caractère insaisissable, avait ajouté un autre, persuadé que cet enfant avait *le mal dans la peau,* qu'il était « tordu », pervers, voire dangereux.

Mais avaient-ils jamais imaginé, ces maîtres tranquilles et vertueux, ce qu'il fallait d'habileté pour se défendre quand on était seul contre les bandes, quand on n'avait que soi pour allié et que cet allié lui-même, on n'en était pas sûr ? Savaient-ils cela, ces justiciers qui l'avaient fait s'agenouiller sur une règle afin qu'il souffrît, qui l'avaient désigné à l'ensemble de la classe comme le traître, le délateur, le mauvais camarade qui garde pour lui ce qu'il connaît, qui prend plaisir à ce que les autres soient vaincus ?

Penché vers Serlière, il avait retrouvé ce ton de voix humble, cette attitude servile, presque cette dévotion, et, au fur et à mesure qu'il parlait, il avait été rassuré.

— Une femme, avait-il dit à Serlière, elle m'a eu, elle me tenait.

Lucien de Serlière avait ri, déjà complice : « Racontez-moi ça, Vecchini. Vous, une femme ? Elle vous faisait jouir, au moins ? »

A cette question, Vecchini avait su qu'il serait absous. Il s'était confié, il avait baissé les yeux, puis, tout à coup, avoué que Karen lui avait donné le plaisir le plus aigu, le plus pervers qu'il eût pu imaginer.

Il l'avait connue ici, dans ce bar, avait-il conclu en tournant la tête vers le comptoir devant lequel étaient assises d'autres femmes, des corps comme celui de Karen dont il pourrait à nouveau se servir, parce que l'argent permettait de les acheter et qu'il n'existait rien d'autre que ce troc : billets contre plaisir, soumission contre désir, servilité contre survie.

Il avait pu croire, avait-il expliqué, que lui-même, Serlière, connaissait Karen, n'est-ce pas ?

Il avait dévisagé son interlocuteur, cherchant à le percer à jour, mais celui-ci était resté impassible, demandant simplement : « Elle vous a fait cracher quoi ? »

L'argent, avait-il répondu, de plus en plus.

Serlière s'était esclaffé, se rejetant en arrière, croisant ses mains sur sa nuque. En somme, c'était cette femme qu'il avait payée, et non Vecchini ! Cocasse.

Puis, tout à coup, il avait été brutal, s'emportant contre la connerie de Vecchini : une femme, ça se domptait, une femme, ça devait servir aussi à vous enrichir. Qu'est-ce qu'il avait donc là, entre les jambes, Vecchini ? Avec ça, on les faisait toutes plier, toutes ! Mais il fallait en avoir, en vouloir !

Après, avait-il repris plus calmement, la femme avait dû fouiller ses tiroirs. « Et vous lui avez raconté de petites choses pour la retenir, la surprendre, etc. Vous êtes con, vraiment con, Vecchini », avait-il ajouté.

Vecchini avait joué les accablés, les repentants, les imbéciles.

Heureusement, avait conclu Serlière, on allait colmater la brèche. On réglerait ça. Mais Vecchini devait se mettre en tête qu'il ne l'avait jamais vue, jamais. Entendu ? S'il y avait des témoins, des bavards, on avait les moyens de les connaître et de les faire taire : « Nous avons quelques amitiés dans la police, mon cher », avait-il dit en appuyant la main sur son épaule.

Vecchini avait cherché à ne plus penser à Karen Moratchev. Il s'était contenté de femmes payées une heure ou deux, parfois une nuit, qu'il humiliait et méprisait, trouvant dans l'anonymat, dans le sordide des hôtels de passe, dans la brutalité des rapports conclus comme un achat comptant — « Tu prends combien ? » « Ça dépend de ce que tu veux, mon loup... » — une jouissance de plus.

Une nuit, derrière la gare Saint-Lazare, il était ainsi entré dans une chambre avec une jeune femme blonde. Elle aussi avait le corps caché par un manteau noir. Quand elle l'avait déboutonné dans la lumière grise de la pièce, il avait vu cette poitrine dénudée, ces formes lourdes, et il avait éprouvé de la rage à l'idée qu'il allait être insatisfait, peut-être impuissant, car même s'il la pénétrait, cette femme, il la posséderait encore moins que Karen ou que Noémie Mazan. Et il eut envie de serrer son cou jusqu'à ce qu'elle demande grâce ou qu'il la tue.

Il s'était avancé vers elle, les poings fermés dans ses poches, et la jeune femme avait sans doute compris son désir. Elle était allée vers la porte, l'avait ouverte : « Toi, je veux pas, avait-elle dit, toi, tu es dingue. File ou j'appelle, file ! »

Il avait sorti les poings de ses poches, tout à coup dégrisé. Que lui arrivait-il ?

Il était au bord d'un gouffre encore plus sombre que ceux dans lesquels il s'était déjà aventuré. Il devait se tenir sur ses gardes car, quand les liens sont rompus, on risque de dévaler jusqu'en des lieux sans limites, ignorés.

Il eut peur de lui-même.

C'est alors qu'il avait décidé de s'enfoncer dans le travail.

Il avait retrouvé ses habitudes d'étudiant laborieux, entêté, se levant à trois heures du matin afin d'écrire ce livre sur *L'Europe nouvelle* que Marguerite de Galand devait publier.

Ecrivait-il ce qu'il pensait ? Parfois il s'interrompait, étonné lui-même de la facilité avec laquelle il rédigeait chapitre après chapitre : *Hitler et l'invention de l'Europe moderne, Paris-Berlin ou la Renaissance de la tradition carolingienne,* jusqu'à ce titre de conclusion : *Les Juifs, ennemis de l'Europe.* Il était fasciné par sa propre habileté, sa capacité à deviner ce qu'on attendait de lui, son indifférence à l'égard de ses propres convictions. En avait-il, au demeurant ? Il savait identifier ses ennemis, ses alliés, et penser en conséquence. Une idée, cela se retournait en tous sens, cela s'inversait en fonction des circonstances. Ce n'était qu'un pion de plus sur l'échiquier.

A l'école primaire, au lycée, puis devant les jurys de concours, il n'avait jamais été qu'un acteur qui connaît tout son répertoire et sait choisir la tirade qui va plaire, selon le public et le lieu de la représentation.

Il avait à jouer désormais le rôle de l'intellectuel d'extrême droite, ainsi que commençaient à l'appeler Mazan et Brunel. Soit. Il allait donner à Serlière, à Wysberg ou Desnoises ce qu'ils attendaient. Et, à céder à cet opportunisme, à ce jeu, il éprouvait un plaisir de voyeur, capable d'imaginer le livre opposé qu'il aurait été capable d'écrire : *Hitler, destructeur de l'idée d'Europe ; la tradition carolingienne aux antipodes du nazisme ; le cosmopolitisme juif aux sources de l'esprit européen...*

Il se regardait écrire. Il s'entendait répondre à Lucien de Serlière qui le félicitait de son texte et l'assurait du soutien d'une large partie de la presse. Il jouissait avec un brin d'amertume de l'imposture à laquelle il se livrait en se rendant compte qu'il était le seul à savoir qu'il ne croyait en rien, sinon à son talent, à son habileté à changer de rôle, à tromper.

Le premier article publié fut celui de François Mazan dans *L'Humanité.* Des phrases méprisantes, des insultes et des accusations contre Vecchini, « l'idéologue vendu à la Cagoule et au patronat fasciste ». Mais ce compte rendu sans surprise était accompagné d'une photo montrant Vecchini assis en compagnie de Paul-Marie Wysberg, du docteur Matringe et de Robert Challes, sans doute lors du dîner chez Lucien de Serlière, dans le parc de l'hôtel particulier de Neuilly. Qui avait pu transmettre ce cliché au journal communiste ? Lucien de Serlière ou son fils Benoît ? L'un et l'autre avaient tant de perversité qu'ils pouvaient ainsi se servir des communistes pour compromettre des personnalités qui tenaient peut-être à rester dans l'ombre.

Benoît de Serlière agissait peut-être aussi de la sorte, poussé par un sentiment d'envie et d'aigreur, son père paraissant accorder à Vecchini une confiance qu'il lui refusait.

La vie était ainsi un jeu à plusieurs bandes, la boule allant d'un bord à l'autre, heurtant celui-ci ou celui-là, éliminant tel autre, se servant de l'un pour bousculer, loin, sans qu'on pût savoir d'où venait le coup, un partenaire ou un rival.

Vecchini avait l'instinct d'un joueur averti, de cet enfant du quai des Docks qui avait dû dissimuler ses intentions, se montrer discipliné alors qu'il avait envie de lancer des galets à la tête des instituteurs qui l'insultaient en proférant leurs jugements sur son caractère. Il avait dû donner le change aux examinateurs, deviner ce qu'ils voulaient entendre. La vie n'avait été pour lui, dès l'enfance, qu'une guerre où il était le plus démuni, où il lui fallait être le plus rusé pour survivre, vaincre.

Sans même réfléchir, par un mouvement qui lui venait de toute cette expérience, il avait téléphoné au siège de la banque Wysberg et Cie, le jour même de la parution de la photo dans *L'Humanité,* et Wysberg avait accepté de le recevoir.

Le grand bâtiment à la façade et aux escaliers de marbre, aux fenêtres protégées par des lances à la pointe dorée, dont les portes en acajou sombre s'ouvraient sans bruit sur des bureaux où le cuivre brillant se mariait à l'ébène, était désert à l'exception de quelques huissiers qui avaient accueilli Vecchini, puis l'avaient guidé jusqu'au dernier étage. Là, avait-il pensé, était le centre du dernier cercle, le vrai pouvoir, même celui de Serlière n'étant fait au bout du compte que d'apparences, d'actions en surface.

Vecchini s'en était persuadé en avançant vers le bureau derrière lequel, tête penchée, se tenait Paul-Marie Wysberg.

C'était un homme au visage rond, sans âge, peut-être cinquante, peut-être soixante ans, voire davantage. Ses gestes étaient lents. Il s'était appuyé, par un mouvement qui semblait précautionneux, au dossier de son fauteuil, puis avait de ses deux paumes ouvertes lissé ses tempes, ses cheveux blancs ondulés, posant ensuite ses lunettes à monture dorée, rondes, sur le bureau. Il avait alors observé longuement Vecchini, les mains jointes devant ses lèvres. Il avait enfin souri et dit : « Normalien, historien, ambitieux et lucide, je me trompe ? Cynique, sans illusions. Nietzsche ? Ne me dites pas que la publication de cette photo par *L'Humanité* vous a surpris. Si ? Alors, vous êtes encore naïf. »

Il s'était penché en avant. A qui pouvait-on faire confiance ? avait-il repris.

« Mais à personne, Vecchini. Je ne vous fais pas confiance, et je ne vous demande pas de me prêter de bonnes intentions à votre endroit. Mais nous pouvons, vous et moi, et quelques autres, nous utiliser réciproquement, en toute lucidité. Parce que nous avons un seul véritable ennemi et que tout le reste n'est qu'enfantillages, rivalités classiques. Il y a toujours un Pompée, un Brutus dès lors qu'on est César. »

Il s'était levé, avait fait quelques pas, puis s'était rassis dans l'un des canapés de cuir qui, placés dans l'un des angles du bureau, formaient comme un lieu isolé. D'un geste de la main, il avait invité Vecchini à le rejoindre et à s'installer en face de lui.

« Notre seul ennemi, avait-il dit, la seule barbarie, c'est celle qui fermente là-bas, en Russie communiste. Celle-là, oui, est dangereuse, parce qu'elle veut tout changer, en finir avec notre civilisation. C'est par rapport à elle qu'il faut se déterminer. Partagez-vous cette analyse ? »

La voix de Wysberg était devenue aiguë, il avait parlé vite et sa physionomie s'était transformée, énergique, presque brutale, menton en avant, mâchoires serrées.

Vecchini avait acquiescé d'un mouvement de la tête.

« Serlière est un homme d'action, avait continué Wysberg. Son fils ? Un écrivain, avec l'égotisme encombrant des littérateurs. La photo, c'est lui, bien sûr, nous le savons. Mais, après tout, quelle importance ? C'est, entre les communistes et nous, une guerre ouverte. Benoît de Serlière n'agit que par bêtise et jalousie mesquine. Il ne vous aime pas, Vecchini, vous êtes trop brillant, d'un milieu différent, bien sûr. (Il avait levé la main.) Moi, ça ne me dérange pas. J'aime bien ceux qui trahissent leurs origines. Ils ne peuvent plus se permettre de retourner là d'où ils viennent. Ils n'y ont plus leur place, on les lyncherait. Les meilleurs soldats sont les mercenaires et les fanatiques. Les communistes ont la foi, mais nous, nous payons. »

Il s'était interrompu, la tête un peu penchée.

« Avez-vous besoin d'argent, Vecchini ? avait-il repris d'une voix plus douce.

— J'ai de très gros besoins, comme tout le monde, il me semble. »

Wysberg avait ri.

« Bonne réponse. Voulez-vous vous joindre à nous, ici, à la banque ? Ce ne serait pas officiel, il va sans dire, mais vous seriez sur nos registres, c'est toujours plus simple. »

Vecchini avait approuvé.

Wysberg s'était à nouveau levé, allant et venant dans le bureau, les mains derrière le dos, les épaules tirées en arrière, les bras tendus. Lucien de Serlière, avait-il expliqué, avait sa confiance, mais pour l'action immédiate. « Ce qui est bruyant et visible, ces petites choses sont nécessaires parfois. Il a ses hommes pour cela. Vous avez rencontré Jacques Sarmant ? »

Mais, pour la réflexion, le choix d'une stratégie à long terme, les alliances qu'il fallait nouer pour faire front aux communistes, déterminés, cyniques eux aussi, et penser à l'échelle de l'Histoire, on ne pouvait compter sur Serlière.

Vecchini, tendu, écoutait. Il lui semblait que tout son corps était aux aguets, prêt à bondir. Mais il devait rester prudent, ne pas dévoiler son avidité, montrer cependant qu'il souhaitait s'engager sans réserve pour toute sa vie.

Car qui pourrait remplacer cette puissance et faire tomber ces murs de marbre, ces grilles dorées, briser ces meubles, ouvrir ces coffres ? Qui ? Seuls les Barbares en avaient l'intention, seuls ils étaient résolus à changer les règles. Mais quel est le sort des Barbares ? Servir de spectacle dans l'arène ou périr étranglés, mourir vaincus ou bien plier le genou, demander grâce, faire allégeance, reconnaître le pouvoir qui siégeait ici, devenir serfs ou mercenaires.

« J'ai beaucoup aimé votre *Europe nouvelle,* avait continué Wysberg, vous voyez bien les vrais enjeux. Ils nous ennuient, avec leur antifascisme, leur antinazisme. Les Chemises brunes ou noires ont certes des comportements barbares, mais (il avait haussé les épaules) nous pouvons les faire évoluer, les utiliser. Après tout, savez-vous que j'ai bien connu Mussolini en 1919 ? Je l'ai même financé. Sans lui, je ne sais ce que serait devenue l'Italie, peut-être une république soviétique ? »

Puis, brutalement, comme s'il se reprenait après cette confidence, il avait ouvert la porte du bureau, disant sans tendre la main à Vecchini qu'il le convoquerait, le chargerait de tâches précises : une mise à l'essai —, « réciproque, bien sûr », ajouta-t-il en souriant. Naturellement, la discrétion était de rigueur.

« N'êtes-vous pas un peu bavard, Vecchini ? »

Il l'avait retenu par le poignet dans un mouvement de familiarité inattendu.

« On me dit que vous aimez vous confier aux jeunes et jolies femmes. Vous n'avez rien de mieux à faire avec elles que bavarder ? »

D'un geste, il avait empêché Vecchini de répondre, refermant sans un mot de plus la porte de son bureau.

Il savait donc. Peut-être prévenu par Serlière ? Ou bien avait-il fait surveiller Vecchini ? Il était homme à cela.

En sortant de la banque, Vecchini eut le sentiment que le temps du jeu était terminé, qu'il allait participer à une pièce où l'erreur, l'hésitation n'étaient plus tolérées. Wysberg, si mesuré, si policé, devait être plus impitoyable que Serlière ou même que Sarmant. Les mises étaient trop fortes pour qu'il acceptât la moindre entorse aux règles du jeu.

Il fallait donc se soumettre ou donner le change. Et Vecchini commença par renoncer à toute liaison durable, à découper sa vie en blocs séparés : penser, jouir, servir Wysberg. Chaque compartiment devait être étanche.

Il s'était remis à rôder dans ces rues où l'air semblait plus âcre : parfum, sueur, lumières clignotantes des enseignes des bars et des clubs, silhouettes de femmes à la démarche lente ou qui se tenaient dans l'entrée d'un immeuble, debout, jambes croisées, ou bien qu'il entrevoyait quand la porte d'une boîte de nuit s'ouvrait, assises, à demi dévêtues, attendant le client.

Il était entré dans des bordels en pensant à la maison de la place du Pin où son père se rendait encore. Il avait essayé de l'imaginer, à la fois accablé de se comporter comme lui et incapable d'échapper à cette fatalité de relations où le corps et l'argent s'échangeaient. Peut-être était-ce cela, la pauvreté.

Il sortait de ces visites, de ce temps de jouissance insatisfait mais las, comme s'il venait d'accomplir une tâche nécessaire, un devoir de plus auquel il ne pouvait échapper dans la mesure où son corps l'exigeait et où il devait aussi, de cette manière, oublier ce qu'il était durant le reste de sa vie, cet homme raide, silencieux, efficace.

Dans son appartement du boulevard de Port-Royal, il prenait un long bain, puis, un bol de café posé près de sa machine à écrire, il se remettait à travailler pour Wysberg ou Serlière.

Parfois il se rendait à la Chambre des députés afin d'y rencontrer Déat avec lequel Wysberg souhaitait nouer des liens. L'homme, socialiste, pouvait avoir un avenir. Il est dévoré d'ambition, avait dit le banquier à Vecchini. Il fallait aussi ne pas négliger Doriot.

Lors de ces rencontres, Vecchini parlait peu, observait, écoutait. Ces hommes connus, ces chefs — ainsi qu'ils s'appelaient eux-mêmes — qui avaient la prétention de diriger le pays, qui s'imaginaient déjà dans le rôle de Hitler ou de Mussolini, l'accueillaient avec déférence. Il était l'envoyé de Wysberg. Il pouvait offrir une valise remplie de liasses de billets et détenait donc une parcelle du vrai pouvoir. On se confiait à lui, on l'invitait à entrer dans le « parti », on le flattait.

Il ne refusait rien, n'acceptait rien.

Il jouait avec ces hommes comme il jouait avec son propre corps, avec celui des putains, avec les idées, et rien ne durait, rien n'avait de valeur hormis pour perpétuer son pouvoir, jouir, servir son ambition, se donner le plaisir d'être vu — peut-être éprouve-t-on aussi quelque satisfaction morbide à être haï.

Mais tout cela se dissipait, n'était que mirage, et une seule réalité subsistait, conservait encore un poids, un contour, quoique fragile et vulnérable elle aussi : *sa* vie, *son* corps, source unique de plaisir et de douleur, origine de toute chose et qu'on n'en oubliait pas moins dans la course, la risquant, pour quoi ?

Folie, puisqu'elle était si brève, si ténue, et qu'on mourrait de toute façon.

Quand Vecchini avait vu dans *Paris-Soir* ce portrait de Karen Moratchev, noyée, il avait craint d'être interrogé, accusé peut-être, mais il avait surtout mesuré sa vulnérabilité.

On allait, on pouvait le tuer.

Il n'avait pu dormir de la nuit et était sorti, se comportant comme s'il avait voulu égarer des poursuivants, sautant dans un taxi, l'abandonnant à un feu rouge, courant dans ces rues où il aimait rôder, montant avec une femme sans même l'avoir regardée et restant là, dans la chambre, impuissant, la payant sans lui parler.

Le lendemain, le journal avait publié une autre photo de Karen, mais souriante, vivante. Il avait plusieurs fois relu l'article qui accompagnait le portrait pour se persuader qu'on ne le nommait nulle part.

Elle avait été identifiée : « La noyée blonde a livré son secret. Cette femme de petite vertu a été tuée avant d'être précipitée dans la Seine. D'origine russe, Karen Moratchev fréquentait les bars de la capitale en quête d'aventures. »

Etait-il possible que ces phrases-là fussent tout ce qu'il restait de la vie de Karen Moratchev, de ce qu'elle lui avait fait ressentir, de ses cuisses qui avaient emprisonné sa tête, de son parfum, de cette vitalité qui l'habitait, de l'abandon de son corps quand elle dormait, là, dans ce lit au bord duquel il était assis ?

La vie, dès lors qu'elle cessait, n'était plus qu'une accumulation de mots, faux-semblants incapables de retenir la réalité, la chair, le plaisir comme la douleur.

Karen, précisait-on, avait reçu trois coups de poignard dans le dos à la hauteur du cœur, chacun d'eux mortels, donnés de bas en haut, par un assassin de petite taille mais d'une force exceptionnelle. Les plaies étaient larges, profondes, le cœur déchiré. L'arme du crime, sans doute jetée dans le fleuve, devait être longue, effilée comme le sont les baïonnettes.

Il avait eu mal dans la poitrine et s'était souvenu des frères Rosselli, de Jacques Sarmant dont Benoît de Serlière lui avait annoncé le retour d'Espagne. Il lui avait semblé que sa vie finissait là, maintenant, stupidement, à cause de cet assassinat, de son bavardage qui avait sans doute condamné Karen Moratchev aux yeux de Serlière, de Sarmant, peut-être aussi de Wysberg.

Si on ne l'exécutait pas, la police remonterait jusqu'à lui. On l'avait vu avec Karen, au bar, à la Closerie des Lilas, dans l'entrée de l'immeuble ; on l'impliquerait pour complicité de meurtre.

Il n'avait pu retenir son esprit. Il entendait des questions, il imaginait ses réponses. Quels noms livrerait-il aux enquêteurs : Lucien de Serlière ? Sarmant ? Wysberg ? Quel marché pourrait-il conclure avec eux ?

Il fallait qu'il échappe à ce piège, il ne devait fidélité qu'à lui-même.

Dans la soirée, lorsque le téléphone avait sonné, il avait craint qu'il ne s'agît d'un policier s'assurant de sa présence ou d'un journaliste déjà sur sa piste. La bouffée de chaleur qui l'avait envahi révélait son angoisse, cette peur du châtiment et de la mort qui l'habitait.

Mais c'était Lucien de Serlière qui l'appelait.

« Vous avez lu ? avait-il demandé d'une voix amusée. Vous devez être inquiet, n'est-ce pas ? »

Vecchini n'avait pas répondu, contraignant Serlière à poursuivre après un silence.

« Le temps emporte tout, mon cher — enfin, presque tout. La punition existe, vous voyez. Je vous avais dit que nous réglerions ça. Il a fallu simplement un peu plus de temps que prévu. C'est fait. Oubliez tout ça, comme nous avons oublié vos bavardages : péché de jeunesse, sensualité oblige parfois, non ? » — Il avait ri, puis grave, tout à coup : « Nous n'oublions jamais, en fait, à la rigueur nous pardonnons. »

Il avait ensuite parlé du livre de Vecchini, de ses traductions en Allemagne et en Italie.

« Vous serez invité à Berlin au moment de sa parution, avait-il repris. Abetz me l'a déjà annoncé. Ils veulent faire de la sortie de votre bouquin un événement culturel et politique. Excellent, tout cela. (Un silence.) Je crois que vous voyez régulièrement notre ami du boulevard Haussmann. Il choisit avec soin ses relations. Je vous félicite, Vecchini. Décidément, vous êtes un homme de valeur, un homme convoité. »

En écoutant cette voix de nouveau enjouée, Vecchini avait imaginé les yeux mi-clos de Lucien de Serlière, ceux d'un chasseur à l'affût.

Durant des semaines, il avait eu l'impression d'être épié, suivi. Quand il sortait de chez lui, il lui semblait qu'une silhouette quittait l'abri d'une porte cochère, de l'autre côté du boulevard, et commençait à marcher, un peu en retrait.

Vecchini s'était efforcé de ne pas changer ses habitudes, de paraître indifférent. Il se rendait à l'Ecole, rue d'Ulm, bavardant avec le concierge, se retournant nonchalamment pour observer la rue, allumant une cigarette.

Imaginait-il quelque chose qui n'existait pas ?

Un matin, il écoutait distraitement le concierge lui parler de la préparation du bal de l'Ecole, quand une femme qui entrait l'avait heurté. Il avait sursauté, aussitôt sur ses gardes, et, en lui faisant face, il avait reconnu, à ses cheveux blonds coupés courts, à cette allure masculine — un imperméable serré à la taille cachant des pantalons —, Annie Parrain, l'amie de Noémie Mazan.

Elle avait hésité quelques secondes, cherchant dans sa mémoire ce visage, ce nom, il lui avait souri, lui rappelant leur rencontre au mas des Mazan, un été, il y avait déjà plusieurs années.

Elle avait froncé les sourcils et, secouant la tête, murmuré qu'elle se souvenait, en effet, et, en même temps, il devinait qu'elle rassemblait ses souvenirs, ce qu'on lui avait sans doute dit à son propos.

— Vous êtes rentrée d'Espagne ? avait-il demandé.

Elle n'avait pas répondu, soupçonneuse, se contentant d'une mimique ; vaguement encore, sans doute, le sentiment qu'elle avait affaire à un ennemi lui revenait.

Tout à coup, François Mazan s'était placé entre eux.

— C'est un cagoulard, un nazi, laisse tomber, avait-il dit.

Du plat de la main, il avait repoussé Vecchini. Son visage exprimait la haine et le mépris. Puis, ayant pris Annie Parrain par le bras, il s'était éloigné.

Belle, grave, Annie Parrain avait regardé Vecchini, le dévisageant avec une curiosité mêlée d'étonnement et de dégoût, peut-être aussi de tristesse.

Marchant le long de la rue d'Ulm vers le haut mur gris, la falaise du Panthéon, il avait tenté d'imaginer toutes ces années déjà, depuis l'été 36, au mas des Mazan, et il s'était retourné à plusieurs reprises, moins pour vérifier si on le suivait, comme il l'avait cru, que pour se persuader que ni François Mazan ni Annie Parrain n'apparaîtrait au milieu de la chaussée, levant la main, l'appelant — et ils les aurait rejoints, effaçant en quelques enjambées le temps écoulé, franchissant les fossés qui les séparaient désormais.

Ce n'était même pas un mouvement de désir ou de regret, mais une manière de se convaincre que chacun roulait sur sa pente, inéluctablement, chacun pour soi.

Peut-être en avait-il été toujours ainsi, Vecchini le pensait, peut-être l'homme chasse-t-il toujours l'homme.

L'homme ne se nourrit plus de l'homme, mais il est resté un fauve qui tue par haine et non par besoin, fou plus que carnassier, prédateur sans autre mobile que le meurtre.

C'était ainsi.

Etait-ce cette rencontre avec François Mazan et Annie Parrain, ou bien le temps qui passait ? Ou encore Vecchini avait-il été rassuré, l'enquête sur l'assassinat de Karen Moratchev semblant ne pas progresser, les journaux se remplissant d'autres meurtres, de bombardements, de mouvements de troupes et Serlière ayant affirmé que l'affaire était classée, crime de rôdeur ou châtiment d'un souteneur —, « nous y avons mis le prix », avait-il ajouté. Ou, plus simplement, était-ce parce que les événements s'étaient succédé ? Vecchini n'avait plus pris le temps d'écouter son angoisse, cette crainte qui l'avait tenaillé depuis la découverte du corps de Karen dans la grande boucle de la Seine, et, peu à peu, le nom même de la jeune femme et le plaisir qu'elle lui avait donné avaient été engloutis, la surface des jours était redevenue lisse. Et il ne s'était plus souvenu de rien.

Le fleuve avait continué de couler, emportant le corps couché sur son manteau noir.

Lorsque, quelques mois après leur première rencontre, Wysberg lui avait expliqué qu'il pouvait maintenant lui proposer une collaboration plus régulière, une tâche exclusive, en fait, Vecchini était prêt. Il avait une nouvelle fois baissé les yeux, modeste, caché cette jubilation qui entraînait au loin ce qui restait de ses appréhensions.

Les paumes appuyées au rebord de son bureau, bras tendus, Paul-Marie Wysberg avait fixé Vecchini assis en face de lui.

« Je vous ai observé, évalué, mais oui, vous êtes l'homme qu'il me faut, Vecchini. »

Peut-être cela voulait-il dire : je vous ai fait suivre, écouter ? Mais quelle importance ?

« C'est un Comité, avait repris Wysberg, des personnalités influentes qui se préoccupent de l'avenir du pays, voudraient le prévoir et — il avait esquissé un sourire — si possible l'orienter. Qu'en pensez-vous ? »

La question ne supposait pas de réponse.

Vecchini avait gardé la tête baissée. Il était admis au centre du dernier cercle, au siège du vrai pouvoir. Loin, loin de la surface visible des choses.

Il se serait pas gibier. Il était désormais l'un de ceux qui lancent la meute.

Le Comité de Réflexion et de Prévision se réunissait deux fois par mois sous la présidence de Paul-Marie Wysberg, au siège de la banque.

La première fois qu'il était entré dans la salle de réunion, Vecchini avait été surpris par la sombre austérité de la pièce. Le bois d'ébène n'était éclairé que par des lampes aux abat-jour verts disposées devant chacun des participants installés autour d'une grande table ovale. Wysberg était assis à l'une des extrémités et Vecchini se tenait à sa droite, un peu en retrait pour bien marquer qu'il n'était que le secrétaire chargé de rédiger le compte rendu des débats et le relevé des décisions.

Souvent un homme politique était convié à participer aux travaux du Comité. C'était Vecchini qui, après une première partie à huis clos, allait chercher la personnalité qui attendait, dans un petit salon attenant, d'être admise dans la salle.

L'atmosphère était feutrée. Vecchini s'inclinait, serrait la main, s'effaçait, guidait l'invité vers sa place, cependant que Wysberg se levait pour l'accueillir.

Il y eut ainsi Laval, Doriot, Déat, Abetz, d'autres, et un jour Lucien de Serlière qui, d'une voix sarcastique, demanda à Vecchini si ses fonctions d'huissier lui convenaient.

« Un peu dommage, pour l'intellectuel que vous êtes, non ? Mais vous aimez sans doute l'ombre chaude du pouvoir, et je sais, je sais, vous avez besoin d'argent. »

Vecchini n'avait pas répondu. Serlière, il l'avait compris depuis qu'il appartenait à l'entourage de Wysberg, n'était qu'un élément du jeu, pas même une pièce maîtresse, peut-être un simple cavalier que l'on fait bondir afin qu'il bouscule la défense adverse. Attentat ici, assassinat là, mise sur pied de réseaux armés pour résister à une éventuelle insurrection communiste, mais c'était Wysberg et le Comité qui payaient, donnaient les ordres. Après, libre à Serlière d'agir comme il l'entendait, revolver ou baïonnette, on ne se préoccupait pas, dans la salle de réunion de la Banque, des moyens utilisés par Jacques Sarmant.

Les membres du Comité ne voulaient pas connaître les détails.

Ils étaient douze assis autour de la table, le visage dans l'ombre, mains souvent posées à plat dans la lumière, les doigts jouant avec un crayon.

Peu à peu, Vecchini s'était accoutumé à leur manière de parler, lente, le ton si bas que Wysberg, d'un geste de la main, les priait de s'exprimer plus distinctement.

La plupart étaient vêtus de costumes gris, une cravate noire tranchant sur leur chemise blanche. Quand Laval s'était assis parmi eux, la peau bistre de son visage, qui lui donnait un air mal rasé, avait fait paraître de cire le teint des membres du Comité.

Vecchini avait reconnu Francis de Cahuzec, naguère en poste à Rome et qui avait été, dans les jours suivant la signature de l'accord de Munich, nommé secrétaire général adjoint du Quai d'Orsay. C'était un homme maigre et élancé, aux cheveux ondulés gris, les traits figés, la diction lente, si bien que Vecchini n'avait aucune peine à consigner ses propos.

Près de lui se tenait Jean Desnoises, le polytechnicien au visage rond, au crâne rasé, les yeux enfoncés dans les orbites ; il n'intervenait jamais.

Le père Chasserand représentait certains cercles catholiques et, par les fonctions qu'il exerçait chez les pères maristes au 104, rue de Vaugirard, était en contact avec les étudiants et leurs maîtres : ainsi Robert Challes et Georges Mauranges qu'il avait fait entrer dans l'organisation de Serlière. Challes, qui venait de soutenir sa thèse de doctorat et dont les parents possédaient les laboratoires pharmaceutiques du même nom, avait d'ailleurs été admis au Comité de réflexion et de prévision. Il en était le plus jeune membre.

Parfois, à l'issue de la réunion, il attendait Vecchini

et l'invitait à dîner avec quelques amis à la Coupole ou à la Palette, à Montparnasse. Là, autour de la table, se retrouvaient des étudiants en droit du « 104 », comme on disait, Challes et Mauranges, entre bien d'autres, tous proches des milieux monarchistes d'Action française. Mais Vecchini était trop obnubilé par le souci de retenir les propos qu'il avait entendus au Comité pour suivre les conversations, identifier les convives de ces dîners qu'il quittait dès qu'il le pouvait, rentrant boulevard de Port-Royal afin de noter sur ses carnets, d'une petite écriture dont il formait chaque lettre avec soin, le déroulement de la réunion et les différentes interventions.

Il n'ignorait pas que Paul-Marie Wysberg aurait considéré cela comme une trahison qui peut-être eût valu condamnation à mort. Car le compte rendu des réunions était établi en un seul exemplaire et, sitôt la réunion terminée, Wysberg le plaçait dans le coffre de son bureau.

Georges Galice — propriétaire de la plus grande entreprise de travaux publics française, la CTEG — répétait à la fin de chacune de ses interventions que le secret des réunions lui paraissait essentiel et qu'il n'y participait qu'à cette condition. Roland Dubreuil de Fougère, qui représentait les industries mécaniques et sidérurgiques, opinait, comme le vice-amiral Laprade ou le général Veigneur, l'un et l'autre affirmant que les sanctions les plus sévères s'abattraient sur eux si l'on venait à soupçonner leur participation au Comité. « Ce qui me guide, disait d'une voix fluette Laprade, c'est évidemment l'intérêt du pays. Mais allez faire comprendre ça à nos politiciens ! »

Chaque fois qu'au milieu de la nuit, seul chez lui, Vecchini reconstituait ces réunions du Comité, soulignant d'un trait fin dans ses carnets le nom de Cahuzec ou de Laval, du vice-amiral Laprade ou de Challes, il éprouvait un sentiment de liberté, une impression physique de légèreté qui le débarrassaient pour quelques heures de toute fatigue.

Il lui semblait que son corps souvent raidi, son esprit tourmenté par le souci de ne pas commettre d'erreur, d'anticiper les coups de l'adversaire — et il se voulait seul, se savait entouré d'ennemis —, recouvraient une insouciance qu'il avait parfois connue dans son enfance, mais si rarement, quand son père et lui partaient pour une journée, tous les deux, pêcher dans la baie des Anges.

Il n'ignorait pas ce qu'il risquait à trahir le secret des réunions, mais il affirmait ainsi son indépendance. Il jouait pour lui, non pour Wysberg. Il était parmi les chasseurs, il dirigeait la meute, mais poursuivait sa propre partie. Il lui fallait donc se prémunir pour se défendre, puisque, comme il s'en était persuadé, l'homme chassait l'homme, et le temps où cette traque allait gagner la France entière approchait.

Le traité de Munich avait été signé. Les pauvres Tchèques, les pauvres démocrates qui avaient cru en la parole de Paris et de Londres avaient été contraints de s'agenouiller devant Hitler. Telle était la loi des temps. Et il avait noté ces propos de François Cahuzec : « L'accord de Munich ne doit être qu'une étape. Nous devons prévoir une réorganisation de toute l'Europe. Le danger, c'est le communisme russe, en URSS et ici, chez nous. Il faut nous rapprocher encore davantage de l'Allemagne. C'est elle, notre vraie ligne Maginot, elle qui fait barrage contre la vague slave. Mussolini, que j'ai vu avant mon départ de Rome, partage ce sentiment. Il est prêt à prendre des initiatives, mais il demande naturellement des garanties, une rétribution. Nous avons cédé les Sudètes à Hitler, pourquoi pas l'Albanie à l'Italie, une influence en Grèce ? »

A consigner ces lignes, à les relire, à raturer un mot parce que sa mémoire, plus tard dans la nuit, faisait resurgir l'expression précise employée par tel ou tel membre du Comité, Vecchini éprouvait une excitation qui tenait tous ses sens en éveil.

Il avait pour la première fois le sentiment d'être enfin passé derrière les décors, de connaître les machineries et ces hommes froids, calmes et puissants comme des souverains de l'ombre qui laissaient le devant de la scène occupé par les Serlière, les Laval, les Déat, les Doriot.

C'était l'avenir qu'ils dessinaient et quand, quittant le siège de la banque Wysberg et Cie, boulevard Haussmann, Vecchini arpentait les boulevards, vers la place de l'Opéra, ou, certains soirs, se dirigeait vers le boulevard Montmartre et la porte Saint-Denis, anonyme, il éprouvait un sentiment d'orgueil, de mépris, parfois aussi de commisération pour cette foule qui coulait sur les trottoirs, inconsciente de ce qu'on s'apprêtait à faire d'elle, ignorante de ce qu'elle allait subir.

Lui savait.

Il gardait en mémoire ces phrases de Pierre Laval : « Messieurs, je vous recommande le plus absolu secret (Wysberg avait fait un signe de tête : cela allait de soi). Je suis en train de former un gouvernement national dont je serai le moteur et qui aura à sa tête le maréchal Pétain, lequel, par patriotisme, est décidé à accepter. Il s'agit de persuader M. Lebrun, le président de la République, qui tremble de peur. Chaque jour, messieurs, je lui envoie quelques hommes politiques afin de le convaincre de la nécessité de ce projet. »

Le général Veigneur, puis le vice-amiral Laprade avaient approuvé Laval, Veigneur soulignant toutefois que « Pétain a sa volonté, ses idées faites, il ne sera pas une potiche, mais une fois chef du gouvernement, il voudra gouverner. Je connais le maréchal depuis vingt ans », avait-il précisé.

Roland Dubreuil de Fougère s'était inquiété de la résistance possible des communistes et Laval avait ébauché un geste de la main à hauteur de son cou. « Pour les chefs, avait-il résumé, voilà. »

Vecchini n'avait pu voir les visages autour de la table, mais il imaginait qu'aucun n'avait tressailli : ni émotion, ni approbation. Ces hommes savaient comme lui que la vie est une guerre et qu'on ne peut échapper à la nécessité de tuer l'ennemi, le gêneur, de renverser l'obstacle, et eux le faisaient sans haine.

Vecchini avait songé à François Mazan, à Noémie, à son amie Annie Parrain, à Pierre Brunel avec lequel il conservait des relations courtoises, presque amicales. Mais celles-ci n'empêcheraient pas qu'ils se retrouvent, un jour sans doute proche, de part et d'autre d'une rue, comme cela s'était produit en Espagne, et qu'ils se mettent en joue.

Il faudrait alors être celui qui tire le premier.

Plus tard, dans les derniers jours d'août 1939, Vecchini avait longuement contemplé ce panorama qui lui rappelait celui de son enfance, la mer, l'Estérel à l'horizon, une côte rocheuse.

Il était consigné, comme tous les officiers, à l'Hôtel du Golfe que la marine avait réquisitionné pour y installer l'état-major de la région Sud-Est que dirigeait le vice-amiral Laprade, auprès duquel on l'avait affecté au moment de son incorporation en qualité d'officier du chiffre.

Souvent l'amiral le convoquait dans son bureau, une suite située au dernier étage de l'hôtel. C'était un homme de taille moyenne, au corps rond, aux yeux vifs. « C'est la guerre, n'est-ce pas ? Quel est votre avis, Vecchini ? » La guerre, bien sûr, puisque Staline et Hitler avaient signé un pacte de non-agression.

« Ils nous ont eus, reprenait Laprade. Nous voulions qu'ils s'entre-dévorent et c'est nous qu'ils vont lacérer. Qu'est-ce que vous en pensez, vous êtes historien, j'ai lu votre *Europe nouvelle,* vous faisiez confiance à Hitler...

— Nazisme, communisme, répondait Vecchini, ça ne durera pas. Ils se jetteront l'un sur l'autre, tôt ou tard. »

Laprade avait entraîné Vecchini sur le balcon. Au loin les îles, traits noirs sur la mer miroitante, et, au pied de l'hôtel, les rochers qui, entre Golfe-Juan et Cannes, interrompent les plages de sable.

Laprade avait pris Vecchini par l'épaule et, s'appuyant à la rambarde, parlait bas, racontant comment, lorsqu'il commandait l'escadre de Méditerranée en 1936 — « Vous étiez très jeune alors, étudiant ou presque, n'est-ce pas ? » —, certains de ses officiers étaient venus lui expliquer qu'ils préféraient Hitler à Blum, et pourquoi l'armée française, à l'exemple de celle d'Espagne, se devait de rétablir l'ordre dans le pays.

« Je les ai placés aux arrêts de rigueur, mon cher, alors que je pensais comme eux. Ai-je eu tort ? Si l'Allemagne et la Russie communiste se battent, je choisis l'Allemagne : question de civilisation, de valeurs communes. Mais je crains que l'Allemagne ne se jette sur nous...

— L'événement est le grand maître, avait lâché Vecchini, qui peut le prévoir ? »

Il était sans impatience, attendant avec fatalisme que l'engrenage se mît à tourner.

L'échiquier avait été renversé le 23 août par le pacte germano-soviétique. La partie allait reprendre avec une autre ouverture. La guerre, sans doute, mais personne — pas Vecchini, en tout cas — n'était à même d'anticiper avec certitude la suite des coups.

Dès le 24, il avait téléphoné à Wysberg qui, comme à son habitude, avait été avare de mots. « Ne bougez pas », avait-il seulement dit.

Laprade rapportait que Francis de Cahuzec demeurait optimiste, assurant qu'il y aurait une médiation italienne. La paix serait sauvée à l'Ouest ; on le devrait à Mussolini, qui deviendrait l'arbitre de l'Europe. Et Hitler se paierait sur les Polonais, puis sur les Russes. Les Barbares, en somme, ce qui était logique et souhaitable.

Vecchini ne l'avait pas cru.

Il sentait venir la guerre comme un grand souffle qui se lève. Elle emporterait tous ceux qui, naïfs, n'avaient pas imaginé ou admis que l'homme veut toujours la mort de l'homme.

Presque par désœuvrement, il avait téléphoné à Pierre Brunel, le joignant au moment où celui-ci s'apprêtait à partir pour le mas des Mazan : il avait l'intention d'épouser la sœur de François, Noémie.

Rien, à peine une ride de déception ou de regret dans le cœur de Vecchini.

« Parfait, avait-il dit. Et François ? »

François était comme fou, avait expliqué Brunel. Il avait gesticulé, hurlé, expliqué que Staline avait eu raison de serrer la main de Ribbentrop, de répondre par un pacte avec Hitler à la capitulation de Munich. Pathétique ! avait commenté Brunel. Mazan restait fidèle au Parti communiste, mais il était brisé, il avait compris que Staline avait cyniquement lâché les chiens nazis sur la France et qu'ils étaient là, derrière la porte, prêts à s'élancer et à mordre.

« Tu vas faire front avec nous, n'est-ce pas, Antoine ? » avait demandé Brunel.

Vecchini s'était contenté de répondre qu'il souhaitait à Brunel un heureux séjour chez les Mazan. Puis il avait ajouté à mi-voix : « Il faudra être prudent dans les mois qui viennent. Survivre, Pierre, survivre... »

Il avait passé les heures, les jours suivants devant la fenêtre de sa chambre, indifférent au bruit des voix, aux jurons que lançaient les autres officiers qui, sur la terrasse de l'Hôtel du Golfe, jouaient au poker.

Le ciel, à l'ouest, au-dessus de l'Estérel, était rouge.

« Regardez, regardez, chaque soir c'est plus rouge », disait la femme de ménage qui s'occupait de l'amiral Laprade.

Elle se signait et murmurait : « C'est du sang, beaucoup de sang, c'est la guerre. »

Et elle implorait Dieu.

Deuxième partie

La beauté rousse de l'automne et de l'hiver

14

Docteur Annie PARRAIN-
BRUNEL
Le Mas des Mazan
Chemin de la Source
Rochegude (Vaucluse)

Le Mas des Mazan,
10 décembre 1991

Cher Monsieur Joubert,

Votre lettre, puis votre coup de téléphone m'ont beaucoup troublée.

Vous me demandez de vous parler d'Antoine Vecchini ! Mais c'est une bonne partie de ma vie qu'il faudrait vous raconter !

Mon mari, Pierre Brunel, a été son condisciple à l'Ecole Normale supérieure durant plusieurs années, à partir de 1934. Ils occupaient des chambres voisines, rue d'Ulm. L'un et l'autre étaient âgés d'à peine dix-huit ans. Ils formaient avec François Mazan — le père de ma fille Héloïse — un petit trio d'amis inséparables que, bien sûr, la vie a séparés.

Vous n'ignorez rien, j'imagine, des choix politiques de Vecchini dès les années 36-37, opposés à ceux de François et de Pierre, et aux miens.

Vous savez sans doute que François Mazan a été arrêté et assassiné par la Gestapo en janvier 1944, comme sa sœur Noémie, mon amie, l'avait été par la Milice en octobre 1943.

Vous voyez que ce nom de Vecchini fait resurgir tout un passé qui est ma fierté, mais aussi le temps de la souffrance et de la tragédie. C'est ma jeunesse qui est revenue d'un seul coup, si proche.

Je n'ai qu'à lever les yeux pour voir, au bout de l'allée des mûriers, les vignes au milieu desquelles les miliciens ont abattu Noémie Mazan.

Et c'est ici, à quelques pas de cette table de pierre sur laquelle je vous écris, que j'ai rencontré pour la première fois Antoine Vecchini.

Nous n'avons pas échangé un mot. Noémie m'avait mise en garde contre lui. Elle le connaissait depuis peu, mais le méprisait. C'était à la fin de juillet 1936 et j'avais décidé de partir pour l'Espagne. On manquait de médecins dans le camp républicain.

Je ne suis rentrée en France qu'à la fin de 1938 et j'ai croisé par hasard, rue d'Ulm, Vecchini une seconde fois. Il était alors déjà proche de Déat et de Doriot, mais surtout, selon François Mazan, il était membre de la Cagoule et participait à un Comité secret qu'animaient Paul-Marie Wysberg, le banquier, et Lucien de Serlière dont le fils, Benoît, élève de l'Ecole Normale, lui aussi, est aujourd'hui l'académicien que vous connaissez...

11 décembre

Hier, je me suis interrompue, ce flot de souvenirs m'était insupportable.

Je suis solide et j'ai, Dieu merci, les idées encore claires, mais je suis une vieille femme et les vieux sont comme les enfants, émotifs.

En commençant à évoquer pour vous notre avant-guerre, j'ai revu tant de visages, revécu tant de moments, le plus souvent douloureux, que j'ai eu un instant d'abattement. C'est aussi un trait de la vieillesse. Le souffle manque pour continuer la route.

J'ai donc, durant une partie de la nuit, songé à ce passé, à celui de mon mari. Je suis une insomniaque.

Cela m'a fait du bien d'affronter la mémoire. Habituellement, je l'évite. Les vieux craignent toujours la souffrance, et comment ne pas souffrir quand je pense à la mort de François et de Noémie Mazan, à celle de mon mari, de tant d'autres, et aux carrières si pleines, si longues de Vecchini et de Benoît de Serlière !

Mais ce n'est pas le plus difficile à accepter. Il y a le sens même de notre combat qui s'efface peu à peu.

Je m'égare, vous le sentez bien, dans l'amertume qui est aussi un effet de l'âge...

J'aurais désiré que vous rencontriez Pierre, mais, vous le savez sans doute, voilà dix ans qu'il est mort.

Je me suis souvenue que, durant l'hiver 1945-46, nous avions ensemble, en confrontant nos souvenirs tout proches, encore frémissants de nos colères et de nos enthousiasmes, de nos peurs aussi, écrit un court récit de certains épisodes de ma vie, ce qui était une manière d'évoquer la sienne, celle de François et celle de Vecchini.

Cela peut vous paraître étrange qu'à trente-trois ans, j'aie rédigé des mémoires, fussent-ils brefs. Mais nous étions alors dans un état d'esprit particulier. Je me battais depuis dix ans : Espagne, Madrid ou l'Èbre, résistance dès le mois de juin 40, et je me retrouvais mère d'une petite fille d'un an dont le père, François Mazan, était mort, sans doute sous la torture.

Pierre Brunel était rentré de déportation quelques mois auparavant. Son père, Charles Brunel, conseiller d'Etat, ami de Léon Blum, avait été assassiné dans son appartement par des miliciens de Darnand. Pierre était seul, malade, et c'est moi qui l'ai accueilli dans la propriété de ma famille, à Aix. Il avait voulu, en 1939, épouser Noémie Mazan ; les événements, la guerre, l'occupation en avaient décidé autrement.

Nous portions l'un et l'autre des souvenirs communs et, comme beaucoup de survivants, nous avons uni nos vies, car avant même de nous marier, nous appar-

tenions, par nos actions, nos chagrins, à la même famille.

C'est en décembre 1945 que nous avons racheté à Joseph Mazan son mas, celui de François et Noémie, et que nous en avons fait notre maison.

Pendant plusieurs mois — plus d'une année — nous sommes restés là, à reprendre vie. Je me souviens de la beauté rousse de l'automne et de l'hiver.

Joseph Mazan coupait du bois et entretenait le feu. Nous étions pour lui une seconde famille. Il jouait sur l'aire avec Héloïse qui l'appelait Grand Pà Jè. Quand notre fils est né, le 4 avril 1946, je l'ai appelé Joseph.

Cela a été, je crois, la dernière grande joie de Joseph Mazan, sa revanche sur la mort de ses deux enfants.

Nous avons vécu ainsi de décembre 1945 à juin 1947. A cette date, nous nous sommes installés à Paris. Pierre était rétabli, je voulais exercer la médecine. Et puis Joseph Mazan venait de mourir et nous souhaitions fuir un temps cette maison qui était devenue, avec sa disparition, celle de l'absence et du deuil.

Ces mois passés au mas des Mazan furent parmi les plus intenses de notre vie. C'était la paix, la fin de l'angoisse. La Gestapo ou la Milice ne hantaient plus que nos cauchemars et quand nous nous réveillions, nos enfants dormaient paisiblement dans la chambre voisine et nous ne risquions pas de les voir torturer sous nos yeux afin de nous contraindre à livrer nos camarades.

Cela s'est fait, et j'ai vécu dans la terreur, de la naissance de ma fille, le 15 février 1944, jusqu'à la Libération — sept mois d'angoisse, deux cent dix jours et deux cent dix nuits d'enfer.

C'est Pierre qui a voulu que je témoigne.

Nous avions du temps. Il fallait, disait-il, recueillir les braises tant qu'elles chauffaient encore, pour nos enfants, pour conserver le souvenir précis de ce que nous avions vécu, pour ceux qui étaient tombés au combat, François et Noémie.

Pour accuser, aussi.

Nous venions d'apprendre que Vecchini avait été arrêté à Paris et qu'il allait être jugé. Or, nous avions des faits à révéler qui d'ailleurs n'étaient pas tous à sa charge — bien au contraire, en ce qui me concerne, comme vous le verrez.

Ni Pierre ni moi n'avions donc aucun désir de vengeance, mais le souci de la justice. En 1945, c'était un mot qui résonnait fort.

J'ai donc écrit durant plusieurs jours, soutenue, guidée par Pierre, mais, ce récit terminé, il m'a semblé trop impudique et trop intime pour être publié.

Entre-temps, Antoine Vecchini avait été jugé et libéré. Certains assuraient qu'il avait repris ses fonctions de conseiller spécial auprès du président de la Banque Wysberg et Cie.

Nous n'avons éprouvé à ce moment-là aucune rancœur. Pierre commençait sa carrière dans la presse. Moi, j'avais mes enfants, mes malades. Nous n'étions, comme disait Pierre, ni des rentiers, ni des usufruitiers, ni des héritiers, ni des prébendiers de la Résistance.

Vous comprendrez qu'avec de tels propos, il n'a pas compté que des amis.

Cette nuit, je me suis décidée à vous communiquer le récit que j'avais écrit à l'instigation de Pierre. Naturellement, je ne souhaite pas sa publication. Je ne l'ai jamais fait lire à mes enfants, Héloïse et Joseph.

Mais je vous fais confiance, car vous n'êtes pas tout à fait pour moi un inconnu. J'ai lu plusieurs de vos livres, notamment celui qui concerne la Cagoule.

Mon petit-fils David — le fils de ma fille Héloïse — est étudiant à l'Institut d'Histoire contemporaine. Je lui ai téléphoné ce matin. Il ne suit pas vos cours, mais ceux de votre collègue Emmanuelle Bois. Il a assisté à plusieurs de vos conférences et m'assure que vous êtes un historien remarquable et non conformiste. Je me fie au jugement de David, mais c'est autre chose encore qui me décide.

J'ai peur du retour des temps barbares. Je crains que partout ne s'instaure l'empire du cynisme et de l'hypocrisie.

Qui ose encore défendre l'idée que le progrès est possible ? Que la justice peut un jour régner ? L'égalité être la règle ?

Qui ?

Ce ne sont partout que violences racistes et je revois des croix gammées brandies par des jeunes gens !

François et Noémie Mazan ont-ils été des morts inutiles et Vecchini, qui peut-être ne fut pas le pire — à vous d'en décider, et Pierre, qui le voyait assez régulièrement, était plutôt indulgent à son égard —, celui qui avait compris le sens caché des choses alors que nous n'étions que des naïfs ?

Pensez donc, François et Noémie Mazan étaient communistes ! Je n'étais pas éloignée de leurs idées. Pierre était un républicain, une espèce rare de gaulliste socialiste... La tragédie de sa mort dit assez l'homme qu'il était et ce qu'il a souffert durant sa vie.

Que reste-t-il de tout cela ?

Plus grave encore, peut-être : la vérité de ce que nous avons fait, de ce qui a été, des espoirs qui étaient les nôtres, se dissout.

Quand nous serons morts, moi et les quelques autres qui survivent encore, que restera-t-il ?

Déjà l'on dit que les chambres à gaz n'ont pas existé !

Alors notre Résistance ! Alors nos morts !

Vous avez, monsieur Joubert, comme historien, une responsabilité particulière. J'espère que vous la mesurez.

Mon petit-fils, David Hassner, déposera à votre nom, auprès de l'Institut, mon texte. Merci de m'en accuser réception et de me dire ce qu'il a pu vous apporter.

Les vieux sont avides de petites satisfactions d'amour-propre...

Croyez, cher Monsieur Joubert, à mes sentiments amicaux et attentifs,

Annie PARRAIN-BRUNEL.

15

Thomas Joubert
Professeur à l'Institut d'Histoire contemporaine
87, rue de Grenelle
Paris
à
Madame le Docteur Annie Parrain-Brunel
Le Mas des Mazan
Chemin de la Source
Rochegude (Vaucluse)

Paris, 18 décembre 1991

Chère Madame,

Votre petit-fils, David Hassner, m'a remis hier en mains propres le texte que vous avez bien voulu me confier.

Permettez-moi de vous exprimer ma gratitude et mon émotion, et croyez que je ferai tout pour ne pas décevoir la confiance que vous m'avez ainsi accordée.

J'ai lu votre récit cette nuit.

J'ai été touché par sa sincérité, sa vérité. Sur bien des points, il contient des révélations que je crois importantes.

Bien que n'ayant pas vécu cette période — je suis né en 1953 —, elle m'est familière puisque j'y ai consacré tout mon temps de chercheur.

Vous avez lu, me dites-vous, le livre que j'ai consacré à la Cagoule. C'est ce travail qui m'a conduit à m'intéresser à Antoine Vecchini, et vous apportez sur sa personnalité, son rôle, des éléments indispensables à qui veut comprendre cet homme singulier et influent.

Je crois en effet qu'il a, durant plusieurs décennies, pesé, tout en restant le plus souvent dans l'ombre, sur les événements.

Et je suis sûr que votre mari, qui l'a connu, rue d'Ulm, dès les années trente, a dû, après la guerre, le croiser plus d'une fois, puisque Vecchini, à partir des années cinquante, s'est intéressé de près au monde de la presse.

Peut-être a-t-il laissé des notes à ce sujet ?

Vous le voyez, je suis obstiné, même si je mesure combien mes démarches ont pu troubler votre quiétude en vous contraignant à revivre des moments qui furent certes héroïques, mais surtout douloureux et éprouvants.

Mais, puisque Antoine Vecchini est au centre de mes recherches et que j'ai l'intuition — je commence à accumuler des preuves qui confirment l'exactitude de mes hypothèses — que, par lui, nous pouvons atteindre au cœur des mécanismes de l'histoire française de ce dernier demi-siècle, comment aurais-je pu me dispenser de votre témoignage et comment pourrais-je négliger les archives de votre mari ?

Je vous ai indiqué que je suis en relations suivies avec Vecchini. Il est toujours cet homme intelligent et retors, insaisissable, que vous avez connu.

Il ne m'a jamais parlé de vous et n'a évoqué qu'en passant votre mari.

Mais, bien entendu, j'ai depuis longtemps reconstitué ce petit groupe d'étudiants qui appartenaient à la même génération : Vecchini, François Mazan, Pierre Brunel, Benoît de Serlière — la Rue d'Ulm —, mais aussi Henri Ferrand, Georges Mauranges, Robert Challes et, un peu à l'écart, d'autres qui faisaient, eux, partie du noyau du 104, rue de Vaugirard, la maison des pères maristes.

Au tournant des années 1930-40, comme vous le rappelez dans votre lettre, cette génération s'est scindée en deux camps opposés.

Ce qui m'intéresse, ce sont les liens souterrains, les protections qui ont permis à certains — vous citez Vecchini et Serlière, mais il y en a bien d'autres — d'échapper à toute sanction et de continuer ainsi, après

1945, à demeurer dans la proximité du pouvoir, et même à l'exercer.

Vecchini, quand je l'interroge à ce sujet, se dérobe et préfère me parler de sa vie privée, de cette Nella Vandorès que vous avez connue. Mais, en même temps, parce qu'il veut se prouver qu'il est libre d'agir comme il l'entend, et aussi par une sorte de goût du défi, peut-être enfin parce que l'âge vient et qu'il veut, comme l'intellectuel qu'il a été au moins dans sa jeunesse, laisser sa marque dans l'histoire, je le sens tenté de me confier les documents qu'il a conservés, et d'abord les carnets qu'il a remplis, durant ces années, de notations précises.

Je lui téléphone souvent et ne désespère pas d'obtenir ces pièces que je crois explosives.

D'ailleurs, l'existence de ces carnets est connue et je soupçonne Vecchini d'avoir fait savoir qu'il pouvait, si besoin était, ruiner telle ou telle réputation.

Ce chantage a été et reste efficace.

Un homme comme Benoît de Serlière, l'académicien, vit dans la crainte des révélations que Vecchini pourrait faire sur son attitude pendant l'Occupation, qui est tout à fait oubliée aujourd'hui, Serlière, vous ne l'ignorez pas, posant même à la grande conscience de l'Académie et de la littérature française !

Si j'en crois Vecchini, il suffirait de la publication de quelques pages de ses carnets pour faire éclater le scandale.

Qu'il soit tenté d'agir ainsi, mû par une méchanceté de vieillard et par le mépris hautain qu'il manifeste à l'égard du reste des hommes, est évident.

Mais il est prudent. Il tient à conserver ce moyen de pression. Il hésite à s'en défaire pour le simple plaisir !

A mon avis, il ne l'a utilisé qu'une fois, en 1946, afin de bénéficier de l'indulgence des juges et d'obtenir, au bout seulement de quelques mois de détention, une grâce présidentielle.

J'ai bien lu les quelques lignes que vous consacrez au procès de Vecchini.

Elles m'ont peiné, car je devine que vous éprouvez un sentiment de culpabilité, une sorte de remords.

Je n'ignorais pas que Vecchini vous avait recueillie, cachée, protégée en janvier 1944, après l'arrestation de François Mazan. Votre fille est née durant ces mois-là et je sens que vous avez mauvaise conscience, comme si, malgré vous, vous étiez devenue un peu — je vous prie d'excuser la brutalité du mot — complice de Vecchini.

Vous êtes persuadée que Vecchini s'est comporté comme un joueur d'échecs lucide et maître de lui — ce qu'il est ! — qui anticipe les coups à venir, prévoit déjà la libération du pays, le procès qu'on lui intentera, et cherche l'alibi qui lui permettra de se disculper. Vous avez été cet alibi, estimez-vous.

Vecchini a sans doute joué ainsi, en effet.

Mais il est suffisamment détestable pour qu'on ne puisse s'interdire de penser que ses liens anciens avec François Mazan, ce que vous me révélez de ses relations avec Noémie Mazan, ce que vous étiez vous-même, une femme enceinte, héroïque et menacée, aient pesé dans sa décision.

Je crois que le cynisme et la générosité, le calcul et la sensibilité se sont mêlés dans sa tête.

Il ne m'a jamais parlé de cet épisode — qui plaide pourtant en sa faveur —, mais j'ai eu accès aux minutes du procès.

Je comprends que vous n'ayez pas voulu comparaître comme témoin. Vous n'avez ainsi ni aidé ni mis en difficulté Vecchini. Mais, vous l'avez sûrement su, son défenseur — Me G. Caussade — s'est servi de vous comme d'un bouclier.

Il a réclamé l'acquittement, vous devez vous en souvenir, et dressé de Vecchini un portrait audacieux, compte tenu de la proximité des événements. Chacun avait encore en mémoire les faits, les articles des journaux collaborationnistes, les crimes de l'Occupation.

Mais Vecchini avait été selon Me Caussade — je cite, j'ai le texte sous les yeux — « une conscience pure, un jeune être épris de chimères, un cœur plein de foi, une vie désintéressée, une intelligence brillante qui a été emportée loin du réel et qui, quand elle s'est aperçue de son erreur, s'est déployée pour sauver ceux qui devaient l'être : des résistants, des hommes et des femmes en péril. Et pour accomplir son devoir d'homme, Vecchini a pris tous les risques. Il a recueilli la compagne de François Mazan lorsque celui-ci a été arrêté par la Gestapo. Elle était elle aussi traquée, ancienne combattante des Brigades internationales, résistante depuis l'été 1940. Elle n'a pu survivre que grâce à Vecchini, etc. »

Dans sa péroraison, l'avocat est allé jusqu'à prétendre que Vecchini avait été un résistant à l'intérieur de la collaboration, presque un héros !

« Les mobiles de Vecchini, a-t-il conclu, ont été nobles. Le dossier l'atteste. Il a sauvé des Français de la geôle, de la déportation et de la mort. Il n'a pas poursuivi autre chose que la défense de la France... Je remets avec confiance le destin de Vecchini entre les mains de la France libre ! »

Vous ne l'écrivez pas, mais j'imagine que la clémence du verdict a dû vous révolter. J'ai relu la presse de l'époque et ces cinq années de travaux forcés — dont Vecchini n'allait faire que quelques mois — ont pour le moins étonné et souvent scandalisé. Peut-être ignorez-vous que, dans Combat, *Albert Camus a jugé qu'après cette sentence, » l'épuration était devenue odieuse ».*

Au fond, pour le dire sans ambages, vous vous êtes crue — vous vous croyez encore — responsable de ce quasi acquittement de Vecchini. Vous avez tort. Au même moment où l'on se montre si bienveillant, si compréhensif à l'égard de Vecchini, on fusille un homme comme Georges Suarez, directeur du quotidien pro-nazi Aujourd'hui *qui, lui aussi — comme Vecchini — avait protégé et sauvé des résistants, des juifs. Mais, pour Suarez, pas de pitié !*

Vous le voyez, Madame, d'autres éléments que l'aide qu'il a pu vous apporter ont joué en faveur de Vecchini.

Car il n'était pas moins compromis ni moins coupable que Suarez.

Dès l'avant-guerre, il a choisi son camp. Votre mari en a été le témoin et vous le rappelez dans votre lettre.

Est-ce là faute de jeunesse, erreur d'intellectuel égaré en politique ?

Je ne le crois pas.

Vecchini s'est déterminé après réflexion, et j'essaie encore de savoir quelles furent, dans son engagement, la part de la conviction politique et celle de l'habileté cynique.

A mon sens, après l'avoir écouté, lu — ses articles, ses discours, son livre —, il a, par pessimisme philosophique, par intérêt, par misanthropie, choisi d'être toujours du côté de la vraie puissance, c'est-à-dire de celle qui est dissimulée.

Croyez-vous que ce soit par hasard que, dès 1938 — et jusqu'aux années 90 —, il ait fait partie de la direction de la banque Wysberg et Cie aux côtés de Paul-Marie Wysberg, puis de Robert Challes et de Richard Gombin qui la présidèrent ? Et la nationalisation de la banque n'a pas interrompu sa carrière ni modifié son rôle ! Blum, Laval, Pétain, de Gaulle, Pompidou, Giscard, Mitterrand, résistance, collaboration : sautes de vent, pense-t-il. Un homme habile, un bon navigateur peut les déjouer, ne jamais être pris dans le tourbillon, ou se dégager à temps pour passer d'une crête à l'autre. Ce qu'il a fait !

Seuls les communistes, avec leur volonté de « couler le navire », de substituer une autre puissance à la précédente, l'ont inquiété. Et Vecchini devient, après 1945, le professeur en anticommunisme de tout ce que Paris compte d'hommes de pouvoir.

Voilà sa seule continuité politique. Songez que Gérard Monin et Jean-Pierre Daguet, qui furent parmi les plus jeunes ministres du gouvernement Chirac en 1986, ont été ses « élèves » !

Votre mari, sur ce point, aurait pu, j'en suis sûr, me

renseigner. A-t-il laissé des textes ? Je pose à nouveau la question.

Les juges avaient dans le dossier d'accusation de quoi le condamner lourdement, mais ils ne l'ont pas voulu.

Vecchini avait-il averti qu'il livrerait ses carnets à la presse ? Savait-on, en haut lieu, ce qu'il risquait de révéler ?

La Résistance, vous l'écrivez dans votre manuscrit, n'était pas qu'une armée de héros, mais aussi cet enjeu de pouvoir, et donc cet entrelacs de haines, de mensonges et de petitesses, qui ne remettent pas le sens du combat en question, mais rappellent que les choses humaines sont en équilibre précaire entre le Bien et le Mal, le sublime et le sordide.

Quoi qu'il en soit, on n'a pas tenu compte, lors du procès, du dossier d'accusation. Or, il est accablant.

Vecchini a régulièrement collaboré à Je suis partout. *D'autres, pour cela, ont été condamnés à dix ans de bagne !*

Il a assumé — avec discrétion, il est vrai, et presque contre son gré — la charge de secrétaire général du parti de Marcel Déat. D'autres ont été fusillés pour avoir occupé des fonctions équivalentes.

Il a rencontré des dizaines de fois les représentants allemands à leur ambassade, mais aussi au siège de la Gestapo. Il a été l'intime des ministres de Vichy, des miliciens. Il a défendu, au cours de dizaines de réunions privées ou publiques, la politique de la collaboration. D'autres ont été exécutés pour cela.

Il a même été plus loin.

Je ne citerai qu'un seul exemple pour que vous mesuriez à quel point votre cas n'a été qu'une manière de masquer les véritables raisons et moyens d'une indulgence judiciaire qui avait, bien sûr, une signification politique secrète.

Souvenez-vous de l'atmosphère du mois de juillet 1942. C'est encore le bel été de la collaboration. Le Reich nazi paraît toujours invincible. Stalingrad va tomber, imagine-t-on. L'enjeu est clair : l'Allemagne construit l'Europe nouvelle (c'est aussi le titre du livre publié par Vecchini en 1938) qu'elle veut pure de toute contamination juive. Vecchini, notre Vecchini — celui qui vous a recueillie, celui qui me raconte d'une voix égrillarde les nuits qu'il passait en 1942 avec Nella, qui me parle de son enfance sur le quai des Docks, dans l'entrepôt de son père, à Nice — s'exprime le 12 juillet 1942 au Conseil national du Rassemblement national populaire. Il déclare ce jour-là : » La France n'est pas antisémite, voilà la vérité, et comme ce pays n'est pas antisémite, il faut qu'il devienne, ne serait-ce que pour des raisons politiques, un pays antisémite... Il faut nous laisser faire l'éducation antisémite de la France ! » Et, pour qu'on le comprenne bien, il ajoute : « Demain l'Allemagne victorieuse réglera en Europe le problème juif. »

On l'applaudit vigoureusement.

Quatre jours plus tard, le 16 juillet 1942, la police parisienne rafle les juifs de Paris, les rassemble au Vélodrome d'Hiver — femmes, enfants, vieillards — avant de les expédier vers les camps de la mort.

Les juges connaissaient cet appel à l'éducation antisémite de la France, annonçant la rafle.

Tout comme ils savaient que Vecchini voyait régulièrement Darnand, le chef de la milice, un entrepreneur niçois que, sans doute — je ne peux le prouver —, Vecchini avait rencontré dès les années 37, puisqu'ils étaient tous deux cagoulards.

Ce Darnand, madame, dont vous me rappelez que les miliciens ont assassiné Charles Brunel, le père de votre mari.

Et cependant, Vecchini s'est vite retrouvé influent.

Il est vrai que lorsqu'on est l'homme de confiance de la banque Wysberg et Cie, on vous écoute !

Vous comprendrez que Vecchini, malgré la fascination que peut exercer un joueur de son niveau, intelligent, sachant esquiver tous les pièges, cynique et intuitif, complexe aussi, au point qu'on ne soit jamais assuré de ses mobiles, soit pour moi celui que j'appelle le « Vieux Salaud ».

J'utilise cette dénomination vulgaire comme un contre-poison. Elle me permet de ne jamais oublier que cet homme-là, si roué qu'il a pu séduire jusqu'à ses adversaires, était du côté de ceux qui ont tué Charles Brunel, François et Noémie Mazan, et organisaient ou approuvaient la mort des enfants juifs.

Je n'avais pas l'intention de vous écrire tout cela, mais, comme je vous l'ai dit, votre texte m'a ému et il m'a semblé que vous ne disposiez pas de tous les éléments pour apprécier les causes de la mansuétude des juges à l'égard de Vecchini, et que, de ce fait, vous attribuiez une trop grande importance à l'attitude qu'il a eue envers vous.

Ce n'est pas parce qu'il vous a cachée à partir de janvier 1944 que Vecchini a été si vite gracié par le président de la République et qu'il est aussitôt redevenu le conseiller de Paul-Marie Wysberg !

Sachez en tout cas que c'est grâce à l'action de femmes comme vous, au courage de votre mari, au sacrifice d'un François et d'une Noémie Mazan, que je me sens fier d'être citoyen français. Laissez-moi vous dire toute ma reconnaissance, et vous assurer que je ne suis poussé dans ma recherche que par le souci de la vérité, l'espoir de faire comprendre au plus grand nombre de nos compatriotes comment ils sont conduits, malgré eux, par ces chiens de troupeau que sont les Vieux Salauds, qui, à l'occasion, se révèlent être aussi des loups.

Avec mes sentiments respectueusement amicaux et dévoués,

Thomas Joubert.

Troisième partie

Advienne que pourra

16

Ce matin, 22 décembre 1945, Pierre est revenu de Rochegude plus tôt que d'habitude.

Je rêvais, assise, les coudes posés sur la table de l'aire, les poings écrasant mes joues, regardant devant moi sans voir le mas des Mazan, me souvenant de Noémie, croyant entendre sa voix un peu nasillarde, colorée, qui commençait chaque phrase par les mêmes mots : « Annie, si tu savais... »

Tant de fois elle m'avait parlé ainsi depuis notre enfance, me racontant ses passions, ses enthousiasmes, ses colères.

J'étais vivante, elle était morte et je ne voulais pas tourner la tête vers ce champ de vignes, là où les miliciens l'avaient abattue alors qu'elle venait, j'en étais sûre, de leur échapper, car elle était ainsi, Noémie, mon amie : indomptable.

J'ai malgré tout regardé vers l'allée de mûriers, vers le village, et j'ai vu Pierre s'avancer.

Il marche encore difficilement, s'appuyant à sa canne, et chaque fois que je le vois ainsi, hésitant avant de poser ou de soulever un pied, j'éprouve un sentiment de désespoir et de révolte, le même qui m'a saisie quand je suis allée l'accueillir à l'Hôtel Lutétia, au mois d'avril.

Comment la nouvelle de son retour de déportation était-elle parvenue à mes parents à Aix, je ne sais.

Pierre lui-même a été incapable de m'expliquer comment il avait écrit ces quelques mots : « Docteur

Annie Parrain, Aix-en-Provence, France », à qui il avait confié cette adresse, se souvenant simplement qu'il s'était caché là, dans notre maison, quelques jours après son parachutage, en septembre 1943.

J'ai laissé Héloïse à Aix et je me suis précipitée à Marseille afin de prendre le premier train pour Paris.

Je voulais — je devais — être là quand il arriverait, en souvenir de François et de Noémie, parce que Pierre faisait partie de notre vraie famille, celle qui avait su résister dès l'été quarante et même avant, en Espagne pour moi, à Paris pour Pierre et François — et qui avait payé cher son engagement : François mort, Noémie morte, Charles Brunel, le père de Pierre, mort.

Il me fallait l'accueillir, moins par devoir, d'ailleurs, que par besoin égoïste de me rassurer.

Depuis la Libération, j'avais en fait vécu dans l'angoisse d'être la seule survivante. Je sentais que si cela se confirmait, j'allais me replier sur moi, sur ma pauvre petite Héloïse, fille d'un mort.

Si Pierre revenait, nous nous épaulerions, j'en étais sûre, nous serions à deux assez forts pour rester fidèles à nos souvenirs sans nous y engloutir.

Debout dans le train qui cahotait entre Marseille et Paris — haltes, courses dans la caillasse des ballasts, bousculades pour prendre d'assaut les wagons, arrêts en rase campagne —, je ne pensais qu'à cela : qu'il soit vivant, qu'ainsi le fil ne soit pas interrompu entre ce que nous avions vécu et cette paix revenue qui enfouissait notre passé dans une histoire accomplie, finie.

J'étais présente chaque jour à l'Hôtel Lutétia, obstinée et patiente. Et, tout à coup, après plus d'une semaine, je l'ai vu.

Il était allongé sur une civière posée à même le sol, et je l'ai reconnu immédiatement malgré sa maigreur, ses cheveux ras, ses lèvres tuméfiées, crevassées.

Il avait ce front qui m'avait toujours plu, ces yeux d'un bleu délavé, si enfoncés dans les orbites, le reste du visage n'étant plus qu'angles et plaies, qu'ils paraissaient ne pas appartenir à cet homme grisâtre.

Je me suis agenouillée, je lui ai pris la main et, sans même tourner la tête, sans même me regarder, il a réussi à murmurer : « Annie, Annie, tu es là. »

A cet instant, j'ai su que je ne le quitterais plus, que j'aurais un fils avec lui, et que Pierre serait pour Héloïse le meilleur des pères possibles.

François Mazan aurait souhaité cela.

Chez nous, à Aix, je l'ai bercé, lavé, soigné, écouté.

J'ai compris qu'il allait mieux non pas seulement parce qu'il avait repris du poids, qu'il commençait à remarcher, mais parce qu'il me posait des questions sur la manière dont j'avais vécu après l'arrestation de François Mazan, alors que, l'un après l'autre, les membres du réseau tombaient entre les mains de la Gestapo : Noémie Mazan en octobre 43, Pierre lui-même en décembre, François en janvier 44.

Et moi j'avais été épargnée, moi j'avais réussi à accoucher d'Héloïse en février, dans ce Paris où j'étais recherchée.

Il m'a bien fallu lui dire qu'Antoine Vecchini, celui que François Mazan voulait faire abattre, leur ancien condisciple de la rue d'Ulm, m'avait recueillie, cachée, et que, si j'étais restée en vie, si ma fille était née, c'était à lui que je le devais.

Pierre m'avait écoutée sans qu'un seul trait de son visage tressaillît, le menton appuyé sur le pommeau de sa canne.

Nous étions au mois d'août 45, dans le parc de ma maison familiale, parmi la fraîcheur des sources et des platanes.

Nous avions, depuis quelques semaines déjà, décidé de dormir ensemble. Et il était si maigre encore, décharné même, que je craignais, en le serrant contre moi, de le briser ou de l'étouffer. Mais je sentais aussi qu'il se réchauffait à mon contact, qu'il avait besoin de caresser la peau d'une femme — peut-être n'importe quelle femme accueillante, en bonne santé, eût-elle suffi —, de retrouver en elle une douceur maternelle, la compassion, la tendresse, et je pensais souvent, quand je le tenais ainsi contre moi, à ce grand corps du Christ dans la *Pietà* de Michel-Ange. J'étais cette femme penchée, mère, sœur, amante, et il était mon fils, mon frère, mon époux.

— Vecchini..., avait-il repris. Si surprenant, ce type, déjà à l'Ecole : intelligent, pessimiste, noir, nietzschéen. Tu comprends...

Il s'était emparé de ma main, la caressait sans pour autant me regarder. C'était un geste machinal qui ne m'était pas destiné, qui accompagnait un soliloque.

Il y a toujours une fenêtre dans le noir d'une vie, disait-il. « Tu comprends, Annie », répétait-il. Mais la question non plus ne s'adressait pas à moi.

Pierre se parlait ou bien parlait à tous les hommes, et je n'étais là que par hasard pour recevoir ce qu'il disait : qu'on a toujours tort de tuer les gens, de les condamner à mort. Vecchini avait été placé sur la liste des collaborateurs à abattre, et puis ça n'avait pas pu se faire, et entre-temps il m'avait rencontrée et sauvée.

— Sans lui, tu aurais été là-bas, avait-il ajouté.

Je me souviens qu'il s'était levé, qu'il s'était approché d'Héloïse, dormant dans un petit lit que nous avions l'habitude de rouler sous les platanes, et qu'il s'était difficilement penché, une main sur les reins, pour l'embrasser, puis lui effleurer le visage du bout des doigts.

J'avais été si émue que j'avais souhaité avoir vite un enfant de lui, un fils.

C'est peu après, vers la fin d'août 1945, que j'ai su que j'étais enceinte.

Cette nouvelle a fait sans doute plus pour le rétablissement — la renaissance, faudrait-il dire — de Pierre que tous les soins qui lui avaient été prodigués. Peu à peu, son visage s'est arrondi et ses yeux sont devenus plus vifs.

Bientôt il ne resta comme stigmates de son séjour « là-bas » — c'était son expression — que ces chiffres bleus tatoués sur son avant-bras, et cette difficulté à marcher qui le faisait enrager, si bien qu'il s'efforçait chaque jour d'aller du mas — que nous avions acheté à Joseph Mazan à l'automne — jusqu'au village de Rochegude, essayant de marcher le plus vite qu'il pouvait, lançant sa canne en avant comme s'il avait voulu qu'elle tirât son corps.

Ce matin, donc, je l'ai vu dans l'allée des mûriers et il m'a semblé qu'il marchait plus lentement, que ses hésitations, ses douleurs s'étaient aggravées.

J'ai regretté qu'il vînt m'arracher ainsi à ma rêverie, à cette somnolence heureuse de femme dont le ventre est lourd de vie et qui, avec une sorte de recueillement, attend que l'enfant en elle bouge, la fasse sursauter. En posant la main sur mon ventre, il me semblait que je reconnaissais les pieds, la tête de mon bébé. Et mes seins gonflaient déjà.

Je n'ai pas bougé, emmitouflée dans une couverture, essayant de contenir cette révolte et ce désespoir que les difficultés et la souffrance de Pierre faisaient naître, tournant un peu la tête pour me laisser éblouir par le soleil, par cette limpidité sans fond du ciel d'un bleu léger. Le vent était tombé dans la nuit ; des feuilles de vigne rousses s'entassaient contre la façade du mas.

Joseph Mazan était assis là, le dos contre le mur chauffé par le soleil, la casquette rabattue sur les yeux, et Héloïse avait installé près de lui sa maison de poupée. Je devinais, sans bien distinguer ce qu'elle disait, qu'elle se racontait à elle-même — à moins que ce ne fût à son Grand Pà Jè, comme elle appelait Joseph Mazan —, la vie de sa poupée, l'histoire de sa maison...

— Voilà, avait d'abord dit Pierre en posant devant moi sur la table le journal qu'il avait acheté à Rochegude.

Il l'avait déplié et j'avais aussitôt déchiffré un nom : *Vecchini,* qui occupait toute une ligne, à gauche de la première page. Puis j'avais reconnu ce visage mince, triangulaire, les cheveux tirés en arrière, les yeux dissimulés derrière de petites lunettes rondes à monture d'écaille noire.

Le portrait un peu flou, la trame du papier lui conférant une teinte grise, marbrée, restituait pourtant l'ironie méprisante de Vecchini, son air hautain et distant, cette fatuité de voyeur détaché qui regarde les insectes s'entre-dévorer ou s'acharner à survivre. J'ai retrouvé instantanément ma hargne — pour ne pas dire ma haine — envers cet homme-là, auquel pourtant je devais la vie. J'ai pensé à François et à Noémie, à ces étudiants de Marseille qu'on avait précipités du haut des falaises des calanques après les avoir torturés. Qu'on le fusille, qu'on le tue, vite, et que son nom s'efface de ma mémoire, que j'oublie jusqu'à son existence et que ce qu'il avait fait pour moi — auquel je m'efforçais de ne jamais songer, comme un épisode honteux de ma vie — disparaisse avec lui !

Le journal annonçait « l'arrestation d'un des penseurs de la collaboration, Antoine Vecchini, un jeune intellectuel sans principes... Agrégé d'histoire, écrivain, journaliste, il faisait partie de la petite bande corrompue... »

J'ai détesté ce ton, peut-être parce que j'aurais pu l'employer. Il me rappelait celui des journaux de la collaboration qui avaient salué la « mise hors d'état de nuire de François Mazan, l'un de ces intellectuels qui avaient voulu pervertir l'intelligence française... »

Je me suis sentie mal à l'aise, j'avais envie de vomir et j'ai porté, je m'en souviens, les mains à mon ventre pour soutenir et protéger mon enfant.

Vecchini, expliquait-on, avait été arrêté sans difficulté à la suite d'une dénonciation, mais l'homme ne se cachait pas : il s'était contenté de quitter son domicile du boulevard de Port-Royal pour celui de sa maîtresse, Nella Vandorès, 84, rue d'Hauteville.

C'est là que j'avais vécu quelques mois en compagnie de Vecchini et de Nella, là que, chaque minute après la naissance d'Héloïse, j'avais craint une descente de la Gestapo. Vecchini, cependant qu'à gestes précautionneux il préparait le café à la cuisine, me rassurait d'une voix distante, amusée parfois.

Pour la Milice, je ne risquais rien, disait-il. Il avait, je ne l'ignorais pas, d'excellentes relations avec Darnand. Quant à la Gestapo, c'était un peu plus délicat, mais enfin, il ne croyait pas vraiment que ses amis allemands viendraient me chercher chez Nella. « S'ils me surveillent, ajoutait-il, ils m'imaginent bigame, cela doit les faire sourire : les Français ne sont pas sérieux... »

« On va le juger », avait murmuré Pierre en s'asseyant près de moi sur le banc. « Qu'on le fusille ! » ai-je dit.

Il m'a serré le poignet et ce n'était pas dans un mouvement d'affection, mais de reproche, comme une mise en garde.

Je me suis dégagée, me levant, les paumes ouvertes sur mon ventre.

Que voulait-il, lui ai-je lancé, que j'aille témoigner au procès en faveur de Vecchini, que je demande son acquittement parce qu'il m'avait sauvée, et ma fille avec moi ?

Je découvrais que j'avais toujours redouté ce moment où je devrais être confrontée publiquement avec Vecchini.

Dès que j'avais connu l'arrestation de François, puis sa mort, je m'étais accusée en moi-même de trahison, puisque je lui avais survécu, puisque je m'étais abritée chez son ennemi et que c'est là, rue d'Hauteville, que sa fille était née.

Je suis allée m'asseoir près de Joseph Mazan, contre la façade du mas, en plein soleil. J'ai pris Héloïse entre mes cuisses et j'ai voulu qu'elle pose sa tête contre mes seins.

Ils étaient tous deux là, mes enfants, lui — ce serait un garçon, je le savais, je le voulais — en moi, elle contre moi, comme si j'avais souhaité la faire rentrer dans mon ventre, l'arracher à ce monde, celui de Vecchini, des tortures, de la mort de François et de ma lâcheté.

Car c'était de lâcheté que je m'accusais.

Je n'avais pu ignorer, en effet, les intentions de Vecchini.

Les avait-il même dissimulées ?

Je me souvenais qu'en me prenant par le bras, en me proposant de m'aider alors que j'étais, en ce mois de janvier 1944, affolée, n'osant renouer des contacts avec qui que ce fût, la tête pleine de récits d'horreur dont je savais la véracité, Vecchini m'avait dit une petite phrase en détachant chaque mot : « Nos intérêts se rencontrent, chère amie, c'est donc un marché honnête que nous passons. »

Je n'avais rien répondu, me contentant de le suivre jusqu'à la rue d'Hauteville, mais comment n'aurais-je pas compris qu'il se servirait de moi pour se protéger ? Il était trop lucide pour ne pas prévoir la proche défaite des nazis. Il voulait se forger un alibi. J'allais être « sa » résistance.

Et, consciente de cela, je m'étais prêtée à son jeu. J'avais, le mot tout à coup me remplissait de dégoût, *collaboré,* comme ceux que je combattais, que je méprisais, collaboré dans mon intérêt, comme ceux qui nous avaient laissés seuls tant que la victoire allemande paraissait assurée et qui, maintenant, changeaient de camp.

Pierre avait-il deviné que j'étais accablée par ces souvenirs, par ce retour de Vecchini dans ma vie ?

Il est venu vers moi. Je devais, disait-il, raconter ce que j'avais vécu, me préparer peut-être à témoigner, ne fût-ce que pour laisser une trace de ce que j'avais vécu. C'était le moment. Il m'aiderait. Je ne pouvais rester avec cela en moi comme une pomme empoisonnée dans la gorge.

J'ai résisté quelques jours, puis, avec lui à mes côtés, je me suis mise à écrire.

17

C'est autour d'Antoine Vecchini que mes souvenirs s'ordonnent. J'ai le sentiment qu'au cours des dix années écoulées, depuis le jour où je l'ai rencontré pour la première fois, ici même, sur l'aire du mas des Mazan, il n'a jamais cessé de nous observer, Noémie, François, Pierre et moi, de jouer avec nous, décidant de laisser mourir l'un, de sauver l'autre, ou bien de nous utiliser à sa manière calculatrice et glacée.

Voulait-il ainsi régler leurs comptes à ceux — d'abord François et Noémie — qui avaient été les témoins de ses premiers pas, qui, l'espace d'une ou deux saisons, avaient cru qu'il appartenait à leur camp, qu'il partageait leurs idées ? (Car il avait donné des gages : ces articles dans *Vendredi,* cette interview de Malraux, cette amitié pour François, ce séjour ici, au mas des Mazan, en juillet 1936, et l'affection qu'avait semblé lui témoigner la mère de Noémie et de François, Colette Mazan, et qu'il lui avait rendue, assis à la table de la famille, comme un fils de plus.)

Est-ce qu'il pouvait leur pardonner cette générosité, est-ce qu'il pouvait vouloir autre chose que leur mort pour ne plus entendre leurs reproches, ne plus affronter leurs regards ?

Peut-être est-ce que j'exagère dans la mesure où l'arrestation de Vecchini me contraint à revivre ces événements en fonction de lui, et parce qu'il me faudra peut-être témoigner à son procès, reconnaître que c'est à lui que je dois d'avoir survécu, à lui qu'Héloïse doit d'être née ? Car que serais-je devenue entre les mains de la Gestapo, rue Lauriston ou rue de la Pompe, chez ces fous meurtriers qui tuaient les femmes à coups de botte dans le ventre ?

Il a été — par calcul, je le sais, je le savais — à l'origine de cette deuxième vie qui a commencé pour moi avec la naissance d'Héloïse et qui va se prolonger avec l'enfant de Pierre que je porte.

Je lui dois cela.

Mais peut-être a-t-il été responsable de la mort de François Mazan ?

« C'est la fille de François, n'est-ce pas ? » m'avait-il demandé après la naissance d'Héloïse, et sa voix m'avait paru toute chargée de rancœur et de mépris.

Peut-être avait-il refusé de le sauver, qui sait ?

Je l'imagine bien évaluant au plus juste ce qui lui serait favorable, troquant une vie pour une autre, presque sans passion, comme on sacrifie un pion dans son jeu.

François Mazan ? Un ennemi irréductible qui ne se laissera pas corrompre, attendrir, un accusateur qui dira : « Tu as trahi dès les années trente, par intérêt personnel », un procureur qui n'aura rien oublié : les articles de *Je suis partout,* les rencontres avec Abetz, la complicité avec Doriot et Déat. Alors, pourquoi tenter de l'arracher aux prisons de la Milice ou de la Gestapo ? Pourquoi prendre le risque de se compromettre ?

En souvenir de l'amitié passée ? Qu'est-ce donc que l'amitié ? Qu'est-ce que le passé ?

Que François subisse son sort. Mais, avec moi, un second rôle, il changeait la fin de partie en quelques coups. Les Nazis pouvaient même admettre d'un homme qui les servait qu'il eût quelque faiblesse pour une femme, eût-elle été résistante.

Une scène me revient dont le souvenir fait encore monter le rouge à mes joues. C'était dans la cuisine du 84, rue d'Hauteville, vers le mois d'avril 1944. Nella Vandorès n'était pas encore levée. Je craignais ces tête-à-tête matinaux avec Vecchini, mais je les préférais à l'angoisse qui m'étreignait quand je restais seule dans ma chambre, une petite pièce sombre, avec pour toute ouverture une lucarne donnant sur la cour de l'immeuble. Il me fallait faire chauffer de l'eau pour Héloïse ou la nourrir, et Vecchini se trouvait déjà là, debout devant la fenêtre, semblant attendre que le soleil de cet interminable printemps vînt enfin éclairer cette cour pour quelques minutes avant de basculer de l'autre côté des toits.

Il était toujours d'une politesse distante, m'ignorant le plus souvent, mais je sentais qu'il m'observait à la dérobée et son regard m'emprisonnait, me paralysait, et je quittais parfois la cuisine, guettant le moment où la femme de ménage arriverait.

Un matin d'avril 1944, donc, il avait posé sur la table des papiers d'identité et une fiche d'état civil. J'étais assise mais, bien qu'il les eût poussés vers moi, je n'y touchai pas, évitant même de le regarder, veillant à cacher mes seins cependant que j'allaitais Héloïse.

Alors, d'une voix ironique, les paumes appuyées à la table, bras tendus, se penchant vers moi, il m'expliqua que je m'appelais désormais Annie Bandini et que cette petite fille, Héloïse, qu'il avait reconnue, était donc désormais Héloïse Vecchini.

Je me suis dressée, j'ai failli hurler, un non de révolte dans la gorge, mais il a secoué la tête avec commisération et dédain.

Qu'est-ce que j'imaginais, qu'il voulait voler à François sa paternité ? Qu'est-ce que je croyais, qu'il avait besoin d'un enfant, lui ? De l'enfant d'un autre ? Un peu de raison, un peu de lucidité !

J'étais honteuse, je me suis rassise.

Le document était faux, naturellement, reprenait-il, il visait simplement à justifier ma présence et celle d'Héloïse rue d'Hauteville. Nella était une amie. Un ménage à trois, c'est du théâtre de Feydeau, les Allemands comprennent ça très bien. Nous sommes français, n'est-ce pas ? Je n'aurais qu'à déchirer ces papiers après — après l'événement que j'espérais.

« Comment est-ce que vous appelez ça, la Libération, non ? La libération de quoi, pour qui ? Les prisons changeront de pensionnaires. Les Américains remplaceront les Allemands. Un général succédera à un maréchal. Croyez-vous vraiment, chère Annie, que les vrais maîtres seront remplacés ? »

Puis, d'une voix brutale, désignant les papiers, il dit :

« Prenez ces papiers, n'oubliez pas votre nom, vous êtes née à Nice, nous nous connaissons depuis des années. C'est ma fille. Mais j'ai refusé de me marier et vous l'acceptez. Voilà ce que vous direz si on vous interroge. Nella est au courant. Sinon... »

Il haussa les épaules.

Il pouvait se dispenser de parler davantage. J'étais sûrement recherchée, puisqu'on avait arrêté Noémie, Pierre, François. Pouvais-je errer dans Paris avec une enfant de trois mois ? A la merci du moindre contrôle d'identité ?

J'avais appris que notre maison d'Aix avait été perquisitionnée, en l'absence de mes parents que j'avais pu avertir à temps et qui s'étaient réfugiés à Digne. Je ne savais où me cacher. Il me fallait accepter et même remercier.

Vecchini a ouvert un placard, m'a montré les boîtes de conserve et les paquets de légumes secs qu'il y avait entassés.

« Nous tiendrons, n'est-ce pas ? » a-t-il dit en me fixant. Puis, tournant la clé, il l'a placée au-dessus du placard. « Nous sommes complices, a-t-il ajouté. Ce sont les intérêts communs qui font les bons accords, les plus honnêtes. Le reste n'est que bavardage, n'est-ce pas ? »

J'ai haï Vecchini, son cynisme et sa complaisance, cette morgue avec laquelle il me jugeait, moi, petite femme naïve qui donnais le sein, moi qui espérais la Libération, moi qui pensais qu'il y avait d'un côté le Bien et de l'autre le Mal, et qu'il fallait choisir.

Moi à qui il disait, sarcastique : « Vous n'êtes pas si mal ici, n'est-ce pas, Annie ? »

Il me tenait. Il ne me méprisait même pas d'avoir accepté de le suivre tout en le condamnant. Il me regardait me débattre avec mes remords et mes scrupules, mes révoltes avortées. Il poussait vers moi un pot de beurre : « Prenez, disait-il, pas pour vous, pour elle. » Il montrait Héloïse et souriait.

Je comprenais mieux la rage de Noémie Mazan lorsque, à la fin du mois de juillet 1936, elle m'avait pour la première fois parlé de lui.

Elle était venue me rejoindre dans notre propriété d'Aix et, tout de suite, elle m'avait entraînée dans l'allée sous les platanes. Elle m'avait pris le bras, s'y suspendait, plus petite que moi, si nerveuse, impulsive même. « Annie, tu sais... », avait-elle commencé. Je l'entends encore me dire qu'elle avait enfin, enfin fait l'amour. Elle riait. Elle était comme ça, disait-elle, elle l'avait décidé. Et brusquement elle m'avait lâchée, brandissant le poing. Mais le type était un salaud, un destructeur, un tueur et, à la fin, avec une expression de violence que je ne lui connaissais pas, elle avait dit : « C'est un fasciste, Annie, un fasciste dans le cœur, un ennemi. »

Tout cela m'avait paru excessif, presque fou, et j'avais tenté de la calmer. Après tout, cet homme ne l'avait pas violée.

« J'ai voulu, avait-elle répété, j'ai décidé. »

Mais ce type l'avait souillée quand même, parce qu'il était pire que brutal, sans passion — est-ce que je comprenais ? —, rien, il était glacé, mort. Tout à coup elle avait ri trop fort, disant qu'elle avait fait l'amour avec un mort et que cela portait sûrement malheur. « Drôle d'histoire, hein, Annie ? »

J'étais trop préoccupée de moi pour lui répondre. La guerre civile avait éclaté en Espagne. Vasco, un étudiant en médecine de Marseille, que je croyais aimer, me téléphonait de Barcelone. Je voulais partir là-bas pour le rejoindre, servir le camp républicain. Les deux mobiles se mêlaient en moi.

J'attendais mon passeport et je suis allée passer quelques jours chez Noémie au mas des Mazan. C'est là que j'ai rencontré pour la première fois Vecchini. J'étais gênée de le regarder et je n'ai pas échangé un traître mot avec lui. Je n'ai pas aimé ce demi-sourire qui crispait sa joue tandis que Noémie lui parlait. Il me semblait qu'il exprimait ainsi une vanité amère et, dès cet instant-là, je me suis méfiée de lui, persuadée que Noémie avait eu raison de le considérer comme son ennemi.

C'était aussi le mien.

En quelques années (huit !), la ride au coin droit de la bouche s'était creusée et son demi-sourire était devenue une sorte de rictus qu'il conservait même lorsqu'il parlait, la bouche à peine entrouverte.

Il se tenait appuyé le dos à la fenêtre de la cuisine et comme pour me montrer qu'il ne craignait pas de voir la réalité telle qu'elle était, il avait réglé la radio sur la fréquence de Londres. Il observait mes réactions, disant, lorsqu'on annonçait des bombardements massifs sur Le Havre ou Berlin, que tout allait bien, que la guerre juste des Alliés continuait, que les bombes ne frappaient ni les femmes ni les enfants français ou allemands. Puis, d'une voix douce, il m'interrogeait : « Comment va votre petite Héloïse, ce matin ? »

Les premières fois, j'ai tenté de lui répliquer, lui rappelant qui avait pris la responsabilité de déclencher la guerre. J'avais été en Espagne, j'avais couru dans les rues de Barcelone bombardée. C'était en 1937, 1938. Les enfants allemands dormaient en paix pendant que la Luftwaffe brûlait Guernica. Je me suis emportée. « Bien sûr, bien sûr, chère Annie », répétait-il. Il souriait avec suffisance, puis se mettait à dévider un raisonnement implacable qui diluait les causes du conflit, faisait de chaque nation, de chaque homme un accusé, si bien que Hitler ou Mussolini, Laval ou Pétain n'étaient plus que des coupables parmi d'autres, perdus parmi une foule d'inculpés où nous figurions tous.

A la fin je capitulais et disais : « Je ne discute pas, je refuse de discuter avec vous !»

Je le haïssais.

Il saccageait ce qu'il appelait illusions ou naïvetés,

effaçant tous les repères, ne laissant qu'un champ de décombres où ne restaient que l'instinct de survie de l'individu et l'énergie de la haine, puisqu'on n'avait jamais autour de soi que des loups qu'il fallait combattre ou des brebis qu'il fallait égorger.

C'était un monde horrible et désespéré que le sien. Chacun y valait l'autre, bourreau ou victime, collaborateur ou résistant, parce que rien ne valait rien.

Comment aurais-je pu l'accepter ?

Certains matins, il pérorait devant moi avec encore plus d'assurance, cherchant à me provoquer. De Gaulle — il ricanait — n'était que le Pétain d'une autre comédie. Staline — ah Staline ! —, un Hitler qui avait réussi à tromper son monde. Il saluait en lui la réussite du tyran. Un maître, le seul, cynique et cruel comme il le fallait : pacte germano-soviétique, puis grande alliance avec les démocraties, et bientôt conquête de toute l'Europe, peut-être du monde. C'était du grand art.

Je me souvenais du désarroi de François Mazan, en août 39, à l'annonce de l'accord entre Hitler et Staline, de la manière dont, dans sa chambre de la rue d'Ulm, il se prenait la tête à deux mains comme pour la comprimer, retenir ses pensées, ressassant à voix basse : « C'est logique, bien sûr, logique, il n'y avait pas d'autre issue, cela préserve toutes les chances... »

Pierre Brunel, adossé à la porte, répétait : « Tu ne peux pas accepter cela, François. Communiste ou pas, logique ou pas, cela nous poignarde, et tu le sais. J'ai eu Vecchini au téléphone, il... »

François bondissait : « Vecchini, Vecchini ! Ce salaud osait juger, penser ! Et tu l'écoutes ! ajoutait-il d'une voix brisée. Tu l'écoutes, ce cagoulard, ce munichois ! Mais vous êtes fous, fous, vous ne comprenez rien ! »

Qui comprenait ?

J'avais enveloppé la tête de François entre mes bras. D'un signe, j'avais demandé à Pierre Brunel de se taire, de sortir. Je savais que nous étions du même côté. J'ignorais comment nous nous retrouverions, mais cela se ferait, j'en étais sûre. Comme j'étais sûre que Vecchini était notre ennemi.

Je l'avais revu par hasard, à la fin de l'année 1938, rue d'Ulm, dans l'entrée de l'Ecole, et il m'avait interpellée avec désinvolture. Je ne l'avais pas reconnu d'emblée : tant de visages, depuis deux années, de combattants, de blessés, de morts, tant d'émotions, de désespoirs et d'enthousiasme que j'en avais oublié ce mois de juillet 1936 et les propos de Noémie. Mais, peu à peu, ce sourire méprisant, ce regard insistant me revenaient : Vecchini, oui, que François Mazan bousculait en l'insultant...

Il n'avait pas réagi et je m'étais retournée pour le voir encore, essayer de comprendre pourquoi il ne s'était pas défendu en frappant Mazan ou en l'invectivant à son tour. Cette passivité — cette indifférence — m'avait inquiétée. Et lorsque, plus tard, François et Pierre m'avaient parlé de lui, de ses articles dans *Je suis partout,* de son rôle dans la Cagoule et sans doute auprès de Paul-Marie Wysberg, dont on disait qu'il finançait avec sa banque tous ceux qui complotaient contre la République, de l'amitié qui semblait unir Vecchini et Benoît de Serlière, j'avais été effrayée.

J'arrivais d'Espagne. Je savais ce qu'était une guerre civile. Vasco, mon ami, avant d'y être tué, m'avait raconté comment le moment des armes n'était que le finale d'une pièce commencée des années auparavant, quand la haine sépare, que l'insulte et la colère opposent les anciens amis, qu'on se promet, le poing serré, d'en finir avec l'autre. Il avait vécu cela, il avait lu dans les journaux, comme chaque Espagnol, que des complots se préparaient. On citait les noms des conjurés, leurs objectifs.

Et j'entendais François et Pierre me parler de ce Comité de Réflexion et de Prévision, une dizaine de membres, disait-on, dont Vecchini sans doute, mais aussi des militaires, des représentants des milieux industriels, Galice, Dubreuil de Fougère, qui se réunissaient régulièrement pour préparer la chute du régime, l'après-République, le nouveau pouvoir qui mettrait fin à la crise.

Vasco m'avait dit : avant qu'on ne tue, il y a ceux qui dressent les listes des hommes à abattre.

J'avais imaginé que Vecchini était l'un de ces dénonciateurs. Et j'avais craint pour le sort de François et de Pierre.

Il était maintenant en face de moi.

J'étais la « pauvre Annie », « la naïve », celle qui refusait de voir.

« Mais libre à vous », répétait-il en haussant les épaules, plein de commisération.

Libre à moi de croire que le grouillement des hommes est autre chose qu'un ramas d'égoïsme et de bêtise. Libre à moi de ne pas voir que les mots héroïsme, lâcheté, droiture ou trahison ne sont que des leurres.

Il atteignait son but. Je me rebellais. L'insultais. Criais des phrases. Pourquoi vivre si rien n'avait de sens ?

Parce qu'on était là, dans la vie, me répondait-il. Et qu'il fallait faire le voyage au bout de la nuit. Est-ce que j'avais lu Céline ? Un grand, très grand écrivain...

Il me répliquait comme s'il n'avait point entendu mes injures, et cette impassibilité, une nouvelle fois, comme rue d'Ulm il y avait des années, face à François, m'avait terrorisée.

Qu'était-ce que cet homme-là qui paraissait ne rien ressentir ?

J'avais hurlé, lui lançant qu'il était du côté de la mort, du côté de ceux qui l'avaient prise pour emblème, qui l'exhibaient sur leurs uniformes noirs. Noir, telle était sa couleur. Mort, et non pas humain.

Cet éclat m'avait épuisée et je me souviens d'avoir alors pensé à cette fable, la chèvre qui se bat contre le loup jusqu'au matin...

Il avait souri, murmuré : « Quelle démesure, pauvre Annie ! »

Mais il aimait me voir gesticuler ainsi, avait-il poursuivi. Il ne se lassait pas du spectacle que je donnais, obstinée, refusant de comprendre, de voir, de me voir. Quelle farce, quelle désolation, quelle naïveté ! Comme s'il y avait le Bien et le Mal, les bons tueurs et les mauvais. « On tue toujours, Annie, avait-il dit, soudain plus grave. Voilà la loi, l'unique loi, et j'essaie moi aussi de sauver ma peau ».

Avant de quitter la cuisine, il m'avait demandé de ne pas crier si fort à l'avenir. Je risquais de réveiller Nella et surtout d'attirer l'attention. Il avait montré la cour, les fenêtres :

« Tout le monde dénonce tout le monde, en ce moment. »

J'avais serré Héloïse contre moi et m'étais enfermée dans ma chambre. Je tremblais d'effroi. Je me couchai, ne pouvant me séparer de ma fille. En la berçant, je tentai de m'apaiser, de chasser mes doutes. Si la vie n'était que cela, pourquoi cette enfant, pourquoi ?

Vecchini détruisait jusqu'à mon instinct.

C'était comme s'il m'avait recueillie pour mieux me tuer, n'en finissant pas de régler ses comptes avec François Mazan.

18

Et si Vecchini ne s'était pas contenté d'abandonner François à son sort ou de souhaiter, voire sans doute de se réjouir de sa mort, s'il l'avait livré à la Gestapo ou à la Milice ?

Depuis que j'ai commencé à rassembler mes souvenirs, cette question venue d'autrefois peu à peu s'impose de nouveau à moi, me contraint à retrouver des détails que j'avais délibérément enfouis ou même effacés.

Ils reviennent, m'angoissent.

Il y eut d'abord cette rencontre avec François, une dizaine de jours avant son arrestation.

Il m'avait donné rendez-vous dans un restaurant de la place de l'Alma en me recommandant d'être élégante. Sur une robe droite de lainage gris, j'avais noué un foulard blanc, le seul luxe que je pouvais me permettre. Mais j'étais une femme enceinte et avais droit à cette simplicité.

J'étais arrivée la première. Les tables de la terrasse étaient presque toutes occupées par des officiers allemands accompagnés de femmes aux coiffures extravagantes, aux robes à volants en tissus colorés de fleurs vives, rouges, vertes. Leurs visages étaient si fardés qu'elles paraissaient grimées pour une entrée en scène et elles avançaient entre les tables, oscillant sur leurs chaussures à hautes semelles, si indécentes dans leur désir de séduction que j'en avais eu la nausée. Les serveurs se précipitaient, des hommes arrogants et repus prenaient place.

Qui étions-nous pour imaginer pouvoir mettre fin à cet ordre invincible dont j'avais pressenti à cet instant-là qu'il se prolongerait, peut-être pour toujours, même si ces officiers quittaient le pays, même si nous étions apparemment victorieux ?

Fallait-il que Noémie soit morte pour cette victoire-là ?

J'avais pensé : je me retire avant qu'il ne soit trop tard.

J'avoue cette lâcheté. J'avoue ma lassitude, le sentiment de la vanité de toute action.

C'est alors que François s'est assis en face de moi. Il portait un costume gris croisé, rehaussé d'une pochette bleue. Il avait choisi d'être marchand de tableaux et sa galerie, rue des Beaux-Arts, lui permettait d'organiser des rencontres lors des vernissages. Couverture efficace, prétendait-il.

A la manière dont il avait regardé la salle, je l'avais senti anxieux et, tout en souriant, je l'avais interrogé, cherchant à maîtriser ma propre angoisse. Qu'y avait-il ?

Il avait vu Vecchini, m'avoua-t-il enfin, à la galerie. Hasard ? Visite délibérée ? Il avait eu la tentation de l'abattre. Folie, il le savait bien ! Vecchini s'était attardé, assis, avait parlé, mais oui, comme s'il avait recherché ce contact. « Marchand de tableaux, avait-il ironisé, mais vous choisissez tous la même profession, dans la résistance ! Vous pourriez être plus inventifs ou plus prudents. »

J'avais observé François. Ses mains tremblaient, sans doute de colère. Il avait dû, m'expliqua-t-il, écouter Vecchini sans lui répondre. Ce salaud avait parlé de Pierre, arrêté, mais, affirmait-il, vivant. Déporté, certes, mais cela valait mieux qu'une balle dans la nuque, comme faisaient les bolchéviks, non ?

« Je me suis tu », avait répété François.

Il s'était interrompu, puis s'était levé, avait traversé la salle et, en le voyant s'éloigner, se faufilant entre les tables, j'avais eu la certitude qu'il s'agissait là de notre dernière rencontre, qu'il ne verrait pas son enfant. Je m'étais mordu les lèvres pour ne pas pleurer, soutenir son regard quand il s'assit de nouveau en face de moi.

« Il faut fermer la galerie, ai-je alors murmuré. Si Vecchini sait, d'autres que lui savent : la Gestapo, la Milice, les tueurs de la rue de la Pompe. »

François m'avait-il entendue ? Il paraissait plus calme, mais il s'était voûté, disant comme pour lui-même que Vecchini avait prétendu que Max — oui, Max — avait été livré par des gens de chez nous. Peut-être Vecchini était-il venu simplement pour annoncer la nouvelle à François, le désespérer.

Aujourd'hui, je connais l'identité de Max et qui l'ignore ? Qui ne sait comment Jean Moulin a été arrêté à Caluire ? Et des procès se sont ouverts pour tenter de confondre les traîtres, ceux qui ont aussi donné Noémie Mazan et Pierre. Mais, en ces premiers jours de janvier 1944, je ne savais de l'envoyé du général de Gaulle que ce prénom de Max. Il était aussi marchand de tableaux, avait ajouté Vecchini, à Nice. « Ma ville. Amusant, non ? » avait-il conclu.

Puis il avait parcouru lentement la galerie, s'arrêtant devant chaque toile, revenant vers le bureau. Il ne plaisantait pas, avait-il dit. On avait dénoncé Max parce que les rivalités politiques déchiraient la Résistance. François n'en doutait pas, n'est-ce pas ? La Gestapo était commode pour se débarrasser des rivaux, ceux qu'on jugeait dangereux. On envoyait une lettre anonyme ou bien on téléphonait. Telle heure, tel lieu, réunion avec Max. On était sûr du résultat. Les Allemands étaient accusés, seuls responsables, bien sûr, et la Résistance nettoyée des hommes dont on se méfiait. Habile, non ? « Pense à tout ça, François. »

— Tu le crois ? ai-je demandé.

François ne m'a pas répondu.

Alors j'ai dit que nous devions quitter Paris au plus vite, que la Gestapo surveillait sûrement la galerie, que François était sans doute suivi.

Il m'a souri. Il me parut si loin déjà que j'ai pris sa main pour essayer de le ramener vers moi, de le retenir. Il a fait une grimace pour dissimuler son émotion. « Qu'est-ce qu'on y peut, hein, on ne va pas donner raison à Vecchini ? »

On a arrêté François dans sa galerie quelques jours plus tard, en fin de matinée.

J'avais rendez-vous avec lui, mais, au moment où je m'engageais dans la rue des Beaux-Arts, j'ai reconnu cet homme qui venait à ma rencontre, le rebord du chapeau baissé sur les yeux. Vecchini m'empêcha d'avancer, puis, sans un mot, me prit par le bras et m'entraîna vers le boulevard Saint-Germain.

J'étais comme paralysée, me laissant guider, pousser dans une voiture. Étais-je arrêtée ? Je ne me posai même pas la question. Je regardai à la dérobée Vecchini qui conduisait. Parfois il se tournait vers moi et je fermais aussitôt les yeux, ne cherchant pas à savoir où nous allions. Je me sentais lourde et j'avais envie de pleurer quand je songeais à cet enfant que je portais.

Vecchini a garé la voiture dans la cour d'un immeuble que je ne connaissais pas, 84, rue d'Hauteville, et ce n'est que dans l'escalier qu'il m'a dit, tout en gravissant les marches derrière moi, que François avait été arrêté et que la Gestapo me recherchait aussi.

Je me suis immobilisée, mais il m'a poussée rudement : « Ne traînons pas », a-t-il dit.

Dans cet appartement sombre où une jeune femme aux épaules larges, aux joues rondes, à la poitrine forte, me dévisageait, je me suis mise à pleurer silencieusement.

« Elle va vivre avec nous », lui a dit Vecchini en me désignant.

Puis, d'un geste qui m'a humiliée, il a montré mon ventre et la jeune femme a souri.

L'enfant était-il de Vecchini ? a-t-elle demandé. C'est comme ça, lui a répondu Vecchini. Ça ne changerait rien entre eux; mais on ne pouvait faire autrement, c'était la guerre, non ?

— Installe-la, a-t-il conclu.

Et il est reparti.

Je suis restée prostrée cependant que cette jeune femme tournait autour de moi, bavarde, son peignoir entrouvert laissant voir ses seins lourds, sa peau mate.

« Vous êtes qui ? » avait-elle questionné. Mais, avant que j'aie pu répondre, elle m'a expliqué qu'elle-même chantait et dansait chaque soir, qu'elle s'appelait Nella Vandorès, qu'elle était italienne et jouait les Espagnoles.

Elle me consola, m'offrit à boire. On ne manquait de rien, ici, Vecchini, c'était mieux qu'un Allemand, hein ? Il n'était pas mesquin, il avait de l'argent, des relations, c'était un type important mais simple.

« Il vous a fait ça ? »

Elle tendit la main vers mon ventre. Elle riait. C'était pas le Saint-Esprit, non ? Mais elle s'en moquait. Elle et lui étaient comme associés. Chacun donnait ce qu'il voulait. Elle... Elle rejeta la tête en arrière, se mit à rire : « Devinez ce que je lui offre ! Et il aime ça — mais vous le savez, non ? »

Elle a ouvert la porte d'une petite pièce faiblement éclairée par une lucarne. Je devrais vivre là, parce que, quand même — elle haussa les épaules — il ne fallait pas trop lui demander.

Je me suis jetée sur le lit, essayant de demeurer calme, mais j'ai été comme emportée. Sanglots. Frissons. Angoisse. Cet enfant qui allait naître. François. J'ai imaginé les coups qu'on lui portait.

Pourquoi n'avions-nous pas choisi cette vie dans la vie, comme Nella Vandorès ? D'où venait cette folie qui nous avait poussés, moi, François, Pierre, Noémie, à sortir d'une existence simple, quotidienne, où j'aurais pu attendre, paisible, la naissance de mon enfant ?

Si j'avais pu rejouer ma vie, je l'aurais fait.

Vecchini est entré dans la chambre alors que je somnolais. J'ai sursauté au bruit de la porte qu'il refermait. Il était debout au pied du lit, bras croisés, avec cette bouche déformée, ce qui restait d'un sourire, ses yeux mi-clos, ses lunettes rondes enfoncées sous les sourcils.

— Vous avez dénoncé François, ai-je dit. Vous avez fait ça !

J'ai regretté ces mots, je craignais qu'il ne se venge, qu'il me jette dehors alors qu'on me recherchait. Qu'aurais-je fait ?

« Vous êtes bête », a-t-il dit en s'asseyant sur le lit.

Je me suis recroquevillée. Je me souvenais de tout ce que François et Pierre m'avaient dit de lui, de son rôle auprès de Paul-Marie Wysberg, quand celui-ci était devenu l'inspirateur de la politique de Vichy. On avait vu Vecchini partout. A Uriage, où l'on formait les jeunes cadres de la révolution nationale voulue par Pétain. Pierre, qui y avait séjourné quelques jours, invité par des professeurs liés à la Résistance, l'avait écouté vanter l'exemple fasciste, l'obligation de nettoyer la France de tous ceux qui l'avaient conduite à la défaite, les Juifs, les politiciens de gauche, cette vermine qui s'était repue du pays.

Je me souvenais aussi de Noémie qui, la première, m'avait parlé de cet homme qui était comme habité par la mort.

Vecchini a continué de m'observer, puis, d'une voix sourde, il s'est mis à parler.

Son visage exprimait le dédain et l'amertume, une violence maîtrisée, du mépris quand il secouait la tête avec commisération. Il avait croisé les bras et ne me quittait pas des yeux.

Il savait bien, dit-il, que François Mazan, Mazan lui-même, avec qui il avait partagé une chambre, rue d'Ulm, l'avait inscrit sur la liste des collaborateurs à abattre. Il était même le premier désigné. Merci, François. Il avait remarqué que Benoît de Serlière avait été oublié sur la liste. Curieux, non ? « Mais quel honneur pour moi, n'est-ce pas ? »

François le haïssait, lui, reprit-il, parce qu'il ne pouvait imaginer que quelqu'un dont il connaissait l'intelligence, mais oui, eût fait un autre choix que lui. François le haïssait parce que Vecchini, par sa seule existence, le mettait en cause. « Il ne supporte pas. Il me condamne. Il sait que je vois juste. Si je vis, il saura toujours que je pense qu'il s'est trompé. Insupportable, pour François. Médiocre, non, mesquin même, n'est-ce pas ? »

Le dénoncer ? Vecchini a ricané tout en se levant et en haussant les épaules. Mais les camarades de François, ceux qui se sont débarrassés de Max, se chargent très bien de ça ! « Croyez-moi, Annie, la Gestapo n'a qu'à ouvrir le courrier. » Combien de lettres de dénonciation par jour ? Plusieurs milliers. Les Français adorent écrire à la police, même allemande. Surtout allemande ! On est sûr de son efficacité. Elle torture. Elle déporte. Elle fusille. C'est loin, a-t-il dit en se penchant vers moi, mais, après la Commune, en 1871, on a dénombré trois cent mille lettres de délation ! Pas mal, non ?

Il a ouvert la porte, puis, comme s'il se ravisait, il l'a refermée, s'y appuyant. Lui, il ne haïssait pas François. Il avait du mépris pour cette intelligence qui s'était perdue, grisée de mots, d'illusions, pas même capable de vrai cynisme. Pauvre François qui s'était imaginé qu'il allait changer le déroulement de la guerre ! Trahi en 39 par Staline, trahi en 43 par certains de ses bons camarades de la Résistance, et s'obstinant ! S'il meurt...

Il s'est interrompu.

La guerre allait finir, a-t-il repris. Lui, Vecchini, serait resté en vie, et il voulait que je sois vivante, moi aussi.

« Vous m'attendiez, ai-je dit, vous me guettiez rue des Beaux-Arts. »

Pendant que je parlais, je me répétais ces mots : « S'il meurt, s'il meurt... »

Je me suis levée et suis allée vers lui : « Vous saviez, pour François. Vous avez laissé faire, vous avez assisté à son arrestation, de loin, pour voir, comme un salaud ! »

J'allais le gifler.

« S'il meurt... »

Il a pris mon poignet.

« Chacun joue sa carte. Celui qui perd, meurt. Je n'ai pas perdu. »

Il m'a lâchée. Mon bras est retombé.

« Qui vous aime, vous ? » ai-je murmuré comme ma seule, ma pauvre défense.

Il a secoué la tête. Quelle conne j'étais, n'est-ce pas ?

Il m'a repoussé sans violence vers le lit, mais en serrant mes épaules si fort que j'eus mal.

Pour être aimé, a-t-il dit, il faut être vivant : vivant, est-ce que je comprenais ?

Et François... ?

Il m'a tourné le dos, claquant la porte derrière lui.

C'est ainsi que j'ai appris la mort de François.

19

Comment ai-je pu survivre jusqu'à la naissance d'Héloïse, le 15 février 1944 ?

Je garde de ce mois passé à l'attendre le souvenir de jours et de nuits d'horreur.

Je sais que ce mot peut paraître excessif. Je n'étais pas enchaînée dans une cellule, comme avait dû l'être François ; je n'étais pas écrasée au fond d'un wagon sous les corps d'autres déportés, comme l'avait été Pierre — et j'imaginais cela ; je n'étais pas traînée sur une route, puis abattue entre les vignes, et mon dos crevé par les balles tirées à bout portant devenait rouge — et je vivais cela, songeant à Noémie dont nous avions appris la mort quand nous nous étions retrouvés tous trois, François, Pierre et moi, à la fin d'octobre 1943, dans un village non loin de Rochegude, à Mirmande.

J'étais seulement terrée au fond d'une chambre, dans l'appartement de Nella Vandorès, 84, rue d'Hauteville, couchée sur le dos, les jambes écartées, repliées, comme font les femmes qui accouchent, et j'attendais, et jamais le mot *délivrance* ne m'avait paru plus juste pour désigner ce moment où l'enfant me quitterait, me *délivrerait* de lui, et j'espérais, je priais pour qu'à cet instant-là la mort vînt me prendre : ainsi on ne ferait pas de mal à mon enfant, on ne le torturerait pas devant moi pour me faire parler, ainsi je rejoindrais François — et l'enfant s'en irait au fil de l'eau, et peut-être une fille de Pharaon le recueillerait-elle.

Quand Nella entrait dans la chambre, qu'elle me houspillait — « C'est honteux, vous ne bougez pas, mangez au moins ! » — en posant une assiette sur la petite table placée sous la lucarne, je me soulevais sur les coudes et répétais son nom : « Nella, Nella, promettez-moi... »

Oui, j'implorais qu'après l'accouchement elle se chargeât de l'enfant. Et cette idée avec laquelle je jouais à chaque instant me désespérait et me rassurait à la fois. J'allais mourir, mais l'enfant serait sauvé.

Nella bougonnait. Qu'est-ce que je racontais ? Un enfant a besoin de sa mère.

« Je veux mourir » — je ne savais répondre que cela, peut-être pour susciter sa colère, pour qu'elle s'emportât, me dise qu'elle avait honte pour moi, que j'étais une moins que rien, pire qu'une putain, pire qu'une bête.

Ces mots qu'elle prononçait d'une voix sourde, parfois en me bordant, m'apaisaient quelque peu, comme une enfant qui attend la punition pour s'assurer qu'elle n'est pas oubliée, qu'on la châtie, donc qu'on l'aime.

Mais Nella fermait la porte et j'étais seule à nouveau, avec ces souvenirs en moi, François dont le visage, le corps me hantaient. Je souffrais des coups qu'il avait dû recevoir. J'entendais les questions dont on l'avait harcelé avant de le tuer. Et une peur panique m'emportait. Je craignais ce qui se produirait après la naissance, quand je serais si vulnérable à cause de cette vie nouvelle, de cette innocence qu'il me faudrait protéger, nourrir, défendre et qui allait peut-être mourir à cause de moi, de mes combats.

On dit : se mordre les poings. Je l'ai fait pour ne pas hurler de regret. Folle que j'avais été de partir pour l'Espagne, d'entrer en résistance, folle d'avoir voulu m'opposer à cette houle qui avait recouvert l'Europe et devant laquelle les sages, les habiles et les prudents avaient baissé la tête pour qu'elle les recouvrît sans dommage, et moi, nous, les quelques-uns qui nous étions dressés, nous avions été noyés : Noémie, ma Noémie, morte ; François, de qui j'avais voulu avoir cet enfant, folle que j'étais, François que je portais en moi, comme l'enfant, l'un mort déjà, l'autre si menacé.

Et il me semblait que s'avançait vers moi — vers nous — Vecchini, souriant, main tendue afin que nous la saisissions, afin qu'il nous entraîne par le fond, jusque dans cette zone noire où il régnait, où l'on avait enfermé et tué François, où je me trouvais déjà, à demi endormie, sursautant au moindre bruit, craignant en effet que Vecchini ne fît son entrée et que la vie ne ressemblât à mes cauchemars.

Vecchini, pourtant, n'avait plus cherché à me voir. Au contraire, quand je me traînais dans le couloir, contrainte de sortir de ma chambre, et qu'il m'apercevait, il s'éloignait aussitôt ou bien passait près de moi sans même tourner la tête, s'effaçant pour que nos corps ne vinssent pas à se frôler.

Mais il était mon obsession, celui par qui le malheur était arrivé, et je mêlais cauchemars et souvenirs : ces rencontres avec lui, jadis, sur l'aire du mas des Mazan, ou rue d'Ulm, ou bien rue des Beaux-Arts, quand il s'était arrêté devant moi, les yeux à demi cachés par le rebord de son chapeau, et qu'il m'avait entraînée alors qu'on arrêtait François.

Il n'était plus un seul des moments de ma vie où il ne me semblait avoir été présent. Quand François ou Pierre avaient évoqué son rôle, je les avais écoutés comme si j'avais déjà su que j'allais dépendre de lui, qu'il déciderait de la vie ou de la mort de François, de mon propre sort et de celui de l'enfant.

Je revivais ainsi ces deux jours passés à Mirmande, à quelques dizaines de kilomètres de Rochegude, dans la maison de Morin, un peintre qui s'était retiré là et servait de relais à la Résistance.

Pierre arrivait de Lyon, François de Paris, moi d'Aix-en-Provence. Nous étions atterrés, assis l'un près de l'autre dans l'atelier de Morin, épaule contre épaule, comme pour nous rassurer cependant que le mistral s'infiltrait sous les tuiles, glacé, et sifflait, courbant les cyprès, faisant craquer les poutres, tailladant le relief d'une lumière intense qui détourait chaque relief — cette netteté, à force de clarté, de dureté, m'était devenue insupportable, comme une violence et une cruauté supplémentaires, alors que Noémie était morte, nous le savions à présent, que les principaux chefs de la Résistance et celui que nous appelions Max, l'envoyé de De Gaulle, avaient été pris à Caluire.

Est-ce François ou Pierre qui, le premier, a parlé de Vecchini ?

Son nom a surgi, en tout cas, dès que nous nous sommes retrouvés et que nous avons évoqué — il suffisait de murmurer : « Tu sais ? » — la mort de Noémie. C'est sûrement François qui a dit qu'il avait lu le rapport de gendarmerie, que c'était la Milice, les hommes de Darnand qui avaient abattu sa sœur, et qu'il avait envoyé ce rapport à Vecchini pour qu'il sache qu'on ne l'oubliait pas, lui, et qu'il faudrait qu'il paie de sa peau. Ce salopard, ce cagoulard, ce traître ! Pierre avait haussé les épaules. Je me souviens de son teint terreux, des cernes presque noirs qui marquaient ses joues. Il avait été parachuté en Lozère à la fin de novembre pour tenter de combler le vide créé par les arrestations de Caluire. Il avait marché trois jours, rejoint Lyon, la ville-piège, où il avait rencontré Ferrand et Mauranges. Qui se souvenait de ceux-là, des proches de Vecchini et même de Benoît de Serlière, sans doute membres ou amis de la Cagoule, l'un officier, l'autre avocat ?

François avait ricané, s'était levé, le poing dressé. Est-ce que Pierre se souvenait du 11 novembre 1940 quand, avec quelques autres étudiants, de jeunes professeurs, ils avaient manifesté place de l'Étoile ? Est-ce que tu te rappelles, Pierre ? Ils avaient couru, poursuivis par les motocyclistes allemands qui avaient ouvert le feu. Où étaient-ils, en ce mois de novembre, les Henri Ferrand, les Georges Mauranges et ce Robert Challes ? Où ? A Vichy. Et Vecchini s'y trouvait aussi, avec Paul-Marie Wysberg et l'amiral Laprade, et Roland Dubreuil de Fougère. Bientôt ces deux-là seraient ministres de Pétain, et Vecchini ferait la liaison entre eux et Déat ou Doriot. Vecchini, le plus dangereux parce que intelligent, cynique, efficace, retors, sans illusions, capable de se ménager le meilleur alibi — peut-être Ferrand et Mauranges, puisque ceux-là animaient maintenant un réseau de résistance et qu'on leur parachutait des armes, qu'ils allaient en Suisse soutirer des fonds aux services secrets américains. Déjà ils avaient pris leurs précautions pour l'après-guerre.

« C'est comme ça », avait répondu Pierre en haussant les épaules et en écartant les mains en signe de fatalisme. C'était la France, avec sa diversité, ses hésitants, ses girouettes. Il avait souri, s'était tourné vers moi. Est-ce que je connaissais ce proverbe qu'on aimait à répéter dans les campagnes : certains hommes sont comme la queue de la poule, ils s'inclinent du côté du vent. Ferrand, Mauranges, Challes avaient rejoint la Résistance à la fin de 1942, comme tant d'autres à Vichy. Et c'était tant mieux, non, si l'on passait des services et des ministères de Pétain à la Résistance ? Tant mieux, n'est-ce pas, François ?

Je me souviens de François hurlant — le mistral se mêlait à sa voix, l'enflait et la recouvrait. C'était bien là, avait-il dit, l'attitude des gens du 104, rue de Vaugirard, ces prudents, ces habiles, ces esprits cauteleux, précautionneux, qui sont d'une Église sans martyrs, la religion des maîtres, non celle des apôtres, la foi des comptables, non celle de saint François. Noémie, avait-il ajouté d'une voix éraillée, comme s'il osait à peine prononcer les mots qui le déchiraient, Noémie l'incroyante, la laïque, était donc morte pour que Henri Ferrand, Georges Mauranges, Robert Challes, d'autres encore pussent rafler la mise ? On les décorera, non ? Ce sera eux, la Résistance ? Et Vecchini, quand donc rejoindra-t-il Londres ou les maquis ? Du Comité de Réflexion et de Prévision de Paul-Marie Wysberg à la France libre ? Pourquoi pas ? Raconte-moi, Pierre...

J'ai aimé François plus que tout au monde ce soir-là, je l'ai aimé pour sa douleur et son amertume, sa violence quand il disait qu'il n'était pas de ce camp-là, qu'il résisterait encore après, quand la guerre serait finie, et que si, d'ici là, il croisait Vecchini, il l'abattrait. Et personne ne serait capable de le faire changer d'avis.

Vecchini est entré dans la galerie de la rue des Beaux-Arts et François ne l'a pas tué. C'est François qui est mort. Et Vecchini l'a laissé prendre, peut-être même a-t-il habilement guidé jusqu'à la rue des Beaux-Arts les policiers allemands, donnant François et m'accueillant, moi, sa garantie, son certificat de résistance. Il avait donc été d'un côté et de l'autre, allez choisir ! Il était comme tous les Français, n'est-ce pas ?

Déjà j'ai lu — Pierre dépose chaque jour devant moi, sur la table de l'aire, les journaux qu'il s'en va acheter à Rochegude — les témoignages de Ferrand, de Mauranges, de Challes. Ce sont maintenant des citoyens irréprochables, des fondateurs et des chefs de réseaux. Ferrand est devenu le général Henri Ferrand, Mauranges monsieur le ministre de l'Information, Challes le vice-président de la banque Wysberg et Cie qui, sous l'autorité de Paul-Marie Wysberg, participe au redressement économique de la France. Qui se souvient d'avant ? François est mort. Silence aux irréductibles. Qui ose rappeler le rôle de ce Comité de Réflexion et de Prévision dans les premiers mois de Vichy et des conférences de presse données par Paul-Marie Wysberg aux côtés du ministre de la Production et des Transports du maréchal Pétain, Roland Dubreuil de Fougère ? On dit que celui-ci, réfugié en Suisse comme Benoît de Serlière, écrit ses mémoires.

Qui se souvient ?

Vecchini sans doute, dont Pierre savait que, dès l'École Normale, il avait tenu un journal, qu'il s'en était vanté à plusieurs reprises devant François et Benoît de Serlière, disant qu'il passerait ainsi à la postérité — coup double : il aurait vécu et bien vécu, et il apparaîtrait plus tard en mémorialiste lucide, ayant su séparer sa vie de son propre regard. L'une à l'abri de l'autre, et vice versa !

J'avais donc lu ces articles qui préparaient déjà les plaidoiries.

Vecchini ? Un intellectuel, disait le ministre Mauranges, mais qui n'a jamais voulu se compromettre avec les tueurs ou avec les complices des nazis. Il a pu se tromper, mais toujours avec franchise et dans le seul souci, je puis en témoigner, de la défense de la France.

Mauranges, c'était la voix des milieux politiques. On le disait ami d'un autre jeune ambitieux, lui aussi homme politique et résistant à partir de 1942, ancien du 104, rue de Vaugirard, cette bonne maison des pères maristes.

Robert Challes rappelait que Vecchini était un esprit indépendant qui s'était engagé au nom de la liberté de l'intelligence, et qui n'avait pu admettre la servitude à laquelle — quel qu'eût été son rôle dans la guerre — le communisme russe avait plié des centaines de millions de gens. C'est l'idée d'Europe qui avait poussé Vecchini à agir. Sans doute avait-il commis quelques erreurs. Mais Challes savait qu'elles ne mettaient pas en cause son engagement résolu en faveur de la liberté et de l'Europe, qui demeurait la seule grande cause.

Le général Henri Ferrand n'était qu'un soldat, mais il pouvait témoigner du courage de Vecchini qui, en mai 1940, alors qu'il était officier du chiffre à l'état-major de la Marine, avait détruit les codes secrets afin que les Allemands ne pussent s'en emparer. Il fallait cesser, concluait le général, de diviser les Français qui, à l'exception d'une petite poignée, avaient tous, par des chemins différents, cherché les uns et les autres à défendre leur pays. Vecchini était de ceux-là, et il fallait le juger sans passion politique. On mesurerait alors les services qu'il avait rendus au pays.

Lorsque je lisais ces articles, le désespoir m'étouffait.

C'était comme si, à chaque phrase, je m'enfonçais un peu plus ; chacune de mes pensées, au lieu de m'arracher à cette tristesse, m'y faisait couler plus profond et plus vite.

A quoi m'aurait-il servi d'aller témoigner à ce

procès de Vecchini dont je devinais qu'il allait se terminer à son avantage et que j'y jouerais, malgré moi, le rôle de témoin de la défense, et à quoi servirait-il de faire état de mes soupçons, de dire qu'il avait sans doute livré ou laissé arrêter François, alors que j'étais moi-même la preuve vivante qu'il avait sauvé une résistante, permis que naquît chez lui l'enfant de François, prenant ainsi des risques, et pendant que les nazis me recherchaient et qu'il le savait ? Avais-je à me plaindre de lui durant mon séjour au 84, rue d'Hauteville ? M'avait-il menacée ? Avais-je été l'objet d'un chantage ? Avait-il avoué avoir donné François à la Gestapo ? Il m'avait hébergée, nourrie, et quand les premières douleurs m'avaient saisie, c'est lui qui était allé chercher une sage-femme avec sa voiture, la ramenant au milieu de la nuit alors qu'elle avait d'abord refusé, craignant les bombardements et les rondes de police. Elle était arrivée au moment où Nella Vandorès s'apprêtait à m'accoucher seule, me calmant, me parlant en italien et en espagnol, me disant en riant que ce n'était pas plus difficile que de mettre bas un jeune veau et qu'elle avait vu ça, dans sa ferme, tant de fois, qu'elle allait me le faire naître, ce bébé ! Et elle passait sur mon front, mes joues, mes seins une serviette mouillée, tout en murmurant : « Il faut prier, Annie. Priez, ça fait du bien. Moi, je prie toujours. »

Je n'ai vu Vecchini que quelques jours plus tard, avec le médecin qu'il était allé chercher pour examiner Héloïse et qu'il paya devant moi. Puis, après l'avoir raccompagné, il était revenu, se penchant sur le lit, regardant l'enfant que je serrais contre moi comme si lui-même avait été le diable — ce que je pensais aussi, évoquant ce rôle maléfique qu'il avait joué et tenait encore dans nos vies. La mort, avait dit de lui Noémie.

« C'est la fille de François, n'est-ce pas ? » avait-il dit en secouant la tête. Et je m'étais tout à coup rendu compte qu'il ne m'avait jamais parlé des relations que je pouvais avoir eues avec François Mazan.

« Sa fille », avait-il répété en la dévisageant longuement et — mais peut-être s'agissait-il de ma part d'une crainte plutôt que de la réalité — il me sembla que son visage exprimait de la haine ou un dégoût mêlé d'amertume. Et j'eus peur pour Héloïse, pour moi ; l'idée m'effleura qu'il pouvait, par haine de François, se venger sur nous, et c'est comme si j'avais livré ce qui m'était le plus précieux, cette enfant, ce qui était le plus vivant de François, à son pire ennemi.

Peut-être lut-il dans mes pensées car il secoua la tête avec une moue de mépris.

Par la suite, j'ai découvert que la vie efface la mort, qu'un enfant, cette petite fille qu'il me fallait nourrir, laver, endormir, soigner, qui cherchait mon sein, donne de la force, qu'Héloïse me faisait même oublier François, les risques que je courais, et c'est seulement quand je m'éloignais d'elle, ne fût-ce que quelques minutes, que l'angoisse me saisissait, insupportable, et qu'il me semblait que ce bruit de pas dans l'escalier, cette voiture qui entrait dans la cour, annonçaient l'arrivée de la Gestapo.

Je me précipitais dans la chambre et parfois bousculais Vecchini dans le couloir, je prenais Héloïse dans mes bras et attendais, aux aguets, me calmant peu à peu, moins parce que le silence s'était rétabli que parce qu'elle était contre moi, sa tête entre mes seins, comme une source de confiance en la vie.

Le matin, je l'ai dit, je retrouvais souvent Vecchini dans la cuisine et il me fallait l'affronter. C'est lui qui m'annonçait, peut-être pour me montrer qu'il ne les craignait pas, les défaites allemandes, l'exécution par la Résistance de collaborateurs.

« Ils ont eu Philippe Henriot », me dit-il un matin de la fin juin 1944.

Il était comme souvent adossé à la fenêtre, sa tasse de café à la main. J'ai levé la tête. Ai-je manifesté par le regard de la joie ? Je détestais écouter Philippe Henriot qui, chaque jour, habilement, dans ses chroniques radiophoniques, dénonçait les Anglo-américains, les Juifs, les communistes, la Résistance.

« Ils ont fait ça, reprit Vecchini d'une voix indifférente, déguisés en miliciens, sous les yeux de sa femme qui les a implorés. Elle l'aimait beaucoup. Ils ne l'ont pas touchée, elle, mais lui, ils l'ont assassiné à ses pieds. Humain, n'est-ce pas ? »

Je me suis tassée, serrant Héloïse contre moi, le dos courbé comme si je voulais l'enfermer en moi. J'aurais pu répondre, hurler que tout n'était pas semblable, qu'il y avait ceux qui étaient des bourreaux, d'autres qui étaient des victimes, qu'il existait le Mal et le Bien, qu'on ne pouvait extirper le Mal que par les moyens du Mal, que tuer un homme était un crime, même si cet homme était un criminel, mais qu'il n'y avait pas d'autre choix possible.

J'aurais pu répondre cela, mais je n'ai su, à ce moment-là, que protéger Héloïse, la tenir entre mes bras, et l'idée de la mort donnée, même pour une juste cause, m'a fait horreur.

Vecchini s'est approché de moi puis, s'appuyant à la table, il a murmuré : « Peut-être vont-ils m'abattre, qui sait ? Pour vous, il ne vaudrait mieux pas, n'est-ce pas ? Autant que ce soit après la victoire, proprement, avec un peloton d'exécution. Vous demanderiez ma grâce ? »

Plaisantait-il ? Ou bien m'annonçait-il ce qu'il attendait de moi ?

Mais tant de gens importants sont prêts à témoigner en sa faveur à son procès que, comme le prévoit Pierre, il ne risque qu'une peine symbolique.

Est-ce donc toujours le triomphe des habiles ?

Si cela est, que dire de la vie à Héloïse et bientôt à cet autre enfant qui va naître ?

Peut-être faut-il ne pas parler, simplement être et agir comme on croit devoir le faire.

Et advienne que pourra.

Quatrième partie

La charogne et le vautour

20

Chaque soir, Paul-Marie Wysberg demandait à Pierrard, son chauffeur, d'arrêter la voiture quai Branly, devant le Champ-de-Mars.

Parfois, quand il pleuvait, Pierrard ralentissait longtemps à l'avance, dès l'entrée du pont de l'Alma — un itinéraire immuable, du siège de la banque, boulevard Haussmann, à la tour Eiffel. C'était alors comme si le chauffeur avait voulu laisser à celui qu'il appelait monsieur le Président le temps de réfléchir.

Mais, depuis que Wysberg avait repris cette habitude, au mois de novembre 1944, après trois mois d'interruption, il n'avait choisi qu'à deux reprises de se faire conduire jusque chez lui, 27, allée Thomy-Thierry, non loin de la place Joffre, un immeuble massif comme une forteresse dont il occupait le dernier étage. De la grande terrasse plantée d'arbres, il dominait le Champ-de-Mars et la vue s'étendait sur tout le centre de Paris.

Wysberg n'avait donc renoncé à sa marche quotidienne qu'au cours des mois où Paris, même pour lui, n'était plus sûr.

Les Allemands, en retraite à partir du mois d'août, avaient commencé à traverser la capitale, et qui sait de quoi est capable une troupe battue ? Puis il y avait eu l'insurrection et les jours qui avaient suivi, avec cette populace dans les rues qui hurlait, réclamant des têtes, réglant des comptes. Ç'avait été le temps des voyous et même des tueurs, n'est-ce pas, cher ami ?

Heureusement, l'ordre, au bout de quelques semaines, avait été rétabli et de Gaulle, ma foi, avait le sens de l'État.

La banque Wysberg et Cie avait touché des bons d'essence, Pierrard avait ressorti la voiture du garage et seules les bourrasques — mais deux fois seulement en plus d'une année — avaient empêché Wysberg de traverser le Champ-de-Mars.

Têtu, le Président, avait souvent songé Pierrard en ouvrant la portière, en s'inclinant — le Président était pointilleux sur l'étiquette —, puis en présentant le parapluie que, sans un mot, Wysberg saisissait, s'éloignant d'un pas lent, sa silhouette raide serrée dans un manteau droit et noir, disparaissant vite dans les allées.

Pierrard avait pour consigne de rouler au pas le long du Champ-de-Mars, de manière à se trouver devant l'entrée de l'immeuble au moment où le Président s'y présentait. Pierrard se saisissait du parapluie, tendait les dossiers que le Président emportait chez lui, puis attendait que le Président confirmât l'horaire du lendemain. Wysberg le faisait parfois d'un geste qui signifiait que rien n'était changé aux habitudes, ou bien il précisait en quelques mots un changement, sans même regarder Pierrard. Celui-ci se précipitait, ouvrait la porte de l'ascenseur, murmurait un « Bonne soirée, monsieur le Président » auquel Wysberg ne répondait pas, ne paraissant même pas avoir entendu, et chaque soir Pierrard se demandait avec angoisse s'il avait eu raison de se permettre cette familiarité ou s'il eût dû, au contraire, se taire, se contentant d'une courbette.

Il restait là, ne se redressant que lentement, pendant que l'ascenseur s'élevait, et il ne quittait l'immeuble qu'après que la cabine se fut immobilisée. Alors il ressortait avec, le plus souvent, une telle rage en lui qu'il faisait hurler le moteur de la voiture et ce son aigu, irritant, couvrait les mots qu'il lançait pour lui seul, salaud, salaud, pourri, terrorisé de les avoir prononcés, roulant vite jusqu'au garage.

C'était à chaque fois la même colère, le même sentiment d'injustice et d'impuissance, plus fort depuis ce mois d'août 1944, quand il avait senti la peur de Wysberg, quand il avait cru — oh, à peine quelques jours — que le Président allait être destitué, arrêté peut-être, comme Pétain, fusillé, qui sait ? On avait bien jugé et exécuté Lucien de Serlière qu'il avait vu tant de fois dans le bureau du Président, à la banque, et d'autres qui s'étaient assis dans la voiture, lorsqu'il conduisait le Président à Vichy : Roland Dubreuil de Fougère, l'amiral Laprade, des ministres du maréchal — mais pas tous, loin de là, pas ce Vecchini, par exemple, qui avait son bureau boulevard Haussmann, tout proche de celui du Président.

Celui-là, Vecchini, il avait disparu quelques semaines, comme le Président qui s'était retiré dans le château de sa femme, près de Domfront.

Mais, dès la mi-septembre 1944, le Président avait retrouvé son bureau et Vecchini lui-même avait reparu. D'autres, que Pierrard connaissait depuis l'avant-guerre, avaient de nouveau fait antichambre, les uns en uniforme, comme le général Ferrand, d'autres avec des décorations à leur boutonnière, comme Mauranges ou Challes : Mauranges, ministre de De Gaulle, Challes, devenu vice-président de la banque. C'étaient donc les mêmes qui gouvernaient et lui, il courbait toujours le dos, oui, monsieur le Président, merci, monsieur le Ministre, tout juste bon à claquer les portières.

Le soir, il retrouvait sa femme, Charlotte, qui servait chez les Wysberg depuis quinze ans. C'était elle qui avait fait engager Pierrard en 1935 et ç'avait été comme une dot pour qu'il l'épouse, ce qu'il avait accepté. Il fallait bien faire une fin un jour, non ? Il avait vingt-cinq ans, le même âge qu'elle, et il venait d'être licencié d'Hispano-Suiza, une boîte où il essayait les voitures en fin de montage. Et 35, c'était l'année des soupes populaires : alors, être nourri, blanchi, logé, ça valait quand même qu'on avale sa langue, qu'on garde les mots de la révolte pour soi, qu'on se casse en deux et qu'on murmure : « Oui, monsieur le Président, à votre service, monsieur le Président, merci, monsieur le Président. » Et Charlotte, pendant ce temps-là, c'était : « Oui, Madame, à votre service, Madame, merci Madame. » Qui valait mieux, du Président ou de Madame ? Elle, c'était Ségolène de Marchecoul, aristocrate, comme on disait, fière de son château, de son frère Julien de Marchecoul qui avait été aide de camp du maréchal Pétain, puis général durant la campagne d'Italie avec les Américains, aujourd'hui commandant d'une garnison en Allemagne occupée.

Madame semblait, après quinze ans, ne pas voir Charlotte et elle lui posait cependant de petites questions, comme ça, en passant : est-ce qu'elle se confessait, et son mari ? Et la messe ? Elle ne pouvait tolérer, n'est-ce pas, des impies sous son toit. « Oui, Madame. »

Il fallait accepter ça aussi et, si Charlotte ne l'avait pas retenu, Pierrard aurait écrit en août à la Résistance pour dire ce qu'il savait des Wysberg, donner les noms de tous ceux qu'il avait vus en 40, 41, 42, dans le bureau du Président et à Vichy, et qu'il avait accompagnés parfois aux réceptions de l'ambassade d'Allemagne, rue de Lille, ce Vecchini, par exemple, dont il avait lu le nom dans les journaux que, le soir, le Président laissait sur le siège arrière de la voiture.

Mais, heureusement, Charlotte l'en avait empêché. En haut, avait-elle dit, ce seraient toujours les mêmes et eux, les domestiques, ils auraient toujours besoin des patrons pour manger.

Ça avait révolté Pierrard, mais elle avait eu raison et, au bout de quelques semaines, il les avait tous vus revenir : Wysberg, Vecchini, Ferrand, Mauranges, Challes et même ce père Chasserand qui avait dit des messes pour Pétain, auxquelles il avait assisté, parce que Madame s'y était rendue, assise au premier rang, dans la petite chapelle du 104, rue de Vaugirard, chez les pères maristes.

C'était ainsi, et c'est pour cela que Pierrard n'avait

jamais voulu d'enfant. Et ça lui avait fait mal, c'était comme si on lui avait à chaque fois tranché les couilles, de ne pas pouvoir se laisser aller, de se priver du plaisir juste quand ça allait être bon, de sortir, se dégager de Charlotte qui le tenait par la taille et murmurait : « Mais reste, reste, couillon, je te dis que c'est pas dangereux, que tu peux, tu peux, je t'assure ! »

Ça lui mouillait la main, à Pierrard, ça giclait dans les draps, mais ça valait mieux que de voir naître un fils de domestique qui aurait eu pour père un type qui faisait la courbette, « oui, monsieur le Président », et une mère qui nettoyait les bidets, « merci, Madame », un gamin qu'il aurait fallu inscrire au catéchisme pour qu'il apprenne à s'agenouiller, tête baissée.

Jamais, jamais.

Deux, ça suffisait, pas un troisième Pierrard pour nettoyer la merde des autres !

Et pourtant, Pierrard le reconnaissait, ç'avait eu des avantages, pendant ces années où tout le monde, même des riches, avait crevé de faim, risqué sa peau, l'arrestation, le travail obligatoire en Allemagne.

Charlotte et lui étaient restés à l'abri et ça avait bien valu qu'on dise « merci, monsieur le Président », « merci, Madame ».

Wysberg avait fait annuler la feuille de route de Pierrard pour Duisburg. Les copains d'Hispano, eux, ils avaient reçu les bombes américaines sur la gueule, à Paris ou dans la Ruhr ! Et lui, Pierrard, à s'en foutre jusque-là à l'office, parce que les Wysberg avaient toujours fait bombance, et des restes, après les réceptions et les dîners, il y en avait tant qu'on pouvait même en revendre, vin, fromage, chocolat, viande, bien sûr, et même café.

Ils avaient grossi, les Pierrard, pendant la guerre, parce qu'ils avaient mangé tout le temps, alors qu'on crevait de faim ailleurs et que les queues s'allongeaient devant les boutiques vides. Eux, ils pouvaient même revendre leurs cartes d'alimentation et

Madame, si bonne — « merci Madame » —, leur donnait les siennes. C'était repas tous les jours, et encore tard le soir, parce que plus on mange, plus on a envie d'en reprendre.

Ils s'étaient empiffrés dans leurs deux petites chambres éclairées par des lucarnes qui ouvraient sur la machinerie de l'ascenseur, si bien que la nuit, quand le moteur se mettait en marche, le lit tremblait. Et, dans l'immeuble, malgré le couvre-feu, on rentrait à n'importe quelle heure. Les câbles grinçaient, les taquets se bloquaient avec un bruit sec, les rires et les voix résonnaient dans la cage d'ascenseur.

Et il y en avait qui, dans les cellules, ces nuits-là, chantaient *La Marseillaise* en attendant l'aube où on les traînerait devant un mur. Otages, résistants. Tu parles !

Ici, dans l'immeuble des Wysberg, on fredonnait et tous ces bruits, tous ces refrains entraient dans les chambres des Pierrard.

Il n'y avait qu'à se mettre la tête sous l'oreiller ou à essayer de baiser Charlotte pour se calmer, trouver le sommeil.

Mais, maintenant, Charlotte le repoussait. « Fous-moi la paix, disait-elle, laisse-moi dormir, t'en as pas assez, non ? Trouve-toi quelqu'un d'autre si tu peux pas te retenir. »

Et lui aussi, Pierrard, il en avait marre du même cul, alors il avait essayé de ne pas entendre, il avait serré les dents, les poings, en injuriant les Wysberg, salauds, pourris, fumiers.

Il se réveillait, toujours à l'aube, n'imaginant même pas qu'on pût dormir après cinq heures, et il tâtonnait dans les deux petites pièces, jurant à voix basse, maladroit, gêné dans ses gestes comme si tous ses muscles étaient emmêlés, le corps entravé, le sexe raidi, dur comme un manche de pioche, et il n'avait ni envie de baiser ni même besoin de pisser ; c'était irritant, ce membre inutile entre les jambes, qui restait comme ça, dressé plusieurs minutes. Il était révolté en pensant à ce qu'il aurait pu jouir avec ça, et des souvenirs revenaient, des filles qu'il avait eues avant, et c'était comme la preuve que sa vie était foutue, qu'il ne savait plus rien en faire de bon, seulement bouffer et boire un peu, en faisant attention, parce que monsieur le Président et Madame les surveillaient, ils avaient l'odorat fin et il fallait ne pas sentir le vin.

Le matin, quand Pierrard avalait un verre de calva, au bistrot près du garage — il était cinq heures trente —, il prenait soin de manger aussitôt du pain qu'il avait apporté : on ne savait jamais de quoi ils étaient capables — de venir vous renifler, pour savoir ?

Ce bistrot, c'était le seul endroit où on l'interpellait avec un peu de respect : « Un ersatz arrosé, monsieur Pierrard, comme d'habitude ? »

Il grognait une approbation et essayait de ne pas se voir dans la glace qui faisait face au comptoir. Mais c'était lui, cette gueule jaune, ce nez fort, ce front buté, ce visage maigre sur ce long cou serré dans le col d'une chemise blanche — chaque soir, Charlotte en repassait une qu'elle laissait sur le dossier de la chaise, au pied du lit : brave femme, c'était sûr, mais qu'est-ce qu'elle pouvait faire de plus que laver une chemise, brosser le costume ? Avec sa cravate et sa veste noire, Pierrard, chaque matin, se disait qu'il ressemblait à un croque-mort, mais c'était lui qui s'enterrait, qui conduisait son corbillard et, sur le siège arrière, pomponné, parfumé, il y avait un vivant bien assis, monsieur le Président, qui lisait ses journaux.

Certains matins, quand sa nuque et ses bras étaient douloureux à force d'être contractés, qu'il avait l'impression que ses membres tiraient en tous sens, les cuisses, les mollets, les épaules crispés, Pierrard était pris d'une drôle d'envie, celle de saisir une masse et de frapper, frapper jusqu'à ce que tout ce qu'il avait autour de lui, les murs, les gens s'effondrent, et il serait resté seul sur un tas de gravats, torse nu, le poing appuyé au manche de la masse, le corps couvert d'une poussière blanche collée à la peau par la sueur, la taille prise dans une large ceinture de flanelle grise comme il avait vu son père en porter, l'enroulant et la déroulant le matin et le soir, et cela laissait fasciné l'enfant qu'il avait été.

Un enfant, il n'en aurait pas. Heureusement. Et puis, c'était trop tard maintenant, et ça l'enrageait, ça le désespérait.

Mais tout ce qu'il pensait et ressentait, Pierrard savait qu'il devait mettre son mouchoir dessus et l'enfoncer au fond de sa gorge, le reléguer dans un coin de sa tête, afin de n'être que cette bonne petite machine humaine silencieuse qui attendait monsieur le Président à sept heures trente, debout près de la voiture lavée, ouvrant la portière, conduisant tout en regardant l'heure pour arriver boulevard Haussmann, devant le siège de la banque, entre sept heures quarante et sept heures quarante-cinq.

Vecchini était déjà là, la porte de son bureau ouverte, guettant Wysberg, s'avançant vers lui, le saluant lui aussi d'une petite courbette, d'un « bonjour, monsieur le Président » obséquieux qui révoltait et accablait Pierrard.

S'il avait eu, lui, l'instruction d'un Vecchini, d'un type qui avait écrit des livres, qui publiait des articles, qu'on traitait dans la banque avec considération, comme un monsieur un peu à part auquel on demande conseil, qu'on salue avec considération, il ne se serait pas comporté comme un domestique, avec cette voix, cette grimace, cette tête qu'il baissait.

Mais, justement, si Vecchini, si même Vecchini acceptait ça, de s'humilier devant monsieur le Président, alors qu'est-ce que lui, Pierrard, pouvait faire, sinon s'aplatir plus encore ?

Il n'avait pas le choix alors que Vecchini, lui, aurait pu gagner sa vie proprement.

On disait à la banque qu'il avait des diplômes pour être un grand professeur et il en avait la tête, avec ses petites lunettes rondes. Pourtant, il s'était engagé jusqu'au cou dans la politique et Pierrard l'avait conduit, quand la banque ne disposait plus que d'une voiture, à Vichy, en Suisse, à l'ambassade d'Allemagne, et pas qu'une seule fois ! Qu'est-ce qu'il espérait ? Qu'est-ce qu'il voulait ? De l'argent ? Être ministre ? Succéder au président Wysberg ?

Ça, Pierrard sentait que ce n'était pas pour Vecchini. Ce n'était pas quelque chose qui s'apprenait, pas une affaire de diplômes ou d'intelligence. Il fallait savoir faire peur, et Wysberg savait. Quand il s'approchait de Pierrard, celui-ci commençait à se sentir mal à l'aise, pris en faute. Il tirait sur les manches de sa veste, changeait d'expression. Il s'en voulait de se comporter comme un chien, mais qu'est-ce qu'il y pouvait ? Les Wysberg étaient banquiers depuis des siècles. Ils régnaient sans même avoir à exercer le pouvoir. C'était en eux.

Vecchini, il lui manquait ça, malgré son assurance, sa morgue. Peut-être son père avait-il été maçon ou terrassier, l'un de ces Italiens qu'on avait vu s'installer dans le Nord après 1914, en banlieue, à Garches, à Arcueil ou à Montreuil, avec leur ribambelle de gosses et leur veste de velours ?

Vecchini, est-ce qu'il pouvait faire peur avec un nom comme le sien, qui n'était même pas français, qui ne ressemblait pas à ces noms à la Wysberg qui impressionnent parce qu'on sent qu'ils appartiennent à des gens qui comptent, des juifs ou des protestants, des Allemands ?

Vecchini, c'était un nom de concierge ou de maçon !

Qu'est-ce qu'il faisait là alors, Vecchini, chargé de mission du Président, ce qui n'était pas rien ? On s'inclinait devant lui et pourtant, quand on lui demandait s'il était banquier, il levait les mains comme s'il capitulait. Lui, banquier ? disait-il. Mais non, il rendait quelques services au Président, c'était tout. Chaque fois qu'il s'expliquait ainsi en accompagnant un visiteur jusqu'à son bureau, il jetait un coup d'œil rapide à Pierrard comme s'il avait craint d'être entendu.

Pierrard était assis derrière une petite table placée dans l'antichambre, où il se tenait à la disposition du Président pour porter un pli urgent, jouer les huissiers de complément si nécessaire. Il attendait, les mains posées à plat, immobile, le tiroir de la table ouvert, caché par ses bras. A l'intérieur, il avait placé un journal qu'il lisait, repoussant le tiroir dès que quelqu'un apparaissait.

En face de lui, accroché au mur, se trouvait le tableau lumineux qu'il devait surveiller. Quand un voyant s'allumait, il se précipitait dans le bureau du Président, frappant légèrement à la porte avant d'entrer. Le Président lui tendait une fiche, une lettre. Parfois, il ne s'agissait que d'aller chercher dans une ambassade trois boîtes de cigares qu'un diplomate offrait au Président, car la pénurie durait. Avant, jusqu'en 1943, Pierrard se rendait rue de Lille chez les Allemands. Il n'avait pas aimé. Ces uniformes-là le faisaient trembler et même quand le Président ou Vecchini en recevaient à la banque, il se sentait mal à l'aise. Les Boches, dans le Nord — il était de Blanzy-lès-Mines, près d'Arras —, on savait de quoi ils étaient capables.

Mais le Président, c'était un peu sa race, non ? On disait qu'il était d'origine autrichienne, mais français maintenant depuis des générations. Comme si on pouvait être français quand on était banquier et qu'on s'appelait Wysberg ! Vecchini, lui, c'était l'Italie, l'alliée des Boches, donc pas étonnant qu'il les eût reçus comme des amis. Et je te prends les diplomates, les officiers par l'épaule, et je te les conduis jusqu'à mon bureau !

Sûrement qu'ils n'aimaient pas se souvenir de tout ça, à présent qu'il fallait aller chercher les boîtes rue du Faubourg-Saint-Honoré, chez les Anglais ou les Américains.

Souvent, quand Pierrard entrait dans le bureau, Vecchini était assis, les genoux serrés, en face du Président.

Pierrard se tenait tout contre la porte, prêt à ressortir, mais Wysberg lui faisait signe d'approcher, puis, comme s'il avait changé d'avis, voulu à dessein que Pierrard fût témoin de la conversation, il se remettait à parler et Pierrard reculait jusqu'à la porte, suivi des yeux par Vecchini.

D'un regard, Wysberg commandait à Pierrard d'attendre là ses instructions et, d'un simple mouvement de tête, il demandait à Vecchini de poursuivre, laissant entendre que la présence de Pierrard n'était pas gênante, parce que le chauffeur ne comprenait rien, n'enregistrait même rien, qu'il n'était rien que cette bonne petite machine humaine prévue pour conduire, laver une voiture, porter des valises, nettoyer les vitres de l'appartement et faire quelques courses.

Pierrard cherchait à tenir ce rôle, tête baissée, reculant encore d'un pas et cependant aux aguets, cherchant à deviner pourquoi Vecchini répétait si souvent avec insistance — presque à chaque fois que Pierrard avait assisté à l'une de ses conversations avec le Président — ces noms : Mauranges, Challes, Ferrand. Et le Président hochait la tête, les doigts croisés, et Pierrard avait entendu cette remarque : « Il faut pouvoir les convaincre, mon cher, en avez-vous les moyens ? »

C'était une fin d'après-midi de décembre 1945, sans doute le 7, Pierrard était debout contre la porte, dans l'ombre, convoqué puis retenu par le Président, oublié peut-être, mais n'osant ressortir, comme paralysé, suivant la scène qui se déroulait à quelques pas de lui, Vecchini debout, bras croisés, répétant qu'il ne se laisserait pas condamner seul, qu'il utiliserait tous les moyens à sa disposition pour se sortir de prison si on l'y jetait. Et il comptait sur le Président pour l'aider, sur Mauranges, Challes, Ferrand...

Wysberg s'était reculé, adossé au fauteuil, les mains devant sa bouche. C'était vrai, disait-il, Vecchini, si l'on en croyait la rumeur, s'était voulu, durant cette période, le greffier des agissements des uns et des autres. « Vous avez tout noté, dit-on. Périlleux, mon cher, très périlleux. »

La voix de Wysberg était si aiguë qu'elle avait fait frissonner Pierrard. On allait s'apercevoir qu'il était toujours là, on allait le foutre à la porte — pas du bureau, mais de la banque, et, pour lui faire oublier ce qu'il avait entendu, on allait l'emprisonner. Ils étaient capables de ça et lui, qu'est-ce qu'il avait pour leur répondre, qu'est-ce qu'il était ? Rien. De la merde.

Mais le Président avait semblé ne pas se soucier de lui. Il avait invité Vecchini à s'asseoir et expliqué d'un ton calme que, bien sûr, on l'aiderait, le cas échéant. Car les craintes de Vecchini étaient vaines. Qui s'intéressait encore vraiment à l'épuration ? Les communistes et leurs journaux ? Mais qui se laissait influencer par eux : les imbéciles, pas les juges ! Ce temps-là était révolu. Plus d'un an avait passé depuis la Libération. Bien sûr, il y avait eu les malchanceux, ceux qui avaient été jugés trop tôt, n'est-ce pas ?

Il s'était levé, avait marché jusqu'à la fenêtre et son regard avait fait le tour de la pièce, ne s'arrêtant même pas sur le visage de Pierrard, comme si celui-ci n'avait été qu'un élément du décor, inerte.

Brasillach, Lucien de Serlière, c'étaient des cas extrêmes, Vecchini ne l'ignorait pas. Les Juifs, les écrivains médiocres n'avaient pas pardonné à Brasillach. Trop brillant, en pleine lumière, un homme sincère, mais la sincérité obscurcit l'intelligence, n'est-ce pas ? Quant à Serlière, vous le connaissiez, excessif, téméraire, comploteur. On s'est souvenu des frères Rosselli et les services secrets italiens l'ont lâché, livré. Comment Serlière aurait-il pu en réchapper ? Mais son fils était en Suisse. Il allait rentrer dans quelques mois et — Wysberg avait levé le bras — Vecchini pouvait prendre les paris, il finirait à l'Académie. L'exécution de son père lui ferait gagner quelques voix.

Mais Vecchini, qu'avait-il à craindre ? Habile, prudent, sans illusions, n'est-ce pas ? Certes, il y avait l'épisode Déat, le secrétariat général du parti, mais — Wysberg avait haussé les épaules —, si la justice s'intéressait à lui, il écoperait seulement d'une condamnation de principe, qui serait amnistiée. Mauranges, Challes, Ferrand, moi — avait ajouté Wysberg —, nous serons là.

Le Président était allé vers lui. Les risques étaient minimes. D'ailleurs, Vecchini avait bien sauvé cette femme résistante, non ?

Dans un geste familier qui avait surpris Pierrard, Wysberg avait enveloppé de son bras l'épaule de Vecchini. Laval et Darnand, ajouta-t-il, avaient été les deux derniers grands exécutés, mais c'était inéluctable, n'est-ce pas ? Puis, levant la tête, il avait aperçu Pierrard, paraissant le découvrir, se souvenant du pli qu'il devait lui remettre ; il retourna à son bureau et lui tendit sans un mot l'enveloppe à porter.

Pierrard était sorti du bureau comme on s'enfuit.

C'était une soirée de réception chez les Wysberg et les derniers invités — le ministre Mauranges encore, le général Ferrand, le docteur Matringe, Robert Challes et d'autres, d'avant-guerre eux aussi : Cahuzec, Desnoises — étaient partis vers deux heures du matin. Et Charlotte et Pierrard avaient nettoyé l'appartement, la cuisine afin que, quand Monsieur et Madame descendraient, un peu plus tard qu'à l'habitude, l'ordre régnât de nouveau.

Il y avait des cigares à peine entamés que Pierrard fourra dans sa poche, trois, quatre, six. Des bouteilles de champagne encore à demi pleines qu'il rangea dans un coin de la cuisine pour les monter dans leurs chambres, parce que, même éventé, le champagne, ça ne se jette pas.

Des années auparavant, une soirée comme ça, Pierrard savait bien comment il l'aurait finie, à pousser

Charlotte sur le lit, à le lui enfoncer, à se croire quelques minutes plus fort que tous ces types-là, ces messieurs dont il n'imaginait pas qu'avec leurs manières, ils pussent baiser convenablement leurs femmes.

Mais ça, ç'avait été une illusion.

Vecchini, avec ses airs de prêtre, vivait avec une femme, au 84, rue d'Hauteville où Pierrard avait quelquefois apporté des plis. Elle avait l'allure d'une putain et s'était montrée à demi nue, son peignoir entrouvert, et, l'espace d'un instant, Pierrard s'était dit que celle-là, ce qu'elle voulait peut-être, c'était qu'on le lui mette, et il l'avait regardée comme il faisait parfois dans la rue avec certaines femmes, plus très jeunes, mais dont on sentait qu'elles cherchaient ça, à tout le moins un coup d'œil qui les déshabillât. Il avait senti que la femme de Vecchini, ça ne lui déplaisait pas qu'il reste là devant elle à la fixer effrontément. Puis elle s'était comme réveillée, lui prenant la lettre des mains et claquant la porte.

Maintenant Charlotte, en remontant de l'appartement, une fois le ménage fait, les cendriers remis à leur place, les tapis battus et tirés, s'était jetée sur le lit et ronflait.

Et Pierrard était resté dans l'autre pièce, avec ces cigares à demi consumés placés près de lui et les bouteilles de champagne posées par terre au pied de la chaise. Il ne pouvait dormir. Ça tournait dans sa tête à cause de ce qu'il avait bu, fumé déjà, à cause de ce qu'il avait entendu dans le bureau du Président, à cause de ce poids qu'il sentait peser entre ses jambes, à cause de cette putain que s'envoyait Vecchini, à cause des souvenirs.

Laval, Darnand, Lucien de Serlière, ces trois qu'on avait fusillés, il les avait tous approchés. Ils étaient venus plusieurs fois à la banque avant la guerre. Il les avait vus entrer dans le bureau du Président quand se réunissait le Comité de Réflexion et de Prévision. Pierrard s'en souvenait puisque, ces soirs-là, il ne rentrait au Champ-de-Mars qu'après une heure du matin, mais le Président voulait encore faire sa promenade, comme si la journée n'avait pas été assez longue ! Mais qu'est-ce qu'il avait, ce type-là, pour ne jamais vouloir s'arrêter ?

Combien de fois aussi Pierrard avait conduit le Président ou Vecchini dans la propriété de Laval à Châteldon, près de Vichy ? Et Vecchini, est-ce qu'il se souvenait d'avoir dîné, une dizaine de fois au moins, entre 1942 et 1944, avec Darnand ? C'était lui, Pierrard, qui le conduisait, parce que la banque ne disposait, en ces années-là, que d'une seule voiture pour toute la direction, et, lui avait dit le Président, « vous êtes aux ordres de Vecchini ».

Pierrard n'aimait pas ce travail-là. Souvent, il fallait franchir la ligne de démarcation, rouler sur des routes de campagne où on était seul, à la merci d'une embuscade des types du maquis. Parfois Pierrard souhaitait que ça arrive, pour voir quelle gueule il aurait tirée, Vecchini, mais est-ce que les maquisards auraient fait la différence entre le chauffeur et le patron ?

Il était même allé, au début de 44, en Suisse, à Berne, au consulat de France, puis, de là, au siège de la Kreditbank. C'était sûrement de l'argent que Vecchini planquait là pour après, quand les Boches seraient partis.

Qu'est-ce qu'on craignait quand on avait un coffre à soi ?

C'était tout ça qui tournait dans la tête de Pierrard.

Souvent, déjà, il avait pensé que des gens auraient aimé savoir tout ce qu'il avait vu, entendu. Qu'il avait de quoi écrire une lettre, pas trop longue, pour qu'on ne comprît pas d'où elle venait, aux communistes, à *L'Humanité*. Peut-être qu'avec ça, Vecchini ou même le Président auraient eu un peu peur ; l'espace d'un jour ou deux, ils auraient perdu de leur superbe. C'était peut-être le moment, pour Pierrard.

Pendant la guerre, comme un con, alors que tant de gens avaient fait leur beurre, il s'était contenté de finir les restes de Monsieur et Madame Wysberg. Il s'était cru malin parce qu'il avait rongé des os, récuré les fonds de casseroles, vidé les verres. Il n'avait rien compris. Il n'avait rien fait de ce qu'il aurait pu faire. Parfois, quand il lisait certains récits — des types qui avaient acheté des hôtels comme ça, alors qu'ils n'avaient pas un liard avant guerre —, il rêvait. Et même les crimes du docteur Petiot qui avait raflé des millions à des Juifs, ça lui donnait des regrets.

Au fond, il n'avait été capable de rien pendant ces années où l'on pouvait tout se permettre. Les truands étaient devenus flics. Avec deux petits mots : « police allemande », ils avaient vidé des appartements, raflé les bijoux, l'or. Et puis ils avaient filé. Et ceux qui avaient récupéré le butin, on les avait décorés.

Lui, Pierrard, il avait laissé passer l'occasion : juste un peu de marché noir avec les restes, les tickets d'alimentation, rien, quand il suffisait d'un mot pour que les gens, même les plus riches, surtout les Juifs, soient arrêtés, dépouillés.

Qui sait ce qu'il aurait pu faire au lieu de conduire la voiture de monsieur le Président ?

Maintenant, pour le Président, c'était trop tard. Il était déjà repassé du côté du manche. Mauranges était ministre, Ferrand général, Challes vice-président de la banque.

Mais Vecchini, peut-être pas aussi protégé que les autres, encore vulnérable, même en ce mois de décembre 1945 ? A la manière dont il le regardait, Pierrard sentait que ce type-là avait un peu peur de lui. Ça se devinait. Il ne considérait pas seulement Pierrard comme une mécanique, mais comme un homme qui pouvait rouler des pensées dangereuses dans sa tête, qui était capable de lui nuire.

Cette idée-là avait fait jouir Pierrard.

Et, pendant que Charlotte ronflait, il avait commencé à écrire.

21

Qui était vraiment Vecchini ? Que voulait-il ?

Irrité, Wysberg, avait posé sur la petite table basse en acajou le livre qu'il lisait et avait fermé à demi les yeux, cherchant à repousser ces questions qui, depuis qu'il avait quitté Vecchini au siège de la banque, ne cessaient de le harceler.

C'était une préoccupation inacceptable. Vecchini n'était après tout qu'un subalterne qu'on payait. Est-ce que Wysberg pensait à son chauffeur, à sa bonne ?

Il avait donc repris son livre, regardant devant lui.

Au-delà des arbustes du jardin d'hiver qui occupait une partie de la terrasse de son appartement du Champ-de-Mars, une pluie mêlée de neige battait la verrière. Il avait eu froid en marchant depuis la tour Eiffel jusqu'à chez lui. Mais, particulièrement ce soir, il n'avait pas voulu renoncer, espérant ainsi libérer, nettoyer son esprit, comme si la journée avait pu être effacée par ces quinze minutes de promenade dans les allées désertes où, de loin en loin, couraient quelques chiens échappés à leurs maîtres.

Mais dans l'ascenseur, au moment où Pierrard refermait la porte derrière lui, Wysberg avait senti que Vecchini l'obsédait toujours.

Il avait pourtant préservé ses habitudes et, après s'être versé un whisky, il avait pris dans sa bibliothèque le *Dictionnaire philosophique* de Voltaire.

Il avait choisi ce livre il y avait quelques jours, par hasard, ou peut-être, s'il cherchait bien, parce que Pierre Brunel, l'éditorialiste du *Populaire,* avait dénoncé en Voltaire un cynique qu'il fallait rejeter au profit de Rousseau. Brunel avait écrit : « Choisir Rousseau contre Voltaire, c'est choisir la justice et l'égalité contre le conservatisme et l'égoïsme, le socialisme contre le capitalisme. » Ou quelque chose d'équivalent.

Brunel : Wysberg s'était souvenu de son nom qui

apparaissait dans le dossier qu'il avait fait constituer sur Vecchini avant de l'appeler près de lui comme chargé de mission.

C'était une précaution élémentaire, et il n'avait pas été surpris qu'à l'École Normale, Vecchini eût été attiré par l'extrême gauche, ce François Mazan qui deviendrait journaliste à *L'Humanité* et ce Pierre Brunel, fils de Charles Brunel, l'ami de Léon Blum. Mais les tentations de jeunesse peuvent se changer en réalisme. Et Wysberg avait fait confiance à celui de Vecchini qui, depuis lors, était devenu proche de Benoît de Serlière, avait prêté serment à l'Organisation, etc.

Un homme jeune et habile qui s'était montré prudent, efficace, peut-être un peu trop sensible aux femmes, montrant peut-être un penchant pour certaines perversions. Il y avait dans le dossier de Vecchini, toujours tenu à jour, des fiches concernant Karen Moratchev, puis Nella Vandorès, pas tout à fait des prostituées, mais qui l'avaient sans doute été ou le deviendraient. Il fallait bien que Vecchini eût quelques défauts !

Wysberg avait été surpris quand on lui avait rapporté que Vecchini vivait aussi avec une certaine Annie Parrain, maîtresse de François Mazan, elle-même engagée dans la Résistance. Fallait-il agir ? La faire arrêter ?

Elle habitait 84, rue d'Hauteville, chez Nella Vandorès, avec Vecchini.

Wysberg avait au contraire pesé de toute son influence pour qu'on n'intervînt pas, qu'on laissât Vecchini monter son double-jeu, se préparer à franchir la passe difficile que serait pour lui — pour eux tous — le départ des Allemands, ce qu'on appelait déjà la Libération, avec cette menace d'un pouvoir communiste, si l'on n'y prenait garde. Et il fallait espérer qu'on comprendrait dans l'entourage de De Gaulle que l'ordre devait être maintenu, que l'État devait être restauré dans toutes ses prérogatives, et qu'on aurait besoin d'hommes comme Vecchini.

Avec quelques retards inéluctables, quelques incidents, cela s'était finalement réalisé. On avait tondu de pauvres femmes qu'on avait promenées dans les rues avec une croix gammée peinte au goudron sur leurs joues, leur front ou leurs fesses ; on avait exécuté des malchanceux qui s'étaient laissés prendre ou qui avaient choisi de jouer les héros, alors qu'on ne leur demandait rien : pauvre Brasillach, pauvre Drieu la Rochelle ! et, le plus fragile, pauvre Lucien de Serlière ! On avait condamné quelques personnalités afin que le pays expie ses fautes avec le sang des autres — pauvre Laval, pauvre Darnand ! Puis, la machine de l'État s'était remise à tourner. Et les policiers avaient déjà enlevé ce brassard à croix de Lorraine qu'ils avaient exhibé quelques jours et qui faisait sourire quand on connaissait leur comportement durant ces quatre années !

Mais c'était précisément la preuve que, sous le clapotis des événements, le pays était resté stable, encadré par ses hiérarchies habituelles. Et Wysberg, quand il pensait à cela, éprouvait un sentiment d'orgueil.

Avec le Comité de Réflexion et de Prévision qu'il avait constitué dès avant-guerre, il avait assuré la continuité de l'organisation sociale. Roland Dubreuil de Fougère et l'amiral Laprade avaient été ministres — « ses » ministres — à Vichy ; Mauranges était aujourd'hui membre du gouvernement, et Ferrand général. Eux aussi étaient les protégés de Wysberg.

Il ne devait pas y avoir de guerre de religion parmi les élites, pas d'excommunications, pas de bûchers ; sinon, la société perdrait ses repères, la barbarie et le désordre s'installeraient.

Ceux qui, comme Pierre Brunel et tous ces intellectuels ou ces journalistes, exaltaient depuis août 1944 — on était en décembre 1945, depuis seize mois, donc — l'idée de révolution ou (mais n'était-ce pas la même chose ?) réclamaient l'égalité, exigeaient la réquisition des appartements, la nationalisation des entreprises et des principales banques, tout cela sous le beau drapeau de la justice sociale, et pourquoi pas du socialisme et même du communisme, étaient ou des rêveurs ou des démagogues, en tout cas des irresponsables. Comme si ces billevesées, ces élucubrations, ces illusions, cette démagogie, ces utopies n'avaient pas, depuis que l'homme est homme, montré leur inanité ?

Lire Voltaire, c'était, après les harangues d'un Pierre Brunel, ses prêches dans *Le Populaire,* retrouver l'acuité, la limpidité d'une pensée qui regarde le réel tel qu'il est. Rien d'étonnant à ce que Voltaire eût prisé la spéculation financière. Les jeux d'argent ne permettent aucune fantaisie. Le discours sur l'égalité, c'était le lot d'un misérable paranoïaque comme Rousseau.

Wysberg avait donc lu : « Il est impossible, dans notre malheureux globe, que les hommes vivant en société ne soient pas divisés en deux classes, l'une de riches qui commandent, l'autre de pauvres qui servent. »

Et il avait levé la tête, suivant les gouttes qui formaient sur la verrière de fines traînées parallèles.

Vecchini avait compris cela.

Wysberg pouvait imaginer l'enfance de Vecchini, quai des Docks, sur le port de Nice. La fiche établie par les services de police indiquait les origines de son père, la manière dont il avait réussi à acheter l'entrepôt, en s'associant aux armateurs qui voulaient se prémunir contre les grèves qu'organisait le premier syndicat des dockers. Mais, une fois son indépendance acquise, le vieux Vecchini avait réussi à établir des relations confiantes avec les dockers, si bien qu'il jouissait sur le port d'une bonne réputation, ce qui en faisait pour tout le monde un intermédiaire et un partenaire obligé.

Vecchini avait de qui tenir.

Lui et son père étaient la preuve que, comme l'écrivait Voltaire, « tout homme naît avec un penchant assez violent pour la domination, la richesse et les plaisirs, et avec beaucoup de goût pour la paresse ».

A n'en pas douter, Vecchini aimait le pouvoir, l'argent, les femmes ; Wysberg, pourtant, n'avait jamais pu constater chez lui la moindre paresse. Vecchini semblait même se vouer tout entier à son activité, rédigeant rapport sur rapport, bon négociateur, habile politique, comprenant les intentions de Wysberg avant même que celui-ci ne les eût formulées, et montrant dans les discussions une agilité intellectuelle fascinante, capable d'exposer toutes les solutions, d'en montrer les inconvénients et les avantages, assidu avec cela, arrivant à la banque avant lui, partant après lui.

Où était sa faille ?

La perversion de sa sexualité, sans doute, ce goût pour le sordide, les prostituées. Les indicateurs de police avaient noté qu'il fréquentait assidûment — avant de vivre avec Nella Vandorès — les maisons closes de la capitale. Les fiches en faisaient état, relevant ses habitudes (« tendances sadomasochistes, aime à être humilié, a ses habitudes auprès de certaines pensionnaires connues pour se livrer à ces pratiques ou les accepter »). Rien que de banal, en somme, pour un subalterne, le moyen même de le tenir sans qu'on ait besoin de recourir au chantage, simplement parce que l'argent est le seul moyen d'acheter ces plaisirs-là dont le goût vient quand on a le désir de dominer les autres.

Comment, ayant éprouvé cela, un Vecchini aurait-il pu retrouver un Pierre Brunel, l'un de ces naïfs qui n'avaient pas compris le fonctionnement de la société et quel rôle y jouent le pouvoir, les élites, le secret ?

Pourquoi alors, pensant cela, Wysberg continuait-il de s'interroger sur ce qu'était vraiment, sur ce que voulait cet homme ?

C'est qu'il y avait dans l'obséquiosité de Vecchini à son égard, dans cette prévenance toujours manifestée, dans cette servilité, quelque chose d'affecté, d'excessif, de joué.

Pierrard, Charlotte étaient soumis sans même que leur soumission se remarquât, tant elle leur était naturelle. Vecchini avait trop d'intelligence et de lucidité pour ne pas voir et se voir.

Lorsque Vecchini était en face de lui, Wysberg éprouvait toujours un sentiment d'inquiétude et restait sur ses gardes, comme si l'autre avait été capable, tout à coup, de renverser l'échiquier, de changer les règles et, parfois, pour essayer de l'acculer, Wysberg convoquait Pierrard afin que sa présence obligeât Vecchini à plus de prudence encore, le plaçât en situation de plus grande infériorité.

Wysberg s'était souvent dit, en l'écoutant exposer avec pertinence une situation, que cet homme était trop cynique, trop averti pour ne pas avoir compris toute la machinerie sociale et, dès lors, puisqu'il n'appartenait pas vraiment à ceux qui la contrôlaient, il était dangereux, mais d'une autre manière que ceux qui se rebellaient. Ceux-ci ne méritaient qu'un haussement d'épaules, l'histoire et la police les remettraient à leur place, dans le cul de basse-fosse où finissent par tomber ceux qui continuent à ne pas voir ce qu'est l'homme et à l'imaginer perfectible ; non, Vecchini appartenait à l'espèce de ceux qui ne nourrissent aucune illusion, donc prêts à tout, nihilistes, presque anarchistes, capables de trahir, puisqu'ils ne croient à rien ni à personne, sauf à eux-mêmes, à leur intelligence et à leur habileté.

La manière même dont Vecchini avait recueilli cette résistante, Annie Parrain, après avoir laissé arrêter son amant François Mazan — aurait-il pu le sauver ? ce n'était même pas sûr —, prouvait assez qu'il savait anticiper sur les événements.

Il fallait donc compter avec lui, avec son jeu, et cela déplaisait à Wysberg.

Lorsqu'il avait appris, la veille, qu'une lettre de dénonciation était parvenue à *L'Humanité* concernant Vecchini, son rôle durant l'occupation et au service de la banque, et que les communistes avaient, à partir de là, entamé une enquête avant de lancer leurs attaques dans la presse et sans doute à la Chambre des députés, Wysberg avait convoqué Vecchini.

— Les informateurs de la police au sein du parti communiste sont formels, avait-il dit, vous n'allez pas être épargné, ni moi non plus, ni la banque.

— D'où vient la dénonciation ? avait demandé Vecchini.

Son visage était inexpressif, sa voix calme, un peu plus grave qu'à l'habitude.

— On le saura, avait répondu Wysberg. Mais la lettre est anonyme, si bien que les communistes ne veulent se lancer qu'après avoir vérifié les informations qu'elle contient.

Vecchini, avait-il continué, pouvait constituer une cible de choix : intellectuel, issu du peuple, sa « trahison » permettrait de magnifier encore le rôle de Mazan et même de Brunel. Vecchini s'était mis au service de la gauche collaborationniste, Déat, Doriot, et de la banque Wysberg ! L'équation était parfaite.

— Vous imaginez ? avait-il conclu.

— J'imagine.

Wysberg avait admiré la maîtrise de Vecchini, presque l'indifférence avec laquelle il avait appris que le parquet, mis au courant par la police, allait lancer contre lui un mandat d'arrêt afin de prendre de vitesse la campagne communiste.

— Vous comprenez l'intention ?

— Fort bien. Légitime, avait répondu Vecchini.

— N'est-ce pas ?

— Tout à fait légitime. Cela s'impose.

Wysberg avait alors proposé d'organiser, dans les heures qui suivaient, le départ de Vecchini. Le passage en Suisse n'offrait aucune difficulté. Il pourrait être à l'abri dès le lendemain. Et la Kreditbank — « vous connaissez nos relations avec eux » — couvrirait ses dépenses. Il fallait attendre quelques mois, le temps d'écrire un livre, pourquoi pas ? Vecchini avait sûrement plus à dire que Roland Dubreuil de Fougère, non ?

— Certes, monsieur le Président, mais dois-je le dire ?

La voix maintenant était ironique, et Wysberg avait murmuré : « Évidemment, évidemment. »

Vecchini avait assez d'intelligence — Wysberg l'avait compris à cet instant-là — pour ne pas s'être contenté de rassembler des fils épars. Il les avait noués ensemble et le livre qu'il pouvait écrire, le seul qui l'intéressait, était celui qui mettrait au jour le ressort central de cette décennie, les hommes qui s'étaient employés à le monter, à le tendre, surtout lui, Wysberg, qui avait placé ses pions à Vichy, puis à Londres, à Alger, et qui, aujourd'hui encore, reprenait pas à pas le pouvoir à Paris face à cette barbarie qui avait déferlé jusqu'à Berlin et Prague.

Vecchini s'était levé.

Il allait, avait-il déclaré, rester chez lui, 84, rue d'Hauteville, à attendre l'exécution du mandat d'arrêt.

Quant à la campagne des communistes, qui pouvait-elle ébranler ? On savait ce qu'ils voulaient.

Pour le reste, c'est-à-dire les juges et les jurés, la presse, Vecchini pensait disposer des éléments d'une défense convaincante. Il en avait déjà parlé à Me Caussade. Monsieur le Président se souvenait, n'est-ce pas, de Me Caussade ? Il était de nos amis dès avant-guerre.

— Vous vous prépariez donc... ? avait commenté Wysberg.

Vecchini avait souri. Un jour ou l'autre, n'est-ce pas ?

L'essentiel avait été d'éviter d'être pris durant les trois ou quatre premiers mois, à l'été ou à l'automne 44. Maintenant ? Nous connaissons l'ennemi, c'est celui qui nous accuse, pas celui d'hier. Les nazis, Hitler ? Déjà une vieille histoire.

Il n'était pas le seul à penser cela, n'est-ce pas ? Certains — la voix s'était faite sarcastique — y avaient songé dès 1943. Ceux-là, Vecchini espérait bien qu'ils viendraient témoigner en sa faveur. Pouvait-il compter sur l'appui du Président pour inviter Mauranges, Ferrand, Challes à le défendre dans la presse et lors du procès ?

Wysberg avait fait un signe de tête.

Dans ces conditions, avait-il repris, sa condamnation serait de principe, une période de méditation de quelques mois en prison, à Fresnes, et le passé affronté, jugé, cela valait mieux qu'une fuite en Suisse. Il n'était pas Benoît de Serlière, avait-il ajouté d'une voix devenue sévère.

— Bien sûr, bien sûr, avait murmuré Wysberg.

Mais, en voiture, cependant que Pierrard conduisait sans à-coups, lentement, après le pont de l'Alma, parce que la pluie et la neige mêlées collaient au pare-brise, il s'était demandé ce que voulait vraiment Vecchini, qui il était, et parce qu'il ne parvenait pas à répondre d'une façon simple, il en avait été irrité, concluant que cet homme était de ceux dont il fallait se défier tout en les utilisant.

22

Vecchini avait d'abord vu les chaussures rouges au bout acéré. Elles étaient échancrées et laissaient deviner, sous les bas noirs, la naissance des orteils. Les pieds, serrés par le cuir, paraissaient gras, presque enflés.

Il avait levé les yeux, découvert les mollets forts, les chevilles épaisses, et, à cet instant, la jeune femme s'était retournée, montrant ces jambes si lourdes, juchées sur ces deux aiguilles rouges, les talons hauts dont il avait remarqué qu'ils se terminaient par deux surfaces de métal dont le rebord d'acier brillait.

Alors seulement Vecchini avait examiné la jeune femme qui lui faisait face maintenant, presque collée contre lui, adossé au bar.

Elle s'appuyait de ses paumes au rebord du comptoir, bras tendus de part et d'autre de Vecchini, et il éprouvait, à se sentir déjà enfermé en elle, une émotion faite de crainte et d'exaltation, comme une douleur aiguë dans le sexe, une chaleur sèche dans la gorge.

Il était resté immobile, la laissant s'approcher encore, le frôler de sa poitrine, peser de son ventre sur le sien, et il avait senti ses hanches, devinant qu'elle avait un corps anguleux.

Il l'avait dévisagée, s'étonnant de la rudesse presque masculine de ses traits : un menton marqué, des lèvres d'un rouge violent, des pommettes saillantes et un front bas, déjà ridé, sous des cheveux blonds coupés court, à peine bouclés. Elle avait entrouvert son manteau noir, montrant la robe décolletée qui la moulait, puis elle avait fait un pas en arrière, le laissant se redresser, le dos toujours appuyé au comptoir. Elle ne souriait pas, marquait au contraire par une ride au coin de sa bouche le mépris qu'elle lui manifestait.

Elle avait commencé, tout en fixant Vecchini, à lui frotter la cheville de la pointe de sa chaussure, lâchant enfin : « Si tu veux, c'est pas loin, je fais ce qui te plaît, tout ce qui te plaît, mon toutou. » Et elle appuyait du bout de son pied sur le mollet de Vecchini, lui faisant mal, et il avait seulement laissé entendre d'un mouvement de tête qu'il la suivrait, qu'il irait là où elle voulait, qu'il paierait ce qu'elle demanderait, qu'il avait l'argent qu'il fallait, et plus encore.

Elle avait compris et, d'un geste brusque, lui avait empoigné la main, la serrant fort, tirant Vecchini vers elle, et ils avaient traversé la salle du bar faiblement éclairée où presque toutes les tables étaient occupées par des soldats américains dont beaucoup étaient noirs.

Dehors, Vecchini avait retiré sa main.

Le froid était vif, la nuit claire, et c'était comme si le mirage et le désir s'étaient dissipés.

Cette jeune femme au long manteau noir à larges épaules, comme en ont les vêtements militaires, l'effrayait sans l'attirer.

Elle avait perçu ce brusque changement : « Il faut savoir ce que tu veux », avait-elle dit en s'arrêtant, d'un ton brutal. Puis, d'une voix sourde : « C'est toi qui m'a demandée. T'as parlé à Marcel, alors ? Tu veux que je te frappe ou pas ? Tu sais, je fais ça tout le temps, je suis connue, j'aime ça, moi aussi. » Puis, tout en s'appuyant à lui, elle avait montré l'enseigne bleue de l'hôtel au bout de la rue.

Il y avait ce trajet jusque là-bas, qui lui paraissait si long, et il n'avait pas eu envie de marcher à ses côtés. Il avait fouillé dans la poche de sa veste, empoignant la liasse de billets que lui avait remise Caussade, quelques heures auparavant, devant la porte de la prison de Fresnes, à peine assis dans la voiture de l'avocat.

Caussade avait posé sur ses genoux une enveloppe bistre, de la part de monsieur Wysberg, avait-il dit sans regarder Vecchini, et celui-ci, au moment où l'avocat démarrait, avait déchiré l'enveloppe, palpé la liasse de billets, l'enfonçant dans sa poche où il venait de la retrouver dans cette rue de l'Aqueduc proche de la gare de l'Est, avec cette femme contre lui qui répétait : « Qu'est-ce que tu fais ? Décide-toi, j'aime pas me geler. »

Il avait pris sans vérifier deux billets qu'il lui tendait à présent. Elle les avaient placés devant ses yeux, les faisant craquer entre ses doigts, puis, avec un rire de gorge, elle avait lâché qu'il était décidément un drôle de type, qu'avec ça elle était prête à lui faire tout ce qu'il voulait, même lui chier ou lui pisser dessus si ça le faisait jouir, y en a qui aiment, il devait être comme ça, non, avec sa gueule de curé, c'étaient souvent les prêtres qui recherchaient des trucs de ce genre, mais elle, elle était croyante, et puisqu'ils payaient, hein ?

Elle avait haussé les épaules, mis les mains dans ses poches et elle s'était dirigée vers le bar, le long manteau noir battant ses jambes.

Vecchini avait songé à Karen Moratchev, et, comme si les souvenirs se superposaient, il avait également revu en pensée Nella Vandorès, Noémie Mazan, Annie Parrain. Mais c'était cette dernière dont le visage demeurait en lui, tandis qu'il commençait à descendre vers la Seine, empruntant la rue du Faubourg-Saint-Denis encombrée par les camions des Halles, éclairée par les lumières des bistrots et des entrepôts ouverts.

Appuyées aux façades des petits hôtels, d'autres femmes étaient là, souvent presque dévêtues malgré le froid, et, à chaque fois qu'il passait près d'elles, il ressentait la même émotion faite de dégoût et de désir.

Souvent, durant ces mois d'emprisonnement, Vecchini avait songé à Annie Parrain, quelquefois même il en avait rêvé — mais dormait-il, ou bien imaginait-il tout éveillé parce qu'il éprouvait le besoin d'une femme et que, parfois, c'était si fort que tout son corps se cambrait, qu'il se mordait les doigts pour ne pas hurler de rage ? —, il lui semblait la voir devant lui, dans la cuisine du 84, rue d'Hauteville, seule, sa fille dormant dans la chambre. Il s'avançait vers elle, la frappait et elle s'offrait à lui pour qu'il cessât de la battre. Il la prenait brutalement sur le sol, jouissant comme il n'avait jamais joui.

Il avait honte de ce que, malgré lui, il lui avait fait, fût-ce ainsi, en rêve, et il regrettait en même temps de ne pas s'être comporté ainsi, comme une brute, comme un Benoît de Serlière, profitant de la situation : une femme dont le sort dépendait de lui, qui aurait peut-être accepté tout ce qu'il voulait, n'aspirant qu'à sauver sa peau.

Mais peut-être était-ce tout simplement la prudence qui l'avait dissuadé, à l'idée qu'elle pourrait témoigner pour lui, plus tard, la Libération venue ;

peut-être aussi avait-il craint Nella Vandorès, bien qu'elle fût prête à tout subir et tout accepter dès lors qu'il posait sur la table de nuit ces liasses de billets, déjà — c'est tellement plus simple de payer pour ça, pour tout : on ne doit rien, on achète, on n'est engagé que pour ce qu'on a versé, une relation honnête, au fond. Et qui sait s'il n'avait pas également été retenu par la présence de la petite fille, Annie Parrain n'étant plus tout à fait une femme du jour où elle était devenue mère ?

Il avait donc souvent pensé à elle dans sa cellule de Fresnes, avec regrets et désir parfois, mais sans rancœur, alors qu'il s'était pourtant persuadé, les premières semaines, que c'était elle qui l'avait dénoncé. Peut-être avait-elle voulu se venger de la mort de François Mazan, ou encore avait-elle cédé à la pression de Pierre Brunel, rentré de déportation, avec qui elle vivait au mas des Mazan, précisément ? Il n'était pas un éditorial de Pierre Brunel dans *Le Populaire* qui ne rappelât qu'il fallait, pour que le pays retrouve son équilibre moral, que la justice, impartiale, passe. Chaque fois qu'il avait lu un de ces articles, Vecchini avait éprouvé de la commisération et parfois du mépris pour Brunel. Celui-ci ne savait-il pas que les juges, les procureurs qui requéraient ou prononçaient des verdicts, étaient les mêmes qui avaient prêté serment à Pétain et avaient condamné lourdement les résistants, que c'est dans les prisons remplies par ces juges-là que les Allemands étaient venus chercher leurs otages ? Et c'est de cette magistrature que Brunel attendait une justice sereine ! ?

Qui voulait-il tromper par ces propos ? Lui-même ? Ses lecteurs ? La justice était aux ordres du pouvoir, comme toujours. Pétain, de Gaulle, quelle importance ? Lois racistes ou antiracistes, juifs ou collabos, elle condamnait en fonction des exigences de ceux qui la payaient.

Comme eux, Vecchini payait les femmes.

Dans sa cellule, à Fresnes, il avait presque chaque nuit imaginé ses premières heures de liberté.

Allongé sur sa couchette, il essayait d'oublier les bruits de la prison, la voix de Jacques Sarmant, le tueur de l'Organisation qui n'avait avoué ni le meurtre des frères Rosselli, ni celui de Karen Moratchev, mais qu'on avait condamné à mort et qui chantait à tue-tête au milieu de la nuit *La Marseillaise,* puis hurlait d'une voix aiguë : « Vive la France catholique ! », ou bien : « A bas le communisme ! » — si dérisoires, si déchirants, ces cris, alors que l'abattoir n'était pas loin.

Il y avait aussi les coups sourds des détenus qui communiquaient entre eux en frappant sur les cloisons. Dès les premiers jours, Vecchini avait compris les messages, perçant le code, mais il n'avait répondu ni à Francis de Cahuzec, ni à Jean Desnoises, deux anciens membres du Comité de Réflexion et de Prévision, emprisonnés comme lui.

Qu'avait-il d'ailleurs à leur dire ?

Parfois ils se croisaient dans le couloir, lors de la fouille des cellules, ou bien dans la cour, mais il évitait de les saluer et de leur parler. Gens inutiles, rouages sans importance, vaincus pris au piège et qui réussiraient à échapper à un châtiment sévère parce que les Polytechniciens allaient se liguer pour sauver Desnoises, et les anciens élèves de l'École libre de Sciences politiques comme les diplomates allaient tirer Francis de Cahuzec de ce mauvais pas. Mais Sarmant aurait le cou tranché, car jamais (ou si rarement : Lucien de Serlière était une exception, mais si maladroit, si excessif, le père de Benoît !) les donneurs d'ordres étaient les payeurs. A mort les soldats du rang, les exécutants ! Indulgence et compréhension pour les maîtres !

Heureusement Vecchini appartenait à ce camp-là, et qu'importait après tout qu'on y fût toujours seul ?

« Qui vous aime, vous ? » lui avait lancé Annie Parrain.

Il la revoyait, fière, si sûre d'elle, croyant le condamner par cette question.

Mais est-ce que l'amour avait une autre réalité que celle de l'illusion ? Qu'était-ce de plus que le nom donné à sa propre faiblesse, à ce besoin éperdu de l'autre qui n'est que la preuve qu'on ne peut regarder sa propre vie en face, sa petite vie si brève, si limitée qu'on éprouve le désir d'imaginer que quelqu'un d'autre a le pouvoir de vous tirer de là, ou bien que vous avez vous-même les moyens de l'arracher à sa condition et qu'ensemble, à deux, le sort de chacun sera différent ?

Comme s'il y avait autre chose que son propre désir, qu'une vie fermée sur elle-même, comme si la mort et la douleur, comme le plaisir, n'appartenaient pas qu'à soi ?

Dès qu'il aurait quitté la prison, avant même de rentrer chez lui, n'ayant plus besoin de se cacher, puisqu'il était en règle avec la justice, jugé, condamné, bientôt amnistié — selon les prévisions de Me Caussade qui suivait les efforts déployés par le président Wysberg, le ministre Mauranges, le vice-président Challes, le général Ferrand et bien d'autres —, Vecchini allait donc, avait-il imaginé, payer une femme, n'importe laquelle, dans l'un de ces bars proches des gares qui sentent la sueur, l'urine, l'alcool, et il lui offrirait beaucoup d'argent — il avait déjà l'impression de faire glisser les billets l'un sur l'autre — pour qu'elle se plie à tout ce qu'il lui demanderait.

Et, seul dans ca cellule — privilège exorbitant que le président Wysberg lui avait obtenu —, les yeux fermés, immobile, mains croisées sous la nuque, le corps tendu malgré l'apparente nonchalance de l'attitude, il voyait cette plaie rouge, le sexe d'une femme, s'approcher de lui jusqu'à l'étouffer. Il suffoquait d'émotion, de désir, d'étonnement, acteur imaginaire et voyeur de cette scène dont il était aussi l'ordonnateur, mi-rêveur mi-éveillé.

Il n'était pas impatient. Il fallait que quelques mois passent entre le procès, sa condamnation et l'amnistie ou la grâce, peu importait, puisque, quel que fût le mot choisi, il en aurait ainsi fini avec la justice. Mais il ne voulait pas pour autant en terminer avec la décennie qu'il venait de vivre.

Le passé se prolongeait au contraire, et seuls les imbéciles ou les naïfs — peut-être Pierre Brunel, Annie Parrain — pouvaient imaginer qu'un fossé séparait le temps de l'Occupation de celui de la Libération. Lui, Vecchini, n'était pas dupe. On avait changé de discours, d'uniformes, quelques persécutions avaient cessé, mais d'autres, ailleurs, en Algérie par exemple, avaient commencé. Et on étranglait en Espagne, au garrot, des résistants qui avaient combattu en France et avaient eu la bêtise de croire qu'ils allaient poursuivre la lutte, avec l'aide des Alliés, contre Franco ! Des chefs nazis se pavanaient à Madrid et les maquisards des Pyrénées pourrissaient dans les cellules franquistes avant d'être exécutés !

Quel nouvel ordre ? Sous la surface changeante au gré des vents, la même immutabilité des grands fonds, les mêmes hommes qui avaient franchi sans dommages la ligne séparant un régime de l'autre.

Vecchini leur en voulait-il ?

Il pensait sans hargne à Wysberg, à Mauranges, à Challes, à Ferrand. Il était à leurs côtés et cependant différent ; eux comme lui le savaient. Peut-être, s'ils avaient pu ou osé — Wysberg seul aurait été capable de le décider sans remords ni hésitation —, l'auraient-ils fait abattre. Mais lui, aurait-il pu décider de leur mort ? Si, brutalement, le mouvement avait atteint les profondeurs, si, comme il l'avait craint durant quelques jours — en fait, quelques heures à peine, en juillet 1944 —, les communistes s'étaient emparés du pouvoir, eux qui incarnaient aux yeux de Vecchini le système adverse, la barbarie, comme disait Wysberg, et ça l'était vraiment — alors oui, il aurait fallu donner des gages aux nouveaux maîtres, leur livrer des preuves qui leur eussent permis de juger et de condamner.

Car même les barbares ont besoin de parodies de justice ! Et Vecchini l'aurait fait pour sauver sa peau.

Mais le bouleversement ne s'était pas produit. Mauranges était devenu ministre de la France libérée et Ferrand général aux glorieux états de service.

Seul dans sa cellule, les mains croisées sous sa nuque ou sur sa poitrine, Vecchini se souvenait de ces deux hommes-là. Et de quelques autres. Il faisait effort pour retrouver dans sa mémoire les notes qu'il avait couchées dans ses carnets des années 40, 41, 42. Elles étaient cachées sous le tablier de la cheminée, chez lui, boulevard de Port-Royal, et il avait déposé quelques-uns de ces carnets — les plus précieux — dans un coffre de la Kreditbank, à Zurich.

Les journées passaient lentement et les phrases revenaient, défilant devant ses yeux. Ni Mauranges ni Ferrand n'avaient manifesté la moindre réserve en octobre 40, quand avaient été édictées les lois antijuives ou que la justice de Pétain avait livré des otages aux Allemands. Tel autre avait écrit dans les revues pétainistes, obtenu la francisque, cette décoration réservée aux fidèles du maréchal. Rien n'avait pu les faire entrer en rébellion. Vecchini les avait entendus dans les restaurants de Vichy, célébrer devant lui la Révolution nationale, l'esprit de vertu qui devait souffler sur le pays et que le maréchal incarnait, et il avait souri quand ils avaient mis en cause cette vénérable Révolution française et la gueuse républicaine, responsable de tous les maux.

En un sens, ces bourgeois comme il faut, gantés, coiffés avec soin, serrés dans leur veste croisée, lui avaient paru pires que les collaborateurs échevelés — révolutionnaires, comme ils se prétendaient — de Paris. Et c'est aussi pourquoi il avait accepté ce poste dans le parti de Marcel Déat, pour marquer son mépris envers ces hommes gourmés qu'il avait vus à Vichy.

Mais le débarquement américain en Afrique du Nord, en novembre 1942, puis la victoire de Stalingrad les avaient brusquement convertis à la Résistance ! Ils avaient caché leur francisque sous une Croix de Lorraine ou un bonnet phrygien. Ils voulaient tant faire oublier ce qu'ils avaient fait, dit, applaudi !

Mais Vecchini l'avait relevé, noté jour après jour.

Il en souriait dans sa cellule.

Les hommes étaient donc bien comme il l'avait pensé, veules, vénaux, calculateurs, changeant de convictions au gré de leurs intérêts. Et d'autres, François et Noémie Mazan, peut-être aussi Annie Parrain, étaient emportés par leurs illusions, leurs croyances, ou peut-être, plus sûrement, leur goût du pouvoir, leur désir de jouer un rôle, dupes d'abord d'eux-mêmes...

Vecchini avait donc laissé filer les jours, emporté tantôt par le désir et les images qu'il faisait naître, tantôt par la réflexion sur ce qu'il avait vécu depuis dix ans.

Il n'avait même plus à organiser sa défense.

Dans les heures qui avaient précédé son arrestation, le 20 décembre 1945, il avait vu à plusieurs reprises Wysberg, et même si celui-ci paraissait disposé à l'aider, lui proposant de favoriser sa fuite en Suisse où la Kreditbank subviendrait à tous ses besoins, Vecchini avait préféré, sans éclat mais avec minutie, rappeler ce qu'il attendait de ses amis et du Président lui-même.

Il acceptait, avait-il dit, quelques mois d'emprisonnement — on n'est pas l'adjoint de Déat sans conséquence, et ce poste exposé, il ne l'avait pas refusé, c'est cela qu'il payait, ce goût qu'il avait montré, durant quelques mois, pour la scène publique, un certain vertige de notoriété, et s'il se soumettait à la prison, c'était aussi pour se punir de cette faiblesse, de cet enfantillage — mais pas davantage.

Et il avait les moyens — chacun le savait —, si on ne l'aidait pas, si on ne le défendait pas, de rappeler des faits, des secrets, des propos, des écrits même.

« Je suis un graphomane, avait-il dit d'une voix posée au président Wysberg. Savez-vous que, tous les soirs, depuis près de dix ans, j'écris tout ce que j'ai vu et entendu, ce que j'ai appris ? Quand je relis, je suis moi-même stupéfait. Précieux document, vous ne trouvez pas ? »

Wysberg n'avait manifesté aucun étonnement — peut-être même avait-il éprouvé de l'admiration — pour ce chantage qui n'était même pas esquissé, mais néanmoins sous-entendu.

« Je vous estime beaucoup », avait-il dit à Vecchini, puis, à mi-voix, comme pour lui-même : « Il faut d'abord ne compter que sur soi, n'est-ce pas ? »

Dans les jours qui avaient suivi son arrestation, Mauranges, Challes, Ferrand avaient publié des articles pour témoigner du courage de Vecchini, de l'aide qu'il avait apportée à la Résistance. Ils avaient accepté de témoigner au procès, sous serment, chacun d'eux répétant qu'il conservait toute son *estime* — c'était le mot de Wysberg — à Vecchini, Ferrand et Challes allant jusqu'à dire que la France, dans les combats pour la liberté qu'elle aurait à mener — on savait bien contre qui —, aurait besoin d'un homme intègre et valeureux comme lui.

Me Caussade n'avait plus eu qu'à faire surgir, comme un coup de théâtre, Annie Parrain, la résistante, la compagne du héros François Mazan, la femme enceinte pourchassée par la Gestapo et recueillie par Antoine Vecchini, protégée par lui, cachée durant les mois les plus terribles de l'Occupation, accouchée au domicile même de Vecchini. Quels risques, quelle générosité, quelle témérité, quel sens du devoir humain !

Le président du tribunal avait convoqué Annie Parrain, mais elle avait refusé de témoigner, arguant de son état de santé, elle allait accoucher, avait-elle répondu, et les médecins lui avaient interdit de se déplacer. Mais l'effet tiré par l'avocat n'en avait été que plus fort : on calomniait Vecchini dans la presse communiste, sans oser affronter son regard, car cet homme dont on réclamait la tête avait, au péril de sa vie, sauvé des griffes de la Gestapo la femme et l'enfant d'un héros communiste ! Voilà, mesdames et messieurs les jurés, la vérité !

Verdict de clémence. Spectacle terminé. Retour en cellule. Patience. Espérer la libération anticipée ou la grâce, peut-être l'amnistie.

Wysberg lui avait écrit : « Votre bureau vous attend. La tâche est considérable. »

Nella Vandorès était venue les premières semaines. Quand elle entrait dans le parloir, les conversations s'arrêtaient, puis c'était comme un frémissement qui ne cessait qu'au moment où elle s'asseyait en face de Vecchini. Mais ses visites avaient cessé et elle avait adressé à Vecchini un petit mot lui expliquant qu'elle quittait Paris pour une tournée dans les principales villes du Moyen-Orient. « Bonne chance », avait-elle conclu.

Il avait lacéré méticuleusement la lettre, pensé pour la première fois qu'il allait traverser le reste de sa vie seul — « Qui vous aime, vous ? » avait demandé Annie Parrain —, et qu'il y était prêt, qu'il n'imaginait pas de *partager* — le mot lui-même l'inquiétait — sa vie avec quelqu'un. S'il avait connu dans son enfance ce genre de vie-là, avec un père et une mère, peut-être aurait-il ressenti à son tour le besoin d'une épouse, d'un enfant. Mais son père et lui avaient été deux solitaires, et les femmes du vieux Vecchini, c'étaient les putains du bordel de la place du Pin.

Les morceaux de la lettre de Nella Vandorès avaient longtemps flotté sur l'eau de la cuvette, dans le coin gauche de la cellule.

Il ne partagerait rien, et peut-être même s'en irait-il sans qu'on sût ce qu'il avait compris, vu et retenu de cette décennie, ce qu'il allait faire encore, puisque Wysberg lui annonçait qu'une petite alvéole l'attendait au siège de la banque, prête à le recevoir afin qu'il y poursuivît sa tâche, laborieux ouvrier de l'ombre.

Il n'avait eu nul besoin que Wysberg précise qu'il s'agissait de défendre la banque Wysberg et Cie, c'est-à-dire non pas seulement cet immeuble aux grilles dorées et à la façade de marbre, non pas seulement ces liasses, ces titres, ces bijoux, ces lingots entassés dans les coffres du siège de Paris et des succursales ou à la Kreditbank, mais l'ordre dont la banque était la clé de voûte et le symbole.

Pour Wysberg comme pour Vecchini, c'était cela, la civilisation instaurée par ces audacieux marchands qui avaient inventé, de part et d'autre des cols alpins, la lettre de change, les taux d'intérêt, l'escompte, et, comme l'avait dit une fois Wysberg à Vecchini — une seule fois, dans une sorte de mouvement de sympathie — « Vous êtes d'origine italienne, moi autrichienne, allemande, suisse, un peu tout cela : à nous deux, nous représentons l'invention de la banque, du grand commerce, de l'art, et donc la civilisation européenne, mon cher Vecchini ! »

En face, il y avait la barbarie des grandes steppes d'au-delà de la Vistule, de plus loin encore, du pays des forêts, taïga, toundra, et, encore plus à l'Est, les étendues mongoles avec leurs yourtes dont la peau tendue tremblait sous l'effet du vent.

Vecchini pensait sincèrement que le communisme était la forme moderne de la barbarie et que son intérêt personnel coïncidait avec celui de la civilisation.

Parfois, pourtant, il avait eu, durant ces mois d'emprisonnement, des moments de doute, parce que l'immobilité, l'inaction laissent la pensée dériver.

Il songeait : je ne crois à rien sinon à moi, parce qu'il faut bien vivre, parce que je suis vivant et que c'est ma seule certitude, le seul fondement de ma croyance, alors que valent ces mots « civilisation », « barbarie », « communisme » ? Pourquoi faudrait-il choisir l'un contre l'autre ? Si je ne crois à rien, tout se vaut !

Il lui semblait être aspiré par le vide.

Il comprenait qu'il eût pu, à cet instant-là, par jeu,

choisir de changer de camp, devenir un espion au service des barbares, un homme dévoué à leur cause, qui n'aurait pourtant pas été dupe de cette foi, mais qui l'aurait jouée jusqu'au bout, pour le plaisir de mettre sa vie en scène, pour contribuer au désordre, parce que tout se désagrège et qu'il aurait été ainsi dans la logique même de la vie, porté par la flèche irréversible du temps qui mène chaque chose de la naissance à la mort, il aurait été de ceux qui s'inscrivent dans ce temps-là, qui concourent à la mort d'un ordre, d'une civilisation.

Puis il se reprenait. Il était d'ici. Son cynisme même appartenait à cette civilisation. Elle était la seule où l'on pouvait vivre et la défendre sans croire un seul instant en elle.

Elle était faite pour les solitaires, les incroyants, les nihilistes, pour ceux qui ne croient qu'en la puissance de la mort et qui refusent donc de sacrifier leur vie, leur seul bien.

Peut-être était-ce cela, la décadence, ce qu'il avait envie de vivre.

S'il n'y avait eu le désir, l'envie d'un corps de femme qui raidissait ses muscles au point qu'ils devenaient douloureux, comme si sa peau allait se déchirer, Vecchini n'aurait pas souffert de la prison.

Il n'avait pas été gêné par l'inconfort, ne cherchant que rarement à améliorer son ordinaire en achetant quelques boîtes de conserves à la cantine. Il était seul dans sa cellule et c'était son luxe. Il avait établi avec les rats et les cancrelats un partage des lieux que chacun respectait. Les cancrelats couraient le long des tuyauteries humides, dans l'angle des murs, et Vecchini ne tuaient que ceux qui tombaient dans le lavabo ou qui s'aventuraient à traverser la cellule, s'écartant des cloisons.

Les rats, eux, ne sortaient que la nuit, couinant, évitant de trottiner autour du lit, se contentant d'occuper le reste de la pièce, poussant parfois jusqu'aux étagères, mais Vecchini lançait alors une chaussure et, durant quelques jours, ils évitaient de s'exposer. C'était comme une image de la vie sociale avec ses frontières, ses interdits, ses tolérances.

Si Vecchini avait, au milieu de la nuit, tout à coup décidé de chasser les rats, peut-être ceux-ci se seraient-ils défendus. Des gardiens parlaient entre eux de prisonniers mordus, attaqués même durant leur sommeil. Mais Vecchini n'avait pas pris le risque. Au fond, c'était un homme prudent et, dès que Wysberg, Mauranges et Challes avaient manifesté leur appui — comment auraient-ils pu le lui refuser, il ne leur avait pas laissé le choix ! —, ce séjour en prison lui était apparu comme le rite d'initiation, l'épreuve inéluctable qui allait faire de lui, pour tout le reste de sa vie, tant qu'il le voudrait, l'un de ceux qui commandent à l'ordre des choses. Il payait définitivement le droit d'entrée dans cette caste et il avait montré qu'il savait exiger ce droit d'appartenance qu'on lui avait, en témoignant pour lui, reconnu.

Calme le plus souvent, il avait fait le point de ses pensées, de sa situation. Rien de ce qu'il avait vécu, rien de ce qui s'était produit ne remettait en cause ses choix. Aucune repentance, aucun regret.

Dans cette solitude carcérale — hors des moments où il avait envie de baiser, d'être humilié, au-delà de l'imaginable, par une femme, et il aurait joui longuement, lentement, sous les coups qu'elle lui aurait donnés de la pointe acérée de ses chaussures, enfonçant ses talons aux bouts de métal dans sa chair —, il avait ressenti même une sorte de paix.

Il avait fait ce qu'il devait par rapport à lui-même.

Parfois, lors des promenades ou dans les couloirs, quand les gardiens laissaient les cellules ouvertes dans le quartier des « politiques », Francis de Cahuzec ou Jean Desnoises, qui l'avaient reconnu, venaient exhaler leur amertume, leur colère, leur indignation ou leurs remords. Ils ignoraient, disaient-ils, le sort que Hitler avait réservé aux Juifs. Ils s'accrochaient à Vecchini : « Nous ne savions pas, personne ne savait, comment aurions-nous pu imaginer ? Comment Pétain, et sans doute même Laval aussi auraient-ils pu concevoir Auschwitz, tous ces horribles camps, cette extermination ? »

Puis ils baissaient la voix et murmuraient : « Si ce qu'on raconte à ce sujet est vrai, bien sûr... Parce que les Juifs sont souvent fort habiles à exagérer leurs malheurs, n'est-ce pas ? »

Durant ces quatre années, Vecchini n'avait jamais cherché à savoir.

Il avait vécu, agi. Qu'advenait-il des autres ? De ceux qu'on raflait, que Darnand traquait, auxquels Pétain et Laval retiraient leurs droits ?

Il n'avait pas imaginé leur sort, parce qu'il savait que ce serait l'enfer et qu'il n'était pas nécessaire de chercher à le concevoir.

Et cependant, s'il avait fallu recommencer, il aurait agi de même.

Oui, pensait-il avec complaisance, il n'aurait pas dévié de sa route, il n'aurait pas choisi la vie d'un François Mazan ou d'un Pierre Brunel.

Et pourtant, tout à coup, il avait envie d'arrêter là.

Ça le prenait par surprise. Il pensait à ces prisonniers qui se pendent dans leur cellule. Il regardait autour de lui, cherchant le point où il aurait pu accrocher le drap avec lequel il aurait serré son cou jusqu'à en crever.

Il avait envie d'en finir.

« Qui vous aime ? » avait demandé Annie Parrain.

Il s'en voulait d'avoir cette phrase stupide en tête et il pressait ses tempes entre ses paumes comme s'il avait pu ainsi empêcher ces mots auxquels il n'accordait aucune valeur, de la vanité desquels il s'était déjà cent fois convaincu, de marteler à l'intérieur de lui, comme si on lui avait donné des coups de bélier pour l'ébranler, le détruire.

Et il pensait alors avec accablement — peut-être était-ce cela, le remords ? — à Noémie Mazan, n'oubliant aucun terme du rapport de gendarmerie qu'on lui avait adressé et qui décrivait les circonstances de sa mort.

Heureusement, ces moments de désarroi et de chaos duraient peu. Il avait assez de force en lui pour s'arracher à ces brusques chutes, à ce désespoir.

Était-ce cela, l'énergie vitale ?

Il ne voulait pas succomber, il ne voulait pas rendre les armes, capituler devant les autres. La vie était une guerre, tous les moyens étaient utilisés pour vaincre l'autre, semer le doute en lui. Si Vecchini se mettait à croire à la vertu d'amour, s'il éprouvait ce manque, s'il souffrait d'être seul, alors c'est Mazan, Annie Parrain, Pierre Brunel qui l'avaient emporté. Alors il aurait fallu être avec eux et les avoir combattus avait été l'erreur de sa vie.

Il s'asseyait sur le lit, les coudes posés sur ses genoux, la tête entre ses mains. Il s'efforçait de lire.

La presse rapportait les déclarations des inculpés et des témoins, les réquisitoires et les plaidoiries lors des procès intentés à des collaborateurs, à des traîtres — à ceux que les juges désignaient ainsi sans se rendre compte qu'ils s'accusaient eux-mêmes, ayant agi souvent comme les inculpés — et l'hypocrisie de ces affrontements était telle que Vecchini émergeait de son trouble.

Le monde était là devant lui, nu, pour qui savait voir sous le fard. Et il savait.

Il était même sûr d'avoir, durant ces mois de prison, percé l'un des secrets de la décennie, et il en éprouvait parfois — tant d'hommes puissants étaient compromis ! — un sentiment d'effroi mêlé de jubilation.

Il avait éclairci ce mystère qu'il avait pressenti dès 1943, en se souvenant de propos qu'il avait entendus, des allusions faites par les Allemands, le 3 janvier 1944, à cette réception à leur ambassade qui s'était prolongée tard et où Aschenbach lui avait confirmé que c'était bien l'envoyé de De Gaulle, Max, qu'on avait arrêté quelques mois auparavant à Caluire, avec tout l'état-major de la Résistance intérieure ; il n'avait pas caché que d'autres arrestations avaient suivi ou allaient avoir lieu.

Vecchini savait déjà : Noémie Mazan morte, Pierre Brunel déporté, et donc François Mazan menacé, lui qui se croyait en sécurité parce qu'il jouait au marchand de tableaux, rue des Beaux-Arts.

C'est ce soir-là que Vecchini avait décidé de lui rendre visite, pour l'avertir de cette manière, et il s'en était voulu de cette démarche dont il n'avait pas réussi à percer les mobiles profonds : peut-être revoir François, l'obliger à admettre qu'il avait perdu la partie et qu'il devait cesser de jouer, s'il voulait sauver sa vie.

Mais qui pouvait contraindre François à renoncer ? Qui ? Et Vecchini n'avait pas ignoré, en se rendant rue des Beaux-Arts, que sa démarche était inutile, qu'il risquait simplement de se faire abattre par François.

Pourquoi pas ? Peut-être était-ce cela qu'il avait recherché ?

Ce 3 janvier, Aschenbach avait dit à Vecchini, en souriant, la tête un peu penchée, comme s'il méditait, qu'il s'étonnait de la facilité avec laquelle les Français se dénonçaient entre eux :

« Dans nos services, à la Gestapo, à la Kommandatur, à l'Abwehr, ici même, à l'ambassade, nous avons toujours quelqu'un qui nous écrit, qui se met à table, comme vous dites, qui livre ses amis, ses camarades : pourquoi ? Vous vous haïssez tellement entre vous ? Vous êtes un drôle de pays, mon cher Vecchini ! »

On avait donc trahi Max, Noémie Mazan, Pierre Brunel, François Mazan, et tant d'autres.

Et ce qui n'avait été chez Vecchini qu'intuition, soupçon, était devenu en prison certitude.

L'opposition était en effet trop grande entre ceux qui étaient entrés en résistance dès l'année quarante, qui voulaient que de leur combat naquît un ordre différent, et ceux qui, prudemment, prenant le vent, étaient passés des ministères de Vichy à la clandestinité seulement à compter de la fin de 1942, dans le souci de préserver et leur carrière et l'ordre auquel ils étaient attachés.

Wysberg, Mauranges ou Ferrand, Challes, tous ces héros surgis en 1944, honorés, décorés, puissants, appartenaient à ce camp-là.

Celui de Vecchini.

Mais il n'était pas dupe.

Il savait quelles haines, quelles peurs, quelles ambitions, quels projets divisaient ces hommes qu'on croyait rassemblés pour, comme on disait, chasser l'ennemi hors de France et libérer la patrie. En fait, chacun songeait à l'après-guerre. On se suspectait. Qui pouvait avoir confiance dans les communistes ? Qui se cachait derrière les sourires et le calme apparent de Max ? Certains craignaient le fidèle de De Gaulle, et les hommes de 1942, voire certains qui s'étaient engagés dès 1940 mais qui vénéraient le maréchal Pétain, le héros de Verdun, qui avaient cru à la Révolution nationale et avaient trouvé tout naturel qu'un tribunal militaire condamnât à mort de Gaulle après qu'il eut quitté le sol de la patrie occupée, se défiaient de l'envoyé de Londres. D'autres craignaient le pire, se souvenant que Max avait été un partisan du Front populaire, un rouge, donc, pourquoi pas un communiste, ou pis encore, en tout cas quelqu'un qui avait aidé l'Espagne rouge, alors qu'eux — Vecchini les connaissait bien — avaient, avec Lucien de Serlière, fomenté l'assassinat par Jacques Sarmant des frères Rosselli lorsqu'ils étaient revenus de combattre en Espagne dans les Brigades internationales. A l'instar d'Annie Parrain.

Oui, Vecchini s'en était persuadé en prison en retrouvant dans sa mémoire ce qu'il avait alors écrit, ce qu'il avait vécu : « on » avait livré Max et quelques autres à la Gestapo pour « assainir » la Résistance et s'assurer ainsi, la Libération venue, d'un retour à l'ordre sans risque. Car Max était un risque, avaient-ils sans doute imaginé. Peut-être ceux qui l'avaient ainsi livré s'étaient-ils demandé parfois s'ils ne s'étaient pas trompés, si, après tout, Max n'avait pas été seulement un républicain rigoureux, un gaulliste soucieux de l'autorité de son chef et de l'État ? Peut-être avaient-ils fait fausse route, mais ils avaient gardé bonne conscience.

Lors des procès dont Vecchini avait suivi le déroulement en prison, Ferrand, Mauranges et, derrière eux sans doute, Paul-Marie Wysberg avaient obstinément défendu ceux qu'on accusait d'avoir livré Max. Et ils avaient même réussi à obtenir leur acquittement !

Alors qu'ils n'avaient pu éviter à Vecchini quelques mois de cellule...

Ainsi la boîte de la vérité, à peine entrouverte, s'était-elle refermée.

On célébrait Max-Jean Moulin comme un héros devant lequel s'inclinait toute la Résistance, ce soulèvement « uni » du peuple. La collaboration n'était plus l'affaire que de quelques extrémistes, d'une poignée de politiciens corrompus et d'une dizaine d'écrivains, les uns fanatiques, les autres à gages.

Tandis qu'entre les hommes qui savaient, il y avait ces liens de complicité que rien ne pourrait jamais défaire.

Ils étaient comme des Janus : ils auraient beau s'opposer, s'invectiver de tribune à tribune, dans l'ombre ils se souviendraient.

Sous le revers de leur veste, il y aurait toujours, cachée aux regards, la francisque du maréchal.

Lui, Vecchini, savait cela.

C'était sa force.

Il s'était souvenu d'une phrase d'Arnold Toynbee qu'il avait lue, peut-être lorsqu'il préparait le concours de l'École Normale ou l'agrégation, il ne savait plus, mais elle était restée en lui et peut-être avait-elle, autant que son enfance et que son ambition, décidé de sa vie.

L'historien anglais avait écrit que le choix de l'homme était, hélas, limité : il lui fallait être « la charogne ou le vautour ». Toute autre vocation était illusoire.

Ce pessimisme — Vecchini se souvenait de son

émotion sans pouvoir se rappeler le moment exact de sa lecture — l'avait bouleversé comme la révélation de ce qu'il pensait depuis toujours. Peut-être depuis que sa mère était morte, emportée par les vagues, noyée, sacrifiée.

Sans le vouloir, il avait été le vautour, le bourreau. Sa propre vie s'était nourrie de cette mort.

Il avait pris son vol et il ne voulait pas, il ne pouvait plus appartenir à une autre espèce.

23

Lorsque Pierrard avait vu Vecchini s'avancer vers lui dans l'antichambre, il avait commencé à transpirer. Vecchini sortait du bureau du président Wysberg et le chauffeur était parvenu à se lever, à repousser avec ses cuisses le tiroir de la petite table derrière laquelle il était assis. Vecchini s'était immobilisé, regardant longuement Pierrard, et celui-ci avait eu froid. Des gouttes de sueur coulaient pourtant de son front sur ses joues, certaines venant même lui brûler les yeux.

Vecchini avait peut-être dit : « Je suis de retour. » Peut-être avait-il ajouté : « Vous allez bien, Pierrard ? »

Pierrard était incapable de retrouver les mots que Vecchini avait prononcés. Qui sait même s'il avait parlé ?

Il était resté là, en face du chauffeur, sans que celui-ci eût pu faire autre chose que répéter : « Monsieur, monsieur... » Et quand Vecchini avait gagné son bureau, Pierrard n'avait pas bougé.

C'est ainsi que la peur s'était emparée de lui, le jour même du retour de Vecchini à la banque Wysberg et Cie.

Elle ne l'avait plus lâché, desserrant parfois son

étreinte quand Pierrard conduisait le Président, qu'il devait se montrer attentif, mais, dès qu'il s'arrêtait, fût-ce à un feu rouge, elle l'empoignait et il avait eu plusieurs fois la tentation, pour l'éloigner, d'avouer au Président que c'était lui, Pierrard, qui avait dénoncé Vecchini, qu'il implorait son pardon, qu'il avait agi sur un coup de tête, sans savoir trop pourquoi, ou bien sous l'influence de Charlotte, oui, c'était cela, il dirait que Charlotte l'avait poussé à écrire à *L'Humanité* parce qu'elle espérait une récompense avec laquelle ils auraient acheté une petite maison dans le Nord, chez eux.

Mais Pierrard n'avait pas parlé ; il savait qu'on ne le croirait pas, qu'il n'avait aucune excuse et ne s'en accordait pas.

La nuit, il essayait de comprendre pourquoi il avait agi de la sorte.

Est-ce qu'ils avaient eu à se plaindre des Wysberg ? On l'avait protégé, nourri. Jamais un mot plus haut que l'autre. Une place en or, pour lui et Charlotte.

Alors, qu'est-ce qu'il en avait à foutre, de ce que Wysberg ou Vecchini avaient fait pendant la guerre ? Qu'est-ce qu'il pouvait attendre, lui, des communistes ?

Il s'affolait, cherchant le sommeil.

Comment avait-il pu oser penser qu'on allait vraiment juger Vecchini et ainsi — car il l'avait cru aussi, par moments — atteindre le président Wysberg ?

— Ces gens-là, même quand on les traînait devant les tribunaux, qu'on les condamnait, ils revenaient plus forts qu'avant.

Et ils savaient qui les avait dénoncés.

Car ce dont Pierrard s'était persuadé, c'est que sa lettre avait dû être communiquée à Vecchini.

Ils avaient des amis partout, à *L'Humanité* comme ailleurs. La police, les juges, c'étaient eux qui les actionnaient.

Au cours de ces nuits d'insomnie, il avait à plusieurs reprises réveillé Charlotte qui ronchonnait, le renvoyant d'une voix lente. Qu'est-ce qu'il voulait encore ?

Il murmurait : « Écoute-moi, il faut qu'on parte, qu'on quitte ce travail, on trouvera autre chose, on s'installera chez nous, à Blanzy, qu'est-ce que tu en dis ? Il le faut, crois-moi, j'en ai marre, ici. »

Elle s'emportait. Qu'il parte s'il voulait ! Il était fou ! Elle ne bougerait pas. Avait-il toute sa raison pour remâcher des idées pareilles ? Tant qu'on la gardait ici, elle resterait. Madame, elle la supportait bien. Et Monsieur, il n'était pas difficile à servir, Pierrard le savait bien.

Il ne pouvait rien expliquer à Charlotte. Il se recouchait en chien de fusil, recroquevillé, il avait froid et chaud.

S'ils avaient eu la lettre, ils avaient tout de suite compris. Il avait fourni trop de détails sur les voyages et les séjours à Vichy, sur les rencontres avec Laval à Châteldon et les dîners de Vecchini avec Darnand.

Mais qu'est-ce qui lui était passé par la tête ?

Il avait essayé d'imaginer ce qu'ils allaient faire.

Peut-être lui tendre un piège, le faire condamner en l'accusant de vol ? Il avait donc renoncé à grappiller ici et là des feuilles de papier, des crayons — à quoi ça pouvait lui servir ? —, voire à tricher sur les bons d'essence, remplissant aux trois quarts le réservoir de la voiture et obtenant du garagiste qu'il lui paie une partie de la différence en échange des bons restants.

Ou bien on allait les renvoyer, Charlotte et lui, et on s'arrangerait pour qu'il ne retrouve plus de travail. Il suffisait d'un mot du président Wysberg quand le patron de sa nouvelle boîte demanderait des renseignements.

Mais ça, le renvoi, il l'espérait presque ! Il rentrerait chez lui, dans le Nord. Il trouverait bien à s'employer dans une usine, puisqu'il avait son permis de camionneur. Oui, il la souhaitait, cette mise à la porte !

Mais, justement, Vecchini ne la lui accorderait pas.

Les yeux de ce type, derrière ses petites lunettes rondes, étaient comme des pierres grises.

Vecchini était un type à faire supprimer ceux qui le gênaient, un type qui n'oubliait rien, un minutieux. Il suffisait de voir son écriture sur les enveloppes, petite, régulière, noire, pour savoir qu'il ne laissait rien passer, qu'il avait une mémoire d'assassin.

Ces deux mots, Pierrard ne savait comment ils lui étaient venus, mais il les répétait et ça achevait de le terroriser.

Peut-être les avait-il lus dans le compte rendu du procès, quand *L'Humanité* avait accusé Vecchini d'être responsable de l'arrestation de François Mazan, un professeur, un de ses anciens amis, un héros, avait écrit le journal, auquel de nombreuses villes rendaient hommage en donnant son nom à l'une de leurs rues ?

Naturellement, la justice n'avait pas tenu compte de cette accusation. L'avocat de Vecchini avait même prétendu que son client était lui aussi un héros, et il avait fait étalage de tant d'arguments qu'en les lisant, Pierrard avait compris qu'il s'était de lui-même enfoncé dans la merde jusque-là, comme un con qu'il était.

Mais il n'avait pas imaginé que la peur, ce serait ça, cette obsession, cette sueur sur son visage dès qu'il voyait Vecchini et devait affronter son regard.

La nuit, il était si effrayé, si tendu qu'il se rapprochait de Charlotte : il avait besoin de sa chaleur, il lui semblait que ce corps alangui, cette masse qui soupirait, tranquille, pouvait le rassurer. Il se collait contre son dos. Il restait là, immobile, puis, comme il ne trouvait pas le sommeil, il murmurait qu'*ils* allaient le tuer, qu'*ils* étaient capables de ça, que Vecchini avait une mémoire d'assassin, est-ce qu'elle comprenait, Charlotte ? Et, s'*ils* le liquidaient, tout le monde s'en balancerait, il n'y aurait même pas d'enquête, pas de procès, rien. Comme s'il n'avait pas existé.

Finalement, ç'avait été ça, sa vie, à Pierrard. Et c'est pour ça qu'une fois, une seule fois, il avait décidé de faire quelque chose, et ç'avait été cette énorme connerie. Elle comprenait ?

Il était prêt à tout lui raconter. Mais elle le repoussait sans se retourner, d'un mouvement de tout son corps, en maugréant. Il n'avait pas encore fini ? Qu'il la laisse dormir, elle n'en pouvait plus. Qu'il se taise, pour une fois !

Il se levait. Il allait s'asseoir dans leur deuxième pièce et, la tête reposant dans ses bras croisés appuyés sur la table, il marmonnait que si on le tuait, ce serait comme s'il n'avait pas existé.

24

Est-ce qu'il se trouva quelqu'un, Vecchini, Paul-Marie Wysberg, ou Robert Challes qui jouait maintenant le premier rôle à la direction de la banque Wysberg et Cie, ou encore le général Henri Ferrand, chargé depuis octobre 1947 de la direction du Contre-Espionnage, notamment du service Action, pour décider de la mort de Pierrard ? Ou bien l'accident qui la provoqua, le 17 décembre 1948, ne fut-il imputable qu'à un moment d'inattention du chauffeur ?

Il roulait vite sur cette route droite qui, après Ponthierry, conduit, à travers la forêt de Fontainebleau, vers Champagne-sur-Seine. C'était la fin de la nuit ; la chaussée, sauf à l'endroit de l'accident, était sèche. Pierrard était seul. La direction de la banque Wysberg et Cie, qu'on avait prévenue, puisque la voiture lui appartenait, précisa que Pierrard avait été chargé par la Présidence de porter un pli urgent à la succursale de Lyon. On n'avait rien retrouvé dans le véhicule incendié. A la gendarmerie qui s'étonnait de l'itinéraire choisi par Pierrard, la banque — qui ? le rapport ne le précisait pas — avait répondu que les chauffeurs étaient libres de choisir leur route.

Un jeune assistant de direction — Richard Gombin — s'était rendu sur les lieux de l'accident. Le capitaine de gendarmerie lui avait montré les traces de pneus sur la chaussée et l'étonnante plaque d'huile qui, un peu en avant, recouvrait la route. C'était un coup de malchance. Pierrard avait dû se réveiller en sursaut après l'une de ces très brèves périodes de somnolence que connaissent parfois les conducteurs, il avait cru distinguer un obstacle, avait freiné, et, précisément à cet endroit, la couche d'huile, due sans doute à la fuite de moteur d'un camion, lui avait fait perdre le contrôle de son véhicule.

« Il a glissé, freins bloqués, à toute vitesse, comme sur de la glace », dit le capitaine en tendant le bras pour indiquer la trajectoire du véhicule qui était allé heurter les arbres de plein fouet. La voiture s'était couchée après s'être écrasée et avait aussitôt pris feu.

Aussitôt... Un gendarme avait paru dubitatif, hésitant à parler, puis, peu à peu, parce que Gombin l'y invitait, il avait fait remarquer que des voitures étaient passées sur la route, peu après l'accident, sans remarquer de foyer. Les conducteurs avaient cru à la présence d'une épave ancienne. Et c'est bien plus tard que le véhicule conduit par Pierrard avait été détruit par l'incendie.

Gombin avait noté la réponse de l'officier qui, en effet, devait constater le fait, mais l'incendie s'était produit, et, à moins d'imaginer que quelqu'un eût mis volontairement le feu au véhicule, il fallait bien admettre que l'essence, pour une cause inconnue, ne s'était enflammée qu'au bout d'un certain temps après l'accident. « C'est ainsi », avait-il conclu en renvoyant son subordonné.

Gombin avait hoché la tête.

Il semblait aussi que l'un des chemins forestiers débouchant quelques mètres avant le lieu de l'accident eût été défoncé par la présence de plusieurs voitures, et même d'un camion. La terre était meuble, les traces de pneus nombreuses. Peut-être des chasseurs qui avaient stationné là au début de la nuit ?

Mais, s'ils avaient été présents au moment de l'accident, ils auraient immédiatement secouru Pierrard ou averti la gendarmerie.

Richard Gombin avait fait remarquer à voix basse — celle qui convenait à un homme jeune, sans expérience, mais à l'esprit déductif — que l'on pouvait se demander si l'une des voitures de chasseurs, ou bien même le camion, débouchant de manière inattendue sur la route ou aveuglant Pierrard de ses phares, n'avait pas pu provoquer l'accident en obligeant ce dernier à freiner brutalement, et, comme de l'huile avait par ailleurs été répandue sur la chaussée, peut-être par ce même camion, en panne sans doute, la responsabilité desdits chasseurs était engagée.

L'officier de gendarmerie avait regardé Gombin et, refermant son petit carnet noir, le glissant dans la poche de sa vareuse, il avait dit que, pour lui, l'accident ne comportait aucune zone d'ombre et qu'il ne voyait pas pourquoi il allait échafauder l'hypothèse de ce qui, d'après le raisonnement de *monsieur* — il prononçait ce mot en avançant les lèvres —, devrait s'appeler un guet-apens. Mais, naturellement, si la banque que *monsieur* représentait déposait une plainte pour homicide volontaire et si celle-ci était recevable, il serait heureux d'être chargé de l'enquête.

Il avait salué.

De retour à la banque, Richard Gombin avait longtemps hésité avant de dicter son rapport à sa secrétaire.

A la fin, il avait traversé l'antichambre sur laquelle donnait son bureau. Derrière cette petite table, à droite, il avait souvent vu Pierrard, un personnage falot, servile, qui se précipitait toujours au-devant de lui, répétant avec une sorte de fébrilité : « Je peux vous rendre service, Monsieur ? », et chaque fois Gombin le renvoyait, mais Pierrard le suivait jusqu'à l'escalier, à demi courbé, dans une attitude d'obséquiosité angoissée qui le révulsait.

Il n'y avait plus personne derrière la table. Comment imaginer qu'on eût voulu se débarrasser de cet homme-là ?

A moins qu'on n'ait cru qu'il transportait le président Wysberg, Challes ou Vecchini ?

Gombin s'était arrêté devant la porte du bureau de Vecchini. Il avait alors éprouvé une vive émotion, comme s'il avait enfin trouvé l'explication.

Vecchini était souvent l'objet d'attaques dans les journaux d'extrême gauche et Gombin qui, chaque matin, faisait la revue de presse pour la direction, avait noté avec quel acharnement on le poursuivait, ce « croisé de la guerre froide », ce « kollabo au service du Capital », etc. Lorsqu'il déposait la chemise contenant les articles sur le bureau de Vecchini, celui-ci levait à peine les yeux, entrouvrant le dossier du bout des doigts, faisant glisser les articles afin de les parcourir — « Comme d'habitude ? » interrogeait-il à mi-voix. Puis il se redressait, fixait Gombin, l'interrogeait comme si, chaque matin, il avait oublié que Gombin était, lui aussi, un ancien élève de la Rue d'Ulm. « Et vous avez choisi la banque plutôt qu'Aristote ?... » murmurait-il.

Il remerciait Gombin et se remettait à écrire.

Cette attitude à la fois distante, bienveillante et distraite avait souvent mis Gombin mal à l'aise, d'autant plus qu'il n'avait pas compris quelle était la fonction exacte de Vecchini à la direction de la banque.

Vecchini semblait jouir d'une totale indépendance, entrant dans le bureau du président Wysberg et du vice-président Challes comme bon lui semblait, s'absentant parfois durant plusieurs semaines sans que personne ne parût se soucier de son retour. Gombin apprenait au hasard d'une conversation que Vecchini rentrait de Rome, de Munich, de Washington ou de Bruxelles, et cette liberté, cette apparente nonchalance, le pouvoir d'influence que Gombin devinait chez cet homme le fascinaient.

Un jour, il avait découvert dans un hebdomadaire que Vecchini avait fondé un Institut de Recherche sur la Civilisation européenne, l'IRCE, où se retrouvaient surtout, écrivait le journaliste, d'ex-collaborateurs ; son but était de préparer la guerre idéologique contre l'URSS. La banque Wysberg finançait cet institut qui organisait des cycles de conférences, accueillait les exilés des pays de l'Est, publiait des textes.

Lorsque Gombin avait tendu cet article à Vecchini, celui-ci avait souri en secouant la tête : « Enfin, avait-il dit, ils reconnaissent mon rôle. Je commençais à douter de moi. »

Puis, d'un ton plus grave, il avait interrogé Gombin. Il avait lu l'article, n'est-ce pas ? Qu'en pensait-il ? Et, comme Gombin amorçait une réponse prudente, Vecchini l'avait interrompu en levant la main : « Mon cher... »

Le ton était sarcastique. Puisque Gombin avait jeté son dévolu sur la banque, c'est-à-dire un certain ordre, et donc une civilisation, il ne pouvait rester en dehors. Vecchini ne souhaitait aucun engagement personnel de sa part, il l'avertissait simplement. Le confort intellectuel n'existait pas dès lors qu'on avait choisi l'action — et il l'avait choisie, puisqu'il était là, dans l'état-major de cette banque. Il fallait donc prendre parti. Et il n'y avait que deux camps : « Leur barbarie et la nôtre ; la nôtre, que nous appelons civilisation, et qui est *la* civilisation. Il n'y a rien d'autre. C'est nous ou rien. Nous ou le monde des insectes. Et nous, mon cher, ça n'est pas gai, pas beau non plus, mais c'est *nous*. Voilà. »

Si Gombin souhaitait participer aux multiples activités de l'Institut, Vecchini en serait heureux. « Nous manquons de têtes, c'est-à-dire de soldats, car, froide ou pas, c'est la guerre, mon cher. »

Cet homme-là devait être haï, cet homme-là, on devait vouloir le tuer, et c'était sans doute lui qu'on avait visé lorsqu'on avait provoqué l'accident dans lequel avait péri le malheureux chauffeur.

Gombin allait avertir Vecchini, l'étonner par son intelligence, lui manifester aussi l'aide qu'il était prêt à lui apporter.

Il était donc entré dans son bureau.

Et il avait été décontenancé par le regard figé de Vecchini, l'immobilité de son visage.

Lorsqu'il avait voulu parler, Vecchini l'avait arrêté d'un geste. Gombin devrait vérifier qu'on verserait le montant de l'assurance à l'épouse du chauffeur. Pierrard, n'est-ce pas ? Elle était employée de maison chez le Président, mais, avec la somme touchée, que la banque compléterait, elle souhaiterait sûrement repartir chez elle. « Voyez ça », avait conclu Vecchini.

Gombin avait hésité.

— Quelque chose de particulier ? avait demandé Vecchini sans relever la tête.

— Rien, monsieur, rien, avait balbutié Richard Gombin.

Il n'avait eu aucune difficulté à rédiger son rapport sur l'accident. Il ne comportait que trois lignes : « Le chauffeur, Pierrard, a perdu, pour des raisons inconnues, le contrôle de son véhicule qui s'est écrasé sur le bas-côté de la route et a pris feu. Le décès du conducteur a été immédiat. Aucune autre personne, aucun autre véhicule n'ont été impliqués dans l'accident. La responsabilité de la banque Wysberg et Cie n'est pas engagée. »

Cinquième partie

La saison des ambitieux

25

J'ai eu soixante-cinq ans hier, le 13 juillet 1981.

Qui se doute de mon désarroi ?

Annie, peut-être.

On ne peut rien dissimuler à quelqu'un avec qui l'on vit depuis trente-six ans.

Elle n'a cessé de me téléphoner, se reprochant de ne pas m'avoir rejoint à Mazan, répétant d'une voix dont elle ne peut masquer l'angoisse : « Pierre, Pierre, ça va ? »

Je l'ai rassurée. Je marche dans les vignes à l'aube, ai-je raconté. Il fait frais. Je vais acheter les journaux à Rochegude. J'écris.

Elle s'est enthousiasmée : « Tu écris ? Enfin, Pierre, enfin, tu ne vas plus perdre ton temps, écris, oui ! »

J'ai ri. Elle vient donc de me déclarer que j'ai perdu ma vie. Elle récuse mon interprétation, s'affole. « Pierre, Pierre ? Tu sais bien que je ne pense pas cela ! Pierre, ça va ?»

C'était la même voix, il y a trente-six ans, quand Annie s'est penchée vers moi dans ce salon de l'Hôtel Lutétia.

J'étais allongé sur un brancard. Je ne voulais pas ouvrir les yeux, tant je craignais de voir mon visage et mon corps qui me semblaient appartenir à l'un de mes camarades morts, de ceux que les bulldozers avaient repoussés de l'esplanade du camp où ils étaient étendus l'un près de l'autre, morts de faim, des coups, du typhus, qu'importe, mes camarades morts qu'on avait jetés en avalanche dans de grandes fosses, et j'entends encore le bruit des bulldozers et le choc sourd des cadavres tombant pêle-mêle.

Et quand Annie m'avait interrogé, angoissée : « Pierre Brunel ? Pierre, ça va ? », j'étais encore l'un d'eux.

Trente-six ans ont passé, j'ai vécu. Et peut-être suis-je toujours l'un de ceux-là, peut-être suis-je encore au bord de la fosse.

Je ne sais pas lutter contre ce sentiment. Il faut que je le laisse m'envahir et nous verrons bien si je tombe parmi les autres ou si je m'éloigne à nouveau. Et pour combien de temps.

C'est l'épreuve, en tout cas, mon ordalie.

Il y a moins d'un mois, j'étais encore un homme important : député de la circonscription de Mazan depuis 1968, treize ans de poignées de mains, d'affiches collées sur le tronc des platanes : « Votez Pierre Brunel, compagnon de la Libération. » Je roulais lentement, j'osais regarder mon visage, lire mon nom. Je m'arrêtais sur les places des villages. J'entrais dans les cafés, je m'asseyais aux terrasses.

« Monsieur Brunel, monsieur le député... »

Étais-je dupe de cette familiarité qui me semblait bienveillante et presque fraternelle ? Elle était là, comme un écran entre moi et moi. Elle me cachait cette fosse, cette sape qui se prolonge, qui m'a suivi, m'a même devancé. Et, tout à coup, le sol s'effondre devant moi. Je suis à nouveau au bord du trou.

L'élection de Mitterrand, en mai, ne m'avait point trop inquiété. Un antigaulliste dit de gauche succédait à un antigaulliste de droite. Je n'étais pas mécontent d'apprendre que l'Élysée allait être débarrassé de Vecchini qui s'y était installé comme conseiller du président depuis 1975. Député de la majorité, j'avais dû à quelques reprises avoir recours à lui.

J'étais trop averti des choses politiques — voilà plus

de trente ans que, comme dirait Annie, je « perds mon temps » dans ce monde-là — pour me scandaliser ou même m'étonner de ces évolutions, de ces retournements. Il n'y a pas de damnation en politique, ai-je expliqué plusieurs fois à Annie qui s'indignait de ce qu'elle appelait mon « cynisme ». A peine un peu de réalisme, puisqu'il faut bien, dès lors qu'on mène un combat parmi les hommes, savoir ce qu'ils sont, ce qu'ils valent.

Mais je n'avais pas imaginé que j'allais à mon tour être rejeté, battu.

Il m'avait semblé que, depuis juin 1968 — ma première campagne dans la circonscription de Mazan —, j'avais affirmé mon indépendance d'esprit, mon refus de la gauche alliée au communisme, mais aussi mon souci républicain de représenter, une fois élu, l'ensemble des électeurs.

J'avais d'ailleurs répété sur chacune de mes professions de foi qu'issu d'une famille de tradition socialiste — mon père n'était-il pas un ami de Blum ? —, puis proche de Mendès France, j'avais en 1955 choisi de Gaulle, une nouvelle fois, comme en 1940, parce qu'il s'agissait de la France et de la République. Roulez, tambours ! J'avais été élu, réélu.

J'avais le sentiment que l'on votait à travers moi pour François et Noémie Mazan, mes amis, deux héros célébrés chaque année à Rochegude et dont j'habitais le mas. Mon fils portait le prénom de Joseph, en souvenir de Joseph Mazan. En 1969, il avait épousé Jacqueline Sourdail dont le père, Francis Sourdail, était maire de Rochegude.

Avec sa voix rocailleuse, ses manières rudes, mais aussi sa finesse intellectuelle, sa générosité, Sourdail incarnait une sorte de communisme agraire qui me rappelait celui de Joseph Mazan, fait d'un sens instinctif de la justice et de l'égalité, d'un goût de l'effort et d'un amour pour la terre et la vigne qui était fidélité aux traditions, à l'histoire.

Quand je voyais Sourdail, quand je l'écoutais me parler de la taille des plants, de la maturation du raisin, il me semblait que j'avais devant moi un homme en qui vivait tout le savoir de la civilisation méditerranéenne.

Son père, Sauveur Sourdail, m'avait plusieurs fois fait le récit de l'assassinat de Noémie Mazan par les miliciens, en octobre 1943. Lorsqu'il disait : « Je l'ai vue marcher droite sur la route, ces salauds la frappaient, la bousculaient, et nous, qu'est-ce qu'on pouvait faire ? Rien, on avait honte, et alors elle s'est mise à chanter *La Marseillaise*, toute seule, si vous l'aviez entendue, monsieur le Député, si vous l'aviez entendue... », il sanglotait. Et parce que j'avais l'illusion d'entendre la voix de Noémie, je me levais vite pour ne pas pleurer moi aussi.

J'avais donc cru que cette circonscription continuerait de m'élire, quoi qu'il se passât. Les enfants de Joseph et de Jacqueline, mes trois petits-enfants, allaient en classe à l'école de Rochegude où Noémie avait jadis enseigné et qui, depuis 1945, porte sur sa façade l'inscription : « École primaire François et Noémie Mazan. »

Qui pouvait, mieux que moi, se dire d'ici ? Mon fils, Joseph, était devenu viticulteur et possédait les vignes des Mazan en attendant d'y accoler celles des Sourdail.

Pourtant, j'ai été battu sans appel, dès le premier tour. La « vague rose », comme on dit, m'a emporté au bénéfice d'un jeune professeur socialiste venu d'Avignon, Jean Legat, qui a brandi dans son poing serré une rose, a répété cent fois le nom de Mitterrand — et a été élu.

Je n'ai pas d'amertume. Mais une étape de mon existence se clôt. J'ai eu envie de me retrouver seul pour dresser le bilan de ma vie.

J'ai fermé les volets. J'y vois assez pour écrire tant la luminosité extérieure est vive, criarde. Je sens la lumière frapper les murs, les fenêtres, bruisser, s'infiltrer.

Hier pourtant, en fin d'après-midi, je n'ai pu

m'empêcher d'ouvrir ma porte à Francis Sourdail qui est entré dans la grande pièce obscure en marmonnant qu'on ne fait jamais rien d'intelligent quand on est seul.

« Je l'ai vu, ce Legat, m'a-t-il dit, un brave type qui ne comprend rien et à qui l'élection a déjà tourné la tête. Vous, Brunel, si vous aviez choisi Mitterrand, et vous l'auriez pu, vous seriez son ministre, j'en suis sûr. Il a bien pris Jobert. »

Je n'ai proposé à Sourdail ni chaise ni verre de vin. Comment lui expliquer que je connais Mitterrand depuis trop longtemps pour n'avoir jamais pu me rallier à lui, quoi qu'il ait dit ou fait ? Je ne condamne personne — pas même un Vecchini —, mais je réserve mon adhésion, ma fidélité à ceux que j'estime.

— En tout cas, a ajouté Sourdail comme s'il avait deviné ma pensée, vous seriez toujours député.

Puis, sur le pas de la porte, alors que je restais dans l'ombre et que le soleil flamboyait, découpant sur les tommettes un losange aveuglant, il m'a lancé : « Et qu'est-ce que vous allez faire ? »

La voix était bougonne, pleine de reproches, d'agressivité.

— Réfléchir à tout ça, ai-je répondu. Ecrire un peu, peut-être.

Je n'avais rien prémédité, mais c'est ainsi souvent, par une phrase prononcée sans y penser, qu'on découvre ses propres intentions.

Mais ai-je réellement le désir de réfléchir ?

Je m'ensevelis sous les souvenirs. Ils viennent par vagues ; un visage, un événement en font surgir d'autres. L'École Normale, François Mazan, Benoît de Serlière, Vecchini, nos rires autour du bassin, nos disputes, la détermination et l'enthousiasme de François, le regard attentif et méprisant de Vecchini, la faconde provocatrice de Serlière. Ce coup de téléphone, le 13 juillet 1936, le jour de mon vingtième anniversaire, rue Michel-Ange.

J'étais en train d'écouter mon père. Il rentrait de

Matignon. Léon Blum venait de le charger d'un rapport sur la réforme du système bancaire et, les mains derrière le dos, il marchait devant sa bibliothèque, parlant autant pour lui que pour moi, m'expliquant à mi-voix qu'il ne fallait pas que la gauche se brise une nouvelle fois contre le mur d'argent. Il était résolu et inquiet, disait-il. Dès la fin de la semaine, il allait entreprendre une série de consultations difficiles, car les possédants ont peur, et il fallait éviter les mesures autoritaires, les folies communistes. Il imaginait déjà les réponses des banquiers, l'hostilité de la plupart, et d'abord de Paul-Marie Wysberg qu'il voulait rencontrer le premier, mais dont l'engagement à l'extrême droite était avéré.

J'avais regretté le coup de téléphone de François qui me forçait à interrompre mon père avec qui j'échangeais sûrement des idées : nous étions si proches, je l'admirais tant.

François m'avait invité à le rejoindre chez lui, dans son mas familial, à Rochegude. A sa voix, je mesurai son exaltation. Antoine Vecchini séjournait au mas, me dit-il. Je devais prendre le train le soir même. Nous devions, avait-il poursuivi, fêter ensemble ce 14 Juillet historique, préparer la suite, peut-être la Révolution, mais oui ; nous avions, nous autres intellectuels, un rôle de premier plan à jouer. « Tu viens ou pas, social-démocrate ? »

Il avait encore insisté et je m'étais cependant dérobé.

Désir de rester auprès de mon père le jour de mon anniversaire, même s'il avait oublié de me le souhaiter ? J'aimais ma vie et c'est à mon père que je la devais. Ce 13 juillet, je lui en faisais hommage.

Peut-être aussi n'avais-je pas envie de retrouver ensemble François et Vecchini ? Je respectais et craignais la foi aveugle de François, son courage, sa passion. Je l'observais, incapable de partager son fanatisme, et cependant fasciné par l'énergie qu'il mettait à défendre ses idées, les positions des communistes. J'étais un laïque en politique. C'était un religieux. En revanche, je me défiais de Vecchini. Je n'aimais pas — était-ce jalousie de ma part ? — son allure de gigolo, ses silences quand François et moi nous opposions. Sa prudence et son habileté, peut-être aussi son intelligence glacée, celle d'un calculateur, me gênaient.

Je discutais avec lui, mais je restais sur mes gardes et regrettais — jalousie encore ? — la confiance que lui accordait François qui espérait le convertir au communisme, l'invitait chez lui et, un comble, lui vantait les charmes et les qualités morales de sa sœur Noémie !

Par Benoît de Serlière, je savais que Vecchini était tout aussi intéressé par les idées de l'extrême droite, de l'Action française, que par celles de Mazan.

Bref, je n'avais aucune confiance en Vecchini, ce que je me reprochais, car je n'avais contre lui que les ragots de Benoît de Serlière et mes propres préventions. Un costume rayé très ajusté, une pochette, un feutre au bord cassé, un caractère réservé, était-ce suffisant pour le condamner ?

J'ai donc refusé de me rendre au mas des Mazan, ce 13 juillet 1936. J'avais vingt ans, seulement vingt ans, il y a près d'un demi-siècle de cela. Qui pourrait le croire alors que tout est là, vivant dans ma mémoire ?

Est-ce ce sentiment de l'immensité du temps écoulé et de cette brièveté de la vie, est-ce ma solitude dans cette maison où tant de vivants passèrent — Joseph Mazan, François, Noémie, Colette Mazan et ceux qui, il y a des siècles déjà, bâtirent ce mas, retournèrent la terre jusqu'à en faire cette plaine viticole que je ne me lasse pas d'arpenter —, ou bien simplement l'effet de ce jour anniversaire — soixante-cinq ans, mon vieil homme ! — mais la mort, les morts me hantent.

Celle de mon père, mon origine à laquelle il m'a semblé assister quand, plus d'un an après son assassinat par des miliciens, j'ai découvert sa bibliothèque saccagée, ses livres souillés, les lettres de Zola à mon grand-père déchirées, et chaque ouvrage, chaque manuscrit blessé était une partie du corps de mon père martyrisé devant moi.

Mais la mort de Noémie aussi, là, à quelques centaines de mètres du mas où j'écris, la mort de François sous les coups, et celle de mes camarades de camp qui, le dernier été de leur vie, en 1944, ce 14 Juillet, s'étaient rassemblés autour de mon châlit : nous avions chuchoté, à deux ou trois, les vers dont nous nous souvenions, c'était notre manière de célébrer notre pays, son esprit toujours vivant, moi ceux de Charles d'Orléans qui m'étaient revenus depuis ce temps où je préparais le concours de l'École Normale :

En regardant vers le païs de France
Un jour m'avint, à Dovre sur la mer
Qu'il me souvint de la doulce plaisance
....
Combien certes que grant bien me faisoit
De voir France que mon cueur amer doit.

Avaient-ils compris ce poème de Charles d'Orléans, prisonnier en Angleterre, mes camarades aux visages émaciés, aux cheveux rasés, aux yeux béants comme des plaies ?

Ils sont morts.

Ils avaient entendu, j'en suis sûr, la plainte du poète. Ils avaient regardé comme lui vers le pays de France et je leur avais récité aussi, ce 14 Juillet-là, des vers d'Aragon que j'avais appris en septembre 1943, dans les environs de Londres, alors que j'attendais mon départ pour la France où je devais être parachuté, car la Résistance venait d'être frappée au cœur, précisément : Max et les principaux dirigeants avaient été arrêtés à Caluire. On les avait trahis.

J'avais donc appris et transmis à ces mourants *Le Crève-Cœur* d'Aragon :

Je n'oublierai jamais les jardins de la France
Semblables aux missels des siècles disparus

....

On nous a dit ce soir que Paris s'est rendu
Je n'oublierai jamais les lilas et les roses
Et les deux amours que nous avons perdus.

Ce n'est que quelques semaines plus tard, après avoir été parachuté en Lozère, quand j'ai retrouvé, à Mirmande, Annie et François, que j'ai compris pourquoi ce poème, comme une prémonition, m'avait à ce point ému.

Noémie était morte.

Je n'oublierai jamais les lilas et les roses
Et les deux amours que nous avons perdus...

Depuis lors, je n'ai plus cessé de penser à Noémie.

Je revis les quelques jours que nous avons passés ensemble, durant l'été 1939, ici, dans ce mas des Mazan. Je me souviens de la passion qu'elle mettait à dénoncer la lâcheté, la bêtise ou l'arrivisme, du mépris qu'elle manifestait pour Vecchini dont elle ne m'avoua jamais qu'elle avait été la maîtresse, mais comment ne l'aurais-je pas compris ? Je me rappelle son désespoir quand elle apprit la signature du pacte germano-soviétique, et puis la guerre nous sépara.

J'étais parti pour l'Angleterre et quand je crus la retrouver, à l'automne 1943, la mort était allée plus vite que moi.

Plus tard, la douleur s'est apaisée. Il m'a semblé qu'Héloïse, la fille de François et d'Annie, faisait revivre Noémie. Je l'ai regardée, je la regarde encore comme si je voyais celle qui n'est plus.

Et si j'aime tant David, le fils d'Héloïse, c'est que, par une sorte de folie dont je ne peux me déprendre, j'en arrive à croire qu'il est le fils que j'aurais pu avoir de Noémie.

J'ai ignoré Alexandre Hassner, son père, parce que sa présence m'a gêné — me gêne. Je tiens à mon illusion, c'est ma façon de ne pas accepter la mort.

Mais Noémie est morte, et c'est comme si je l'apprenais aujourd'hui, en ce 14 juillet 1981, alors que viennent jusqu'à moi, dans cette pièce sombre et close où j'écris, les rumeurs de la fête.

Il y a quelques instants, Francis Sourdail m'a téléphoné.

Cet homme qui, durant des années, ne m'a appelé que monsieur le député, ou Monsieur Brunel, bien qu'il soit le beau-père de mon fils, voici qu'il me parle avec rudesse, mêlant le tutoiement et le voussoiement : « Pierre, ne fais pas le con, de quoi ça aurait l'air ? Je vous attends sur l'estrade, battu ou pas, ce 14 Juillet. C'est aussi grâce à vous qu'on peut le fêter, non ? Venez, c'est une question de fierté, pour toi, pour moi. »

J'ai hésité, mais le courage m'a manqué.

Serrer la main de ce Jean Legat, monsieur le nouveau député, écouter son discours, l'entendre saluer François Mitterrand et l'Union de la Gauche et savoir que, derrière ce nouveau président et ce programme, il y a d'abord l'ambition d'un homme conduite avec une obstination, une habileté et un cynisme qui m'ont depuis plus de trente ans fasciné, scandalisé, est décidément au-dessus de mes forces.

Je me souviens de Vecchini me disant en 1954 — alors que venait de se constituer un de ces ministères que j'abhorrais, celui de Joseph Laniel, un politicien dont François Mauriac avait écrit qu'il y avait « du lingot dans cet homme-là » —, que je devrais m'attacher à la personne de François Mitterrand, ministre délégué au Conseil de l'Europe, qu'il y avait plus d'avenir chez ce réaliste que chez Mendès. « Tu as choisi le mauvais cheval, avait-il conclu en secouant la tête. Je m'y connais en hommes, crois-moi, Pierre. »

Ce jugement de Vecchini m'eût à jamais éloigné de Mitterrand si j'avais eu l'intention de m'associer à lui.

Comment pourrais-je aujourd'hui écouter les louanges que Jean Legat allait lui tresser ?

Je suis donc ici, au mas, cependant qu'on danse sur la place du château, à Rochegude.

Je pourrais me rendre chez Joseph et Jacqueline.

Il me suffirait de prendre l'allée aux mûriers, de suivre la route en direction de Suze-la-Rousse et, au bout d'une dizaine de minutes, j'apercevrais la bastide Sourdail où habite mon fils. J'entendrais les cris de Martial, de Catherine, de François, je pourrais jouer au grand-père. Jacqueline m'inviterait à dîner et une fois encore Joseph m'expliquerait — « en toute franchise, papa » — pourquoi il n'avait pas voté pour moi. Giscard, c'était le vichysme, le pétainisme, et moi, Pierre Brunel, mendésiste et gaulliste, j'aurais dû rejoindre Mitterrand.

Joseph passerait près de moi, me tapoterait l'épaule d'un geste affectueux et protecteur. Ni lui ni Jacqueline n'avaient voté contre moi, préciserait-il. Je les avais contraints à l'abstention.

Peut-être aurais-je alors claqué la porte.

Autant rester seul ici chez moi, au mas des Mazan.

J'ouvre un livre, je lis quelques pages. Je prépare du café. Cet espace, mon espace me rassure, comme si je ne pouvais plus voir qu'entre ces murs, ne plus saisir que ces objets, parce que mes gestes ont été si souvent répétés qu'ils sont devenus instinctifs. J'étends le bras, je n'ai même pas à regarder, voici la tasse et, tout à côté, le sucrier. Dehors où je vais le matin, marchant entre les vignes, me rendant à Rochegude, il me semble que je suis aveugle, que je ne reconnais plus ma route, que ces visages qui me sourient sont des masques hostiles.

On a voté contre moi. Après treize années, on m'a chassé.

Ce n'est pas tant ma défaite qui m'affecte, mais ce qu'elle signifie. J'ai perdu mes repères. Le monde extérieur a tourné sans moi. Je suis ce que j'étais, les autres ont changé.

Que serai-je dans dix ans, si je vis encore ?

Je n'avancerai plus qu'en traînant les pieds. Cette pièce même me paraîtra trop grande, je n'en connaîtrai plus qu'un coin, peut-être seulement la surface du fauteuil dont je ne bougerai plus.

Tourne le monde sans moi !

C'est cet avenir qui m'angoisse et ma peur est d'une si dérisoire banalité qu'elle m'humilie.

Je devrais avoir atteint la sagesse. Je devrais me souvenir que tout ce que j'ai vécu depuis 1945, il y a trente-six ans, m'a été donné de surcroît. Annie, mon fils, ma vie selon mes convictions, fidèle aux hommes que j'ai admirés — mon père, de Gaulle, Blum, Mendès —, tout ce que j'ai fait, en un sens, je l'ai arraché miraculeusement à la fosse où tous mes camarades ont été jetés.

Et voici qu'il me semble être au bord du trou, que je vais basculer, qu'on me pousse ou que je me précipite, si las, si vulnérable, si anxieux, si déçu alors que je devrais attendre, paisible, que vienne le moment.

J'ai pris ce livre d'Aragon qu'on dirait venu seul sur ma table, à ma rencontre, comme si la poésie m'habitait à nouveau, moi qui, depuis quarante ans, l'avait oubliée, et je m'étonne de mon émotivité. Quelques vers lus çà et là suffisent à me bouleverser. Je les chuchote, je me parle, je me confie.

Quand j'étais jeune on me racontait que bientôt
[viendrait la victoire des anges
Ah comme j'y ai cru comme j'y ai cru mais voilà que
[je suis devenu vieux...

Peut-être toutes les vies se terminent-elles ainsi sur le sentiment d'une impasse, d'un rêve fracassé, et qui sait ce qu'auraient pensé de leur destin François et Noémie s'ils avaient pu marcher jusque-là, quand il n'y a plus de fard pour masquer les rides et qu'on sait que le rêve ne sera pas, jamais, réalisé. Qu'il est devenu ce cauchemar qui se nomme Goulag.

J'ai sur ma cheminée — je n'ai nul besoin de lever

les yeux pour la voir — cette photo de François et de Noémie prise en juillet 1936, sans doute le 13 ou le 14, devant le mas.

Le frère et la sœur dressent le poing et François a passé son bras gauche sur les épaules de Noémie. Ils ferment à demi les yeux, tant la lumière est vive. Ils rient de toute la force de leurs illusions.

A l'angle droit de la photo, cette silhouette dans l'ombre, cet homme, bras croisés, qui les regarde et dont j'ai tant de fois imaginé l'expression ironique et hautaine, c'est Vecchini.

Il m'arrive souvent de penser à lui, à la vie sans croyance qu'il a dû et su mener. Quand je l'ai revu en 1948, puis au fil des années qui ont suivi, je n'ai éprouvé à son égard aucune haine. Il n'avait pas été le pire. Il ne s'était pas enfui en Suisse comme Benoît de Serlière. Il servait avec talent ceux qui l'employaient, convaincu — comme moi — qu'il fallait à tout prix éviter que l'Europe ne passe du joug brun à la prison rouge.

Au cours de nos rencontres, je l'ai à chaque fois regardé avec étonnement. Il paraissait ne pas vieillir, comme si le temps n'avait pas eu de prise sur lui, ni les vicissitudes, ni la prison, ni les insultes, comme si de n'avoir jamais cru qu'en lui-même, d'avoir, dès ces années où nous nous croisâmes pour la première fois, parié sur l'impossibilité de changer les hommes, leur gouvernement et leur âme, l'avait rendu inaltérable.

Je me souviens qu'après l'avoir vu, en 1975, dans son petit bureau de l'Élysée si semblable à celui que j'avais occupé durant dix années, où j'avais dû me rendre pour solliciter une intervention au bénéfice d'une entreprise de Suze-la-Rousse, j'avais été si impressionné par sa juvénilité, le brillant de ses yeux, que j'avais dit à Annie qu'il était le diable en personne, ou qu'il avait passé un pacte avec lui. Elle s'était emportée, me reprochant de ne pas avoir rompu avec l'homme qui avait été responsable, à son avis — ce que je ne croyais pas —, de l'arrestation de François Mazan. Pire, d'avoir accepté son aide en 1968, au moment de mon élection, et même, avant, celle de la banque Wysberg et Cie qui finançait *L'Heure de Paris*, mon journal.

Tout cela me semble lointain, comme une vaine querelle. Mais une question m'obsède encore : faut-il ne pas avoir de rêve pour résister à l'usure du temps, faut-il dès l'origine avoir su qu'il n'y aurait pas de « victoire des anges », qu'un jour on serait « sur le seuil de la vie et de la mort, les yeux baissés, les mains vides », pour vivre jusqu'au bout sans angoisse ?

Comment Vecchini juge-t-il sa vie aujourd'hui ?

Et que vaut vraiment la mienne ?

26

Ils ont trouvé le corps de Pierre Brunel entre les ceps de vigne, au bout du chemin de la Source, en contrebas de la route de Rochegude, non loin de la stèle de granit noir qui rappelle l'assassinat de Noémie Mazan, le 8 octobre 1943, par la Milice.

Il était nu.

Si blanc sur cette terre rouge, maigre, avec la peau déjà fripée des vieux, les pieds écorchés d'avoir marché depuis le mas, sans doute à travers champs, que ceux qui le virent, à l'aube de ce 15 juillet 1981, deux ouvriers agricoles portugais, puis Francis Sourdail, le maire de Rochegude qu'ils étaient allés réveiller dans sa bastide à quelque deux cents mètres de là, avaient été saisis, n'osant approcher, comme si cette nudité était plus effrayante que la mort elle-même.

Pierre Brunel s'était tiré un coup de feu en plein cœur. Il avait été projeté en arrière et était étendu, couché sur le dos, bras en croix, yeux grands ouverts. Tout le côté gauche de sa poitrine était recouvert d'une tache brunâtre de sang séché qui cachait la plaie.

La main gauche était ouverte, légèrement soulevée au-dessus du sol, et Sourdail n'avait pu détacher ses yeux de ces doigts-là, longs, à demi dissimulés par les feuilles de vigne ; on aurait dit que Brunel avait tendu le bras, la main, pour cueillir une grappe qu'on devinait cachée, un peu trop éloignée des doigts qui n'avaient pu l'attraper.

La main droite était crispée sur le pistolet à crosse de bois.

Ils étaient donc restés à distance du corps, les deux ouvriers encore en arrière de Francis Sourdail, tous trois tête baissée, comme s'ils n'osaient regarder, honteux de contempler cependant cette mort impudique.

Le soleil avait tout à coup surgi derrière les hauteurs de Vaison-la-Romaine et la campagne s'était mise aussitôt à bruisser. Cette brusque lumière vive, aveuglante, le chant stridulant des cigales avaient comme secoué les trois hommes.

Le maire avait fait un pas vers le corps, puis s'était immobilisé. Cette nudité lui interdisait d'approcher. Elle était plus que la mort, le défi provocant qu'avait lancé Pierre Brunel.

Sourdail avait demandé qu'on aille chez lui chercher une couverture, qu'on téléphone aux gendarmes et que l'autre ouvrier coure chez Joseph Brunel, l'avertir. Mais, au moment où l'homme s'élançait sur la route, Sourdail l'avait rappelé, lui disant d'attendre, qu'il fallait que le corps de Pierre Brunel fût d'abord recouvert, qu'on ne pouvait le montrer comme ça à son fils.

Pas à son fils, avait-il répété.

Il avait attendu, les doigts croisés devant sa bouche et, à le voir ainsi figé dans les vignes, tête nue, on eût pu croire qu'il priait.

Joseph Brunel n'avait pas vu le corps nu de son père.

On l'avait caché avec une couverture d'un bleu vif, incongru sur ce corps, cette terre, sous ce soleil.

Joseph s'était approché, agenouillé, tendant la main sans oser toucher ce front, ces paupières, et Sourdail l'avait pris aux épaules au moment où il allait se coucher là, sur ce corps qu'il n'avait plus serré depuis des années, depuis l'enfance, se contentant de l'effleurer des doigts, à peine des lèvres parfois, quand Pierre Brunel partait pour Paris et passait à la bastide voir ses petits-enfants.

Trop tard, trop tard, avait répété Joseph.

Toute cette journée du 14 Juillet, il avait eu envie de téléphoner à son père, de se rendre au mas des Mazan, et puis, par un mélange de gêne et de ressentiment, il y avait renoncé.

Cela faisait des années, peut-être depuis qu'il avait eu quinze ans, vers 1960-62, alors qu'il était élève au lycée Buffon, qu'il reprochait à son père cet engagement politique qui lui faisait honte. Député de la majorité, celle qui en 1968 leur avait fait taper sur la gueule, « les C.R.S. de papa », comme il disait à sa mère ! Et ses relations maintenues avec des hommes au passé trouble, ce Vecchini qui parfois téléphonait, dont on parlait à table, la mère de Joseph n'acceptant pas, disait-elle, que Pierre revît ce type-là.

« Important, Vecchini, ripostait Pierre Brunel. Argent et donc pouvoir, et même des vues lucides, souvent. »

C'est contre son père que Joseph Brunel était retourné à Mazan, qu'il avait épousé Jacqueline Sourdail, refusé de poursuivre ses études, Sciences po, l'ENA, haut fonctionnaire... Il n'était pas fait — il l'avait hurlé lors de leur seule dispute violente, en 1968 — pour être un serviteur, un larbin, même un chef de rang de l'État !

A Rochegude, peu à peu, parce que trois enfants étaient nés, que les vies s'étaient ainsi séparées, Joseph Brunel ne s'était plus opposé à son père. Mais ils n'avaient plus rediscuté. Et Joseph prenait toujours soin de garder ses distances, écartant ses mains ouvertes : « Moi, avait-il dit, monsieur le député Pierre Brunel, je ne le connais pas ; mon père, oui, mais le député, rien à voir. » Il répondait ainsi à ceux qui le sollicitaient, et on avait compris dans la circonscription qu'en effet, entre père et fils, pour la politique, ça ne se passait pas bien.

Joseph, il a choisi le côté de sa femme, celui des Sourdail, disait-on.

A chaque élection, il s'abstenait. On ne s'étonnait plus de ça. On disait en riant à Pierre Brunel : « Votre fils, monsieur le député, il vous succédera pas, ou alors contre vous. »

Fini, tout cela !

Sourdail avait serré Joseph Brunel contre lui, lui murmurant que c'était comme ça, qu'on n'y pouvait rien, que ça venait sûrement de loin, qui sait ce qu'on avait dans la tête quand on avait été là-bas, dans les camps.

Sur la route, un petit groupe s'était formé, des gens venus des mas avoisinants et de Rochegude.

On chuchotait, on entourait la voiture des gendarmes et l'ambulance.

On se haussait sur la pointe des pieds pour voir cette tache bleue sur la terre rouge.

On disait qu'on l'aimait bien, Brunel, puis, plus bas, quelqu'un murmurait qu'il était nu, qu'on l'avait retrouvé nu. Et les gens se taisaient longuement. Peut-être des rôdeurs, reprenait l'un d'eux. Tout est possible, il y en a qui ne respectent rien, pas même la mort.

Peu à peu, ils s'éloignaient tout en parlant, repoussés par les gendarmes : « Allons, allons, il n'y a rien à voir. »

Et le corps passait sur un brancard.

On le chargeait dans l'ambulance.

S'il était nu, avait dit quelqu'un plus fort, c'est qu'il était fou.

Et, brusquement, tous s'étaient égaillés, les uns se

dirigeant vers les vignes, les autres vers Rochegude, comme si d'avoir prononcé ou écouté ou seulement pensé cette phrase les avait terrorisés, à l'instar d'un sacrilège.

— Fou ? avait dit Joseph Brunel en se retournant, menaçant.

— Laisse, laisse, avait répondu Sourdail en le soutenant, puis en l'entraînant sur la route vers le mas des Mazan.

Plus tard dans la journée, alors que Joseph Brunel était seul dans la grande pièce sombre, aux volets tirés, la lampe allumée sur la table éclairant les papiers en désordre que Pierre Brunel avaient laissés là, comme s'il allait revenir les classer ou bien achever ces quelques pages qu'il avait commencé d'écrire et que Joseph avait lues : « J'ai eu soixante-cinq ans hier, le 13 juillet 1981 », une fois, deux fois, dix fois, ne parvenant pas à s'arracher à ces phrases, à ce début de confession, à cet aveu d'angoisse et de désarroi, à ces souvenirs, à cette fosse où s'entassaient des cadavres nus — plus tard, Joseph Brunel s'était mis à sangloter, parce qu'il ne savait rien de ce que son père avait vécu, rien, hormis quelques bribes, il ne savait pas davantage s'il oserait interroger sa mère maintenant — et, même si elle parlait, ce serait une autre voix, un autre regard, une autre mémoire.

Comme un fou — c'était bien lui le fou, et non pas son père — il avait laissé perdre cette source alors que, durant des années, il aurait pu y puiser, s'y désaltérer.

Il avait passé l'après-midi au mas des Mazan, laissant sa femme avertir sa mère.

Annie Parrain, expliqua Jacqueline, avait pris la nouvelle avec ce courage qu'on lui connaissait, disant seulement « Je viens », puis, comme si c'était là l'essentiel, elle avait répété : « Comment va Joseph ? »

Et elle avait demandé à Jacqueline de ne pas quitter son mari.

« Elle se fait du souci pour toi », dit Jacqueline. Mais Joseph avait renvoyé sa femme, refusé de rappeler sa mère.

Qu'on le laisse seul dans cette maison, qu'on le laisse lire et relire, ouvrir ces livres, ces armoires, pleurer.

Qu'on le laisse.

Le téléphone avait sonné plusieurs fois sans que Joseph réponde. Il avait posé sa tête sur la table, les bras étendus de part et d'autre, semblant dormir, les larmes formant de petites auréoles sur ces pages écrites il y avait quelques heures à peine, mais c'était encore du côté de la vie et peut-être eût-il suffi d'un mot pour que son père ne franchisse pas le fleuve, n'aille pas du côté des morts.

Les heures passant, Joseph s'était redressé, faisant glisser sous ses doigts ces papiers que son père avaient rassemblés sur la table.

Il y avait là des feuillets sur lesquels Pierre Brunel s'était contenté de griffonner quelques phrases, comme s'il avait laissé libre cours à sa pensée.

Il avait ainsi écrit en haut d'une page blanche : « Que puis-je savoir ? Que dois-je faire ? Que m'est-il permis d'espérer ? »

Et, plus bas, encadré dans un rectangle d'une main ferme — le trait avait été repassé plusieurs fois :

RIEN RIEN RIEN

Ce mot trois fois répété comme un mur dressé contre lequel Pierre s'était jeté.

Joseph avait aussi trouvé ce faire-part de deuil, un bristol bordé de noir :

M. Robert CHALLES
Président
le Directoire et le Conseil d'administration
de la

Banque Wysberg et Cie
a la douleur de vous faire part
du décès de
Paul-Marie WYSBERG
Président honoraire
Disparu dans sa quatre-vingt-cinquième année.
Un service funèbre a été célébré dans l'intimité
en l'Église Saint-Honoré d'Eylau
à Paris
le 1er juillet 1981.

A ce faire-part était agrafée une feuille couverte d'une écriture minuscule, mais aux lettres bien distinctes :

Cher Pierre,

Tu as sans doute appris le décès de Paul-Marie Wysberg que tu connaissais. Souviens-toi des années cinquante ! Il y a trente ans ! Ci-joint le faire-part, si tu n'as pas été averti.

J'ai noté que tu n'avais pas été réélu. Je le regrette pour l'Assemblée et le pays. Mais que vaut la valeur des hommes en démocratie ?

Tu sais ce que je pense depuis toujours de ce système pervers. Le moins pire, disait Churchill, je crois. Je n'en suis pas sûr.

Mais ne rouvrons pas nos vieilles polémiques.

Voilà des mois que je ne t'ai vu ni entendu. Si tu viens à Paris, téléphone-moi. J'ai toujours mon bureau à l'Institut de Recherches sur la Civilisation européenne.

Amitié, malgré tout, n'est-ce pas ?

Antoine Vecchini

P.S. Je me demande si Paul-Marie Wysberg n'est pas la première victime de François Mitterrand. Wysberg craignait par-dessus tout la nationalisation de sa banque.

Wysberg, Vecchini, ces noms si souvent entendus autrefois dans son enfance, ces noms qui avaient été entre Joseph, sa mère et son père autant de sources de conflits, il semblait à Joseph qu'ils avaient annoncé la mort de son père, qu'ils l'expliquaient, comme si la complicité de Pierre Brunel avec un monde qu'il jugeait inacceptable avait creusé cette fosse dans le cœur même de son père et qu'à la fin il s'y était précipité.

Mais que savait-il, Joseph, du rôle de ces hommes, Wysberg, Vecchini, de la carrière de son père dont il s'était contenté de connaître les apparences : journaliste dans les années cinquante, membre du cabinet de De Gaulle à partir de 1958, et ce durant dix ans, puis député jusqu'à ces dernières semaines. Belle carrière dont Joseph avait récusé chaque étape ! Et dont la mort volontaire de Pierre Brunel révélait l'échec, ce que son fils avait toujours pressenti.

Peut-être même Joseph ne s'était-il dressé contre son père, ne l'avait-il si souvent contesté, condamné, que pour le protéger, l'avertir ?

Trop tard.

Joseph s'était penché sur le livre ouvert placé un peu à droite des papiers, et il s'était mis à parcourir ce qui avait peut-être été la dernière lecture de son père avant qu'il ne sorte dans la nuit :

Je vous laisse à mon tour comme le danseur qui se lève
[une dernière fois
Ne lui reprochez pas dans ses yeux s'il trahit déjà ce qu'il
[porte en lui d'ombre
Je ne peux plus vous faire d'autres cadeaux que ceux de
[cette lumière sombre
Hommes de demain soufflez sur les charbons
A vous de dire ce que je vois.

27

Qu'avait-il vu, Pierre Brunel, au bout de soixante-cinq années de vie, pour choisir cette nuit-là, alors que le feu d'artifice tiré depuis le château de Rochegude illuminait le ciel, de s'en aller nu, parmi les vignes, marchant et trébuchant sur cette terre sèche, grumeleuse et rougeâtre, afin de s'y tuer ?

« C'est là », avait dit Francis Sourdail en tendant le bras, en montrant à Annie Parrain ces mottes piétinées entre deux rangées de ceps. C'est là qu'on l'avait trouvé et — Sourdail baissa la voix pour dire une nouvelle fois l'inacceptable — il était nu.

C'était au retour de la cérémonie, le 18 juillet, le corps enseveli, les amis dispersés ; ne restaient sur la route, non loin de la stèle de granit noir qui rappelait l'assassinat de Noémie Mazan, que Francis Sourdail et Annie Parrain. Annie avait voulu que Sourdail lui montre une nouvelle fois où on avait trouvé le corps de Pierre.

Avec une insistance que Francis Sourdail trouvait malsaine, morbide même, elle lui avait demandé de décrire à nouveau comment il l'avait vu, ce corps, et, avec le même effroi, il avait dit qu'il était nu, blanc, renversé, bras ouverts, une grande auréole brune couvrant sa poitrine du côté gauche.

Puis elle avait souhaité que Sourdail la laisse là, seule, sur le bord du talus, et, comme il hésitait, elle lui avait dit durement qu'il lui fallait se recueillir et qu'elle ne pouvait pas, en présence de quelqu'un. Il devait comprendre ça, non ?

Il était parti, se retournant souvent, la voyant descendre le talus en s'appuyant de la main gauche à la stèle. Elle avait alors disparu entre les vignes et, de colère et d'angoisse, Sourdail avait haussé les épaules : après tout, qu'elle fasse ce qu'elle veut, elle est médecin, elle doit savoir.

Mais il avait marché rapidement vers la bastide qu'il partageait avec Joseph Brunel pour l'avertir que sa mère était là-bas, qu'elle avait voulu y rester seule et que lui, Sourdail, ne pouvait rien lui dire, mais Joseph, c'était le fils, alors qu'il s'en occupe, parce qu'après tout, Annie Parrain, elle non plus n'était pas toute jeune, plus de soixante-cinq ans, non ? Et est-ce qu'on sait ce qui peut se passer dans un cœur, dans une tête, quand on se trouve là, sur le lieu où celui avec qui on vit depuis trente-cinq ans s'est tué, nu, par une nuit de 14 Juillet ? Est-ce qu'on sait ?

Joseph s'était précipité, courant sur la route, ne s'arrêtant qu'à quelques pas de la stèle.

De là, il avait vu sa mère agenouillée à même la terre, mains jointes devant sa bouche, la tête penchée.

C'était la première fois de sa vie qu'il la découvrait ainsi, en prière.

Il en avait été si étonné, n'ayant jamais imaginé qu'elle eût pu croire, invoquer Dieu, même pour la mort de son mari, qu'il avait vite reculé, honteux de l'avoir surprise, et quand il avait été trop loin pour l'apercevoir, il s'était mis à l'appeler. Mais elle n'avait pas répondu et il avait dû avancer lentement, pour lui laisser le temps de se redresser si elle voulait, de remonter sur la chaussée.

Mais quand il avait à nouveau atteint la stèle, Annie Parrain était toujours là, n'ayant pas bougé, dans l'attitude d'une femme qui prie, et Joseph, ne pouvant le concevoir, se répétait : à quoi elle pense, de quoi elle se souvient ? — n'imaginant pas qu'elle pût, elle, sa mère, demander miséricorde à un Dieu dont elle ne lui avait jamais parlé.

A la fin elle s'était levée, saisissant la main que Joseph lui tendait pour gravir le talus.

« Tu étais là », avait-elle murmuré, puis, d'une voix sourde, elle avait ajouté : « Oui, Joseph, j'ai prié, pourquoi pas ? Qu'est-ce qui reste quand on imagine ça ? »

Elle s'était retournée, elle avait montré la terre, puis elle avait pris le bras de son fils et ils avaient marché ensemble vers le mas des Mazan.

C'était le soir, le silence déjà tombé, mais le jour n'en finissait pas de s'étirer en longues traînées rouges et grises.

Ils avaient avancé à petits pas, comme s'ils avaient eu peur, l'un et l'autre, d'atteindre trop vite cette maison où ils ne trouveraient plus Pierre Brunel lisant, les coudes appuyés sur la table de pierre, sur l'aire, là où ils l'avaient vu tant de fois, toujours la cravate nouée, quelle que fût la chaleur, les manches boutonnées, si strict, si digne, comme s'il avait voulu tenir son corps caché pour le contraindre à demeurer droit en l'enfermant dans des vêtements austères, et tout à coup — ils y pensaient avec la même frayeur — il était sorti nu, lui qui passait sa veste pour prendre ses repas en famille...

Quand ils avaient été sur l'aire, l'un et l'autre avaient hésité à entrer et c'est Annie Parrain qui, la première, s'était assise à cette table, là où il avait coutume de s'installer — et, avant lui, Noémie Mazan.

Joseph était resté debout, regardant l'horizon vers l'ouest, vers les embrasements changeants du crépuscule.

Annie avait d'abord dit qu'elle ne savait pas que Pierre était à ce point malheureux, qu'elle n'avait pu l'imaginer, qu'elle était donc coupable puisqu'elle n'avait rien compris. Peut-être, tout au long de leur vie côte à côte, trente-six années, n'avait-elle jamais vraiment prêté attention à ce qu'il était, à ce qu'il cherchait, à l'inquiétude qui le rongeait.

Elle avait jugé, condamné (« Toi aussi, avait-elle ajouté en se tournant vers Joseph, toi aussi, souviens-toi, en 1968, cette scène entre vous deux ») quand il lui rapportait qu'il avait vu Vecchini — Vecchini, c'est lui qui avait dénoncé François Mazan, un collaborateur, un salaud — ou ce banquier Wysberg, tous ces gens qu'elle considérait comme ses ennemis. Dès ce moment-là, dès 1948, ils avaient à peine plus de trente ans, et eux, les enfants, quatre ans pour Héloïse, deux pour Joseph, Annie avait refusé de savoir ce que faisait Pierre. Elle avait ouvert son cabinet médical au-dessus de l'appartement de la rue Michel-Ange, y passant ses journées, et elle ne voyait Pierre que pour de brefs instants : un déjeuner le dimanche avec les enfants, quand il n'était pas retenu par un reportage ou une réunion, quelques jours ensemble ici, au mas des Mazan.

Puis il était devenu député en 1968 et un élu, ça ne vit pas avec les siens. Mais on était déjà vieux, plus de cinquante ans, et les enfants se marièrent. Pierre et Annie avaient alors mené leur vie chacun de leur côté.

Qu'est-ce qu'elle avait su de lui, de cet homme qu'elle avait accueilli en 1945, dans ce salon de l'Hôtel Lutétia, qu'elle avait voulu arracher à la mort, croyant y parvenir — mais c'est si court, une vie, et elle ne l'avait pas sauvé, puisqu'il s'était tué comme ça.

Il faut qu'on comprenne, avait-elle dit.

Puis, peut-être parce que Joseph n'avait point répondu, ne la regardant même pas, elle avait ajouté qu'*elle*, elle devait comprendre pourquoi, sinon elle ne pourrait plus vivre que dans l'horreur, ce sentiment de n'avoir rien fait pour l'aider, rien.

Joseph s'était alors assis près de sa mère, lui avait passé le bras autour du cou, l'avait attirée contre lui.

Qu'est-ce qu'on y pouvait, au malheur intime des gens ? avait-il dit d'une voix lente, comme si c'était lui, à même pas quarante ans, qui savait ces choses et que sa vieille mère, médecin pourtant, avait été plus naïve ou plus exigeante que lui. Peut-être parce qu'elle appartenait à ces générations d'antan qui avaient connu tant d'élans, montré tant de courage aussi, qu'elles persistaient à croire que l'on pouvait comprendre ?

Lui, Joseph, avait abandonné toutes ces illusions-là il y avait déjà une dizaine d'années.

Mais Annie Parrain s'était écartée de son fils, se dégageant de son bras, secouant la tête.

Pierre, son mari, s'était tué et elle ne pouvait accepter cela sans agir, parce que — elle s'était interrompue, hésitant d'abord à dire ce qu'elle avait en tête, puis reprenant — parce que, depuis qu'elle avait appris les circonstances de ce suicide, elle devait aller jusqu'au bout.

Cette mort qu'il s'était donnée, c'était comme un châtiment, la preuve qu'il avait voulu s'humilier, presque s'avilir, se réduire à rien, s'exposer à tous, lui qui ne retroussait jamais ses manches, qui recevait les viticulteurs venus lui présenter une requête dans son costume croisé fermé, debout, se gardant de toute familiarité, courtois mais distant, si bien que ces hommes étaient intimidés, lui en voulaient de ne pas les flatter, l'accusaient d'être resté un Parisien et cependant le respectaient, votaient pour lui, du moins jusqu'à cette année-ci. Or cet homme-là avait choisi de s'exhiber mort.

Pourquoi cette cruauté à l'égard de lui-même ? avait-elle dit encore. C'était comme s'il s'était tué deux fois.

Joseph avait haussé les épaules. Il avait osé murmurer : un moment de folie, de dépression, après cette défaite.

Elle avait secoué la tête. Cette folie-là, elle était, comme souvent les accès de démence, un aveu, un châtiment cruel que Pierre s'était infligé aux yeux de tous.

Voilà, avait-elle dit en se levant. Et comme Joseph s'avançait avec elle vers la maison, elle s'était arrêtée, lui demandant de la laisser seule. Qu'il ne s'inquiète pas : elle serait encore là demain matin et bien d'autres jours, tant que la vie durerait en elle.

Mais elle voulait réfléchir, seule.

Comme Joseph s'éloignait, elle l'avait rappelé.

Dans quelques jours, peut-être, elle lui demanderait de rencontrer pour elle — elle, elle ne pouvait pas ; elle s'était interrompue : il faudrait qu'elle lui raconte ça, ce qu'elle avait vécu avant d'épouser Pierre, car elle avait eu toute une vie avant, que ni Joseph ni Héloïse ne connaissaient, et il faudrait que ses enfants sachent — donc, elle allait y songer cette nuit, elle demanderait peut-être à Joseph de rencontrer Vecchini : il se souvenait de Vecchini ?

Joseph avait répondu d'une inclinaison de tête et avait dit qu'il y avait, elle la trouverait, une lettre de Vecchini sur la table, dans la salle.

— Tu vois, tu vois, avait murmuré Annie.

Puis elle était rentrée dans le mas.

28

Annie Parrain-Brunel n'avait quitté le mas des Mazan qu'à la mi-octobre.

Elle avait prétendu et même cru que c'était la pluie qui l'avait chassée, décidée à regagner Paris. Durant plusieurs jours, à partir du 8 exactement, le ciel était resté couvert, les nuages bas filant vite vers le Diois, des échancrures bleues n'apparaissant que le soir, étouffées au bout de quelques minutes par la nuit précoce. La plaine, le chemin de la Source conduisant au mas étaient gorgés d'eau, le vent soufflait froid ; les viticulteurs, dont son fils Joseph qui lui rendait visite tous les jours, s'emportaient contre ce temps qui pourrissait les grappes pas encore récoltées.

Cette humidité lui était insupportable, avait-elle dit.

C'était une gangrène qui transformait le sol en boue, faisait tomber les feuilles, rendait la terre spongieuse. Annie avait senti que la peine et le désespoir qu'elle avait contenus tant qu'avaient duré ces cieux implacables, cette chaleur sèche, ce soleil aveuglant, la rongeaient insidieusement. Elle avait craint d'avoir envie, elle aussi, de ne pas continuer, puisque Pierre était parti. Elle avait redouté ce désir de rester couchée tard, de s'enfermer dans les souvenirs, de s'envelopper dans les couvertures, de céder à la fatigue ; un jour, c'était si facile pour elle de choisir d'en finir. Il suffisait d'avaler ces calmants, là, dans l'armoire à pharmacie.

Mais il y avait plus que cela.

L'espérance qu'elle avait mise au printemps dans ce qu'on appelait la victoire de la gauche, il lui semblait que, comme le raisin, elle aussi pourrissait déjà sur pied. Rien n'avait changé hormis les visages des hommes au pouvoir, et les jugements de Pierre lui revenaient.

Quand elle lui avait dit qu'elle allait voter pour ceux qu'elle nommait « les miens » — la Gauche, quoi ! —, il avait ricané.

Les siens ?

Mitterrand, qu'on avait décoré de la francisque en 1942 ? « 1942, Annie, tu te souviens de 1942, de ce que tu pensais à ce moment-là, de ce que faisaient François et Noémie ? »

Les siens ?

Marchais et les communistes, l'un qui avait été travailleur en Allemagne en 1942, les autres qui n'avaient rien compris à ce qu'était l'ordre soviétique ?

Elle avait refusé de discuter avec lui, lui lançant seulement ce nom de Vecchini, parce qu'entre eux ce nom-là signifiait la discorde, la guerre même, et cela depuis 1948, quand Pierre lui avait un jour confié qu'il avait déjeuné avec lui, car, après tout, Vecchini avait eu beau collaborer, il les avait sauvées, elle et sa fille, et surtout il s'était dressé contre cette menace soviétique qui avait submergé l'Europe.

Et puis, avait-il ajouté, dédaigneux, haussant les épaules, Vecchini, ce n'était pas le sujet !

La vérité, c'est qu'elle allait voter pour ceux que lui, Pierre, combattait. Elle le connaissait, lui, mais elle préférait les autres. Au reste, il s'en moquait. Qu'elle choisisse la gauche, et elle verrait !

Une fois, une seule fois, parce qu'elle n'avait pas voulu l'accabler, elle avait dit que les enfants, Joseph, Héloïse et son mari, Alexandre Hassner, eux étaient avec elle contre lui, et que cela aurait dû le faire réfléchir depuis longtemps.

Chacun pense ce qu'il veut, ce qu'il peut, avait-il répondu, et il était reparti pour Rochegude mener campagne.

Battu, Pierre, corps nu couché sur la terre, bras en croix.

Elle avait pu vivre avec ça les mois ensoleillés. Durant tous ces jours de chaleur, la douleur avait été franche, tranchante ; la plaie en elle avait été nette. Maintenant, avec la pluie et bien que le temps eût passé, la blessure s'était mise à suppurer.

Mais était-ce vraiment la pluie qu'elle ne supportait pas ?

Le 8 octobre, premier jour d'orage, elle avait assisté à la cérémonie qui, chaque année, célébrait la mémoire de Noémie Mazan.

Ils étaient là devant la stèle de granit noir, ces vieux qui se souvenaient, les trois porte-drapeaux, le clairon — un enfant d'une dizaine d'années qui avait ému Annie aux larmes parce qu'il ressemblait à David, son petit-fils — et Francis Sourdail, le maire de Rochegude. Quant à l'homme qui se tenait près de lui, petit, noiraud, une moustache barrant son visage rond, le menton levé, la poitrine coupée par l'écharpe tricolore, les mains derrière le dos, ce qui lui permettait de bomber le torse, elle n'avait pas voulu penser qu'il s'agissait du nouveau député, celui qui avait battu Pierre, et elle savait pourtant que c'était bien Jean Legat.

Il avait pris la parole après Francis Sourdail. Elle n'avait entendu aucun des mots qu'il prononçait, sensible seulement à ce ton, à cette voix un peu rauque, à la cadence heurtée des phrases, à la vanité qu'exprimaient les traits de cet homme, et il lui avait semblé qu'à chaque fois qu'il citait le nom de Noémie Mazan, il violait le souvenir de son amie. Tout en parlant, il regardait autour de lui comme s'il s'était adressé à une assistance nombreuse, caricature de tribun, homme d'apparence et de tréteaux, et elle avait été désemparée à l'idée que c'était cet homme-là qui avait succédé à Pierre et qui la représentait, elle, puisque, comme il disait — il avait bien fallu qu'elle entende ces mots, car il les avait répétés —, il était le député de la gauche.

Elle avait éprouvé un sentiment de honte quand, à la fin de son discours, il était venu vers elle, lui disant qu'il regrettait pour Pierre Brunel, ce héros de la Résistance. Et elle avait eu la tentation de le gifler lorsqu'il avait ajouté — « Excusez-moi, madame, mais je dis ce que je pense, toujours » — que Pierre Brunel avait eu le tort de ne pas comprendre que c'était la gauche et François Mitterrand qui incarnaient à présent l'esprit de la Résistance.

Elle lui avait tourné le dos.

Ç'avait été une nuit de pluie diluvienne, les trombes d'eau frappaient les volets de plein fouet, les grêlons même martelaient les tuiles et comme elle n'avait pu dormir, si touchée — torturée, avait-elle pensé, mais elle avait rejeté ce mot : est-ce qu'on avait le droit d'utiliser ce genre de mots quand on savait ce qu'ils avaient représenté pour François, pour Pierre ? — par ce qu'elle avait vu, entendu, elle était restée longuement prostrée dans l'obscurité, le courant ayant été coupé chaque fois que claquait la foudre.

Au matin, alors que la pluie continuait, elle avait, grelottante, regardé cette plaine grise, ces vignes saccagées, cette eau boueuse qui ruisselait sur l'aire, et elle avait aussitôt téléphoné à Joseph, disant qu'elle voulait quitter le mas des Mazan. Il lui avait semblé que si elle restait là quelques heures de plus, elle mourrait. Mais la bastide de Joseph était inondée, comme les caves de la coopérative, et Joseph n'avait pu la conduire en Avignon que trois jours plus tard, sous la pluie qui n'avait pas cessé.

Ils n'avaient pas parlé de tout le trajet.

Ni elle qui s'était sentie coupable de quitter le mas comme si elle abandonnait Pierre une nouvelle fois, ainsi qu'elle l'avait déjà fait, au printemps, et qu'elle le condamnait par là, sachant ce qui allait advenir : cette mort renouvelée, l'oubli peut-être, car elle allait être reprise par la vie, les malades affluant à son cabinet, rue Michel-Ange, les visites chez Héloïse et Alexandre Hassner, David qui se serrerait contre elle, lui demanderait de lire « ce passage-là, Annie, celui-là » ; il l'appelait Annie avec une assurance qui lui rappelait François Mazan auquel il ressemblait, imaginait-elle. Il y aurait alors si peu de place pour le souvenir de Pierre, si peu...

Ni lui, Joseph, qui aurait voulu la questionner, la rassurer, mais n'osait pas, se bornant, sur les lignes droites conduisant d'une seule main, à lui prendre l'épaule, à lui murmurer que ce n'était la faute de personne et qu'elle le savait bien : son père était mort des camps, les bourreaux l'avaient empoisonné et si Pierre Brunel avait résisté toutes ces années, c'était grâce à elle, « oui, grâce à toi, maman ».

Puis, devant la gare, comme s'il avait retenu sa question jusque-là, il lui avait rappelé qu'en juillet, elle lui avait suggéré de rencontrer Vecchini. Le souhaitait-elle toujours ?

Elle avait fait oui, sans réfléchir, se le reprochant aussitôt, et comme il l'interrogeait encore, s'inquiétant de ce qu'elle voulait vraiment qu'il demande à cet homme qu'elle avait toujours dénoncé, méprisé — ne se souvenait-elle pas des fréquentes disputes entre elle et son père ? Joseph en avait gardé une mémoire précise ; Vecchini, à ses yeux, c'était le salaud —, elle avait dit comme on se débat, d'une voix aiguë, que Joseph pouvait ne pas solliciter ce rendez-vous ; elle savait bien que Vecchini était une ordure, mais pouvait-on savoir ce qu'allait devenir un Jean Legat, ce qu'il aurait fait en 1940 ou 42, avec ses allures de petit Doriot si infatué de lui, si veule, si ridicule ?

Joseph l'avait tendrement embrassée. Que voulait-elle vraiment ? Qu'elle cesse donc de s'emporter contre un Legat, contre tous ces gens-là. Est-ce qu'ils en valaient la peine ?

Que voulait-elle ? Il le ferait.

Elle était restée le visage contre la poitrine de son fils, elle avait pleurniché et s'était méprisée pour cette faiblesse de vieille femme.

Elle ne savait pas ce qu'elle voulait, sinon comprendre, elle l'avait dit tant de fois déjà, comprendre ce qui était arrivé à Pierre, pourquoi il avait fait ça, ça la concernait, elle, et peut-être Vecchini était-il l'un de ceux qui pouvaient expliquer — mais peut-être pas, peut-être qu'au contraire, étant un pervers et un habile, brouillerait-il les pistes ? Est-ce qu'on avait besoin de lui ? Non, que Joseph ne le voie pas, surtout, qu'il ne le voie pas.

Puis elle avait murmuré que Pierre Brunel avait rencontré Vecchini régulièrement après 1948, qu'ils se connaissaient depuis les années de l'École Normale et qu'il y avait eu encore cette lettre de lui, en juillet.

Joseph avait écouté sa mère, la tête penchée, la soutenant, l'accompagnant jusqu'à son compartiment, l'installant à sa place. Il lui avait caressé les cheveux, l'avait embrassée ; il avait chuchoté qu'il irait, mais il fallait qu'elle se calme. Il lui raconterait, après.

29

Avant même de pénétrer dans le bureau de Vecchini, Joseph Brunel avait su qu'il allait perdre, être humilié. Le fait même qu'il fût assis là, dans l'antichambre des bureaux de la direction de la banque Wysberg et Cie, était le signe de sa reddition.

Alors même qu'il se dirigeait vers l'huissier, il avait

éprouvé aussitôt un sentiment de rancœur et d'amertume envers ses parents, l'un et l'autre, qui l'avaient contraint à se trouver là.

A commencer par son père, en se tuant. Son pauvre père qui s'était laissé reprendre par la mort à laquelle il avait cru échapper en 1945, oui, son père avait ainsi capitulé avant terme. Vecchini, le salaud, l'ordure, comme avait dit durant des années sa mère, était vivant, lui. Son nom, Joseph l'avait remarqué dès l'entrée, dans l'antichambre : *M. VECCHINI, Conseiller du Président,* gravé sur une plaque de cuivre brillante. En la regardant, attiré par son éclat, en déchiffrant ce nom en grosses lettres noires, Joseph Brunel avait imaginé la femme, la pauvre femme qui, chaque jour, devait astiquer ce métal d'un mouvement lent, une vaincue elle aussi.

Il en avait aussi voulu à sa mère, sa pauvre mère qui avait eu l'idée folle de l'envoyer ici, et lui, docile comme à l'habitude, s'était soumis à cette lubie de vieille femme contradictoire qui espérait peut-être, qui sait, prouver à Vecchini qu'elle avait un fils bien vivant, jeune, vigoureux, et qu'elle le déléguait pour montrer que le perdant, c'était lui, Vecchini, sans descendance. Qu'avait-elle pu escompter d'autre ?

Depuis son enfance — il semblait à Joseph que cela avait commencé avec l'éveil de sa mémoire, dans les années cinquante, quand il avait cinq ou six ans —, il avait entendu sa mère maudire ce Vecchini, et Pierre Brunel, comme s'il avait recherché une occasion d'affrontement, reconnaissait qu'il l'avait vu, qu'ils avaient déjeuné ensemble, que Vecchini s'était même enquis de la santé d'Annie et d'Héloïse. Et la phrase revenait, ironique, ces mots qui révoltaient Annie, qui la faisaient se lever, claquer la porte, monter jusque dans son cabinet médical, dans le même immeuble de la rue Michel-Ange : « Il vous a sauvées, vous deux, il faut bien le reconnaître. »

Joseph n'avait jamais cherché à savoir avec précision quel avait été au juste le rôle de Vecchini. Il avait simplement constaté que celui-ci était, pour ses parents, un moyen de s'opposer, et il avait peu à peu pris parti pour sa mère — son père, c'était le pouvoir, le passé aussi, ces vieux monuments : De Gaulle, la guerre... Joseph, né en 1946, était de la génération d'après. Qu'en avait-il à foutre, de ces haines qu'ils traînaient tous après eux, son père, sa mère, Vecchini, ces anciens combattants qu'il fourrait dans le même sac, puisqu'ils avaient été incapables, les uns comme les autres, d'empêcher l'horreur ?

Après tout, ils avaient eu vingt ans en 1936 ! Que ne s'étaient-ils révoltés ? C'est ce que Joseph avait fait en 1968. C'est pour cela qu'il s'était ensuite enfui de Paris : pour ne pas devenir au bout de vingt ans un Vecchini, ou bien, comme son père, le député d'une majorité, un homme dont on collait le portrait sur les murs, les palissades et les arbres, qui allait serrer les mains sur les marchés de Carpentras et de Suze-la-Rousse.

Voilà à quoi il avait pensé en remettant sa carte à l'huissier — « Joseph Brunel, viticulteur, La Bastide Sourdail, Rochegude » —, en se demandant s'il n'allait pas repartir aussitôt, car il savait ce qui l'attendait ici, dans cette sorte de boîte hexagonale, un cercueil au couvercle bas, aux cloisons lambrissées de lattes d'acajou, au sol recouvert de marbre noir.

Il lui avait semblé que l'huissier le considérait avec ironie. Comme un provincial, il était en avance, et l'homme lui avait rappelé que Monsieur le Conseiller de la Présidence le recevrait à onze heures trente, comme prévu. D'un geste cérémonieux, il avait montré à Joseph les canapés et fauteuils de cuir fauve qui meublaient la pièce. Et Joseph, les avant-bras sur l'accoudoir du fauteuil, le dos raide, avait cédé à une colère d'autant plus vive qu'il la réprimait.

Il se reprochait d'avoir obéi à sa mère, il maudissait ce père qui continuait de l'emmerder, une fois mort.

Puis, tout à coup, cette colère s'était muée en désespoir. Pauvre père, généreux, cherchant à concilier ce qu'il estimait inéluctable, pauvre père qui voulait être digne et raisonnable ! Peut-être s'était-il tué parce que l'action politique, l'action parmi les hommes, avec eux, exige que l'on renonce à ce que l'on croit, à ce que l'on est ? Le pauvre avait espéré pouvoir préserver une part de lui-même et avait été emporté.

Au milieu de cette même journée, assis dans la salle violemment éclairée de la brasserie, à l'angle du boulevard Haussmann et de la rue de Richelieu, Joseph Brunel, la tête enfoncée dans les épaules, se sentait à présent comme un prisonnier auquel on a rendu la liberté parce qu'on ne peut plus rien obtenir de lui, qu'il a tout avoué, livré ses camarades, et qu'on sait bien qu'il ne combattra jamais plus.

Ce sentiment de s'être laissé désarmer, d'avoir trahi, lui était insupportable, et il en avait la nausée. Il transpirait dans cette salle bruyante où l'on se pressait au comptoir, où les portes battantes laissaient entrer la rumeur de la rue et le froid humide de ce novembre sombre. Il avait bu plusieurs cafés, puis un marc pour tenter de se secouer, de s'arracher à ce malaise, de s'obliger à sortir, mais il était resté là. Il ne voulait pas rentrer rue Michel-Ange, dans l'appartement où sa mère l'attendait, elle qui lui avait dit au moment où il partait pour son rendez-vous avec Vecchini : « Je ne bougerai pas d'ici » — et elle s'était longuement agrippée à ses épaules comme pour le retenir, comme si l'appréhension, l'angoisse devant cette rencontre se révélaient au dernier moment les plus fortes.

Qu'allait-il lui dire ?

Que Vecchini était un homme sans âge, mince, élégant, les cheveux toujours noirs tirés en arrière, les yeux mi-clos cachés derrière de petites lunettes rondes, qui gardait la tête un peu inclinée sur le côté droit, ce qui accentuait l'impression d'une attention extrême et, en même temps, parce que la bouche exprimait l'ironie, presque le sarcasme, l'idée que cet homme-là ne cessait de juger à distance, ne se laissant prendre lui-même à aucun piège.

Il n'avait posé aucune question à Joseph, abandonnant le rempart de sa table pour venir s'asseoir près de lui, demandant avant toute chose s'ils pouvaient déjeuner ensemble : il avait déjà réservé, ils auraient ainsi plus de temps. Et Joseph avait accepté, fasciné par ce visage, cette voix un peu nasillarde, cherchant à se représenter ce qu'avait dû être Vecchini dans les années trente, quand il avait rencontré Pierre Brunel à l'Ecole Normale. C'était pour Joseph comme si un miracle lui avait permis d'accéder à la jeunesse de son père et de sa mère, à ce temps d'avant lui, dont il ignorait presque tout.

Vecchini s'était mis à parler lentement, jouant avec ses doigts, les caressant, les pliant, les croisant, gestes sans hâte et sans violence, pleins d'onction.

Ainsi donc Joseph était le fils de Pierre et d'Annie Parrain. Il avait secoué la tête. Il avait appris le décès de Pierre et, disait-il, une part de sa vie avait ainsi disparu. Il lui avait écrit encore, au début juillet, après les résultats des élections. Si stupide d'être ainsi battu par un médiocre ! Par curiosité, il avait examiné la biographie de ce Jean Legat : rien, une vie morne, ni talent ni vraie ambition, de la pâte à modeler que les circonstances allaient se charger de comprimer ou de tordre.

Il avait ôté ses lunettes, pressé chaque œil du bout de ses doigts.

Ils s'étaient vus si souvent avec Pierre — « votre père » —, car il y avait entre eux une sorte de complicité.

« Que cela ait étonné certains, sûrement. Mais nous étions des hommes ouverts. Je le suis toujours. »

Il s'était interrompu, faisant une moue. La guerre seule les avait séparés, mais, finalement, ces quatre années avaient été si peu de chose, d'autant que l'un comme l'autre avaient partagé le même désir de défendre cette civilisation européenne à laquelle ils étaient si attachés. Avec des armes différentes. « Lui à Londres, moi à Paris, ici. »

Vecchini avait écarté les mains. « Nous représentions les deux atouts de la France et de l'Europe. Avec le même ennemi : le communisme des steppes, cette organisation des hommes en fourmilière. Nous avions lu Orwell, Koestler. Plus tard, Soljenitsyne. »

C'est cela qui les avait fait se retrouver en 1948, puis dans les années soixante-dix. « Nos convergences étaient en fait plus grandes que nos divergences. »

Avait-il senti que son langage convenu décevait Joseph ?

Il s'était levé, l'avait entraîné hors de son bureau, le prenant par le bras dans un geste familier qui avait mis Joseph mal à l'aise, disant : « Vous êtes donc le fils de Pierre ! Que pouvions-nous imaginer de nous, de l'avenir, quand nous avions vingt ans, rue d'Ulm ? »

Tout au long de la centaine de mètres séparant la banque du restaurant, il lui avait ainsi tenu le bras, racontant des anecdotes de leur vie d'étudiants, le séjour qu'il avait fait au mas des Mazan en juillet 1936 — c'est à ce moment-là qu'il avait rencontré pour la première fois la mère de Joseph ; plus tard, ils avaient eu l'occasion de se connaître mieux.

Il avait ri.

Peut-être n'avait-elle pas fait le récit de ces mois-là à son fils ? Qu'il l'interroge. C'était une période un peu étrange, ce printemps 1944.

Il avait paru s'abandonner à la nostalgie, choisissant dans ce restaurant de la rue Laffitte une table à l'écart, à l'abri de tentures de velours vert un peu élimées mais lourdes, avec de gros cordons faits de fils d'argent tressés.

La table était petite, le coin discret et mal éclairé. Ils étaient face à face.

— Pourquoi êtes-vous venu ? C'est votre mère ? Curieuse démarche, vous ne trouvez pas ? avait-il demandé.

Il tenait entre ses paumes le verre rond, parlait d'une voix devenue plus grave.

Il savait, dit-il, qu'Annie Parrain le haïssait et le redoutait. C'était une vieille histoire, peut-être fallait-il remonter aux années 36, à Noémie Mazan, « l'héroïne ». La manière dont il avait prononcé ce mot avait choqué Joseph, l'avait rendu honteux de cette complicité que l'atmosphère finissait par créer entre eux deux. Il avait reposé son verre de vin sans même y toucher, et Vecchini l'avait observé, paraissant comprendre, disant : « Je n'ai rien contre les héros, mais ceux qu'on célèbre sont-ils les vrais ? »

Il ne disait pas cela pour Noémie Mazan, précisa-t-il, mais c'était d'abord une victime. Est-ce qu'on est un héros parce qu'on est tué, assassiné ?

Il avait haussé les épaules.

— Et votre père ? Vous voudriez savoir, n'est-ce pas, votre mère aussi aimerait savoir. Elle s'imagine...

Vecchini s'était interrompu, avait mangé lentement, paraissant oublier la présence de Joseph, et le malaise de celui-ci s'était accru. Il aurait dû se lever, partir, laisser ce type ambigu avec ses allusions, ses raisonnements tordus. Il avait eu envie de retrouver ses vignes, cette pluie, le mistral, puis la lumière accablante de l'été. Il étouffait derrière ces rideaux poussiéreux, face à ce type à la peau mate qui levait lentement la tête et se remettait à monologuer.

Joseph devait interroger sa mère, avait ajouté Vecchini, savoir ce qu'elle imaginait.

Pierre s'était suicidé d'une manière spectaculaire, folle. Non, il n'ignorait rien des détails. Que Joseph ne s'étonne pas : Vecchini, par métier, avait des informateurs ici et là, il prenait connaissance, quand il le voulait, des rapports des préfets, de la gendarmerie. Il avait ses amitiés au ministère de l'Intérieur, et le suicide d'un député, d'un compagnon de la Libération, ce n'était pas rien. Les comptes rendus, les enquêtes s'étaient multipliés. L'hypothèse d'une dépression consécutive à la défaite électorale était plausible.

Mais Annie Parrain, elle, avait imaginé autre chose, peut-être que Pierre et lui, Vecchini, avaient été complices, jadis, en 1944, pour livrer Mazan — voilà ce qu'elle avait sans doute échafaudé, la mère de Joseph. Pierre, en effet, n'avait pas été *simplement* abattu — « excusez-moi pour ce mot » — ni *simplement* déporté. « Alors, peut-être un marché entre nous ? Il livre Mazan, je le sauve, je protège Annie Parrain, et, après la Libération, nous nous retrouvons comme deux anciens complices ? »

Il avait réclamé une deuxième bouteille de vin, buvant verre après verre, mais lentement, expliquant que c'était pour confirmer sa crainte, son hypothèse, qu'elle avait envoyé Joseph auprès de lui, pour se faire raconter cette histoire, se libérer peut-être de sa propre faute, car un suicide, cela remet en cause, n'est-ce pas ?

Alors elle avait cherché une issue...

Il avait souri.

— Je ne dis pas *trouvé,* je ne dis pas qu'elle a raison. Les femmes ont des intuitions, pas toujours vérifiées, bien sûr, et celle-là...

— Celle-là ? avait interrogé Joseph.

Vecchini avait avancé les lèvres, esquissant un demi-sourire un peu méprisant, ironique.

Cependant, avait-il repris, il se trompait peut-être en prêtant à Annie Parrain ces pensées-là. Mais il suffisait, pour le vérifier, que Joseph Brunel interrogeât sa mère.

« C'est de votre père qu'il s'agit, et ce suicide est si étrange, vous ne trouvez pas ?»

Puis il avait parlé du vin sur un ton enjoué, de ce miracle qu'était un grand cru, et, tout à coup, il s'était interrompu, changeant de voix encore.

Entre la collaboration et la résistance, avait-il repris, il y avait eu de si curieux va-et-vient, tout était si entremêlé dans ce pays, et les élites étaient toujours solidaires...

Il avait secoué la tête : non seulement il ne condamnait pas cette entente secrète des chefs, mais il s'en félicitait. Les élites devaient savoir qu'elles représentaient la civilisation, sa survie. Lorsqu'elles se divisaient et se détruisaient, ce n'était pas seulement leur mort qu'elles provoquaient, mais bien celle de tout le corps social.

« Au fond (il s'était mis à parler plus lentement encore, comme s'il avait tenu à formuler exactement sa pensée), ce que votre père et moi nous reprochions à François Mazan, c'était d'avoir trahi ce pacte, d'avoir cru qu'on pouvait faire surgir de la barbarie d'autres élites, vieille utopie régénératrice, comme si (il avait repris son verre, l'avait élevé dans la lumière) l'on pouvait faire un grand cru avec n'importe quel raisin : stupide, n'est-ce pas, naïf et même criminel ! Oui, nous étions là-dessus d'accord avec Pierre, et c'est le point essentiel. »

Peut-être avait-il ainsi voulu dire qu'ils avaient effectivement livré François Mazan ; peut-être était-ce seulement un moyen de se venger encore en instillant le doute et le soupçon, en empoisonnant l'esprit de Joseph, en salissant le père mort pour détruire le fils ?

Engourdi, Joseph avait écouté, impuissant, incapable de répondre, de contester, d'interroger même, se contentant par son immobilité de paraître indifférent, c'est tout ce qu'il pouvait faire, et se persuadant peu à peu qu'il abandonnait son père, qu'il participait à un sacrilège, qu'il trahissait, en se trouvant là, face à Vecchini, ce qu'il avait de plus précieux : le souvenir.

30

Joseph avait fait arrêter le taxi au croisement des routes de Suze-la-Rousse et de Carpentras, assez loin du village de Rochegude, en un lieu qui semblait désert ; le premier mas, celui des Mazan, et le sien, la bastide Sourdail, étaient situés à plusieurs centaines de mètres et, derrière les mûriers et les haies de cyprès, demeuraient invisibles depuis la route.

Il voulait marcher avant d'arriver chez lui, être seul, sans ces visages qui n'avaient cessé de l'entourer à la brasserie du boulevard Haussmann où il avait passé près de deux heures, dans les bus, autour de la cabine téléphonique à Orly, cependant qu'il expliquait à sa mère qu'il devait rentrer d'urgence à Rochegude, qu'il lui raconterait.

— Tu l'as vu ? avait-elle répété. Il t'a parlé de Pierre, de moi ?

Il l'avait peut-être rassurée, disant que Vecchini s'était contenté d'évoquer sa vie d'étudiant. Puis il s'était forcé à la désinvolture, ajoutant que Vecchini était un vieux monsieur propret, inoffensif, insignifiant même. Mais, lorsqu'il avait ajouté — par erreur ou défi, une vengeance contre sa mère ? — qu'il avait déjeuné avec lui, Annie Parrain avait paru s'effondrer : « Tu as déjeuné avec lui, *déjeuné,* avait-elle répété, passé tout ce temps en sa compagnie, depuis ce matin ? Mais que vous êtes-vous dit ? », Joseph s'était contenté de répondre qu'il n'avait pas le temps, que l'embarquement commençait.

La foule encore, cette impression de ne pouvoir échapper aux regards, aux frôlements des gens, à leur voix même, à leurs questions : « C'est libre, ce siège près de vous ? Vous voulez boire quelque chose, monsieur ? »

Et ce chauffeur de taxi bavard auquel il n'avait pas répondu, rencogné dans la voiture, ne rouvrant les yeux qu'au moment où il avait deviné qu'on roulait enfin sur les routes départementales, ces voies droites bordant des étendues noires, la vigne à perte de vue sous le ciel nuageux de la nuit automnale. Il bruinait, il ventait. Il faisait froid.

Le chauffeur s'était étonné : « Je vous laisse là ? », puis, parce que le voyageur avait déjà commencé à marcher le long du talus, il avait démarré lentement, éclairant de ses phares la silhouette de Joseph, faisant demi-tour comme pour prendre son visage dans le cône de lumière, de ne pas oublier ces yeux hagards, cette expression d'amertume, la physionomie de ce type bizarre qui n'avait pas desserré les dents, peut-être un évadé ou un délinquant, un maniaque (tout au long du trajet, le chauffeur avait observé Joseph dans le rétroviseur, prêt à ouvrir la portière, à s'enfuir s'il le fallait) ou alors un malade auquel on venait d'apprendre qu'il avait une affection mortelle et qui rentrait chez lui avec ça dans le ventre.

Pauvre type, avait-il finalement pensé en le voyant loin déjà, en arrière, descendre le talus, pauvre type. La vie souvent n'est pas ce qu'on espère.

Enfin Joseph était seul en contrebas de la route, dans cette obscurité presque gluante tant l'humidité, sans qu'il plût vraiment, était dense.

Ses joues étaient couvertes de gouttelettes. Ça lui permettait de pleurer sans avoir à s'essuyer les yeux, sans y prêter attention, en se laissant aller, comme il en avait envie.

Et il s'était accroupi, le dos appuyé à la stèle de Noémie Mazan. « L'héroïne », avait dit le salaud, puis il s'était repris : la victime, plutôt.

Vecchini avait reparlé d'elle à la fin du déjeuner, comme on peut parler d'un vin, d'un mets, avec gourmandise, en déglutissant, en se frottant le bout des doigts, en laissant entendre par une mimique à peine esquissée qu'on l'avait appréciée, cette jeune femme-là, un été, une nuit, dans les vignes, et que c'était cela, la jeunesse, qu'il préférait se souvenir de ce moment-là plutôt que des idées qu'ils avaient épousées ou des oppositions qui avaient pu les dresser les uns contre les autres, cela s'effaçait, s'oubliait, remplacé chaque jour par d'autres conflits, mais une femme qui *se donne* — il avait employé cette expression, la répétant d'une voix si pleine de suffisance que Joseph avait serré les poings, pensant tout à coup à sa petite fille d'à peine huit ans, Catherine, se disant qu'il tuerait le type qui lui dirait ça d'elle — une femme, on en garde toute la vie le souvenir, n'est-ce pas ?

Puis, en chuchotant, pour bien marquer qu'il faisait une vraie confidence, Vecchini avait ajouté que Joseph ignorait sûrement que son père avait aimé aussi — lui surtout, fallait-il dire — cette femme-là, Noémie Mazan. Joseph savait-il que Pierre Brunel devait l'épouser à l'été 39, mais août 39, ce n'était pas un mois favorable aux histoires d'amour, et après, n'est-ce pas, le temps leur avait manqué.

Il avait peu à peu élevé la voix, parlé avec ironie, comme s'il évoquait une aventure dérisoire. C'était curieux, n'est-ce pas, avait-il repris, ce chassé-croisé entre eux : lui, Noémie, Pierre, François, Annie Parrain, les *copains*, avait-il ricané, les hommes et les femmes *de bonne volonté* ! Bien sûr, Joseph savait que Jules Romains avait été normalien comme eux : l'influence, vous comprenez, mon cher...

En sortant du restaurant, au coin du boulevard Haussmann et de la rue Laffitte, Vecchini s'était arrêté. Il avait répété en hochant la tête : « Le fils de Pierre Brunel ! » Tout était donc toujours possible, avait-il ajouté, tout.

Il ne fallait pas que Joseph juge qui que ce soit, quoi que ce soit : « Ni moi, ni votre père, ni votre mère, personne. On n'est juge que de soi-même, à moins... »

Il s'était rapproché de Joseph, les mains enfoncées dans les poches de son imperméable, un feutre à bord cassé cachant en partie ses lunettes et ses yeux.

A moins, avait-il repris, qu'on croie à l'amour, c'est-à-dire qu'on s'accorde de l'importance, qu'on imagine que les autres — un homme, une femme — peuvent vous aimer et que vous pensiez les aimer. Dès que l'on entre dans cette logique-là, alors on prononce des verdicts, on se condamne, on se torture : m'aime-t-il, m'aime-t-elle, me trahit-il, me trompe-t-elle ? Il avait tendu la main à Joseph qui, après un instant d'hésitation, l'avait serrée.

« On a des regrets, avait poursuivi Vecchini, on est jaloux, on se sent comptable de ses actions, bref, on marche vers le martyre. Et il arrive que si les autres ont oublié de vous tuer, on se tue soi-même. Voilà, cher ami. »

Il avait tourné le dos à Joseph et avait marché le long des façades de marbre et des grilles à pointes dorées de l'immeuble de la banque Wysberg et Cie.

Qu'est-ce qu'il était, lui, Vecchini, cet homme à la main inerte, molle comme ces serpents dont on a écrasé la tête avec un caillou ?

Joseph s'était finalement assis, la tête sur les genoux, les bras croisés, le dos contre la stèle de granit noir. La bruine glissait dans son cou. Le froid montait en lui de la terre.

Il avait pensé : mon père était un homme d'amour. Parmi ces cendres que Vecchini avait déversées, il y avait cela dont Joseph était sûr.

Il s'était levé, avait pris le chemin de la Source, puis l'allée des mûriers et avait marché jusqu'au mas des Mazan.

Un homme d'amour, et peu importait le reste. Un homme qui avait payé : ce nombre bleu-vert qu'il avait, tatoué à l'intérieur du bras gauche, tatoué comme un prix versé, rachetait tout ce qu'il avait peut-être fait, et parce qu'il était un homme d'amour, il avait voulu payer une deuxième fois, là, entre les ceps de vigne, non loin de cette stèle à la mémoire de Noémie, la femme qu'il avait aimée.

Une scène revenait à présent à Joseph.

Peut-être était-ce il y a dix ans, au mois d'août, peu après la naissance de David, le fils d'Héloïse. Ils étaient tous réunis dans la grande salle du mas des

Mazan, Héloïse et son mari Alexandre Hassner, Joseph et Jacqueline, leurs enfants, si bébés encore, François, Martial, Catherine, et Francis Sourdail, et le père et la mère de Joseph. On avait déjeuné à l'intérieur de la maison, volets clos, tant la chaleur était grande. Héloïse, Alexandre, Jacqueline et Joseph s'étaient rassemblés au bout de la table, parce qu'ils étaient « les jeunes », comme disait Francis Sourdail, « les gauchistes », ajoutait-il encore, et Joseph, le seul qui osait, avait lancé en regardant son père : « Mieux vaut gauchiste que gaulliste, non, Francis ? »

Silence.

Francis s'était levé et, s'appuyant des deux mains à la table, il avait commencé à chanter, de sa forte voix grave, *Le Temps des Cerises,* et tous, Pierre Brunel avec eux — cela faisait étrange de le voir chanter alors qu'il était le seul à porter une cravate, une veste qu'il avait gardée tout au long du repas, boutonnée — avaient repris le refrain.

Annie Parrain avait alors versé le champagne dans les coupes et chacun avait levé son verre à l'avenir du nouveau-né, David Hassner.

« Vingt ans en 1991, trente en 2001. Où en serons-nous ? avait dit Annie Parrain d'un ton sourd. Il y a trente ans, c'était 1941... »

Silence, puis, tout à coup, la voix de Pierre Brunel, sans effet, comme on parle, pour soi plus encore que pour les autres :

Mon bel amour mon cher amour ma déchirure
Je te porte dans moi comme un oiseau blessé
Et ceux-là sans savoir nous regardent passer
Répétant après moi les mots que j'ai tressés
Et qui pour tes grands yeux tout aussitôt moururent
Il n'y a pas d'amour heureux.

Il avait semblé à Joseph que son père venait de se confesser devant eux, de dire l'essentiel de ce qu'il était, et il n'avait pas osé le regarder, cependant que

Jacqueline et Héloïse applaudissaient, qu'Héloïse récitait les autres strophes du poème d'Aragon.

Et Joseph avait été surpris du mutisme de sa mère, de la manière dont elle avait fixé Pierre Brunel avec une intensité inquiétante, les yeux immobiles, brillants, le visage figé.

Pierre Brunel s'était levé comme s'il n'avait pu supporter ce regard et il était sorti, laissant la lumière brutale, bruyante de tous les frémissements de l'été, envahir un instant la pièce.

Joseph avait eu la tentation de suivre son père, de lui entourer l'épaule, de lui dire simplement « Papa, je suis là », mais est-ce qu'on fait cela à vingt-cinq ans quand on a encore la révolution en tête, que son père porte un costume croisé et vote pour le président Pompidou ?

Il était donc resté avec les autres dans le brouhaha des conversations qui s'efforçaient d'effacer ce moment d'émotion et de gravité.

Joseph était parvenu sur l'aire, devant le mas des Mazan.

Il ne supportait pas de voir cette maison fermée, masse sombre et silencieuse, enfouie dans la nuit. En elle gisaient cette journée dont il venait de se souvenir, la voix de son père, et tant d'autres jours. C'était la sépulture de toutes ces vies : Joseph Mazan dont il portait le prénom, François, Noémie, et maintenant son père.

Il s'était assis à la table de pierre, malgré les flaques d'eau qui stagnaient sur les bancs, et, mordant son poing, il avait cependant poussé un cri de rage et de détresse ; sa voix, contenue depuis qu'il était entré dans l'antichambre des bureaux de la direction de la banque Wysberg et Cie, explosait, heurtait la façade du mas, revenait, roulait sur les vignes, se perdait dans les haies de cyprès, s'émiettait, revenait se mêler à un nouveau cri qu'il poussait, sans honte. Qui se soucie d'un cri dans la campagne, qui l'entend quand le vent l'emporte et le cisaille, qu'on ne sait plus ni d'où il vient, ni ce qu'il est, un cri comme le craquement d'un arbre parmi d'autres arbres ?

Puis, avançant lentement, transi, il avait gagné la bastide Sourdail. Il avait serré Jacqueline contre lui. Elle ne lui avait rien demandé, se contentant de remarquer qu'il était trempé, qu'elle allait lui chercher des vêtements secs.

Il avait commencé à se dévêtir devant la cheminée, épuisé, répétant : « Où sont les enfants ? », comme si c'était la seule phrase qu'il pouvait encore prononcer.

31

Lorsqu'il avait quitté Joseph Brunel en ce début de l'après-midi du 17 novembre 1981, Vecchini avait marché lentement le long de la façade de la banque Wysberg et Cie, les mains dans les poches, la tête d'abord vide, une sensation de chaleur et de légère ivresse le faisant hésiter à chaque pas, si bien qu'il avait marqué un temps d'arrêt au moment d'entrer dans la banque, puis il avait décidé de poursuivre sa marche jusqu'à l'Opéra, peut-être jusqu'à la Madeleine, dans cette grisaille automnale déjà froide, âcre, qui étouffait les bruits des boulevards et donnait aux femmes cet air emmitouflé, un peu mystérieux, qui lui plaisait tant.

Cette brûlure qui lui montait aux joues, était-ce le vin, presque deux bouteilles de bourgogne, ou bien le trouble qu'il avait éprouvé à se trouver face au fils de Pierre Brunel et d'Annie Parrain ?

Il avait accepté par défi le rendez-vous que cet homme qu'il ne connaissait pas avait sollicité, parce qu'il avait traversé trop d'épreuves, de situations étranges pour reculer devant celle-ci, suscitée sans doute par Annie Parrain. Le suicide l'avait sans doute plongée dans le désarroi et elle devait s'accrocher à toutes les hypothèses, peut-être pour ne pas s'avouer que Pierre Brunel s'était tué tout simplement parce qu'il n'avait plus assez d'énergie pour vivre, et qu'elle, la vertueuse Annie Parrain, malgré le fils qu'elle lui avait donné, avait été incapable de le retenir. En somme, il avait fait le saut pour se venger d'elle aussi.

Quand il avait appris cette mort, après celle de Paul-Marie Wysberg, Vecchini avait eu un moment d'accablement, d'affolement. Il s'était enfermé plusieurs heures dans son bureau de l'Institut de Recherches sur la Civilisation européenne, rue Taitbout, refusant de répondre à sa secrétaire, incapable de travailler et même de penser, se répétant seulement ces quelques mots : « C'est la fin d'une époque, on a fait notre temps. »

Survenant au moment où arrivait au pouvoir cette gauche que Vecchini méprisait plus qu'il ne la craignait, avec des communistes au gouvernement, il avait imaginé que ces morts d'hommes qu'il connaissait depuis près d'un demi-siècle allaient marquer une fracture dans sa vie. Il avait pris conscience de son âge — soixante-cinq ans — et l'idée lui avait paru inacceptable — depuis, elle n'avait plus cessé de le révolter — que, dans une quinzaine d'années, il serait un vieillard assis sur sa terrasse, 8, quai des Docks, à Nice, que la boucle se serait refermée, qu'il serait revenu sur le lieu de son enfance et que sa vie se terminerait comme elle avait commencé, face à la mer, dans la solitude.

Mais l'actualité ne lui avait pas laissé le temps de s'attarder sur cette fin qui approchait.

On l'avait appelé de toutes parts. Ses correspondants de Washington, de Bonn et de Munich, de Londres, de Zurich et de Genève voulaient obtenir des renseignements sur les hommes qui accédaient au pouvoir, connaître leurs intentions. Fallait-il vraiment les craindre ? Un ministre communiste chargé des Transports, est-ce que ça n'était pas la sécurité de toute l'Europe qui était compromise ? Ils allaient nationaliser la banque Wysberg et Cie, mais dans quelles conditions ? Mitterrand, que devait-on en penser ? Ce politicien roublard qui avait tant de fois été ministre de gouvernements de droite dans les années cinquante, dont on disait qu'en 1942, à Vichy, il avait écrit dans une revue pétainiste — certains affirmaient même qu'avant la guerre, mais Vecchini devait être au courant, il avait fait partie de ce petit groupe d'étudiants du 104, rue de Vaugirard, sensibles aux idées de l'Action française, peut-être proches de la Cagoule ; n'ajoutait-on pas qu'il avait eu de l'amitié pour Bouvyer, l'un de ceux qui avaient filé les frères Rosselli ? — ce Mitterrand s'était-il converti au communisme, ou alors quoi, est-ce que les Soviétiques le tenaient ?

« Vous devez savoir cela, Vecchini, vous qui savez tout, vous qui avez tout observé, noté, dit-on, c'est le moment ou jamais de publier vos carnets ! Qu'en pensez-vous, c'est une crise majeure, la France bascule, ou bien... ? »

Peut-être, en l'interrogeant ainsi, en le poussant à agir, lui avait-on permis de franchir cette passe où avaient disparu Paul-Marie Wysberg, Pierre Brunel, quelques autres — un directeur de la banque Wysberg et Cie, responsable de la Gestion des patrimoines, s'était suicidé —, cependant que certains, habilement ou imprudemment — car l'histoire est une suite de retournements et il convient d'agir avec prudence, se tenir sur la crête, éviter les changements de cap trop rapides —, avaient choisi de rallier le nouveau pouvoir, se découvrant tout à coup des convictions qu'ils avaient jusque-là sans doute dissimulées dans leur coffre ! Ainsi Richard Gombin, l'un des membres du directoire de la banque, avait-il rejoint le cabinet du ministre de l'Economie et des Finances et l'on affirmait déjà qu'il serait, une fois l'établissement bancaire nationalisé, nommé président en remplacement de Robert Challes.

Qu'avait-on à craindre d'un tel changement ? Vecchini avait dû traverser bien d'autres épreuves en 40, en 44, en 45 ! On n'emprisonnait plus. On ne fusillait pas.

Non sans délectation, il avait téléphoné à Richard Gombin, le félicitant de son poste de directeur-adjoint du cabinet du ministre, lui rapportant les rumeurs qui couraient à son propos sur une nomination à la tête de la Banque. L'autre corbeau ouvrait son bec : « On dit ça, mon cher Vecchini, mais rien n'est fait, il faut d'abord nationaliser, et les candidats seront nombreux.

— Mais vous êtes le mieux placé, mon cher Gombin, votre expérience à la direction, depuis des années, serait un gage de continuité.

— C'est vrai, c'est vrai, je dois le reconnaître », avait concédé le Corbeau.

Connard !

Vecchini avait éprouvé presque du dégoût devant cette vanité naïve, stupide. Il avait voulu se convaincre encore davantage de la veulerie de ces hommes-là, aveugles à eux-mêmes, qui ne seraient jamais que des rouages, des instruments, parce qu'ils étaient au service du pouvoir et ne cherchaient même pas à le plier à leur désir, petits hommes et non hommes d'Etat ou squales des grands fonds, marionnettes. Et il s'était vite persuadé que les nouveaux dirigeants, à l'exception sans doute du président de la République, étaient tous semblables à Gombin, qu'on pouvait les flatter, les corrompre, les duper, trop étonnés de leur promotion pour rester sur leurs gardes.

Gombin savait-il, avait-il ajouté comme en passant, que notre président Robert Challes avait connu Mitterrand rue de Vaugirard ? Comme le général Ferrand, d'ailleurs, ou Mauranges, le ministre de la Communauté européenne. Par eux, peut-être — Vecchini les avait souvent rencontrés, n'est-ce pas ? — pourrait-on favoriser la nomination de Gombin ? Tout le monde y trouverait son compte : l'Etat, la banque, l'amitié... Pourquoi négliger ces facteurs ?

« Nous sommes un pays civilisé et il ne s'agit que d'une alternance, pas d'une révolution, que diable ! »

Connard de Richard Gombin ! Ça, l'élite ?

Cette nausée mêlée d'amertume et d'orgueil, de mépris, de la certitude d'être supérieur à tous ces gens-là, parvenus de la politique, girouettes ou naïfs, avait rassuré et conforté Vecchini. Elle lui avait permis de supporter les premières semaines, quand le pouvoir se pavanait, les plus ridicules annonçant même que l'on passait « des ténèbres à la lumière » — et la foule d'applaudir !

Jamais Vecchini ne s'était autant félicité de n'avoir jamais cru en la démocratie, et il l'avait écrit à Pierre Brunel, en juillet, après sa défaite aux élections face à un inconnu.

Et puis Pierre Brunel s'était suicidé !

Lorsqu'il avait lu les rapports du ministère de l'Intérieur qu'on continuait de lui transmettre, la mise en scène macabre l'avait étonné. Il ne pouvait imaginer Pierre, si réservé, choisissant de s'exhiber ainsi dans la mort, à quelques mètres du lieu où l'on avait abattu, trente-huit ans auparavant, Noémie Mazan.

La presse s'était montrée discrète sur les circonstances du décès, la plupart des journaux parlant de mort subite ; ceux qui évoquaient le suicide ne donnaient aucun détail.

Vecchini avait téléphoné à ses contacts au ministère de l'Intérieur et aux Renseignements généraux. Brunel, ce n'était pas n'importe qui : compagnon de la Libération, chargé de mission à l'Elysée durant dix années, député depuis 1968. Est-ce qu'on avait ouvert une enquête, était-on sûr du suicide, ou bien ce spectacle n'était-il destiné qu'à masquer un meurtre ?

Vecchini avait effrayé, il l'avait immédiatement compris à la manière dont on refusait de lui répondre, ses correspondants le renvoyant au commissaire Diebolt [1] qui avait été l'exécuteur des basses œuvres de la plupart des gouvernements et qui semblait ne pas devoir quitter son poste à la direction de la Section politique, possédant trop d'informations confidentielles pour être inquiété.

Ils s'étaient rencontrés au Pavillon Montsouris, à la fin juillet, comme ils l'avaient fait si souvent depuis une dizaine d'années, s'estimant l'un l'autre, sans illusions sur ce qui les réunissait : l'intérêt qu'ils avaient à échanger des informations, donnant donnant — chacun prévoyant que, si la situation l'exigeait, l'un trahirait l'autre. Vecchini savait que Diebolt, comme lui, appréciait cette relation sans hypocrisie, sans naïveté. Il gardait en mémoire que Diebolt était entré dans la police en 1943, à vingt ans. D'autres choisissaient alors le maquis. Diebolt, quant à lui, avait sur les activités de Vecchini plusieurs dossiers classés chronologiquement, bien à jour depuis les années 36.

Ils avaient d'abord parlé de ce nouveau personnel politique : « des professeurs, des instituteurs », avait dit Diebolt en hochant la tête et plissant les yeux. « Scrupuleux, naïfs et pourtant ambitieux. Des fonctionnaires de rang moyen, catégorie B, qui accèdent d'un seul coup au sommet. Ils vont s'y croire vraiment. »

Il avait haussé les épaules, redemandé un café, montré les pelouses et les parterres de fleurs :

— Quel beau temps, Vecchini, quelle ville superbe ! Quel privilège d'être français, parisiens, et d'être placés là où nous sommes !

— Le suicide de Brunel ? avait alors lâché Vecchini.

— Votre ami, Brunel, non ?

Diebolt s'était reculé, se balançant sur sa chaise, et

1. Voir *Une affaire publique,* roman (Laffont, rééd. Le Livre de Poche) et *La Fontaine des Innocents*, roman (Fayard, rééd. Le Livre de Poche).

sa grosse tête aux cheveux ras avait pris un air enfantin, espiègle.

— Je le connais depuis presque cinquante ans, un demi-siècle, avait répondu Vecchini.

— Et vous ne l'avez jamais perdu de vue, je sais ça. Sa femme, Annie Parrain, sans vous...

Il avait passé sa main tendue sur son cou comme un couperet.

— Il vous devait au moins ça.

Vecchini avait fait la moue, répétant : « Ce suicide, ce corps nu... »

Diebolt s'était levé, penché sur la table, s'y appuyant à deux mains. Vecchini croyait-il vraiment que c'était le moment de mettre en question le suicide d'un député de l'ancienne majorité ? Pour accabler qui, révéler quoi : les liens de ce député avec — il s'était redressé, avait pointé le doigt en direction de Vecchini — « des gens comme vous », ou bien accuser le nouveau gouvernement d'avoir fait liquider un opposant résolu qui n'ignorait rien — « grâce à vous, Vecchini, à vos carnets, dit-on » — du passé de certaines personnalités arrivées au pouvoir ? Ce n'était pas sérieux ! La famille, d'ailleurs, n'avait rien demandé. Le suicide paraissait établi. Dépression consécutive à la défaite électorale, au surmenage. « Brunel avait été déporté, vous le savez, Vecchini, vous étiez là, si j'ose dire. »

Diebolt s'était éloigné, était revenu sur ses pas, puis avait ajouté à voix basse : « Ce suicide de Brunel, ou disons, pour vous satisfaire, ne pas nous engager dans un sens ou dans l'autre, cette disparition violente fait partie de l'apurement des comptes. Le trait est tiré. On passe à autre chose. »

Il avait eu un geste familier, effleurant du bout des doigts l'épaule de Vecchini : « Mais vous et moi, nous sommes toujours là, nous ne nous laissons pas apurer — ou épurer, si vous préférez. »

Vecchini avait repensé à cette conversation de la fin juillet quand, ce 17 novembre, Joseph Brunel était entré dans son bureau.

Ce grand type balourd au teint rougeaud de paysan, qui portait sous sa veste de velours un pull-over à col roulé, qui frottait machinalement ses mains épaisses en parlant trop fort, avec un accent provençal, c'était donc le fils de Pierre Brunel et d'Annie Parrain, et c'était la mesure du temps passé — plus de trente ans, déjà — depuis ce premier déjeuner d'après-guerre au même restaurant de la rue Laffitte où il comptait inviter Joseph Brunel, en 1948, en novembre aussi, quand Vecchini avait revu pour la première fois Pierre Brunel ; Paul-Marie Wysberg, mort lui aussi maintenant, se trouvait assis entre eux deux, heureux, avait-il dit, de ces retrouvailles, « car vous vous connaissiez d'avant, je crois, depuis l'Ecole Normale ? » Et l'un et l'autre avaient souri, approuvé Wysberg, et Pierre, au cours du repas, avait précisé qu'il avait un fils de deux ans, appelé Joseph en souvenir du prénom du père de François et Noémie Mazan.

Ce fils-là, c'était à présent cet adulte vigoureux, viticulteur, qui habitait près du mas des Mazan, dans ce paysage que Vecchini n'avait jamais réussi à oublier, dont il aimait l'étendue et la netteté, la rudesse même, à cause du vent qui décapait chaque détail, l'alignement des ceps ou encore la tour de ce château de Rochegude devant laquelle, le 14 juillet 1936, il avait dansé avec Noémie Mazan.

Après quelques minutes d'appréhension, le temps de jauger cet homme-là, ce fils-là, Vecchini avait su qu'il serait maître de la situation, que Joseph allait accepter de déjeuner, qu'il se bornerait à écouter, peu à peu pénétré par le doute, le soupçon, ne sachant plus que penser des uns et des autres, héros, victimes, traîtres. Avec une conviction dissimulée, Vecchini s'était employé à ne rien laisser debout, intact.

Qu'avait-il donc cru, ce paysan benêt, que l'histoire

était une ligne droite, que son père et sa mère, François et Noémie Mazan, l'avaient parcourue en marchant au pas cadencé, sans jamais s'écarter de la file, sans même tourner la tête, tout cela dans le grand soleil ? « *Allons au-devant de la vie, allons au-devant du bonheur, il va vers le soleil levant, notre pays* », ainsi qu'avaient chanté Noémie et François, ce 14 juillet 1936 ?

La belle histoire !

Et puis, tout à coup, on retrouvait le corps nu de Pierre Brunel, la poitrine éclatée par une balle, à quelques mètres du lieu où l'on avait tué Noémie Mazan, et sans doute est-ce à quelques pas de là que lui, Vecchini, avait couché la jeune femme qu'elle était alors sur cette même terre rouge et sèche.

Finalement, il avait pris plaisir à jouer avec Joseph Brunel, un plaisir un peu âcre, comme il en avait éprouvé jadis si souvent avec les femmes, Karen Moratchev, Nella Vandorès, d'autres, Françoise, ces dernières années — mais c'était maintenant devenu si rare, qu'il sentit cette chaleur courir sous sa peau, là, jusque dans son bas-ventre ; oui, si rare, à soixante-cinq ans déjà, avec cette vie qu'il lui fallait retenir à deux mains.

Il avait continué de marcher, passant devant le Café de la Paix, détaillant avec insistance chaque femme qu'il croisait, sachant reconnaître celles qui ne baissaient pas les yeux, qui répondaient au contraire d'un regard : si tu veux, comme tu veux.

Et il avait touché du bout des doigts, dans sa poche, la grosse liasse de billets qu'il avait toujours sur lui.

Collaboration, Résistance, Libération, droite, gauche, rien ne changeait.

Il fallait vivre, pouvoir payer pour jouir. C'était tout.

Pauvre Pierre...

Entre 1948 et 1981, trente-trois ans pourtant, Vecchini semblait avoir peu changé. Quelqu'un qui l'eût aperçu de loin, assis à cette table isolée du restaurant de la rue Laffitte où, en 1948, il avait déjeuné avec Paul-Marie Wysberg et Pierre Brunel, puis, en juillet 1981, avec Joseph Brunel, fils de Pierre, eût pensé qu'il était comme le décor du restaurant : insensible au temps.

C'était la même silhouette mince, juvénile, les mêmes cheveux noirs, et, quand le regard se laissait saisir, la même vivacité implacable et souvent sarcastique.

C'étaient les mêmes tentures de velours grenat, les mêmes boiseries, mais percées d'une infinité de petits trous qui parfois se rejoignaient pour former une plaie autour de laquelle le bois, purulent, s'effritait sous les doigts, mais on masquait l'action des termites par des couches de vernis brun qui conservaient l'apparence saine des plinthes et des poutres ; cependant, quiconque observait avec attention décelait ce travail souterrain et le restaurant prenait alors l'allure d'un vieux beau pathétique qui s'évertue, en se grimant, à paraître encore dans la fleur de l'âge.

On n'avait pas le même sentiment avec Vecchini, mais sa peau ressemblait par la couleur, la texture, ce réseau de fines ridules, à un vieux parchemin, et certains jours, les traits se défaisaient, joues et paupières flasques, comme si l'effort de volonté à fournir pour tendre chaque muscle avait été trop grand et qu'une imminente lassitude s'était tout à coup abattue, le corps renonçant à faire face.

C'étaient des jours de mauvaise humeur, de méchanceté envers les huissiers, Richard Gombin, tous ceux qui téléphonaient à Vecchini ou se présentaient à lui.

Il semblait qu'il cherchât une compensation dans cette attitude agressive, presque haineuse, souvent humiliante — « Mais qu'est-ce que vous êtes, vous ? Rien, vous ne serez jamais rien, même si vous parvenez au sommet ! » avait-il lancé à l'issue d'une réunion du Conseil de Direction de la banque, peu avant mai 1981, après une intervention de Gombin assurant que François Mitterrand ne modifierait pas le statut des principales banques, ni donc de la banque Wysberg et Cie — comme s'il retrouvait dans cette violence une énergie qui, sinon, se dérobait. Et qui revenait effectivement : il se redressait, se cambrait même, le ton plus calme, mais sa voix plus coupante encore.

Ceux avec qui il discutait, qui avaient eu l'impression, malgré sa dureté, d'un négociateur hors jeu, perdant ses moyens, prêt à l'erreur, redécouvraient alors un partenaire inflexible et souriant, le grand Vecchini, l'homme qui, pour Paul-Marie Wysberg, avait tissé, dans toute l'Europe, et jusqu'en Amérique latine, des réseaux politico-financiers dont certains agissaient sous couvert de l'Institut de Recherches sur la Civilisation européenne qu'il animait.

Il connaissait chacun de ses correspondants, qui se comptaient par dizaines, et, jonglant avec les noms, les dates, les lieux, il pouvait, comme s'il lisait une fiche, reconstituer leur biographie, leurs relations, dire avec précision à quel moment ils avaient commencé à travailler pour la Banque ou l'Institut, quels services ils avaient rendus, quelle confiance on pouvait leur accorder.

Vecchini jubilait quand il jouait ainsi de sa mémoire exceptionnelle, faisant surgir des vies, des psychologies, des bassesses, reconstituant toute une trame avec une aisance et un brio qui laissaient ses interlocuteurs fascinés.

Parfois, lorsque l'un d'eux — ainsi Diebolt — évoquait un dossier, se contentant d'allusions, Vecchini souriait, fournissait les identités, les parcours, les complicités, et le chantage ou les pressions que le commissaire espérait exercer se trouvaient annihilés avant même que les conditions en eussent été énoncées.

— Il faudra un jour vous trancher la tête et la vider comme une tirelire, avait dit Diebolt, vous êtes une menace vivante, mon cher Vecchini.

Vecchini avait sorti de sa poche un petit carnet à couverture souple avec lequel il avait frappé le rebord de la table. Il y avait ça aussi, avait-il dit, que Diebolt le sache ! Vecchini avait précisé qu'il adorait noter tout ce dont il avait été le témoin. Au fond — il avait rengainé son carnet — peut-être ne vivait-il, n'avait-il participé à tout ça — et il tendait la main vers Diebolt comme si celui-ci eût incarné le monde, l'Histoire à lui tout seul — que pour écrire.

On s'imagine homme d'action, avait-il conclu, alors qu'on n'agit que pour faire œuvre littéraire. On entre en scène pour connaître les coulisses du théâtre, le bruit des applaudissements, savoir qui vient à la représentation, comment jouent les acteurs, mais on n'aime au fond que sa loge, après la fermeture de la salle, quand le rideau est tombé.

Ç'avait été une des rares confidences de Vecchini, dans les années soixante, au temps des complots de l'OAS auxquels Diebolt le croyait mêlé.

Il avait alors quarante-cinq ans et la vigueur de sa maturité s'exprimait par une attitude souvent arrogante vis-à-vis de ceux qui le côtoyaient. Il donnait le sentiment d'être invincible, intouchable, au-dessus des péripéties et des lois, ayant une fois pour toutes établi en sa faveur un rapport de forces dont rien ne pourrait changer l'équilibre.

Wysberg, qui l'avait engagé dès 1938 et qui, depuis lors, le rencontrait presque chaque jour, l'admirait et le craignait. Il ne doutait pas de la loyauté de Vecchini, mais il avait découvert que celui-ci ne s'engageait jamais sans s'être ménagé une issue de secours, de manière à ne pas être totalement entre les mains d'un maître ou enfermé dans une situation.

Cette liberté que se ménageait Vecchini avait

d'abord irrité Wysberg, puis il avait ressenti comme une menace l'obligation dans laquelle l'autre le mettait d'être loyal à son tour, de tenir ses engagements. Or, Wysberg détestait ne pas pouvoir rompre à sa guise, oublier une promesse, se dégager quand bon lui semblait.

Avec Vecchini, il avait été pris dans la toile tissée par quelqu'un qui jouait mieux que lui, bien que ne disposant d'aucune force financière, ce qui, pour les banquiers, est pourtant la clé de toute partie et, bien sûr, de toute victoire.

Mais Vecchini avait su s'emparer d'une large zone de pouvoir.

Il ne possédait rien : salarié de la banque Wysberg et Cie, administrateur de quelques sociétés qu'elle contrôlait, directeur de l'Institut de Recherches sur la Civilisation européenne que la banque finançait, tout cela lui assurait des revenus réguliers, importants, mais sans commune mesure avec la fortune de Paul-Marie Wysberg. Aux yeux de ce dernier, il demeurait un employé.

Mais cet employé tenait entre ses mains tous les fils, avait percé les secrets, pouvait compter dans différents pays sur des affidés dont il connaissait seul les noms, et avait accumulé, Wysberg l'avait compris dès le procès intenté à Vecchini en 1945-46, suffisamment d'informations, de documents, pour obtenir, de presque tous ceux qui comptaient dans la politique française depuis l'avant-guerre, un soutien en sous-main, voire public.

Ce n'était bien sûr pas l'effet d'un chantage, ainsi que Vecchini l'avait exposé à Wysberg à la veille de son arrestation en décembre 1945, « mais le fruit d'une amitié exigeante, à la mesure de ce que j'ai fait, et donc de ce que je suis ».

Lorsqu'il contraignit Wysberg, mais aussi bien Challes, le général Henri Ferrand ou le ministre Mauranges à témoigner en sa faveur, Vecchini n'avait que vingt-neuf ans.

Il appartenait à cette génération dont Pierre Brunel, Benoît de Serlière, Mazan, et Challes, Ferrand, Mauranges ou François Mitterrand faisaient partie, qui avait eu vingt ans autour de l'année 1936. Elle n'avait pas longtemps conservé ses illusions et chaque jour avait été pour elle une école de cynisme.

Blum pleurait, mais refusait de se ranger aux côtés de l'Espagne républicaine ; les communistes applaudissaient au pacte germano-soviétique ; les nationalistes à la défaite de 1940. Ç'avait été durant quatre ans le règne de la peur, des trahisons, des dénonciations, des lettres anonymes, la lâcheté faite vertu et, pour quelques actes de courage accomplis au risque de la vie, partout la veulerie, le marché noir, les yeux baissés pour ne pas voir les policiers français embarquer les enfants aux étoiles jaunes ; et, pour finir en apothéose, les pétainistes, les décorés de la francisque, les habiles, les ralliés à la Résistance de l'année 1942 ou d'août 1944 se proclamant gaullistes, et la foule qui avait applaudi le vieux Maréchal, béni par les évêques, se ruant sur les filles à soldat ou les amoureuses imprudentes pour les tondre et les promener nues à travers les rues pavoisées.

Belle saison que ces dix années, pour les cyniques. Avait ensuite commencé pour eux, la Libération venue, une autre saison dans laquelle ils s'avançaient, pleins d'expérience, de titres souvent falsifiés qui leur donnaient droit aux honneurs et aux places : la saison du partage du pouvoir, la saison des ambitieux.

Vecchini faisait partie de cette génération-là.

Quiconque le croisait pourtant, dans les années d'après-guerre, n'imaginait pas que cet homme jeune, de taille moyenne, à l'allure d'un fonctionnaire dont la seule excentricité était le port d'un chapeau mou à bord cassé, avait côtoyé Laval et Abetz, Déat, Doriot et Darnand, avait été l'amant de Karen Moratchev, une femme assassinée, avait passé quelques mois en prison, puis avait été gracié par décision personnelle du président de la République, un socialiste, au lendemain même de son entrée à l'Elysée.

Il allait d'un pas tranquille de son bureau situé au deuxième étage, celui de la direction, de l'immeuble de la banque Wysberg et Cie, à la rue Taitbout, siège de l'Institut de Recherches sur la Civilisation européenne.

Il déjeunait au restaurant de la rue Laffitte, à cette table retirée que l'on pouvait dissimuler en faisant retomber les tentures de velours grenat. Ses convives étaient ministres (Mauranges était régulièrement son invité), députés, journalistes (Pierre Brunel vint aussi, une fois par mois, déjeuner avec lui), hauts fonctionnaires. Il signait l'addition que réglait sa secrétaire, Maryse, installée dans un petit bureau attenant au sien, à la banque. Il écoutait plus qu'il ne parlait, fumant un cigare les yeux mi-clos, le menton appuyé sur ses poings, esquissant parfois un sourire ironique quand Mauranges ou Ferrand s'emportaient, irrités par son silence.

« Mais à quoi croyez-vous donc ? » s'était ainsi exclamé Mauranges, en 1954, quand, après avoir prononcé un long plaidoyer en faveur de Mendès France, il n'avait obtenu de Vecchini qu'un indifférent : « Vous pensez cela, vraiment ? »

Quelques mois plus tard, après la chute de Mendès, alors qu'il s'indignait de l'attitude des députés, de leur ingratitude envers celui qui avait obtenu la paix en Indochine, Pierre Brunel avait été scandalisé par le commentaire de Vecchini : qu'imaginait donc Mendès, qu'on allait le décorer ? La naïveté en politique, avait-il ajouté, est le pire des crimes.

Et Pierre Brunel avait alors posé la même question que Mauranges : mais à quoi, à qui donc croyait Vecchini ?

Celui-ci s'était levé, avait écrasé le bout de son cigare et, se penchant sur la table, à mi-voix, comme une confidence qu'il regrettait déjà d'avoir lâchée, avait répondu : « Au mépris et au désir. Et puis je crois en moi. »

C'était en 1955, il avait trente-neuf ans.

Derrière lui, déjà tant d'événements qui sont enfouis si profondément qu'ils semblent appartenir à des siècles lointains.

Qui se souvient encore des grèves de l'automne 1948, des mineurs abattus, des sabotages, de la crainte d'une insurrection communiste, de Prague tombant sous la coupe de l'URSS, du trafic de piastres entre la France et l'Indochine, dans lequel des ministres étaient compromis, de l'Affaire des fuites, lorsque des documents officiels concernant les opérations militaires au Tonkin atterrissaient dans les salles de rédaction, de l'espoir qu'avait fait naître Mendès France et de la haine qu'il suscita, d'un ministre de la Guerre souffleté sur le terre-plein de l'Arc de Triomphe par des parachutistes, de la menace soviétique ?

C'était de tout cela, qu'on appelle maintenant l'Histoire, que Vecchini, dans son bureau de la Banque ou dans celui de l'Institut, s'occupait à sa manière, discrète, sarcastique, efficace et déterminée.

Plusieurs fois, Paul-Marie Wysberg, qui ne supportait pas d'être, ainsi qu'il l'avait avoué à Challes, « à la merci d'un de ses employés, s'appellerait-il Vecchini », avait essayé de reprendre l'avantage.

Il y a toujours une faille chez un homme, il suffit de la repérer, puis de l'élargir pour qu'il craque. Il avait donc fait suivre Vecchini, découvrant que chaque soir, celui-ci se rendait dans un bar proche de l'Opéra, rue des Mathurins, et y buvait seul, longuement, le chapeau posé sur la table. Puis il se levait, se dirigeait vers le comptoir, y nouait rapidement conversation avec une femme, chaque fois différente, et sortait avec elle.

L'hôtel où ils passaient une partie de la nuit se trouvait non loin de là, rue Meyerbeer. Vecchini le quittait seul, prenait un taxi qui le reconduisait chez lui, boulevard de Port-Royal. Le matin à neuf heures trente, ponctuellement, Vecchini entrait dans son bureau de la banque Wysberg et Cie.

Wysberg avait exigé qu'on obtienne de ces femmes — de ces « filles », avait-il dit — des confidences. Elles s'étaient toutes montrées réticentes, Vecchini devait bien les payer. Il avait donc fallu les menacer d'arrestation et Diebolt — alors jeune policier d'une trentaine d'années qui commençait une carrière dans les marges de la loi, au service de ceux dont il estimait qu'ils détenaient ce qu'il appelait le « vrai pouvoir » — avait réussi (comment ?) à faire parler l'une d'elles.

Wysberg avait lu et relu ce feuillet dactylographié, sans en-tête ni signature, en évitant de le toucher, s'étant contenté d'ouvrir le dossier et de le faire glisser vers lui jusqu'au bord de la table :

> *Selon le témoin,* avait écrit Diebolt, *A.V. — qui se fait appeler Monsieur François — est un client régulier qui paie généreusement (jusqu'à 10 000 francs, semble-t-il). Au début, il a inquiété le témoin, mais, avec le temps, celui-ci a jugé qu'il était inoffensif, un « malade », un « pauvre type » qui demande à être battu avec sa ceinture et réclame qu'on l'humilie.*

Wysberg avait d'abord effleuré des yeux le reste du texte, avide de lire, gêné cependant de découvrir des mots qui le choquaient, « pisse », « saloperies », et, pour la première fois, il avait eu une réaction de colère contre Vecchini, comme si celui-ci lui infligeait une humiliation, le compromettait, le forçait à contempler ce répugnant spectacle d'un homme soumis à des désirs anormaux. Wysberg avait refermé le dossier d'un geste emporté, le repoussant, puis l'avait repris, lisant lentement, méthodiquement, secouant la tête, se demandant ce qu'il allait pouvoir faire de « ça ».

Il avait envisagé de demander à Diebolt de lui procurer des photographies de ces bizarreries, que l'on pourrait éventuellement utiliser contre Vecchini le jour où celui-ci chercherait à nuire, ce qui pourrait se produire, car que pouvait-on attendre d'un individu sujet à de telles pulsions, capable de perversions aussi dégradantes, chaque soir — Wysberg s'était arrêté sur ce point : un *malade,* avait dit la fille —, sinon qu'il trahisse ?

Mais que pouvait craindre Vecchini ? Il n'était en effet qu'un employé à la vie privée particulière, ayant des vices, mais qui ne commettait aucun délit et n'avait aucune réputation, aucun honneur à défendre. Et que l'on ne pouvait donc attaquer sur ce terrain-là.

Wysberg s'était souvenu de la détermination avec laquelle Vecchini avait rejeté l'idée d'être un jour candidat à la députation. « Vous seriez ministre au bout de quelques mois », lui avait répété Wysberg.

Rien ne s'opposait à une élection. On choisirait une circonscription autour de Paris, dans l'Oise ou en Seine-et-Marne. La condamnation de Vecchini avait été effacée par l'amnistie et l'on trouverait bien un petit parti impécunieux, heureux de lui accorder son investiture — radicaux, UDSR ou indépendants-paysans — en échange de versements pour la campagne électorale des autres candidats. « Nous pouvons faire ça pour vous », avait insisté Wysberg.

Vecchini avait remercié le Président en secouant la tête. Il préférait, avait-il dit, les coulisses. Il avait accepté une seule fois un rôle politique public, aux côtés de Déat, le Président s'en souvenait, n'est-ce pas ? Il l'avait toujours regretté comme une maladresse.

— Ministre, mon cher, ce n'est pas rien : la notoriété, le pouvoir..., avait repris le banquier. On peut faire des choses. Songez, Vecchini, que cette proposition serait acceptée d'enthousiasme par la plupart.

— Je ne suis pas un enthousiaste, monsieur le Président, excusez-moi.

Ce ton, cette ironie avaient exaspéré Wysberg.

— Je ne peux pas vous contraindre, avait-il dit. Chacun est libre de refuser les chances qui s'offrent à lui.

Il avait cherché un trait qui pût blesser Vecchini, ajoutant en se levant pour marquer la fin de l'entretien qu'il y avait là une forme de lâcheté, un aveu de faiblesse de caractère qui le surprenait, en tout cas une absence de grande ambition. Après tout, Vecchini refusait l'idée d'être un homme d'Etat, ce qui révélait un aspect inattendu de sa personnalité dont lui, président de la banque Wysberg et Cie, serait contraint de tenir compte.

Vecchini s'était levé à son tour et avait riposté en fixant Wysberg :

— J'aime l'ombre, monsieur le Président, comme vous. Je n'ai aucune envie de serrer la main des passants sur les marchés, d'embrasser les grand-mères et les petits-enfants pour obtenir qu'on dépose un bulletin de vote à mon nom dans l'urne. Je laisse la gloire et les affiches à d'autres.

— Mais qu'est-ce qui vous attire, qu'est-ce qui vous fait agir ? avait lancé Wysberg avec violence.

— Tenir les hommes, monsieur le Président, agiter les ficelles des marionnettes.

Il avait ouvert la porte du bureau et, du seuil, ajouté qu'il préférait encore payer les députés et les ministres plutôt qu'être l'un d'eux. « Vous comprenez, monsieur le Président ? »

Et il avait sans bruit tiré la porte.

Le dossier constitué par Diebolt ouvert devant lui, Wysberg découvrait que Vecchini était à la fois habile et prudent, qu'il était animé d'une ambition raisonnée, destinée à durer, ne se laissant compromettre par aucun faux-semblant. Cet homme voulait influencer, corrompre, organiser, mais non paraître. C'était un braconnier au service des propriétaires de la chasse, qui refusait de revêtir la livrée ou même de participer aux battues. Il allait dans les sous-bois, montant ses pièges, étranglant ici, brisant là, tuant de sang-froid qui le gênait, livrant une partie de sa traque et gardant sa part, toujours sur ses gardes, n'ayant confiance qu'en lui.

Il eût pu être un terrible prédateur s'il s'était mis à la tête d'une horde. Il aurait pu être chef de bande, ne respectant aucune loi. Mais il avait choisi à la fois de jouir des plaisirs de l'illégalité et d'être protégé par les puissants qui décident de ce que doit être l'ordre.

Sa seule folie, c'étaient ses nuits.

En refermant le dossier après l'avoir parcouru une dernière fois avec le sentiment de se vautrer dans la fange — mais cela lui déplaisait-il vraiment ? —, Wysberg avait éprouvé de la répulsion pour Vecchini. En même temps, tout en s'en défendant, tout en se répétant que cet homme-là était un pervers aux mœurs indignes, qu'il n'inviterait jamais à dîner chez lui, 27, allée Thomy-Thierry, parce qu'il n'imaginait pas, après ce qu'il avait lu, de le présenter à Ségolène de Marchecoul, il avait ressenti une sorte d'admiration craintive pour un être comme celui-ci qui osait rester libre de jouir à sa guise et avait conservé toute la maîtrise de son jeu.

Vecchini avait en effet accumulé au long de ces années des notes, des confidences, des chiffres, et des dizaines de petites fiches en bristol blanc dont chacune comportait des indications d'écritures différentes à l'encre noire, bleue, rouge, verte ou violette — il y avait ces cinq couleurs-là.

Les premiers mots étaient identiques d'une fiche à l'autre :

Reçu de M. Antoine Vecchini
par décision du Conseil d'Administration
de l'Institut de Recherches sur la Civilisation européenne...

Mais ce qui suivait, une indication de la somme touchée, en lettres et en chiffres (parfois c'étaient les chiffres qui précédaient, ou vice-versa, il n'y avait pas de règle), variait de la centaine de milliers de francs à plusieurs millions. Puis venaient la date et la signature et, sous cette dernière (le plus souvent illisible), le nom en capitales.

Parfois, quand Wysberg — et plus tard Challes — donnait l'ordre de créditer le compte de l'Institut de sommes considérables dont il connaissait le but, il imaginait la jouissance de Vecchini poussant les liasses de billets neufs vers l'homme politique — un candidat, un député, un ministre, le secrétaire général d'un parti —, puis plaçant en lieu sûr le reçu que l'heureux bénéficiaire avait rempli avant de glisser les billets dans une mallette, hésitant, jetant un coup d'œil à Vecchini qui, le visage impassible, lâchait parfois : « Une formalité, cher ami, pour ma comptabilité et pour le président Wysberg. »

Les billets étaient posés devant le quémandeur qui écrivait finalement sous la dictée, raturant quelquefois, hésitant encore quand Vecchini ajoutait : « Le nom en lettres capitales, s'il vous plaît. » Puis celui-ci relisait lentement la fiche, la secouait un peu, la plaçait ostensiblement dans son portefeuille, souriant ironiquement, disant tout en reconduisant son visiteur : « Bonne campagne, cher ami. »

L'autre gloussait, serrait rapidement la main de Vecchini, puis, comme dans un mauvais roman-photo, descendait rapidement le petit escalier en colimaçon qui permettait d'accéder au bureau de Vecchini, rue Taitbout, tenant fermement la poignée de sa mallette, saluant la secrétaire, claquant la porte, et Vecchini l'imaginait, se pressant vers sa voiture dont le chauffeur lui ouvrait la portière en s'inclinant avec respect.

C'étaient les dernières images d'un scénario qui recommençait à l'identique à la veille de chaque consultation électorale, et il y en eut de nombreuses entre 1948 et 1981, trente-trois années ! Et Vecchini était resté assis à la même place, changeant simplement de lunettes, ce qu'il ne faisait pas dans les années cinquante, mais en 1974, à la veille de la campagne présidentielle — il avait alors cinquante-huit ans —, il avait dû admettre qu'il ne pouvait relire les fiches avec ses seules lunettes de vue, qu'il lui en fallait une autre paire pour déchiffrer les écritures de ces messieurs.

Ce n'était plus de Wysberg que se réclamaient à présent ses correspondants, mais de Robert Challes qui lui avait succédé à la tête de la banque.

« J'ai vu le président Challes », commençait-on.

Vecchini eût pu interrompre, mais il préférait attendre que, d'une voix où se mêlaient l'irritation et l'angoisse, on lui dise : « Il vous a parlé de notre conversation ? Il m'avait promis. »

« Quand voulez-vous passer ? » répondait-il simplement.

Ils étaient impatients, souhaitaient un rendez-vous dans les heures suivantes, le jour même, demandaient-ils, et souvent Vecchini, surtout lorsqu'il s'agissait de personnalités de premier plan — le ministre Mauranges, ou bien le général Ferrand qui avait décidé d'être candidat, quelle idée ! Mais, avait-il expliqué, il ne voulait pas être versé dans la réserve ; député de la République, il servirait la Nation, toujours dans l'active ; « décision courageuse et qui vous honore, mon général » — leur fixait une date lointaine, les écoutant s'indigner ou supplier : « Mais les dépenses sont déjà engagées, mon cher, je vais devoir tout arrêter, le président Challes m'avait expliqué... »

Le Président, répondait Vecchini, ne s'occupe pas des détails. « Et il y a des détails qui résistent, vous savez cela, mon cher. »

Le versement effectué, Vecchini exigeait encore d'eux qu'ils recomptassent les billets de chacune des liasses. A chaque fois, Mauranges tentait d'éviter cette opération, maugréant qu'il faisait confiance à Vecchini, ajoutant avec amertume : « Au point où nous en sommes », haussant les épaules, se pliant pourtant quand Vecchini insistait : « C'est indispensable, monsieur le Ministre. »

Et le ministre humectait son index, rapidement absorbé par sa tâche, ne levant plus les yeux, et Vecchini sentait cette chaleur qui enveloppait Mauranges quand il faisait craquer les billets sous ses doigts.

Dès que Mauranges ou Ferrand — ou tant d'autres encore dont Vecchini conservait les originaux des reçus, ces petites fiches de bristol blanc, dans son coffre à Zurich — avaient quitté son bureau, il restait seul un long moment.

A chaque fois, il éprouvait un sentiment de vif mépris pour ces hommes qui péroraient sur les tribunes, qu'on saluait bas, d'une voix respectueuse : « Monsieur le Ministre », et qui, devant Wysberg ou Challes, puis devant lui, se transformaient en quémandeurs angoissés et pressants : « Mais il me faut cette somme, cher Vecchini, il me la faut, vous ne comprenez pas, votre président sait quels services mon groupe pourra lui rendre lors du débat budgétaire. »

Il pataugeait dans cette boue, s'en trouvait conforté dans ses idées les plus sombres, car, après tout, qu'était-il lui-même, qui changeait son or en merde dans les chambres de l'hôtel de la rue Meyerbeer ?

Pourtant, paradoxalement, c'était comme pour se purifier de toute cette corruption qu'il entretenait qu'il voyait et payait ces femmes complaisantes, prêtes à toutes les comédies pour quelques-uns de ces billets dont il avait en permanence les poches pleines.

Parfois, réfléchissant ainsi à ce qu'était sa vie — *la* vie, en fait —, il se disait qu'un jour, peut-être tout à fait à la fin, quand il serait un vieillard détaché de tout, que même mépriser le laisserait indifférent et qu'il n'aurait plus de désirs à satisfaire, il écrirait non pas des mémoires — pour ce qu'il avait vu, il lui suffirait de publier ses carnets, de communiquer ses fiches, et l'on saurait ce qu'avait été la vie démocratique sous la Quatrième et la Cinquième République —, mais un essai, des pensées sur la vie comme caricature, comme feuilleton, car il lui semblait à chaque fois que le comportement des hommes et le sien imitaient ce qu'il y avait de plus sordide, de plus vil, de plus horrible dans les bandes dessinées ou les films les plus racoleurs. Ce n'étaient pas les auteurs qui s'inspiraient de la réalité, mais la réalité qui s'évertuait à reproduire les fantasmes, les dérisoires folies, les rêves tragiques de ceux qui l'imaginaient.

Et lui-même faisait aussi partie de la distribution, un peu scénariste, metteur en scène et machiniste, quelquefois imprésario.

En 1968, Vecchini avait poussé Pierre Brunel à être candidat à la députation. Il était allé lui rendre visite au début de juin à l'Elysée où Pierre occupait depuis dix ans, presque jour pour jour, un petit bureau au deuxième étage, dans l'aile gauche des bâtiments de la Présidence. Il avait rejoint le cabinet de De Gaulle — comme chargé de mission, responsable des relations avec la presse — dès le retour du général aux affaires.

Vecchini avait attendu longuement, assis sur une banquette dans le couloir, se souvenant de ces jours de mai, il y avait à peine quinze jours, où ces mêmes bâtiments étaient devenus déserts, abandonnés comme un navire qui va faire naufrage, et où il en avait été de même pour ceux des ministères et de Matignon.

A présent, l'activité était fébrile Les voitures se succédaient dans la cour d'honneur. Des hommes jeunes et affairés passaient et repassaient dans les couloirs. L'ordre avait repris le dessus, comme Vecchini l'avait toujours prévu, rassurant Paul-Marie Wysberg que les barricades et les cortèges de mai avaient affolé : ce n'étaient pas les quelques manifestants qui continuaient de crier, place de l'Odéon et sur le boulevard Saint-Michel, « Ce n'est qu'un début, continuons le combat », et que l'éclatement sourd des grenades lacrymogènes dispersait, faisant jaillir de grandes gerbes de couleur orange, qui allaient empêcher le pays de se donner, comme toujours, une majorité politique de restauration.

Tout en suivant les jeux de lumière, cette alternance d'éclats et d'ombres qui se succédaient sur les parquets et les tapis élimés du long couloir, Vecchini s'était demandé pourquoi il faisait cette démarche auprès de Pierre Brunel. Par amitié ?

Qu'était-ce que ce sentiment ?

Il connaissait Pierre Brunel depuis trente-quatre ans. Etaient-ils pour autant amis ? Il y avait entre eux des habitudes, peut-être des connivences, celles que partagent les survivants. Ils avaient l'un et l'autre cinquante-deux ans, des souvenirs en commun : Noémie et François Mazan, Annie Parrain. Ils pratiquaient l'un par rapport à l'autre une forme de tolérance, non pas d'absence de calcul, mais ils ne poussaient pas leur avantage jusqu'au bout pour que le partenaire reste dans le jeu, puisqu'ils étaient habitués à leur manière respective de lancer les balles et qu'on ne joue jamais aussi bien — aussi agréablement, plutôt — que lorsqu'on connaît les ruses de son adversaire.

Et, depuis vingt ans, depuis ce déjeuner de la fin 1948, au restaurant de la rue Laffitte, ils avaient eu de nombreuses fois l'occasion de s'affronter, mais aussi, plus rarement, de jouer côte à côte.

En 1948, alors que les mineurs en grève se battaient dans le Nord contre les CRS, que les chemins de fer étaient paralysés, des piquets de cheminots occupant les gares et les aiguillages, Pierre Brunel et Vecchini avaient, autour d'une table présidée par Paul-Marie Wysberg qui avait organisé ce déjeuner rue Laffitte, conclu un accord. La banque Wysberg et Cie allait financer le journal dont Pierre Brunel, depuis un bref passage au *Populaire*, préparait le lancement. Ce serait un quotidien fidèle à la réforme sociale et politique — « Pourquoi pas ? avait murmuré Vecchini. Qui peut être hostile à un tel programme ? » —, soucieux de défendre les intérêts français, gaulliste en somme, et mettant l'accent sur le danger communiste.

— Très bien, Pierre, avait commenté Vecchini.

— Paris ne doit pas être Prague, n'est-ce pas ? avait répété Wysberg.

Brunel était d'accord avec la formule, et si l'indépendance rédactionnelle lui était laissée par la banque, il pourrait — « à mon gré, il va sans dire, mais autant le préciser » —, sous sa responsabilité de directeur de la rédaction, utiliser les documents, les informations que lui fournirait l'Institut de Recherches sur la Civilisation européenne, puisque, « si je ne me trompe pas », Vecchini disposait de correspondants dans les principaux pays, et même derrière le rideau de fer, en Tchécoslovaquie, en Hongrie, en URSS.

Vecchini avait souri, hoché la tête, dit à mi-voix :

— Nos informations sont diffusées gratuitement, pour la bonne cause.

— Voilà qui s'annonce bien, avait ajouté Wysberg.

Le quotidien, avait-il poursuivi, serait « naturellement, mon cher Brunel », indépendant. Il suffisait qu'il soit plus engagé que *Le Monde*, dont les éditoriaux étaient scandaleux, défaitistes, communisants. Ce Beuve-Méry, quelle idée de lui avoir confié ce journal, quelle idée !

— De Gaulle, le choix du général, monsieur le Président, avait commenté Vecchini. L'amusant est que...

Il avait hoché la tête, dit qu'il allait déplaire à Brunel, ce vieux gaulliste socialisant, mais le paradoxe de la situation, donc, était que Beuve-Méry avait été, au début de l'Occupation, plus pétainiste que gaulliste. « Je l'ai vu à Uriage, au milieu de ces vieux jeunes en culottes courtes qui confondaient Péguy et Jeanne d'Arc avec le maréchal », avait-il conclu.

Lorsque, des mois plus tard, dans ce même restaurant de la rue Laffitte, Vecchini avait entendu Pierre

Brunel dire, parlant du quotidien qu'il dirigeait, *L'Heure de Paris,* « *mon* journal », il n'avait pu s'empêcher de sourire.

Il avait bu, baissant les yeux, dissimulant son expression ironique et méprisante, heureux en fait de constater qu'une fois de plus un homme intelligent, courageux, qui avait tout de même près de trente-cinq ans, s'illusionnait encore, prenant l'apparence pour la réalité, emporté par une naïveté enfantine, l'idée qu'il se faisait de son rôle et de son importance.

« Mon journal... mon éditorial... mes idées », avait répété Brunel, « l'influence que nous voulons exercer sur l'opinion... »

Vecchini avait écouté ces propos en hochant la tête. Et, à chaque fois qu'il avait déjeuné avec Pierre Brunel, à la même petite table, une ou deux fois par mois, pendant les six années qu'avait duré l'aventure — le mot aussi était de Brunel : « mon aventure » — de *L'Heure de Paris,* il avait résisté au désir de rappeler à Brunel que la banque Wysberg et Cie payait les locaux du quotidien, rue Auber, qu'elle réglait les factures de l'imprimeur, qu'elle acceptait les découverts du journal qu'à chaque fin de mois la comptabilité du quotidien était contrainte de solliciter.

Mais Vecchini se taisait.

Le plaisir de savoir qu'il aurait suffi d'un mot de lui à Wysberg pour que le journal cessât de paraître était plus grand que celui de contraindre Brunel à reconnaître qu'il était entièrement dépendant de la banque et donc de lui.

A quoi bon ce petit moment de satisfaction, cette menue victoire, cette joie fugace à constater le désarroi de Brunel, alors qu'il jouissait de la fausse indifférence du chat qui somnole en attendant de décocher son coup de patte ?

Vecchini devinait d'ailleurs que, derrière l'assurance orgueilleuse de Brunel, sourdait une certaine inquiétude.

« Que pense Wysberg du journal ? » interrogeait-il

parfois dans une brève incidente prononcée presque à mi-voix. « Qui ça ? » faisait Vecchini.

Brunel continuait, ignorant la question. Il assurait que la diffusion augmentait, qu'il réussirait finalement à équilibrer les comptes d'exploitation, que l'accueil était de plus en plus favorable, que les lecteurs se détournaient du *Monde*, de *Paris-Presse* et même de *France-Soir*, que la formule choisie, celle d'un quotidien paraissant à midi, était la meilleure, et que, surtout, il fallait appuyer ceux qui, devant la décadence du système politique, cette IVe République impuissante, voulaient un autre destin pour le pays. Mendès France, pourquoi pas ? De Gaulle, sûrement.

« Mon journal est à leur service », concluait-il.

A chacun de leur déjeuner, Vecchini avait écouté et son silence, il le savait, était interprété par Brunel comme une approbation, malgré parfois une hésitation : « Tu es d'accord, n'est-ce pas ? » interrogeait-il.

Vecchini clignait alors des paupières, avançait les lèvres sans prononcer un seul mot, mais cela suffisait à Pierre Brunel qui reprenait, évoquait ses rencontres avec Georges Mauranges, un ami sûr de Mitterrand, mais qui était l'un des plus enthousiastes partisans de Mendès : il allait écrire dans le journal. « Excellent, n'est-ce pas ? Important : cela va ébranler l'opinion. »

Comment Brunel pouvait-il croire que l'on s'emparait du pouvoir à l'aide de quelques articles lus par une cinquantaine de milliers de personnes ?

C'était une innocence d'autant plus étonnante que Pierre avait vécu la guerre, vu quel pouvait être le comportement de l'opinion, versatile, courant les larmes aux yeux applaudir Pétain puis, quelques semaines plus tard, de Gaulle, avant d'accepter qu'une assemblée de députés dont certains avaient prêté serment au vieux maréchal souhaite et obtienne le départ du général qui leur avait rendu, par ses choix solitaires, un semblant d'honneur.

A suivre les efforts de Brunel, à connaître sa dépendance, Vecchini se trouvait renforcé dans l'idée que ne comptaient en fin de compte que les petits groupes d'hommes décidés, agissant de manière concertée, sans scrupules, avec cynisme. Ils devaient être comme ces pieux enfoncés profondément dans le rivage et que la mer — cette houle semblable à la foule, à l'opinion que Pierre se flattait d'influencer, de conquérir — recouvre ou laisse apparaître, passant et repassant, alors qu'ils demeurent là en place, immobiles, inarrachables.

Ces quelques hommes pouvaient tout, peut-être parce qu'ils ne se souciaient de rien d'autre que d'eux-mêmes, qu'ils n'étaient ainsi ni dupes des utopies, de l'espoir, ni victimes du découragement, mais ne croyaient qu'en leur ténacité, au non-sens de toute autre chose que leur désir d'être forts, car il n'y avait pas d'autre loi que celle-là : dominer, être du côté des maîtres et, même dans ce camp-là, ne s'en remettre qu'à soi.

Certains soirs, quittant son bureau de l'Institut, rue Taitbout, Vecchini, en se rendant au bar de la rue des Mathurins, passait par la rue Auber.

C'était la grisaille des fins de journée parisiennes, la foule pressée s'agglutinait aux arrêts de bus ou s'engouffrait dans les stations de métro.

Lui était maître de son temps, marchant lentement, avec un sentiment de supériorité, libre parmi une cohue d'esclaves, clairvoyant au milieu d'aveugles conduits comme des moutons par leurs instincts élémentaires.

Il s'arrêtait quelques instants, regardant, sur le côté opposé de la rue, les trois étages brillamment éclairés des bureaux de *L'Heure de Paris*. Des ombres passaient devant les fenêtres et, parce qu'il s'était rendu, le jour de l'inauguration des locaux, en mars 1949, au siège du quotidien, il imaginait Pierre Brunel dans le cube de verre où il avait installé son bureau, au centre de la salle de rédaction. A cette heure-ci, Brunel devait relire les épreuves de son éditorial ou dépouiller les dernières dépêches, toujours strict, même dans l'atmosphère confinée de ce volume limité, cravate serrant son cou, veste boutonnée, le visage sévère, si convaincu de ses responsabilités qu'il gardait en permanence les sourcils froncés, une ride partageant son front.

Vecchini s'éloignait d'un pas encore plus lent, souriant seul, pensant à Pierre comme à un prisonnier volontaire, un homme qui aurait choisi d'être victime, alors que rien ne l'y destinait.

Vecchini se souvenait de cette invitation, autrefois, dans les années trente-six, rue Michel-Ange, quand Charles Brunel lui avait montré les lettres manuscrites d'Emile Zola adressées à son propre père, au grand-père de Pierre, donc. Tout en écoutant Charles Brunel, il avait contemplé cette bibliothèque aux centaines de volumes reliés de cuir. Il avait imaginé des scènes de l'enfance de Pierre comme si elles se reconstituaient devant lui : Pierre prenant un livre, s'asseyant au bureau de son père, et celui-ci se penchant au-dessus de lui. Il avait ressenti — ç'avait été si fort qu'il retrouvait encore en lui cette réaction, non pas aussi vive, mais présente comme un souvenir douloureux — un désespoir et une rage irrépressible, la blessure d'une injustice.

Il avait été persuadé à ce moment-là que, quoi qu'il fît — et il avait déjà tant fait, lui qui venait du quai des Docks, de l'entrepôt où s'entassaient des barriques d'huile et des sacs d'arachides, mais pas un seul livre —, il ne serait jamais vraiment admis comme un égal dans ce monde-là, même quand on l'y invitait et qu'on l'y accueillait avec générosité.

Qui aurait pu lui donner cette enfance comblée, cette mémoire d'un père, cette amitié de Zola pour un grand-père ?

Il ne serait jamais qu'un indigène qui, pieds nus, entre dans un salon où on lui sert à boire. On l'invite à s'asseoir en guettant sa maladresse, prêt à la pardonner, ou au contraire la perfection de son attitude, disposé à l'admirer, l'une comme l'autre si peu naturelles qu'on les remarquait.

Il serait toujours « emprunté », comme on disait. Il

avait *emprunté* en effet des apparences, mais jamais il ne posséderait l'essence des choses, du savoir.

Alors il lui avait fallu choisir d'être seul, une sorte de hors-la-loi.

Il poussait la porte du bar de la rue des Mathurins et en sortait en tenant le bras d'une femme serré au-dessus du coude, pour oublier tout cela qui l'avait torturé. Et il se couchait à même le sol, dans la chambre de l'hôtel de la rue Meyerbeer, il demandait à la femme de s'accroupir au-dessus de lui, nue, cuisses écartées, parce qu'il savait toujours au fond de lui-même qu'il n'était rien qu'un barbare grimé, qu'une merde.

Vecchini n'avait même pas eu besoin de réclamer lui-même la mise à mort de *L'Heure de Paris*. Il avait depuis longtemps compris qu'il ne faut jamais jouer les rôles de procureur ou de bourreau, qu'il faut laisser les autres endosser l'hermine, la robe de l'avocat ou la cagoule rouge, et se contenter d'écrire le réquisitoire ou le plaidoyer, ou de fournir la hache. On oublie les inspirateurs, on montre du doigt les exécutants.

Il préférait donc se tenir loin de la place publique, derrière le rideau à peine soulevé d'une fenêtre, à regarder s'avancer le cortège judiciaire.

Il avait décidé de conduire Wysberg à trancher. Et il suffisait de donner ordre aux services des crédits et contentieux de la Banque pour que, au bout de quelques jours, *L'Heure de Paris* disparût des kiosques à journaux.

Mais Wysberg s'intéressait peu aux quotidiens, feuilletant la revue de presse que Richard Gombin lui préparait chaque matin, paraissant avoir oublié — c'était une goutte d'eau dans son chiffre d'affaires, et si peu en comparaison des subventions accordées sans compensation aux hommes politiques — que la banque Wysberg et Cie était propriétaire de *L'Heure de Paris*. Il fallait donc le lui rappeler, et Vecchini, le matin, avant l'arrivée du Président, déposait sur son bureau le quotidien ouvert à la page qui convenait.

Plusieurs jours durant, Vecchini avait encadré un reportage qui l'avait irrité — peut-être même était-ce cette enquête qui l'avait décidé à agir. Le journaliste Didier Julia — c'était un jeune homme d'une vingtaine d'années qui publiait là ses premiers papiers — avait découvert qu'en Belgique, en Italie, sans doute en France, de petits groupes, sans doute liés aux services secrets, avaient constitué des dépôts d'armes en vue de résister à une attaque soviétique, mais peut-être aussi d'organiser des coups d'Etat. Ces groupes faisaient aussi partie du réseau que Vecchini avait constitué. Et lorsqu'il avait téléphoné à Brunel, lui demandant comme en passant qui était ce Didier Julia dont le journal publiait une série d'articles intéressants, « mais comme peut l'être une fable, j'imagine », Brunel s'était indigné : Julia avait vérifié chacune de ses informations ; il allait poursuivre son enquête en Italie, parce que Rome semblait la capitale la plus menacée, la plus gangrenée.

« Très bien, très bien », avait commenté Vecchini, ajoutant qu'il trouvait *L'Heure de Paris* plus passionnante de jour en jour.

« N'est-ce pas ? » s'était rengorgé Brunel. Il allait, disait-il, accorder à des enquêteurs qui avaient autant de talent que Julia, aussi jeunes et téméraires, une place prépondérante. « Personne n'ose, à Paris ; mais nous allons reprendre la tradition d'Albert Londres ! »

Il n'y avait pas eu de suite au reportage de Didier Julia.

Un encadré noir avait annoncé dans *L'Heure de Paris* la mort accidentelle, sur une route d'Italie, dans la région d'Agrigente, du jeune journaliste. « Toute la rédaction s'incline devant ce confrère merveilleusement doué. Nous continuerons ce qu'il avait entrepris. Même le destin ne peut arrêter la marche de la vérité. »

Amen.

Les gens d'Italie étaient efficaces, Vecchini le savait depuis longtemps.

Quelques jours plus tard, Brunel avait demandé à voir Vecchini. Celui-ci avait retardé autant qu'il avait pu ce rendez-vous, devinant qu'il fallait laisser s'écouler les jours pour que l'indignation de Brunel, qu'il pressentait, se fût diluée, repoussée loin sous d'autres événements.

Ils s'étaient donc vus à déjeuner. Brunel amer, violent, accusateur : « Tu ne changes pas, Vecchini, avait-il lâché avec mépris. Tu seras toujours du côté des tueurs, en 1953 comme en 1942. Et moi je suis là, assis en face de toi, je mange, je bois... »

Il avait effectivement bu, puis repris d'une voix hachée. D'Italie, sans qu'on pût lui en apporter la preuve, on l'assurait que l'Institut de Recherches sur la Civilisation européenne servait à bien d'autres choses qu'à glaner des informations sur le communisme. Qu'il était en Italie une machine de subversion politique liée à la Mafia, à de petits groupes néo-fascistes qui menaçaient la République, soutenue par une partie de l'armée, et même, affirmait-on, les services américains.

Brunel était un imaginatif, avait répondu nonchalamment Vecchini. « Est-ce qu'on prend une seconde bouteille, avait-il demandé, je trouve ce bouzy excellent, pas toi ?

— Ils ont assassiné Didier Julia ! s'était exclamé Brunel. Et l'ordre est venu de Paris » — il avait pointé son index sur Vecchini.

Vecchini avait écarquillé les yeux, secoué la tête : était-il homme à donner des ordres à qui que ce fût ?

Il avait soutenu le regard de Pierre Brunel qui paraissait désemparé, tout à coup incertain, sa colère effacée.

— Que faire dans ce pays, avait dit Brunel, que faire ? Tout lâche. Tout le monde est compromis, corrompu. S'il n'y a pas un coup de reins...

Il avait haussé les épaules avec une expression

d'amertume et d'accablement, semblant dire qu'il renonçait, qu'il n'y avait plus d'issue, puis il s'était redressé, affirmant qu'il allait se battre : « Avec mon journal, nous allons mener campagne. »

Vecchini était resté impassible. Il se sentait autant observateur passionné par la situation des acteurs, les rebondissements de la farce, qu'impliqué dans cette pièce, sachant pourtant qu'il lui faudrait agir et qu'un jour proche, Wysberg le convoquerait, l'air grave, et interrogerait : « Mais voyons, Vecchini, tout cela est absurde, nous sommes bien les propriétaires de fait de cette *Heure de Paris,* et vous acceptez ça ? » Il montrerait du bout du doigt un éditorial de Brunel, l'un de ceux, par exemple, où il s'en prenait en termes violents à Joseph Laniel, le nouveau Président du Conseil, un industriel normand, client de la banque et ami personnel de Paul-Marie Wysberg.

« Ou Brunel change de position, mon cher Vecchini, dirait-il, ou nous le faisons sauter, ou bien nous coupons les crédits. »

En banquier, il avait déjà demandé aux services concernés un état des découverts du quotidien et les colonnes de chiffres étaient alignées sur une fiche bleue posée au centre de son bureau, à droite du numéro du jour de *L'Heure de Paris*.

Cet instant-là, Vecchini le préparait et l'attendait. Mais, à écouter Brunel annoncer qu'il allait faire campagne, il était fasciné par le côté cocasse et paradoxal de cette péripétie. La réalité était si contraire aux apparences dont les commentateurs, les lecteurs du quotidien, les journalistes étaient dupes, que Vecchini était pris du désir de la laisser évoluer sans intervenir, pour voir à quel moment les illusions de Brunel et des autres se déchireraient.

Peut-être un jour lirait-on sous la plume de Brunel un éditorial dénonçant le rôle de la banque Wysberg et Cie dans la presse quotidienne française et le financement qu'elle apportait à certains journaux ! ? Brunel était bien capable d'avoir oublié qu'il dépendait entièrement du bon vouloir de cette banque-là !

La folie, décidément, présidait au destin des choses humaines, démence tragique, souvent, mais aussi parfois délire comique ou pathétique. Qui aurait pu imaginer ainsi que *L'Heure de Paris,* financée par la banque Wysberg et Cie, mettrait en accusation des réseaux qui recevaient de l'argent de la même source (et de quelques autres !) et dont beaucoup étaient officiellement liés à l'Institut de Recherches sur la Civilisation européenne qui fournissait, grâce à ses correspondants, des informations et articles que publiait *L'Heure de Paris* !

Les fils s'entrecroisaient et Vecchini suivait comme un entomologiste ces grouillements sous la surface, ce travail souterrain — parfois, il s'agissait bien de galeries, de caves, de grottes, comme au temps de la Cagoule — de petits groupes d'hommes plus ou moins autonomes, quelques-uns animés par des demi-fous fanatiques qui attendaient chaque matin l'annonce d'une attaque soviétique et se préparaient déjà à la résistance ; d'autres dirigés par des politiciens avertis qui se servaient de ces réseaux pour conduire leur carrière, rester au pouvoir, renverser des rivaux — parfois aussi les faire disparaître —, obtenir des fonds ; d'autres encore commandés par des militaires intègres que le secret et l'efficacité, le goût du complot rendaient eux aussi obsessionnels et qui inventaient des stratégies pour démasquer des adversaires qu'ils suscitaient, si besoin était, parce qu'il fallait bien trouver une raison d'être et que la guerre, la vraie, tardait à venir.

Parfois, de ce magma, un corps surgissait, remonté à la surface : ainsi celui du journaliste de *L'Heure de Paris,* Didier Julia. Parfois un paysan ou un chasseur qui traquait le sanglier dans les Ardennes ou le loup dans les Abruzzes, en s'abritant dans une grotte, parce qu'un orage de montagne avait inopinément éclaté, trouvait un dépôt d'armes lourdes — mitrailleuses, bazookas, mortiers de fort calibre —

parfaitement huilées et les caisses de munitions correspondantes. Les journaux — quelques-uns seulement — mentionnaient ces découvertes. Une enquête était ouverte.

On mit ainsi plusieurs fois en cause — et encore plus tard, en 1962, quand l'Organisation de l'Armée secrète tenta d'assassiner le général de Gaulle — le docteur Matringe, un ancien de la Cagoule, disait-on, inscrit comme conférencier sur les registres de l'Institut de Recherches, et à ce titre salarié de Vecchini. Il est vrai que ce dernier le connaissait depuis qu'il avait prêté serment à l'Organisation, il y avait si longtemps, avant-guerre...

Souvent, quand Vecchini songeait à ces hommes-là — le docteur Matringue, Mauranges, une nouvelle fois ministre dans le gouvernement de Joseph Laniel, comme François Mitterrand, son modèle, ou le général Ferrand, ou encore Benoît de Serlière qui publiait livre sur livre, donnait des articles au *Figaro* et même à *L'Heure de Paris* (Brunel acceptait donc cela !) tout en préparant son élection à l'Académie française —, il éprouvait pour Pierre Brunel, en même temps que du mépris et de la commisération, sentiments si fréquents chez lui, de la pitié et presque de l'admiration. Il s'en défendait, mais l'obstination de Brunel, ses enthousiasmes pour Mendès France, puis de Gaulle, cet attachement à des principes — « Moi, disait-il, je défends mes idées » — l'étonnaient au point de lui donner l'envie inattendue de le protéger.

Il était finalement si désarmé, Brunel, si ignorant des secrets de la machinerie du théâtre, des coulisses, de la scène sur laquelle il voulait pourtant tenir son rôle, déclamer, qu'il en devenait émouvant.

Il apparaissait à Vecchini comme une sorte de malade incurable qui subit la douleur sans cesser de croire en l'avenir. Il forçait Vecchini à se poser des questions et quelquefois, quand celui-ci quittait l'hôtel de la rue Meyerbeer, apaisé, comme purifié par toutes les souillures qu'il avait recherchées, par ces châtiments qu'il avait désirés et qui l'avaient fait jouir de douleur et de honte, il s'interrogeait sur ce qu'il devait bien appeler l'idéalisme de Brunel, son désintéressement.

Peut-être était-ce là le legs de son père, un privilège de plus que Pierre Brunel avait reçu de naissance et que Vecchini n'obtiendrait jamais. Peut-être aussi des hommes comme lui étaient-ils des modèles d'une humanité future que Vecchini n'imaginait même pas et, bien sûr, n'incarnerait jamais. Mais qui sait si les hommes comme Brunel n'étaient pas ceux qui permettaient à la civilisation d'exister face aux barbares ? Car lui, Vecchini, était un barbare, il le pensait, l'acceptait, c'était son sort et sa gloire.

Et tout en donnant à Wysberg des arguments pour le pousser à couper les crédits à *L'Heure de Paris*, dans le même temps, il protégeait Brunel contre ses faux alliés.

Ainsi, Georges Mauranges, qui se déclarait pourtant un partisan enthousiaste de Mendès France, avait, puisqu'il était entré dans le gouvernement de Joseph Laniel, demandé à plusieurs reprises à Vecchini de faire pression sur Brunel pour qu'il cessât d'attaquer le Président du Conseil. Ce ministère Laniel n'était pas ce que Brunel prétendait, l'association de la bêtise et du lingot. La preuve de la mauvaise foi de Brunel : Mitterrand et Mauranges faisaient partie du gouvernement.

Vecchini avait écouté Mauranges, assis à cette même place où Brunel s'installait, dans le restaurant de la rue Laffitte.

— Brunel, à sa manière, est un ambitieux, mais oui, avait dit le ministre. Il parle de l'intérêt du pays, il nous accuse, nous, d'être responsables de la continuation de la guerre en Indochine. Vous le lisez, n'est-ce pas ? En fait, il mise sur Mendès France parce qu'il espère entrer dans son gouvernement. La France, il s'en moque, mon cher Vecchini. C'est un habile et Laniel, croyez-moi, vaut bien Mendès.

Pensez-vous que, sans cela, Mitterrand et moi serions à ses côtés ?

Mauranges parlait avec conviction, les mains ouvertes dansant devant son visage. Parfois il ôtait ses lunettes, s'épongeait le front, fermait les paupières, repoussait une mèche noire qui lui barrait le front.

— Il faut empêcher Brunel de nuire, mon cher, avait-il poursuivi. Ne me dites pas que vous n'avez pas de moyens de pression sur lui ! Son canard, c'est vous qui le financez, qu'est-ce qu'il vous rapporte ? Politiquement, j'entends ! Wysberg est devenu favorable à Mendès ? Vraiment, je ne vous comprends pas !

Pauvre Pierre qui imaginait que Mauranges était un allié fourvoyé dans le gouvernement Laniel, regrettant de s'y maintenir, mais assumant ses fonctions pour défendre ce qui pouvait l'être d'une politique française différente.

« Mauranges, avait-il confié à Vecchini, m'a félicité pour mes articles, il en comprend le sens. Il m'a dit textuellement : "Je soutiens Laniel comme la corde soutient le pendu. Si vous ouvrez la trappe sous ses pieds, eh bien, tant mieux, nous nous retrouverons, vous et moi, aux côtés de Mendès." »

C'était cela, les amitiés politiques !

Vecchini s'était offert le luxe de dire à Mauranges que Brunel était persuadé d'avoir l'appui de plusieurs membres du ministère. Mauranges l'avait regardé, ôtant nerveusement ses lunettes, puis lâchant entre ses dents : « Qu'il imagine ce qu'il veut, ce con ! C'est un emmerdeur, tout le monde le sait. C'est un type seul, sans influence, si vous ne le souteniez pas à bout de bras ! » Puis, tout à coup, il avait passé son index tout autour de son col de chemise, la sueur perlant sur ses joues et son cou. Et il avait souri :

— Ne serait-il pas plus simple, cher ami, de nous indiquer clairement ce que vous, la banque Wysberg, attendez du gouvernement ? Nous pourrions nous entendre sur cette base, n'est-ce pas ?

Vecchini avait hoché la tête.

— Il faut voir, Mauranges, il faut voir. Nous y pensons, en effet.

— Dépêchez-vous, nom de Dieu ! Sinon, ce con va nous faire tomber, et vous n'obtiendrez rien de Mendès, rien, c'est un fanatique !

Dans le ton de Mauranges, dans son visage comme affiné par la tension, dans cette obstination à convaincre comme si sa propre vie était en jeu — il avait pris Vecchini par le bras à la sortie du restaurant, lui répétant : « Demandez ce que vous voulez, je vous le dis. Laniel est ouvert à un vrai marchandage. C'est un industriel ; les affaires, ça ne le choque pas. Vous obtenez de Brunel que *L'Heure de Paris* change de ton, et Laniel ne sera pas un ingrat, je vous l'assure, mon cher » — Vecchini avait reconnu cette angoisse, cette passion du pouvoir destructrice qu'il avait vue à l'œuvre, depuis l'avant-guerre, déformant les traits et les caractères.

Il avait eu envie de ricaner, de répondre à Mauranges qu'il savait que tout se négociait toujours : les idées, les principes, les sentiments, l'amour, la haine et, bien sûr, cela allait de soi, les contrats et les places. Mais qu'il y avait aussi un plaisir plus pervers, une jouissance esthétique à ne pas céder, donc à ne rien recevoir, à payer en somme, à jouer contre soi, simplement pour voir quelqu'un avoir peur, comme Mauranges qui ne comprenait pas, qui retéléphonait : « Mais que voulez-vous, Vecchini ? Vous avez lu l'éditorial de Brunel, ce matin ? Nous allons perdre la majorité à l'Assemblée, et qu'est-ce que vous y aurez gagné ? »

Rien, peut-être, sinon d'avoir entendu cette voix haletante que la peur, le regret déjà déformaient.

Mais ce n'était qu'un court moment de plaisir. Il savait que seuls les naïfs — les idéalistes, si on veut — perdent vraiment. Un Georges Mauranges savait changer de camp à temps, prendre des assurances, trahir quand il le fallait, si banalement que Vecchini n'avait pas été étonné de le retrouver, après la chute de Laniel, ministre, toujours aux côtés de Mitterrand, dans le gouvernement Mendès France. Ils occupaient même l'un et l'autre des postes plus élevés dans la hiérarchie.

Et Vecchini devait écouter avec la même impassibilité Mauranges — toujours assis à la même place, dans le même restaurant — affirmer avec la même conviction que Laniel n'avait été qu'un politicien opportuniste dont lui, Mauranges, avait heureusement limité l'action.

— Mais oui, Vecchini, c'était le paradoxe de ma position. J'étais l'opposant de l'intérieur. Et Mitterrand avec moi. Nous avons dès le début joué la chute, préparé la venue de Mendès, ce n'était pas facile. Toujours la Résistance, la clandestinité, mon cher !

Vecchini ne pouvait que hocher la tête, les yeux mi-clos, face à l'attitude de Mauranges, si prévisible, comme celle d'une putain qui, avant de se déshabiller, exige qu'on la paie.

Parfois, avec lassitude, il se demandait ce qui pourrait encore le surprendre.

Il avait à peine quarante ans.

Peut-être fut-ce aussi pour rompre l'ennui des choses attendues qu'il avait essayé de faire comprendre à Pierre Brunel que Mendès ne resterait au pouvoir que le temps d'en finir avec la guerre d'Indochine et quelques autres affaires comme le réarmement allemand, le Maroc, la Tunisie. On allait se servir de lui comme d'un saisonnier qu'on renvoie une fois la récolte rentrée, pour rester entre soi, entre propriétaires du pouvoir qui ne tiennent pas à le partager avec un M. Mendès, un homme qui semblait croire à ce qu'il disait du haut des tribunes.

Vecchini avait reçu les confidences de Paul-Marie Wysberg : que Mendès liquide l'affaire d'Indochine, il est le seul à pouvoir le faire. Après... Il avait appris que de Gaulle, lors d'un de ses séjours à Paris, l'avait reçu à l'hôtel Lapérouse. Qui avait raconté l'entretien ? Sans doute Mendès lui-même. Mais Brunel refusait de croire que le général eût pu dire au nouveau président du Conseil : « Quand vous aurez débarrassé le régime de ce qui le gênait, le régime se débarrassera de vous à la première occasion. »

Il y avait l'opinion, l'opinion, Vecchini ! clamait Brunel. Il allait la mobiliser, faire de son journal le bouclier de Mendès !

Toujours cette naïveté, cette volonté de s'aveugler, de ne pas voir que le lacet était déjà passé autour de son cou, qu'il suffisait à Wysberg de le serrer à l'heure choisie. *L'Heure de Paris* cesserait de paraître à l'instant même où Mendès serait condamné, quelques jours avant, quelques jours après, mais on ne tolérerait pas plus longtemps Pierre Brunel.

— Impossible, votre Brunel, imprévisible, dirait Wysberg. Vous ne trouvez pas ?

C'était à la fin de novembre 1954. Vecchini marchait aux côtés de Brunel sur le boulevard Haussmann. Un déjeuner de plus.

On commençait à porter des coups à Mendès à l'Assemblée nationale et dans les journaux. On entendait les aboiements de la meute. Mais Brunel, lui, avait déjà engagé une autre bataille, comme si la défense désespérée du président du Conseil ne lui suffisait pas. Il avait vu Mendès, avait-il raconté à Vecchini, puis Mitterrand, le ministre de l'Intérieur, non pour préparer avec eux leur défense, mais pour les alerter sur ce qui venait de se produire en Algérie : des attentats, un début d'insurrection.

Il avait parlé de cela tout au long du déjeuner avec Vecchini, comme si plus rien d'autre n'existait, étonné de l'attitude de Mendès qui lui avait répondu qu'il ne connaissait pas le dossier ; scandalisé par la réponse de Mitterrand qui n'avait pas voulu envisager l'hypothèse d'une négociation avec ceux qu'on appelait les fellaghas, et qui avait traité Brunel d'extrémiste parce qu'il s'apprêtait à réclamer dans *L'Heure de Paris* des réformes en Algérie. Et Mitterrand avait ajouté : « L'action des fellaghas ne permet pas de concevoir, en quelque forme que ce soit, une négociation ; elle ne peut trouver qu'une forme terminale, la guerre. »

— La guerre ! Mais il est fou ! avait répété Brunel.

Cette passion de la vérité, aussi destructrice que la passion du pouvoir, avait une fois de plus fasciné Vecchini.

Là, sur le boulevard Haussmann, peu avant de quitter Brunel, de le voir se diriger vers la rue Auber — et autant pour s'assurer que la raison était impuissante devant la folie que, mû par un sentiment de pitié, il s'était aussitôt reproché —, Vecchini lui avait dit qu'*il ne fallait pas* toucher à l'affaire d'Algérie. Que s'il souhaitait conserver une chance, une petite chance de garder son journal, il fallait qu'il se taise sur ces événements — ou alors, « parles-en comme Mitterrand. Il a compris, lui. Suis-le à la trace. C'est un renard ».

Tout en marchant, Vecchini avait saisi le bras de Brunel qui s'était dégagé, indigné. Il disposait d'informations sûres, prétendait-il. Si Paris ne changeait pas de politique, ce serait une nouvelle guerre d'Indochine, en pire, parce qu'il y avait en Algérie un million de Français. Il fallait empêcher ça, non ? Ou alors on était un salaud et à quoi bon avoir pris des risques avant, en 1940, à quoi bon ?

Avait-il voulu, comme il le faisait parfois, rappeler à Vecchini leur passé, leurs engagements opposés, la « faute » commise par l'un, l'héroïsme de l'autre ?

Mais Vecchini ne se sentait plus concerné.

Quelle faute ? Il eût accepté d'en débattre si cela en avait valu la peine. Mais on allait réarmer l'Allemagne, et l'URSS, la grande alliée, était devenue l'ennemie. Tous les jours, *L'Heure de Paris* dénombrait ses divisions, rappelait ses turpitudes, publiait les informations transmises par l'Institut de Recherches sur la Civilisation européenne.

Alors, parler de 1940 ? Quand on voudrait. Vecchini était prêt.

Il avait défié Brunel, qui avait baissé les yeux. Peut-être savait-il tout cela, lui aussi ?

« Pour l'Algérie, avait repris Vecchini, tu n'empêcheras rien, tu seras emporté. Le moment n'est pas venu. Nous sommes en 40, si tu veux. Attends quelques années, on te donnera raison. Mais si tu parles maintenant, liquidé, Pierre, liquidé !»

Naturellement, Pierre Brunel avait écrit ce qu'il pensait. Peut-être, après tout, le courage est-il une des formes que prend le désir d'autodestruction, qui sait ? Sa forme noble.

Dans ses deux éditoriaux successifs, il avait en caractères gras exigé la réforme, le changement de statut de l'Algérie, la fin des privilèges, la négociation. « Il faut faire vite », avait-il martelé. « J'en appelle à Mendès France, notre espoir. » Ainsi, par ricochet, ce mendésiste atteignait-il Mendès...

Tout cela était tragi-comique, sans surprise. Du spectacle.

Wysberg avait convoqué Vecchini et dit d'un ton calme : « Eh bien, Vecchini, je crois que cette fois-ci, votre protégé a dépassé les bornes, vous ne trouvez pas ? »

Vecchini avait écarté les mains en signe d'indifférence ou d'approbation, puis il avait expliqué que Brunel était plus précisément le protégé de monsieur le président Wysberg. N'était-ce pas au cours d'un déjeuner que Wysberg avait présidé à la fin de 1948 que le financement de *L'Heure de Paris* avait été décidé ? Vecchini n'avait fait qu'appliquer cette décision.

Wysberg avait eu un geste d'irritation. Il avait marmonné que Vecchini se dérobait devant ses responsabilités, mais lui, Wysberg, savait à quoi s'en tenir. Et il était inutile de discuter plus avant.

— Nous ne payons plus, voilà tout, avait-il conclu.

Vecchini n'avait même pas téléphoné la nouvelle à Brunel.

A quoi bon ? Cet imbécile l'apprendrait bien assez tôt.

L'Heure de Paris cessa de paraître à la mi-décembre 1954.

Mendès France fut renversé par l'Assemblée le 6 février 1955.

Et Pierre Brunel mit désormais toute son énergie au service du général de Gaulle parce qu'il ne pouvait se résoudre à la banalité des choses.

En 1958, Brunel était entré au cabinet du général. Il avait occupé l'un de ces bureaux au plafond bas auxquels on accède par des portes étroites ouvrant sur ce long couloir, au deuxième étage du bâtiment gauche de l'Elysée. Peint en gris-bleu, on dirait une coursive un peu mystérieuse en ce qu'elle semble n'avoir ni début ni fin.

C'est là que Vecchini, en juin 1968, le 5 précisément, l'attendait sans impatience, curieux de se retrouver là, au cœur du pouvoir.

Il s'était levé, s'était approché de la fenêtre donnant sur la cour d'honneur, imaginant plus qu'il ne la voyait la silhouette du général derrière les grandes baies du rez-de-chaussée et, parce qu'il était déjà allé au bout de toutes ses pensées, il avait joué avec l'idée qu'il eût pu se dissimuler dans ce bâtiment, attendre la sortie du général, l'abattre peut-être, en finir ainsi, dans un acte fulgurant, avec une vie prudente et calculée, cette existence, la sienne, dont il était si fier pourtant, parce qu'il la dirigeait comme le capitaine d'un caboteur qui évite tous les récifs, qui connaît tous les courants et qui, tout à coup, ne sait plus où il va et cède à la tentation de pousser les feux, de se fracasser contre un cap cent fois évité, ou bien de cingler vers le large, enfin.

Oui, il eût pu en finir avec lui, Vecchini, comme ça,

Ravaillac sans cause, tuant un roi pour qu'on le tue, lui.

Il en avait eu assez de réussir à esquiver. Oh, il le savait bien, cette brusque dépression n'était l'affaire que d'un moment. Il allait se reprendre, jouir de sa situation, pousser Pierre Brunel à s'engager dans la campagne électorale, parce que le raz de marée en faveur de De Gaulle était inéluctable et qu'il fallait bien que la banque Wysberg et Cie compte parmi les élus quelques amis. Brunel pouvait être de ceux-là.

Robert Challes et Paul-Marie Wysberg avaient évoqué son nom comme l'un de ceux qu'on pouvait soutenir.

Sans doute y avait-il eu l'épisode de *L'Heure de Paris,* puis le temps de l'OAS. Et de l'Elysée — peut-être Brunel lui-même — on avait alors ordonné des perquisitions au siège de l'Institut de Recherches sur la Civilisation européenne, rue Taitbout. Vecchini et Paul-Marie Wysberg avaient été interrogés à leurs bureaux. Certains membres de l'OAS, compromis dans la préparation d'attentats contre de Gaulle — ainsi le docteur Matringe, et surtout le général Julien de Marchecoul, beau-frère de Wysberg — étaient liés à l'Institut ou à la Banque. Soupçons rapidement écartés, puisqu'*on* (qui ?) n'avait pas voulu pousser les enquêtes jusqu'au bout.

Les noms de Vecchini et de Wysberg devaient encore figurer dans des dossiers, aux Renseignements généraux, mais qui, à Paris, parmi ceux qui dirigent, n'avait un soir dîné avec des ennemis irréductibles de l'autre camp ? Et, le soir suivant, c'était autour d'une autre table que l'on se trouvait assis avec les ennemis des ennemis, ou les alliés des uns, donc les adversaires des autres. Et l'on s'inclinait vers son voisin : « Cher ami, dites-moi... »

Wysberg avait dîné avec Pompidou, Vecchini avec des proches de Giscard d'Estaing, Challes et le général Ferrand avec le ministre de l'Intérieur. Et Vecchini avec Brunel, puis, le lendemain, il avait déjeuné avec Mauranges, désormais antifasciste puisque de

Gaulle, n'est-ce pas, c'était la dictature, le coup d'Etat permanent, selon le titre d'un livre écrit par François Mitterrand.

Donc, Vecchini était chargé d'inciter Brunel à être candidat dans la circonscription de Rochegude-Mazan-Carpentras et de lui faire comprendre qu'on pouvait prendre en charge sa campagne, que plusieurs députés sortants avaient déjà discrètement sollicité l'Institut afin d'obtenir des prêts.

En toute indépendance, il va de soi.

Vecchini avait sursauté. Il était debout contre la fenêtre, guettant cette entrée du Palais, cet escalier de pierre blanche qu'allait peut-être emprunter le général, et il pensait que du lieu où il était, il aurait pu, en effet, lancer une grenade, tirer une rafale de fusil-mitrailleur, franchir ainsi définitivement la frontière, sortir de sa vie. Enfin ! Elle lui pesait tant, en ce 5 juin 1968, qui sait pourquoi ?

On l'avait touché à l'épaule. La secrétaire de Brunel, une petite femme parlant d'une voix grave, étonnante dans ce corps menu, le priait d'excuser monsieur le chargé de Mission qui était encore retenu par Monsieur le Secrétaire général, mais si Monsieur voulait bien patienter encore quelques minutes, Monsieur le chargé de Mission pourrait recevoir Monsieur.

Il avait tourné le dos. La petite femme, il l'entendait, devait trottiner dans le couloir vers son alvéole, si fière d'être là, proche des Grands.

Mais qui pouvait échapper à ce jeu de rôles ?

On passait une poterne devant laquelle des gardes républicains en tenue d'apparat se tenaient immobiles, statuettes du grand jeu des adultes. On traversait une cour, on voyait un drapeau flotter au-dessus d'un toit, on disait Monsieur le chargé de Mission auprès du président de la République, et c'était comme si l'ombre venait de se faire dans la salle, comme si les trois coups avaient retenti. On faisait partie de la représentation.

Et comment, pour échapper à cela, faire autrement que hurler, lancer une grenade sur la scène, ou bien ricaner, tenter à tout instant de se tenir à part pour ne pas être avalé comme les autres par cette bouche d'ombre, la grande pantomime du jeu social ?

Vecchini se souvenait de sa surprise quand, lors d'une réception à Matignon, peut-être en avril 1959, ou bien l'année suivante, à l'occasion de ce que l'on appelait la « garden-party » du Premier ministre, il avait constaté à quel point, depuis qu'il occupait ses fonctions à l'Elysée, Pierre Brunel s'était transformé.

Peut-être était-ce aussi un effet de l'âge — Brunel, comme Vecchini, avait dépassé la quarantaine, déjà quarante-quatre ans en 1960, le mitan de la vie doublé, or c'est aussi un cap des tempêtes ! —, mais le journaliste passionné des années cinquante, l'imprécateur qui exigeait des réformes, (tout de suite !), la fin de la guerre d'Algérie, (immédiate !), s'était transformé en un personnage pondéré qui disait d'une voix lente, presque dolente : « Les choses ne sont pas aussi simples qu'on le voudrait, mon cher Vecchini. »

Son apparence n'avait guère changé. Il portait le même costume gris, il se tenait aussi raide, mais à la manière dont il saluait les personnalités qu'il croisait dans ce grand parc de l'Hôtel Matignon, à la façon dont il avait tapoté l'épaule de Vecchini d'un air condescendant que celui-ci ne lui avait jamais vu, disant : « Nous allons changer la France, vraiment. Dans dix ans, nous aurons bâti un autre pays, crois-moi », Vecchini avait jugé que Brunel, comme les autres, comme tous ceux que le pouvoir éclaboussait de ses feux, avait traversé le miroir, n'était plus capable de se voir, tout entier dévoré par sa fonction, persuadé de son importance, aveugle donc sur lui-même et sur ce pays qu'il prétendait pourtant conduire, inspirer.

Ce jour-là, il avait d'abord irrité et amusé Vecchini. Cette assurance, cette prétention, ce frémissement quand le Premier ministre s'était avancé vers eux en souriant et avait lancé en s'arrêtant quelques secondes : « Alors, mes amis, on se retrouve comme à la rue d'Ulm ? », avaient paru enfantins à Vecchini. Puis, vers la fin de la journée, son humeur avait changé. Il avait eu le sentiment d'être exclu de cette ivresse, incapable de perdre la raison, voué à être à jamais clairvoyant, et ce qu'il avait toujours considéré comme son privilège, sa distinction, lui était tout à coup apparu comme une malédiction. Œdipe avait eu raison de se crever les yeux.

A l'un des buffets qui se trouvaient installés de chaque côté du parc, il avait pris une flûte de champagne et s'était avancé nonchalamment vers Brunel, l'obligeant par son insistance à rester près de lui, à interrompre la conversation qu'il menait à mi-voix avec un officier qui s'était écarté, respectueux.

Que pensait donc Annie Parrain des nouvelles fonctions de Pierre ? avait naïvement demandé Vecchini. Heureuse de savoir son mari dans la place, à l'Elysée ? Et les enfants, Héloïse, Joseph, quel âge avaient-ils donc ? Pas facile, à cet âge : seize ans, n'est-ce pas, pour Héloïse ?

Pierre s'était rembruni, surpris par cet échange qui brisait le jeu, l'obligeait à trouver un autre rythme. Il avait marmonné quelques réponses, mais Vecchini, adossé à un arbre, paraissant ne pas l'écouter, s'était obstiné.

Annie Parrain, une femme de gauche quand il l'avait connue, si loin, bien sûr, en 1944, qui se souvenait encore ? Mais Héloïse était la fille de François Mazan, qu'on célébrait toujours. Un héros communiste. Comment vivaient-elles tout ça ? Et, tendant son bras, il avait montré le parc, la façade de l'Hôtel Matignon.

Brunel avait haussé les épaules. L'Etat, la politique, Annie Parrain s'en désintéressait, maintenant. Elle avait ses malades. Quant à Héloïse, elle était lycéenne et les opinions d'une enfant, n'est-ce pas, heureusement, ça ne compte guère.

— Dînons ensemble, pourquoi pas ? avait dit Vecchini. L'heure est peut-être aux retrouvailles, au... — il avait levé la tête, surpris l'expression tendue de Brunel — ... comment m'expliquais-tu cela ? Oui, au rassemblement de tous les Français. Rassemblons-nous, qu'en dis-tu ? Nous parlerons du général, des années d'autrefois, du maréchal...

Brunel s'était éloigné.

Près de dix années plus tard, était-ce à cause d'Annie Parrain qu'il attendait d'être reçu par Brunel, dans ce couloir du palais de l'Elysée, éprouvant la tentation d'un acte qui l'eût d'un seul coup arraché à cette vie calculée dont il avait été si fier et qu'elle lui avait fait mépriser ?

Au début du mois de mai 1968, le 13 — oui, c'était bien la raison de sa présence ici, il en était sûr —, alors qu'il rôdait dans les rues pour voir cette foule juvénile courir, crier, se battre, fasciné par cet enthousiasme et cet aveuglement : comment pouvaient-ils croire que la révolution était au bout de la rue, la plage sous les pavés, pauvres fous ! —, il avait aperçu Annie Parrain parmi les manifestants, silhouette mince serrée dans un pantalon de toile et un blouson. Près d'elle, cette jeune fille qu'elle enlaçait était sans doute Héloïse, et cet étudiant si caricatural, à barbe et cheveux longs, qui se tenait derrière elles, sans doute l'amant d'Héloïse, son compagnon, comme on disait. La scène se déroulait si vite que Vecchini devait tenter de la suivre en courant sur les trottoirs pour rester à la hauteur du rang de manifestants.

Il avait eu envie de se glisser parmi eux pour essayer de les écouter, de les comprendre, de se rapprocher ainsi d'Annie Parrain. Il avait remonté le boulevard Saint-Germain, puis le boulevard Saint-Michel, à travers la foule massée sur les trottoirs, le cortège avançant vite sur la chaussée, et il n'avait pas quitté des yeux Annie Parrain, ses cheveux blancs coupés courts détonant parmi toutes ces longues chevelures brunes ou blondes.

Tout à coup il s'était arrêté, essoufflé, en se voyant dans l'un des miroirs d'une vitrine de librairie. Cet imperméable serré à la taille, ce chapeau, c'étaient les siens. Il était une caricature de quinquagénaire discret, un peu ambigu, flic ou voyeur dont l'apparence tranchait sur celle de la foule détendue et joyeuse, jeunes en vêtements souples, le col ouvert, en chaussures de sport, ces taches blanches, rouges, bleues, vertes qui bondissaient sur l'asphalte grise.

Il s'était senti rejeté, ridicule, renvoyé à ce qu'il était : un homme de la maturité qui n'avait connu qu'une vie rancie dès l'origine.

Il avait alors emprunté les petites rues, essayant d'éviter les attroupements, les barricades, les barrages de police, homme apeuré non de ce qu'il risquait, mais de ce qu'il était : rien, une sorte de vicieux de la vie, ayant manqué l'essentiel, l'envie de courir aux côtés des autres, ce qu'avaient peut-être éprouvé jadis François et Noémie Mazan, ce qu'éprouvait encore Annie Parrain, accrochée à sa fille.

Lui, rien.

Même pas ce plaisir d'être au pouvoir, que ressentaient sans doute un Pierre Brunel ou un Robert Challes. Seulement la satisfaction — intense, oui, avait-il ricané —, en se retrouvant chez soi et en écoutant les reportages à la radio, de savoir que les illusions de tous ces aveugles-là allaient se fracasser, qu'ils allaient une fois de plus, comme tous ceux qui avaient cru un jour changer l'ordre des choses, se retrouver dupes, cocus.

Lui prévoyait cela. Il n'était victime d'aucune utopie, d'aucun mirage.

Mais alors, que restait-il de la vie ?

Que valait sa vie ?

Quand la secrétaire était venue le chercher enfin, Vecchini lui avait souri.

Monsieur le chargé de Mission était donc sorti du bureau de Monsieur le Secrétaire général.

La petite femme à la voix grave avait approuvé de la tête : « C'est cela, Monsieur, c'est cela. »

Des portes, devant lesquelles elle s'effaçait pour laisser passer Vecchini, des escaliers, des couloirs encore pour retrouver un vestibule semblable à celui qu'ils avaient quitté, le même peut-être.

« Nous faisons en effet un détour, disait la petite femme, c'est obligatoire. Un labyrinthe, ce Palais », avait-elle ajouté.

« Et puis il y a les contrôles, n'est-ce pas ? »

Un gendarme visait un laissez-passer, un autre faisait franchir un sas. Enfin la petite femme frappait à une dernière porte, toute proche de la banquette où Vecchini avait attendu, mais il avait fallu ce long parcours pour s'en revenir là, au bout des méandres du pouvoir et de la vie.

Ridicule et dérisoire.

Vecchini avait recouvré sa causticité. Au loin les souvenirs, les tentations de sortir de sa vie, la blessure infligée par cette vision d'Annie Parrain courant, si jeune encore !

Effacé tout cela, ou plutôt déposé comme un sédiment de plus au fond de lui, ne lui laissant — pour ne pas crever étouffé par cette vie où il n'était plus rien que cela : habileté, lucidité — d'autre choix que d'être plus cynique encore, de survivre à ce prix, ayant alors le sentiment de l'avoir vraiment emporté sur tous les autres, sur ces jeunes eux-mêmes qui se croyaient capables de changer la vie, sur Annie Parrain et ceux qui lui ressemblaient, qui n'avaient pas renoncé à leur naïveté, à leurs utopies. A leur jeunesse.

Fini la jeunesse. Qu'on le sache !

Vecchini avait serré la main de Pierre Brunel, s'était assis en face de lui, examinant le décor de cette petite pièce éclairée par un œil-de-bœuf qui laissait apercevoir les toits d'ardoise des autres bâtiments de l'Elysée.

— Je suis venu en ami, Pierre, avait-il commencé.

Brunel avait joint les mains devant ses lèvres. Il avait souri avec bienveillance, hochant un peu la tête comme s'il doutait de l'affirmation de Vecchini.

— En ami, avait répété celui-ci. Mais aussi en homme soucieux de l'avenir du pays.

Pierre savait, avait poursuivi Vecchini, qu'il s'exprimait au nom de personnalités influentes, de groupes qui n'avaient pas toujours soutenu le général de Gaulle, n'est-ce pas ?

Brunel approuvait, ayant croisé les bras, son visage empreint de gravité.

Tout en parlant, en évoquant les inquiétudes de la direction de la banque Wysberg et Cie, de Wysberg lui-même et de Robert Challes, son vice-président, Vecchini songeait que Brunel était désormais possédé par son rôle, envoûté par l'image que ce décor — l'Elysée, le pouvoir suprême — lui renvoyait de lui-même. Il n'était plus Pierre Brunel, époux d'Annie Parrain, père d'Héloïse et de Joseph, ancien déporté, journaliste, mais ce Monsieur le Chargé de Mission auprès du Général de Gaulle, Président de la République française.

Tandis que sa femme, sa fille — et que faisait le fils ? — couraient boulevard Saint-Germain avec ceux qui criaient « Adieu de Gaulle, adieu de Gaulle, adieu !»

Quand la faille s'ouvrirait-elle en lui, dans laquelle il disparaîtrait ?

Dans la grande vague majoritaire, restauratrice de l'ordre, qui s'était mise à déferler, avait continué Vecchini, et que les élections législatives allaient confirmer, Paul-Marie Wysberg, Robert Challes et lui aussi, Vecchini, bien sûr, souhaitaient que Pierre Brunel soit candidat à la députation. Vecchini avait fait réaliser une étude sur la circonscription de Rochegude-Mazan-Carpentras. Les conclusions en étaient tout à fait favorables. Brunel serait élu dès le premier tour.

Ce n'avait été presque rien, mais il avait remarqué

à ce moment-là chez Brunel un imperceptible mouvement des épaules, puis du menton, pour dégager sa tête, se tenir plus droit, vivre déjà ce nouveau rôle que la proposition laissait entrevoir. Alors Vecchini s'était tu.

Il s'était souvenu de son enfance quand, avec son père, il partait tôt le matin s'installer sur la jetée qui faisait face au quai des Docks, ou bien qu'il allait seul sur les rochers du cap de Nice, au-delà de la Tour Rouge. Ou encore lorsque son père décidait — si peu souvent ! — de partir au large dans la baie des Anges, avec la petite barque bleue et blanche. Le père ramait une ou deux heures avant de commencer à lancer les lignes.

Mais, chaque fois, que ce fût des blocs de la jetée ou des rochers du cap, ou bien de la barque, Vecchini avait appris qu'il fallait d'abord répandre — son père disait *bourmejar* — une sorte de semence, faite de pain broyé en miettes et de fromage. On voyait les grains descendre dans l'eau claire et les poissons attirés se précipiter vers cette poussière blanche au goût fort.

Alors, quand ils étaient là, venus parfois par bancs, on pouvait jeter les lignes avec leurs hameçons. Et, croyant continuer de gober les miettes savoureuses, les poissons avalaient les crochets d'acier.

C'était ainsi avec les hommes.

Si facile de les tromper, de les ferrer, puis de les regarder s'étouffer avec des soubresauts désespérés qu'ils appelaient leur vie, leur gloire.

Il suffisait d'ouvrir devant eux la porte d'un pouvoir, de faire briller au loin la lumière de la gloire pour qu'ils se précipitent, tête baissée, haletants.

Vie si répétitive, comportements à tel point dépourvus de surprise, que Vecchini, face à Brunel, s'en était une fois de plus trouvé lassé, ayant envie de détourner les yeux, de ne pas voir s'organiser ce ballet rituel : un homme qu'on trompe et qui se trompe sur lui-même, sur ses mobiles, qui ne sait déjà plus ce qu'il fait, où il va, qui fonce, aveugle, vers sa mort.

Comme Vecchini restait silencieux, Brunel avait toussoté, dit qu'il avait en effet songé lui aussi, après dix années passées auprès du président de la République, avec les bouleversements qui s'annonçaient, à quitter ses fonctions, ce Palais.

Il avait montré avec une expression presque béate les toits des bâtiments, le bout de hampe qu'on apercevait par l'œil-de-bœuf.

— Dix ans, avait-il murmuré. Une longue page d'histoire, décisive.

Il avait soupiré, s'était redressé. La députation, pourquoi pas ?

Il avait toujours considéré que la représentation nationale était le lieu de la vraie souveraineté.

Vecchini avait approuvé.

Que de mots, que de masques pour cacher le désir de gloire et d'autorité. Que d'illusions !

— Mon père, tu te souviens, Vecchini... Il avait une grande estime pour toi, même si...

Brunel s'était interrompu. Défilaient les années quarante.

— Malgré tes choix, je le sais, avait-il repris. Il ne t'a jamais condamné. C'était un républicain de la grande époque. Tu sais combien il m'a marqué. Il aurait souhaité, j'en suis convaincu, que je me présente à une élection. C'est évident. Tu connais mes repères, mes phares : mon père, Blum, Mendès, de Gaulle. Pour eux, le suffrage universel est la clé, la seule légitimité.

Quel spectacle que celui d'un homme qui cherche en soi toutes les raisons de succomber à son désir !

Pathétique. Grotesque. Emouvant.

Vecchini avait fait effort pour parler, lancer ses lignes, s'apprêtant à donner le coup sec qui accroche.

— Nous t'apporterions notre concours, avait-il d'abord déclaré.

Puis, parce qu'il fallait, après cette phrase où tout se jouait, redonner un peu de fil, contraindre Brunel à choisir de s'enferrer lui-même, Vecchini avait ajouté qu'il comprendrait parfaitement, tout en le regrettant, qu'Annie Parrain fût hostile à ce projet. La vie privée entrait si souvent en conflit avec la vie publique. Et la fonction de député est exigeante. Peut-être s'opposerait-elle à cette idée et, ma foi, il faudrait alors s'incliner.

— C'est d'abord une affaire entre moi et moi, avait sèchement répondu Brunel.

Il était pris.

Après, ce n'avait été que mouvements désordonnés, angoisses tardives, vaines hésitations, Brunel sachant qu'il ne pourrait plus se dégager.

Il avait rappelé qu'il lui faudrait obtenir l'autorisation du Premier ministre et du président de la République.

Certes.

En haussant le ton, il avait souligné que sa candidature serait celle d'un homme libre qui mène sa campagne comme il l'entend, sans céder aux pressions. Et s'il était élu, il ne se déterminerait jamais, à l'Assemblée, qu'en fonction de l'idée qu'il se faisait de son devoir et de ses responsabilités.

Certes.

Tout cela allait de soi, avait répondu Vecchini. Mais Brunel pourrait-il interdire à ses amis de le soutenir ? Il allait découvrir que nombreux autour de lui étaient ceux qui l'estimaient, le respectaient, connaissaient son passé héroïque, son courage, sa franchise et son indépendance, et jugeaient qu'à cinquante-deux ans, il était temps pour lui d'apparaître au premier plan. Personne, fallait-il le redire, n'exigeait de sa part de contreparties. On voulait qu'il soit élu. Il incarnerait ainsi, par ce seul fait, une certaine idée de la politique et une certaine idée de la France.

Voilà, fermez le ban.

Pauvre Pierre.

Sur le fond de la barque, les poissons qui s'étouffent font, en retombant, des chocs sourds. Et cela dure.

Est-ce aussi long, une vie d'homme ?

Tout en achevant ainsi de lier Brunel, Vecchini s'était demandé à quel moment il se briserait.

Il vient toujours, cet instant où, après un dernier soubresaut, la vie argentée tout à coup se raidit, la gueule ouverte, les yeux comme des billes.

Serait-ce quand Annie Parrain et ses enfants, Héloïse et Joseph, rejetteraient avec encore plus de force qu'ils ne le faisaient déjà celui qui représenterait à leurs yeux une politique, des institutions, un camp qu'ils condamnaient ? Quand lanceraient-ils des pavés sur Pierre ?

Ou bien Pierre s'apercevrait-il — au bout de combien de temps ? une session parlementaire ? des années ? — qu'il lui fallait mentir, tromper, se renier, promettre ce qu'il ne pouvait tenir ? Qu'un élu n'est rien, qu'une illusion pour lui-même et ses électeurs ? Que d'autres décident à sa place, car le pouvoir est un engrenage dont on n'est jamais, quelle que soit la place qu'on y occupe, qu'un simple rouage ?

Cela, Vecchini l'avait expérimenté durant les quatre années d'occupation, quand il avait été contraint d'assumer ce poste de secrétaire général du Rassemblement national populaire de Marcel Déat. Qu'avait-il pu faire de sa propre initiative ? L'histoire tournait malgré lui, avec lui, alors que l'on croyait, à le voir, qu'il décidait du cours des choses.

Il avait pris la décision de renoncer à jamais à ces apparences du pouvoir, de rester dans la machinerie obscure, de faire tourner les engrenages où d'autres, orgueilleux et naïfs, paradaient, s'imaginant qu'ils allaient disposer de la puissance.

A quel moment Brunel se rendrait-il compte qu'il ne pouvait être qu'un bavard auquel on avait laissé les mots pour jouer et tromper ?

Le pouvoir, Vecchini l'avait vu de si près, depuis trois décennies, qu'il ne croyait plus qu'à la force de l'argent et des armes ; une fois balayés les apparences et les mots, il ne restait que cette force-là.

Il avait souri malgré lui à cette pensée qui lui venait, comme s'il découvrait une fois de plus, au moment où il incitait un homme à participer à des élections, qu'il était demeuré fasciste ou réaliste, comme on voulait.

Mais il était ainsi du côté de la mort. C'était sa seule compagne. La vie, certes, était illusion, mais c'était la vie.

Il avait, en se levant, tenté d'échapper à ce brusque flot d'angoisse...

Il fallait se dépêcher, avait-il dit à Brunel, afin de mettre sur pied un comité de soutien à sa candidature à Rochegude. Ce serait facile. Ce scrutin de juin serait pour Brunel — et pour le pays — un des moments les plus importants de leur vie.

— Et nous en avons connu ! avait-il murmuré en se dirigeant vers la porte.

Brunel l'avait rejoint, lui avait longuement serré la main. Il était heureux qu'enfin, après tant d'errements de l'un et de l'autre, ils se fussent reconnus et définitivement rejoints dans la même analyse, les mêmes choix.

« C'était le vœu de mon père, un homme d'unité », avait-il conclu.

Vecchini l'avait écouté, la tête un peu penchée, marquant qu'il était ému par ces phrases, qu'il les approuvait sans oser les reprendre.

Il avait alors demandé à Brunel de saluer de sa part Annie Parrain et Héloïse, et ce fils, Joseph, qu'il n'avait jamais vu.

— Plus de vingt ans, n'est-ce pas ? avait-il demandé.

— Vingt-deux, avait répondu Brunel d'une voix sourde. Il veut s'installer à Mazan.

Il allait se marier avec la fille du maire de Rochegude, Francis Sourdail...

D'un geste de la main, Brunel avait empêché Vecchini de commenter.

— Gauche, bien sûr, avait-il repris, extrême gauche.

Vecchini avait haussé les épaules. On vote pour son père, malgré tout, avait-il dit.

Mais, à l'expression que l'autre avait prise, il s'était persuadé que c'était là, dans sa famille, qu'était la faille de Brunel.

Traversant la cour d'honneur, les graviers blancs crissant sous ses pas, Vecchini avait ressenti à cette pensée — cette certitude — de la jubilation. Elle lui séchait pourtant la bouche comme un relent d'amertume. Il avait eu envie de se traiter de salaud. Mais il jouissait comme il pouvait. Qu'y faire ?

Trop tard pour changer de peau, d'âme.

A pied, par la rue Saint-Honoré, puis la rue Tronchet, il était allé à petits pas, la tête peu à peu embrumée, vidée, vers son bar de la rue des Mathurins.

33

Treize années plus tard, le 17 novembre 1981, lorsque Vecchini, après avoir déjeuné et si longuement, trop longuement, parlé avec Joseph Brunel, ce paysan lourdaud qui était pourtant le fils de Pierre, s'était dirigé en fin d'après-midi vers la place de la Madeleine, il avait d'abord éprouvé — glissant sa main dans une fente de son imperméable, palpant la grosse liasse de billets dans la poche de sa veste, regardant les femmes jeunes, les formes qu'elles laissaient voir, moulées par des jupes étroites et courtes — la chaleur de ce désir qui alourdissait ses jambes, irritait ses cuisses.

Il avait marché plus lentement, imaginant l'un de

ces bars où il se rendait chaque soir, hésitant entre le plus ancien, rue des Mathurins, d'autres qu'il avait découverts au fil des soirées, rue Godot-de-Mauroy, rue de Castellane, et même dans une arrière-cour de la rue Tronchet.

Là, dans la pénombre et un parfum douceâtre, il était sûr de pouvoir rencontrer des femmes chaque soir différentes et en même temps si semblables les unes aux autres qu'il était incapable de les reconnaître, toutes dociles, silencieuses, avares de mots, mais si avides que s'il leur commandait — il l'avait fait quelquefois — de parler, en leur montrant deux ou trois billets, elles jacassaient à n'en plus finir, s'interrompant parfois pour demander : « Ça va, je continue ? » — et, d'un mouvement de tête, il leur ordonnait de poursuivre.

Il attendait cet instant, chaque soir, et rien de ce qui avait pu se passer dans la journée ne valait cette minute où une femme se penchait vers lui en chuchotant : « Qu'est-ce que tu veux ? qu'est-ce que tu donnes ? »

C'était comme si la falaise nue devant laquelle il se trouvait, si lisse, si hostile, s'ouvrait tout à coup, laissant apparaître une grotte, la caverne aux trésors dans laquelle il allait entrer, rester enfermé une partie de la nuit, oubliant tout ce qui se déroulait à l'extérieur, ne sachant plus qui il était lui-même, enfin absent de soi, absent au monde.

Ainsi, ce 17 novembre 1981, alors qu'il s'approchait de la rue des Mathurins, qu'il apercevait déjà l'enseigne rouge-sang clignotant contre la façade, il s'était imaginé qu'il allait frapper contre la porte de bois épaisse et noire. On entrouvrirait une lucarne et derrière les barreaux il devinerait le visage d'une femme, il sentirait son haleine, son parfum, elle dirait : « Etes-vous inscrit au Club ? » Car les hôtesses étaient souvent nouvelles et il suffisait que, durant quelques jours, il eût fréquenté d'autres bars pour qu'on ne le reconnût plus, et c'était un plaisir mêlé d'angoisse que d'être ainsi contraint d'attendre, de donner un numéro de carte de membre, et un nom. Il en avait de différents pour chaque bar, François, Pierre, Paul-Marie, Benoît. Enfin il y avait le déclic du verrou : « Entrez, monsieur François. » Passage étroit. Il frôlait déjà la poitrine de cette hôtesse qui ne bougeait pas, qui souriait, son visage contre le sien. Ç'avait été une Africaine, certains soirs une Chinoise, ou bien une femme aux pommettes saillantes, sans doute une Russe. « Excusez-nous, monsieur François, vous connaissez la règle. » Elles avaient toutes la même voix de gorge.

Dès l'entrée de la rue des Mathurins, il s'était donc figuré tout cela et, d'un seul coup, il n'avait plus eu envie de le vivre.

J'en ai marre, avait-il pensé. Cela faisait d'ailleurs cinq ou six ans déjà que le plaisir n'était plus le même, affadi, incomplet.

Mais la netteté de son refus, ce soir-là, était inattendue, comme si, devant la falaise, au moment de prononcer la formule magique, il avait perdu la mémoire, n'ayant même plus la volonté de faire un effort pour retrouver les mots, avec la tentation de s'asseoir là, contre la pierre, dans l'encoignure de cette porte, de se coucher sur cette grille de métro, près de ce clochard, de disparaître ainsi dans une forme d'absence sans désirs.

Il avait eu mal aux reins, comme si la paralysie le gagnait. Sans doute le froid de la nuit maintenant tombée et cette pensée qui revenait, pesait sur sa nuque, ses épaules douloureuses : soixante-cinq ans.

Pierre avait choisi de mourir et Vecchini lui aussi était vieux, las. Il n'avait plus devant lui que quelques années et la victoire de Mitterrand, ces communistes au gouvernement, c'était bien le signe qu'une autre époque commençait, qu'il avait perdu la bataille.

Il l'avait ressenti brutalement sur ce boulevard de la Madeleine où rien pourtant n'avait changé depuis le mois de mai et l'élection de Mitterrand : même luxe des boutiques, mêmes putains.

Il savait bien que, depuis deux cents ans, rien ne pouvait être bouleversé en France, ou si peu, que même en ces années d'occupation qu'il avait vécues, ce boulevard, cette terrasse du Café de la Paix avaient été, comme avant-guerre, le même lieu d'échanges de désirs ; quelques uniformes ou panneaux indicateurs en allemand, accrochés aux réverbères, place de l'Opéra, avaient simplement apporté une note étrange que l'on savait passagère dans ce décor immuable.

Il l'avait alors compris, il savait — c'est ce qu'il disait à ceux qui l'interrogeaient — qu'il ne fallait pas craindre le nouveau pouvoir socialiste, qu'il serait lui aussi, quelles que fussent ses intentions, enseveli dans les sables mouvants où sombraient tous ceux qui avaient accédé un jour au gouvernement du pays.

Il fallait seulement prendre patience, accepter que Richard Gombin devienne président de la banque Wysberg et Cie à la place de Challes. Qui pouvait imaginer qu'un Mitterrand, un Mauranges — au fait, maintenant qu'il y pensait, il faudrait que Vecchini recherche ce petit bristol, ce reçu des années soixante qui était déposé avec tant d'autres dans un coffre de Zurich — changeraient l'ordre des choses ?

Déjà, murmurait-on, le bon Jacques Delors, que Vecchini avait rencontré plusieurs fois lorsqu'il appartenait au cabinet du Premier ministre Chaban-Delmas, réclamait une pause. Une pause ! Vecchini avait souri, il connaissait le sens des mots.

Alors, puisqu'il pensait ainsi, d'où lui venaient ce sentiment de la fin d'une étape de sa vie ? Cette mélancolie, cette amertume, cette absence de désir ?

Le suicide de Pierre, la tristesse que, malgré lui, il en éprouvait ? Le souvenir de cette année 68, il y avait treize ans, quand sa vie à lui aussi aurait pu être bouleversée à l'instar de celle de Brunel ?

En 1968, Vecchini avait cinquante-deux ans. Quand il y songait, à cet âge-là — maintenant qu'il avait, et de cinq années déjà, dépassé la soixantaine

—, il lui semblait qu'il était alors encore un jeune homme, avec une décennie ouverte devant lui, durant laquelle il aurait pu, s'il avait voulu, faire bifurquer sa vie.

Cette année 1968, Vecchini s'en rendait compte à présent, avait été une ultime chance que Pierre Brunel, pour sa part, avait saisie puisqu'il avait été élu dès le premier tour, comme Vecchini l'avait prévu, député de la circonscription de Rochegude-Mazan-Carpentras, et qu'il avait quitté son petit bureau de l'Elysée, au deuxième étage du bâtiment de l'aile gauche.

Mais lui-même, Vecchini, n'était pas allé jusqu'au bout de la tentation, quoiqu'il eût ressenti le désir de jouer un dernier atout. Peut-être avait-il été à cet égard comme beaucoup d'autres, Annie Parrain, par exemple, courant aux côtés de sa fille dans les cortèges, grisée par ces jours d'incertitude, ce relâchement des contraintes : les banques fermées, les transports arrêtés, la foule envahissant la chaussée. Mais lui était resté sur les trottoirs à regarder passer les manifestants, sans sympathie pour ces imbéciles, ces aveugles enthousiastes qui s'imaginaient sur le point de réussir. Réussir quoi ? A changer le monde, à changer la vie en brandissant des petits livres rouges ?

Jamais, même au début de mai, il n'avait succombé à pareille illusion.

Et cependant, il avait rôdé dans les rues du Quartier latin, son quartier, celui de sa jeunesse, avide de voir, emporté par ce mouvement auquel il n'accordait aucune chance, dont il méprisait les leaders, condamnait les bavardages — se moquant par-dessus tout de ces vieux politiciens, oui, vieux déjà, Mendès France, Mitterrand, qui essayaient de capter ce courant à leur profit.

Il n'avait donc pas été dupe. Mais la ville qu'il arpentait était néanmoins différente, comme si le vent y soufflait plus fort, plus vif, comme si les rues s'étaient élargies, comme si les gens, ces inconnus qui se bousculaient dans la cour de la Sorbonne ou sur la place, ou au carrefour de l'Odéon, avaient été plus fraternels, et il avait eu lui aussi envie d'être différent, de se glisser dans l'une de ces failles qui paraissaient s'être ouvertes dans toutes les vies et par lesquelles s'élançaient, joyeux, des milliers de gens qui soldaient leur ancienne existence dans l'espoir d'un destin nouveau.

Pauvres fous !

Mais il avait eu envie de cette folie, et il avait rêvé d'y succomber, de quitter ses bureaux de la rue Taitbout et du boulevard Haussmann pour commencer autre chose.

Il avait en effet dix ans devant lui, avait-il pensé. Il s'agissait de ne pas les perdre.

Peut-être avait-il aussi poussé Pierre Brunel à se présenter aux élections pour voir quelqu'un du même âge que lui, qu'il connaissait depuis trente ans, changer de vie, et il avait suivi depuis Paris sa campagne avec des sentiments mêlés : commisération pour un homme qui s'était laissé prendre, insecte qui confondait une lanterne avec le soleil, et en même temps envie pour l'audace qu'il avait eue de s'engager dans cette aventure, d'en revenir vainqueur, de dire : « Vecchini, c'est le tournant de ma vie que tu m'as aidé à prendre. Passé cinquante ans, il faut saisir toutes les chances. Et toi ? »

Mais Pierre était trop préoccupé de lui-même pour s'interroger longuement sur le destin de Vecchini. Il ne pouvait d'ailleurs imaginer que le visage impassible ou ironique de celui-ci cachait des bouffées d'impatience, d'affolement même, devant ce mouvement des gens et des choses auquel il ne participait pas.

Trop lucide, trop prudent, trop calculateur. Et Vecchini s'était méprisé, se reprochant ses qualités comme autant d'entraves.

Il avait beaucoup fréquenté les bars, au cours de ces mois-là. Il avait été jusqu'à l'extrême de ses sens et de ses perversions. Mais c'était une liberté qu'il n'avait plus à explorer, qui le laissait épuisé — peut-être un effet de l'âge, pensait-il avec une sorte de terreur — et déçu.

Un soir de décembre 1968, le 7, dans l'un de ces bars, rue de Castellane, il avait rencontré Benoît de Serlière qu'il ne voyait plus depuis des années, le reconnaissant d'emblée cependant, car, plusieurs fois par mois, la photo de Benoît paraissait dans la presse à l'occasion de la sortie d'un de ses livres, d'une interview, d'une émission de télévision.

Benoît de Serlière s'était précipité, chaleureux : « Vecchini, Vecchini, je cherche à te joindre, tu es plus difficile à atteindre qu'un ministre ! »

Il s'était penché, s'appuyant à la table, écartant le chapeau de Vecchini — « Toujours ce style ! » —, puis, s'asseyant sur l'accoudoir du fauteuil, il lui avait enveloppé les épaules. Curieux, n'est-ce pas, avait-il dit à voix basse, ces retournements de l'Histoire : de Gaulle soutenu par des gens comme nous, car, il n'en doutait pas, Vecchini avait sûrement été horrifié par cette chienlit qui avait envahi les rues au cours du mois de mai.

Il l'avait harcelé de questions. Ecrivait-il encore ? Ce livre sur l'Europe, remarquable, prophétique ! « Ils ont fait l'Europe, cher Vecchini, pas celle en laquelle nous avions cru (il avait à nouveau baissé la voix), certes, mais nous étions jeunes, à notre manière des anticipateurs, n'est-ce pas ? »

Vecchini n'avait pas pu se débarrasser de Benoît de Serlière qui avait voulu l'entraîner chez lui, rue Charles-Laffitte. Curieux et irrité, il avait fini par céder, sa soirée étant de toute façon perdue, et il avait maintenant envie de revoir cet hôtel particulier de Neuilly où Lucien de Serlière l'avait reçu, autrefois. Il se souvenait des domestiques, de la timidité qui l'avait paralysé, de la difficulté qu'il avait éprouvée à se mêler à la conversation.

Plein de faconde et de verve, Benoît de Serlière lui

expliqua qu'il attendait ce soir-là quelques amis, un jeune énarque, Jean-Pierre Daguet, remarquable, des convictions fermes — « comme nous en avions, cher Vecchini » —, un avocat de la même trempe, Gérard Monin, tout aussi résolu : « Ils se battent depuis des années contre les cocos, les gauchistes. » L'un et l'autre avaient moins de vingt-cinq ans.

Benoît de Serlière avait ri à nouveau :

« Avec l'âge, dit-il, je ne supporte plus que la jeunesse, les jeunes gens et les jeunes femmes. »

Peut-être Françoise Lallier passerait-elle. Elle était la propriétaire — « avec moi, avec moi, mais elle est majoritaire » — des éditions MDG. « Tu te souviens, ma mère, Marguerite de Galand, morte de chagrin, de désespoir : moi en Suisse, mon père fusillé, quelle horreur pour elle ! »

Vecchini s'était rencogné dans la voiture comme s'il avait voulu s'écarter de Serlière, tant cet homme excessif, tonitruant, lui inspirait de dégoût.

Mais l'autre paraissait au contraire chaleureux, prenant Vecchini par le bras après s'être garé dans le parc, chuchotant : « Françoise Lallier, une femme extraordinaire : vingt-neuf ans, une volonté, un caractère, un pur-sang ; elle a redonné un élan à ma vie, vraiment. »

Vecchini avait eu immédiatement envie de briser net cet élan, d'humilier Serlière.

Dans le hall de l'hôtel particulier, cependant qu'un domestique, un très vieil homme — peut-être servait-il les Serlière depuis trente ans ? Peut-être était-ce le même qui l'avait accueilli autrefois ? — aidait Vecchini à ôter son imperméable, Serlière s'était approché de lui et, en hochant la tête et en le fixant, avait dit : « Tes carnets, ce journal que tu tiens, j'y songe souvent : quel scandale si tu publiais ça. Nous serions tous touchés, n'est-ce pas ? »

Vecchini avait souri :

— Morts, veux-tu dire.

— Morts ? avait répété Serlière.

Vecchini avait haussé les épaules, déclarant sur un

ton désinvolte que plus personne ne se souciait de ce qui s'était réellement passé dans les années quarante : chacun avait construit son mythe et s'y tenait, les gaullistes et les communistes comme les pétainistes, Serlière ne l'ignorait pas, n'est-ce pas, puisque ses livres — « remarquables, Benoît, remarquables » — étaient des récits légendaires. Serlière avait hésité, ne sachant s'il devait se rengorger ou, au contraire, s'inquiéter de ce propos. Il avait ri niaisement, murmuré : « Légende, légende... J'ai été un témoin direct, un acteur parfois. »

Tout en lui tournant le dos, Vecchini avait ajouté que plus personne ne savait, par exemple, ce qui s'était déroulé au 180, rue de la Pompe, qui avait fréquenté ce lieu, entendu les cris, vu ; alors, pourquoi publier cela, à quoi bon ?

Vecchini avait à nouveau fait face à Serlière dont la lèvre inférieure tremblait.

D'ailleurs, avait conclu Vecchini tout en le fixant et le contraignant à baisser les yeux, jamais il n'avait écrit un mot, il ne possédait aucun carnet, il n'avait tenu aucun journal, tout cela n'était qu'un mythe.

« L'écrivain, le témoin, c'est toi, Benoît, toi. »

Benoît de Serlière avait marmonné, gardant la tête penchée : « L'écrivain, c'est moi, en effet. »

Vecchini l'avait observé en silence, jouissant de ce désarroi, car Serlière ne paraissait plus savoir où il en était, dodelinant de la tête. Lui se souvenait on ne peut mieux de la rue de la Pompe, de Friedrich Berger et de Denise Delfau.

Vecchini lui avait touché l'épaule et l'autre avait sursauté, se reculant vivement. Puis il avait dévisagé Vecchini avec un regard d'angoisse et de haine. Et Vecchini avait souri : il allait partir, avait-il dit. C'était mieux, n'est-ce pas ?

Serlière paraissait las et n'avait pas répondu.

Brusquement, le domestique avait ouvert les portes du salon et c'est alors que Vecchini avait vu cette femme.

Elle était debout, les deux coudes appuyés au tablier de la cheminée. Grande, elle était habillée de noir : pantalon fuseau serrant ses chevilles, chemisier de soie, et n'arborait qu'un mince collier d'or au ras du cou. Ses cheveux, très noirs eux aussi, étaient tirés en arrière, dégageant un front large et bombé.

Son visage osseux, lisse, à la peau mate, n'était pas maquillé.

A droite, devant l'une des baies du salon, deux jeunes hommes, sans doute Jean-Pierre Daguet et Gérard Monin, bavardaient. L'un — plus tard, Vecchini sut qu'il s'agissait de Daguet — était élancé ; le visage maigre, il avait des cheveux blonds ondulés mais rasés aux tempes. Il se tenait les bras croisés, donnant une impression de force et de calme. L'autre, Monin, était râblé, sans élégance, les traits grossiers, le visage rond, le nez cassé. On imaginait sous sa veste un torse noueux, des muscles apparents.

A l'autre extrémité du salon, Vecchini reconnut, assis dans un fauteuil, le visage hâve, les yeux enfoncés dans les orbites, le vieux docteur Matringe qu'il n'avait plus revu depuis cinq ou six ans, au moment où, dans le cadre des enquêtes sur les attentats perpétrés contre le général de Gaulle, on avait confronté Vecchini et le docteur, essayant de leur faire avouer quelque complicité avec l'OAS. Mais Vecchini avait répondu avec mépris aux policiers, Matringe avait joué son rôle, et aucun des enquêteurs n'avait insisté, comme s'ils avaient craint de découvrir, en effet, que la banque Wysberg et Cie, institution financière internationale, avait partie liée avec des comploteurs, des militaires rebelles qui voulaient assassiner le chef de l'Etat. On avait donc jugé quelques comparses, condamné à mort et exécuté un fanatique et quelques spadassins, puis on avait refermé les dossiers. Et le docteur Matringe, un temps emprisonné, avait été libéré avec les gens comme il faut — ainsi ce général Julien de Marchecoul, beau-frère de Paul-Marie Wysberg.

Vecchini s'était donc avancé, saluant le docteur Matringe tout en ne cessant de regarder cette femme près de la cheminée. Elle n'avait à aucun moment de la soirée baissé le regard, deux billes aussi noires que ses cheveux, à l'éclat rehaussé par le blanc éclatant de l'œil.

A plusieurs reprises, Serlière lui avait parlé, tentant d'attirer son attention, prenant même sa main : « Ma chère Françoise, chérie. »

Ces quelques mots avaient rempli Vecchini de rage et, alors qu'il n'avait rien ressenti de pareil depuis des années, peut-être même depuis son adolescence, il avait eu envie de se lever brusquement et d'assener un coup de tête en plein dans la figure de Serlière. Cela lui rappela leur première rencontre rue d'Ulm, cette violence qu'il avait alors accumulée en lui mais qu'il avait réussi peu à peu à endiguer. Ce soir, elle battait, aussi forte, et le submergeait.

Il avait écouté Gérard Monin et Jean-Pierre Daguet évoquer avec complaisance leurs affrontements dans les ruelles du Quartier latin, rue Champollion, sur la place de la Sorbonne. Comment ils avaient nettoyé les amphithéâtres de la Faculté d'Assas. Mais maintenant, que faire ? Monin envisageait de s'expatrier, peut-être en Amérique latine, pourquoi pas ? La lutte, là-bas, était franche, frontale. Ici les oppositions étaient feutrées, souterraines, compliquées. Il fallait être contre de Gaulle qui avait bradé l'Algérie, et en même temps le soutenir contre les communistes et les gauchistes.

« Un jeu d'échecs », avait dit Vecchini d'un ton détaché, parce qu'il avait besoin de parler pour se contrôler, ne pas faire un pas vers cette jeune femme pour saisir son poignet, lui dire qu'ils allaient partir ensemble — et, dans le même temps, il aurait repoussé Benoît de Serlière en lui plaquant sa main gauche contre la figure.

Ce con ne savait pas se battre, ce con était un lâche, un gosse de riche, comme ceux qu'autrefois Vecchini guettait seul, au-delà du port, bondissant sur eux, un coup de pied contre celui-ci, un coup de tête contre celui-là, le poing dans ce visage, puis il s'enfuyait, emportant un cartable, un blouson.

— Aidez-les, avait grommelé à Vecchini le docteur Matringe. Ils en valent la peine. Je m'en porte garant.

Daguet avait un brillant avenir devant lui, continuait-il, il était déjà haut fonctionnaire. Mais est-ce qu'on peut se contenter d'être un serviteur de l'Etat ? Il faut prendre l'Etat.

— Trouvez-lui une circonscription, Vecchini, il faut qu'il soit député, ministre. Expliquez ça à Wysberg ou à Challes. Il faut assurer la relève. Qu'est-ce qu'il y aura après de Gaulle ? Giscard ou Mitterrand, voilà le choix. Il faut encadrer Giscard avec des jeunes gens comme ceux-là.

Matringe avait tendu les mains vers Daguet et Monin, insisté une nouvelle fois pour que Vecchini les reçoive à l'Institut, les soutienne.

— Les coups de poing, les complots, c'est fini, avait dit Matringe. Désormais, ça se passe ailleurs que dans la rue, et autrement.

Il avait ri, le corps entier secoué par un tremblement.

— Vecchini est un spécialiste de la démocratie. Qui financez-vous en ce moment, mon cher, combien de gaullistes ? de socialistes ? Qui ? Toujours Mauranges et ses amis ? Vecchini a des amis partout, n'est-ce pas ?

Il s'était levé, s'appuyant sur sa canne.

— Vecchini, avait-il conclu, est un éclectique, un vrai machiavélien. Sans ambition personnelle, n'est-ce pas, Vecchini ? Vous êtes comme moi, nous laissons à d'autres les feux de la rampe.

Il avait levé sa canne et lancé d'un ton de dérision : « Heil Hitler, Madame, Messieurs. »

— Un vieux fou, avait dit Benoît de Serlière après l'avoir raccompagné.

Il était détendu, à nouveau sûr de lui, comme s'il avait oublié ses peurs du début de la soirée, vantant les mérites du docteur Matringe, un vieil ami de son père, « que nous avons connu, Vecchini et moi, dans les années héroïques. Il a passé sa vie à comploter : 1938, la Cagoule ; 42, Pétain contre Laval, ou le contraire ; 47, contre la IVe ; 58, pour en finir avec elle ; 60, contre de Gaulle, avec l'OAS. Je suis très étonné de ses propos de ce soir : député, ministre, quelle sagesse ! »

— Les moyens changent, avait dit Monin, pas l'esprit.

Il avait une voix fluette, déplaisante, trop aiguë, mais ses yeux bleus exprimaient de la force, une résolution que Vecchini connaissait. Ce Monin était un intraitable, un ambitieux que rien n'arrêterait. Un homme de courage, aussi. A vingt ans, dans les années quarante, il eût fait partie des corps francs, comme Darnand, puis de la Milice, ou, qui sait, il eût abattu un officier allemand, ou bien il se fût engagé dans la Légion des Volontaires français contre le Bolchévisme, et on l'eût fusillé en 1944.

— Vous voulez vraiment faire une carrière politique ? avait demandé Vecchini.

Jean-Pierre Daguet s'était approché. Un caractère différent de celui de Monin, des yeux mobiles, mais tout aussi implacables ; une voix veloutée, séductrice.

— Nous faisons de la politique depuis l'âge de seize ans, avait-il dit. L'après de Gaulle a commencé, nous voulons en être, pour défendre nos idées démocratiquement.

— Bien sûr, avait dit Vecchini d'un ton ironique, vous croyez à la démocratie, n'est-ce pas ?

Daguet et Monin s'étaient entre-regardés, puis avaient éclaté de rire :

— Comme vous, avait dit Daguet, ni plus ni moins !

— Alors, il faut être élu, avait répliqué Vecchini.

Et, après une hésitation, il avait accepté de les recevoir rue Taitbout, au siège de l'Institut, puis, sans écouter Serlière, il s'était approché de la jeune femme qui était demeurée silencieuse, assise un peu à l'écart, ne cessant de le regarder, retirant sa main chaque fois que Serlière tentait de l'emprisonner.

— Si vous êtes en voiture et si vous ne passez pas la nuit ici, ramenez-moi, avait-il chuchoté, penché vers elle.

Elle l'avait fixé de ses yeux si grands, le visage impassible. Sa peau, vue de près, paraissait tachetée, plus brune encore qu'il ne lui avait semblé.

Vecchini était resté quelques secondes ainsi, appuyé aux accoudoirs du fauteuil, si proche d'elle, et il avait pris tout à coup conscience qu'il se dévoilait aux yeux de Serlière, qu'il avait agi spontanément, sans réfléchir, et qu'il en éprouvait de la joie.

Il ne se souvenait plus d'avoir senti bouillonner en lui un tel enthousiasme, cette certitude de pouvoir commencer une autre période de sa vie s'il le voulait, qu'il lui suffisait non de calculer, comme il l'avait toujours fait, mais de se laisser guider par son besoin d'être avec cette femme, Françoise Lallier, qui se levait sans le quitter des yeux.

Il s'écarta pour qu'elle pût se diriger vers Serlière, lui dire qu'elle partait, qu'elle allait raccompagner — elle ne prononça pas le nom de Vecchini — *son ami,* et, d'un mouvement de tête, elle montra qu'il s'agissait bien de lui.

Serlière balbutia, regarda Vecchini, puis Daguet et Monin.

— Bien, bien, lui dit-il, tu me téléphones, n'est-ce pas ?

Françoise se laissa embrasser sur les deux joues, salua d'une inclinaison de tête Daguet et puis elle passa devant Vecchini, lui souriant : « Je vous emmène, alors ? »

Et il l'avait suivie.

Elle avait vingt-neuf ans, corps nerveux qu'on aurait pu croire maigre alors que, quand Vecchini l'enlaçait, il avait une sensation de souplesse et de douceur qu'il n'avait jamais connue, les seins emplissant ses paumes, lorsqu'il la tenait serrée contre lui, collé à son dos, le visage dans ses cheveux qu'elle avait longs mais qu'elle portait noués, tirés en arrière.

Avait-il jamais connu une femme avant elle ?

Il semblait à Vecchini qu'elle était la première, peut-être parce qu'avec toutes les autres, Noémie Mazan, Karen Moratchev, Nella Vandorès, il était resté sur ses gardes, les conquérant, les pliant à sa volonté, mais c'était chacun pour soi. Quant aux femmes de chaque soir, celles qu'il payait en posant des billets sur la table de nuit ou bien en les leur tendant sitôt la porte de la chambre refermée pour qu'elles se déshabillent plus vite, elles n'existaient pas, elles n'étaient qu'un double de lui-même, incarné durant quelques heures, sorti de lui pour le punir parce qu'il en avait décidé ainsi, qu'il avait besoin de cela. Une fois qu'il avait joui, elles n'existaient plus. La caverne s'était refermée, la falaise était redevenue lisse. Il était pour un jour en paix avec lui-même et il fallait le crépuscule pour qu'à nouveau commence à renaître en lui cet autre exigeant et insatisfait, pour que la brûlure gagne tout son corps, l'emplisse. Au terme d'une journée passée dans les bureaux de la banque ou de l'Institut, ce désir seul pouvait assurer Vecchini qu'il était encore en vie, tant ses activités, ses rencontres, ses calculs, la lecture de ses rapports participaient non de la vie, mais de la mort.

Il fallait cet autre chose, le désir, la perversion même, pour que l'énergie vitale accumulée en lui se répande, s'épuise et donc se reconstitue.

Françoise Lallier éprouvait-elle cela pour lui ? Ou bien devait-il reconnaître qu'ils s'aimaient, ce verbe étrange qu'il n'avait jamais conjugué et avec lequel il jouait maintenant dans sa tête à plus de cinquante ans !

Il était avec elle sans défense, sans besoin de victoire.

Elle l'avait donc, ce 7 décembre 1968, reconduit chez lui. Et dans cette petite voiture, assis près d'elle, il avait eu le sentiment qu'il pourrait vivre avec elle longtemps, des années — faire un couple, peut-être des enfants.

Ces idées qui lui avaient toujours semblé folles, stupides, voilà qu'elles venaient s'installer en lui. Il aurait suffi qu'elle dise : vivons ensemble maintenant, marions-nous, pour qu'il bondisse de joie, accepte sans hésiter comme un aveugle qu'on pousse dans le vide.

Mais elle n'avait rien dit — simplement : « On se voit demain, quand vous voulez. »

Il l'avait revue chez elle, rue du Bac, dans l'appartement qu'elle possédait au-dessus de la maison d'édition Marguerite de Galand — MDG —, au coin de la rue de Babylone.

A chaque fois que Vecchini pénétrait dans l'immense pièce au plafond haut qui était le centre de l'appartement de Françoise, le lieu où elle vivait, il était partagé entre l'émerveillement, la gratitude, l'étonnement aussi.

Ce lieu était pour lui la beauté achevée. Tout y était simple, naturel. Il pensait à un tableau de Matisse.

La moquette était bleue. De grands vases étaient posés sur des tables basses composées d'une plaque de verre appuyée sur des cubes ou des sphères de métal. Il y avait toujours des iris et des tulipes.

Trois grandes fenêtres ouvraient sur une cour pavée. A la fin d'avril, le cerisier japonais qui en occupait le centre ployait sous les pétales que la plus légère brise faisait voleter en flocons roses qui recouvraient la cour.

Grâce à Françoise, il avait donc connu cela, l'élégance d'un décor, une manière de vivre nonchalante, désinvolte, spontanée. Et il ne savait comment exprimer ce ravissement, ce don qu'elle lui faisait sans même s'en rendre compte, simplement par ce qu'elle était, par la manière dont elle ordonnançait l'espace et les couleurs autour d'elle, lui révélant ainsi qu'il y avait une autre manière de voir le monde, d'y évoluer, de l'organiser.

Souvent, durant les cinq années que dura leur liaison, il s'était demandé pourquoi elle semblait l'aimer, lui, et comme il doutait toujours de la réalité de ce petit verbe, il cherchait ce qu'elle pouvait attendre de lui.

Du plaisir ?

C'est elle qui lui en donnait.

Il s'abandonnait. Elle voulait le faire hurler et elle semblait jouir du râle qu'il poussait, couché sur le dos, la tête renversée en arrière. Elle était experte comme une de ces femmes qu'il payait, mais elle mettait à le satisfaire une sorte d'élan joyeux, de générosité qui le surprenait, le laissait en plein désarroi, ému, et sa jouissance s'en trouvait encore plus complète.

Il lui avait proposé de lui obtenir un crédit de la banque Wysberg et Cie pour qu'elle pût racheter la part de la maison d'édition qui appartenait à Benoît de Serlière. Etait-ce un piège qu'il lui avait tendu pour savoir si c'était là ce qu'elle recherchait, ou bien ne supportait-il pas qu'elle dépendît, fût-ce pour partie, de Serlière ? Elle avait écarté sa proposition.

— Rien d'urgent, avait-elle dit. Benoît ne me gêne pas, au contraire. Il sera à l'Académie française, c'est utile. L'argent — elle avait eu une moue de mépris —, on en trouve toujours !

Il avait donc dû admettre que c'était seulement lui, Antoine Vecchini, qu'elle voulait pour lui-même, pour ce qu'il était : son corps plutôt malingre, son visage maigre, lui qui n'avait ni gloire ni jeunesse, dont elle refusait l'argent, ne semblant se soucier ni du passé ni de ce que l'avenir leur réservait.

Une personne sans calculs, tout entière dans l'axe du jour, était-ce possible ?

Une femme qui le désirait à cinquante-deux ans, qui le comblait, qu'est-ce que cela dissimulait, quelle manipulation ? De quel malheur allait-il payer ce qui lui était ainsi accordé au-delà de tout ce qu'il avait pu espérer ?

Dans quel piège était-il tombé ?

Années tranquilles, pourtant. Il s'était senti libre. Etait-il concevable qu'une relation avec une femme donnât ainsi un autre visage à la vie ?

Il se retrouvait confiant, audacieux même, se fiant à son instinct, à sa spontanéité.

Il voyait Pierre Brunel. Il avait même la tentation de lui confier ce qu'il ressentait, le désir qu'il avait à présent d'avoir des enfants, un fils, lui, Vecchini, à cinquante ans passés ! Et Brunel s'étonnait de l'insistance avec laquelle Vecchini l'interrogeait sur Héloïse et Joseph, ou sur ce petit-fils, David Hassner, né en 1971 après le mariage d'Héloïse Parrain-Brunel et d'Alexandre Hassner, tous deux publicitaires.

Vecchini était fasciné par cette succession des générations. Il avait jusque-là pensé que la vie commence et s'arrête avec soi, que seuls les fous se mêlent de la donner, qu'ils se comportent ainsi comme des animaux sans avoir même l'excuse d'ignorer que la mort est au bout, soumis, eux, êtres de connaissance, à l'instinct, pareils à des bêtes.

Et voilà qu'il se mettait à rêver d'un fils et qu'il n'osait cependant faire part de ce désir à Françoise Lallier qui jamais ne parlait de leur avenir, laissant couler les nuits — peut-être était-ce cela qui avait empêché Vecchini d'échafauder des projets ?

Et cependant, il imaginait.

A la fin de 1971, au bout de trois ans déjà, il l'avait décidée à quitter Paris pour un séjour de quatre jours sur la Côte d'Azur.

Il n'avait pas osé dire : Nice, la ville où je suis né. Pourquoi ces confidences alors qu'il savait si peu d'elle, hormis qu'elle avait vingt ans de moins que lui, et, calculant dans sa tête, il lui semblait que cet écart ne pourrait que s'élargir encore avec les années. Il s'était reproché ces enfantillages, cette sensiblerie, sachant que chaque jour qui passait le rendait plus vulnérable à l'émotion.

Ils étaient descendus à l'Hôtel de la Plage, à Beaulieu, mais Vecchini n'avait pu s'empêcher de s'arrêter à Nice où ils avaient passé deux journées, entraînant Françoise sur les quais, jusqu'au bout de la jetée, découvrant à quel point il était sensible à ce paysage, à cette douceur de l'air, à cette lumière qui éclatait sur les vagues en facettes brillantes, à ce passé qui le reprenait mais de manière apaisée, peut-être parce que Françoise était à ses côtés et qu'il avait le sentiment que la boucle de l'errance se refermait, qu'il allait enfin commencer à vivre comme, peut-être, il avait toujours voulu.

Au bout du quai des Docks, quand il avait découvert ce nouvel immeuble, construit là où se dressait jadis l'entrepôt de son père, il avait, levant les yeux, montré les étages élevés et dit à Françoise qu'il allait acheter un appartement là, parce que — il s'était retourné, avait montré la colline du Château — son père était enterré en face et que lui-même avait grandi ici, sur ce quai.

L'avait-elle même entendu ?

C'est en ce mois de décembre 1971 qu'il avait pressenti qu'il ne pourrait jamais réaliser ce rêve : vivre ici, avec elle, dans une nouvelle vie.

Elle s'était pourtant prêtée à son jeu, mais ce n'était qu'un jeu.

Elle l'avait marqué par l'outrance de son attitude et par quelques mots qu'elle avait dits quand ils étaient sortis de l'agence immobilière où il avait signé une promesse d'achat ferme et irrévocable — « Nous sommes bien d'accord », avait précisé le négociateur. Elle avait fait comprendre que Vecchini décidait seul, pour lui, qu'elle n'était pas concernée par ce projet, même si elle l'approuvait : « Tu dois renouer avec ton enfance, avec cette ville », avait-elle déclaré, faisant un pas pour s'éloigner de lui, lui faire comprendre qu'elle se tenait à distance, que cet avenir qu'il se préparait, elle ne le partagerait pas.

Peut-être était-ce pour lui faire oublier ce qu'elle lui avait ainsi signifié qu'elle l'avait, à leur retour à l'Hôtel de la Plage, aimé — mais le mot convenait-il ? Il avait pensé : *elle me baise,* et cette expression rude et exacte l'avait désespéré, et il s'en était voulu de cette sensibilité qu'il avait laissée grandir en lui jusqu'à croire qu'il pouvait, comme les autres, même à cinquante-cinq ans, accéder à une vie partagée, heureuse.

Ces mots, ce désir de bonheur qui lui étaient venus suffisaient à eux seuls à montrer combien il avait baissé sa garde, combien il s'était affaibli, sans doute parce qu'il avait dépassé la cinquantaine, qu'il se jouait une dernière comédie, laquelle l'entraînait à l'opposé de ce qu'il avait cru, affirmé toute sa vie, depuis son enfance, à savoir que le bonheur n'existe pas, que ne succombent à cette croyance que les faibles. Qu'être heureux, pour un homme, c'est comprendre ce qui est, savoir que la mort et donc la haine gouvernent la vie, que les forts sont les maîtres et qu'il n'y a que duperie et illusion à penser et vouloir autre chose.

Et voilà qu'après trois années avec Françoise Lallier, toutes ces nuits avec elle, lui aussi était devenu l'un de ces moutons qui bêlent et oublient l'abattoir, au bout du corridor.

Il avait eu un mouvement brusque, repoussant Françoise, lui disant d'une voix sourde : « Qu'est-ce que tu veux, qu'est-ce que tu fais avec moi ? »

Elle avait glissé sur le bord du lit, puis allumé une cigarette et elle l'avait regardé.

« Tu m'attires, avait-elle répondu. Tu es un type bizarre, un type qui a voulu se vider de toute faiblesse, qui s'est construit comme une machine de précision. » Elle avait tendu le bras, lui avait touché la poitrine, s'était remise à le caresser. « J'ai voulu être le grain de sable, comme ça, par défi, par plaisir, parce que tu me changes de Benoît ou de ces jeunes ambitieux sinistres, pleins de complaisance à l'égard d'eux-mêmes. »

Maintenant elle passait sa main à plat, doigts tendus, à l'intérieur des cuisses de Vecchini.

« Personne, tu le sais, n'est vraiment cynique. Toi, tu essaies de l'être jusqu'au bout. C'est un supplice, non, de ne croire en rien, de se défier de tout le monde, d'être seul ? Tu es un samouraï. »

Puis elle s'était levée, avait marché vers la fenêtre, écartant les rideaux, laissant ainsi, par-delà les palmiers, apparaître la mer sur laquelle semblait flotter, au-dessus d'une étendue noire, la couche laiteuse de la blancheur lunaire.

Après un long silence, elle s'était tournée vers Vecchini et il avait été ému de cette nudité que la minceur rendait pudique.

« Mais, avait-elle dit, peut-être est-ce que tu as changé depuis trois ans que nous nous voyons ? Tu es devenu sentimental ? » Elle avait secoué la tête. « Reste cynique, Antoine, il n'y a pas d'autre choix, pour toi en tout cas. D'ailleurs — elle avait soulevé presque timidement son épaule gauche —, je n'aime que les cyniques, tu comprends. Les sentimentaux — elle avait souri, esquissant une grimace de dégoût et de mépris —, trop tendres !»

Et elle s'était rapprochée de lui.

Ils avaient cessé de se voir au lendemain de l'élection de Giscard d'Estaing à la Présidence, au mois de mai 1974. Mais cela faisait déjà des mois que leurs rendez-vous s'espaçaient.

Ç'avait été une mort sans soubresauts ni râles, une agonie discrète et digne.

« Je ne peux pas ce soir, Antoine, la semaine prochaine, si tu veux », disait-elle.

Peu à peu, il avait senti se reconstituer en lui ce bloc infrangible aux arêtes duquel il se déchirait, mais qui le rassurait.

Nul autre que lui-même ne pouvait le blesser vraiment, parce qu'il n'attendait rien de personne.

Depuis sa rencontre avec Françoise Lallier, il avait cru que sa vie pourrait prendre un autre cours. Illusion qu'il avait payée de nuits de désarroi à leur retour de Beaulieu, puis quand il avait été convoqué à Nice, en avril 1972, pour signer chez un notaire, Me Ginon, l'acte d'achat. Il avait hésité, disposé à perdre les sommes qu'il avait déjà versées. Que ferait-il seul dans cet appartement du quai des Docks ? Puis il s'était souvenu de l'enterrement de son père, en juillet 1943, de la promesse qu'il s'était faite alors de venir, lui aussi, mourir là, sur ce quai.

Les choses ne se produisaient jamais simplement. Il avait fallu ce rêve d'une vie possible avec Françoise pour qu'il désire cet appartement, qu'il réalise ainsi, au bout d'un détour, l'engagement qu'il avait pris, dans ce cimetière du Château, alors qu'il suivait seul le cercueil de son père, avançant dans ces allées gardées par des miliciens.

Il avait donc retrouvé son ton sarcastique, son amertume et son mépris.

Il n'avait plus interrogé Brunel à propos de ses enfants et de son petit-fils David, ou d'Annie Parrain, que pour jouir du trouble de Pierre qui répondait d'abord par monosyllabes, puis se dérobait et se lançait tout à coup dans quelque explication générale : on avait du mal, en effet, à comprendre la politique de la majorité, disait-il.

Vecchini traduisait : Annie Parrain, ses enfants l'accusaient d'être l'un des soutiens de ce gouvernement-là, qu'ils rejetaient.

Il déjeunait à nouveau régulièrement rue Laffitte, conviant à sa table Jean-Pierre Daguet et Gérard Monin, amusé par leur docilité respectueuse, leur impatience et même leur avidité quand Paris avait commencé à bruisser de la rumeur de la maladie du président Pompidou, de la certitude d'élections anticipées. Monin avait déjà été élu député en 1973, grâce à l'appui de Vecchini et au crédit de campagne que l'Institut lui avait versé. Il manifestait sa reconnaissance, mais voulait aller plus loin que la députation : représenter une circonscription de Seine-et-Marne à l'Assemblée lui paraissait insuffisant. Daguet, qui venait de terminer l'ENA, souhaitait entrer au cabinet du futur président de la République. Et tous avaient choisi Giscard d'Estaing, le plus intelligent, le plus jeune, qui accomplirait sans doute deux septennats, assurant ainsi leur carrière.

Leur ambition, leur désir étaient si forts qu'ils avaient réussi à convaincre Vecchini d'organiser une rencontre avec Giscard, et Vecchini avait été frappé par la vivacité du ministre, le plaisir et la simplicité avec lesquels il avait accueilli Monin et Daguet, accepté leur déclaration d'allégeance, leurs flagorneries, leur servilité. Au cours de l'entretien, Vecchini s'était tenu en retrait, mais Giscard ne l'avait pas ignoré, allant vers lui, le félicitant pour les travaux de son Institut : « L'Europe, voilà le grand chantier de la France, avait-il dit, et je m'y attellerai. Soyez avec nous, Vecchini. »

Ce retour au théâtre, Vecchini le vivait avec amertume et fatalisme. La vraie vie était un luxe qui ne lui était pas permis.

Adieu, Françoise, adieu ces nuits rue du Bac, les fleurs dans les grands vases, les pétales roses du cerisier, adieu ce rêve d'une vie recommencée avec elle, quai des Docks, d'un enfant qu'il aurait conduit au large dans la baie, lui apprenant à pêcher.

Restait donc la scène, ce plaisir de faire entrer sur le plateau de nouveaux acteurs, Monin, Daguet, quelques autres, de les tenir, de les conseiller, de leur souffler des répliques, d'en faire ses délégués dans le jeu politique, de leur faire exécuter les vengeances dont il ressentait le besoin.

Car, au fur et à mesure qu'il s'était détaché de Françoise Lallier, la bienveillance un peu protectrice qu'il avait accordée à Pierre Brunel se transformait en hargne et en mépris. Il renouait avec d'anciens comportements, renforcés parce qu'il savait désormais qu'il ne réussirait pas, lui, à avoir des enfants, des petits-fils. Une fois de plus, il était celui à qui il manque l'essentiel : une mère, un fils, des livres dans la maison paternelle, l'assurance que donnent une famille aisée, des amitiés, l'amour d'une femme.

Il avait donc repris sa promenade du soir vers les bars enfumés de la place de la Madeleine, et à nouveau il payait une fille, exigeant de plus en plus d'elle, autoritaire et de plus en plus souvent violent dans la mesure où il mettait de plus en plus de temps à jouir, pauvre plaisir qui se dérobait, si lent à venir, si imparfait, si bref. Et cependant si nécessaire.

Il fallait bien que s'ouvre une caverne dans la falaise lisse qu'était sa vie.

Il rentrait chez lui, laissant la fille sans un mot, jetant un billet, souvent plus las qu'apaisé, incapable pourtant de trouver le sommeil durant les quatre ou cinq heures qui le séparaient du moment où il se lèverait pour rejoindre son bureau, boulevard Haussmann, puis rue Taitbout, somnolant sur ses dossiers, silencieux en face de ses convives du restaurant de la rue Laffitte, Gérard Monin ou Jean-Pierre Daguet, quelquefois le général Henri Ferrand, plus rarement Mauranges, celui-ci étant désormais un adversaire résolu et l'un des organisateurs de la campagne présidentielle à laquelle se préparait François Mitterrand.

Pierre Brunel ne venait plus. La rupture était consommée entre eux depuis que Vecchini avait choisi Giscard, et Brunel n'importe quel candidat gaulliste : Messmer, Debré ou Chaban. L'explication avait été violente, Brunel frappant du poing sur la table, Vecchini se contentant de sourire, de murmurer : « Ridicule, mon cher Pierre, ridicule et stupide », et ce calme, cette dérision qu'exprimait l'attitude de l'un avait fait perdre son sang-froid à l'autre.

Brunel s'était levé, repoussant la table, hurlant que les pétainistes, les collabos se retrouvaient, qu'il n'y avait rien là de surprenant. Il avait bousculé un garçon et, en partant, d'un geste maladroit, avait décroché l'une des tentures de velours grenat qui était retombée sur le sol dans un nuage de poussière.

Vecchini était resté immobile, indifférent aux regards des clients.

Il s'était lentement resservi un verre de vin.

Il avait cinquante-huit ans, il était entré dans la zone grise de sa vie.

Pour aller jusqu'au bout de son parcours et marquer peut-être sa victoire sur Brunel, il avait accepté de rejoindre, quelques mois plus tard, en février 1975, l'équipe du président de la République à l'Elysée. Comme Brunel jadis, il avait occupé un petit bureau à œil-de-bœuf, au deuxième étage de l'aile gauche des bâtiments du palais présidentiel.

Victoire ou défaite ?

Vecchini pouvait au moins — c'était le seul moment où il s'oubliait — continuer de noter dans ses carnets ce dont il était le témoin, comme il le faisait maintenant depuis près de quarante ans.

Un jour, qui sait, grâce à cela, il ferait exploser les mensonges de l'Histoire, de toutes ces vies truquées, et sa propre vie, si vide, prendrait alors tout à coup un sens.

Sixième partie

Les palais de cendres

34

Malgré les années passées — huit déjà —, Vecchini avait reconnu d'emblée Françoise Lallier.

Il ne l'avait plus revue depuis ce printemps de 1974 où, lentement, inexorablement, ils s'étaient éloignés l'un de l'autre, mais, de loin, elle avait semblé avoir si peu changé que Vecchini avait eu le sentiment qu'il venait à peine de la quitter. Sa silhouette était toujours juvénile, mince, élancée. Ses cheveux, toujours aussi noirs, étaient comme autrefois tirés en arrière et noués sur la nuque. Elle portait sous un imperméable clair qu'elle gardait ouvert, mains dans les poches, le col relevé, un ensemble noir, sa couleur, des pantalons fuseaux encore, et une veste courte, cintrée à la taille.

En la voyant, debout sous l'un des arbres du parc de l'Elysée, parler avec vivacité à quelques personnes qui ne la quittaient pas des yeux, Vecchini s'était arrêté.

Il avait été bousculé, interpellé : « Tiens, vous êtes là, vous aussi ? Décidément, on rencontre tout le monde ici » — c'était le général Henri Ferrand, député de l'opposition.

Il avait fait un signe de la main, tourné la tête pour ne pas avoir à répondre.

Il avait vu alors, en contrebas, au centre de la pelouse, un groupe compact. Des gens se bousculaient, tentant d'apercevoir le président Mitterrand. Des gardes républicains et des huissiers, tête nue, essayaient d'isoler le président en repoussant tous ceux qui tendaient la main dans l'espoir de le toucher, de se faire reconnaître, d'arracher un mot au président dont Vecchini avait remarqué le visage figé dans une blancheur d'ivoire.

A cet instant, Vecchini avait pris conscience du temps écoulé depuis ces années d'avant-guerre : un bal de l'Ecole Normale supérieure, peut-être en 1938, quand il avait croisé pour la première fois Mitterrand, puis d'autres souvenirs encore, Vichy, 1942, les années cinquante, tout ce temps qu'ils avaient cheminé sans se connaître et pourtant proches, puisqu'ils appartenaient à la même génération, celle qui avait dû affronter la guerre dans des camps différents et dont les destins s'étaient tour à tour côtoyés, croisés, opposés.

Le sable des ans avait glissé grain après grain, silencieusement, et leur vie s'était peu à peu vidée d'avenir, si pleine de souvenirs qu'il ne restait plus au futur qu'un faible espace, puisqu'ils avaient l'un et l'autre soixante-six ans.

Mitterrand au sommet du pouvoir, avec ces milliers de regards qui le dévisageaient, essayaient de capter ses yeux, lui donnaient peut-être l'illusion que le temps ne lui était pas compté, que les mains qui se tendaient vers lui allaient le retenir, qu'il avait cessé d'être mortel, et Vecchini, dans l'ombre, qui ne pouvait, lui, se leurrer, mais qui était encore présent malgré tout, jouant dans la même partie politique, comme autrefois, ce grand jeu des hommes qui ne cesse jamais et dont on ne sort vraiment qu'avec la mort.

Devant le bâtiment central qui domine le parc, Vecchini avait vu certains ministres aller et venir sur la terrasse, s'arrêtant sur les grands escaliers comme s'ils avaient voulu se tenir au-dessus de la foule pour mieux la dominer et être aperçus d'elle. Lang était pressé par un groupe de jeunes gens et il tournoyait comme pour exhiber à tous son visage souriant, bronzé. Un peu à l'écart, Mauranges écoutait avec un sourire amusé les confidences d'une jeune femme dont il serrait le bras au-dessus du coude, penché vers elle.

Mauranges, si souvent rencontré depuis les années d'avant-guerre quand, avec Challes, il faisait partie des quelques étudiants du 104, rue de Vaugirard, parmi lesquels se trouvait aussi Mitterrand, admis à fréquenter ceux de la Rue d'Ulm, Mauranges, ministre de Laniel, de Mendès France, candidat toujours à court d'argent qui avait tant de fois harcelé Wysberg, Vecchini : « Un prêt de l'Institut, n'est-ce pas, je ne sollicite pas autre chose, d'ailleurs je ne demande rien, j'exige au nom de notre combat politique commun une contribution à ma campagne, que je m'engage à rembourser, bien sûr, dès que possible. »

Vecchini aimait bien cette brutale hypocrisie, cette impudence, ce sens de la provocation que Mauranges, en vieillissant, cultivait.

Il avait plusieurs fois avoué avec gourmandise à Vecchini qu'il aimait le pouvoir pour le pouvoir, et il avait semblé en effet que, disant cela, il en savourait le goût. Mais qu'était-ce que le pouvoir ? Il avait ri, dans ce restaurant de la rue Laffitte, au cours de l'un de leurs déjeuners, quand venait l'heure des bavardages et des ragots. « Un moyen de séduire les femmes, voyons, Vecchini, qu'est-ce qui existe d'autre comme mobile ? Nous savons, vous et moi, qu'on ne peut rien changer, que tout nous échappe, mais un corps de femme, on le tient, on le prend, on le baise, mon cher, ça existe. C'est le seul réel, croyez-moi, ça et la mort, l'une pour combattre l'autre, et le pouvoir pour voler les femmes. C'est comme ça depuis l'Antiquité, pensez à la guerre de Troie. » En se levant, il avait ajouté : « Ne croyez pas, Vecchini, que je sois paradoxal, tout cela est vrai, mais on le cache : nous sommes civilisés, il paraît. »

Peut-être en effet n'existait-il sous tant de prétextes que le désir et les mille visages qu'il se donne pour mieux se dissimuler et s'assouvir.

Vecchini avait de nouveau regardé vers l'autre côté du parc, là où il avait vu Françoise Lallier, mais elle avait disparu et il s'était laissé pousser par la foule qui se déplaçait en même temps que le président vers l'estrade où, face aux bâtiments, un orchestre s'était mis à jouer, malgré la pluie qui menaçait.

Richard Gombin, qui venait d'être nommé président de la banque Wysberg et Cie, l'avait abordé, lui prenant le bras avec une condescendance amicale, « naturellement, Vecchini, nous n'en avons jamais parlé, mais, banque nationalisée ou pas, vous conservez vos fonctions à la direction, auprès de moi ».

Ce « moi » avait rempli la bouche de Gombin.

Avec une modestie appuyée, avec toute l'humilité qu'il pouvait montrer, Vecchini avait incliné la tête. Mais Gombin n'avait rien vu de la charge.

« Mauranges, avait repris Gombin, vous savez le rôle qu'il joue auprès du président, s'est personnellement inquiété de vous. Je n'imaginais pas que vos relations étaient à ce point amicales. Ça peut être précieux pour la banque. En tout cas, vous voilà rassuré, mon cher. Nous ne vivons pas des temps d'épuration. »

Avait-il volontairement employé ce mot ou bien lui avait-il glissé entre les dents, comme un aveu de ce qu'il aurait souhaité : un grand nettoyage, parce qu'il ne voulait plus de témoins de son passé, qu'il se souvenait du mépris avec lequel Vecchini, il y avait quelques mois à peine, l'avait traité ?

Vecchini s'était éloigné, s'excusant, se dirigeant vers Benoît de Serlière qui le saluait d'un grand geste du bras.

« Ici, c'est le carré des opposants », avait dit Serlière qui était entouré de Gérard Monin, de Jean-Pierre Daguet, puis, baissant la voix, il avait ajouté qu'il n'avait pu se dérober à une invitation adressée à l'académicien qu'il était. Le président, quel qu'il fût, était le protecteur de l'Académie française, et Benoît de Serlière, que ses collègues avaient choisi en leur sein pour les représenter, ne pouvait que respecter le pouvoir régalien. République ou pas, socialiste ou pas, il y avait la France qui durerait plus que tout ça.

Serlière, d'un geste dédaigneux, avait montré les buffets, la foule, puis il s'était penché vers Vecchini.

D'ailleurs, avait-il repris, invitant Monin et Daguet à se rapprocher, à l'écouter, Mitterrand était un homme étrange, au passé, comme Vecchini le savait, « pas si éloigné du nôtre. Mais si, mais si, il y a là une zone de mystère que personne ne veut explorer, c'est dangereux, sacrilège, on s'y brûlerait les doigts et peut-être pire, mais enfin, il y a la francisque en 1942, ses amitiés curieuses. Au fond, mon père aurait pu le recruter, n'est-ce pas, Vecchini ? Je suis sûr que vous avez bien des notes à ce sujet dans vos carnets, non ? »

Il avait ajouté que ceux qui allaient être cocus — « excusez-moi » — c'étaient ces pauvres gogos qui avaient cru à toutes les promesses. Ils déchantaient déjà, en fait. Même les députés. Mitterrand ne voulait-il pas rendre tous leurs droits aux généraux rebelles, Salan, Jouhaud ? « C'est le ministre de l'Intérieur de la guerre d'Algérie qui parle. Mitterrand est un fidèle, mais on ne sait pas à quoi : à lui, sans doute, seulement à lui. » En tout cas, tout cela ne manquait pas de piquant et, belle revanche, de Gaulle devait se retourner dans sa tombe à Colombey, et le vieux maréchal sourire. « Mitterrand va le réhabiliter, vous verrez ! »

Que pensait Vecchini de tout cela ?

Il avait refusé de répondre, félicitant Jean-Pierre Daguet pour son élection dans la circonscription de Beauvais en juin 1981, en pleine vague rose. Daguet avait reconnu que l'aide de l'Institut avait été décisive et qu'il s'en souviendrait plus tard. Car, ajoutait-il avec assurance, montrant lui aussi la foule d'un mouvement de tête, « les socialistes sont déjà battus ». Les élections partielles de janvier, les cantonales le montraient.

— Ils auront tenu un an.

— Comme en 36, avait renchéri Serlière.

Gérard Monin avait approuvé. Ce pays avait toujours été à droite, avec de courtes poussées de fièvre. Ce n'était plus qu'une question de patience.

— Messieurs, nous avons fait le bon choix, avait lancé Vecchini en les quittant.

Il n'était pas parvenu à se passionner pour les propos des uns et des autres.

Peut-être parce que d'avoir revu de loin Françoise Lallier avait suffi à lui rappeler ce rêve qu'un temps il avait porté en lui : quitter ce monde-là, s'installer quai des Docks, renouer avec sa mémoire la plus profonde.

Mais on le tirait par la manche, Henri Ferrand encore, puis Robert Challes qui le félicitait d'avoir honoré l'invitation. « Il faut que nous soyons présents, nous assurons d'une certaine manière la permanence de l'Etat démocratique, c'est important. Nous pesons, Mitterrand le sait, et ma conviction, c'est qu'il le souhaite, comme un contrepoids. Il a besoin de ce que nous représentons. Vous avez entendu sa dernière bourde ? Il va la payer très cher. »

A Budapest, le 9 juillet, lors d'une conférence de presse, le président avait expliqué, à propos de l'assaut lancé par les troupes israéliennes contre Beyrouth, qu'il n'avait pas accepté l'Oradour provoqué par les troupes allemandes et qu'il n'accepterait donc pas « les autres Oradour », y compris au Liban.

— Vous vous rendez compte de l'affront, de l'insulte ? Les conséquences politiques en seront plus graves pour lui que celles provoquées par les nationalisations, croyez-moi, Vecchini.

Vecchini était-il si vieux, si blasé pour se sentir à ce point désintéressé ? Il s'était interrogé, flânant de groupe en groupe, ne regrettant cependant pas d'être venu, se souvenant de cette autre garden-party à Matignon, au printemps de 1960 — était-ce possible, vingt-deux ans déjà ? Il avait alors constaté combien Pierre Brunel avait été transformé par le pouvoir, puis Pierre était mort, et d'autres, tous ceux-là, mêlés, qui s'opposaient, prétendaient-ils, avaient pris sa place, Gombin, Daguet, Monin, Serlière, et dans vingt ans, où les uns et les autres en seraient-ils ?

Lui aussi, Vecchini : mort.

Errant ainsi, mains derrière le dos, essayant de ne pas chercher Françoise Lallier — elle était là pourtant, dans cette foule, mais à quoi bon la retrouver, cette falaise-là resterait à jamais lisse, la caverne d'une autre vie ne s'y ouvrirait pas, aucune formule magique ne permettrait de changer de destin, tout était joué —, Vecchini s'était retrouvé face à face avec Mauranges, seul comme lui.

— On vous a abandonné ? avait lancé Vecchini en souriant.

Mauranges avait ri. Ainsi donc, Vecchini avait vu cette jeune femme. Décidément, il remarquait tout.

Mauranges avait cligné de l'œil.

— Belle, n'est-ce pas ? Je la vois dans deux heures, au ministère. Dossier confidentiel...

Puis il avait eu une moue :

— Que voulez-vous, c'est si aride, j'ai besoin de temps à autre... Mais vous aussi, on sait cela. Vous fréquentez toujours ce bar de la rue des Mathurins ?...

Ce n'était même pas une menace. Mauranges savait bien que Vecchini était intouchable. Trop de fiches entassées dans un coffre à Zurich, et comment s'attaquer à quelqu'un qui se tient constamment dans l'ombre ?

Mais Mauranges n'avait pas pu résister à ce plaisir du jeu : montrer ses atouts, à ce désir d'inquiéter ou simplement de faire comprendre à Vecchini qu'entre eux, la paix, la tolérance, la complicité devaient régner.

L'équilibre des forces est garant de l'amitié en politique.

— Les bars, les femmes, à nos âges..., avait répondu Vecchini. Voyons, monsieur le ministre...

Mauranges l'avait entraîné, tout à coup sérieux.

Que pensaient les administrateurs de la banque ? Challes ? « Nous avons nommé Richard Gombin à la présidence, il est de chez vous, ça doit rassurer, non ? Et toutes les filiales qui ne sont pas nationalisées, nous avons été compréhensifs, n'est-ce pas ? Paul-Marie Wysberg aurait apprécié notre effort.

— Nationaliser, avait murmuré Vecchini, vous croyez à l'efficacité, à l'utilité de cela ? *Archaïque*, Mauranges, comme dirait Rocard.

— Et nos électeurs, et les communistes ? Qu'est-ce qu'on leur donne à ronger ? s'était exclamé Mauranges.

— Des ministres communistes, avait riposté Vecchini, vous avez fait ça, vous !

Mauranges avait serré le bras de Vecchini. Il n'accepterait pas de reproches. Enfin, Vecchini le connaissait, il n'ignorait rien non plus des opinions de Mitterrand.

— Nous sommes aussi anti-totalitaires que vous, avait-il poursuivi, et nous l'avons montré, vous le savez bien ! Alors, ne nous suspectez pas. Ne soyez pas plus bête que Reagan ! Sans les communistes — Mauranges avait tendu le bras en direction de la foule qui suivait toujours Mitterrand —, nous ne serions pas ici. Où vous vous trouvez aussi, parce que j'ai demandé à ce qu'on vous invite, Vecchini, sachant qui vous étiez, votre rôle à l'Institut, à la banque Wysberg, et même le reste, le reste aussi. Alors, soyez lucide, comme vous savez l'être. Nous ne donnerons rien aux communistes : une préfecture, un rectorat peut-être, c'est tout, et pendant ce temps, au gouvernement, ils vont s'user, perdre toute originalité. Nous les mouillons avec nous. Ils ne s'en sortiront pas. Nous les tenons. Nous allons les réduire, Vecchini, à leur place naturelle, moins de 10 %. Ils vont se cramponner parce que, hors du gouvernement non plus, ils ne peuvent rien. Piégés, mon cher. Ça devrait vous satisfaire, non ?

Il avait baissé la voix, chuchoté que les deux ministres communistes, Fiterman et Ralite, s'étaient vu retirer de leurs compétences en matière de transports et de santé tout ce qui relevait d'une éventuelle mobilisation.

— Croyez-moi, Vecchini, avait conclu Mauranges, nous savons à qui nous avons affaire. On ne rééditera pas ici le coup de Prague. Soyez tranquille.

Vecchini avait eu envie de s'esclaffer. Il n'avait jamais nourri d'inquiétudes !

Peut-être durant quelques semaines, en 1944, quand il fallait bien livrer à la foule une poignée de victimes expiatoires afin de dégorger le pays de ses rancœurs, de ses remords, de sa révolte. Mai 1968 ou 1981, un opéra-bouffe et une comédie. Dans un cas des débutants, des amateurs qui se prenaient pour des artistes ; dans l'autre, des acteurs roués, connaissant tous les trucs du métier, qui jouaient les jeunes premiers ou les pères nobles en brandissant la rose alors qu'ils en avaient effeuillé, en trente-cinq ans de vie politique, tous les pétales.

Mais il fallait bien déclamer un texte pour accéder au pouvoir. Pour que les naïfs se rassemblent comme ils le faisaient sur cette pelouse, se bousculant autour du président avec ces regards où se mêlaient avidité, dévotion et servilité.

Vecchini avait eu brusquement envie de quitter ces lieux, de se retrouver seul parmi des anonymes, oui, dans un bar, ou sur un boulevard, et il avait eu un mouvement de colère et presque de désespoir en songeant à Pierre Brunel qui s'était, comme un con, aussi tué pour *ça* : le pouvoir perdu. Un décor, un mensonge, une impuissance.

Il s'était éloigné de Mauranges que d'autres invités entouraient, qui parlait fort, les mots volant à la cantonade : *gauche, réforme, plus fait en un an que d'autres en vingt ans...*

Et, tout à coup, après quelques pas, il l'avait heurtée, elle, Françoise Lallier, qui lui souriait, murmurait : « Antoine, Antoine, je n'imaginais pas, tant de fois j'ai voulu, toutes ces années... » Elle était en compagnie d'Héloïse Parrain et d'Alexandre Hassner qu'elle présenta à Vecchini.

Il s'était raidi, mais Héloïse n'avait manifesté que de la curiosité et de la réserve, cependant que son mari, un homme gras, avec des yeux doux, tristes, comme s'il allait se mettre à pleurer — curieuse impression que cette mélancolie dans un visage plein, au teint rose —, répétait le nom de Vecchini : « Vecchini, Vecchini, vous dirigez l'Institut d'Etudes et de Recherches sur la Civilisation européenne, c'est la banque Wysberg, n'est-ce pas ? Mais la nationalisation ne change rien à votre statut, et Richard Gombin est de la maison. Tout va bien !»

Il était bavard, paraissait connaître les dessous de toutes les cartes, les alliances, les intrigues qu'il dénouait avec dextérité, mais, tout en faisant mine de l'écouter avec attention, Vecchini ne quittait pas des yeux Héloïse.

C'était donc la petite fille née au 84, rue d'Hauteville, la fille de François Mazan et d'Annie Parrain, et il avait revu défiler en un instant toute sa vie, la rue des Beaux-Arts, quand il était allé à la rencontre d'Annie Parrain pour l'empêcher de tomber dans la souricière tendue par la Gestapo. Ce jour-là, il avait permis à cette vie de naître, de parvenir jusqu'ici, si vite, à peine le temps de se retourner.

Il avait calculé tout en la regardant : 1944-1982, trente-huit années.

— Vous connaissez ma mère, je crois, avait-elle dit.

Il ne l'avait pas laissée poursuivre, faisant oui d'un mouvement des paupières, se tournant vers Hassner, l'interrogeant sur ses activités, sûr déjà qu'il serait intarissable.

D'une voix grave, un peu doucereuse, Hassner avait expliqué qu'il dirigeait avec sa femme l'agence H and H.

Vecchini connaissait ? Ils avaient pourtant organisé des campagnes promotionnelles pour la banque Wysberg et Cie. « *Nous achetons cher votre argent* », avait martelé Hassner. « C'était nous », avait-il précisé. Mais il avait levé la main : les campagnes qu'ils organisaient avaient toujours un contenu progressiste, oui, il s'agissait pour eux d'aider à débloquer une société ankylosée. « Faire circuler l'argent, donner aux banques une autre image, pour moi, monsieur Vecchini, c'est faire avancer la démocratie, vous me comprenez ? »

Ils avaient de même un contrat avec les éditions MDG-Lallier, parce que Françoise Lallier publiait des livres qui méritaient d'être soutenus. Depuis mai 1981, ils travaillaient avec le Service d'information et de diffusion du Premier ministre : passionnant. « Depuis mai 1981, avait-il redit. C'est pourquoi nous sommes ici, ce 14 Juillet, pour la première fois.

— Il y a un peu tout le monde, avait répliqué Vecchini. Moi, j'étais au cabinet de Giscard. J'avais un bureau là-bas, de l'autre côté du bâtiment... »

Françoise avait saisi le bras de Vecchini, elle s'était penchée vers lui, posant presque sa tête sur son épaule.

— Que d'années..., avait-elle murmuré.

Elle avait racheté les parts de Benoît de Serlière, avait-elle expliqué, elle était donc propriétaire des éditions MDG-Lallier. Si Vecchini voulait écrire, publier ses mémoires...

Elle avait souri et il avait interrogé : « Je suis si vieux ? »

Elle lui avait étreint le poignet et à l'émotion qu'il avait ressenti dans tout le corps, au trouble qui l'avait saisi, ce voile sur les yeux, il avait compris qu'en ne réussissant pas à vivre avec Françoise ou avec une femme comme elle, il avait manqué l'essentiel.

Il n'avait dans les mains qu'une poignée de cendres et ces palais autour de lui, qu'il avait traversés, étaient construits de la même friable poussière grise.

— Voici Jean Legat, avait lancé Hassner en faisant des signes de la main en direction d'un homme jeune, de petite taille, qui marchait d'un pas décidé, suivi par une femme affublée d'une robe à fleurs, si décolletée qu'elle en était ridicule.

C'était donc cet homme-là qui avait battu Pierre Brunel, qu'on venait de nommer, il y avait quelques jours à peine, secrétaire d'Etat à la Communication, l'un de ceux qui allaient avec enthousiasme hanter les palais de cendres, et peut-être réussirait-il à croire qu'ils étaient des lieux de vie !

Legat avait un visage quelconque, le menton un peu prognathe, et il devait connaître la banalité de ses traits puisqu'il portait une moustache noire, courte et drue, pour tenter de se donner une personnalité.

Hassner était allé au-devant de lui, l'entourait de ses bras courts, lui répétant en riant : « Monsieur le Ministre, monsieur le Ministre, quelle joie que ce soit toi, nous allons travailler la main dans la main ! »

Héloïse lui souriait.

Il y avait un an jour pour jour que Pierre Brunel s'était tué dans les vignes.

Vecchini s'était senti — peut-être était-ce la première fois qu'il en avait conscience, et ce sentiment l'avait angoissé — du côté des morts, si loin de Hassner, de Jean Legat, d'Héloïse, de tous ceux qui jouaient encore avec un entrain qu'il ne comprenait plus et qu'il n'avait peut-être même jamais éprouvé.

Il était du côté des morts, persuadé qu'il n'avançait plus que par habitude, comme une barque dont le rameur a relevé les rames et qui va sur son erre.

Il donnait encore le change, il était là, écoutant Hassner, et Legat qui tentait en haussant le menton, en se tenant sur la pointe des pieds, de paraître plus grand qu'il n'était, qui parlait déjà sur un ton qu'il imaginait devoir être celui d'un ministre, d'un chef : « Nous verrons ça, Alexandre, disait-il, je déciderai avec tous les éléments en main, présente-moi un projet de campagne complet, avec toutes ses déclinaisons, je veux en avoir pour mon budget. »

Alexandre Hassner s'était enflammé, tout était prêt, le thème : « l'Ascension de la France », les affiches, un guide escaladant en souplesse une paroi abrupte, la cordée : « l'Equipe France vers les sommets ». Tous les tests étaient concluants, magnifiques. Hassner avait posé le bras sur l'épaule d'Héloïse : « Voilà le cerveau créateur, je ne suis que la main — et avec quelques idées quand même. »

Vecchini avait haï Legat pour le regard qu'il portait sur Héloïse, cette façon de la posséder, de s'attarder sur ses seins, ses hanches, ses jambes, concentrant son attention sur le creux des cuisses, qu'est-ce que c'était que ce porc ?

Peut-être tout bonnement un homme jeune, lourd de désirs, un vivant ?

Lui, Vecchini, était du côté de François Mazan, de Noémie, de Pierre Brunel, de Paul-Marie Wysberg, du côté de tous ceux-là, silencieux et présents.

— Qu'en pensez-vous ? lui avait demandé Hassner.

— Bien, bien, avait-il répondu. Intelligent, visuel, mais — Vecchini avait marqué un temps d'arrêt — une ascension, ça donne parfois le vertige...

Il avait joui de cette inquiétude qu'il voyait tout à coup apparaître dans les yeux de Hassner, de l'incertitude qui rendait encore plus veules les traits de Legat.

— Il ne faut pas en effet négliger les effets pervers d'un thème un peu abstrait, n'est-ce pas ? avait dit Legat. Ascension, c'est aussi chute, abîme, avalanche, vous voyez ?

Il s'était rengorgé, oubliant déjà que la réserve était venue de Vecchini.

Et Vecchini avait souri. Connard. Il avait eu envie de reprendre les rames, de ne pas encore atteindre la rive du silence et de l'immobilité, simplement pour régler son compte à un type comme ce Legat.

La haine et le mépris, le dégoût comme raison de vivre, pourquoi pas ?

Vivre ? Survivre, tout au plus.

Françoise lui avait frôlé la main, murmurant : « Viens, allons chez moi. »

Ils s'étaient écartés d'Héloïse, de Hassner, de Legat et de cette pauvre femme ridicule, sans doute l'épouse de Legat, si désemparée sur ses talons hauts, dans sa robe légère en tissu imprimé, avec ce vent froid qui la faisait grelotter et ce mari emporté dans le tourbillon de Paris, qu'elle voulait suivre, elle, institutrice en Avignon, mais qu'elle perdait déjà de vue, ne comprenant plus ce qu'il faisait, ce qu'il voulait, les mots qu'il employait, et, inquiète pour lui, pour elle, ayant déjà renoncé, ayant toujours su qu'elle n'avait pas l'ambition qu'il fallait pour l'aider, mais au moins avait-elle pu lui conseiller la prudence, lui rappeler qu'il y a toujours un après des choses, en vain, il ne l'écoutait plus depuis qu'il avait été élu député, et maintenant qu'on l'avait nommé secrétaire d'Etat, qu'on l'appelait Monsieur le Ministre, que pouvait-elle pour lui ? Plus rien, plus rien. Et elle avait peur.

Vecchini l'avait compris, lui avait souri aussi affectueusement qu'il avait pu, et avait dit :

— Il fait froid, sale temps, meilleur en Provence, n'est-ce pas ?

— Oh oui, avait-elle répondu, oh oui.

Pauvre femme.

Il avait méprisé avec encore plus de force ce con-là qui avait battu Pierre Brunel.

Ils avaient d'abord pris un taxi jusqu'à l'entrée de la rue du Bac, parce que Françoise voulait marcher un peu, comme ça, peut-être pour qu'ils se réhabituent l'un à l'autre avant de se retrouver chez elle.

Il faisait froid, en effet.

Le vent s'engouffrait dans l'entaille de la rue coulant vers la Seine, et Vecchini avait dit à voix haute : « Pauvre femme », songeant à l'épouse de Legat, puis il avait eu honte de cette pitié qui lui était revenue dès qu'il avait retrouvé Françoise — curieux comme l'amour qu'on éprouve ou la tendresse d'une femme attendrissent, rendent les autres émouvants, en tout cas les plus humbles, les plus démunis. Et comme on a envie de se montrer fraternel avec eux.

Vecchini s'en était voulu de cette sentimentalité renouvelée. Il avait craint que ce bloc qu'il avait eu tant de peine à reconstituer en lui, quand il s'était éloigné de Françoise, ne s'effritât de nouveau. Il avait haussé les épaules, enfoncé les mains dans les poches de son imperméable, dit : « Pauvre conne, qu'a-t-elle à suivre un homme comme ça, pourquoi vient-elle faire le singe derrière lui, qu'est-ce qu'elle croit, qu'elle va le garder ? Ce type, c'est la bêtise, la veulerie, la trahison sur le visage. Mais pour rien, par médiocrité. Pauvre conne, elle ne voit pas ça ?

— Elle l'aime, tu sais, c'est ça, tout simplement, avait répondu Françoise en lui prenant le bras.

Qui l'avait aimé, lui ?

Quand Françoise avait ouvert la porte de son appartement, il avait hésité à entrer, paralysé par le sentiment du temps tout à coup aboli.

Les fleurs, des iris et des tulipes rouges, la lumière venant par longues vagues claires des trois fenêtres donnant sur la cour, puis disparaissant quand un nuage passait, laissant une pénombre grise que Françoise faisait reculer, allumant les lampes posées sur les tables basses, chaque chose était à sa place.

— Je n'ai rien changé, avait dit Françoise. Il faudrait repeindre, refaire la moquette. Je n'ai pas le temps.

Elle avait jeté son imperméable sur le canapé et appuyé sa nuque contre le dossier du fauteuil, laissant ainsi apparaître sous sa veste noire le collier d'autrefois, plat, serrant son cou comme une marque d'esclavage.

Parfois, aux premiers temps de leur liaison, quand elle venait de lui faire l'amour — car c'est ainsi qu'entre eux se passaient les choses —, elle lui disait : « Je suis à toi, tu me demandes ce que tu veux, je fais ce que tu veux pour toi. » Et cela, dans la mesure où il ne la payait pas, lui avait toujours paru incroyable, suspect. Peut-être était-ce cette incapacité à croire ce qu'elle disait qui avait tout compromis entre eux deux.

— Tu as le même collier, avait-il remarqué, tu es toujours habillée en noir.

— Ma couleur, tu sais.

Ils avaient parlé, des livres qu'elle publiait, de Benoît de Serlière qu'elle voyait parfois, rarement, qui avait changé d'éditeur depuis qu'il avait été élu à l'Académie. Mais il lui donnait tous les deux ou trois ans, en souvenir des souffrances et de la jalousie qu'elle lui avait infligées, un petit texte. Mauvais, mais Serlière, c'était un nom, un titre, il y avait des lecteurs pour ça.

— Tes carnets ? avait-elle demandé. Serlière, de temps à autre, en parle comme du document du siècle. Tous les éditeurs rêvent de ça : les révélations sur les uns, sur les autres. Mais (elle avait haussé les épaules) à ta place, j'attendrais encore, je laisserais finir le règne de Mitterrand, tu es encore trop jeune, Antoine.

Ils avaient ri. Elle lui avait servi un whisky et elle s'était assise près de lui, sur l'accoudoir du fauteuil.

Alors ils s'étaient tus.

Il avait reconnu ses longs doigts, ses ongles effilés recouverts d'un vernis nacré, et il s'était souvenu des frissons qu'elle faisait naître quand elle le caressait, d'abord avec la paume, doigts tendus, puis du bout des ongles, faisant crisser leur pointe sur sa peau, le long de son dos, entre ses cheveux, sur ses cuisses et sa poitrine.

Elle l'avait touché, caressant le dos de sa main, mais il n'avait pas frissonné. Et il avait tant craint de ne rien éprouver, de ne rien pouvoir, qu'il s'était levé, disant d'une voix sourde : « Je m'en vais, Françoise, je t'appellerai, on déjeunera. »

Elle avait souri.

— N'attends pas trop, avait-elle dit, pas une dizaine d'années, avant la fin du septennat.

— Lequel ? avait-il répliqué en riant. Celui-ci ou le suivant ?

Elle l'avait embrassé sur le palier.

Et quand elle avait refermé la porte et qu'il s'était retrouvé seul dans le couloir sombre, il avait pensé qu'en effet, il était à présent du côté des morts.

35

Tout à coup, Héloïse Parrain-Hassner avait cessé de lire...

C'est ainsi qu'elle se nommait officiellement et elle avait souvent regretté que sa mère, quand il était sans doute encore temps, en 1945 ou 1946, n'eût pas fait les démarches nécessaires pour lui faire porter le nom de son père disparu, Mazan, mais chaque fois qu'elle l'avait interrogée à ce sujet, sans lui adresser de reproches, s'étonnant seulement, Annie Parrain s'était emportée.

Que savait-elle, Héloïse, de l'année 1944, des circonstances de sa naissance : François Mazan arrêté, mort, la Gestapo qui les traquait, le faux nom qu'on avait dû lui donner pour la protéger, faux, enfin, même pas...

— Quel nom, maman, tu ne m'as jamais parlé de ça, quel nom ? avait une seule fois questionné Héloïse.

— Quelle importance ? avait alors lancé sa mère. Il fallait que tu retrouves mon nom, ça, il le fallait tout de suite. Parrain : tu n'as pas à rougir.

Puis elle avait quitté la pièce, se réfugiant dans son cabinet médical et Héloïse, pour plusieurs mois, des années même, n'avait plus osé évoquer cette histoire.

Mazan resterait le nom d'un héros de la Résistance,

1916-1944, qu'on lisait inscrit sur les plaques de certaines rues et au fronton d'un bâtiment de Rochegude : « Ecole primaire François et Noémie Mazan ».

Et peut-être cela valait-il mieux ainsi, puisque ce père, elle ne l'avait jamais vu : quelques photos, un nom seulement, un corps perdu.

Tout à coup, donc, Héloïse Parrain-Hassner, couchée près de son fils, avait cessé de lire.

Elle était allongée sur le ventre, le menton dans les paumes, le livre ouvert sur l'oreiller, éclairé par un cône de lumière qui perçait la pénombre de la chambre. Dès qu'elle s'était tue, David s'était redressé, prenant appui sur ses coudes, chuchotant : « Encore, maman, continue. »

Lire ainsi, quand elle rentrait assez tôt de l'Agence, trop rarement, car les réunions se prolongeaient parfois jusqu'au milieu de la nuit et Martha devait alors coucher David, c'était comme un enchantement, un temps hors du temps, le retour à ces moments — les plus doux, les plus apaisés de sa vie — où elle allaitait David, et elle se souvenait encore de ce bruit de succion contre elle, en elle, « prends, David, prends », murmurait-elle chaque fois.

Il avait onze ans maintenant, mais il lui arrivait encore de sucer son pouce, appuyé contre elle, et, tout en lisant, elle entendait ce bruit semblable à celui d'autrefois.

Elle disait : « Ton pouce, David. »

Mais elle n'insistait pas, comme si elle-même était aspirée, retrouvant ainsi le temps d'avant, cette évidence du bonheur, et peut-être la lecture qu'elle faisait chaque soir à son fils était-elle le prétexte trouvé pour être seule avec lui, lui donner ce qu'elle pouvait, sa voix, ses mots, et sentir son corps collé contre le sien.

« Lis, maman, lis », avait répété David.

Elle avait continué, faisant effort pour refouler cette tristesse, cette fatigue qu'elle avait sentie monter en elle depuis qu'elle avait quitté la réception de l'Elysée.

Elle avait d'abord cru qu'elle avait pris froid, puisqu'elle grelottait, mais elle avait éprouvé en même temps la certitude qu'il s'agissait d'autre chose : lassitude, dégoût d'elle-même, remords d'avoir accepté de serrer la main et d'être restée auprès de ce Vecchini, cet homme dont, durant toute son enfance et son adolescence, le nom avait fait naître, entre sa mère et Pierre, tant de disputes.

Elle ne l'avait même pas trouvé antipathique : un visage intéressant plutôt, un homme vieux mais aux yeux pénétrants, bien que voilés, que Françoise Lallier semblait aimer. Or Françoise était digne d'estime, l'une des rares femmes du milieu littéraire auxquelles Héloïse avait affaire, l'agence H and H gérant les budgets de publicité des principales maisons d'édition. Elle la considérait même comme une amie, franche et claire.

Dans la voiture qu'Alexandre conduisait, elle s'était efforcée de ne plus penser à cet après-midi, à ce Jean Legat au regard insistant, provoquant, aux sourires qu'elle avait dû lui faire, malgré tout, puisque, secrétaire d'Etat à la Communication, il était chargé de répartir les crédits du gouvernement en matière de campagnes publicitaires, plusieurs dizaines de millions. Elle avait écouté Alexandre qui envisageait déjà de recruter quatre ou cinq « créatifs », de trouver de nouveaux locaux. Avec Legat, avait-il assuré, l'Agence allait rafler les principaux budgets de communication des différents ministères. C'était fabuleux. Une croissance assurée pour plusieurs années. Il fallait voir très grand, penser au marché international, s'associer peut-être avec une agence de Londres, penser tout de suite aux contrats européens, car, c'était évident, l'Europe allait constituer la priorité du gouvernement, Legat l'avait confirmé, Mauranges, l'ami du président, était au ministère de la Communauté européenne, ce signe ne trompait pas.

Héloïse avait écouté sans parvenir à se défaire de ce

sentiment d'inquiétude. Elle s'était contentée d'approuver Alexandre en hochant la tête.

Dès les prochains jours, avait-il continué, ils allaient rencontrer Richard Gombin, le nouveau président de la banque Wysberg et Cie. Si Mauranges ou Legat les appuyaient, Gombin ne pourrait pas refuser d'ouvrir une ligne de crédit qui permettrait l'embauche de collaborateurs et la location — ou l'achat, parce qu'il fallait être audacieux, une chance pareille ne se reproduirait pas — de nouveaux bureaux. Il faudrait aussi voir rapidement, dans la semaine, Vecchini, un homme d'influence. Le fait qu'il eût été invité à l'Elysée révélait l'orientation réelle du président. Il y avait comme toujours la façade, mais Vecchini, c'était la réalité, la continuité.

Alexandre avait assuré que Vecchini était un ami de très longue date de Mauranges, un personnage clef, donc, qui avait joué un rôle essentiel sous la Quatrième République et sous Giscard. Son Institut d'Etudes et de Recherches sur la Civilisation européenne avait été un lieu de rencontre par-delà les clivages idéologiques. C'était un ami de Benoît de Serlière, de Monin, de Daguet aussi bien que des proches du président, il couvrait donc tout l'arc politique, à l'exception des extrémistes, bien sûr.

— Ta mère le connaissait, as-tu dit ?

Héloïse n'avait pas répondu et, à son habitude, Alexandre avait monologué, enivré peu à peu par les mots qu'il prononçait, les projets qu'il dessinait.

On pouvait d'une certaine manière associer Legat — à titre personnel, avait-il précisé — aux projets de développement de l'Agence. Juridiquement, ce devait être possible, pourquoi pas ? La force de frappe de l'Agence s'en trouverait décuplée et Gombin ne pourrait même pas envisager de refuser les prêts nécessaires.

— C'est une nouvelle période, avait conclu Alexandre en se garant rue de Fleurus, presque devant leur porte.

C'était un signe de chance, ajouta-t-il en se penchant vers Héloïse et en tentant de l'embrasser, mais elle s'était dérobée, murmurant qu'elle voulait voir David, vite.

Elle s'était comme enfuie, criant le nom de son fils sitôt la porte franchie, le serrant contre elle, oubliant peu à peu sa fatigue, lui donnant un bain, restant assise près de la baignoire, puis le faisant dîner seul, ignorant Alexandre, s'enfermant enfin dans la chambre de David, prenant ce livre, s'allongeant près de son fils et commençant à lire.

Et, tout à coup, ce flot de sanglots dans sa gorge, couvrant les mots qu'elle tentait de prononcer.

> *Sire,* s'était-elle efforcé de lire, *quel regret et quelle douleur j'ai de votre mort ! Vous ne pouvez l'éviter : jamais chevalier ne s'assit qu'il ne lui fallût mourir. C'est le Lit de la Merveille où nul ne dort ni ne repose ni se s'assoit qui puisse se lever ensuite et vivre. C'est grand dommage que votre perte. Vous y laisserez votre tête en gage et nulle faculté de rachat. Puisque rien ne peut vous éloigner d'ici, ni appel à votre affection, ni reproches, je supplie Dieu qu'Il ait pitié de votre âme. Mon cœur ne pourrait souffrir que je vous visse mourir...*

Il était mort, celui dont elle était issue mais dont elle ne portait même pas le nom, François Mazan, celui dont elle avait tant de fois scruté le visage sur les quelques photographies, toujours les mêmes, que sa mère possédait et que la presse reproduisait, ce portrait d'un homme au visage massif, si jeune qu'elle n'était jamais parvenue à imaginer qu'il pût s'agir là de son père.

Quel regret et quelle douleur j'ai de votre mort, avait-elle répété.

Elle n'avait jamais essayé de connaître ce mort, se contentant de savoir qu'il avait été cet homme-là dont on répétait — elle l'avait lu dans les revues de presse, par hasard, à l'Agence — qu'il avait été un *martyr de la Résistance (1916-1944)* dont *L'Humanité* célébrait chaque année la mémoire, ou bien encore, ainsi qu'elle l'avait déchiffré sur une plaque de rue, à Carpentras, *un héros de la Résistance (1916-1944)*.

Comment meurt-on à vingt-huit ans ?

Elle en avait déjà dix de plus que lui et elle avait le sentiment d'une longue trahison, car elle ne s'était pas consacrée à sa recherche, elle n'avait pas été le chevalier qui s'en va, nostalgique, à la quête du Graal, acceptant tous les risques, elle n'avait même pas dit : « Je supplie Dieu qu'Il ait pitié de votre âme. »

Elle avait, c'était le pire des abandons, oublié.

36

Durant des mois — plus d'une année, en fait, puisque Héloïse Parrain-Hassner n'avait interrogé sa mère que le 31 juillet 1983, sur l'aire du mas des Mazan, le jour où on célébrait le douzième anniversaire de David —, elle avait résisté à la tentation de poser cette question qui, peu à peu, était devenue pour elle une obsession : « Parle-moi de ce Vecchini, qu'est-ce qu'il y a eu entre vous trois, ou vous quatre : mon père, toi, lui, Noémie Mazan, et même avec Pierre Brunel... Raconte-moi, je dois savoir, je veux tout savoir ! »

Mais elle n'avait pas osé, ou plutôt elle n'avait pas pu.

Il lui avait semblé que sa mère avait deviné ses intentions et qu'elle s'était à chaque fois dérobée, habile à éviter de se retrouver en tête-à-tête avec sa fille, ou bien, quand elle ne pouvait faire autrement, prenant cet air accablé de vieille femme souffreteuse — ce qu'elle n'était pas, Héloïse le savait — qui, du bout des doigts glissés sous ses lunettes, se massait les yeux, disant qu'elle voulait mourir, qu'à soixante-dix ans elle avait vu trop de choses, qu'elle était maintenant si lasse que chaque tension la déchirait, qu'elle ne pouvait recevoir plus de deux ou trois malades par jour et souffrait de leur maladie autant qu'eux, parce qu'être vieille, c'était cela : ne plus supporter les souffrances, ne plus pouvoir les accepter. Elle soupirait, se levait, quittait la table, laissant Héloïse étonnée par la brusque vivacité avec laquelle sa mère disait alors : « Je te laisse régler l'addition, tu mets ça sur les notes de frais de l'agence, n'est-ce pas ? Il faut que je file, j'ai ma première consultation à quinze heures, je passerai vous voir dimanche soir, si tu veux. »

Ce n'était plus une vieille qui traversait la salle du restaurant, mais une femme sans âge qui se tenait droite et marchait d'un pas énergique, demandant d'une voix autoritaire qu'on lui appelât un taxi, qu'elle était médecin. Pressée.

Héloïse, restée seule, commandait un autre café avec le sentiment d'avoir été dupée, et le soupçon lui revenait d'avoir été ainsi jouée depuis l'enfance, et peut-être son père l'avait-il été lui aussi, comme elle plus tard ?

Cette pensée lui était intolérable.

Elle rentrait à pied, depuis l'avenue Montaigne où elles avaient déjeuné, jusqu'aux bureaux de l'agence H and H qui occupait le quatrième étage d'un immeuble de la rue Magellan. Elle s'attardait devant les vitrines, non pour les regarder ou se voir, jeune femme aux cheveux coupés court, portant un tailleur et une gabardine d'allure masculine, mais pour retarder le moment où, la porte de l'Agence franchie, elle retrouverait le brouhaha, les voix, les sonneries, le ronflement des machines à photocopier, et serait ainsi expulsée d'elle-même, interrompue dans cette quête qu'elle avait entreprise, qu'elle se reprochait tout en s'y complaisant pourtant.

Dès le lendemain de la garden-party de l'Elysée, elle avait téléphoné à Françoise Lallier afin de convenir d'une date pour déjeuner : « Je viens dans ton quartier », avait-elle dit, et, pour expliquer ce changement dans leurs habitudes, elle avait ajouté : « C'est personnel. » Une hésitation, puis la voix grave de Françoise : « Si tu veux, ma chérie. »

Elles s'étaient retrouvées dans un restaurant japonais de la rue du Dragon, silencieux et lisse, les serveurs paraissant glisser sur le sol de dalles noires et blanches. Elles étaient assises l'une en face de l'autre à une table laquée si étroite que leurs genoux se frôlaient, mais Héloïse avait aimé cette proximité, le dépouillement de la nourriture, petits losanges de légumes bouillis entourant des carrés blancs de poisson cru.

A un moment, Françoise lui avait pris la main, la caressant, la griffant de ses longs ongles nacrés, en même temps qu'elle se penchait, leurs fronts s'effleurant, ses genoux pressant ceux d'Héloïse. Mais cette attitude équivoque, au lieu de mettre celle-ci mal à l'aise, l'avait au contraire rassurée, rendue confiante, comme si, parce que leurs corps se touchaient, se nouait avec Françoise une relation profonde qui permettait les confidences, plus qu'entre une fille et sa mère, *a fortiori* une épouse et son mari, car il entrait toujours entre un homme et une femme — entre Héloïse et Alexandre — cette incompréhension née de leur différence, une rivalité qui jamais ne pourrait être surmontée.

Elle les avait mesurées quand, au soir du 14 juillet 1982, après que David se fut endormi, elle avait retrouvé Alexandre. Il avait étalé sur la table basse du salon les différents thèmes de la campagne sur « l'Ascension de la France ». Il crayonnait en marmonnant : « Tu as entendu Vecchini : le vertige... Malin, le bonhomme, et Legat a tout de suite suivi. Il faut lui présenter un projet amendé, qu'il ne pourra pas refuser. Par exemple, si j'ajoute un mot — il avait écrit en lettres capitales : L'ASCENSION DE LA FRANCE TRANQUILLE — génial, non ? »

Il avait retroussé les manches de sa chemise et se redressait de temps à autre, le visage en sueur, souriant, heureux d'être ainsi entraîné par ses projets, ne voyant plus rien autour de lui. Puis il s'était laissé tomber dans un fauteuil, demandant à Héloïse de lui servir un verre, n'importe quoi, parce qu'il fallait fêter cette journée, la rencontre avec Jean Legat, le contact pris avec Vecchini.

— Tu ne vas pas recommencer ? avait lancé Héloïse.

Il s'était levé, était venu vers elle, avait tenté de l'enlacer, mais elle s'était dégagée avec violence, regrettant aussitôt de s'être ainsi dévoilée, s'excusant en quelques mots. Elle était fatiguée : cette journée si longue, ce froid dans le parc de l'Elysée, la perspective d'avoir à repenser la campagne publicitaire du gouvernement, Jean Legat, enfin, ce type qui avait battu Pierre Brunel et avec qui ils allaient devoir travailler.

Elle n'avait pas parlé de Vecchini, puisque c'était ce qui la blessait.

« Legat, Legat » — Alexandre, un verre à la main, avait tourné dans la pièce de son pas pesant —, ce n'était jamais qu'un type comme un autre que le hasard avait placé dans la circonscription de Brunel. Il avait été très correct au cours des élections et *après* — Alexandre n'avait osé prononcer le mot « suicide » —, il avait su rendre hommage, Annie Parrain elle-même l'avait reconnu.

— Je vais te paraître cynique, avait-il repris, mais, d'une certaine manière, tout cela a créé des liens entre l'agence et Legat, une sorte d'obligation morale...

Alexandre s'était interrompu, observant Héloïse, se demandant si elle acquiesçait à ses propos, et, parce qu'elle n'avait point répondu, il avait ri : « Nous sommes les meilleurs, Héloïse, nous sommes en situation, en avant pour l'Ascension de l'Agence tranquille ! »

Elle l'avait laissé lui prendre la taille, l'embrasser dans le cou, l'écartant au bout de quelques secondes, sans brusquerie, mais avec détermination, murmurant qu'elle était *vraiment* — elle avait insisté sur le mot — lasse, allant s'enfermer dans la salle de bains cependant qu'elle l'entendait chantonner, puis allumer le téléviseur.

Que pouvait-elle attendre de lui, intelligent, curieux de tout, entreprenant, généreux, habile, courageux, créatif — elle se souvenait de ces nuits, rue des Beaux-Arts, en mai 68, quatorze ans déjà, lorsqu'ils dessinaient ensemble les affiches du mouvement qu'à l'aube ils allaient coller sur les murs du quartier, enlacés, courant quand une colonne de cars de CRS apparaissait — mais que leur en restait-il maintenant ? Changer de locaux, embaucher du personnel, obtenir des prêts de la banque Wysberg et Cie, séduire Jean Legat parce qu'il détenait le budget de la communication gouvernementale ? Etait-ce pour cela qu'ils avaient crié, le 21 mai 1981, sous la pluie, place du Panthéon : « Treize ans déjà, coucou, nous revoilà !»

Pierre Brunel était alors encore vivant.

Un an avait passé, Pierre était mort et elle avait serré la main de Vecchini à l'Elysée.

C'était ce qu'on appelait le gouvernement de la gauche.

Que lui restait-il ? Son fils.

Elle était retournée dans la chambre de David qui dormait, ses cheveux bouclés trempés par la sueur. Elle l'avait embrassé, s'enivrant de l'odeur un peu aigre de sa peau, puis elle s'était couchée près de lui, et quand Alexandre avait entrouvert la porte, l'appelant, elle n'avait pas bougé. Après avoir hésité, il s'était éloigné en maugréant.

— Tu vas bien ? lui avait demandé Françoise Lallier en lui tenant toujours la main.

Héloïse n'avait pas cherché à la retirer, faisant la

moue, penchant la tête, haussant un peu l'épaule pour souligner d'un mouvement l'expression de son visage, dans une sorte de grimace de tout son corps.

— Déçue ? avait repris Françoise.

Héloïse avait peut-être trop attendu des autres, pensait-elle, trop espéré ? Les hommes, gauche, droite, qu'est-ce qu'ils voulaient vraiment ? Dominer. C'était tout. « Tel est leur jeu », avait murmuré Françoise. Et, pour cela, ils se faisaient la guerre. Il ne fallait pas prêter à ces parties plus d'attention qu'elles n'en méritaient, mais éviter simplement d'être victimes ou dupes, prendre la vie comme elle venait.

Avait-elle toujours pensé cela ? avait questionné Héloïse.

Ç'avait été au tour de Françoise de hausser les épaules.

— J'ai appris, avait-elle répondu. Je suis devenue sage.

Elle avait quarante-deux ans, il était temps, n'est-ce pas ?

A qui d'autre Héloïse aurait-elle pu se confier ?

Cette main qui serrait la sienne, cette chaleur qui passait du corps de Françoise au sien, cette intime complicité de la ressemblance, sa voix aussi, grave et cependant joyeuse, comme une promesse d'élan, l'avaient incitée à parler.

Elle avait commencé loin, évoquant son enfance entre sa mère et Pierre Brunel, le sentiment qu'elle avait éprouvé de n'être pas vraiment acceptée. L'enfant vrai, leur enfant, était Joseph, né deux ans après elle, qui était le fils de Pierre, alors qu'elle-même avait eu pour père ce résistant héroïque, François Mazan.

Puis, au lieu d'enchaîner, elle avait raconté cette soirée du 14 juillet 1982, l'émotion qu'elle avait ressentie à la lecture de *Perceval le Gallois :* ridicule, n'est-ce pas ? Mais elle avait été bouleversée par cette longue quête nostalgique du Graal, le poids de la fatalité qui conférait à chaque phrase une ampleur tragique, comme si chaque acteur savait qu'il ne pouvait rien, qu'à la fin il serait vaincu, mais il n'en poursuivait pas moins son chemin, c'était là sa grandeur : *Puisque rien ne peut vous éloigner d'ici* — avait-elle récité, étonnée de se souvenir de chaque mot —, *ni appel à votre affection, ni reproches, je supplie Dieu qu'Il ait pitié de votre âme. Mon cœur ne pourrait souffrir que je vous visse mourir...*

Elle était à nouveau émue aux larmes, comme lorsqu'elle avait lu, couchée près de David.

« Je cherche mon père », avait-elle ajouté en s'efforçant de prendre un ton ironique que démentait l'expression de son visage. « A trente-huit ans ! Comique, non ? »

C'était venu comme ça.

Françoise lui avait serré la main, penchée vers elle — leurs fronts et leurs genoux à nouveau se touchaient —, écoutant Héloïse lui dire qu'elle savait bien que sa démarche était stupide, masochiste, qu'on n'allait pas ainsi en quête d'un mort dont on ignorait jusqu'au lieu de sépulture, et qui n'était donc, même si son nom était rituellement célébré, gravé, que l'un de ces millions de souvenirs errants, cadavres perdus, laissés derrière elles par les guerres et dont s'emparait parfois la mémoire des survivants.

« Je ne porte même pas son nom, avait-elle ajouté. Je ne sais rien, je ne suis rien. »

Elle avait baissé la tête.

— C'est autre chose, avait commencé par répondre Françoise.

Il y avait cela : le père, le nom, et, après tout, quoi de plus naturel ? Mais peut-être aussi ce mitan de la vie, quand on a atteint ce qu'on croyait vouloir, dont on imaginait qu'il allait apporter la paix, le bonheur, et puis ce n'est que ça : un jour à peine différent des autres, et tout ce qui a changé, c'est qu'on a quelques années de plus. Alors on se retourne pour voir, et il y a ce père, ce nom...

Elle, elle avait voulu devenir propriétaire des éditions MDG. Elle avait accepté pour cela beaucoup de choses. Héloïse connaissait Benoît de Serlière ! Il possédait une minorité de blocage qu'il avait héritée de sa mère, Marguerite de Galand. Françoise avait dû compter avec lui. Il y avait seulement quelques années qu'elle avait pu enfin prendre le contrôle des éditions, devenues maintenant MDG-Lallier. Mais, quand elle se retournait à son tour, elle dont le père était encore vivant, un bon vieux monsieur tranquille, notaire à Chartres, elle éprouvait aussi un sentiment de vide. Avoir fait tout ce chemin, pourquoi ? Elles avaient toutes deux besoin de se relancer, de repartir, de ne plus regarder le passé.

« Je t'aime depuis longtemps », avait-elle murmuré sans baisser les yeux.

Héloïse était restée un long moment silencieuse, alanguie, comme envahie par une douce chaleur.

On leur avait apporté sur un petit plateau de bois des serviettes brûlantes et elle avait tapoté ses lèvres, ne reposant pas ses mains sur la table, éloignant un peu ses genoux, et, ainsi séparée de Françoise, elle avait osé lui demander ce qu'elle pensait de Vecchini, si elle l'avait aimé, comme elle avait cru comprendre. Lui avait-il parlé de son passé ? Avait-elle su que certains — elle s'était reprise, avait corrigé d'une voix ferme « ma mère » — l'accusaient d'avoir dénoncé François Mazan, « mon père ». Pierre Brunel prétendait — elle avait ricané, haussant à nouveau les épaules — « qu'il m'avait sauvée, ainsi que ma mère ». Que savait-elle ?

A son tour, Françoise s'était éloignée de la table, le dos appuyé au dossier de sa chaise, les doigts croisés devant sa bouche.

Aimer Vecchini ? Peut-être maintenant aurait-elle pu, mais il n'était plus temps.

Autrefois, pendant quatre ou cinq ans — elle était si jeune, pas même trente ans, lui, plus de cinquante ans déjà, cinquante-cinq peut-être, on était en 68, une année, Héloïse ne l'ignorait pas, où toutes les vies bougeaient —, elle avait été fascinée par lui, attirée parce qu'il était sans émotion, enfin, c'est ainsi qu'elle l'avait vu : comme quelqu'un qu'on a plongé dans l'acide, sans chair, rien que l'os, tranchant, cynique. A cette époque-là, elle voyait beaucoup Benoît de Serlière ; lui, c'était la boursouflure, la complaisance, le mensonge. Vecchini ne mentait pas, il ne disait rien. Chacun pensait de lui ce qu'il voulait. Un homme désespéré — elle n'aurait pas voulu dire ça, on ne doit pas dévoiler les secrets d'un homme, jamais —, comme mutilé, presque anormal. « Mais ça m'avait plu : une sorte de défi. Il me faisait l'impression d'un mensonge diabolique, très fort, indestructible, pervers. En même temps, malgré son cynisme, il avait une morale. Je hais les hypocrites, les dévots ; lui, à l'époque, c'était pour moi le contraire de Tartuffe, un Alceste noir, méchant même, pessimiste. »

Puis Françoise avait éclaté de rire, tendu la main vers Héloïse qui lui avait rendu la sienne : qu'elle s'imagine, il avait acheté un appartement à Nice et il avait rêvé, mais oui, de s'y installer avec elle, « lui, le vieux mari, moi, la jeune épouse — et, pourquoi pas, deux ou trois enfants !»

« Il n'avait rien proposé, mais j'avais compris. Il n'a pas insisté. Intelligent, Vecchini. »

C'est à l'Elysée qu'elle l'avait retrouvé pour la première fois depuis quatorze ans, si peu changé, la peau un peu plus grise. Elle avait été émue. « Voilà : un moment de ma vie. »

Puis, rêveusement, tout en tenant la main d'Héloïse, Françoise avait ajouté qu'elle ne croyait pas que Vecchini avait pu dénoncer qui que ce fût. Laissé faire, peut-être, pour se protéger lui-même, par dédain des autres, peut-être même par sadisme, mais — elle avait secoué la tête — elle ne l'imaginait pas en délateur.

Seulement, que savait-elle ? C'est long, une vie. Elle l'avait connu en 1968. Qu'avait-il pu faire en 1940 ou 44, près de trente ans plus tôt ? En même temps, est-ce qu'on change jamais au cours d'une vie ?

Pourquoi Héloïse ne le voyait-elle pas, ne

l'interrogeait-elle pas ? Voulait-elle qu'elle organise un dîner à trois, ou bien qu'elle téléphone à Vecchini ? Elle pouvait servir d'intermédiaire.

Héloïse avait eu un mouvement de retrait, dégageant sa main, faisant non de la tête, murmurant : « Pas encore », affolée à l'idée de se retrouver en face de cet homme, d'entendre ses réponses — peut-être dirait-il ce qu'elle ne pourrait supporter ? Elle avait peur, sans même savoir exactement de quoi, comme si le seul fait de songer à ce passé, d'interroger ceux qui l'avaient vécu, la condamnait, elle.

Elle s'était souvenue de cette autre phrase de *Perceval le Gallois* lue à David : *Vous ne pouvez l'éviter : jamais chevalier ne s'assit en ce lit qu'il ne lui fallût mourir. C'est le Lit de la Merveille où nul ne dort ni ne repose ni ne s'assoit qui puisse se lever ensuite et vivre...*

Lorsque, sortant quelques instants plus tard du restaurant, Françoise Lallier lui avait pris le bras et avait murmuré, en se serrant contre elle, qu'elle ne la laisserait pas dans cet état, qu'elle ne l'abandonnerait pas, qu'elle avait connu ça — ces moments de désarroi, quand il y a un cap à franchir, un passé à comprendre pour mieux s'en délier, une rupture à consommer pour avancer et respirer à nouveau —, Héloïse s'était répété les mots auxquels elle venait de penser au restaurant : « Vous ne pouvez l'éviter », et elle avait eu la certitude qu'en effet, elle n'avait plus le choix, qu'elle était comme prisonnière d'un sortilège, qu'elle devait elle aussi aller jusqu'au bout, quel qu'en fût le prix.

Elles étaient descendues ensemble dans le parking du boulevard Saint-Germain, à droite de la rue du Dragon, et au fur et à mesure qu'elles s'enfonçaient, puis qu'elles marchaient dans ce troisième sous-sol plongé dans la pénombre, Héloïse s'était persuadée qu'il en serait ainsi pour elle : descendre pour retrouver, et cela avait commencé dès l'instant où elle avait vu, dans le parc de l'Elysée, cet homme dont le nom avait tant de fois traversé son enfance, Vecchini.

C'était lui, peut-être, qui lui avait jeté ce sort, qui avait décidé de l'entraîner, et elle n'avait pas pu, elle ne pouvait pas résister : *Vous ne pouvez l'éviter... C'est le Lit de la Merveille où nul ne dort ni ne repose ni ne s'assoit qui puisse se lever ensuite et vivre...*

« Je te raccompagne », avait dit Françoise en lui ouvrant la portière de sa voiture. Héloïse s'était assise et — laquelle avait fait le premier mouvement vers l'autre ? — elles s'étaient enlacées, Héloïse le visage dans le cou de Françoise, Héloïse qui sanglotait, qui murmurait qu'elle ne savait plus où elle en était, qu'elle ne comprenait pas ce qui lui arrivait, qu'elle avait l'impression que tout lâchait autour d'elle, en elle, alors que jamais les choses n'avaient marché aussi bien. Jamais. Alexandre avait loué un nouvel étage de bureaux, rue Magellan, il avait obtenu l'ouverture de crédits sans même avoir à insister auprès de la banque.

Héloïse avait relevé la tête tout en restant appuyée contre Françoise. Elle devait lui raconter. A la banque — la banque Wysberg et Cie —, Françoise savait-elle que Vecchini était le conseiller du nouveau président, Richard Gombin, que c'était Vecchini qui avait mené les conversations avec Alexandre ? Celui-ci avait été émerveillé — c'était le mot qu'il avait employé — par l'intelligence de l'homme, son sens politique, son absence de préjugés. « C'est un grand, avait-il dit à Héloïse. Il voit large, loin. Il sent les choses, l'importance de la communication dans le nouveau dispositif gouvernemental. Nous avons tout de suite été complices, sur le même plan, tu comprends ? Pas de verbiage, la réalité. Je me fous de ce qu'il a pu faire il y a quarante ans, c'est le passé. C'est un homme d'aujourd'hui. D'ailleurs, il a été invité à l'Elysée et on le dit très proche de Mauranges, et Mauranges, c'est l'œil de Mitterrand. Personne ne l'ignore. »

« Je t'en prie, avait murmuré Françoise, je t'en prie, pas maintenant. » Elle avait caressé les cheveux d'Héloïse, puis, lui prenant la tête entre les mains, elle l'avait embrassée d'abord sur le front, les paupières, les lèvres enfin, et c'était léger, doux, apaisant, différent du halètement rauque d'Alexandre, de ce poids dont il l'écrasait même quand il se contentait de l'embrasser. Il était si massif qu'elle avait à chaque fois le sentiment d'être étouffée.

Pourtant, ça n'avait pas toujours été ainsi, et de prendre tout à coup conscience de ce temps qui avait passé entre elle et lui, des jours qui avaient creusé ce sillon d'indifférence, puis de malaise et d'incompréhension, l'avait accablée. Elle s'était à nouveau collée contre la poitrine de Françoise, lui entourant le cou de ses bras, disant qu'elle n'en pouvait plus.

« Viens, viens, nous partons, avait dit Françoise ; viens chez moi. »

Héloïse avait fermé les yeux, se recroquevillant dans la voiture comme si elle avait peur de voir et d'être vue, sensible à la voix de Françoise — « Tu verras, je t'aiderai à franchir cette passe » —, à sa main qui lui caressait la nuque, les cheveux.

Le trajet avait été bref et quand Héloïse avait rouvert les yeux, la voiture roulait à nouveau dans la pénombre d'un parking à la rampe étroite, en forte pente, semblant ne devoir jamais finir. Elle avait murmuré : « C'est profond », s'appuyant à l'épaule de Françoise qui avait répété : « Voilà, voilà », tout en garant la voiture dans un renfoncement entre des poutres de béton, cependant que la lumière bleutée des tubes fluorescents clignotait.

Des jours, des semaines plus tard, repensant à cette journée du 20 juillet 1982 passée avec Françoise, Héloïse avait retrouvé l'étonnement, mieux, la stupéfaction avec laquelle, le soir, chez elle, rue de Fleurus, elle avait pu répondre à Alexandre, s'allonger près de David, reprendre le fil de sa lecture, comme si ce qu'elle avait vécu venait tout naturellement prendre place dans le récit, n'avait pas plus de réalité que lui, pas moins non plus.

Et quand David s'était endormi, elle était restée sur le lit de son fils pour éviter d'aller s'allonger aux côtés d'Alexandre, mais surtout pour reconstituer cet après-midi où elle s'était laissé prendre par la main, conduire jusqu'à la chambre, comme une enfant qu'on couche parce qu'elle a un peu de fièvre et demande qu'on l'aime. « Là, ma chérie, là », lui avait répété Françoise qui ne l'avait lâchée que pour tirer les rideaux, allumer une petite lampe.

Après, ce n'avait été que tendresse, impression enfin de respirer mieux, Françoise lui ayant soulevé les épaules afin de faire glisser sa veste de tailleur, puis déboutonner son chemisier, l'ôter à son tour, et Héloïse avait soupiré profondément comme si elle avait dû attendre cet instant pour aspirer l'air qui lui avait manqué — depuis quand ? — peut-être, avait-elle pensé après coup, depuis le début de sa vie.

« Tu as vécu ici avec Vecchini ? » avait-elle demandé alors que Françoise, en peignoir, pelotonnée dans un fauteuil du salon, déposait la théière et les tasses sur une table basse dont le plateau de verre s'appuyait à des formes métalliques en acier poli.

— Vécu ?

Françoise avait secoué la tête.

Elle n'avait jamais vécu avec personne, jamais. Même si Vecchini avait en effet passé — mais il y avait plus de dix ans — quelques jours ici, parfois, il n'avait jamais été qu'*en transit*.

Elle avait ri de ce mot, et Héloïse, pour la première fois depuis ce 14 Juillet, avait ri à son tour.

Elle-même était — avait dit Héloïse en se levant, en achevant de se rhabiller, glissant le chemisier dans sa jupe, passant dans la chambre pour prendre sa veste — en transit, elle aussi.

Françoise s'était approchée d'elle, grave, tout à coup, l'empoignant avec rudesse, la tirant contre elle, la serrant : « Tu peux rester, tu peux faire escale quand tu veux, comme tu veux. Toi, je t'aime. »

Et ç'avait été si violent dans la voix, si résolu, que, des heures plus tard, couchée près de David, Héloïse en était encore bouleversée. Durant ces mois, à partir donc du 20 juillet 1982, elles s'étaient vues une ou deux fois par semaine, rarement plus, car Héloïse pouvait difficilement quitter l'Agence, tant l'activité s'y était développée en un rien de temps.

Dès l'obtention des prêts de la banque Wysberg et Cie, Alexandre avait loué et meublé un second étage de bureaux, engagé de jeunes publicitaires, des créatifs, les arrachant à d'autres agences. Il les avait installés dans ces locaux qui leur étaient ainsi réservés.

Avec étonnement et une inquiétude sourde qui avait aggravé encore son désarroi, Héloïse avait découvert qu'elle était presque une vieille pour ces nouveaux : Sabine, Gilles, Romain, Laurent. Elle les avait observés, écoutés, comprenant qu'elle ne partageait déjà plus rien avec eux qui avaient à peine dix ans en 1968, alors que Mai, ç'avait été son université, sa guerre à elle, à Alexandre, à tous les copains qui étaient souvent devenus journalistes ou travaillaient dans des boîtes de communication ou de sondages, quand ils n'étaient pas entrés dans des cabinets ministériels. Ils avaient tous été maos, gauche prolétarienne, membres de l'U.E.C. ou bien à la Ligue communiste. Les rivalités et les oppositions oubliées, ils étaient demeurés des complices, les membres d'un réseau fait de connivences, de codes et de souvenirs communs. Mais il avait semblé à Héloïse que ceux-là, de la nouvelle génération, avec leur nonchalance, leur air goguenard, l'ambition qu'ils ne prenaient même pas la peine de cacher, la manière dont ils se moquaient de tout et de tous, la menaçaient.

Alexandre, au contraire, paraissait avoir rajeuni à leur contact, vivant dans un état permanent d'exaltation tout en gardant la maîtrise de la situation, présidant lui-même les séances de *brain-storming*, deux fois par jour, capable de trouver le mot, la formule, le thème qui, après coup, paraissaient évidents, mais que tout le monde avait cherchés en vain pendant des heures.

La réussite lui donnait du talent, alors qu'Héloïse se sentait accablée par tous ces projets, ces campagnes qu'il fallait proposer et conduire.

Ils se disputaient.

Alexandre ne comprenait pas, disait-il, pourquoi elle traînait les pieds. Qu'est-ce qu'elle avait à faire la gueule ? C'était ça dont ils avaient rêvé, non ? La gauche au pouvoir, les vieux crabes réactionnaires dehors, et une agence à eux, pour jouir et faire jouir. Et, en plus, pour la bonne cause !

Qu'est-ce qu'elle voulait ? Qu'on fasse campagne pour Lutte ouvrière, qu'on essaie de vendre à l'opinion Arlette Laguillier ou Alain Krivine ? C'était ça qu'elle désirait, qu'elle avait espéré ?

Héloïse ne répondait pas. Elle téléphonait à Françoise : « Je peux te voir ? »

Françoise était toujours disponible, ne posant aucune question, la prenant simplement dans ses bras, la berçant, l'écoutant, la caressant, réussissant à desserrer l'étau qui emprisonnait la poitrine d'Héloïse.

Celle-ci respirait enfin quand, son soutien-gorge dénoué, elle sentait les lèvres de Françoise ou ses ongles sur elle, renversait la tête en arrière et s'offrait ainsi, sur le bord du lit, tandis que Françoise, à genoux, la tête entre ses cuisses, les mains sur ses seins, la faisait geindre, oublier.

Après, elle se rhabillait vite.

Elles se serraient l'une contre l'autre sans proférer un mot. A quoi bon ? Elles avaient été si proches, si confondues, ne formant plus qu'un même corps, qu'elles n'avaient pas à parler ni à se promettre de s'appeler bientôt.

Elles ne s'oublieraient pas, elles ne s'oublieraient plus.

A l'agence, Héloïse jetait sa veste sur une chaise, s'installait en bout de table, ne baissant pas les yeux quand Alexandre la dévisageait. Elle voyait passer dans son regard des questions, sa colère ou son inquiétude, mais il n'avait pas de temps pour les formuler.

L'agence H and H était devenue une sorte d'agence de publicité officieuse, celle à qui tout ce qui comptait devait s'adresser. Cela s'était fait en moins de deux semaines. D'abord il y avait eu, dans le petit milieu des professionnels, la rumeur selon laquelle H and H avait obtenu l'exclusivité des campagnes gouvernementales. Puis le bruit — confirmé — que Richard Gombin, le président nouvellement nommé par le gouvernement à la tête de la banque Wysberg et Cie, avait accordé des prêts importants à l'agence. Que le président d'une banque nationalisée fît un tel geste ne pouvait avoir qu'une signification précise : l'appui apporté au plus haut niveau à Alexandre Hassner.

Dans les jours qui avaient suivi, la campagne *L'Ascension de la France tranquille* avait commencé. Enormes affiches sur les murs, messages télévisés, encarts publicitaires dans les journaux. Et la griffe, en bas à droite : H and H.

— Regarde, regarde ! disait Alexandre en appelant David, en lui montrant la séquence télévisée, avant le journal de vingt heures, le guide qui tirait la cordée, et, incrusté, le sigle H and H.

— Nous sommes là, tu vois, maman et moi, Héloïse et Hassner !

Etait-elle encore concernée ?

Héloïse chuchotait à son fils qu'elle l'attendait dans sa chambre, qu'elle allait continuer à lui faire la lecture, s'il voulait bien.

Quand elle le voyait se détourner de la télévision, lui prendre la main, qu'elle l'entendait chuchoter : « Viens, maman, viens », elle se sentait aussi apaisée qu'après avoir rencontré Françoise Lallier.

Mais il y avait cette pression de l'agence, la nécessité où elle était de faire surgir des idées, des phrases, parce que c'était le métier, qu'il y avait en face d'elle ces jeunes gens ironiques et impitoyables qui jonglaient avec les mots sans se soucier de ce qu'ils représentaient, Sabine répétant : « Si ça frappe, si ça marque, c'est gagné ! »

Alexandre les suivait, les devançait. Il était reconnu comme le patron, alors que c'était Héloïse qui, après 68, avait eu l'idée de l'Agence, obtenu les premiers contrats, imposé leur marque, fait leur réputation dans les hebdomadaires. H and H, c'était elle. Ç'avait été elle, car plus les contrats affluaient, plus elle se sentait désormais en marge.

Etait-ce pour cela qu'elle se retournait vers le passé, vers ce François Mazan qui, dès qu'elle se retrouvait seule, l'obsédait ? Lui, elle, Vecchini : elle se sentait enfermée dans ce triangle.

— Tu ne veux toujours pas voir Vecchini ? lui demandait parfois Françoise.

Elle se tassait, faisait non, repartait plus vite vers l'agence.

Alexandre l'accueillait avec jubilation, prenant à témoin Sabine, Laurent, Romain, Gilles.

— Tu te souviens, lançait-il, Gérard Monin et Jean-Pierre Daguet, en 67-68, ces fachos, ces types avec qui on se battait, devenus députés de l'opposition, eh bien...

Vecchini avait téléphoné en leur nom, c'étaient des amis, enfin, il s'était occupé de leur campagne électorale parce qu'ils étaient l'un et l'autre des membres actifs de l'Institut d'Etudes et de Recherches sur la Civilisation européenne. Vecchini avait souhaité que l'agence prît en charge une campagne de promotion sur le thème de la « Jeune Opposition », ou « La Jeunesse, c'est l'Opposition ».

Ils avaient tous ri, mais, devant le silence figé d'Héloïse, Alexandre s'était inquiété : était-elle contre ce projet ?

Alexandre avait évidemment téléphoné à Jean Legat pour expliquer la situation. Non seulement Legat n'était pas choqué, mais il trouvait que c'était le libre jeu de la démocratie et du marché. Si H and H était la meilleure agence, quoi de plus normal que Monin et Daguet s'adressassent à elle ?

Tout paraissait désormais normal à Alexandre, et plus rien, au contraire, ne semblait aller de soi aux yeux d'Héloïse.

Autour de la table, lors de leurs séances d'idées, elle se tenait assise loin des autres, les observant : Sabine, une jeune femme brune qui n'avait pas vingt-cinq ans et qu'Alexandre mangeait des yeux, Gilles, Romain, Laurent qui avaient à peu près le même âge et affichaient avec insolence leur originalité sans se rendre compte qu'avec une petite boucle d'or passée dans le lobe de l'oreille (Laurent), les cheveux noués en natte (Gilles), ou le crâne rasé (Romain), ils n'étaient que des conformistes singeant ces faiseurs d'argent américains que la presse célébrait.

En quelques mois, Alexandre avait lui aussi changé d'apparence. Plus gras encore, il s'était laissé pousser la barbe et ne portait plus que des vestes aux couleurs agressives, si bien qu'il ressemblait, avec ses chemises à fleurs, son cigare, à un personnage caricatural, sorte de chanteur comique ou d'Américain en goguette tels qu'on en voit dans les feuilletons de télévision ou les émissions de variétés.

Qu'était devenu le provocateur qui, en mai 1968, voulait dynamiter la société bourgeoise — comme il disait — et combattre la « société du spectacle » ?

Héloïse n'avait même plus le courage de lui poser la question.

Quand elle le retrouvait dans leur appartement, rue de Fleurus, elle l'écoutait avec une feinte indifférence énumérer les nouveaux contrats qu'il avait signés. Les différents ministères s'adressaient à l'agence pour leur plan de communication, puisque le Premier ministre et son secrétaire d'Etat l'avaient choisie. L'exemple valait ordre. Les chefs d'entreprise qui sollicitaient une aide ou une autorisation gouvernementales imaginaient de leur côté qu'en confiant leur budget publicitaire à Alexandre, ils obtiendraient la bienveillance du pouvoir, puisque, pensaient-ils, une partie des fonds versés devait naturellement servir à financer les hommes politiques de la majorité.

Et peut-être ne se trompaient-ils pas.

Héloïse ne s'était jamais intéressée, sinon au tout début, à la comptabilité de l'Agence. Elle avait laissé à Alexandre le soin — ainsi qu'ils le disaient entre eux en riant — de jouer avec les chiffres. Maintenant il était trop tard pour qu'elle s'en préoccupât, et d'ailleurs, le lui eût-il proposé qu'elle eût refusé.

Mais elle avait le sentiment que la gangrène gagnait, que l'argent s'infiltrait partout.

Alexandre achetait des tableaux, changeait de voiture, partait en voyage. Seul ou avec Sabine ? Héloïse n'avait même pas cherché à savoir, paralysée par un sentiment d'impuissance, un désespoir insidieux qui l'incitait à se demander qui elle était, ce qu'elle faisait là, quel était le sens de ce qui lui arrivait, pensant comme elle ne l'avait jamais fait au suicide de Pierre Brunel, à la solitude de cet homme qu'elle avait aimé comme un père — il avait été cela pour elle —, à la manière dont ils l'avaient tous rejeté, condamné, elle, sa mère, Joseph, Alexandre, parce qu'il était, avaient-ils tous prétendu, du parti de l'argent, de la réaction, et qu'il n'avait jamais rompu, soulignait Annie Parrain, avec Vecchini, ce salaud, ce traître.

Et maintenant, que faisaient-ils, eux ?

Qu'eût dit de leur vie François Mazan ?

Elle n'était plus parvenue à se débarrasser de ces questions qui la harcelaient. Chaque jour, c'était comme si elle recevait une flèche nouvelle.

Un soir, au moment où elle s'apprêtait à quitter Françoise, celle-ci lui avait tendu un petit volume à couverture noire un peu passée, dont le titre se détachait en lettres blanches : *L'Europe nouvelle.* Françoise avait trouvé le livre dans le fonds des éditions MDG. « Si l'auteur te fascine toujours... », avait-elle commencé, parlant lentement, ajoutant qu'au cas où

Héloïse se déciderait enfin à le rencontrer, elle aurait ainsi un sujet de débat avec lui.

Alors seulement Héloïse avait déchiffré ce nom : Antoine Vecchini, qu'elle n'avait pas remarqué jusqu'à cet instant, comme si elle s'était interdit de le lire.

Elle avait enfoui le livre dans son sac et, pendant près d'une semaine, l'avait gardé avec elle sans l'ouvrir, puis, un matin, à l'agence, seule dans son bureau, elle avait coupé les pages cornées et jaunies, lisant un passage çà et là, découvrant en note le nom de François Mazan :

> *Monsieur F. Mazan, un jeune philosophe communiste — mais les deux termes ne sont-ils pas incompatibles ? —, a, dans un article de* La Pensée, *la revue du Parti, prétendu que l'idée d'Europe n'est que le "cache-sexe" — on juge de l'élégance d'une idéologie à l'emploi de ce genre d'images — de l'impérialisme nazi.*
> *Si cela était, faudrait-il pour autant en conclure que le nazisme ou l'Europe sont condamnés ? Nous n'attendons pas d'un philosophe des excommunications, mais des démonstrations rigoureuses. Mais peut-on, quand on choisit d'être l'un des prêtres de la religion communiste, se comporter autrement qu'en inquisiteur ? Monsieur Mazan devrait officier à Moscou, au tribunal.*

Héloïse avait passé plusieurs heures à reprendre, puis à laisser ce livre, rêvant, ne sachant plus où elle était, croyant entendre la voix aiguë de Vecchini, sarcastique, pénétrer en elle.

Elle ne s'était pas attachée aux mots, mais à ce ton, à cette violence maîtrisée du propos, et il lui avait semblé qu'elle mesurait pour la première fois ce qu'avaient dû être l'affrontement entre ces deux jeunes hommes, leurs passions, leurs haines.

Puis Alexandre avait poussé la porte, hilare.

Elle n'avait pas assisté, avait-il dit, au *brainstorming* de la matinée. C'était fou ! Ils avaient fait accepter par le directeur de la Communication du ministère de l'Economie et des Finances une campagne pour un emprunt exceptionnel, dont le thème serait : *La France met de l'argent à gauche.*

— Génial, génial ! lançait-il. C'est Sabine qui a eu le déclic. L'argent à gauche ! Elle a un sens sémantique extraordinaire, tu ne trouves pas ?

Elle avait remis le livre de Vecchini dans son sac, sans répondre, et tout à coup il avait hurlé que ce n'était plus possible, qu'elle ne participait plus, que ça ne pouvait pas durer comme ça !

Il avait claqué la porte.

Elle était restée prostrée, comme si elle venait d'assister à une de ces scènes qui l'avaient tant désespérée quand elle était enfant, sa mère se dressant brusquement face à Pierre Brunel, s'écriant : « C'est inacceptable ! Tu insultes la mémoire de François, tu m'insultes, je ne peux pas tolérer ça ! » Annie Parrain aussi claquait la porte et parfois, laissant Héloïse seule avec Pierre, elle restait plusieurs jours sans redescendre dans l'appartement, vivant dans son cabinet médical.

C'était Héloïse qui devait, à la demande de Pierre, se présenter à la porte, demander à sa mère de bien vouloir revenir : « Je t'en prie, maman, pour Joseph, pour moi... »

Annie Parrain se taisait d'abord, puis elle se précipitait, serrait Héloïse contre elle, pleurait parfois, murmurait : « Un jour, tu comprendras. »

Héloïse s'était sentie chaque fois honteuse pour sa mère, pour ces adultes, et voici qu'elle-même était prise à présent dans le même tourbillon.

Elle aussi s'était retirée, installant un lit dans la buanderie, une petite pièce donnant sur une cour intérieure, au bout de l'appartement.

Elle avait refusé de répondre à Alexandre quand il

lui avait présenté des excuses, lui expliquant que, ce matin-là, il était à bout de nerfs. Héloïse pouvait imaginer l'effort qu'ils avaient déployé pour boucler la campagne du ministère de l'Economie et des Finances, la joie qu'ils avaient tous éprouvée, Sabine, Gilles, Romain, Laurent, lui, à trouver le thème, le *joke*. C'était un budget de cent millions de francs sur deux ans qu'ils venaient de gagner : est-ce que Héloïse se rendait compte ?

Elle n'était plus parvenue à lui parler.

Il n'était déjà plus que cet homme presque inconnu qui vivait dans le même appartement qu'elle, qui s'adressait à son enfant, et elle était à chaque fois surprise, comme si elle l'avait oublié, qu'en effet il en était le père, qu'elle avait donc dormi avec lui, fait l'amour avec lui. Etait-il possible qu'elle eût supporté ce corps-là sur le sien ?

A deux ou trois reprises encore, il avait tenté de lui parler, puis il s'était à son tour enfermé.

Ils se croisaient dans la cuisine, devant la porte de la salle de bains, évitant de se regarder, parlant à David comme si l'autre n'était pas présent : « Maman viendra te chercher ce soir, je crois, disait Alexandre, je ne serai pas à Paris.

— Je serai là, mon chéri », précisait Héloïse.

Alexandre s'accordait des week-ends de plus en plus longs, parfois du jeudi au mardi. Sabine était absente en même temps que lui et quand ils revenaient, ils avaient le même teint hâlé.

Héloïse avait entendu la secrétaire d'Alexandre réserver des places, deux, classe affaires, pour Pointe-à-Pitre, avec correspondance par avion privé pour Saint-Barth. Elle n'avait rien ressenti. Ce week-end là, elle pourrait donc le passer avec Françoise Lallier. David l'aimait bien, l'appelait Françoise.

C'était une vie.

Un mardi matin de décembre 1982, alors qu'Alexandre n'était pas encore rentré à Paris,

Héloïse, arrivant tôt à l'agence après avoir conduit David à l'école, avait aperçu, assise dans le couloir, une femme à l'air égaré qui avait gardé, malgré la chaleur des bureaux, son manteau serré à la taille par une ceinture de cuir. Son col de fourrure était resté relevé, lui entourant le visage qu'elle avait rouge, en sueur.

Elle regardait autour d'elle, les mains posées à plat sur ses genoux, son sac placé près de la chaise, vers lequel elle se penchait parfois comme pour le surveiller ou s'apprêter à l'empoigner avant de s'enfuir.

Héloïse s'était arrêtée devant elle un instant, et aussitôt, avant même que la standardiste qui servait aussi d'hôtesse n'eût ouvert la bouche, la femme s'était levée, avait dit qu'elle reconnaissait Héloïse, Mme Hassner, n'est-ce pas, qu'elles s'étaient rencontrées le 14 Juillet, à la réception du président, à l'Elysée. Elle — elle secouait la tête d'un air grave — était l'épouse de Jean Legat, le ministre, oui, le ministre, c'est lui qui lui avait dit de passer à l'agence H and H, puisque... — elle avait baissé la voix, s'était approchée d'Héloïse —... mais madame Hassner était sûrement au courant : elle était payée par l'agence.

Elle avait secoué la tête : elle n'enseignait plus, non, elle était en disponibilité, elle restait fonctionnaire, n'est-ce pas, elle pourrait toujours reprendre, mais, pour l'instant...

Elle avait souri, écarté les mains. Il fallait bien qu'une fois elle voie les bureaux, l'endroit, on ne sait jamais, et puis, s'il y avait eu vraiment quelque chose à faire, elle aurait préféré, parce que recevoir un salaire comme ça, sans travailler — « Même si je fais des rapports pour mon mari et pour M. Hassner... il vous les a peut-être montrés, je fais des enquêtes pour savoir comment les gens de la campagne regardent la publicité... mais enfin, ce n'est pas grand-chose, et je suis très bien payée, ça... »

Elle s'était mise à chuchoter : elle n'était pas idiote, elle comprenait fort bien que ce n'était pas pour elle, vraiment, qu'on la payait — « c'est un peu clandestin, n'est-ce pas ? »

Tout à coup, son visage s'était éclairé d'un sourire : « C'est comme pendant la Résistance, il faut inventer des choses... »

Puis, parce qu'Héloïse ne bougeait toujours pas, elle avait eu une expression effrayée. Peut-être n'aurait-elle pas dû se présenter, mais son mari l'avait assurée qu'elle devait voir M. Hassner ce mardi matin.

Elle montra d'un geste la standardiste.

On lui avait dit qu'il n'était pas rentré de voyage, pas encore, peut-être en fin de matinée, alors elle avait attendu, mais puisque Mme Hassner était arrivée... Surtout qu'elle devait reprendre le train pour Avignon à treize heures.

— Venez, avait dit Héloïse, l'entraînant dans son bureau.

Elle l'avait fait asseoir en face d'elle, lui commandant d'ôter son manteau, et Jeannine Legat — elle avait fini par décliner son prénom — s'était un peu détendue, allumant même une cigarette, presque belle ainsi, brune, les cheveux bouclés, un pull-over blanc à grosses torsades lui moulant la poitrine.

Tout ça, elle n'aimait guère, avait-elle repris. Elle se demandait comment ça allait finir. Mais Jean, c'était sa vie, la politique, et maintenant qu'il était au sommet, il n'en descendrait plus, elle le connaissait. Il avait de la volonté, de l'ambition, des idées.

Elle avait hésité, considérant longuement Héloïse.

— Et puis, c'est vrai, hein, il faut pas que ce soit toujours les mêmes qui profitent ! Un peu les autres, un peu nous, ça n'est que justice, non ?

Plus tard, une fois Jeannine Legat partie, Héloïse avait découvert sans peine, avec l'aide de la comptable, la fiche de paie de cette « enquêtrice » qui avait en charge tout le Sud de la France et dont les vacations — quatre depuis le mois de juillet 1982 — avaient été payées 27 920, 34 800, 57 664 et 89 723 francs. Les chèques avaient été libellés à l'ordre de Jeannine Meillas.

Et lorsque Héloïse avait posé ces relevés sur le bureau d'Alexandre, il n'avait pas paru surpris.

Il avait la peau si cuivrée que sa barbe en paraissait rousse. Avec sa chemise à fleurs au col ouvert, il était habillé en ce plein hiver comme on l'est sous les Tropiques, mais, jetés sur un fauteuil, il y avait une chapka, une pelisse noire et une longue écharpe blanche.

— Tu as vu Jeannine Legat ? avait-il commencé avant même qu'elle ne le questionnât. Je sais, on m'a dit. C'est bien. Je voulais justement t'en parler.

Il avait fait basculer son fauteuil.

D'abord, avait-il repris, Jeannine Legat avait effectué un vrai boulot. Héloïse voulait-elle voir ses rapports d'enquête ? C'était précieux de savoir comment la France profonde réagissait aux messages de l'agence.

Puis il avait haussé les épaules : Héloïse ne croyait quand même pas que les crédits accordés à l'agence par la banque Wysberg et Cie l'avaient été sans garantie ? Il avait fallu donner l'assurance que l'agence obtiendrait la plus grande partie des budgets de la communication gouvernementale. Vecchini avait été formel au cours des discussions. Il avait voulu un engagement ferme sur le chiffre d'affaires prévisionnel et il avait suggéré la solution : s'attacher Legat, lier Legat à l'agence.

Etait-ce Vecchini qui avait eu l'idée d'engager Jeannine Legat ? avait demandé Héloïse.

Alexandre avait eu un mouvement de révolte de tout le corps, son poing droit fermé prêt à s'abattre sur le bureau.

Vecchini, Vecchini, et même si c'était le cas ? On savait qu'il avait payé tous les hommes politiques de la Quatrième République ! Tous étaient passés à la caisse, chez Vecchini. Même et surtout Mauranges. Et Vecchini était toujours là. Quant à Mauranges, il siégeait encore au Conseil des ministres, alors ?

— Comme ça, il te tient, avait dit Héloïse en sortant du bureau.

— *Nous !* Il *nous* tient ! Tu es dans le bain ! avait crié Alexandre au moment où elle refermait la porte.

Elle avait eu un moment d'affolement, la sensation que Vecchini, depuis des décennies, peut-être depuis ces années trente — quand il avait publié ce livre qu'elle portait en permanence dans son sac, comme si la note qu'il y avait rédigée sur François Mazan était la seule preuve qu'Héloïse possédât de l'existence de son père — n'avait eu pour seule obsession que de les pourchasser, les détruire, François Mazan d'abord, mais aussi Pierre Brunel, maintenant elle, d'autres encore sans doute.

Puis elle s'était reprise, calmée, envisageant comment elle pourrait quitter l'Agence, se séparer d'Alexandre, se protéger et éloigner David — tel était son seul devoir — de la catastrophe qui un jour se produirait, lorsque Vecchini l'aurait décidé, ou bien simplement parce que les adversaires de Jean Legat n'auraient aucun mal à découvrir que l'épouse d'un secrétaire d'Etat à la Communication était aussi une collaboratrice de l'agence de publicité avec laquelle le ministre signait ses principaux contrats. Beaux titres pour *Le Canard enchaîné* ou pour *Le Figaro* ! Elle les imaginait déjà.

Françoise Lallier l'avait un peu apaisée. Tout cela était la règle des milieux politiques depuis toujours, l'ignorait-elle ? Vecchini n'avait fait que son métier d'intermédiaire, de conseiller.

N'avait-il pas suggéré à Gérard Monin et à Jean-Pierre Daguet, deux députés d'opposition, pourtant, de s'adresser à l'agence pour leur propre communication ?

Ce n'était ni Alexandre Hassner ni Héloïse qu'il avait cherché à tenir. Avait-il jamais eu cette intention ? Françoise en doutait : Vecchini était vieux déjà, soixante-six ans. Persistait-il à jouer ou bien se donnait-il l'illusion de faire encore partie d'une équipe, parce qu'il ne voulait pas se retirer seul dans cet appartement du quai des Docks où elle aurait dû vivre avec lui — « tu imagines, quai des Docks, à Nice » ?

Elles avaient ri.

S'il avait tendu un piège, ce ne pouvait être qu'à Legat. En quoi cela concernait-il Héloïse ?

Mais — Françoise avait posé les mains sur ses épaules, l'avait attirée à elle, si bien que leurs fronts se touchaient —, la vraie question, la seule qui comptait, ce n'était pas de savoir ce que voulait Vecchini, mais ce qu'elle désirait, elle, Héloïse, comment elle souhaitait vivre : avec Alexandre Hassner encore, dans leur agence, ou bien aurait-elle le courage, la passion nécessaire pour changer, s'éloigner de tout ça, vivre autre chose ?

Françoise Lallier s'était levée.

Les Editions MDG-Lallier lui appartenaient, avait-elle dit en faisant quelques pas dans la pièce. Héloïse le savait. Françoise souhaitait lancer de nouvelles collections, attirer des auteurs, multiplier les traductions. Le chiffre d'affaires était déjà en augmentation. Elle ne pouvait plus diriger les éditions seule, c'était devenu trop lourd. Il y avait place pour quelqu'un à ses côtés.

Elle avait remis ses mains sur les épaules d'Héloïse et l'avait embrassée.

On était alors à la fin du mois de décembre 1982 et lorsque, plus tard, Héloïse voulut se souvenir de ces jours-là au cours desquels sa vie avait changé, elle ne put retrouver l'instant précis de la décision, mais seulement des impressions fugitives, des pensées isolées — ce sentiment de vide aussi, son indifférence, son étonnement quand, frôlant Alexandre dans le couloir de leur appartement, rue de Fleurus, elle n'éprouvait plus rien, ni haine ni émotion, comme si elle n'avait jamais vécu près de quinze ans de vie, de nuits, d'élans, de volontés communes, d'espoirs avec lui.

C'était donc ainsi, si vite effacé avant même qu'ils n'eussent évoqué leur séparation.

Elle s'était aussi souvenue de ce matin-là, rue Magellan, alors qu'elle se dirigeait vers les bureaux de l'agence et avançait lentement, car la rue montait, elle se sentait lasse, sans entrain, et un vent froid, contraire, semblait vouloir la repousser. Tout à coup, passant devant l'un des cafés, elle y était entrée, s'était assise et était restée là plus d'une heure, ne pensant à rien, sinon au fait qu'elle n'avait plus envie de franchir les deux cents mètres qui la séparaient de l'agence. Elle les avait cependant parcourus, elle avait répondu à l'hôtesse qui lui indiquait que M. Hassner et les autres étaient au-dessus, en réunion de *brainstorming*, et qu'ils l'attendaient.

Elle s'était donc rendue dans la salle de réunion et tous avaient tourné la tête vers elle.

Que faisait-elle parmi eux ?

— C'est le budget Mauranges, avait expliqué Alexandre.

Elle s'était donc assise, son bloc sur les genoux, mordillant son crayon.

Sabine s'était dirigée vers le tableau, tournant rapidement les grandes feuilles barbouillées de signes, écrivant en grandes lettres bleues, encadrant la phrase : *L'Europe, une patrie de plus.*

— Qu'est-ce que tu en penses ?

Alexandre avait fait pivoter son fauteuil vers elle. C'était bon, efficace, n'est-ce pas ?

— Il faut que je te voie, avait-elle répondu en se levant, puis, s'arrêtant sur le seuil, elle avait ajouté : « Tout de suite, c'est important. »

Elle l'avait attendu dans son bureau. Sur les panneaux où étaient affichés les projets de campagne, elle avait reconnu les photos de Gérard Monin et Jean-Pierre Daguet côte à côte, jeunes, souriants, les yeux clairs, portant l'un et l'autre une chemise bleu ciel, et ces mots inscrits au-dessus d'eux : *Des visages nouveaux pour la France de demain.*

C'était pour ça, pour ça, donc : une campagne sur l'Europe, une autre pour ces deux députés de l'opposition qui, en 1968, casqués, s'élançaient contre eux en hurlant, le gourdin levé, c'était pour ça qu'elle avait vécu, rêvé depuis quinze ans, pour ça qu'elle s'était opposée à Pierre Brunel.

Pour ça qui devait bien faire sourire Antoine Vecchini, lui qui avait écrit dès 1938 qu'il fallait construire une « Europe nouvelle » !

— Qu'est-ce qui se passe de si urgent ? avait lâché Alexandre en se laissant tomber dans un fauteuil.

Plus tard, elle avait eu le souvenir de son regard, semblable à ceux de ces inconnus qu'on bouscule dans la rue sans y prendre garde et qui ne sont chargés que de surprise et de colère mêlées, parfois de rage, jamais de complicité.

« Voilà », avait-elle commencé.

Elle n'avait jamais réfléchi auparavant à ce qu'elle allait lui dire, elle n'avait jamais pris la décision de lui parler ce matin-là. Elle n'avait pas pesé les conséquences, évalué les termes de l'échange qu'elle lui proposait. Tout ce qu'elle lui dit — qu'elle lui abandonnait toutes ses parts, cinquante pour cent, donc, dans l'agence H and H, qu'il en devenait ainsi totalement propriétaire, qu'elle ne réclamait aucun droit sur rien, sinon trois mois de salaire pour faire face, mais qu'en échange il lui laissait l'appartement de la rue de Fleurus, parce qu'il ne fallait pas que David soit blessé par ce qui leur arrivait, il le serait de toutes les façons, mais ils devaient chercher à le protéger, donc elle resterait dans l'appartement avec le petit, c'était ça, et le plus tôt Alexandre quitterait les lieux, mieux ce serait ; elle, elle abandonnait l'agence aujourd'hui même —, toutes ces propositions qu'elle lui fit, parlant calmement, comme s'il s'agissait d'un contrat, d'un plan de campagne, elle n'y avait jamais songé, et elle le lui avait pourtant exposé avec précision.

Il avait dit en secouant la tête, en allumant un cigare, en la regardant — la fumée l'obligeait peu à peu à cligner des yeux : « Tu sais toujours où tu vas, tu ne perds jamais la tête, toi, tu m'étonneras toujours. »

Puis, se balançant en arrière — elle avait pu ainsi constater à quel point il avait encore grossi, difforme, il était fou de ne pas prendre garde, mais elle avait pensé cela comme s'il s'était agi d'un passant, d'un acteur dont la silhouette aurait changé d'un film à l'autre —, il avait répété :

— Toutes tes parts de l'agence, aucun droit sur le titre, H and H, dont je reste donc le seul propriétaire ?

— C'est ça, l'avait-elle interrompu. Et, regardant les photos de Monin et Daguet, elle avait ajouté qu'elle comptait abandonner la publicité.

— Bon, bon.

Il s'était levé, lui avait tourné le dos, se plaçant face à la rue, devant la fenêtre. Il voulait avoir le droit de voir David aussi souvent que possible, avait-il ajouté.

— Tu viendras quand tu voudras, avait-elle répondu.

Il avait appuyé son front contre la vitre, était resté un long moment silencieux, puis avait marmonné que c'était con, mais que ça leur arrivait à tous, qu'au fond c'était peut-être un signe de bonne santé : on refusait de se répéter, on repartait, c'était dur, mais on prenait un nouvel élan, « cours, camarade, le vieux monde est derrière toi ».

Il s'était retourné et avait murmuré : « Tu te souviens ? »

Elle ne pouvait se souvenir de rien de ce qu'ils avaient vécu ensemble.

— Si tu veux, on rédige un projet d'accord tout de suite, avait-il dit d'une voix un peu tremblante. On verra après avec les avocats. OK ?

Elle l'avait regardé écrire, elle l'avait écouté lire la dizaine de lignes qui mettaient fin à près de quinze années de vie. Elle avait demandé qu'il change quelques mots et il avait accepté, relisant la nouvelle version, et elle avait approuvé d'une inclinaison de tête.

Lorsqu'elle était rentrée dans le bureau avec les

deux copies du texte qu'Alexandre lui avait demandé de taper, la secrétaire avait évité leurs regards, posant les feuillets sur le bureau, sortant vite.

Ils avaient signé, leurs noms l'un près de l'autre, mais elle n'était déjà plus qu'Héloïse Parrain.

— Mes disques, mes vêtements..., avait-il commencé.

— Tu téléphones..., avait-elle répliqué.

Elle s'était retrouvée dans la rue Magellan, poussée par le vent dans le sens de la pente qui lui faisait hâter le pas.

Durant plusieurs jours, Héloïse n'avait pas répondu aux messages que Françoise Lallier laissait sur le répondeur.

Elle avait eu besoin de ce vide autour d'elle, de cette solitude, de cet appartement silencieux qui ne s'animait qu'après le retour de David et de Martha.

Elle laissait à Martha le soin de préparer le dîner et restait assise près de son fils dont elle caressait les cheveux, à qui elle faisait répéter ses leçons d'anglais et d'allemand. Puis, quand il s'était endormi, elle demeurait longuement éveillée, allongée les mains croisées sous la nuque, ne pensant à rien, comme si elle attendait.

Elle entendait la voix grave de Françoise qui s'enregistrait, dont elle devinait l'angoisse, mais elle ne bougeait pas, n'écoutant même pas.

Le 24 décembre, alors qu'elle accrochait des guirlandes au sapin de Noël, on avait annoncé à la radio la mort de Louis Aragon. Héloïse s'était immobilisée. La mémoire lui était revenue comme une douleur un temps refoulée qui resurgit dans un battement brutal, presque intolérable.

Elle s'était souvenue de cette soirée d'août 1971, au mas des Mazan. Ils étaient tous là rassemblés pour fêter la naissance de David, âgé seulement de quinze jours. Francis Sourdail avait chanté *Le Temps des Cerises* et Pierre Brunel s'était mis à réciter :

Mon bel amour mon cher amour ma déchirure
Je te porte dans moi comme un oiseau blessé

Et c'est elle qui, après lui, avait continué le poème d'Aragon :

Le temps d'apprendre à vivre il est déjà trop tard
Que pleurent dans la nuit nos cœurs à l'unisson
Ce qu'il faut de malheur pour la moindre chanson
Ce qu'il faut de regrets pour payer un frisson
Ce qu'il faut de sanglots pour un air de guitare
Il n'y a pas d'amour heureux

Et elle s'était rappelée sa mère qui, pendant qu'Héloïse récitait, avait regardé Pierre Brunel comme si elle attendait de lui un signe, comme si ce poème aurait dû les libérer l'un et l'autre, les inciter à se confier. Mais, dès qu'Héloïse s'était tue, il avait quitté la pièce et Annie Parrain était restée figée un long moment, tournée vers la porte que Pierre Brunel avait laissée ouverte sur la chaleur de l'été.

C'était il y avait plus de douze ans.

Héloïse s'en était souvenue aussi : pendant qu'elle récitait ce poème d'Aragon, Alexandre était resté tout contre elle, le bras passé autour de son cou, et, cela lui revenait à présent, nouvelle douleur, elle avait, tout en parlant, essayé de se dégager un peu parce qu'elle avait trop chaud, ou qu'elle avait du mal à trouver sa respiration entre les vers, mais il s'était obstiné et, à la fin, quand elle avait récité :

Il n'y a pas d'amour heureux
Mais c'est notre amour à tous deux,

ils s'étaient embrassés, elle, timide — elle avait vingt-sept ans, jeune et se croyant alors si vieille —, cachant son visage en l'appuyant contre la poitrine d'Alexandre.

Il y avait plus de douze ans.

Pierre Brunel était mort.

Alexandre, il y avait deux jours, était venu rue de Fleurus pour veiller à la mise en caisses — il avait dit cela ainsi : « mise en caisses » — de ses disques et de ses vêtements, ainsi que de quelques objets auxquels il tenait.

Et maintenant Aragon venait de mourir.

Ce soir du 24 décembre 1982, Héloïse avait su qu'elle allait à nouveau être emportée par le courant des jours, des souvenirs, des projets. Elle avait téléphoné à Françoise Lallier. Elle entrerait en fonctions à la direction des Editions MDG-Lallier le 15 janvier. Elle avait vu Me Nicole M., une jeune avocate — qui avait sans doute été l'amie de Françoise, mais Héloïse, au lieu de ressentir à son égard de la jalousie, voire de la curiosité, n'avait éprouvé spontanément à son endroit qu'un élan d'amitié, presque de tendresse, comme si elles avaient partagé ensemble, en sœurs, une même passion.

Nicole M. était enthousiaste, rieuse, avec de la vigueur dans chacun de ses gestes. Elle avait rencontré plusieurs fois les avocats d'Alexandre Hassner. La rédaction de l'accord ne soulevait aucune difficulté, Héloïse n'ayant même pas besoin d'être confrontée à son ex-mari, elle la représenterait.

Elle était venue quelques jours avant la dernière signature, rue de Fleurus, faire le point avec Héloïse, lui présentant des feuillets à parapher, puis, après avoir rangé ses dossiers, alors qu'Héloïse lui servait à boire, elle avait dit que ce qui était curieux, dans cette affaire, ce qu'elle avait appris par ses confrères et dont, naturellement, il ne fallait pas faire état, c'était qu'Alexandre Hassner avait déjà cédé les parts d'Héloïse, qu'il avait récupérées, à Antoine Vecchini, lequel s'était porté acquéreur, pour lui-même ou pour la banque Wysberg et Cie, ou en remboursement des prêts consentis. En tout cas, il y avait là une de ces coïncidences auxquelles les juges ne croient jamais et il avait fallu prouver au magistrat qu'il n'y avait là qu'un effet du hasard.

— Quelle coïncidence ? avait demandé Héloïse. Quel hasard ?

Nicole M. avait reposé son verre, marquant par une mimique sa surprise. Héloïse n'allait quand même pas prétendre qu'elle ignorait que, pendant quelque temps, de sa naissance jusqu'en septembre 1944, « voyons, cela fait sept mois », elle — Nicole avait écarté les bras, paumes ouvertes — avait porté le nom de Vecchini, Héloïse Vecchini. L'avocate avait vérifié à l'état civil. Il y avait eu reconnaissance de paternité par Antoine Vecchini quelques jours après la naissance d'Héloïse, et cela n'avait été contesté par Annie Parrain qu'au mois d'août 1944.

Annie Parrain avait dû bénéficier de solides appuis pour obtenir une radiation de paternité aussi rapidement, en moins d'un mois.

« Et maintenant, le même Antoine Vecchini qui achète vos parts, il y a de quoi faire sursauter un juge ! Mais — Nicole avait haussé les épaules — tout est légal, il n'y a aucune ambiguïté, au moins sur le plan formel. Pour le reste (elle avait ri), secret de famille, comme on disait ! »

Naufrage, noyade.

Héloïse avait étouffé. C'était la même sensation qu'en cette nuit du 11 mai 1968, quand elle s'était retrouvée dans une étroite entrée d'immeuble, rue Gay-Lussac, et qu'une grenade lacrymogène avait explosé contre le mur du couloir, lancée à tir tendu. Héloïse avait entendu les éclats siffler autour de son visage, puis l'atmosphère, après avoir rougeoyé, s'était obscurcie et elle avait senti ses yeux lui brûler au point qu'elle avait eu envie de les crever en y enfonçant ses doigts.

Elle n'avait plus pu respirer, battant des bras, et, brutalement, son frère Joseph ou Alexandre l'avait tirée en arrière et ils avaient dévalé les escaliers de la cave dont la porte s'ouvrait au fond du couloir.

Ils étaient restés là, serrés les uns contre les autres, jusqu'au matin.

— Ça va ? avait questionné Me Nicole M. qui avait remarqué son désarroi. Tout est en ordre, ne vous inquiétez pas.

En quelques phrases, elle avait encore tenu à rassurer Héloïse. Alexandre Hassner respecterait ses engagements. La garde de David serait bien sûr confiée à la mère, et le jugement laissait à la bienveillance d'Héloïse Parrain le soin de fixer le nombre de jours de visite du père.

En se levant, Nicole M. avait expliqué que les magistrats n'aimaient guère les publicitaires, qu'elle avait discrètement expliqué aux avocats d'Alexandre Hassner qu'elle pourrait, si besoin était, évoquer certains voyages à Saint-Barth. Ils avaient compris et tout accepté.

— Vous êtes maîtresse du jeu, avait-elle conclu.

Quel jeu ?

Une partie truquée de bout en bout ?

Seule, Héloïse avait erré dans l'appartement, ouvrant et refermant la porte de la chambre de David, puis se laissant glisser le long de la cloison, s'asseyant sur ses talons, comme autrefois dans cette cave de l'immeuble de la rue Gay-Lussac.

C'était cela qu'elle avait craint, dont elle avait eu l'intuition depuis des mois, peut-être même n'avait-elle jamais été à la recherche du souvenir de François Mazan parce qu'elle avait deviné qu'il n'était pas son père, ou qu'il avait été trahi. Si sa mère s'était toujours dérobée, c'était bien qu'elle redoutait les questions, la découverte de ce nom sur un registre : Héloïse Vecchini.

Elle avait oscillé toute la nuit d'une hypothèse à l'autre.

Etait-ce Vecchini qui avait livré François Mazan,

peut-être pour se débarrasser d'un rival ? Ou bien Annie Parrain avait-elle joué de l'un et de l'autre, Vecchini tant que l'Occupation avait duré, puis le rejetant dès que Paris avait été libéré ? Elle était alors devenue la veuve du héros François Mazan, celle qui perpétuait sa mémoire, mais elle n'avait pas osé aller jusqu'au terme de sa supercherie, se contentant d'effacer le nom de Vecchini, sans prendre celui de Mazan.

Maintenant, près de trente-neuf années plus tard, elle, Héloïse, devait supporter cette incertitude, ce sentiment de n'être rien, puisqu'elle ignorait son origine, qu'il y avait ce trouble, ce nom absent, celui de Mazan, ce nom effacé, celui de Vecchini, et ce nom qu'elle portait, Parrain, comme si elle n'avait pas eu de père, ce nom qu'elle n'avait pas même légué à son fils, puisqu'il s'appelait David Hassner.

A chaque fois qu'elle avait rencontré sa mère, durant les mois qui avaient suivi, Héloïse avait voulu l'interroger. Mais Annie Parrain ne la laissait pas s'exprimer, parlant vite, presque sans interruption, ou bien jouant avec David, le harcelant de questions, de récits, jetant parfois vers Héloïse un regard angoissé, presque suppliant : « Laisse-moi en paix, semblait-elle dire. N'ai-je pas assez subi ? Assez entrepris ? La guerre d'Espagne, l'Occupation, la mort de François Mazan, ce suicide de Pierre, n'est-ce pas assez pour obtenir l'indulgence, ou au moins le silence ? Laisse-moi jouer avec mon petit-fils. »

Héloïse s'était souvent accusée de lâcheté. Pourquoi acceptait-elle ainsi les dérobades de sa mère ? Avait-elle peur de ses aveux ?

« Tu es folle, vois Vecchini », lui avait souvent répété Françoise Lallier en lui proposant d'organiser ce rendez-vous, là où elle voudrait, en tête-à-tête ou bien avec elle. Vecchini, croyait-elle, l'aimait encore bien — oui, répétait Françoise avec une expression rêveuse, « oui, il m'aime bien ».

Mais Héloïse s'était entêtée, s'efforçant de faire croire — et parfois réussissant à se persuader elle-même — qu'elle n'attribuait aucune importance à tout cela, à ce passé de presque un demi-siècle.

Elle avait souvent interrompu Françoise quand elle renouvelait sa proposition d'une rencontre avec Vecchini et l'assurait que celui-ci l'avait sans doute reconnue pour la protéger, parce qu'elle était la fille d'Annie Parrain, recherchée par la Gestapo, et de François Mazan, déjà assassiné par les Allemands. Sinon, Vecchini aurait-il accepté de renoncer en 1944 à ses droits de père ?

Héloïse secouait la tête, souriait, sûre de sa réponse : si Vecchini y avait renoncé, c'était peut-être bien en accord avec Annie Parrain. Qui pouvait jurer qu'ils n'étaient pas complices de la mort de François Mazan ?

— Mais, après tout, c'est leur affaire, concluait-elle.

Et, avec un enthousiasme appliqué, elle présentait à Françoise les premiers projets qu'elle avait élaborés pour le lancement d'une collection politique aux Editions MDG-Lallier.

Françoise hésitait, observait longuement Héloïse, puis, d'abord comme à regret, enfin avec conviction, elle examinait le dossier que lui avait remis Héloïse.

Ainsi les semaines avaient passé, le partage des biens entre Héloïse et Alexandre avait été enregistré chez le notaire, le jugement de divorce prononcé, les nouvelles collections lancées, et c'était Héloïse qui les présentait à la presse au cours de déjeuners. L'agence H and H s'était imposée définitivement et Alexandre Hassner était le publicitaire dont les journaux parlaient le plus, conseiller du Prince, disait-on, « Falstaff élyséen », l'avait-on surnommé, et quand il venait chercher David, rue de Fleurus, Héloïse imaginait combien cette réputation, la rumeur dont elle était accompagnée le satisfaisaient.

Puis il avait bien fallu décider de passer quelques

jours de juillet au mas des Mazan, parce qu'Annie Parrain avait insisté, Joseph voulait voir son neveu, Héloïse avait pensé qu'il fallait donner à son fils le sentiment d'appartenir à une famille : les trois enfants de Joseph et de Jacqueline, leur grand-père, Francis Sourdail, n'en donnaient-ils pas l'image ?

Ils s'étaient donc tous rassemblés, le 31 juillet 1983, au mas des Mazan pour célébrer le douzième anniversaire de David et, sans qu'elle l'eût cherché, Héloïse s'était tout à coup retrouvée seule en face de sa mère, en fin d'après-midi, dans la touffeur d'un orage qui avait grossi toute la journée sans parvenir à éclater et qui, à présent, semblait écraser la terre, tant les nuages étaient bas, couleur de plomb.

Héloïse s'était assise de l'autre côté de la table de pierre et Annie Parrain avait aussitôt regardé autour d'elle comme si elle avait cherché de l'aide, un moyen d'empêcher sa fille de parler.

S'appuyant des paumes à la table, commençant à se lever, elle avait dit à Héloïse qu'il allait pleuvoir, une averse, et qu'il valait mieux rentrer.

Héloïse avait posé la main sur le poignet de sa mère, puis, alors qu'elle n'avait rien médité, elle s'était mise à parler à voix basse, à raconter ce que Me Nicole M. lui avait révélé : ce nom qu'elle avait porté de sa naissance, en février 1944, jusqu'en septembre de la même année, cet Antoine Vecchini qui l'avait donc reconnue comme sa fille.

Qu'est-ce que cela signifiait ? Elle était la fille de qui ? D'un homme, François Mazan, qui était mort avant qu'elle ne vienne au monde, ou bien de ce Vecchini toujours bien vivant — et comment, puisqu'il avait racheté les parts de l'Agence qu'elle avait détenues puis abandonnées à Alexandre Hassner ! —, de ce collabo qui l'avait déclaré comme sa fille, puis qu'on avait effacé ?

Elle avait serré le poignet d'Annie Parrain.

Est-ce qu'une mère devait ainsi se conduire avec sa

fille, lui cacher les circonstances de sa naissance, dissimuler qui était son père ?

D'un mouvement brusque, presque juvénile, qui avait surpris Héloïse, sa mère avait retiré son bras, dégagé son poignet, puis elle s'était levée, commençant à marcher dans l'allée aux mûriers, et Héloïse, tout en la suivant, n'avait pu s'empêcher d'admirer l'énergie de cette femme de soixante et onze ans qui, sans se retourner, avait lancé : « Qu'est-ce que tu sais, toi, de 1944 ? Qu'est-ce que vous en savez tous ? Rien ! »

Elle s'était arrêtée, avait fait face à Héloïse.

« J'ai écrit tout ça, ce qui nous est arrivé, à moi, à Pierre, à François, et aussi quel a été le rôle de Vecchini. Oui, Pierre a voulu que je le raconte. Ah, je ne tiens pas à te le faire lire, ni à personne, pas encore, peut-être dans dix ans, si je suis toujours en vie, peut-être pour David qui, lui, sera loin de ces années-là, moins concerné, et qui pourra comprendre. Toi — elle avait haussé les épaules —, si tu crois que Vecchini est ton père, si tu ne fais pas confiance à ta mère, si tu me méprises assez pour imaginer cela — je ne sais quoi : moi, marchandant, mentant, truquant ! —, si tu as pu croire ça ne fût-ce qu'une seconde, que veux-tu que j'explique, que je justifie ? Tu t'appelles Parrain parce que c'est mon nom, que François Mazan est mort en ignorant ta naissance, c'est tout. »

Annie Parrain s'était arrêtée devant la stèle de granit noir consacrée à la mémoire de Noémie Mazan.

Elle avait fermé les yeux, dodelinant de la tête. « C'est là que Pierre, juste là... », avait-elle murmuré.

Héloïse avait alors pris le bras de sa mère, cependant que la pluie commençait à tomber à grosses gouttes qui s'écrasaient sur le sol avec un bruit mat.

37

Héloïse s'était réveillée en sursaut, peut-être à cause de ce bruit de moteur, une voiture qui se garait sur l'aire, sans doute. Dès qu'il eut cessé, le frémissement aigu des cigales avait envahi la chambre, entêtant. Héloïse s'était demandé comment elle avait pu dormir jusqu'à cet instant, si tard, puisqu'elle devinait, à cette lumière blanche filtrant à travers les volets, que le soleil frappait droit la façade du mas des Mazan et qu'il devait donc être près de midi.

Elle avait pourtant refermé les yeux, tirant sur son visage l'oreiller afin de ne pas voir, de ne pas entendre. Elle n'avait aucune envie de se lever, de recommencer un jour, ici, avec sa mère qu'il faudrait affronter, qui se montrerait si digne, si héroïque, se laissant embrasser pour indiquer à quel point elle n'en voulait pas à Héloïse de ses questions, qu'elle endurait aussi cela, comme elle avait conduit sa vie, avec courage, et peut-être ajouterait-elle : « Quand j'étais en Espagne, sur le front de Madrid... », ou bien : « Jamais dans la Résistance nous n'aurions toléré... »

Héloïse aurait voulu disparaître, se réveiller ailleurs, dans une autre maison, avec d'autres gens, où rien, ni les murs, ni les visages, ni les voix, ne lui aurait rappelé le passé. Ç'aurait été un pays sans mémoire et elle s'y serait sentie si légère, si libre.

Elle s'était souvenue de l'orage qui avait duré toute la nuit, de cette humidité qui avait imprégné les draps, si bien qu'elle les avait plusieurs fois repoussés, se levant pour découvrir David dont le lit était placé dans la même chambre, sous la partie inclinée du plafond, là où il faisait le plus chaud.

C'est à ce moment-là qu'elle avait entendu pour la première fois ces sanglots qui semblaient provenir de la chambre voisine, celle de sa mère.

Héloïse était restée longuement saisie, déchirée, puis, sans bruit, elle était sortie de la pièce dans l'intention de rejoindre sa mère, de la consoler, d'implorer son pardon, de se couvrir d'opprobre s'il le fallait : oui, elle avait eu tort de la soupçonner, de l'interroger. Elle n'avait pas à savoir. Il n'y avait rien à savoir. François Mazan, Antoine Vecchini, l'un ou l'autre, le mort ou l'absent, personne ne comptait sinon sa mère — et Pierre Brunel, plus tard, bref, ses deux parents. Les autres ? Pas plus vrais que des rêves ou des cauchemars.

Elle dirait cela, elle resterait couchée près de sa mère comme lorsqu'elle était une petite fille apeurée.

Les portes de toutes les chambres du premier étage ouvraient sur une loggia que Pierre Brunel avait fait aménager quand, avec Annie, ils avaient occupé le mas, après la mort de Joseph Mazan, dans les années cinquante. C'était une sorte de coursive qui faisait le tour du bâtiment et d'où l'on surplombait la grande salle du rez-de-chaussée.

Héloïse s'était avancée. Les sanglots ressemblaient à de petits cris étouffés, entrecoupés de soupirs qui étaient comme les appels désespérés de quelqu'un qui n'aurait même plus réussi à parler.

Mais, au fur et à mesure qu'Héloïse se rapprochait de la porte de sa mère, les sanglots étaient devenus moins distincts, jusqu'à cesser. Elle avait écouté, ne percevant qu'une respiration régulière, parfois une quinte de toux, et, au bout d'un long moment, sans bruit, à reculons, elle avait regagné sa propre chambre.

Aussitôt les sanglots avaient repris, plus forts, plus déchirants encore, obligeant Héloïse à se précipiter, tout en veillant à glisser sur les lattes de bois cirées pour ne pas réveiller David.

Mais — cette fois-ci, elle avait entrouvert la porte de la chambre — sa mère paraissait dormir paisiblement.

Héloïse s'était recouchée, se bouchant les oreilles, essayant de chasser ce cauchemar qui la poursuivait, ce remords qui la tenaillait depuis que, devant la stèle de Noémie Mazan, dans l'allée des mûriers, elle avait soutenu sa mère sous la pluie qui commençait à tomber.

Elle avait été cruelle, injuste.

Elle n'avait aucun droit à exiger une vérité qui importait peu. Voilà ce dont elle devait se convaincre.

On vivait toujours comme on pouvait, on s'arrangeait. Sa mère l'avait fait. Elle-même le faisait aussi, sans l'excuse de la guerre. Elle avait divorcé d'avec Alexandre Hassner, elle avait donc accepté de mutiler David, de défaire ce couple, sa famille qui était devenue pour lui, quoi qu'elle fît, l'image d'un monde brisé dont il porterait à jamais la blessure.

Elle s'était levée d'un bond, rejetant l'oreiller loin, et elle s'était précipitée vers le lit de David, se heurtant violemment aux poutres, découvrant que le lit de son fils était vide.

Se tenant le front à deux mains, parce qu'elle avait mal et que la douleur décuplait son affolement, elle avait aussitôt pensé : ils me l'ont pris.

Elle avait ouvert la porte et s'était penchée sur la rambarde, s'y agrippant, parce qu'elle avait eu peur de basculer, et elle avait vu en bas, dans la grande pièce, attablé, lisant le journal, son frère Joseph.

Elle avait crié : « Où est David ? »

Joseph Brunel avait levé la tête.

Elle n'aimait pas ce visage lourd, cette santé rougeaude, cette force dans les épaules et le torse, cette virilité fruste, ces mains épaisses dont elle avait suivi le mouvement lent cependant qu'elles repliaient le journal, puis se posaient dessus.

— Tu es réveillée ? avait dit Joseph d'une voix calme, mais pleine d'un ironique défi.

A cet instant, elle l'avait détesté avec la même rage que dans son enfance, depuis le jour où elle avait compris qu'elle n'était pas la fille de Pierre, que seul Joseph avait le droit de s'appeler Brunel — elle, comme avait dit maladroitement (mais qu'est-ce qui se cache derrière une maladresse ?) le directeur de l'école, elle était la *demi-sœur* de Joseph, lui était le seul véritable enfant d'Annie et de Pierre.

Elle avait claqué la porte, poussant les volets, éblouie, presque refoulée par la lumière brûlante, par cette rumeur qui montait de la terre et des arbres. Elle avait maudit ce pays, regretté à s'en mordre les doigts d'avoir accepté de venir une nouvelle fois dans ce mas au lieu de partir avec Françoise à Belle-Ile, dans la douceur allègre des cieux atlantiques.

Au moment où elle achevait de s'habiller, on avait ouvert la porte et Joseph avait rempli le cadre, obligé de baisser la tête, restant appuyé de l'épaule au montant.

Elle lui avait reproché, tout en se coiffant, de ne pas avoir frappé, puis, en tirant sur ses mèches, tentant de cacher la bosse rose qui avait enflé sur son front, elle avait répété d'une voix sourde :

— Où est David ?

— Tu dormais, avait commencé Joseph.

Il avait expliqué qu'il avait reçu un coup de téléphone de leur mère. Annie Parrain voulait rentrer aujourd'hui même à Paris par le train de huit heures cinquante. Joseph était donc venu au mas pour accompagner sa mère en Avignon ; David étant levé, ils étaient partis tous les trois.

— Maman n'a pas voulu te réveiller, avait-il ajouté. Vous vous êtes disputées, hier soir ?

Elle n'avait pas répondu, bougonnant qu'elle voulait aller chercher David, qu'elle partait elle aussi, qu'elle ne reviendrait plus au mas des Mazan, qu'elle détestait ce pays d'orage et de chaleur, où tout était grossier, sans nuances, sans intelligence, donc.

Ces mots-là, combien de fois ne les avait-elle pas employés dans leur adolescence quand elle voulait blesser Joseph, l'humilier ?

Il s'était écarté pour la laisser passer sur la loggia, descendant lentement l'escalier après elle.

Elle s'était retournée et ils s'étaient retrouvés face à face, lui debout sur l'avant-dernière marche, elle plus bas.

Elle avait dû lever la tête, ne supportant pas chez lui cette ironie du regard, ni le fait qu'il la dominât.

C'était déjà ainsi avant, elle n'avait jamais accepté qu'il fût physiquement le plus fort, capable de lui tordre le bras, de la jeter à terre d'une poussée, de l'empêcher de lui donner des coups de pied.

Alors elle avait été l'excellente élève, et lui, le type instable et bagarreur.

Ils ne s'étaient alliés que contre Pierre Brunel, parce qu'à pousser habilement Joseph contre son père, à détruire ce lien qu'elle avait imaginé unique, auquel, en tout cas, elle-même n'avait pas droit, elle avait éprouvé un plaisir fait d'amertume et d'étonnement. Elle s'était découvert ce pouvoir d'influencer Joseph, et même sa mère, de prendre ainsi l'avantage sur Pierre Brunel. Elle avait entraîné Joseph à l'Union des Etudiants communistes, puis à la Ligue Communiste révolutionnaire, puis chez les Maos. Elle l'avait méprisé de la suivre ainsi, de l'admirer. Puis, après mai 1968, quand il avait décidé de s'installer au mas des Mazan, renonçant à toute ambition universitaire, épousant Jacqueline Sourdail, elle avait consolé Pierre Brunel : Joseph n'était pas un intellectuel, il fallait l'accepter, avait-elle dit. Viticulteur, après tout, pourquoi pas ? S'il était heureux comme ça ?

Elle avait été perfide et tendre : « Je reste là, moi », avait-elle murmuré, même après son mariage avec Alexandre. Et elle avait laissé souvent David rue Michel-Ange, parce qu'ainsi, elle le comprenait maintenant, elle nouait entre son fils et Pierre ce lien qu'elle avait tant jalousé, qu'il n'avait plus avec Joseph ni avec ses autres petits-enfants, François, Martial, Catherine, nés après David, et qui, bien qu'ils s'appellassent Brunel, étaient surtout des Sourdail, du nom de leur grand-père maternel dont ils habitaient la bastide.

Elle avait donc gagné. Mais Pierre Brunel était mort, et David, où était-il ?

Elle avait à nouveau interrogé Joseph avec hargne, si bien qu'il s'était emporté.

Il n'était pas responsable, avait-il répliqué. Alexandre Hassner — c'était lui le père, non ? — était passé à la bastide Sourdail et l'avait emmené pour la journée, parce qu'il voulait lui aussi célébrer l'anniversaire de son fils. Qu'est-ce qu'il aurait dû faire, prendre son fusil ? David était enthousiaste. Alors ? Qu'Héloïse le lui explique, elle qui était si intelligente !

Puis, sans doute parce qu'il l'avait vue désemparée, ne sachant plus que faire, laissant bouillir le café, se brûlant, il avait changé de ton, bienveillant tout à coup.

Après déjeuner, si elle voulait, il pouvait la conduire à Servanne, le village dont Jean Legat avait été élu maire au printemps. Alexandre logeait chez lui et David devait se trouver là-bas. Il y avait une piscine.

— Maintenant, Joseph, maintenant ! avait-elle dit.

Il l'avait prise par l'épaule. Allons, elle était sa grande et sa petite sœur, allons.

Ils avaient grandi ensemble jusqu'à plus de vingt ans.

Ils avaient été assis l'un en face de l'autre, entre Annie Parrain et Pierre Brunel, autour de la table en merisier, dans la salle à manger de l'appartement, rue Michel-Ange.

Silencieux, ils avaient assisté aux disputes qui opposaient leurs parents à propos de Vecchini.

Elle avait donné ses livres de classe à Joseph, qui était son cadet de deux ans, et elle l'avait aidé à terminer ses versions latines.

Ils avaient pédalé côte à côte sur ces routes qui filent droit entre les vignobles, de Rochegude à Carpentras, et en mai 1968 ils avaient fui ensemble en se tenant la main devant les charges des CRS, rue Gay-Lussac, rue Claude-Bernard.

Mais que savaient-ils l'un de l'autre, maintenant que depuis quinze ans ils vivaient séparés, ne se voyant qu'aux vacances, quand Héloïse descendait au mas des Mazan avec Alexandre et David et qu'ils dînaient alors quelquefois, sur l'aire, avec Joseph,

Jacqueline et leurs trois enfants, n'échangeant plus que les phrases convenues des familles qui se réunissent par habitude ?

Héloïse était gênée de se retrouver seule avec Joseph dans cette voiture qui roulait trop lentement — pourquoi n'accélérait-il pas ? — vers Servanne, un village qu'elle ne connaissait pas, dont Joseph avait dit qu'il était situé à une cinquantaine de kilomètres du mas des Mazan, au-delà de Vaison-la-Romaine, dans les collines dominant la plaine viticole.

La chaleur était si intense que des bouffées d'air brûlant s'engouffraient dans la voiture chaque fois qu'Héloïse baissait la vitre. Elle fermait alors les yeux, enveloppée par ce souffle bruyant qui lui piquait le visage.

Joseph chantonnait entre ses dents et elle n'avait pu s'empêcher de lui demander de se taire, peut-être simplement pour lui dire quelques mots, crever ce silence entre eux deux.

Il s'était interrompu, puis, à mi-voix, il avait murmuré qu'il la trouvait nerveuse, comme leur mère ce matin, impatiente de quitter le mas, de rentrer à Paris. Elle lui avait donné l'impression de vouloir partir avant qu'Héloïse ne se réveille, pour ne pas la voir.

Héloïse avait eu le sentiment d'une injustice, d'une habileté de sa mère pour la condamner sans réplique et, tout à coup, elle s'était mise à raconter.

Joseph savait-il qui l'avait reconnue, à la mairie, en février 1944 ? Imaginait-il quel nom elle avait porté durant plusieurs mois, jusqu'à la Libération ?

Elle l'avait regardé.

Joseph conduisait loin du volant, bras tendus, le visage figé. Il avait les mâchoires fortes, un cou court, des cheveux déjà gris aux tempes.

— Vecchini, Antoine Vecchini, avait-elle dit. Je me suis appelée Héloïse Vecchini. Mon père, tu comprends. Après, maman a effacé ça.

Il avait brusquement tourné la tête vers elle, ralentissant, s'arrêtant presque, puis accélérant à nouveau lentement, mais roulant à si faible allure qu'elle avait baissé la vitre et s'était penchée au-dehors.

— Tiens, avait-il répondu. Je l'ai vu, Vecchini. Maman a voulu que je le rencontre.

Il avait arrêté la voiture, plaçant deux roues sur le talus.

Un sale type, avait-il poursuivi. Joseph avait mis plusieurs jours à se remettre de ce face-à-face.

Il avait secoué les épaules. Qu'Héloïse n'y pense plus. Enterré, tout ça. Une autre époque. Son père, le vrai, ç'avait été Pierre Brunel.

Puis, comme s'il n'avait pu se débarrasser de ce souvenir, il avait continué. Vecchini était de ces types qui pourrissent tout, rien ne leur résiste. Il n'existe, à les entendre, que des coups tordus, des salauds, des dénonciateurs. Pas de héros. Pas de types honnêtes.

— Tu as l'impression, en l'écoutant, que la vie c'est de la merde, et que tu n'es qu'une merde.

Héloïse s'était tassée dans la voiture, d'abord silencieuse, puis elle s'était étonnée du désir de sa mère : pourquoi Joseph avait-il dû rencontrer Vecchini ?

Joseph avait à nouveau haussé les épaules.

Vecchini avait écrit à Pierre Brunel, au début de juillet 81, quelques jours avant le suicide. Cette amitié entre Pierre et lui, leur mère ne la comprenait pas, ça l'inquiétait, ça la gênait. Un cauchemar.

— Deux complices, avait répliqué Héloïse.

— Tu m'emmerdes, s'était insurgé Joseph en ouvrant la portière et en s'éloignant entre les vignes.

Héloïse était restée dans la voiture, immobile, attendant que Joseph revienne.

Quand il avait redémarré, roulant vite à présent, elle avait ajouté qu'elle se demandait si Joseph avait lu le récit que sa mère avait écrit sur ce qu'elle avait vécu, un récit qu'elle ne voulait pas montrer, avait-elle prétendu. Mais peut-être l'avait-elle confié à Joseph ?

Il s'était borné à secouer la tête, disant qu'Héloïse se torturait pour rien.

Leur mère ne lui avait rien expliqué, rien confié. Si c'était son secret, il fallait le lui laisser. C'était ça, l'amour qu'on devait lui témoigner. Quand on aime quelqu'un, on respecte aussi sa part obscure. On ne le force pas à se démasquer. On l'aime, et ça suffit.

— Mais toi...

Il s'était tourné vers Héloïse, le visage fermé, avec une expression de mépris et de colère.

— Toi, avait-il repris, tu veux savoir, tu déchires, tu ouvres les enveloppes, tu faisais déjà ça quand je recevais des lettres, je me souviens.

Maintenant, c'était maman qu'Héloïse tenait à faire avouer.

Avouer quoi ? Pour quoi faire ?

Vecchini, leur mère étaient vieux à présent. Qu'on les laisse ! Héloïse n'avait nul besoin de savoir. L'enfance, c'était fini. Elle avait un fils, non ? Qu'elle se contente de regarder devant elle.

— Il est partout, avait-elle murmuré.

— Le diable, en somme, ton Vecchini ?

— Il t'a fait peur, à toi aussi, avait-elle répondu, tournée vers Joseph.

Elle avait été projetée vers le pare-brise, car il avait freiné brutalement, hurlé qu'il en avait marre de toutes leurs conneries, à ces bonnes femmes !

Vecchini était un salaud, bon, qu'on aurait peut-être dû fusiller en 44. Maintenant, c'était un vieux type qui jouissait en semant la merde. Un type mort au-dedans.

— Tu vois..., avait-il repris après un long silence.

Il avait tendu le bras, montré le village de Servanne entouré de remparts au pied desquels des mas avaient été construits au milieu des vignes qui couvraient les restanques, bordées par des rangées de cyprès. L'une de ces bâtisses, basse, en forme de L, occupait presque entièrement une planche. Une piscine immense formait une longue tache bleue dans l'étendue verte d'une pelouse pointillée de parasols blancs.

— La maison de notre ministre, avait dit Joseph. Legat a des moyens. Lui — il avait hésité, puis remis le moteur en marche —, crois-moi, il ne se suicidera pas.

On accédait à la maison de Legat en descendant les rues étroites et pavées du village, puis en empruntant un large chemin goudronné de frais.

— Même ça, avait murmuré Joseph. Monsieur le maire, que veux-tu...

A droite du portail en bois renforcé par des ferrures noires, une voiture de la gendarmerie stationnait et quand Joseph s'était garé à l'ombre, de l'autre côté du chemin, l'un des gendarmes était aussitôt descendu, s'avançant vers eux, les interrogeant du regard. Lorsque Héloïse eut expliqué qu'ils se rendaient chez monsieur le Ministre, il avait salué tout en se tenant près d'eux tandis qu'ils attendaient après avoir sonné.

Dans cette femme aux cuisses et aux seins lourds, serrée dans un maillot à grosses fleurs jaunes, Héloïse avait aussitôt reconnu Jeannine Legat qui la regardait avec des yeux effarés tout en répétant : « Madame Hassner », puis s'interrompait, gênée, expliquant que David était là : quel beau garçon, si bien élevé, il avait nagé toute la matinée. Ils s'apprêtaient à déjeuner, avait-elle expliqué en montrant la table dressée près de la piscine.

David avait couru vers Héloïse, lui entourant les jambes à deux bras, l'entraînant.

Assise entre Jean Legat et Alexandre Hassner, Sabine, les seins nus, la peau bronzée, souriait, mains croisées derrière la nuque.

Legat s'était levé, puis Alexandre, et enfin, se tenant à l'arrière-plan, un homme qu'Alexandre lui avait présenté comme étant Richard Gombin, le président de la banque Wysberg et Cie.

— Vacances et déjeuner de travail, avait dit Alexandre. Tu connais tout le monde.

La chaleur était accablante malgré les jets d'eau qui faisaient pleuvoir sur la pelouse des myriades de gouttelettes irisées.

Joseph, lui, était resté près du portail.

— Bien sûr, vous déjeunez avec nous, avait dit Jeannine Legat.

Sans répondre, Héloïse avait murmuré à David qu'il devait s'habiller.

Alexandre s'était épongé le visage. La sueur coulait le long de son front et de sa poitrine, se perdant dans sa barbe et les touffes de poils de sa poitrine.

— Tu le prends ? avait-il demandé.

Elle avait craint que David ne proteste, mais il était rentré dans la maison et, après quelques minutes, en était ressorti, tenant ses vêtements contre lui, l'air grave, se dirigeant vers Joseph sans dire un mot.

— Avertis-moi, la prochaine fois, avait dit Héloïse.

Alexandre avait marché près d'elle jusqu'au portail.

— C'est mon fils, non ? répétait-il à mi-voix d'un ton haineux, les lèvres serrées.

Alexandre avait levé la main, le poing fermé, et elle avait cru qu'il allait la frapper, mais il avait simplement lancé : « Gouine ! »

Le portail était entrouvert, David montait déjà dans la voiture de Joseph.

— Pauvre gouine, avait-il répété, se tenant toujours devant elle comme pour l'empêcher de passer.

Elle l'avait giflé mais ne s'en était rendu compte qu'après, une fois dans la voiture, quand elle avait senti cette brûlure au bout de ses doigts.

38

Vecchini n'avait cessé de penser au corps de Sabine.

Depuis qu'il avait quitté la jeune femme, en fin d'après-midi, au bord de la piscine, il avait tenté de se convaincre qu'il avait mieux à faire qu'avoir la tête pleine du souvenir de ces seins, de ce cul. Mais ces mots le troublaient, lui desséchaient la bouche, et il aimait cette émotion. En revenant à la maison de Jean Legat, il avait longuement marché dans les rues de Vaison-la-Romaine.

Sous les platanes commençait à souffler une brise fraîche et Vecchini avait cru se débarrasser de cette obsession : ce corps quasiment nu, le sexe à peine dissimulé par un triangle de tissu orange, moins large qu'une paume, retenu par un simple lacet noir qui dessinait un V sur le ventre plat, entourait la taille et — Sabine s'était retournée à dessein — disparaissait entre les fesses.

Avec une rage mêlée d'étonnement, il avait murmuré à plusieurs reprises : quelle salope, quelle garce, peut-être dans la mesure où il savait que, même collé à ce corps, dans sa chambre d'hôtel, il n'aurait rien ressenti d'autre qu'un désir impuissant, irritant, l'envie d'être humilié, insulté, parce que, précisément, il ne pouvait plus rien, ou si peu.

Il aurait fallu que Sabine lui torde le sexe jusqu'au sang, alors la souffrance eût été telle qu'il aurait peut-être joui.

Il avait voulu repousser l'image de ce corps loin de lui.

A quoi bon le nommer, y rêver, prononcer des mots orduriers, insulter cette femme, puisque cela ne servirait plus à rien, que ne naissait de cela qu'une exaspération, le désir d'un désir dont il connaissait si bien la limite ?

Il avait donc essayé d'oublier ce cul, ces seins, ces lèvres, ce lacet entre les fesses, l'attitude nonchalante et lascive de Sabine.

Elle aussi, le temps la recouvrirait de cendres.

Il s'était promené comme un touriste, se méprisant de se conduire de la sorte, visitant les thermes, les fouilles, la villa romaine. Il s'était plu à traduire les inscriptions funéraires et s'était attardé dans le musée, essayant de retrouver cette passion qu'il avait eue, lycéen, puis étudiant, pour l'histoire romaine, ce cycle complet du destin, de la barbarie à la barbarie, cet espace de plusieurs siècles, ces villes, ces vies qui n'étaient plus qu'entassement de sédiments mêlés, passions, écrits, complots, héroïsmes et lâchetés, folies et désordres, Néron et Marc Aurèle, Caligula et Hadrien. Qui pouvait discerner dans cette compression du temps la brève liberté d'une vie ?

Etait-ce en 1981 ou en 81 que Pierre Brunel s'était suicidé ?

Etait-ce en 1943 ou en 43, il y avait mille ans, que Noémie Mazan avait été abattue au milieu des vignes par des miliciens ?

On avait aussi dressé une stèle à l'emplacement de sa mort. Un jour, un passant la déchiffrerait peut-être, mais tout resterait confondu, la mort de Noémie et celle de Pierre.

Qu'est-ce que dix ou mille ans ? Qu'est-ce qu'une vie ? Tous les morts étaient contemporains, se rejoignant dans l'oubli.

C'était sur la route de Vaison-la-Romaine, en revenant de Servanne, qu'il était passé près du mas des Mazan, et peut-être s'était-il arrêté dans l'allée des mûriers, au-delà du chemin de la Source, pour tenter déjà de ne plus songer au corps de Sabine. Mettre la mort en travers.

Il était descendu de voiture, avait regardé le château de Rochegude, pensé à cette nuit du 14 juillet 1936, lu la stèle commémorant le sacrifice de Noémie Mazan. Puis il s'était emporté contre lui-même : qu'avait-il à ressasser ?

Il avait aperçu, devant le mas, une jeune femme en pantalon qui allait et venait, portant des brassées de fleurs, et un enfant, sans doute cette Héloïse Parrain et son fils, David Hassner. Vecchini était trop loin de l'aire pour discerner plus que des silhouettes.

Il avait joué avec l'idée de s'avancer, de dire : « Me voici, Antoine Vecchini, vous vous souvenez ? »

Il aurait parlé de ces coups de téléphone que lui donnait au moins deux ou trois fois par mois Françoise Lallier, lui expliquant qu'il devrait rencontrer Héloïse Parrain afin de l'aider à traverser une passe difficile : divorce, interrogations sur sa vie. « Elle croit que tu es son père. Tu l'as reconnue à sa naissance, n'est-ce pas, en 1944 ? Elle a appris ça. Depuis, c'est la guerre avec sa mère. »

Qu'elles se battent, qu'elles se déchirent !

Il n'avait jamais accepté de rencontrer Héloïse, d'être dupe des stratagèmes que fomentait Françoise afin de les mettre face à face.

Il était donc reparti, roulant vite jusqu'à Vaison, se demandant s'il n'allait pas trouver quelque prétexte pour retourner chez Legat.

Jeannine Legat l'avait invité.

— Ils seront tous là pour dix, onze heures, avait-elle dit. En été, ici, on ne dîne pas avant, allez faire un tour et revenez.

Au bord de la piscine, Sabine avait ôté ses lunettes, le deuxième mouvement depuis qu'il s'était avancé vers elle. Elle n'avait bougé auparavant que pour lui tourner le dos, lui montrer son cul, ce lacet qui s'insinuait entre ses fesses charnues.

Quelle garce, quelle salope.

Parce que le mot remplissait sa bouche, il avait failli le lui lancer, le lui cracher : salope !

Sabine l'avait regardé de ses yeux très clairs, presque verts, pleins de morgue, de défi, de mépris, d'ironie.

— Je travaille avec Alexandre Hassner, avait-elle dit.

— Vecchini, avait-il répondu en s'accroupissant devant elle.

Une douleur lui avait traversé les genoux. Peut-être avait-il grimacé.

— Ne restez pas comme ça, avait-elle compati.

Elle était appuyée sur son coude droit, le poing sur sa joue.

— Vous êtes le banquier (elle avait une voix éraillée), un peu le vrai patron de H and H, alors ?

Il avait eu un geste de la main et avait failli en être déséquilibré.

Jeannine avait apporté un fauteuil en osier, expliquant à Vecchini que le ministre — elle avait ri : « Excusez-moi, mais on l'appelle comme ça maintenant, même moi », elle avait rentré la tête dans les épaules, fait avec les mains un signe d'impuissance —, Jean avait donc dû se rendre près d'Avignon, parce que le président y séjournait dans la propriété d'un ami. Il avait invité Jean Legat, et aussi M. Gombin et M. Hassner.

— Le Président, vous comprenez... On n'a pas l'occasion, comme ça, pendant les vacances... Ils se sont précipités.

Vecchini s'était assis.

Il n'avait pu quitter des yeux ces seins ronds et fermes, paraissant d'autant plus gros que le corps était plutôt maigre, les côtes visibles sous la peau aussi brune que celle d'une métisse.

— Vous êtes restée ? avait-il demandé à Sabine.

C'est à moment-là qu'elle s'était retournée, lui montrant son dos, son cul.

— Le président ? avait-elle lâché. Pour quoi faire ?

Elle était bien ici.

— Et vous ? avait-elle ajouté sans bouger.

Il avait déplacé son fauteuil de manière à mieux voir son visage, ses seins, sans pour autant cesser d'apercevoir ses jambes, ses fesses.

Elle avait souri, laissant ainsi entendre qu'elle comprenait ce qu'il voulait, qu'elle le tolérait, que cela l'amusait même.

Jeannine était revenue avec un plateau chargé de boissons et de verres.

Elle s'était remise à parler. Quelle journée ! Monsieur Vecchini connaissait-il l'ancienne femme d'Alexandre Hassner ? Une enragée. Elle était venue ici, à l'heure du déjeuner, reprendre son fils qui s'amusait, qui nageait. Elle avait fait tout un scandale.

Heureusement, Monsieur Hassner avait conservé son calme, sinon ils se seraient battus.

— On ne se laisse pas gifler, avait marmonné Sabine.

Elle avait les lèvres minces, le menton pointu.

Vecchini s'était penché vers elle. Il avait eu la tentation de l'inviter à dîner le soir même, à Séguret, un village proche de Vaison où il était descendu, mais il avait marqué un moment d'hésitation, se taisant au lieu de parler, laissant Jeannine Legat insister pour qu'il revienne, le soir, quand ils seraient de retour de chez monsieur le président.

A ce moment-là, Sabine avait ôté une seconde fois ses lunettes.

— Où est-ce que vous êtes ? avait-elle demandé.

— Pas loin.

Il avait donné le nom de l'hôtel, celui du village, lentement, tout en se levant sans la quitter des yeux.

Quand il s'était retrouvé dans sa voiture, il avait compris à quel point ce corps l'avait troublé, la petite garce. Il savait bien qu'il ne pouvait rien. Mais, justement, c'est cela qui le tenaillait. Ce corps existait, et lui qui se souvenait du désir resterait en dehors, comme si le monde entier lui devenait dès lors inaccessible.

Horreur.

Qu'avait-il encore à traîner dans la vie ? Il devait se retirer, s'enfermer. Quand on n'est plus capable de posséder un corps de femme, on n'est plus rien.

Il s'était un peu calmé en conduisant, en regagnant la plaine, en s'arrêtant devant la stèle de Noémie Mazan, en repensant à ces appels de Françoise Lallier.

Il n'existait plus que cela : cette jouissance du désordre qu'il pouvait encore provoquer, des scandales qu'il était capable de déclencher.

C'était la seule manière qui lui restait de pénétrer le monde, de s'y enfoncer, de jouer de la peur des autres, de les tenir comme s'il avait serré leurs corps, réussissant à les faire crier.

Il avait joué avec cette idée. Il était vieux. La garce, au bord de la piscine, l'avait regardé avec ironie et mépris. Mais il pouvait, s'il le voulait, détruire Alexandre Hassner, Jean Legat, combien d'autres encore. Et elle viendrait peut-être alors à lui, parce qu'il était le banquier. Et que le pouvoir de l'argent valait de la vie.

Il avait déambulé dans les rues de Vaison-la-Romaine, la main glissée dans la poche de sa veste, les doigts serrés sur le carnet où il avait noté ce rendez-vous avec Legat, Hassner, Gombin, pour discuter d'un nouveau prêt, des moyens de tourner la législation, d'éviter la curiosité du fisc. Il possédait ainsi des dizaines de carnets bourrés de noms, d'événements, de propos, d'indiscrétions recueillis depuis cinquante ans. Jamais, comme à cet instant, il n'avait pensé à leur publication, au plaisir qu'il aurait éprouvé à démasquer tous ces rois sans visage qui avançaient grimés, intouchables.

Il s'était souvenu avec jubilation de cette phrase de Nietzsche qu'il avait tant de fois répétée à l'Ecole Normale, avec l'arrogance naïve du jeune ambitieux qu'il était alors — dix-huit, vingt ans, est-il possible d'avoir cet âge-là ? — « Je suis le premier immoraliste : en cela, je suis le destructeur par excellence. »

Il s'était assis à la terrasse d'un café, sous les platanes, et il avait feuilleté son carnet, relu ces noms : Gombin, Mauranges, Hassner, Legat, Monin, Daguet. A propos de chacun, un fait, un chiffre, de quoi les faire tous danser devant lui, les montrer tels qu'ils étaient, avides, cyniques, truqués.

Puis, tout en buvant lentement, la main gauche posée sur le carnet, il avait, comme cela lui arrivait de plus en plus souvent, refait le parcours de ses soixante-sept années de vie.

A vingt ans, il s'était voulu un disciple de Nietzsche. Face à Pierre Brunel et à François Mazan, il avait proclamé que la bonté tue l'instinct, que « l'optimisme est une monstrueuse élucubration », une manifestation de la décadence, qu'on n'atteignait à la grandeur qu'en regardant la réalité telle qu'elle était.

Enfantillages !

Il s'était souvenu de ces débats, dans les chambres de la rue d'Ulm, c'était avant 1936. Mazan et Brunel étaient les apôtres de la morale et de la vérité. Lui — les mots lui étaient revenus — condamnait l'homme bon, comme disait Nietzsche, celui qui abdique. Il exaltait l'homme d'avenir qui accepte la sélection naturelle, l'instinct, celui qu'on appelle le méchant.

Avait-il été le méchant, avait-il vécu comme un disciple de Nietzsche ?

Il avait seulement tâtonné pour survivre et jouir un peu. Il avait vieilli en essayant à chaque instant de s'arranger au mieux des circonstances, de préserver un peu de sa liberté. Il avait accepté ce qu'il était.

Disciple ? C'est à vingt ans qu'on croit aux idées des maîtres, qu'on espère les appliquer.

Après, on se débrouille avec soi comme on peut.

Nietzsche, comme les autres, n'avait été qu'un phraseur.

Tout à coup, Vecchini s'était rappelé cette phrase, la dernière d'*Ecce Homo* : « M'a-t-on compris ? Dionysos contre le Crucifié... »

Dionysos ?

Etait-ce ce nom, ce qu'il évoquait de liberté, de plaisir ? Vecchini avait aussitôt revu le corps de cette garce, son cul, ce lacet noir enfoncé entre ses fesses, ses seins de belle salope.

Ces seins qu'il ne toucherait pas.

Il était rentré à son hôtel, parcourant lentement la dizaine de kilomètres qui, à travers le vignoble, séparent Vaison-la-Romaine du village de Séguret.

De la terrasse du restaurant, on dominait la plaine qu'empourprait le crépuscule. La façade du bâtiment de pierre ocre rayonnait encore de chaleur, cependant que les serveurs allumaient les bougies sur les petites tables.

Vecchini s'était installé au bord des remparts. La brise montait, chargée des senteurs de la plaine,

portant les premiers crissements nocturnes des insectes.

Il s'était fait servir une bouteille de Coteaux-du-Tricastin, un vin à la fois velouté et âpre, et, au fur et à mesure qu'il le buvait à petites gorgées, le gardant longuement dans sa bouche, il avait senti son amertume, presque sa rage, cette envie de prononcer les mots les plus crus pour faire naître une sensation, ce désir d'imaginer pour qu'un frémissement se produise en lui, toute cette violence qui l'habitait depuis qu'il avait vu exposé ce corps de jeune femme, se muer en une mélancolie que la nuit qui, inexorablement, s'étendait avec la fraîcheur, ne faisait qu'accroître.

Que voulait-il, que pouvait-il maintenant ?

Les socialistes, les communistes ? Tout cela lui avait semblé appartenir déjà au passé. Ils allaient durer quelques années, s'accrocher au pouvoir, mais ils ne changeraient rien. Ils étaient déjà décomposés, assimilés, et certains, comme Mauranges ou Mitterrand, n'avaient jamais dû se faire beaucoup d'illusions, n'aspirant, en vieux chevaux de pouvoir trop longtemps écartés des palais, qu'à y revenir, puis à s'y maintenir à n'importe quel prix.

Quant aux autres, il n'y avait qu'à observer un Jean Legat pour comprendre l'avidité de la plupart. Mais il suffirait de serrer le nœud qu'il avait glissé autour de leur cou pour les conduire là où il voulait, les étrangler ou les rendre dociles.

Un mot de Vecchini à Gérard Monin ou à Jean-Pierre Daguet sur les honoraires versés par l'agence H and H à l'épouse de monsieur le ministre Legat, et le beau scandale explosait !

Pourquoi pas ?

Vecchini avait tout de suite détesté Legat dont il avait imaginé le corps musclé, et jusqu'au sexe. Est-ce qu'il baisait Sabine ?

Alexandre était bien capable de la lui avoir abandonnée, et la fille n'avait d'ailleurs nul besoin de conseil ou d'autorisation.

Il avait regardé autour de lui, imaginant qu'il allait la voir surgir, se diriger vers sa table, dire, comme tant d'autres avant elle : « Je suis là, qu'est-ce que tu veux ? »

Mais c'était le garçon qui s'était approché, croyant que Vecchini l'avait appelé.

Il avait alors commandé une seconde bouteille de vin, puis une soupe de petits gris au pistou et une julienne de truffes soufflée en coque d'œuf.

— Vous n'attendez personne, monsieur ? avait demandé le garçon tout en retirant l'assiette placée en face de Vecchini.

— Personne, avait marmonné Vecchini, je suis seul, vous voyez bien.

L'amertume l'avait repris, parce qu'il en allait toujours ainsi quand il buvait. D'abord un effet de douce nostalgie, une tendresse à l'égard de lui-même, de la compassion pour ce qu'il était, mais, après quelques verres, il retrouvait sa hargne, il devenait agressif, et le sentiment de gâchis et d'injustice l'emportait.

On l'avait floué. Lui qui voulait ne jamais être dupe !

Il s'était trompé lui-même.

La vie, quelle qu'elle fût, lui filait entre les doigts. Et il n'avait pas assez su la retenir, la presser : pas assez de jouissance, pas assez de vin, pas assez de femmes.

Un pauvre con. Voilà ce qu'il avait été. Peut-être avait-il même moins joui de sa vie que son père de la sienne !

Simplement, il avait survécu.

Qu'allait-il faire de ce temps qui lui restait, si court, peut-être une dizaine d'années ? Peut-être...

« Je suis le destructeur par excellence », avait-il repensé.

Des mots.

Il avait quitté sa table pour téléphoner.

Il avait aussitôt reconnu la voix de Jeannine Legat lui expliquant que la jeune femme, Sabine, était partie il y avait une demi-heure. Elle ignorait tout de sa destination. Peut-être elle aussi avait-elle voulu voir le président de la République ? Tout le monde n'en a qu'après ça, tout le monde !

Il s'était dirigé vers la terrasse et il avait vu Sabine que le garçon guidait. Elle portait un chemisier blanc aux épaules amples, très échancré, noué haut, si bien qu'on apercevait à la fois ses seins et son ventre. Son short en toile bleue délavée était effrangé, très court, ne couvrant même pas le haut des cuisses.

Il l'avait imaginée sur des chaussures à talons hauts, mais elle avait glissé ses pieds dans des espadrilles qu'elle traînait comme des savates.

Garce, avait-il murmuré encore, avec de l'admiration pour la manière dont elle passait entre les tables, à la fois insolente et naturelle.

« Je lui donne ce qu'elle veut », avait-il pensé.

Et, enfonçant la main dans la poche de sa veste, il avait trouvé, collé contre son carnet, la liasse de billets qu'il gardait toujours sur lui.

39

Lorsqu'on essaie de reconstituer, donc de comprendre les dernières années de la vie d'Antoine Vecchini entre cette soirée du 1er août 1983 où, sur la terrasse de l'hôtel-restaurant de Séguret, à une dizaine de kilomètres de Vaison-la-Romaine, il avait vu Sabine Duruy se faufiler parmi les tables, venir vers lui, et ce mois d'août 1991 — le mois de la disparition de l'URSS — où il décide de vivre la plus grande partie de l'année dans son appartement du 8, quai des Docks, à Nice, dans lequel il a déjà fait des séjours de plus en plus fréquents à compter de 1988, au lendemain de la réélection de François Mitterrand à la présidence de la République, et qu'il entame alors son dialogue, son jeu du chat et de la souris avec l'historien Thomas Joubert à propos de la publication de ses carnets, il faut conclure que ces huit années furent peut-être les plus heureuses de sa vie.

Mais l'expression a-t-elle un sens quand on a eu, comme Vecchini, soixante-sept ans en 1983 et donc soixante-quinze en 1991 ?

Ces années-là, pour la plupart des contemporains de Vecchini, avaient marqué le temps du retrait ou de la maladie. Pierre Brunel s'était suicidé le 14 juillet 1981. Paul-Marie Wysberg, plus âgé, il est vrai, était mort quelques semaines avant Brunel. Robert Challes, comme il disait, avait pris du champ ; il arpentait les terrains de golf de Normandie et vivait dans sa villa proche de Deauville. En 1986, quand la nouvelle majorité lui avait proposé de reprendre la présidence de la banque Wysberg et Cie, il avait refusé, mais, parce que la tentation avait été trop forte, il avait accepté un poste au gouvernement, un secrétariat d'Etat au Logement, heureux qu'en 1988 les socialistes reviennent au pouvoir, car, avait-il confié à Vecchini : « Vraiment, ce n'est plus de notre âge, ces pitreries, cette agitation, ces polémiques, est-ce que nous ne savons pas tous qu'on ne peut rien changer à rien, que tout ça nous échappe ? Je ne comprends pas, mon cher, comment tu peux t'obstiner, rester dans le jeu. »

Au cours d'une réception donnée en septembre 1985 par Mauranges dans les salons du ministère de la Communauté européenne, boulevard Saint-Germain, à laquelle il avait convié des membres de l'opposition et de la majorité — l'Europe, n'est-ce pas, était la cause de la France tout entière, celle qui transcendait les clivages politiques traditionnels —, Vecchini avait été le seul à n'avoir pas bâillé pendant le discours du ministre ; Challes, lui, s'était assoupi, mais lorsqu'il s'était réveillé en sursaut, il avait appris à Vecchini que leur ami, le général Henri Ferrand, venait d'être hospitalisé et qu'il avait peu de chances de s'en tirer : cancer généralisé, lui qui jouait au tennis il y avait une semaine encore, comment était-ce possible ?

Vecchini avait lu l'effroi sur le visage de Challes. Serlière, oui, Benoît, avait poursuivi Challes, avait été opéré la veille de la prostate : « Mon vieux, nous y passerons tous. »

Restait Mauranges, ses cheveux gris rejetés en arrière, son œil pétillant, ses gestes vifs, ses maîtresses, disait-on, son avidité même. C'est tout juste s'il avait quelques difficultés à se lever à la fin des interminables dîners protocolaires et il demeurait alors quelques minutes raidi, comme cassé en deux, les mains sur les reins, avançant jambes écartées, semblable alors à ces vieux courtisans perclus de rhumatismes que décrivent les mémorialistes et dont se moque Saint-Simon.

« Est-ce qu'il joue au golf avec le président ? Ce serait marrant de le voir ! » avait chuchoté lors de cette soirée Alexandre Hassner qui avait pris le bras de Vecchini, l'avait entraîné vers une des fenêtres donnant sur un parc presque aussi vaste que celui de l'Hôtel Matignon. « Je vous trouve dans une forme éblouissante, Vecchini, avait poursuivi Hassner, vous rajeunissez, vous. Qu'est-ce qui se passe, vous avez des airs de jeune homme ! C'est quoi ? Une femme ? Vous me semblez si heureux, Vecchini ! »

En effet, depuis l'été 1983 et cette liaison étrange qu'il avait nouée avec Sabine Duruy, Vecchini avait changé. Il y avait entre la jeune femme et lui quarante ans de différence presque jour pour jour, puisqu'elle était née en 1956 et Vecchini en 1916, et cependant il n'était pas choquant, ni même, comme cela arrive parfois, révoltant ou répugnant de les voir côte à côte. Vecchini était maigre, sans ces chairs flasques, visqueuses des gras qui vieillissent toujours mal. Il avait un visage osseux, les joues si tendues qu'on aurait dit une sculpture, un masque inquiétant, certains jours, quand la peau prenait la couleur de l'ivoire, presque translucide, mais, le plus souvent, c'était la vigueur des traits qui frappait et, bien sûr, la vivacité du regard malgré les paupières mi-closes et les lunettes rondes enfoncées sous les sourcils.

Jamais il n'apparaissait ankylosé ou somnolent, mais, au contraire, plein d'une énergie et d'une attention tranchantes. Il souriait plus souvent, comme s'il avait désormais osé ouvertement se moquer, prendre ses distances, juger avec mépris ceux qu'ils côtoyaient : Richard Gombin, Jean Legat ou même Mauranges, son vieux complice, son ennemi héréditaire, n'est-ce pas ?

Il paraissait avoir pour Alexandre Hassner une curiosité bienveillante, comme on peut en éprouver à l'égard d'individus d'une espèce si particulière qu'on ne veut d'abord que les observer. Peut-être aussi Vecchini se souciait-il de ménager le compagnon de Sabine Duruy.

Elle vivait en effet avec lui, dans un appartement qui occupait les trois derniers étages d'un immeuble du Front de Seine, et elle avait obtenu la direction de fait d'Europe-TV, un département de l'agence H and H.

Elle avait eu besoin pour cela de l'appui de Vecchini. Négociation délicate mais facile, commencée dès le 2 août, au bord de la piscine de Jean Legat.

Il y avait là Jeannine Legat, renouvelant les boissons, dressant la table avec la domestique ; Sabine, allongée sur un drap de bain orange posé sur la pelouse ; Legat, torse nu, dans un short blanc si serré qu'il laissait deviner le renflement de son sexe ; et Alexandre Hassner, soufflant, transpirant, ne paraissant pas même avoir été surpris par l'absence, durant toute la nuit, de Sabine qui n'était rentrée chez Legat qu'en fin de matinée, en même temps que Vecchini.

« J'ai dîné avec Antoine Vecchini, avait-elle lâché d'une voix lasse. Il était tard, je n'ai pas eu le courage de faire la route, j'ai couché là-bas. »

Vecchini était resté impassible, comme s'il avait été

inconcevable que cette jeune femme-là, de vingt-sept ans, eût pu accepter de passer la nuit avec un vieil homme comme lui.

Seule Jeannine Legat les avait regardés l'un et l'autre avec des yeux étonnés d'abord, puis chargés d'inquiétude, se mettant à parler vite comme pour détourner l'attention.

— Le président, racontez-nous, avait-elle demandé.

Legat avait commencé à marcher au bord de la piscine comme sur une estrade et, d'une voix forte, il avait expliqué qu'il avait eu le privilège de rester un long moment en tête à tête avec le président, un homme simple, mais dont émanaient une force et une autorité fascinantes. « Il vous traite d'égal à égal et vous avez le sentiment qu'il vous domine par son intelligence. Impressionnant !

— N'est-ce pas ? » avait simplement murmuré Vecchini.

Legat avait paru un instant décontenancé puis, s'adressant à Vecchini, il avait repris sur un ton plus agressif, ponctuant ses phrases d'un mouvement de la main. Les gens de droite, avait-il dit, détestaient Mitterrand parce qu'il était supérieur au plus brillant d'entre eux. Et qu'il avait choisi le socialisme. C'est un fait qu'il les écrasait tous, parce qu'il était habile et en même temps intransigeant sur les principes.

« Des principes ? » avait encore murmuré Vecchini.

Legat s'était immobilisé, puis, après une hésitation, il s'était éloigné de Vecchini, parlant pour Gombin et Hassner. Le président n'ignorait rien de la région, il connaissait le nom de tous les villages, il avait évoqué le suicide de Pierre Brunel — il était ému, vraiment —, un adversaire politique, avait-il dit, mais respectable, pour lequel il avait une grande estime, un résistant, un déporté qui avait honoré le Parlement. C'était un immense honneur que de lui succéder, avait-il conclu.

Legat avait croisé les bras, les jambes légèrement

écartées. Il n'oublierait pas cette leçon morale et politique, avait-il ajouté d'une voix grave.

Vecchini avait toussoté, s'était tourné vers Sabine comme s'il s'apprêtait à ne parler que pour elle. Mitterrand, Mitterrand, un moraliste, n'est-ce pas, intransigeant ! Voilà qui avait jusqu'à ce jour échappé à Vecchini. Mais peut-être avait-il trop de souvenirs : l'avant-guerre, 1942, il l'avait croisé à ce moment-là, puis sous la IVe République. Sabine connaissait-elle ce nom : Joseph Laniel ? Le président du Conseil d'un gouvernement dont Mitterrand avait fait partie, un gouvernement de *moralistes* ! Il avait ricané. Mais tout cela était déjà si loin, de la petite histoire. Puisque monsieur le ministre nous assure que notre Président est un moraliste, cela doit être vrai !

Le silence avait duré jusqu'à ce qu'Alexandre Hassner réclame des boissons, se jette dans la piscine, éclaboussant Sabine, essayant de la tirer dans l'eau, mais elle avait résisté avec colère : qu'il lui fiche la paix ! Il avait enfin renoncé, s'était laissé tomber dans un fauteuil, essoufflé.

Quel pays que la France, avait-il dit, tout le monde s'est un jour croisé, surveillé, épié. Il y a les rumeurs, les ragots... Vecchini imaginait-il qu'au mas des Mazan — Alexandre avait tendu le bras vers la plaine —, dans la maison de Brunel, au temps où il était le beau-fils, il avait assisté à des empoignades entre Annie Parrain et Pierre Brunel, quelquefois à propos de Mitterrand, mais surtout, oui, à son sujet à lui, lui, Vecchini. « Pierre prenait toujours votre défense. Annie prétendait que vous aviez collaboré avec la Gestapo, et Pierre que vous les aviez sauvés. Amusant, non ? La France, Pétain et de Gaulle. Les deux faces...

— Je ne suis pas président », avait lancé Vecchini.

Puis il avait ajouté qu'il fallait en venir aux choses sérieuses, puisque Richard Gombin était là pour envisager le développement de l'agence H and H en direction de l'Europe. L'agence devait prendre position à propos des nouvelles chaînes de télévision qu'on allait sûrement créer. Après, on examinerait la question des crédits que la banque Wysberg et Cie pourrait accorder.

Alexandre Hassner avait rapproché son fauteuil. « Parfait, parfait », avait-il commenté.

La veille au soir, sur la terrasse du restaurant de Séguret, Sabine, penchée vers Vecchini, avait, tout au long du dîner, parlé avec passion de ce projet.

Elle ne portait pas de soutien-gorge. Elle savait que Vecchini ne regardait que ses seins, levant de temps à autre les yeux, et elle s'interrompait alors, esquissait un sourire ; une fois, elle avait porté le verre à ses lèvres et dit, après avoir bu : « Vous aimez ? »

Plus qu'au vin, elle faisait allusion à ce qu'il lorgnait sans vrai désir, mais dont il ne pouvait cependant se détourner.

A la fin du dîner, elle avait étendu les jambes entre celles de Vecchini et, se rejetant un peu en arrière, ses seins gonflant le chemisier, elle avait murmuré : « Succulent dîner, et ce vin du Tricastin — elle avait penché la tête —, peut-être après tout est-ce que vous savez vivre ? »

Il avait étendu la main et, sans se soucier de savoir si des autres tables on le voyait, il avait touché les seins de Sabine, les effleurant du bout des doigts, et elle s'était à nouveau penchée en avant pour qu'il pût plaquer sur eux sa paume.

Elle avait soutenu son regard avec une expression à la fois boudeuse et moqueuse.

— Vous avez une chambre ici ?

Elle ne voulait pas rouler maintenant, avait-elle expliqué. Elle rentrerait chez Legat le lendemain matin. Pouvait-il l'héberger pour la nuit ?

Il avait fait oui, s'était levé et elle l'avait suivi. Dans l'ascenseur, elle était restée loin de lui, mais elle ne l'avait pas empêché de la caresser encore, les seins, puis le dos, là où le chemisier noué haut laissait voir la peau, là où le short à taille basse, sans ceinture, bâillait sur la cambrure de ses reins.

En sortant de l'ascenseur — était-ce involontairement ? — elle l'avait frôlé et c'est Vecchini qui s'était écarté. Il l'avait regardée longuement, puis avait chuchoté :

— Tout est seulement dans ma tête, il n'y a plus rien d'autre.

— C'est toujours dans la tête d'abord, avait-elle répondu.

Elle s'était déshabillée en quelques secondes, laissant tomber son short, jetant son chemisier sur le sol, puis elle était passée devant lui, nue, pour se rendre à la salle de bains.

Il l'avait attendue, assis dans l'un des fauteuils, sans même ôter sa veste, ne ressentant qu'une impression presque insupportable de vide creusé en lui et, en même temps, de paix et de triomphe, puisqu'il entendait cette jeune femme chantonner sous la douche.

Elle était passée à nouveau devant lui, toujours nue. Elle allait dormir, avait-elle dit. Il pouvait ronfler, avait-elle ajouté dans un rire tout en se glissant dans le lit. Elle avait le sommeil profond.

Il s'était lavé longuement, évitant de regarder son corps et son visage dans le miroir de la salle de bains. Puis, parce qu'il n'avait pas osé paraître nu, il avait traversé la chambre enveloppé dans le peignoir bleu de l'hôtel.

Sabine dormait en effet, nue, couchée sur le ventre, le drap ne couvrant que ses mollets.

Il s'était allongé près d'elle et, lentement, de la main droite, il s'était mis à la caresser, si bien qu'elle avait soupiré, écartant un peu les jambes, assez pour qu'il pût y glisser les doigts, atteindre son sexe.

A présent, les yeux mi-clos, sans qu'une goutte de sueur, malgré la chaleur lourde du milieu de l'après-midi, ne coulât sur son front ou ses joues, Vecchini regardait Sabine, songeant à cet instant où elle s'était retournée dans le lit et, sans un mot, dans l'obscurité, avait commencé à son tour à le caresser jusqu'à ce qu'il jouisse longuement, douloureusement.

Ils ne s'étaient pas parlé. Elle s'était à nouveau couchée sur le ventre et s'était endormie, cependant qu'il lui effleurait le dos, les cheveux, l'embrassant, émerveillé — il n'y avait pas d'autre mot pour dire ce qu'il ressentait, une émotion d'enfant — par la douceur juvénile de sa peau lisse et chaude.

Il ne pouvait la quitter des yeux, se remémorant leur nuit, cependant qu'Alexandre Hassner parlait des entretiens qu'il avait eus avec les opérateurs luxembourgeois de télévision, puis avec d'éventuels partenaires allemands et anglais. Richard Gombin avait posé les questions précises d'un banquier. Legat n'était intervenu que pour brosser de grandes fresques sur le réseau de télévision européenne qui devait — qui allait se mettre en place. Le président était résolu. Mauranges qui, comme chacun savait, n'est-ce pas, parlait en son nom, s'était engagé à apporter le soutien du gouvernement à tous ceux qui se lanceraient dans cette direction : « Allez-y, Hassner, foncez, il faut que les Français soient en pointe sur ce créneau, n'hésitez pas, prenez des risques ! » Hassner avait levé les bras. Il ne demandait pas mieux, mais il fallait que les banques nationalisées suivent, et il attendait de Gombin des précisions sur le montant de l'augmentation de capital que la banque Wysberg et Cie était prête à souscrire pour donner à l'agence H and H les moyens de créer sa branche Europe-TV.

« Clair ? Je suis prêt, avait-il conclu, mais accompagnez-moi ! »

Vecchini avait écouté tout en suivant des yeux Sabine qui s'était levée, avait plongé dans la piscine puis, après avoir nagé quelques minutes, était revenue s'allonger, leur tournant le dos, montrant ce lacet noir qui disparaissait là où, hier soir, dans le lit, il avait glissé ses doigts. Et il avait tressailli au souvenir de cette moiteur.

— Vous, Vecchini !

Alexandre l'avait interpellé avec rudesse, mais Vecchini n'avait pas sursauté, ne bougeant pas, ne daignant même pas regarder Alexandre qui avait continué d'une voix plus posée. Vecchini pouvait beaucoup sur le plan politique, avait-il assuré. Il n'était pas marqué à gauche, oh non ! avait-il répété en riant. On lui faisait donc confiance pour traverser les tempêtes électorales, maintenir l'Agence à flot pendant les alternances éventuelles.

Legat s'était esclaffé, secouant la tête. Ils étaient au pouvoir pour un quart de siècle, avait-il assuré. Il y avait Chirac, Giscard, maintenant Le Pen, d'autres demain. On était tranquille. Avec eux, on allait jouer au billard. Il suffisait de pousser une boule, elle enverrait les autres dans le trou. Mitterrand était maître à ce jeu par la bande.

— Vous êtes tranquille, Gombin. On ne les reverra pas de sitôt !

Il avait tapoté le genou du président de la banque Wysberg et Cie :

— Ils ne vous demanderont des comptes que plus tard, très tard. D'ici là, les crédits seront remboursés. Moi — il avait levé la main — je crois à H and H...

— On comprend ça, avait murmuré Vecchini en souriant.

Puis il avait paru à nouveau absorbé, lointain, et personne n'aurait pu imaginer qu'il fixait ces gouttelettes qui perlaient sur la peau de Sabine.

— Le lobbying à l'étranger, ce ne peut être que vous, Vecchini, avait repris Hassner.

Vecchini avait secoué la tête. Il voulait bien, mais il était un peu dépassé par tout ça. Il était un homme d'avant-guerre, ou presque, disons de la IVe République. Depuis, il se maintenait, c'était vrai, mais il fallait quelqu'un de jeune, en phase avec l'époque, qui incarnerait le pari sur l'avenir. Pourquoi pas Sabine Duruy ? Elle serait parfaite à la tête de H and H-Europe-TV. Parfaite.

— Sabine, Sabine...

Alexandre avait bougonné. C'était lui qui avait la

confiance du président, de Mauranges et du gouvernement. Il le disait franchement : il fallait de l'autorité, du savoir-faire. Ses interlocuteurs européens avaient voulu recevoir l'assurance qu'il obtiendrait l'appui du ministère et des banques nationalisées.

— Vous restez en place. Mais vous déléguez ce secteur, avait dit Vecchini d'une voix lente. Voilà la solution. Si nous sommes d'accord sur ce point, essentiel à mes yeux, je ferai le lobbying et Gombin débloquera les crédits, n'est-ce pas ?

— C'est une condition? avait demandé d'une voix irritée Alexandre.

— Condition, condition (Vecchini s'était levé), disons une recommandation instante. Réfléchissez-y.

Il les avait salués d'une manière distraite, expliquant qu'il rentrait à Paris par petites étapes : la route des vins — et il avait souri.

Alors qu'il hésitait, debout près de Sabine, elle s'était redressée, lui tendant ses joues, appuyant ses deux mains humides sur ses épaules, restant ainsi accrochée à lui un long moment, les seins nus, le dos cambré.

40

Dans les carnets de Vecchini, à compter de la mi-août 1983 et jusqu'au début l'année 1989, un peu plus de six ans, donc, on lit, au moins une fois par semaine, mais à des jours différents, les noms de grands hôtels parisiens suivis des initiales « S.D. » et d'une indication horaire. Parfois, mais rarement, peut-être une dizaine de fois en cinq ans, on trouve mentionnés des hôtels de province — Biarritz, Cannes, Deauville — ou d'une ville étrangère : Genève, Bruxelles, Londres. De fines hachures couvrent alors les deux jours du week-end et les mêmes initiales « S.D. ».

Durant ces cinq années de liaison, Vecchini a donc d'abord rencontré Sabine Duruy, chaque semaine, dans des hôtels du cœur de Paris. Au Meurice, rue de Rivoli, le 28 août 1983, S.D., 14 h-16 h ; au Pont-Royal, rue Montalembert, le 7 décembre 1983, S.D., 19 h-23 h, etc. Les mêmes hôtels reviennent souvent ; d'autres, comme le Ritz ou le Crillon, ne sont cités qu'une fois.

A partir de 1985-86, de nouveaux noms apparaissent : Hilton, Novotel, Sofitel ; Sabine et Vecchini se sont donc retrouvés parfois à la Défense, à la Porte Maillot ou aux Halles.

A l'exception des quelques week-ends en province ou à l'étranger, il ne semble pas qu'ils aient passé de nombreuses nuits ensemble, se contentant de cette poignée d'heures, en général en début ou en fin d'après-midi, après un déjeuner ou un dîner dans le restaurant de l'hôtel où Vecchini avait réservé sous son nom, laissant son numéro de carte de crédit — quelle importance ? qu'avait-il à cacher ? que pouvait-on contre lui ? Qu'on essaie de l'attaquer et l'on s'apercevrait qu'il était pareil à ces colis piégés qui explosent dès qu'on les touche.

C'était Sabine qui téléphonait, puisqu'ils ne décidaient jamais, lorsqu'ils étaient ensemble, de fixer leur prochain rendez-vous, trop orgueilleux l'un et l'autre, trop soucieux de leur liberté, trop incertains des intentions de l'autre ou ne souhaitant pas se dévoiler à ses yeux, voulant laisser entendre et jouer avec l'idée que cette rencontre qu'ils venaient de vivre pourrait être la dernière.

Sabine appelait Vecchini à la Banque ou bien à l'Institut. Elle avait son numéro direct, mais, le plus souvent, elle chargeait sa secrétaire d'effectuer la démarche : « Madame la Directrice de H and H-Europe-TV souhaiterait vous rencontrer, déjeuner avec vous, jeudi 9 janvier, voulez-vous rappeler pour fixer le lieu et confirmer. »

C'était la secrétaire de Vecchini qui transmettait le message.

— Je vais régler ça, disait Vecchini.

Il appelait lui-même le service de réservation des hôtels, usait de son influence pour obtenir, même en pleine période de vacances, d'expositions ou de congrès, une chambre, une table à l'heure et au jour qu'il désirait, dans l'hôtel qu'il avait choisi au gré de sa fantaisie. Et ces quelques instants — parfois, il devait y consacrer plus d'une heure — faisaient déjà partie du plaisir.

Il arrivait toujours le premier, à pied quand il le pouvait, et cela aussi était la marque de sa liberté. Il était un promeneur anonyme qui avait traversé tous les grands événements du pays, connu tous ceux qui avaient compté, il avait poussé toutes les portes, celles qui donnaient sur la scène, celles qui ouvraient sur les coulisses et la morgue. Il savait. Et il avait survécu. Il n'avait accepté aucune de ces niaiseries dont parle Nietzsche. Il avait mis à nu la réalité et avait été témoin de désastres. Il avait vu ceux qui se présentaient comme des hommes de bien se renier, s'avilir, abdiquer toujours.

Il les voyait encore.

Et c'est pour cela qu'il marchait, lui, le vieux, d'un pas vif vers cet hôtel où il retrouverait — il en était quelques secondes exalté — une jeune femme, comme un embrasement rouge au terme de sa longue vie.

Il se laissait conduire à la chambre, en faisait le tour, allumait les veilleuses placées à la tête du lit, vérifiait que le bar contenait du whisky et du champagne — Sabine, selon les jours, choisissait l'un ou l'autre, même après le déjeuner ou le dîner —, enfin il s'installait dans le salon de l'hôtel, au milieu des Japonais, des Américains ou des Italiens dont les bavardages bruyants le protégeaient.

Il ouvrait son carnet, relisait et notait, puis il guettait Sabine. Elle n'arrivait que rarement à l'heure, mais il savait qu'elle viendrait et dès lors l'attente, dût-elle durer, avait peu d'importance.

Que lui restait-il à faire dans la vie, sinon jouer ainsi avec les heures ? Les égrener, sachant qu'une jeune femme était au bout, c'était vivre en prince, alors qu'il eût pu somnoler dans une réunion ou déjà (cela viendrait vite) feuilleter les journaux, assis sur son balcon du 8, quai des Docks, au-dessus du port, au-dessus de la fosse.

Il reconnaissait son pas dans le hall de l'hôtel et était déjà debout quand elle pénétrait dans le salon.

Sabine l'éblouissait chaque fois.

Depuis qu'elle dirigeait — la décision avait été prise, grâce à l'appui de Mauranges, à la fin de l'année 1983 : avait-elle couché avec lui ? Elle était bien capable de l'avoir fait — la branche Europe-TV de l'agence H and H, elle avait changé quelque peu d'apparence. Elle avait modifié sa coiffure — les cheveux étaient plus longs, d'un noir plus brillant —, ce qui adoucissait son visage. Elle portait des tailleurs ou des ensembles aux formes amples, dans des teintes vives que la coupe, plus austère, ne rendait pas provocantes.

Mais elle avait gardé l'altière liberté de sa démarche, de son regard, de sa voix presque dure, souvent sarcastique : « Bien sûr, je suis en retard, je le sais », disait-elle, dominatrice. Parfois, rarement, elle ajoutait : « Je n'ai pas le temps de déjeuner, c'est quel étage, mon cher ? »

Il lui montrait alors la clé de la chambre qu'elle prenait, se dirigeant vers l'ascenseur sans se retourner, et, quelquefois, il avait juste le temps de bloquer la porte afin de se glisser près d'elle. Elle pouffait et il mesurait alors ce qu'il y avait de pose, de volonté de dérision dans les attitudes qu'elle prenait.

Dès ce moment-là, il avait pensé qu'elle lui ressemblait.

Dans la chambre, après avoir jeté sa veste, elle

demandait à Vecchini de lui servir du scotch ou du champagne, selon les jours. Elle s'asseyait sur le lit après avoir fait glisser d'un mouvement nerveux ses chaussures, l'une après l'autre, en les poussant de la pointe du pied.

Vecchini ne pouvait plus détacher ses yeux des jambes de Sabine ; cependant, il restait tassé dans un fauteuil, immobile, loin du lit, comme si voir les mollets, les chevilles, les pieds nus de la jeune femme lui suffisait.

Réellement, cela l'apaisait comme une jouissance sage, mesurée à ses forces, à ses désirs.

Au fond, pensait-il parfois, n'avait-il pas été toute sa vie un voyeur plutôt qu'un acteur, aménageant ses observatoires, suivant de loin l'action des autres, les poussant sur scène comme un régisseur, puis leur soufflant des répliques et les regardant mourir sous les applaudissements ou les crachats ?

Tout en buvant à petites gorgées, Sabine parlait sans paraître se soucier de Vecchini.

C'était comme le rapport d'un officier de premières lignes qui raconte les attaques et les ripostes, évalue les forces de l'adversaire, décrit le terrain conquis et les tranchées perdues, prépare l'assaut suivant et dresse l'inventaire de ses moyens, jauge la fidélité de ses alliés, les manœuvres de ses ennemis.

Vecchini la laissait aller sans l'interrompre. Il aimait sa voix, sa passion, son énergie.

Elle ne faisait pas confiance à Alexandre Hassner, disait-elle. A qui pouvait-on d'ailleurs se fier ? C'était la guerre de tous contre tous, Vecchini le savait. Elle vivait certes avec Hassner, poursuivait-elle ; il était amusant, il baisait bien, oui ; il était utile et elle avait encore beaucoup à apprendre de lui. Mais c'était un mégalomane, un égocentrique qui imaginait pouvoir changer l'histoire du pays, et, pourquoi pas, de l'Europe ! Il s'était mis en tête de remodeler, c'était sa formule, l'image du président, de préparer ainsi sa réélection et de jouer dans le prochain septennat un rôle majeur. Jean Legat, estimait-il, était fini, vidé, dépassé, ne comprenant rien à ce qui se mettait en place, ce n'avait jamais été qu'un petit professeur des années 1970-80, mais lui, Hassner, appartenait à la nouvelle génération des concepteurs, ceux de la fin du siècle. Mitterrand le recevait, l'écoutait. Peut-être, en 1988, deviendrait-il ministre, tout était possible. Alexandre avait déjà été chargé du *Plan médias* du président jusqu'en 1986. Un contrat royal. La réussite de l'Agence assurée. Mais cela ne lui suffisait pas.

Vecchini avait-il vu la dernière intervention télévisée du président ? Tout entière mise sur pied par Alexandre et les créatifs de l'agence H and H, Gilles, Romain, Laurent. Un triomphe. Un Président décrispé, chébran, dialoguant avec le présentateur tout en marchant sur le plateau. Puis le journaliste s'était assis sur le bureau du président : une révolution dans les mœurs politiques, selon Alexandre. Tous les plafonds de l'audimat avaient été crevés, la presse avait salué en Alexandre Hassner « le magicien, le Falstaff élyséen ». Les sondages étaient en hausse et les journaux s'étaient disputé les interviews d'Alexandre. Il était devenu — il croyait être, puisqu'on l'avait écrit — « Hassner, le faiseur de rois ».

Insupportable.

Sabine s'était interrompue, avait regardé Vecchini, puis croisé ses jambes et souri.

« Amusant, non ? » avait-elle lâché d'une voix apaisée.

Elle avait réclamé du champagne et Vecchini l'avait servie, frôlant ses seins du bout des doigts, mais elle l'avait écarté brutalement. Il devait l'écouter.

Ce n'était pas facile pour elle, avait-elle repris, avec le délire de Hassner, de conquérir une véritable autonomie, de développer dans l'agence H and H la branche Europe-TV. Alexandre voulait tout contrôler, tout décider. Et ça, elle ne le supportait plus ! Vecchini la comprenait-elle ?

Quels conseils lui donnait-il ?

Il n'avait pas répondu, sachant qu'elle choisirait seule sa route. Elle avait seulement besoin de soliloquer devant un témoin presque muet dont elle savait qu'il l'écoutait avec bienveillance, qu'il était son complice, qu'elle pourrait obtenir de lui son appui auprès de la banque Wysberg et Cie, de Mauranges ou de Legat. A qui d'autre aurait-elle pu se confier aussi librement ? Elle le tenait subjugué. Elle savait qu'elle était irremplaçable, qu'elle représentait pour lui la dernière flamme, une bouffée de chaleur et de jeunesse alors que le froid l'entourait, le gagnait déjà.

Il ne la menaçait en rien. Ils appartenaient à des mondes trop différents : elle, avec les ambitions, l'avidité et la rage de la trentaine, lui déjà engourdi, ne jouant plus que pour le plaisir de se maintenir dans le flot, la considérant avec une ironie étonnée parce que, à chacune de leurs rencontres, il reconnaissait en elle une part de ce qu'il avait été, et cette vibration de la vie qui se déploie. C'était comme si, par un effet de miroir, il avait retrouvé en cette jeune femme ses propres attitudes, ses désirs, ses pensées d'autrefois, d'il y avait une quarantaine d'années. L'époque était différente, et cependant c'était le même texte, comme si un metteur en scène avait monté une vieille pièce, tragédie ou comédie, opéra ou farce, dans un décor et des costumes modernes. Mais on n'avait changé ni le déroulement et les ressorts de l'action, ni même les répliques.

Comme lui, Sabine était l'un de ces êtres qui ne supportent pas la dépendance. Elle voulait, comme il l'avait désiré, aller son chemin, libre, tout en sachant qu'on avance toujours au milieu des autres, qu'on a besoin de leur appui, qu'il faut donc leur donner le change pour les utiliser, les manipuler, les tenir, mais qu'ils sont toujours des ennemis, des rivaux, que la bonté, l'amitié, l'amour, la compassion sont des faiblesses — des niaiseries, dit Nietzsche — qui étouffent l'instinct, la volonté de gagner et donc de vivre.

Sabine avait reconnu et mesuré l'amorale cruauté du monde et Vecchini l'avait respectée pour cette lucidité impitoyable, car il faut du courage pour accepter ce constat, reconnaître que l'optimisme n'est qu'une illusion, une lâcheté.

Elle l'avait ainsi rassuré sur lui-même.

Il avait eu raison dans les choix qu'il avait faits, puisque Sabine existait telle qu'il avait été ou rêvé d'être, et qu'elle était assise là, sur ce lit, pieds nus, les jambes haut croisées devant lui.

Un après-midi de septembre 1985, dans une chambre de l'hôtel Hilton aux stores baissés car le soleil, dans cette pièce dont on ne pouvait qu'entrouvrir les fenêtres, rendait, malgré la climatisation, l'atmosphère étouffante, elle s'était interrompue, disant d'une voix changée, sourde, qu'elle avait toujours été seule, toute seule, et Vecchini avait songé à sa propre enfance sur les quais et dans l'entrepôt.

Elle n'avait lâché que quelques phrases, évoquant son père, si vieux, sa mère, une Algérienne, plus de trente ans de différence entre eux deux, et leur mort dans un attentat de l'OAS à Oran, en 1961. Elle avait alors cinq ans. Le père était officier et l'armée avait recueilli sa fille — « etc., etc., etc. », avait-elle brusquement conclu.

Elle avait ri — mais c'était plutôt une sorte de ricanement —, puis ajouté, en déboutonnant son chemisier et en laissant voir ses seins, qu'évidemment Vecchini jouait le rôle du vieux père, qu'entre eux, c'était incestueux, que c'est ce qu'elle recherchait, n'est-ce pas ?

— Incestueux..., avait murmuré Vecchini en faisant un geste de la main et une grimace. Il faudrait pouvoir..., avait-il ajouté.

Elle avait eu un mouvement violent de tout le corps, ses cheveux tombant devant ses yeux, le visage tout à coup fermé, les lèvres serrées. Qu'est-ce qu'il imaginait, qu'elle était dans cette chambre pour qu'il la baise, comme les autres ? Alexandre, Legat, Mauranges, d'autres avant eux, et Romain, Gilles ou Laurent si elle voulait, tous ? Ils la baisaient bien ou mal, mais tous comme des chiens.

Est-ce cela qu'il regrettait ou qu'il espérait ?

Est-ce qu'on peut parler avec un type qui s'enfonce en vous, qui croit vous posséder, comme ils disaient tous, parce qu'ils prenaient leur sexe pour une épée, un stylo, un micro, une arme, les pauvres cons ! ?

Elle avait reboutonné son chemisier et, ce jour-là, Vecchini n'avait pas été autorisé à la toucher.

Il avait craint qu'elle ne l'appelle plus et avait tenté de s'habituer à cette idée, reprenant les copies des carnets qu'il conservait chez lui, relisant, notant en marge ce qu'il lui faudrait publier bientôt, bientôt, puisqu'il n'avait plus aucune raison, s'il cessait de voir Sabine, de rester dans le jeu, mais il voulait faire un éclat, le dernier.

Il avait été étonné par la quantité d'informations qu'il avait recueillies et avait eu à plusieurs reprises un mouvement de dégoût envers tous ces gens qu'il avait côtoyés, dont certains étaient encore vivants : ainsi Serlière qui participait régulièrement à une émission de radio, faisant le pitre, jouant de son prestige d'académicien — qui donc lui rappellerait ses visites au 180, rue de la Pompe si lui, Vecchini, ne le faisait pas ?

Qui d'autre que lui pourrait révéler ce grand mensonge des Importants, leur alliance pour dissimuler ce qui se tramait dans les coulisses, les complots, les pactes entre adversaires de théâtre pour rester seuls en scène et se faire applaudir à tour de rôle par le public, ce peuple convoqué au nom de la morale, du bien, du droit, du juste, et qu'on grugeait ?

Lui allait leur dire : *Ecce Homo*.

Au cours de cette même semaine, il avait revu Gérard Monin et Jean-Pierre Daguet, parce qu'un jour il aurait à se servir de ces deux-là, des opposants, s'il voulait abattre Jean Legat, Hassner et même Mauranges, ces chiens, comme avait dit Sabine, ces chiens qui l'avaient baisée.

Elle devait continuer de les laisser faire.

Lui n'y pouvait rien.

Puis elle avait téléphoné sur sa ligne directe : « Où nous voyons-nous ? »

Elle serait libre le lendemain, vers 20 heures.

Cette semaine-là, ils s'étaient retrouvés au Ritz.

41

Ce soir du 22 septembre 1985, à l'Hôtel Ritz, Vecchini avait attendu Sabine Duruy durant près de trois heures. Assis sur l'un des tabourets du bar, il pouvait apercevoir le hall et, en se penchant un peu, le perron et une partie de la place Vendôme ; il ne voulait même pas manquer le moment où Sabine descendrait de voiture, traverserait le trottoir, cependant que le chasseur de l'hôtel se précipiterait, son ombrelle ouverte, car il pleuvait depuis le début de l'après-midi.

Vecchini avait déjeuné au ministère de la Communauté européenne à la demande de Mauranges et ç'avait été pour lui comme un heureux présage que cette coïncidence : Legat, Hassner, Gombin et lui réunis dans la salle à manger du ministre, une pièce du rez-de-chaussée dont les portes-fenêtres ouvraient sur le parc.

Mauranges avait mené la conversation, laissant parfois pour deux ou trois minutes, le temps d'avaler quelques bouchées, la parole à Jean Legat. Le président, avaient affirmé l'un et l'autre avec emphase, voulait, comme il l'avait fait pour les radios, libérer la télévision de toute tutelle. « Nous sommes pour la liberté de l'information, de la culture, vous le savez, je n'ai pas à le redire entre nous. Et nous devons nous ouvrir à l'Europe », avait répété plusieurs fois Mauranges.

Vecchini avait chipoté dans son assiette le ris de veau, appréciant surtout les vins, plaçant son verre dans la lumière pour jauger la dense couleur de ce Bourgogne, cette sombre pureté, ne paraissant guère écouter Mauranges et Legat. A quoi bon répondre à ces amuse-gueules ?

— Vous donnez la nouvelle chaîne à qui ? avait-il lâché en reposant son verre, profitant d'un instant de silence.

Mauranges avait hoché la tête en riant. Vecchini était, comme à son habitude, le plus brutal. Toujours droit au but, n'est-ce pas, mon cher ?

— Il nous faut une place, et pas seulement symbolique, avait repris Vecchini.

Il avait montré Hassner, Gombin, expliqué que la banque Wysberg et Cie avait pris des risques, que lui-même s'était engagé auprès de ses correspondants étrangers. Et que — mais était-il besoin qu'on insistât sur ce point ? Mauranges était bien placé pour n'en rien ignorer —, Alexandre Hassner bénéficiait de la confiance et de l'appui du président.

Legat et Mauranges s'étaient regardés, puis, d'une voix un peu hésitante, Legat avait expliqué que le président souhaitait qu'il n'y eût pas d'arrière-plans politiques, de soupçons de manipulation, surtout à la veille des élections législatives, et l'agence H and H, la banque Wysberg et Cie...

Alexandre Hassner, qui jusque-là s'était tu, avait interrompu Legat d'un rugissement contenu derrière ses dents serrées. Penché sur son assiette, il frappait de son poing droit dans sa paume. Il en parlerait au président, avait-il dit. Ainsi, il était pestiféré parce qu'il s'était mis au service du chef de l'Etat, qu'il avait des contrats tout à fait réguliers avec l'Elysée, comme n'importe quel professionnel qui s'intéresse au *Plan médias* d'un homme politique ? Il avait déjà Daguet et Monin parmi ses clients, il allait proposer ses services à Chirac et à Giscard, puisque c'était ainsi. On allait voir !

C'est alors que Vecchini avait proposé de faire entrer dans le capital de la « Nouvelle Chaîne » la filiale de l'agence H and H, dirigée par Sabine Duruy. « Naturellement, nous participerions à une augmentation de capital — il s'était tourné vers Gombin — et, d'un autre côté, nous dédommagerions Hassner, la maison-mère, qui nous vendrait H and H-Europe-TV. » Puis il avait conclu : « Propre : la politique reste chez Hassner. »

Mauranges s'était exclamé : « Excellent, excellent ! », cependant que Hassner dodelinait de la tête, mécontent, ne pouvant rejeter cette offre qui semblait lui être favorable mais qui, en même temps, l'amputait, donnait à Sabine Duruy son indépendance, la pleine propriété sur Europe-TV.

« Vous allez vite », avait-il bougonné.

Mauranges s'était levé, avait pris Vecchini par le bras et, tournant la tête vers les autres convives, avait lancé : « Il faut aller vite, chers amis, très vite. Voyez les détails entre vous. » Il avait serré le bras de Vecchini et lui avait murmuré : « On me dit que vous et Sabine Duruy... (il avait penché la tête), c'est un beau cadeau que vous lui offrez là...

— Non, c'est vous, monsieur le Ministre, c'est vous qui entérinez. Je ne fais que proposer.

— Disons que nous avons les mêmes intérêts et les mêmes affections », avait répondu Mauranges en l'entraînant vers le parc.

Il s'était tu quelques minutes, le temps pour Vecchini de penser à sa soirée, à la surprise qu'il ferait à Sabine, mais peut-être serait-il le bon dernier à lui annoncer la nouvelle, chacun — Mauranges d'abord, Legat, puis Hassner, peut-être même Richard Gombin — cherchant à obtenir sa récompense comme un chien qui rapporte la balle.

Des chiens !

Il avait essayé de dégager son bras, mais Mauranges l'avait retenu. Il avait encore à lui parler.

Mauranges s'était fait donner un parapluie par un huissier et ils s'étaient mis à déambuler dans le parc, sous les arbres.

Il bruinait plus qu'il ne pleuvait et le ciel gris-noir paraissait écraser les toits des immeubles lointains.

Le parc, légèrement vallonné, était immense, si bien que les rumeurs du boulevard Saint-Germain, pourtant proche, ne parvenaient qu'assourdies, vague roulement de tonnerre qu'effaçait le froissement des feuilles quand soufflait le vent.

— C'est une très bonne idée, avait dit Mauranges. Notre petite Sabine sera contente. Vous la prévenez ou je la préviens ?

Il s'était immobilisé, avait regardé ironiquement Vecchini, puis ajouté en riant que Legat devait déjà être en train de le faire. « Mais nous n'avons pas besoin de ça, n'est-ce pas, mon cher ? » Il avait repris sa marche, ne lâchant toujours pas le bras de Vecchini.

— Vous avez vu ? avait-il questionné après plusieurs minutes de silence.

Vecchini avait marqué son étonnement. Il y avait tellement de choses à voir en ce moment, avait-il remarqué en haussant les épaules.

— Nous allons perdre en 86.

Mauranges s'était à nouveau arrêté, avait répété cette phrase comme pour s'en persuader. Il y avait Greenpeace, cette affaire stupide, ridicule. Mais que pouvait-on attendre de gens qui étaient encore des amateurs, des parvenus auxquels le pouvoir montait à la tête — « Voyez quelqu'un comme Legat, je ne suis pas aveugle, Vecchini » —, de soi-disant ministres qui se laissaient mener par leurs services. Pauvre Hernu. Et les autres qui, naturellement, lui faisaient porter le chapeau !

— Ça ne vous surprend pas, j'espère, avait murmuré Vecchini en dégageant enfin son bras.

Tant d'inexpérience, de connerie, de naïveté, d'égoïsme l'avait stupéfait, avait reconnu Mauranges.

Puis il s'était remis à déambuler, se dirigeant vers le fond du parc où se trouvait une pièce d'eau sur laquelle nageaient une dizaine de canards.

— Ces élections de 86..., avait-il repris.

Il avait fait face à Vecchini. La droite, et même l'extrême droite, Vecchini connaissait, n'est-ce pas ? « Vous êtes le mentor de Monin et de Daguet, je sais ça. Vous avez rencontré Diebolt. C'est un policier utile, non ? Je l'utilise aussi, avec un peu plus de droits que vous, puisque je suis ministre. Il me renseigne, il donne un peu à tout le monde, nous le savons.

— C'est un policier républicain », avait ironisé Vecchini, puis, presque brutalement, il avait interrogé Mauranges : que voulait-il ? qu'attendait-il de lui ? fallait-il passer l'après-midi sous la pluie pour le savoir ?

Mauranges avait secoué la tête. Vecchini détruisait le charme des conversations amicales.

« Amicales ? »

Depuis tout ce temps, avait répliqué Mauranges, Vecchini en doutait-il encore ? Qu'était-ce que l'amitié, sinon connaître toutes les turpitudes de l'autre et les accepter ?

Entre eux, depuis plus de quarante ans, c'était bien cela, non ?

Donc, avait repris Mauranges, il souhaitait faire passer un double message, « par exemple à vos amis Monin et Daguet, qui en feront ce qu'ils voudront ».

D'abord, il n'était pas difficile pour le pouvoir de leur envoyer entre les jambes une grenade avec une flamme tricolore, le Front national, quoi. On pouvait le faire : une petite excitation par-ci, le chiffon rouge du vote des immigrés par-là, quelques passages de Le Pen dans les médias, et, pour finir, une bonne loi électorale proportionnelle, et adieu la majorité de droite en 86 !

— Expliquez-leur ça, Vecchini.

Mauranges croyait-il vraiment qu'ils l'ignoraient ?

Ça allait peut-être mieux en le disant, et peut-être

parleraient-ils moins de Greenpeace, des responsabilités du président dans l'affaire. Vecchini avait-il compris le message ?

— Et l'autre ? avait demandé Vecchini.

La pluie maintenant tombait drue et, sans parler davantage, ils avaient regagné en se hâtant la terrasse couverte qui longeait les bâtiments du ministère.

Après les législatives, avait repris Mauranges en retenant Vecchini au moment où celui-ci se dirigeait vers la salle à manger, s'il faut choisir un Premier ministre de droite, pourquoi le président ne penserait-il pas à un homme jeune pour renouveler la donne ? Pourquoi pas Gérard Monin ou Jean-Pierre Daguet ? « Dites-leur que le président les observe », avait ajouté Mauranges sans pouvoir dissimuler un sourire de connivence.

— Un gros os à ronger, avait murmuré Vecchini.

Monin et Daguet allaient perdre la tête, voir le piège que le président leur tendait et cependant s'y précipiter, se disputant entre eux cet avenir qui ne leur appartenait pas, prêts à tout pour convaincre le président qu'ils seraient des Premiers ministres dociles, d'opposition, certes, mais sans hargne, respectueux, comme des chiens dressés sur leurs pattes qui grognent mais se laissent arracher ce qu'ils ont dans la gueule.

— Habile, avait commenté Vecchini.

Mauranges s'était penché, les mains sur les reins, jambes écartées, comme si cette courte marche dans le parc l'avait épuisé. Il avait pris l'épaule de Vecchini, l'enveloppant de son bras, à la fois pour marquer la complicité de vieux partenaires roués, que plus rien ne peut diviser, et pour s'appuyer afin de soulager sa douleur.

Il fallait bien, avait-il dit, que ces jeunes gens rêvent un peu, apprennent les choses, aiguisent leurs dents, n'est-ce pas ? Et — il avait lâché Vecchini comme ils entraient dans la salle à manger — choisir un Premier ministre faisait partie des prérogatives constitutionnelles du président. « La démocratie, mon cher, la démocratie. »

Plus tard, en fin de journée, alors qu'installé au bar du Ritz il se laissait porter par le temps qui coulait — une heure déjà qu'il était assis là à attendre sans impatience Sabine Duruy —, Vecchini avait repensé à cette conversation avec Mauranges.

Il ne s'en était ni indigné, ni étonné. Avait-il jamais cru à la sincérité des hommes ? Il ne se souvenait pas d'avoir jamais versé dans la naïveté et, pourtant, lui aussi s'était imaginé, durant les premiers mois passés à l'Ecole Normale, quand il côtoyait Mazan et Brunel, qu'il interviewait André Malraux pour *Vendredi*, qu'on allait pouvoir arracher les hommes à la boue, dénoncer ceux qui les y maintenaient, dont le pouvoir naissait de la soumission et de l'aveuglement des foules. Avait-il cru cela ? Peut-être l'espace de quelques semaines, quelques mois au plus. Il avait fui trop souvent dans les ruelles des quartiers du port, seul, traqué, il avait tendu trop de pièges aux gros rats qui couraient en couinant dans l'entrepôt, pour ne pas savoir que tous les pièges sont permis, qu'il faut seulement échapper aux autres et tuer avant d'être mordu.

Qu'est-ce que François Mazan et Noémie, Pierre Brunel et Annie Parrain portaient en eux pour refuser cette loi de la cruauté et accepter de succomber plutôt que de renoncer à leur foi ?

Il avait préféré écarter cette question qui, de temps à autre, revenait le hanter.

Dupes, connards, vaincus, avait-il ricané comme à chaque fois sans en être lui-même convaincu.

Il avait bu lentement ce champagne glacé, s'efforçant d'imaginer ce que pouvait faire Sabine, comme un moyen aussi de ne plus penser en s'abandonnant à des images : une culotte noire festonnée de dentelles bâillant sur le sexe de Sabine qu'elle lui laissait voir, perverse, les jambes si haut croisées, et il l'écouterait, rêvant de toucher à cette humidité-là. Il s'était délibérément complu à ces évocations, s'observant comme s'il s'était dédoublé, méprisant ce vieil homme qui n'avait pas même de vrai désir, mais qui avait besoin de remplir sa tête pour ne pas répondre aux questions qu'il se posait, qui voulait souffrir, parce qu'ainsi peut-être la tension renaîtrait en lui de la douleur, de la jalousie, ces voies détournées de la jouissance.

Peut-être Sabine faisait-elle en ce moment l'amour avec Mauranges ?

Mauranges l'avait sans doute appelée, invitée à passer d'urgence au ministère, et, même si Legat ou Hassner lui avaient déjà téléphoné pour lui annoncer la nouvelle, lui expliquer que, grâce à leurs propres efforts, elle allait devenir la seule propriétaire de la filiale Europe-TV de l'agence H and H, Sabine avait dû jouer les naïves avec Mauranges, disant qu'elle était surprise et flattée de cet appel de monsieur le ministre, dont elle aurait feint d'ignorer le mobile.

Mauranges se serait alors étonné, pourléché, se contentant de cette apparence : « Vecchini ne vous a pas raconté notre déjeuner ? Legat ou Hassner ne vous ont pas avertie ? »

Il envoyait aussitôt une voiture la chercher. Il lui expliquerait.

Elle avait naturellement accepté et, peut-être, se souvenant de leur rendez-vous à 20 heures au Ritz, avait-elle eu un haussement d'épaules, sachant que Vecchini attendrait. Ce vieux con, aurait-elle murmuré.

Imaginant cela, Vecchini se tassait, les poignets appuyés au rebord du comptoir, immobile, comme pour mieux préserver cet instant de douleur.

Ou bien Sabine était-elle encore dans les bureaux de l'agence avec l'un de ces créatifs dont elle parlait souvent, Gilles, Romain, Laurent, des hommes aussi jeunes qu'elle, et elle était couchée sur le long canapé de son bureau, les stores baissés, la tête vide, emportée par le mouvement instinctif de ses hanches, de son ventre, et l'homme pesait sur elle, lui empoignant les seins.

Avait-il seulement été capable, lui, que ce fût avec Noémie, Nella Vandorès, Karine Moratchev ou Françoise Lallier, de déchaîner cette houle, d'être entraîné par elle, noyé avec la femme ?

Il avait quelquefois senti venir cette vague, mais il s'était vite dérobé, comme l'enfant qu'il avait été, craignant toujours — peut-être un souvenir enfoui, celui du jour où sa mère avait été emportée : sait-on vraiment quand s'en mêle la mémoire ? — d'être recouvert, étouffé par la lame. Et il s'échappait au moment du déferlement, se contentant du bruit, de l'écume, du spectacle des autres, de l'autre. Il n'avait jamais été qu'un voyeur, un fuyard, un calculateur, un prévoyant, un pauvre type, toujours survivant.

Mais peut-être étaient-ils tous comme lui, ceux qui — Mauranges, Monin, Daguet, Challes, Gombin — occupaient les premières places, échappaient à l'anonymat et aux épurations ? Ils avaient tous voulu le pouvoir parce qu'il n'y avait aucune puissance en eux, qu'à un moment décisif de leur vie ils s'étaient sentis vides, qu'ils connaissaient ce gouffre, qu'ils avaient passé leur vie à le dissimuler, à tenter de l'oublier, enfouissant dans leur gueule tout ce qu'ils avaient pu : titres, nominations, présidences, décorations, élections, possessions.

Peut-être avaient-ils pensé qu'ils allaient ainsi réussir à changer l'ordre du monde en se changeant eux-mêmes ?

Et qu'est-ce que tout cela était devenu ?

Ils s'étaient aiguisés les dents, comme avait dit Mauranges, et ils n'avaient plus su faire que cela, avec une boulimie de cannibales.

Vecchini avait repensé à la vie de Mauranges qu'il avait côtoyé pendant plus de quarante ans. Mauranges avait naturellement survécu à la guerre, monnayant sa résistance contre des postes ministériels dès 1944. Il se souvenait de l'avoir vu si souvent entrer dans son bureau de la rue Taitbout, à la veille d'une élection : « Mon cher, il faut m'aider... » L'aider à quoi ? A devenir ministre de M. Laniel, puis de Mendès France, puis...

Maintenant, Mauranges, le corps raidi mais la gueule pleine, arpentait le parc de son ministère et continuait de dévorer, vieux, mais la mâchoire forte. Et tant pis pour Monin ou Daguet s'ils tombaient entre ses dents.

C'était à qui déchirerait l'autre le premier.

Cela faisait deux heures que Vecchini attendait Sabine Duruy.

Mais qu'avait-il à faire d'autre qu'attendre ? Pourquoi se préserve-t-on alors qu'il n'y a rien au bout de cette route qu'on veut parcourir ? Seulement l'attente.

Qui sait si ce n'était pas Noémie et François Mazan ou Pierre Brunel qui avaient eu raison ?

Qui sait ?

Ils étaient les vaincus, les volés, les battus de la farce. Ils avaient donc eu tort.

A moins que la défaite, dans ce monde d'anthropophages, ne fût la seule victoire possible ?

Qui savait ?

Trop tard pour Vecchini.

Il lui fallait attendre.

Il était si absorbé qu'il n'avait pas vu Sabine lorsqu'elle s'était assise près de lui.

Et il avait à peine bougé quand elle avait posé la main sur sa jambe.

Il avait seulement tourné lentement la tête.

Mauranges, avait-elle expliqué, l'avait conduite à l'Elysée. Le Président, auquel il avait parlé des projets de développement, de la prise de participation d'Europe-TV dans la nouvelle chaîne, avait souhaité en discuter avec elle. Cela s'était prolongé. Ils avaient dîné tous trois dans la petite salle à manger du Palais, très simplement. Passionnant. Le président avait une vivacité d'esprit, une connaissance des dossiers proprement stupéfiantes.

Elle s'était mise à parler avec exaltation, les yeux brillants, les joues rouges. Legat n'était plus du tout dans la course, avait-elle répété. Il resterait en place jusqu'en 1986, mais sa carrière était terminée. Il y aurait deux années difficiles à traverser jusqu'à la présidentielle. Le président le savait. Mais — Sabine avait serré le poignet de Vecchini — Mitterrand serait candidat en 1988, elle en était sûre. Il n'avait rien dit, mais c'était un homme qui vivait pour le long terme, qui ne renoncerait jamais. Après, une fois réélu, il aurait les mains libres. Et c'en serait fini des Legat, peut-être même des Mauranges.

Comme ça, par jeu, par un effet de son pessimisme et de sa perversité, mais aussi parce qu'il sentait que les choses évolueraient ainsi, Vecchini avait dit que Hassner se trompait sans doute en s'imaginant ministre. Le temps des jeunes femmes était venu, avait-il murmuré, penché vers Sabine Duruy.

Elle l'avait longuement fixé et il avait soutenu son regard, gardant comme à son habitude les yeux mi-clos.

Elle était donc de la même espèce que Mauranges ou Monin, Hassner ou Daguet. Avant eux, il y avait eu les autres, dont il avait relevé les noms et les propos dans ses carnets. Et d'autres prendraient leur suite.

Sabine s'était rapprochée de Vecchini et leurs genoux s'étaient touchés. Elle lui avait effleuré les lèvres : « Vous... », avait-elle commencé en secouant la tête, faussement tendre.

Puis, descendant du tabouret, elle avait expliqué que la voiture du ministère l'attendait, qu'elle devait partir. Elle téléphonerait à Vecchini, demain. D'accord ?

Avait-il d'autre choix que de fermer les yeux en guise d'approbation, que d'accepter qu'elle se penchât à nouveau vers lui, offrant ses lèvres.

Qui rejoignait-elle ?

Cela avait si peu d'importance.

42

Cette nuit du 22 septembre 1985, Vecchini l'avait passée à genoux dans la salle de bains de la chambre qu'il avait réservée au troisième étage de l'Hôtel Ritz.

Il n'était resté que quelques minutes au bar, après le départ de Sabine Duruy, et, une fois dans la chambre, il avait aussitôt allumé la télévision pour s'étourdir.

Le 22 septembre 1985 tombait un dimanche.

Le Premier ministre s'était exprimé au journal télévisé de vingt heures et les commentaires s'étaient succédé toute la soirée.

Nouvelle-Zélande, mort, espion de la DGSE, « La vérité est cruelle » : Vecchini avait entendu ces quelques mots, essayé de comprendre l'événement, Fabius reconnaissant la culpabilité des services français dans l'attentat contre Greenpeace, mais il avait la tête douloureuse, les tempes écrasées, les yeux brûlants, et lorsqu'il avait vu Georges Mauranges sortir de l'Elysée et l'avait écouté prononcer quelques phrases devant les journalistes, répéter que le gouvernement avait été abusé par les services secrets, ses pensées s'étaient émiettées. Il avait imaginé que Sabine attendait Mauranges dans l'un de ces discrets salons à l'extrémité des ailes éloignées des palais officiels.

Il ne pouvait plus, avait-il pensé. Il avait trop bu. Il était trop vieux. Il en avait assez de la comédie.

Il avait essayé de suivre encore quelques minutes les propos du Premier ministre dont on reprenait sans fin les mots, « *La vérité est cruelle* », et il avait eu envie de hurler, la tête comme envahie par une déflagration.

Oui, Sabine, les palais, le *Rainbow Warrior,* tout avait explosé.

Qu'on en finisse !

Il avait voulu s'allonger sur le lit, appeler le service d'étage, commander une nouvelle bouteille de champagne, mais au moment où il avait commencé à se baisser, tout son corps avait été tiré en avant, comme s'il basculait, emporté par le flot aigre qui avait empli sa bouche.

Dans un sursaut, Vecchini avait comprimé ses lèvres à deux mains, hoquetant, se précipitant dans la salle de bains, contraint par l'obscurité de reconnaître avec les coudes, l'épaule, les genoux, l'emplacement du lavabo, de la baignoire, se laissant glisser contre elle, y plongeant sa tête.

Un long hoquet tiède avait tout emporté, l'estomac, la gorge, les lèvres, les mains, et s'était répété, prolongé alors même que Vecchini pensait que c'en était fini, qu'il allait pouvoir se redresser, se laver le visage et les mains, se rincer la bouche. Mais à peine avait-il esquissé un mouvement en s'appuyant des avant-bras au rebord de la baignoire qu'il vomissait à nouveau.

Il avait eu conscience que l'émission de télévision continuait, que des gens dont il avait reconnu les voix, Fabius, Mauranges à nouveau, peut-être Mitterrand parlaient, les mêmes mots indéfiniment repris qu'il n'avait plus voulu entendre, et il s'était penché davantage, le flot aigre coulant toujours de sa bouche.

Il avait eu le sentiment qu'il allait ainsi se décomposer, se dissoudre tout entier, ne plus être que ces glaires grumeleuses, acides, qu'il ne voyait pas mais qu'il sentait dans sa bouche, autour de ses lèvres, et dont il respirait, la tête toujours enfoncée dans la baignoire, l'odeur nauséabonde.

Il aurait dû s'écarter, ouvrir les robinets, mais il n'en avait pas eu la force, les membres brisés, le corps couvert d'une sueur glacée. A la fin, sa poitrine prenant appui sur la baignoire, il avait somnolé et grelotté, vomi encore, la tête ballottée, les pensées confuses, mêlant les mots qui parvenaient jusqu'à lui, le président, Hernu, ces visages qu'il connaissait, Sabine qu'on conduisait à travers le parc jusqu'à une porte dérobée, et cette question devenue vite une obsession : où étaient ses lunettes ? Il devait absolument les retrouver — et il ne pouvait cependant esquisser le moindre mouvement, comme s'il avait été arrimé là, au bord de la baignoire.

C'est ainsi peut-être qu'était mort François Mazan, dans les vomissures et le sang, entendant des voix venues d'une autre pièce, de plus en plus loin, qu'il avait de plus en plus de mal à distinguer, à comprendre.

Sept années plus tard, Mitterrand était toujours président et Mauranges ministre, mais Hernu, le ministre de la Défense, était mort, et d'autres affaires d'argent et de sang avaient fait oublier le corps d'un photographe coincé au fond de la cale d'un vieux bateau saboté maladroitement dans le port d'Auckland ; et chacun avait essayé d'effacer les taches qui maculaient ses mains.

En 1992, donc, Vecchini avait feuilleté ses carnets, dans le bureau de son appartement du 8, quai des Docks, à Nice. Il s'était demandé s'il allait en confier une copie intégrale à cet historien, Thomas Joubert, qui souhaitait les consulter et les publier.

Il hésitait encore. Il avait le désir du scandale, de l'éclat, de la jouissance qu'il éprouverait à voir ces réputations éventrées ; il avait l'ambition, comme il disait à Joubert, de faire avancer la vérité, « la vérité cruelle », n'est-ce pas, pour reprendre les mots de Fabius du 22 septembre 1985. Mais il avait aussi l'intuition des risques qu'il allait courir en divulgant ce qu'on cachait depuis toujours, cette médiocrité, cette bassesse, ce cynisme, ce mensonge qui sont les ciments du pouvoir. En refusant de donner de la grandeur à la trahison et au reniement de ceux qui paradaient, en les réduisant à n'être que des hommes quelconques, un peu plus retors, un peu plus veules, il allait rompre le pacte de connivence qu'implicitement tous ceux qui avaient participé au gouvernement des hommes avaient souscrit.

Ne jamais dire que derrière les portes des palais il

n'y a rien que des hommes occupés à leurs petits jeux quotidiens.

Ne jamais montrer la cendre. On ne le lui pardonnerait pas.

A la date du dimanche 22 septembre 1985, Vecchini avait donc retrouvé ces mots qu'il avait écrits, ces quelques lignes, les seules de tous ses carnets tracées en lettres capitales :

Dimanche, 22 septembre 1985

FROID ET TERREUR
VOMI À MORT
AGENOUILLÉ COMME UN CROYANT
PRIÉ ?

Il les avait relus plusieurs fois, avec dans sa bouche l'aigre arrière-goût de cette nausée, et il avait craint d'être à nouveau emporté par les spasmes qui l'avaient plié, sept années auparavant.

Il s'était levé, s'était rendu sur le balcon, s'y était accoudé, respirant, les mains accrochées à la rambarde, se reculant, bras tendus, comme s'il avait livré combat, tenu des rênes, essayant d'opposer à cette envie de vomir l'air froid qui avait la couleur de sa jeunesse.

C'était en hiver, en décembre.

Le vent avait soufflé la veille et le ciel était d'une pureté implacable, minérale. Vecchini l'avait physiquement senti d'une profondeur immatérielle, d'un insondable bleu diaphane. Il avait éprouvé une sensation de paix, comme s'il avait enfin trouvé là sa place, à quelques dizaines de mètres des lieux où il avait passé son enfance, face à ce cimetière du Château où il avait enterré son père en juillet 1943.

Les choses étaient accomplies. Sa vie, refermée comme une boucle.

Il allait, il devait téléphoner à Thomas Joubert, lui fixer rendez-vous ici, sous le ciel du premier regard.

Il s'était défendu contre l'émotion, mais il avait pensé qu'entre ce ciel et lui, sa mère s'était interposée — sa mère agenouillée, peut-être en prières, afin de le bercer, de pousser avec les avant-bras, puisqu'elle avait les doigts joints, ce berceau rudimentaire que le vieux Vecchini avait fabriqué en découpant un tonneau sur toute la longueur, dont il avait rempli le fond d'un sac de paille ; il suffisait de donner une faible impulsion pour que le tonnelet oscille et que l'enfant s'endorme.

Il avait cherché à se souvenir du moment précis où il avait écrit ces lignes en lettres capitales, si différentes des notations qu'il avait prises avant, après.

Lundi 23 septembre 1985.

Georges Mauranges m'assure que le président de la République ignorait tout de la tentative de sabotage du Rainbow Warrior. *C'est lui qui a voulu que la lumière soit faite. Les autres, Fabius, Joxe, Badinter, n'ont pensé qu'à sauver leur réputation et à mettre le gouvernement hors de cause.*
J'ai dû paraître sceptique, puisque Mauranges s'est emporté. Naturellement, dit-il, vous croyez une fois de plus que Mitterrand est à l'origine de ce coup tordu. Mais il est trop intelligent pour avoir accepté ça.
J'approuve. Puis je parle de la ténébreuse affaire des Jardins de l'Observatoire que Mauranges et moi avons bien connue, il y a si longtemps. En octobre 1959.
Justement, justement, dit Mauranges. On l'a piégé une fois, on ne le piégera plus.
Comment va Sabine Duruy ? ai-je demandé pour mettre un terme à cette discussion sans fin ni raison, puisque Mauranges est aux ordres, comme un complice ou un jésuite. Mieux vaudrait écrire et *plutôt que* ou.
Fort bien, m'a-t-il assuré, nous pensons à elle.

Nous ? *Mauranges ? Mauranges* et/ou *le président ?*
Peu importe, au fond.

Mais ces quatre lignes, à la page précédente, si différentes :

Dimanche, 22 septembre 1985

FROID ET TERREUR
VOMI Á MORT
AGENOUILLÉ COMME UN CROYANT
PRIÉ ?

peut-être les avait-il écrites à l'hôpital où on l'avait conduit, le lundi matin, après que la femme de chambre l'eut trouvé, passé midi, les bras ballants dans la baignoire, ses lunettes tombées dans les vomissures, paraissant mort ou tout comme ?...

Il n'était resté que quelques heures à l'hôpital où on n'avait diagnostiqué qu'un violent embarras gastrique dû au froid, à la fatigue, au champagne glacé, peut-être. C'est là sans doute — il ne se souvenait plus —, attendant la voiture de la banque Wysberg et Cie, qu'il avait, encore marqué par cette nuit, tracé ces mots.

Quelles prières avait-il pu prononcer ?

Il avait été baptisé, mais, ainsi que son père le lui avait un jour expliqué, ç'avait été la volonté de sa mère. Elle croyait ; lui, le vieux Vecchini, il avait vu trop de choses pour imaginer qu'il existât quelqu'un de bon quelque part, et puis il n'avait jamais voulu se mettre à genoux devant personne. La mère disparue, il n'avait plus été question de pousser le fils dans les soutanes des prêtres. Ni catéchisme, ni communion.

Vecchini, pourtant, était souvent entré dans l'église Notre-Dame-du-Port pour s'y réfugier quand on le poursuivait.

Il avait aimé ce murmure d'essaim, ces voix chuchotantes sous les voûtes, ces têtes penchées, ces dos noirs serrés les uns contre les autres, agglutinés, et cette tache blanche dans la lumière, comme un envol.

Notre Père qui êtes aux cieux...
Je vous salue Marie pleine de grâces...

C'étaient sans doute ces prières-là qu'il avait dites malgré lui, comme un souvenir qui revient, s'échappe et obsède.

Il avait craint d'être à nouveau envahi par la peur et le froid, comme il y avait sept ans, et il avait murmuré « Mon Dieu, mon Dieu », mêlant dans cette supplication la colère et le fatalisme, le sentiment d'impuissance et la volonté de réagir, de ne pas se laisser plier, submerger.

Peu à peu, respirant à pleins poumons, raidi, il lui avait semblé qu'il avait gagné, qu'il ne se viderait pas une nouvelle fois, pas comme ça, parce que le temps avait coulé depuis ce 22 septembre 1985, que le monde avait changé de visage, et sans doute lui aussi, désormais plus proche de quatre-vingts ans que de soixante-dix, et en sept années tant d'événements s'étaient produits qu'il pouvait avoir l'impression de recommencer une vie.

Mais il ne le voulait pas.

Il y avait seulement quelques jours, il avait déjeuné à Paris avec Gérard Monin et Jean-Pierre Daguet. Leur force, leur assurance, leur santé, le sourire de Monin, ses dents éclatantes dans sa figure ronde aux larges mâchoires, l'intelligence vive et aiguë de Daguet l'avaient irrité. Il s'agissait pourtant de complices ; presque de disciples qu'il avait protégés au début de leur carrière et qui lui en étaient reconnaissants.

Ils arrivaient de Moscou. Devant des foules enthousiastes, ils avaient fait l'apologie du libéralisme. Ils avaient inauguré des bourses des valeurs, baptisé des entreprises, des stages de formation pour managers. Ils avaient vu flotter le drapeau de la Russie et avaient été bénis par des popes.

Est-ce que Vecchini, l'adversaire de toujours du communisme, le pionnier, aurait pu imaginer cela : la chute du Mur, la chute de l'URSS ? Quel triomphe, quelle lucidité !

Ils s'étaient étonnés de l'indifférence de Vecchini. Ils lui avaient remis un éclat rugueux de matière brune, un morceau du Mur de Berlin. Vecchini l'avait tourné et retourné entre ses doigts :

— Le Mur, avait-il marmonné en hochant la tête.

Il avait surpris entre Monin et Daguet ce regard qui signifiait : Vecchini est hors jeu. Il est vieux. Nous avons changé d'époque. Il n'y a plus rien à attendre de lui.

Il n'avait pas cherché à les détromper.

Ce jour-là, il s'était dirigé vers le boulevard Haussmann comme s'il avait dû rejoindre son bureau à la banque Wysberg et Cie, marchant du même pas régulier, mains derrière le dos, le bord du chapeau rabattu sur les yeux, la silhouette inchangée.

Il était du côté des vainqueurs. Et il avait le sentiment que c'était sans importance, qu'il ne pouvait même pas s'en réjouir.

Peut-être en effet parce qu'il était vieux et qu'avec l'âge, tout semble lourd, même les trophées, même une couronne de lauriers.

Mais il ne croyait pas à cette explication.

Il avait continué de marcher, comme autrefois, vers la place de l'Opéra, puis celle de la Madeleine. Il n'avait pas regardé les femmes, cherché à identifier celles qui se proposaient, qui auraient pu le tenter.

Cette victoire lui donnait raison. Il n'y avait donc qu'une seule manière de faire l'histoire des hommes. Celle en laquelle il avait cru, dure et cynique. L'espoir n'avait été à la fin qu'un mur de prison, le plus épais, enfermant des centaines de millions d'hommes, mais, quand il était abattu, ne restait qu'un monde sans espoir, et une prison tout aussi sombre.

Peut-être plus sombre, comme un cachot cette fois sans lumière.

C'était l'histoire de l'abbé Faria. Il avait creusé, ce fou, croyant atteindre la liberté, et il n'avait débouché que dans la cellule d'un autre prisonnier. Mais la vie n'était pas un roman. Edmond Dantès ne s'évaderait pas dans le linceul de son compagnon. Vecchini l'avait dit tant de fois à François Mazan. Il aurait voulu en convaincre Noémie. Et même Annie Parrain. Et Pierre Brunel. Ils avaient préféré sacrifier leur vie, croire à cette utopie qui n'était qu'une barbarie, qu'une prison.

Mais, sans utopie, sans rêve, qu'était-ce que le monde, sinon la barbarie aussi ?

Vecchini avait appris cela dès l'enfance, dans l'entrepôt, caché derrière les barriques, parmi les couinements des rats courant entre les sacs remplis d'arachides, et son père hurlant : « En voilà un, tape-le, tape-le, nom de Dieu ! » Et il devait se redresser, brandir la planche armée d'un long clou rouillé, essayer d'atteindre le rat aux yeux rouges qui bondissait.

Tel est le monde, et il en avait averti François Mazan tout en espérant peut-être au fond de lui que ce dernier eût raison.

Mais non, Mazan était mort.

Vecchini avait continué de marcher lentement jusqu'à la Madeleine, puis il était revenu sur ses pas, se dirigeant vers la rue Taitbout où il conservait un bureau et une secrétaire au siège de son Institut.

Il s'était senti tout aussi désemparé que ces hommes et ces femmes, des vieux que l'on montrait errant sur la place Rouge, brandissant des emblèmes défraîchis, des portraits du Tsar ou de Staline, de Lénine ou de Trotsky, quelle importance ? Ils présentaient leurs rêves déchirés aux caméras. Ils étaient comme des poissons sortis de l'eau, se débattant, faisant de grands bonds inutiles, bientôt asphyxiés.

Mort, ne l'était-il pas lui-même ?

En décembre 1992, cela faisait près de trois ans — depuis janvier 1990 — qu'il n'avait plus revu Sabine Duruy.

Fin d'une époque, de la dernière époque de sa vie, chute d'un mur qui l'avait défendu de ce vide dans lequel il battait maintenant des bras comme s'il étouffait, avec pour ultime raison de vivre ses carnets, leur publication, et ses longues conversations téléphoniques avec Thomas Joubert, la curiosité avide que celui-ci manifestait, la volonté qu'il déployait pour atteindre son but, cette issue qu'il maintenait ainsi ouverte pour Vecchini.

Sinon, il se serait noyé dans l'eau fétide des souvenirs.

Après l'avoir laissé seul, en cette nuit du dimanche 22 septembre 1985, Sabine Duruy ne lui avait pas téléphoné pendant plusieurs semaines.

Elle savait sans doute que, se retrouvant en face de lui, elle aurait été tentée de lui confier ce qu'elle vivait, les entrées et sorties furtives dans les palais officiels, l'ivresse qu'elle avait dû éprouver à être ainsi seule face à des hommes qui incarnaient le pouvoir, le désespoir qui l'avait peut-être saisie, en même temps que le sentiment de sa puissance, à découvrir que ces hommes n'étaient rien d'autre que des vieux cachant leurs faiblesses et s'évertuant à se donner l'illusion de l'énergie alors que leur vie et leur pouvoir se dérobaient sous eux.

Elle avait dû craindre d'avouer, en se confiant à Vecchini, qu'elle avait à son tour percée ce secret, comme lui-même l'avait fait. Qu'ils savaient désormais tous deux que le règne de quelques-uns n'est possible que par l'aveuglement et le silence de tous les autres.

Elle avait vu.

Il avait imaginé qu'elle pensait cela, et il ne lui en avait pas voulu de s'être éloignée de lui.

Il n'avait pas cherché à la joindre. Il lui avait suffi de lire la presse pour la suivre à la trace.

Elle avait donc créé sa société *Publicité-Europe-TV*, et Vecchini avait fait pression sur Richard Gombin, sur Mauranges — mais ce n'était sans doute pas nécessaire — pour qu'on l'admît comme « opératrice indépendante » dans le capital et la direction de la Nouvelle Chaîne de Télévision (N.T.C.).

« Voyons, mon cher, avait répondu Mauranges à l'un des appels de Vecchini, pourquoi voulez-vous que nous l'oubliions ? Nous ne pensons qu'à elle, mon vieux. »

Il avait ri.

Vecchini l'avait aperçue donnant une conférence de presse, présentant ses projets de programmes devant les caméras de télévision.

Qu'elle était loin déjà, la jeune femme presque nue, allongée sur les bords de la piscine de Jean Legat !

On disait d'elle qu'elle était à présent l'une des plus proches conseillères du président, qu'il songeait à elle pour la direction de la Haute Autorité de l'Audiovisuel, peut-être même pour un poste de ministre de la Communication dans le prochain septennat.

Pourquoi pas ?

Vecchini n'avait ressenti aucune amertune. Il était au bout de sa route. Elle, elle avait tant de chemin à faire encore ! Il la voyait s'avancer et il avait à la fois de l'admiration pour elle, pour sa détermination, et presque de la pitié parce qu'il la devinait, à quelques détails — ce regard, cette raideur, cette ironie — sans illusions.

Mais peut-être ne faisait-il que l'imaginer à sa propre ressemblance, afin qu'elle appartienne au petit nombre de ceux qui savent que le combat et la victoire n'apportent rien, mais qui ne se dérobent ni devant l'un ni devant l'autre.

Qu'elle aille donc jusqu'au terme de son ambition, comme il l'avait fait avant elle !

Elle était parvenue loin, haut et vite. Qu'est-ce que quatre années quand on n'a que la trentaine ?

Il l'avait aidée parce que, l'ayant revue en janvier 1986, dans un restaurant de la place du Palais-Royal, il avait éprouvé de la joie, comme si la jeunesse lui était d'un coup revenue, une insouciance même qu'il ne s'était peut-être jamais connue.

Elle portait maintenant ses cheveux relevés en chignon et un tailleur à la veste cintrée, à la jupe serrée, au ras des genoux, point trop courte, donc, mais assez pour qu'on pût imaginer — voir — ses cuisses qu'elle avait nerveuses, brunes, il le savait. Il avait été prêt à se soumettre sur-le-champ, à la servir pour obtenir d'elle, à nouveau, ces rendez-vous hebdomadaires, ces fins de semaine à Genève ou à Biarritz, parfois à Deauville.

Il lui avait fait connaître Gérard Monin et Jean-Pierre Daguet, parce que le pouvoir allait changer de mains et qu'ils allaient être ministres. Il l'avait observée au cours de cette rencontre, derrière les tentures de velours grenat du restaurant de la rue Laffitte. Elle avait été séductrice et habile, parce que sans illusions, et ils étaient si bouffis de vanité, déjà, qu'ils en avaient les paupières closes, souriant niaisement quand elle leur avait déclaré que, chef d'entreprise, elle était tout naturellement l'alliée des libéraux.

— N'est-ce pas ? avait murmuré Vecchini.

Elle avait été la seule à sourire.

Au cours de ces années 1986-90 où le monde, comme l'avait chanté François Mazan (pauvre Mazan, heureux Mazan, mort en croyant !), avait « changé de bases » — fini le Mur, fini l'Empire soviétique, bientôt finie l'URSS, moribond le socialisme —, Vecchini s'était contenté de regarder Sabine Duruy jouer.

Elle ne cherchait dans les bouleversements en cours que l'occasion de pousser son pion. Et, tel un vieux maître qui parfois, du bout du doigt, indique une case à occuper, Vecchini l'avait conseillée. Grâce à elle, il avait ainsi continué la partie.

Elle avait obtenu entre 1986 et 1988 — cohabitation oblige, comme on disait — l'appui du gouvernement. Monin et Daguet lui avaient confié la gestion du budget de la communication des ministères qu'ils occupaient. Mais, avait murmuré Vecchini, il fallait continuer de voir Mauranges, le président et même Hassner et Legat. Elle l'avait écouté, les coudes sur la table, le menton posé sur ses poings fermés, puis, à voix basse, elle avait dit que le président serait candidat en 1988 et qu'il serait réélu.

— Vous le voyez, donc tout est bien, avait dit Vecchini.

Elle avait haussé les épaules. Il n'était pas nécessaire de se promener avec lui dans Paris — on avait écrit qu'elle l'avait accompagné à plusieurs reprises chez des libraires ou des antiquaires — pour comprendre ce genre de choses.

— Vous ne le voyez pas ? s'était-il alors inquiété.

Elle n'avait pas répondu, se contentant de dire que le président était fidèle en amitié et qu'en 1988, après sa réélection, Jean Legat serait à nouveau ministre de la Communication.

Elle avait longuement regardé Vecchini et il avait compris ce jour-là qu'elle voulait abattre Legat, le remplacer, et qu'elle y parviendrait.

C'était une partie qui avait amusé Vecchini, comme si Sabine Duruy avait été la part audacieuse, encore jeune, de lui-même.

Il avait d'abord fallu écarter Alexandre Hassner.

Il s'était séparé de Sabine dès 1986, mais il était resté l'un des conseillers du président, affirmant partout qu'il dirigeait avec Mauranges l'équipe chargée de préparer les élections de 1988. Le thème de « la France unie » ou celui de « la France qui gagne », était-ce lui ou l'un de ses concurrents ? Il les revendiquait. D'autres aussi.

Mais, l'élection présidentielle intervenue, le nouveau gouvernement constitué, Legat toujours à son poste — comme Sabine l'avait prévu — Hassner était devenu enragé, vulgaire, accusant Vecchini de jouer Sabine contre lui, s'en prenant au président qui se perdait, avait-il affirmé, dans les labyrinthes qu'il traçait et « n'avait plus la main ».

Vecchini avait paru approuver ses propos puis, rencontrant Mauranges, redevenu ministre, il lui avait suffi de s'étonner : qu'avait donc fait le président à Alexandre Hassner ?

— Rien de pire qu'un amour fou déçu. Hassner ne vous aime plus.

— Quel con, avait lâché Mauranges.

A quelques jours de là, la présidence n'avait pas renouvelé les contrats de l'agence H and H. Disgrâce inattendue, avait-on commenté. Hassner avait juré qu'il avait de lui-même renoncé à apporter son concours à une équipe d'incompétents. Avait-on idée de conserver un Jean Legat au gouvernement ? L'échec électoral de 1986 n'avait donc servi à rien. Lui se retirait à Saint-Barth, à moins que d'autres ne fissent appel au talent de l'Agence. L'intérêt de la France avant tout, n'est-ce pas ?

L'opposition l'avait sollicité.

L'agence H and H avait donc engagé d'autres créatifs.

Restait Jean Legat.

Il avait forci depuis 1981, sa moustache et ses cheveux grisonnaient, mais il avait perdu cette allure fruste qui lui venait de ses origines populaires. Il s'habillait anglais. Comme ses fonctions le conduisaient à paraître souvent à la télévision, les tailleurs lui offraient costumes, chemises, cravates et même chaussettes. D'autres le laissaient choisir à sa guise parmi les chaussures ou les lunettes.

Il avait acquis l'assurance que confère une décennie au pouvoir. Les deux années qu'il avait dû passer comme simple député avaient simplement contribué à lui redonner de l'appétit, comme un jeûne après un banquet et avant le suivant. Un trou normand.

Vecchini avait beau se défendre des sentiments extrêmes, il haïssait cet homme-là, non à cause des avantages médiocres dont il bénéficiait, mais de la bonne conscience, de la satisfaction bornée qu'il affichait. Jamais Vecchini n'avait éprouvé cela pour Georges Mauranges, cynique et retors. Mais Jean Legat était le faux prêtre.

Et c'est lui qui, chaque année, avait prononcé avec aplomb un discours sur la stèle rappelant le sacrifice de Noémie Mazan.

— S'il quittait le gouvernement..., avait dit Sabine Duruy, s'interrompant aussitôt.

Ils étaient assis l'un en face de l'autre, sous une tonnelle, au bord du lac de Genève, au cours de l'un de ces week-ends peu nombreux qu'elle lui avait accordés.

Chaleur brumeuse, voix étouffées montant de la rive, cette vapeur enveloppant les collines, masquant les falaises du Jura au loin à l'ouest, et Sabine, si jeune, ne portant qu'un chemisier blanc comme une gaze qui ne dissimulait pas ses seins nus, mais en rendait floue la forme. Parfois, la brise collait le tissu ajouré contre la peau et les seins apparaissaient dans leur netteté brune.

— On peut l'y inciter, avait murmuré Vecchini.

Elle n'avait rien sollicité. Elle avait simplement serré les chevilles de Vecchini entre les siennes.

C'est durant l'automne 1989 que la presse avait commencé à publier des documents concernant Jean Legat.

Un hebdomadaire avait établi — relevé d'honoraires à l'appui — que l'agence H and H avait versé régulièrement des sommes comprises entre 25 000 et 100 000 francs à Jeannine Meillas, épouse Legat, la femme du secrétaire d'Etat qui avait par ailleurs choisi l'agence pour les campagnes de publicité gouvernementale.

Un quotidien avait fait photographier depuis un hélicoptère la villa de Legat à Servanne. Les journalistes de la télévision avaient traqué Jeannine Legat chez elle, obtenant des réponses accablantes, répétées à chaque journal télévisé : « M. Hassner était un ami de mon mari, avait-elle balbutié. Je voulais l'aider, moi aussi. J'ai travaillé réellement, voilà mes enquêtes. » Elle avait feuilleté devant les caméras quatre ou cinq pages dactylographiées.

« Croyez-vous sincèrement, madame, que cela vaut 87 000 francs ? »

Elle avait baissé la tête.

Legat avait tenté de répondre à sa place.

Mais l'hallali était sonné.

On avait trouvé le corps de Jeannine Legat inanimé, chez elle, au bord de la piscine, comme si elle avait voulu s'y précipiter après avoir avalé des barbituriques.

On l'avait sauvée, et la presse avait publié le portrait de cette femme au visage éploré, aux yeux hagards, les bras tombant de part et d'autre du brancard.

« Vous êtes des assassins ! » avait hurlé Legat.

Il avait démissionné à la mi-janvier 1990 et la Haute Cour avait été saisie de son cas.

Lorsque Sabine Duruy avait été nommée secrétaire d'Etat à la Communication en remplacement de Jean Legat, Vecchini n'avait rien ressenti : ni surprise ni joie, ni abattement, sachant qu'il ne la reverrait plus.

Son destin, quel qu'eût été le rôle que Vecchini y avait joué, appartenait à l'ordre naturel des choses.

Il était *naturel* que les vaincus fussent vaincus, que Jeannine Legat fût hospitalisée, que Sabine Duruy expliquât dans les interviewes qu'elle accordait — plusieurs chaque semaine — qu'elle voulait montrer aux femmes qu'on peut franchir tous les obstacles, parvenir au sommet tout en restant femme. Elle souriait, se passait la main dans les cheveux, prenait un air timide, presque tendre.

« Vous étiez orpheline ? » lui demandait-on.

Elle faisait oui, modestement.

Son père était colonel, sa mère fille d'Algérie. Elle veillait à ne pas dire « algérienne ». Ils avaient tous deux été tués par des extrémistes. Elle ne précisait pas lesquels. Elle regrettait qu'ils ne fussent pas vivants, car elle aurait voulu leur exprimer sa reconnaissance. Ils avaient été de merveilleux parents.

Elle remerciait le président qui, en la nommant à ce poste, avait fait confiance à une femme, à la jeunesse.

Car elle était jeune, à peine trente-quatre ans.

Elle souriait et montrait ses dents régulières, acérées.

Elle avait la sincérité des acteurs roués et des vieux courtisans.

Vecchini avait réussi, gagné la partie pour elle et pour lui. Mais il était seul. Il était vieux.

L'une des jaquettes de ses dents, au milieu de la bouche, s'était détachée et il était resté trois jours avec ce trou au milieu du visage comme une plaie symbolique.

Il s'était souvent regardé dans le miroir, à cette occasion, et avait mesuré combien ses traits s'étaient modifiés. La peau de son cou pendait, blanche, comme une petite voile que ne gonfle plus aucun vent.

Chairs flasques, chairs maudites.

Peut-être avait-il décidé de quitter Paris pour Nice, à l'automne 1991, parce qu'il avait eu honte de son apparence.

La boucle était refermée.

Il lui semblait reconnaître, quand il marchait sur le quai des Docks, les grosses dalles disjointes sur lesquelles il avait couru, enfant. L'odeur du port n'avait pas changé, elle, ni la falaise du château.

Se promenant ainsi, un jour du début de décembre 1992, des vers de Péguy lui étaient revenus après des années d'oubli, des souvenirs du temps où il préparait Normale et où le destin de ce fils de rempailleuse de chaises le fascinait.

Péguy aussi, tout comme lui, avait rompu avec les belles âmes, Jaurès et les faux prêtres qui parlaient au nom des humbles et faisaient carrière ou bien appartenaient dès leur naissance au monde d'en haut. Et Vecchini avait été révolté, dès ce moment-là, par le mélange de cynisme et d'hypocrisie qu'il avait cru déceler chez ceux qui se penchaient sur la misère et voulaient défendre les « petites gens », comme ils disaient avec onction.

Peut-être est-ce pour cela qu'il n'avait jamais été du côté de Pierre Brunel, fils de Charles Brunel, conseiller d'État.

Mais il n'était pas non plus l'ami de Benoît de Serlière.

Celui-là, un jour, quand les carnets seraient publiés, il s'agenouillerait aussi, les genoux et les mains dans la merde.

Il s'était donc récité les vers de Péguy qui lui avaient paru annoncer la fin de sa propre vie :

Quand nous aurons joué nos derniers
[personnages
Quand nous aurons posé la cape et le manteau
Quand nous aurons jeté le masque et le couteau...

Il avait oublié la suite.

Quelques jours plus tard, il avait retrouvé un autre vers :

Quand on nous aura mis dans une étroite fosse,

et il avait contemplé, depuis son bureau, le cimetière du Château, là où son père gisait, tas de cendres, depuis un demi-siècle, ce demi-siècle que lui-même venait de parcourir.

Qu'en resterait-il ?

Il avait relu, à la date du dimanche 22 septembre 1985, ces mots en capitales :

FROID ET TERREUR
VOMI À MORT
AGENOUILLÉ COMME UN CROYANT
PRIÉ ?

Et il avait pensé que cette nuit-là, au Ritz, son corps s'était fendu comme une terre qui tremble, pour rejeter, vomir sa vie, parce qu'en lui tout était grouillant, nauséabond, pourri.

Peut-être sa vie était-elle tout entière comme une étroite fosse.

Il avait eu, ce 22 septembre, le désir de se purifier, de vomir sa vie. Mais ça n'avait été qu'un moment, et la faille s'était refermée. Maintenant, dernière partie, il s'était résolu à confier ses carnets à Thomas Joubert.

Pour se débarrasser de soi. Vomir toute une vie. Tout répandre.

Pour pleurer longuement notre tragique
[histoire...

Pour tout purifier ou bien tout salir, tout contaminer ?

Peut-être n'y a-t-il aucune différence ?

Aucune miséricorde à attendre, aucune « jeune splendeur » à contempler de loin, au contraire de l'espérance de Péguy ?

Rien que le jeu, rien que la comédie, que la vie ?

Vecchini avait composé le numéro de Joubert pour lui fixer rendez-vous ici, au 8, quai des Docks, le quai de son enfance et, il l'avait souhaité, celui de sa mort.

Epilogue

Le drame, il faut savoir y tenir sa partie

43

David Hassner avait laissé Laure marcher entre les vignes et il était resté debout sur le talus, le coude appuyé à la stèle de granit noir rappelant la mort de Noémie Mazan, le 8 octobre 1943.

La terre était sèche et le vent de mars froid, fantasque. Des rafales succédaient à de longues accalmies pendant lesquelles, dans le silence, il refaisait presque chaud. Le soleil était haut et les vitres des mas, des maisons de Rochegude et de Suze-la-Rousse éblouissaient comme des foyers d'incendie. Puis arrivaient, annoncées par une rumeur de tempête, des bourrasques aussi rageuses que des vagues déferlantes venues de l'horizon, ce vaste océan bleu. Il fallait alors se courber, enveloppé par la poussière. Pliés et secoués, les cyprès et les mûriers de l'allée qui conduisait au mas des Mazan tremblaient.

Loin déjà, entre les ceps, Laure avait continué d'avancer contre le vent ; son manteau noir, trop large, soulevé, formait comme deux grandes ailes et ses cheveux étaient si blonds qu'on eût dit, à certains moments, de longues flammes dansant autour de son visage.

David l'avait appelée.

Il avait eu besoin de hurler son nom que le vent emportait : Laure, Laure, Laure, Laure !

Elle avait levé le bras sans se retourner et il s'était souvenu d'un geste identique qu'elle avait fait, c'était il y avait près de sept ans, quand, place Denfert-

Rochereau, dans le cortège des lycéens qui passaient, protestant contre les projets du gouvernement, elle avait paru l'appeler et David, qui la connaissait à peine — une fille, la plus grande, de la classe de première —, l'avait rejointe et prise par l'épaule.

Ils avaient marché ainsi jusqu'à l'esplanade des Invalides.

C'était en 1986, ils avaient l'un et l'autre quinze ans. Ils ne s'étaient plus quittés.

Il vivait avec sa mère, rue de Fleurus, un appartement qui semblait vide depuis le départ d'Alexandre Hassner.

Elle habitait chez ses parents, Jean-Claude et Élisabeth Guillaud, rue de l'Ouest, lui journaliste indépendant, elle professeur de classe préparatoire au lycée Fénelon.

Au bout de quelques mois, au gré de leur emploi du temps et de leur fantaisie, Laure et David avaient habité — pour deux ou trois jours, une semaine au plus — rue de Fleurus ou rue de l'Ouest. Ils étaient un couple, si naturellement que ni les parents de Laure, ni Héloïse Parrain, la mère de David, n'avaient osé s'opposer à leur choix.

David l'avait encore appelée — Laure, Laure, Laure ! —, mais elle n'avait plus levé le bras, comme si elle n'avait pas entendu, peut-être à cause du vent, et l'angoisse et la peur qu'il tentait depuis des semaines de contenir l'avaient submergé, et l'idée qu'il allait perdre Laure, qu'elle pourrait elle aussi être un jour abattue entre les vignes, comme Noémie Mazan, s'était imposée à lui.

Il avait *vu* Laure, étendue entre les ceps, le visage écrasé contre les mottes, les cheveux épars sur ses épaules, son manteau noir troué de rouge.

Il avait hurlé : Laure, Laure, Laure ! Puis, comme elle ne s'était pas retournée, il s'était élancé derrière elle.

La peur qui le tenaillait était née quai des Docks, ce 20 décembre 1992, il y avait moins de trois mois, quand il avait laissé Laure seule, appuyée aux montants de la grue, en face du numéro 8, cette maison d'Antoine Vecchini qu'il avait immédiatement repérée, lisant à droite du porche, parmi la liste des noms, ces initiales et ces quelques mots : *A.V. — 5e étage droite.*

C'était donc là qu'il habitait, ce type dont Thomas Joubert lui avait dit, dans son bureau de l'Institut d'Histoire contemporaine : « Vecchini ? Ce n'est pas un sujet de thèse pour vous, Hassner. » Joubert s'était levé, avait ouvert une armoire, montré une série de dossiers : « C'est mon sujet. » Il avait ri : « Privilège de professeur, mon vieux. Pour vous, ce serait une affaire de famille : très mauvais. Je le vois la semaine prochaine, le 20, à Nice. Je vous dirai, si ça vous intéresse. »

Puis, comme s'il avait regretté cette confidence, Joubert s'était repris : « Je le vois, je le vois, je *devrais* le voir... Je pense que ce sera plutôt en janvier. »

Il avait promis à David de réfléchir à une recherche plus circonscrite, moins problématique. En consultant son agenda, il lui avait fixé rendez-vous pour la fin janvier.

Cette semaine-là de décembre, ils habitaient rue de l'Ouest, chez les parents de Laure. Ils avaient à leur disposition une grande chambre donnant sur un jardin.

Il faisait beau, le soleil inondait la pièce et David avait raconté à Laure comment, l'année précédente, sa grand-mère Annie Parrain l'avait chargé de remettre à *Monsieur Thomas Joubert, professeur à l'Institut d'Histoire contemporaine,* une enveloppe contenant des documents. Laure se souvenait-elle ? Elle avait haussé les épaules, incertaine. Le lui avait-il seulement dit ?

Il avait ouvert l'enveloppe — oui, il avait fait ça — et lu ce récit des années de guerre 1943-44. Cela lui appartenait aussi, non ? Le texte, une trentaine de feuillets dactylographiés, commençait par ces lignes qu'il avait recopiées :

> *C'est autour d'Antoine Vecchini que mes souvenirs s'ordonnent.*
>
> *J'ai le sentiment qu'il n'a jamais cessé, au cours des dix années passées, depuis le jour où je l'ai rencontré pour la première fois, ici même, sur l'aire du mas des Mazan, de nous observer, Noémie, François, Pierre, moi, de jouer avec nous, décidant de laisser mourir l'un, de sauver l'autre, ou bien de nous utiliser à sa manière, calculatrice et glacée.*

— Alors ? avait demandé Laure.

David avait remis l'enveloppe à Thomas Joubert et Annie Parrain ne l'avait jamais questionné, comme si elle avait eu peur que David ne lui avouât son indiscrétion, ne l'interrogeât sur ces années 1943-44, sur le 84, rue d'Hauteville, sur Nella Vandorès, sur ce Vecchini et surtout sur François Mazan, ce grand-père héroïque, aussi lointain, aussi présent qu'un personnage imaginaire.

Mais, à compter de ce jour, le nom de Vecchini s'était insinué en lui.

David s'était souvenu de ces disputes, chez ses grands-parents, rue Michel-Ange, peut-être n'avait-il alors que cinq ou six ans. Annie Parrain et Pierre Brunel lançaient ce nom avec hargne l'un contre l'autre, puis Pierre s'enfermait dans son bureau où David allait le rejoindre, s'installant en face de lui, de l'autre côté de la table, dessinant, demandant à Pierre de lui raconter, quoi ? David pensait que Pierre savait tout. Et Pierre pouvait en effet dire comment d'Artagnan avait berné le cardinal de Richelieu, et de Gaulle, depuis l'Hôtel-de-Ville, lancé ces mots, en 1944 : « Paris, Paris libéré par lui-même, avec l'aide de la France tout entière, de la France qui se bat... » Et il semblait à David entendre sonner à toute volée les cloches de Notre-Dame... Peut-être devait-il à ces moments-là, à ces disputes-là, sa passion pour l'Histoire ?

Il s'était souvenu aussi de ces chuchotements entre sa mère et Françoise Lallier chez cette dernière, rue du Bac, ou dans les bureaux des Éditions MDG-Lallier, et de ce nom, Vecchini, qu'il devinait.

Cette enveloppe ouverte remise à Joubert, il avait voulu ne pas laisser le silence se refermer et il avait, à la bibliothèque, trouvé çà et là une note renvoyant à Vecchini, « l'homme d'influence », « le dispensateur de fonds de la banque Wysberg et Cie dans son officine de la rue Taitbout », « l'organisateur de réseaux dans toute l'Europe, l'un des animateurs de la bataille contre le mensonge communiste », peut-être un cagoulard, peut-être un précurseur, un homme complexe, fascinant, ambigu, insaisissable, qu'on retrouvait dans l'ombre autour de la plupart des affaires et à tous les tournants de la IVe et de la Ve République, proche et souvent ami des personnalités les plus en vue de la politique et de la littérature, quelles que fussent leurs idées : ainsi Benoît de Serlière, Mauranges, Ferrand, Challes... « La publication de ses archives ou de ses mémoires jetterait un éclairage capital sur les hommes et les événements de ces cinquante dernières années. Mais, à part les historiens et les citoyens, qui, parmi le personnel politique, toutes opinions confondues, aurait intérêt à pareille publication ? »

Dans un livre de souvenirs, il avait lu un portrait de Vecchini par Benoît de Serlière qui le présentait comme « une sorte d'artisan méconnu de la construction européenne, d'esthète et d'érudit, un philosophe sceptique entre Voltaire et Nietzsche, engagé dans l'action ». Phrases complaisantes qu'il avait suffi à David de parcourir pour imaginer que Serlière devait craindre Vecchini, qu'il le contournait comme une bête fauve assoupie dont il lui fallait respecter le sommeil.

Puis il avait étudié, plume à la main, le livre de

Joubert consacré à la Cagoule, intriguant, semé d'allusions, laissant entendre qu'au sein même de la Cagoule avait existé un comité restreint, secret, autour de Paul-Marie Wysberg, président de la banque Wysberg et Cie, dont Vecchini aurait fait partie.

Enfin, examinant méthodiquement les fichiers, il avait découvert un essai que Vecchini avait écrit en 1938, *L'Europe nouvelle,* et, dans celui-ci, quelques lignes consacrées à François Mazan, « le père de ma mère », avait-il expliqué une nouvelle fois à Laure.

C'étaient ses origines, avait-il dit, ses sources qu'il recherchait, c'était plus qu'un désir, plus qu'un droit : un devoir.

Laure était venue vers lui, s'était assise sur ses genoux, lui avait entouré le cou en lui caressant la joue, la nuque.

« Si on se baladait jusque là-bas pour que tu voies sa tête, à ce type-là ? »

Elle avait toujours su d'avance ce qu'il allait désirer.

Ils étaient partis le soir même en empruntant la voiture du père de Laure, roulant vite jusqu'au mas des Mazan. Ils avaient dormi quelques heures, puis, en début d'après-midi, s'étaient promenés dans la campagne.

David lui avait fait découvrir le panorama de la plaine viticole telle qu'on l'apercevait depuis le village de Servanne. Là, cette grande bâtisse aux volets clos, c'était le mas de Jean Legat : dans la piscine, en 1983, « j'avais douze ans »...

David s'était interrompu. A quoi bon évoquer cette scène, sa mère, son père ?

Il l'avait cependant racontée et, comme elle le faisait souvent, Laure lui avait entouré l'épaule.

Mais avait-il besoin d'être consolé ? Il avait toujours considéré son père comme un personnage étrange, étranger — « ne dis pas ça », avait murmuré Laure.

« Trop gros, avait-il continué, trop écrasant. »

Il n'avait plus parlé en redescendant vers le mas,

mais il s'était arrêté devant la stèle de granit noir. Il avait pris le bras de Laure et avait expliqué que son vrai père, celui qu'on admire, qu'on rêve d'imiter, avait été Pierre Brunel, et que les plus belles vacances de sa vie, il les avait passées là avec lui au mas des Mazan — il montrait la campagne, le village de Rochegude — durant l'année 1980. Il avait alors neuf ans, mais ses souvenirs étaient précis. Pierre lui avait parlé chaque jour comme s'il savait qu'un an plus tard il allait mourir.

David avait tendu le bras vers les vignes. Il s'était tué là, le 14 juillet 1981. Mais, même après sa mort, ç'avait été le père. Chez lui, rue Michel-Ange, David avait lu presque tous les livres que Brunel possédait, ainsi que ceux de son propre père, Charles Brunel, du moins ceux qui avaient échappé au saccage des miliciens. Il avait découvert les lettres manuscrites de Zola, les livres de Malraux dédicacés, et l'œuvre complète d'Aragon que Pierre avait annotée, qu'il connaissait par cœur et dont il récitait souvent de longs passages.

— Écoute, avait encore murmuré David :

Jeunes gens le temps est devant vous comme un cheval
[échappé
Qui le saisit à la crinière entre ses genoux qui le dompte
N'entend désormais que le bruit des fers de la bête qu'il
[monte
Trop à ce combat nouveau pour songer au bout de
[l'équipée
Jeunes gens le temps est devant vous comme un appétit
[précoce...

« J'aurais dû m'appeler Brunel ou Mazan », avait-il ajouté.

Elle lui avait fermé la bouche avec la paume de sa main gauche, le bras toujours passé autour de son cou.

Le lendemain, ils étaient repartis pour Nice et ils avaient loué une chambre dans un hôtel au-delà du port, sur la route de la Tour Rouge, à une dizaine de minutes du quai des Docks. Et, après avoir trouvé l'adresse d'Antoine Vecchini, ils avaient commencé à visiter le quartier, passant et repassant devant le numéro 8, hésitant à sonner.

Laure avait voulu se promener seule et David l'avait vue, depuis la fenêtre de l'hôtel, s'éloigner, son large manteau noir qu'elle ne boutonnait jamais battant ses jambes, car le vent était fort.

Elle était rentrée tard et il l'avait guettée alors que la mer et le ciel déjà rougeoyaient.

Elle croyait, avait-elle dit, l'avoir aperçu, ce petit vieux au visage chafouin, aux lunettes à monture noire. Ce type — Vecchini, sans doute, il habitait bien 8, quai des Docks — l'avait regardée et elle avait eu peur, comme ça, sans raison, à cause de son insistance, des plis autour de sa bouche, de la cruauté qu'elle avait cru déceler dans son regard. Mais peut-être avait-elle imaginé ?

Ils avaient fait longuement l'amour, mêlant leurs corps, s'endormant enlacés cependant que les volets battaient.

Le lendemain 20 décembre 1992, le jour où Thomas Joubert devait, selon ce qu'il avait dit, rencontrer Vecchini, David avait souhaité quitter Nice.

Il s'était emporté, peut-être avait-ce été sa première colère. Quel était le sens de sa présence ici ? A quel jeu s'adonnait-il ? Que lui apporterait le fait de savoir que Thomas Joubert entrerait ou n'entrerait pas au 8, quai des Docks ? Qu'est-ce que c'était d'ailleurs que ce Joubert ? Les professeurs de l'Institut ne l'aimaient pas, tous les étudiants le savaient.

Souvent, quand elle voulait, lors des travaux dirigés, critiquer un exposé, Emmanuelle Bois, dont David suivait les cours, disait que d'autres peut-être, qui avaient le goût du journalisme plus que de l'histoire, du spectaculaire plus que de la recherche savante, auraient apprécié le point de vue exprimé, mais elle, n'est-ce pas, plaçait la rigueur au-dessus de tout. Si certains étudiants contestaient sa conception du travail historique, qu'ils s'inscrivent à un autre groupe !

Chacun comprenait qu'elle parlait de celui qu'animait Thomas Joubert.

Et cependant, peut-être à cause de cela, David Hassner avait été attiré par Joubert. Ce professeur détonnait parmi ses collègues, avec sa casquette enfoncée jusqu'aux sourcils, ses vestes à gros carreaux, ses pantalons de velours, et cette femme dont on disait qu'elle avait été son étudiante, qui venait l'attendre dans le hall de l'Institut, grande, mince, des appareils photo en bandoulière, l'allure provocante avec ses cheveux flous, ses pantalons et son blouson de toile moulant ses formes.

David avait assisté à des conférences libres que donnait Joubert dans l'amphithéâtre Marc-Bloch. Joubert parlait d'une voix tendue, mettant au jour ce qu'il appelait la « mathématique sociale » de l'histoire contemporaine française — il était abstrait et concret à la fois —, dégageant des principes, des théorèmes historiques, n'hésitant pas à brosser le portrait des acteurs, certains encore vivants.

« L'histoire, c'est cela, disait-il : des atomes individualisés, mais portés par des forces et obéissant à des lois, un mouvement brownien. L'humain, le *trop humain* est l'expression d'un ensemble sidéral. Chaque vie est une histoire en soi, singulière, totale, et elle n'est rien d'autre, en même temps, que la traduction du mouvement entier du système. »

« Conneries », avait dit Emmanuelle Bois lorsque David avait, presque mot pour mot, placé cette phrase en introduction à l'un de ses exposés. « D'où sortez-vous ce galimatias ?

— Monsieur Joubert..., avait-il balbutié.

— Pas de joubêtise ici ! » avait-elle lancé au milieu des rires.

Mais quand Annie Parrain avait interrogé David sur la personnalité de Joubert, il avait tracé de lui un portrait flatteur, en s'étonnant lui-même de l'assurance avec laquelle il avait conclu qu'elle pouvait lui faire confiance, lui communiquer les documents — lui, David, se chargerait de les lui transmettre.

— Allons-nous-en, avait répété David. Je me fous de tout ça !

Laure avait déjà enfilé son manteau et il l'avait suivie jusqu'aux abords du quai des Docks, contraint de l'abandonner là, près de la grue, tandis qu'il continuait, allait s'installer sur la place de l'Ile-de-Beauté, appuyé à la rambarde qui entourait cette place, afin d'embrasser toute la perspective du quai et la silhouette de Laure adossée au montant de la grue.

C'est à ce moment-là que la peur avait commencé à sourdre en lui.

Il n'en avait d'abord pas pris conscience, attentif aux voitures qui s'engageaient sur le quai. Puis il avait sursauté, s'était reculé, comme si Thomas Joubert avait pu le voir en descendant du taxi, car c'était Joubert, à n'en pas douter, cet homme trapu qui regardait l'immeuble du 8, quai des Docks, avant de se diriger vers Laure.

Bien sûr, il ne la connaissait pas, elle n'était pas étudiante à l'Institut et n'avait jamais rencontré Joubert, et pourtant David avait craint que celui-ci ne l'interpelle, mais Laure avait tourné la tête et s'était éloignée vers le bout du quai, son manteau noir soulevé par le vent.

David l'avait cherchée des yeux, angoissé, se reprochant l'initiative stupide qu'il avait prise, un enfantillage, l'apercevant enfin à nouveau qui marchait le long du quai d'un pas lent, vers l'embarcadère.

David avait aussi repéré, assis sur un banc, Thomas Joubert. Et la peur l'avait repris, mais Laure avait disparu derrière la jetée.

C'est là qu'il l'avait enfin rejointe, la prenant dans ses bras, ému comme si elle avait échappé à quelque danger, l'entraînant, lui répétant qu'il fallait partir immédiatement, qu'ils allaient rouler jusqu'à Mazan, dormir au mas, puis regagner Paris dès le lendemain.

La peur refoulée, oubliée quelques jours, Laure terminait son premier projet de scénario et David l'avait aidée à le mettre au point. Heures passées côte à côte, rue de Fleurus ou rue de l'Ouest, portes et volets clos, avec seulement leurs corps, leurs voix, leurs mots.

Puis, à la rentrée de janvier, l'avis affiché dans le hall de l'Institut annonçant *la mort accidentelle du professeur Thomas Joubert,* et l'invitation faite aux étudiants de participer à *l'hommage solennel que le personnel enseignant de l'Institut lui rendra le 7 janvier 1993, à l'amphithéâtre Marc-Bloch.*

C'était comme si on avait arraché à David le pansement qui protégeait sa plaie.

Il avait erré dans le hall, interpellé Emmanuelle Bois qui, d'une voix convenue, répétait : « Eh oui, il avait à peine quarante ans, je vais reprendre ses cours. » Et il avait dû se retenir pour ne pas la bousculer, la gifler, en même temps qu'il se souvenait de la voix aiguë et rude de Joubert répétant : « Chaque vie est une histoire en soi, singulière, totale, et elle n'est rien d'autre, en même temps, que le mouvement entier du système... »

Il s'était précipité à la bibliothèque de l'Institut, dépouillant les quotidiens des jours précédents, à la recherche de l'annonce du décès de Joubert. Ce bref entrefilet qui décrivait l'accident survenu sur l'autoroute, non loin de Nice, cet encadré noir, ces noms les uns au-dessous des autres, et le premier de liste : *Federica Joubert, née Matreanu,* son épouse — ce n'était donc que cela, la mort de Thomas Joubert ?

Personne ne connaîtrait les souvenirs qui lui étaient revenus alors qu'explosait sa dernière douleur.

Qui saurait jamais pourquoi, à cet instant-là, au lieu de suivre la courbe de la route, il avait continué droit vers la falaise, assoupi peut-être, ou bien incapable de tourner la direction devenue folle, quelqu'un ayant, couché sur le sol, sous la voiture, desserré avant son départ quelques boulons ?

A moins que, comme Pierre Brunel, il n'eût voulu lui aussi choisir le lieu et l'heure ?

Quelles qu'en eussent été la cause, cette mort avait atteint David comme si elle avait annoncé un malheur proche.

Il avait appelé Laure : « Tu es là ? » avait-il répété, l'exhortant à ne pas sortir, à l'attendre.

Ils habitaient ce jour-là rue de Fleurus et il avait couru tout au long du trajet, comme s'il avait dû arriver vite, devançant la menace qui allait fondre sur elle.

— Joubert..., avait-il dit en la serrant contre lui.

C'étaient une peur et une tristesse irraisonnées. On meurt sur les routes. Pourquoi pas Thomas Joubert ? Au demeurant, David le connaissait à peine, n'ayant échangé que quelques mots avec lui. Pourtant, cette angoisse, l'impossibilité où David était de se séparer de Laure, tout un désespoir accumulé, dont il n'avait jamais eu conscience, venaient de jaillir en lui : la mort de Pierre Brunel, il y avait plus de dix ans (son oncle Joseph s'était étonné, lors des obsèques, David l'avait entendu : « Ton fils ne semble pas très touché... Tant mieux, tant mieux, avait-il dit à Héloïse Parrain. Je croyais pourtant qu'il adorait papa »), la séparation de ses parents, tout cela que la mort de Joubert, brutalement, mettait au jour.

« Changeons de pays », avait-il dit d'une voix grave en s'écartant enfin de Laure. Elle lui avait pris les joues entre ses mains :

« David, David », avait-elle murmuré.

Puis cette lettre postée à Nice, arrivée depuis deux ou trois jours et que sa mère avait oublié de lui remettre.

David avait hurlé, trépigné comme jamais il ne

l'avait fait, et Héloïse Parrain avait simplement demandé, tournée vers Laure, ce qui le prenait, le considérant avec tristesse et une sorte d'étonnement accablé, comme si elle avait reconnu en lui les traits de caractère d'Alexandre Hassner.

David s'était enfermé dans la chambre, avait réexaminé le cachet, l'adresse écrite en majuscules, puis ces quelques lignes sur une fiche à en-tête de l'Institut d'Histoire contemporaine :

« *Cher Hassner,*

On ne sait jamais. Si je ne pouvais vous rencontrer — cas définitif de force majeure —, téléphonez à mon ami Daniel Lesmonts, à Ittenheim : 88 46 77 23. Il sait tout sur Antoine Vecchini.

Mais j'espère vous revoir et parler du « vieux salaud » — Vecchini ! — et de quelques autres choses.

Cordialement,

Thomas Joubert. »

David avait glissé cette lettre dans un livre, restant silencieux quand Laure, puis sa mère l'avaient interrogé, et comme cette dernière insistait, il s'était tout à coup redressé, demandant à Héloïse Parrain si elle connaissait Antoine Vecchini. Savait-elle ce que grand-mère avait écrit sur cet homme ? « *C'est autour d'Antoine Vecchini que mes souvenirs s'ordonnent...* », puis, devant la pâleur de sa mère, il s'était interrompu.

« Nous parlerons, je veux que nous parlions de tout ça », avait lâché Héloïse Parrain en quittant la chambre.

Il avait crié qu'il n'y tenait pas, qu'on lui fiche la paix avec ça !

Combien de jours avait-il fallu qu'il attende pour apprendre la mort d'Antoine Vecchini — explosion accidentelle ou criminelle, les hypothèses variaient —, pour être tout entier enveloppé par la peur, le sentiment qu'en fouillant dans le passé, en déchirant cette enveloppe qu'Annie Parrain avait destinée à Thomas Joubert, il avait accompli un acte sacrilège, vu et su ce qu'il aurait dû ignorer ?

Il avait évité sa mère, expliqué à Laure qu'il souhaitait pour quelque temps vivre rue de l'Ouest, avec elle, chez ses parents.

Durant des semaines, il avait refusé de prendre sa mère au téléphone, laissant Laure répondre, expliquer maladroitement qu'il travaillait. Puis, un soir, Françoise Lallier avait appelé et David avait bien dû l'écouter raconter cette histoire, prononcer ce nom de Vecchini qu'Héloïse Parrain avait porté, exprimer sa certitude que le père d'Héloïse était bien François Mazan. Il avait répondu d'une voix ennuyée qu'il savait tout cela depuis plus d'un an, qu'il avait lu les souvenirs de sa grand-mère Annie Parrain et — il s'était efforcé de rire — qu'il n'avait jamais nourri aucun doute sur sa propre hérédité. Il s'était montré hautain et désinvolte. Que Françoise rassure Héloïse Parrain ! Mais, au moment où il disait cela, sa peur, son doute étaient plus forts que jamais.

Que savait-il, en fait ? Que valait un témoignage, surtout quand, comme Annie Parrain, on était juge et partie ?

Pourtant, ils étaient retournés pour quelques jours rue de Fleurus.

David avait revu sa mère et ils avaient échangé des mots sans importance, dîné en compagnie de Françoise Lallier, chez elle, rue du Bac.

On avait parlé des élections à venir, de la faillite annoncée de la gauche.

« La gauche, la gauche ! s'était exclamé David. Qui est à gauche : Jean Legat, mon père ? Vecchini l'avait été lui aussi, non ? Ami de Mauranges et de bien d'autres, n'est-ce pas ? »

Laure lui avait pris la main et l'avait serrée.

En rentrant rue de Fleurus, il avait montré à Laure la carte de Joubert.

« Tu as téléphoné ? » avait demandé Laure.

Il avait secoué la tête.

Elle avait commencé à composer le numéro, mais il avait voulu l'en empêcher. Demain matin. Ce soir, il était trop tard, avait-il murmuré.

« Maintenant », avait-elle répondu en se dégageant.

On avait décroché immédiatement, comme si on s'était trouvé à côté de l'appareil, attendant un appel. Sitôt après avoir entendu le nom de Hassner, Daniel Lesmonts avait dit que Joubert l'avait prévenu que, peut-être, l'un de ses étudiants, David Hassner, en effet, allait l'appeler si quelque chose s'était produit.

David avait lu la carte de Joubert.

Lesmonts était resté silencieux, puis avait dit : « Ils l'ont tué, et après, ç'a été Vecchini. »

La peur broyait à nouveau la poitrine de David.

« On peut se voir, avait-il cependant ajouté. Il le faut, je crois. »

Ils s'étaient fixé rendez-vous au mas des Mazan, le deuxième lundi de mars.

« D'ici là, j'aurai fini, je vous montrerai, avait conclu Lesmonts. Je vous donnerai *ça*. »

Et maintenant, sur cette terre sèche que balayait le vent froid de mars, David et Laure attendaient l'arrivée de Daniel Lesmonts.

Laure était remontée sur le talus et son manteau noir claquait comme un drapeau, enveloppant parfois la stèle de granit dédiée à Noémie Mazan, à laquelle elle s'appuyait comme David.

Lentement, comme si les mots avaient surgi un à un de la dense brume du temps, David s'était souvenu de ces vers d'Aragon que Pierre Brunel avait écrits en lettres capitales sur une double page accrochée à sa bibliothèque, en face de son bureau, rue Michel-

Ange, au milieu des livres de son père et de son grand-père :

Le drame, il faut savoir y tenir sa partie et même qu'une
[voix se taise
Sachez-le toujours le chœur profond reprend la phrase
[interrompue
Du moment que jusqu'au bout de lui-même le chanteur
[a fait ce qu'il a pu
Qu'importe si chemin faisant vous allez m'abandonner
[comme une hypothèse.

— Le voilà, avait dit Laure.

La voiture de Daniel Lesmonts s'avançait dans l'allée aux mûriers.

Le vent, à cet instant, s'était calmé.

Juin 1993

Table

Prologue 1 : A la rencontre de ce que l'on croit fuir 11

Prologue 2 : Une jeune fille passait 43

Prologue 3 : Avant qu'ils ne sachent, avant qu'ils n'imaginent 75

Première partie

Le noir des abysses 83

Deuxième partie

La beauté rousse de l'automne et de l'hiver 177

Troisième partie

Advienne que pourra 195

Quatrième partie

La charogne et le vautour 233

Cinquième partie

La saison des ambitieux 289

Sixième partie

Les palais de cendres 419

Épilogue : Le drame, il faut savoir y tenir sa partie 551

DU MÊME AUTEUR

Romans

Le Cortège des vainqueurs, Laffont, 1972, et Le Livre de Poche.
Un pas vers la mer, Laffont, 1973, et J'ai Lu.
L'Oiseau des origines, Laffont, 1974, et J'ai Lu.
La Baie des Anges :
I. *La Baie des Anges*, Laffont, 1975, et J'ai Lu.
II. *Le Palais des Fêtes*, Laffont, 1976, et J'ai Lu.
III. *La Promenade des Anglais*, Laffont, 1976, et J'ai Lu.
La Baie des Anges, 1 vol., coll. « Bouquins », Laffont, 1982.
Que sont les siècles pour la mer, Laffont, 1977, et Le Livre de Poche.
Les Hommes naissent tous le même jour :
I. *Aurore*, Laffont, 1978, et Le Livre de Poche.
II. *Crépuscule*, Laffont, 1979, et Le Livre de Poche.
Une affaire intime, Laffont, 1979, et Le Livre de Poche.
France, Grasset, 1980, et Le Livre de Poche.
Un crime très ordinaire, Grasset, 1982, et Le Livre de Poche.
La Demeure des puissants, Grasset, 1983, et Le Livre de Poche.
Le Beau Rivage, Grasset, 1985, et Le Livre de Poche.
Belle Époque, Grasset, 1986, et Le Livre de Poche.
La Route Napoléon, Laffont, 1987, et Le Livre de Poche.
Une affaire publique, Laffont, 1989, et Le Livre de Poche.
Le Regard des femmes, Laffont, 1991.
La Fontaine des Innocents, Fayard, 1992, et Le Livre de Poche.
L'Amour au temps des solitudes, Fayard, 1993.

Histoire, essais

L'Italie de Mussolini, Perrin, 1964 et 1982, et Marabout.
L'Affaire d'Éthiopie, Le Centurion, 1967.
Gauchisme, réformisme et révolution, Laffont, 1968.
Maximilien Robespierre. Histoire d'une solitude, Perrin, 1968 et 1989, et Le Livre de Poche.
Histoire de l'Espagne franquiste, Laffont, 1969, et Marabout.
Cinquième Colonne, 1939-1940, Plon, 1970 et 1980, éd. Complexe, 1984.
Tombeau pour la Commune, Laffont, 1971.
La Nuit des Longs Couteaux, Laffont, 1971.
La Mafia, mythe et réalités, Seghers, 1972.
L'Affiche, miroir de l'histoire, Laffont, 1973 et 1989.
Le Pouvoir à vif, Laffont, 1978.
Le XXe Siècle, Perrin, 1979, et Le Livre de Poche.
Garibaldi, la force d'un destin, Fayard, 1982.
La Troisième Alliance, Fayard, 1984.
Les idées décident de tout, Galilée, 1984.
Le Grand Jaurès, Laffont, 1984, et Presses Pocket.
Lettre ouverte à Robespierre sur les nouveaux Muscadins, Albin Michel, 1986.
Que passe la Justice du Roi, Laffont, 1987.
Jules Vallès, Laffont, 1988.
Les Clés de l'histoire contemporaine, Laffont, 1989.
Manifeste pour une fin de siècle obscure, Odile Jacob, 1990.
La gauche est morte, vive la gauche, Odile Jacob, 1990.
L'Europe contre l'Europe, Le Rocher, 1992.
Une femme rebelle, vie et mort de Rosa Luxemburg, Presses de la Renaissance, 1992.

Politique-fiction

La Grande Peur de 1989, Laffont, 1966.

Conte

La Bague magique, Casterman, 1981.

En collaboration

Au nom de tous les miens, de Martin Gray, Laffont, 1971, et Le Livre de Poche.

Le Livre de Poche Biblio

Extrait du catalogue

Sherwood ANDERSON
Pauvre Blanc
Guillaume APOLLINAIRE
L'Hérésiarque et Cie
Miguel Angel ASTURIAS
Le Pape vert
Djuna BARNES
La Passion
Andrei BIELY
La Colombe d'argent
Adolfo BIOY CASARES
Journal de la guerre au cochon
Karen BLIXEN
Sept contes gothiques
Mikhail BOULGAKOV
La Garde blanche
Le Maître et Marguerite
J'ai tué
Les Œufs fatidiques
Ivan BOUNINE
Les Allées sombres
André BRETON
Anthologie de l'humour noir
Arcane 17
Erskine CALDWELL
Les Braves Gens du Tennessee
Italo CALVINO
Le Vicomte pourfendu
Elias CANETTI
Histoire d'une jeunesse (1905-1921) - *La langue sauvée*
Histoire d'une vie (1921-1931) - *Le flambeau dans l'oreille*
Histoire d'une vie (1931-1937) - *Jeux de regard*
Les Voix de Marrakech
Raymond CARVER
Les Vitamines du bonheur
Parlez-moi d'amour
Tais-toi, je t'en prie
Camillo José CELA
Le Joli Crime du carabinier
Blaise CENDRARS
Rhum
Varlam CHALAMOV
La Nuit
Quai de l'enfer
Jacques CHARDONNE
Les Destinées sentimentales
L'Amour c'est beaucoup plus que l'amour
Jerome CHARYN
Frog
Bruce CHATWIN
Le Chant des pistes
Hugo CLAUS
Honte
Carlo COCCIOLI
Le Ciel et la Terre
Le Caillou blanc
Jean COCTEAU
La Difficulté d'être
Clair-obscur
Cyril CONNOLLY
Le Tombeau de Palinure
Ce qu'il faut faire pour ne plus être écrivain
Joseph CONRAD
Sextuor
Joseph CONRAD
et Ford MADOX FORD
L'Aventure
René CREVEL
La Mort difficile
Mon corps et moi
Alfred DÖBLIN
Le Tigre bleu
L'Empoisonnement
Lawrence DURRELL
Cefalù
Vénus et la mer
L'Ile de Prospero
Citrons acides
La Papesse Jeanne
Friedrich DÜRRENMATT
La Panne
La Visite de la vieille dame
La Mission
J.G. FARRELL
Le Siège de Krishnapur
Paula FOX
Pauvre Georges !
Personnages désespérés
Jean GIONO
Mort d'un personnage
Le Serpent d'étoiles
Triomphe de la vie
Les Vraies Richesses
Jean GIRAUDOUX
Combat avec l'ange
Choix des élues
Les Aventures de Jérôme Bardini

Vassili GROSSMAN
Tout passe
Knut HAMSUN
La Faim
Esclaves de l'amour
Mystères
Victoria
Hermann HESSE
Rosshalde
L'Enfance d'un magicien
Le Dernier Été de Klingsor
Peter Camenzind
Le Poète chinois
Souvenirs d'un Européen
Le Voyage d'Orient
La Conversion de Casanova
Les Frères du soleil
Bohumil HRABAL
Moi qui ai servi le roi d'Angleterre
Les Palabreurs
Tendre Barbare
Yasushi INOUÉ
Le Fusil de chasse
Le Faussaire
Henry JAMES
Roderick Hudson
La Coupe d'or
Le Tour d'écrou
Ernst JÜNGER
Orages d'acier
Jardins et routes
(Journal I, 1939-1940)
Premier journal parisien
(Journal II, 1941-1943)
Second journal parisien
(Journal III, 1943-1945)
La Cabane dans la vigne
(Journal IV, 1945-1948)
Héliopolis
Abeilles de verre
Ismail KADARÉ
Avril brisé
Qui a ramené Doruntine ?
Le Général de l'armée morte
Invitation à un concert officiel
La Niche de la honte
L'Année noire
Le Palais des rêves
Franz KAFKA
Journal
Yasunari KAWABATA
Les Belles Endormies
Pays de neige
La Danseuse d'Izu
Le Lac
Kyôto
Le Grondement de la montagne
Le Maître ou le tournoi de go
Chronique d'Asakusa
Les Servantes d'auberge
Abé KÔBÔ
La Femme des sables
Le Plan déchiqueté
Andrzeij KUSNIEWICZ
L'État d'apesanteur
Pär LAGERKVIST
Barabbas
LAO SHE
Le Pousse-pousse
Un fils tombé du ciel
D.H. LAWRENCE
Le Serpent à plumes
Primo LEVI
Lilith
Le Fabricant de miroirs
Sinclair LEWIS
Babbitt
LUXUN
Histoire d'AQ : Véridique biographie
Carson McCULLERS
Le cœur est un chasseur solitaire
Reflets dans un œil d'or
La Balade du café triste
L'Horloge sans aiguilles
Frankie Addams
Le Cœur hypothéqué
Naguib MAHFOUZ
Impasse des deux palais
Le Palais du désir
Le Jardin du passé
Thomas MANN
Le Docteur Faustus
Les Buddenbrook
Katherine MANSFIELD
La Journée de Mr. Reginald Peacock
Somerset MAUGHAM
Mrs Craddock
Henry MILLER
Un diable au paradis
Le Colosse de Maroussi
Max et les phagocytes
Paul MORAND
La Route des Indes
Bains de mer
East India and Company
Vladimir NABOKOV
Ada ou l'ardeur
Anaïs NIN
Journal 1 - *1931-1934*
Journal 2 - *1934-1939*
Journal 3 - *1939-1944*
Journal 4 - *1944-1947*

Joyce Carol OATES
Le Pays des merveilles
Edna O'BRIEN
Un cœur fanatique
Une rose dans le cœur
Les Victimes de la paix
PA KIN
Famille
Mervyn PEAKE
Titus d'Enfer
Leo PERUTZ
La Neige de saint Pierre
La Troisième Balle
La Nuit sous le pont de pierre
Turlupin
Le Maître du jugement dernier
Où roules-tu, petite pomme ?
Luigi PIRANDELLO
La Dernière Séquence
Feu Mathias Pascal
Ezra POUND
Les Cantos
Augusto ROA BASTOS
Moi, le Suprême
Joseph ROTH
Le Poids de la grâce
Raymond ROUSSEL
Impressions d'Afrique
Salman RUSHDIE
Les Enfants de minuit
Arthur SCHNITZLER
Vienne au crépuscule
Une jeunesse viennoise
Le Lieutenant Gustel
Thérèse
Les Dernières Cartes
Mademoiselle Else
Leonardo SCIASCIA
Œil de chèvre
La Sorcière et le Capitaine
Monsieur le Député
Petites Chroniques
Le Chevalier et la Mort
Portes ouvertes
Isaac Bashevis SINGER
Shosha
Le Domaine
André SINIAVSKI
Bonne nuit !
Muriel SPARK
Le Banquet
George STEINER
Le Transport de A. H.
Andrzej SZCZYPIORSKI
La Jolie Madame Seidenman
Milos TSERNIANSKI
Migrations
Tarjei VESAAS
Le Germe
Alexandre VIALATTE
La Dame du Job
La Maison du joueur de flûte
Ernst WEISS
L'Aristocrate
Franz WERFEL
Le Passé ressuscité
Une écriture bleu pâle
Thornton WILDER
Le Pont du roi Saint-Louis
Mr. North
Virginia WOOLF
Orlando
Les Vagues
Mrs. Dalloway
La Promenade au phare
La Chambre de Jacob
Entre les actes
Flush
Instants de vie

La Pochothèque

Une série au format 12,5 × 19

Classiques modernes

Chrétien de Troyes. *Romans : Erec et Enide, Le Chevalier de la Charrette* ou *Le Roman de Lancelot, Le Chevalier au Lion* ou *Le Roman d'Yvain, Le Conte du Graal* ou *Le Roman de Perceval* suivis des *Chansons*. En appendice, *Philomena*.

Jean Cocteau. *Romans, poésies, œuvres diverses : Le Grand Ecart, Les Enfants terribles, Le Cap de Bonne-Espérance, Orphée, La Voix humaine, La Machine infernale, Le Sang d'un poète, Le Testament d'Orphée...*

Lawrence Durrell. *Le Quatuor d'Alexandrie : Justine, Balthazar, Mountolive, Clea.*

Jean Giono. *Romans et essais* (1928-1941) *: Colline, Un de Baumugnes, Regain, Présentation de Pan, Le Serpent d'étoiles, Jean le bleu, Que ma joie demeure, Les Vraies Richesses, Triomphe de la vie.*

Jean Giraudoux. *Théâtre complet : Siegfried, Amphitryon 38, Judith, Intermezzo, Tessa, La guerre de Troie n'aura pas lieu, Supplément au voyage de Cook, Electre, L'Impromptu de Paris, Cantique des cantiques, Ondine, Sodome et Gomorrhe, L'Apollon de Bellac, La Folle de Chaillot, Pour Lucrèce.*

P.D. James. *Les Enquêtes d'Adam Dalgliesh :*

Tome 1. *A visage couvert, Une folie meurtrière, Sans les mains, Meurtres en blouse blanche, Meurtre dans un fauteuil.*

Tome 2. *Mort d'un expert, Un certain goût pour la mort, Par action et par omission.*

P.D. James. *Romans : La Proie pour l'ombre, La Meurtrière, L'Ile des morts.*

La Fontaine. *Fables.*

T.E. Lawrence. *Les Sept Piliers de la sagesse.*

Carson McCullers. *Romans et nouvelles : Frankie Addams, L'Horloge sans aiguille, Le Cœur est un chasseur solitaire, Reflets dans un œil d'or* et diverses nouvelles, dont *La Ballade du café triste.*

Naguib Mahfouz. *Trilogie : Impasse des Deux-Palais, Le Palais du désir, Le Jardin du passé.*

Thomas Mann. *Romans et nouvelles I* (1896-1903) *: Déception, Paillasse, Tobias Mindernickel, Louisette, L'Armoire à vêtements, Les Affamés, Gladius Dei, Tristan, Tonio Kröger, Les Buddenbrook.*

François Mauriac. *Œuvres romanesques : Tante Zulnie, Le Baiser au lépreux, Genitrix, Le Désert de l'amour, Thérèse Desqueyroux, Thérèse à l'hôtel, Destins, Le Nœud de vipères, Le Mystère*

Frontenac, Les Anges noirs, Le Rang, Conte de Noël, La Pharisienne, Le Sagouin.

François Rabelais. *Les Cinq Livres : Gargantua, Pantagruel, le Tiers Livre, le Quart Livre, le Cinquième Livre.*

Arthur Schnitzler. *Romans et nouvelles : La Ronde, En attendant le dieu vaquant, L'Amérique, Les Trois Élixirs, Le Dernier Adieu, La Suivante, Le Sous-lieutenant Gustel, Vienne au crépuscule...* au total plus de quarante romans et nouvelles.

Anton Tchekhov. *Nouvelles : La Dame au petit chien,* et plus de 80 autres nouvelles, dont *L'Imbécile, Mort d'un fonctionnaire, Maria Ivanovna, Au cimetière, Le Chagrin, Aïe mes dents! La Steppe, Récit d'un inconnu, Le Violon de Rotschild, Un homme dans un étui, Petite Chérie...*

Boris Vian. *Romans, nouvelles, œuvres diverses :* Les quatre romans essentiels signés Vian, *L'Écume des jours, L'Automne à Pékin, L'Herbe rouge, L'Arrache-cœur,* deux « Vernon Sullivan » : *J'irai cracher sur vos tombes, Et on tuera tous les affreux,* un ensemble de nouvelles, un choix de poèmes et de chansons, des écrits sur le jazz.

Voltaire. *Romans et contes en vers et en prose.*

Virginia Woolf. *Romans et nouvelles : La chambre de Jacob, Mrs. Dalloway, Voyage au Phare, Orlando, Les Vagues, Entre les actes...* En tout, vingt-cinq romans et nouvelles.

Stefan Zweig. *Romans et nouvelles : La Peur, Amok, Vingt-Quatre Heures de la vie d'une femme, La Pitié dangereuse, La Confusion des sentiments...* Une vingtaine de romans et de nouvelles.

Paru ou à paraître en 1995 :
Malcolm Lowry. *Œuvres.*
Thomas Mann. *Romans et nouvelles,* t.2 et t.3.
Arthur Schnitzler. *Romans et nouvelles,* t.2.
La Saga de Charlemagne.

Ouvrages de référence

Le Petit Littré
Atlas de l'écologie
Atlas de la philosophie
Atlas de la psychologie *(à paraître)*
Atlas de l'astronomie *(à paraître)*
Atlas de la biologie
Encyclopédie de l'art
Encyclopédie de la musique
Encyclopédie géographique
Encyclopédie de la philosophie *(à paraître)*
Encyclopédie des symboles *(à paraître)*
Le Théâtre en France (sous la direction de Jacqueline de Jomaron)
La Bibliothèque idéale
Dictionnaire des personnages historiques

DICTIONNAIRE DES LETTRES FRANÇAISES :
Le Moyen Age
Le XVIIe siècle *(à paraître)*
Le XVIIIe siècle *(à paraître)*

HISTOIRE UNIVERSELLE DE L'ART :
L'Art de la Préhistoire (L.R. Nougier)
L'Art égyptien (S. Donadoni)
L'Art grec (R. Martin)
L'Art du XVe siècle, des Parler à Dürer (J. Białostocki)
L'Art du Gandhâra (M. Bussagli) *(à paraître)*
L'Art du Japon (M. Murase) *(à paraître)*

Composition réalisée par JOUVE

IMPRIMÉ EN FRANCE PAR BRODARD ET TAUPIN
Usine de La Flèche (Sarthe).
LIBRAIRIE GÉNÉRALE FRANÇAISE - 6, rue Pierre-Sarrazin - 75006 Paris.
ISBN : 2 - 253 - 13743 - X 31/3743/7